GOLDMANN

Buch

Crawford Sloane ist der Star von CBA-TV, der rücksichtslose Herrscher im Nachrichtenstudio. Harry Partridge kennt er noch aus Vietnam. Wochenlang tauchte Harry, der Einzelgänger, unter, um seine sensationellen Reportagen zu drehen. Damals verlor er Jessica an Sloane, den Konkurrenten, den Gegner. Doch eines Tages passiert die Katastrophe: Eine südamerikanische Terror-Organisation entführt Jessica, ihren Sohn Nicky und Sloanes Vater und verschleppt sie in den Dschungel. Crawford Sloane, der Sensationsreporter steht plötzlich selbst im Mittelpunkt einer schrecklichen Sensation. Harry Partridge übernimmt den gefährlichsten Auftrag seines Lebens. Er soll die Entführten im Dschungel Südamerikas aufspüren, wo sie von einer Gruppe schwerbewaffneter Terroristen gefangengehalten werden.

Autor

Arthur Hailey wurde am 4. April 1920 in England geboren. 1947 emigrierte er nach Kanada. Seit 1969 lebt er auf den Bahamas. Hailey ist einer der erfolgreichsten amerikanischen Thriller-Autoren. Seine Romane (u.a. »Hotel« und »Airport«) wurden weltweit in 30 Ländern verlegt.

ARTHUR HAILEY

REPORTER

R O M A N

Aus dem Amerikanischen
von Klaus Berr

GOLDMANN VERLAG

Titel der Originalausgabe: »The Evening News«

Umwelthinweis:
Alle bedruckten Materialien dieses Taschenbuches
sind chlorfrei und umweltschonend.
Das Papier enthält Recycling-Anteile.

Der Goldmann Verlag
ist ein Unternehmen der Verlagsgruppe Bertelsmann

Made in Germany · 5. Auflage · 4/93
Genehmigte Taschenbuchausgabe

Umschlagentwurf: Design Team München
Satz: Compusatz GmbH, München
Druck: Elsnerdruck, Berlin
Verlagsnummer: 41331
UK · Herstellung: Heidrun Nawrot/sc
ISBN 3-442-41331-1

Für Sheila und für Diane
in besonderer Dankbarkeit
und für
meine vielen Freunde,
denen ich
vertrauliche Informationen
verdanke.

Anmerkung des Autors: In Frederick Forsyths Roman *Der Schakal*, die Originalausgabe erschien 1971, bringt sich ein Killer auf betrügerische Weise in Besitz eines britischen Passes. In *Reporter* besorgt sich ein Terrorist einen solchen Paß – auf einem anderen Weg, dessen Beschreibung das Ergebnis meiner eigenen Nachforschungen ist.

Dennoch möchte ich darauf hinweisen, daß in diesem Punkt Mr. Forsyth als erster die Spuren gelegt hat. – A.H.

Erster Teil

1

In der Zentrale von CBA Television News in New York traf die Nachricht über den havarierten Airbus A 300, der brennend den Flughafen von Dallas-Fort Worth anflog, erst wenige Minuten vor der Erstausgabe der National Evening News ein, der landesweit ausgestrahlten Abendnachrichten.

Um 18 Uhr 21 östlicher Sommerzeit meldete der Redaktionschef in Dallas über die interne Kommunikationsanlage einem Redakteur am Hufeisen in New York: »In DFW kann es jeden Moment zu einer Flugzeugkatastrophe kommen. Vorausgegangen ist eine Kollision zwischen einer kleinen Maschine und einem vollbesetzten Airbus. Die kleine Maschine ist abgestürzt. Der Airbus hat Feuer gefangen, versucht aber eine Notlandung. Bei Polizei und Rettungsdiensten laufen die Drähte heiß.«

»Herr im Himmel!« meldete sich aufgeregt ein zweiter Redakteur am Hufeisen. »Wie sieht's aus mit Bildern für uns?«

Am Hufeisen, einem riesigen Tisch mit Platz für zwölf Personen, wurde die Spitzensendung der Fernsehstation, die Abendnachrichten, entworfen und geplant. Jeden Tag wurde von den frühen Morgenstunden bis zu den letzten Sendesekunden spätabends daran gefeilt. Beim Rivalen CBS hieß dieser Platz »das Fischglas«, bei ABC »die Felge« und bei der NBC einfach »der Tisch«. Doch sosehr die Namen auch variieren mochten, sie alle hatten dieselbe Bedeutung.

An diesem Tisch kamen die führenden Köpfe des Senders zusammen, um über Auswahl und Ablauf der Nachrichten zu entscheiden: der Studioleiter, der Chefsprecher, die Chefproduzenten, der Direktor, Redakteure, Texter, der Bildchef und die Assistenten. Darüber hinaus gab es, bereit zum Einsatz wie die Instrumente eines Orchesters, ein halbes Dutzend Computerterminals, Fernschreiber, eine Phalanx hochmoderner Telefone und TV-Schirme, auf denen man vom ungeschnittenen Videomaterial über sendebereite Beiträge bis hin zu den Sendungen der Konkurrenz alles abrufen konnte.

Das Hufeisen lag im dritten Stock des CBA-News-Gebäudes, im offenen Zentralbereich der Etage. An der einen Seite schlossen sich Büros an, in die sich die leitenden Mitarbeiter der Nachrichtenredaktion zu verschiedenen Zeiten des Tages von der Hektik des Hufeisens zu etwas stillerem Arbeiten zurückzogen.

An diesem Tag hatte, wie gewohnt, Chuck Insen, der Studioleiter, den Vorsitz am Hufeisen. Insen war hager und jähzornig, ein alter Hase im Nachrichtengeschäft, der seine Karriere bei den Printmedien begonnen hatte und auch heute noch unbeirrt die Inlandsnachrichten den internationalen vorzog. Mit zweiundfünfzig war er, nach Fernsehmaßstäben, fast schon ein alter Mann, doch er zeigte auch nach vier Jahren in einem Job, der andere in zwei Jahren aufgerieben hatte, noch keinerlei Ermüdungserscheinungen. Chuck Insen konnte sehr harsch sein und war es häufig auch, Witzeleien oder privaten Klatsch gab es bei ihm nicht – aus einem sehr einfachen Grund: Der Arbeitsdruck ließ dazu keine Zeit.

In diesem Augenblick, an einem Mittwoch Mitte September, war der Streß größer denn je. Seit den frühen Morgenstunden wurde am Aufbau der Abendnachrichten, an der Auswahl der Themen und der Sendezeit, die man ihnen zumaß, gearbeitet; man diskutierte, verwarf und verbesserte. Korrespondenten aus der ganzen Welt hatten Ideen eingebracht, hatten Aufträge erhalten und sie ausgeführt. Entstanden war daraus ein Sendeplan mit acht Korrespondentenberichten von je etwa eineinhalb bis zwei Minuten Länge sowie zwei »Voice-overs« und vier »Tell-stories« von durchschnittlich zwanzig Sekunden. Ein Voice-over war ein vom Moderator verlesener Bericht mit Bildunterlegung, eine »Tellstory« ein Sprecherbericht ohne Bilder.

Aber nach der überraschenden Meldung aus Dallas mußte jetzt, knappe acht Minuten vor Sendebeginn, das gesamte Nachrichtenprogramm umgeworfen werden. Obwohl niemand wußte, wie viele Informationen hereinkommen und ob überhaupt Bilder verfügbar sein würden, mußte zumindest ein Bericht gekippt, andere gekürzt werden, um den Vorfall in Dallas aufnehmen zu können. Das zeitliche und inhaltliche Gleichgewicht der Sendung machte darüber hinaus eine Umstellung der Berichte notwendig. Nur eins war im Moment klar: Die Sendung würde anlaufen, bevor man mit der Arbeit fertig war. Aber das war häufig der Fall.

»Ein neuer Ablauf, Leute.« Der knappe Befehl kam von Insen. »Wir fangen mit Dallas an. Crawf wird eine Tell-story machen. Haben wir schon Agenturmeldungen?«

»AP ist eben reingekommen.« Die Antwort kam von Crawford Sloane, dem Chefsprecher. Er las gerade das Telex der Associated Press, das man ihm Sekunden vorher in die Hand gedrückt hatte.

Sloane, mit seinem furchigen Gesicht, den graumelierten Haaren, dem vorspringenden Kinn und dem selbstsicheren und überzeugenden Auftreten – ein vertrauter Anblick für allabendlich etwa siebzehn Millionen Zuschauer – saß am Hufeisen wie gewohnt in seinem privilegierten Sessel rechts neben dem Studioleiter. Auch Crawf Sloane war ein Nachrichtenprofi der alten Schule, der beständig die Karriereleiter emporgeklettert war, vor allem nach seinem erfolgreichen Einsatz als CBA-Korrespondent in Vietnam. Nach einer Zeit als Berichterstatter am Weißen Haus moderierte er nun schon seit drei Jahren die Abendnachrichten und war inzwischen eine nationale Institution, einer aus der Medienelite.

In wenigen Minuten würde Sloane in das Sendestudio hinuntergehen. Und bis dahin mußte er aus dem Telefonbericht aus Dallas und den zusätzlichen Informationen der AP-Meldung seine Tell-story gestrickt haben. Er würde den Text selber verfassen. Nicht jeder Sprecher schrieb sein eigenes Material, aber Sloane zog es vor, seine Moderation soweit wie möglich mit eigenen Texten zu bestreiten.

Insens angespannte Stimme war wieder zu hören. Nach einem raschen Blick auf den ursprünglichen Sendeplan sagte er zu einem seiner drei Chefproduzenten: »Schmeiß Saudi-Arabien raus und kürz Nicaragua um fünfzehn Sekunden.«

Bei der Entscheidung, die Saudi-Story fallenzulassen, zuckte Sloane innerlich zusammen. Es war eine wichtige Nachricht und außerdem ein intelligent aufbereiteter Zweieinhalbminutenbericht über die zukünftigen Ölmarketingpläne der Saudis. Tags darauf wäre die Meldung bereits ein alter Hut, weil auch andere Sender sie hatten und noch an diesem Abend bringen würden.

Sloane hatte nichts gegen die Entscheidung, die Dallas-Story an erster Stelle zu bringen, doch er hätte dafür lieber die Meldung vom Capitol Hill über das Amtsvergehen eines Senators herausgenommen. Der Politiker hatte in aller Stille in einer Gesetzesvorlage zur Bewilligung von Geldern acht Millionen Dollar untergebracht, die er einem persönlichen Freund und Wahlkampfsponsor zukommen lassen wollte. Nur durch die sorgfältigen Nachforschungen eines Reporters war der Skandal ans Licht gekommen.

Die Meldung aus Washington war zwar farbiger, aber auch weniger wichtig, und ein korrupter Kongreßabgeordneter war wirklich nichts Außergewöhnliches. Aber die Entscheidung, so dachte der Moderator bitter, war typisch für Chuck Insen, und wieder einmal war eine Auslandsmeldung, die Sloane gerne stärker betont hätte, dem Rotstift zum Opfer gefallen.

Die Beziehung zwischen dem Studioleiter und dem Chefmoderator, die noch nie besonders gut gewesen war, hatte in letzter Zeit unter Meinungsverschiedenheiten dieser Art noch stärker gelitten. Ihre grundsätzlichen Ansichten schienen immer weiter auseinanderzudriften, nicht nur bei der allabendlichen Entscheidung über die Priorität der einzelnen Nachrichten, sondern auch bei der Frage, wie sie aufbereitet werden sollten. Sloane zum Beispiel bevorzugte eine tiefschürfende Behandlung weniger, wichtiger Themen, während Insen so viele Tagesmeldungen wie möglich in jeder Sendung haben wollte, auch wenn man dann, wie er es so treffend formulierte, »einige Meldungen im Telegrammstil abhandeln muß«.

Unter anderen Umständen hätte Sloane sich gegen die Streichung des Saudi-Berichts gewehrt, vermutlich sogar mit Erfolg, weil der Chefmoderator zugleich auch verantwortlicher Redakteur war und so einigen Einfluß hatte, aber im Augenblick war dazu einfach keine Zeit.

So stemmte er nur hastig die Fersen gegen den Fußboden und manövrierte seinen Sessel mit geschicktem Schwung rückwärts und seitwärts, bis er vor einem Computerterminal saß. Er konzentrierte sich, verdrängte den Trubel um sich herum aus seinen Gedanken und tippte die Eröffnungssätze der Sendung in die Maschine.

Aus Dallas-Fort Worth erreicht uns soeben die Meldung über eine möglicherweise bevorstehende Katastrophe. Wie bekannt wurde, kam es vor wenigen Minuten zu einer Kollision zwischen zwei Passagiermaschinen, eine davon ein vollbesetzter Airbus der Muskegon Airlines. Das Unglück ereignete sich nördlich von Dallas, über der Stadt Gainesville in Texas. Einem Bericht der Associated Press zufolge stürzte das zweite Flugzeug, vermutlich eine Privatmaschine, ab. Im Augenblick gibt es keine Informationen über den Verbleib der Maschine und über eventuelle Opfer am Boden. Der Airbus ist noch in der Luft, brennt aber, und der Pilot versucht, Dallas-Fort Worth Airport zu erreichen. Feuerwehr und Notdienste sind in höchster Alarmbereitschaft ...

Während Sloanes Finger über die Tasten huschten, fiel ihm ein, daß vermutlich nur sehr wenige Zuschauer vor Ende der Nachrichten abschalten würden. Er fügte dennoch die Aufforderung hinzu, im Programm zu bleiben und weitere Entwicklungen abzuwarten, und tippte dann den Druckbefehl. Der Text ging nun auch an den Teleprompter, so daß Sloane, sobald er das Studio im Stockwerk darunter erreichte, ihn auch vom Prompterschirm ablesen konnte.

Während Sloane, mit einem Bündel Papiere in der Hand, zur Treppe eilte, fragte Insen einen Chefproduzenten: »Verdammt, was ist mit Bildern aus DFW?«

»Sieht schlecht aus, Chuck.« Der Mann hatte sich einen Telefonhörer ans Ohr geklemmt und sprach mit dem Inlandschefredakteur im großen Redaktionssaal. »Das brennende Flugzeug nähert sich dem Flughafen, aber unser Kamerateam ist noch zwanzig Meilen entfernt. Die schaffen es nicht rechtzeitig.«

Insen fluchte enttäuscht. »Scheiße!«

Gäbe es Orden für gefährliche Einsätze im Dienst des Fernsehens, dann hätte Ernie LaSalle, der Inlandschefredakteur, die ganze Brust voll haben müssen. Mit seinen gerade erst neunundzwanzig Jahren hatte er als Korrespondent für CBA bereits im Libanon, im Iran, in Angola, in Nicaragua und in anderen Krisenherden der Welt unter häufig gefährlichen Umständen hervorragende Arbeit geleistet. Obwohl Krisen dieser Art natürlich auch weiterhin schwelten, saß LaSalle inzwischen in einem bequemen Polstersessel in seinem gläsernen Büro mit Blick auf den Redaktionssaal und kümmerte sich um die heimische amerikanische Szene, die zuzeiten allerdings ähnlich turbulent sein konnte.

LaSalle war kompakt und feinknochig, ein Energiebündel mit sorgfältig gepflegtem Bart und immer eleganter Kleidung, ein Yuppie, wie manche sagten. Als Inlandschefredakteur hatte er einen großen Verantwortungsbereich und war, zusammen mit dem Auslandschefredakteur, Chef des Redaktionssaals. Beide hatten dort ihre eigenen Schreibtische für den Fall, daß eine Geschichte, die einen von beiden betraf, wirklich heiß wurde. Die Dallas-Geschichte war heiß. Und deshalb war LaSalle sofort zu seinem Tisch im Redaktionssaal gestürzt.

Der Redaktionssaal lag einen Stock unter dem Hufeisen, neben dem Sendestudio, das die Hektik des Saals als optischen Hintergrund benutzte. Ein Kontrollraum, in dem ein Regisseur die technischen Komponenten jeder Sendung zusammenstellte, befand sich im Keller des Hauses.

Sieben Minuten waren seit dem Bericht aus Dallas über den havarierten Airbus vergangen. LaSalle knallte den Hörer auf die Gabel, nahm einen anderen auf und las gleichzeitig von einem Computermonitor eine AP-Meldung ab, die eben hereinkam. Während er sich weiter um eine möglichst vollständige Berichterstattung über den Vorfall bemühte, hielt er ständig das Hufeisen über die neuesten Entwicklungen auf dem laufenden.

Von LaSalle stammte die entmutigende Nachricht, daß das nächste Kamerateam zwar, ohne auf Geschwindigkeitsbegrenzungen zu achten, auf den Flughafen zuraste, aber immer noch zwanzig Meilen vom Schauplatz entfernt war. Dafür gab es einen guten Grund: Es war ein sehr hektischer Tag gewesen für das Büro in Dallas, alle Kamerateams und Korrespondenten waren unterwegs, und es war einfach Pech, daß keiner der Einsatzorte in der Nähe des Flughafens lag.

Natürlich würde es in Kürze Bilder geben, aber eben nur verspätete, keine von der kritischen Landung des Airbus selbst, die mit Sicherheit spektakulär werden und vielleicht sogar in einer Katastrophe enden würde. Es war auch sehr unwahrscheinlich, daß für die Erstausgabe der Nachrichten, die über Satellit einen Großteil der Ostküste und Teile des Mittelwestens abdeckte, überhaupt Bilder zur Verfügung standen. Immerhin, und das war ein kleiner Trost, hatte der Bürochef in Dallas erfahren, daß weder die großen Konkurrenten noch die lokalen Sender Kamerateams am Flughafen hatten, obwohl auch die bereits unterwegs waren.

Von seinem Schreibtisch im Redaktionssaal beobachtete Ernie LaSalle, der noch immer mit seinen Telefonen beschäftigt war, den üblichen Trubel in dem hell erleuchteten Studio kurz vor Sendebeginn. In diesem Augenblick betrat Crawford Sloane den Raum. Die Fernsehzuschauer hatten während der Sendung immer den Eindruck, als würde Sloane mitten im Redaktionssaal sitzen. Doch in Wirklichkeit trennte eine dicke, schalldichte Glaswand die beiden Zimmer, und der Lärm aus dem Redaktionssaal drang nur dann in das Studio, wenn er mit Absicht zugespielt wurde.

Es war 18 Uhr 28, zwei Minuten vor Beginn der Erstausgabe.

Während Sloane sich in den Moderatorenstuhl setzte und sich, mit dem Rücken zum Redaktionssaal, der mittleren der drei Kameras zuwandte, kümmerte sich eine Maskenbildnerin um ihn. Erst vor zehn Minuten war er in einer kleinen Garderobe neben seinem Büro geschminkt worden, aber seitdem hatte er wieder geschwitzt. Das Mädchen wischte und puderte ihm die Stirn, kämmte ihn und sprühte die Frisur mit Haarspray ein.

Mit einem Anflug von Ungeduld in der Stimme murmelte er: »Danke, Nina«, überflog seine Papiere und verglich den Text mit den Zeilen, die in großen Buchstaben auf dem Teleprompter aufleuchteten. Denn von dort las er seine Meldungen ab, während der Zuschauer den Eindruck hatte, er würde ihn direkt ansehen. Die Blätter, mit denen die Moderatoren oft spielten, waren nur eine Vorsichtsmaßnahme, falls der Teleprompter ausfiel.

»Noch eine Minute!« rief der Studiomanager.

Im Redaktionssaal richtete Ernie LaSalle sich plötzlich überrascht und gespannt auf.

Erst vor einer guten Minute hatte der Bürochef in Dallas das Gespräch mit LaSalle unterbrochen, um einen Anruf auf einer anderen Leitung entgegenzunehmen. Während LaSalle wartete, konnte er zwar die Stimme des Bürochefs hören, aber nicht verstehen, was er sagte. Doch nun meldete er sich wieder, und was er zu berichten hatte, trieb dem Inlandsredakteur ein breites Grinsen ins Gesicht. LaSalle hob das rote Haustelefon ab, das ihn, über eine Verstärker- und Lautsprecheranlage, mit der gesamten Nachrichtenmannschaft verband.

»Inlandsredaktion. LaSalle. Gute Nachrichten. Es gibt jetzt doch direkte Bilder von DFW Airport. In der Abfertigungshalle sind Partridge, Abrams und Van Canh, die dort auf ihre Anschlußflüge gewartet haben. Abrams hat sich eben im Büro in Dallas gemeldet: Sie haben die Story und bleiben dran. Und noch besser: Ein Satelliten-Übertragungswagen hat seinen ursprünglichen Einsatzort verlassen und ist auf dem Weg zum Flughafen, wo er in Kürze eintreffen wird. Ein Satellitenkanal für die Überspielung von Dallas nach New York ist gebucht. Wir erwarten Bilder noch rechtzeitig für die Erstausgabe.«

Obwohl LaSalle versucht hatte, gelassen zu klingen, konnte er die Befriedigung in seiner Stimme nicht ganz unterdrücken. Und wie als Antwort drang vom Hufeisen gedämpfter Jubel zu ihm herunter. Crawford Sloane, im Studio, drehte sich um und zeigte LaSalle fröhlich den hochgestreckten Daumen.

Ein Assistent legte LaSalle ein Papier vor, er überflog es kurz und sprach dann weiter: »Ein erster Bericht von Abrams: *An Bord des havarierten Airbus sind 286 Passagiere, 11 Besatzungsmitglieder. Das zweite Flugzeug, eine private Piper Cheyenne, ist in Gainesville abgestürzt, keine Überlebenden. Am Boden gibt es weitere Opfer, Angaben über Anzahl und Schwere der Verletzungen liegen noch nicht vor. Dem Airbus wurde ein Triebwerk abgerissen, Pilot versucht, mit dem verbleibenden zu landen. Nach Angaben der Bodenkontrolle entstand das Feuer an der Stelle, wo das Triebwerk abgerissen wurde.* Ende der Meldung.«

Was da in den letzten Minuten von Dallas reingekommen ist,

dachte LaSalle, war total professionell. Aber das war auch nicht verwunderlich, denn Abrams, Partridge und Van Canh waren eines der Spitzenteams von CBA News. Rita Abrams, eine frühere Korrespondentin, die jetzt als leitende Field-Producerin arbeitete, war berühmt für ihre schnelle Einschätzung von Situationen und ihren Einfallsreichtum, wenn es darum ging, auch unter schwierigen Bedingungen Storys zu liefern. Harry Partridge war einer der besten Korrespondenten im Geschäft. Er war eigentlich Spezialist für Kriegsberichterstattung und hatte, wie Crawford Sloane, in Vietnam gearbeitet, aber man konnte sich darauf verlassen, daß er in jeder Situation außergewöhnliches Material lieferte. Und der Kameramann Min Van Canh, ein Vietnamese, der die amerikanische Staatsbürgerschaft angenommen hatte, war berühmt für seine hervorragenden Aufnahmen, die oft in den schwierigsten Situationen und ohne Rücksicht auf die eigene Sicherheit entstanden. Daß nun diese drei aus Dallas berichteten, war eine Garantie für exzellente Resultate.

Es war inzwischen eine Minute nach halb, die Erstausgabe der National Evening News hatte begonnen. Mit einem Regler neben seinem Schreibtisch drehte LaSalle die Lautstärke des von der Decke hängenden Kontrollschirms hoch und hörte, wie Crawford Sloane seine Tell-story über die Flugzeugkollision verlas. Man sah, wie eine Hand – die eines Texters – ihm ein Blatt Papier zuschob. Es war offensichtlich der zusätzliche Bericht, den LaSalle eben verlesen hatte. Sloane überflog ihn nur kurz und fügte ihn dann aus dem Stegreif in seinen vorbereiteten Text ein. So etwas konnte er ausgezeichnet.

Oben am Hufeisen hatte sich die Stimmung seit LaSalles Durchsage gebessert. Trotz des noch immer herrschenden Drucks und der Zeitnot lag ein fröhlicher Optimismus in der Luft, weil man wußte, daß Dallas in guten Händen war und Bilder sowie ein ausführlicher Bericht eintreffen würden. Chuck Insen und die anderen kauerten vor den Monitoren, sie diskutierten und trafen Entscheidungen, sie schnitten, stellten um und kürzten, um die notwendige Zeit herauszuschinden. Es sah so aus, als würde der Bericht über den korrupten Senator nun doch herausfallen. Man spürte, daß jeder das tat, was alle am besten konnten, nämlich unter Zeitdruck und in kritischen Situationen effektiv arbeiten.

Man verständigte sich in kurzen Sätzen.

»Das Bildmaterial ist zu lahm.«

»Kürzen, dann wird's griffiger.«

»Schneideraum: Raus mit ›Korruption‹. Aber falls wir Dallas nicht kriegen, kommt's wieder rein.«

»Die letzten fünfzehn Sekunden von dem Clip sind tödlich. Da erzählen wir den Leuten doch nur, was sie schon wissen.«

»Die Oma in Omaha bestimmt nicht.«

»Dann wird sie's auch nie erfahren. Raus damit.«

»Erster Teil abgeschlossen. Sind jetzt auf Werbung. Hängen vierzig Sekunden hinter der Zeit.«

»Was hat die Konkurrenz über Dallas gebracht?«

»Eine Tell-story, wie wir.«

»Ich brauch' 'n Aufreißer und 'ne Schlußzeile für ›Drogenrazzia‹, aber schnell.«

»Raus damit. Das bringt doch nichts.«

»Was wir hier machen ist ungefähr so, als wenn du 'nen erwachsenen Mann in 'nen Kinderanzug steckst.«

Ein Beobachter, der mit der Szene nicht vertraut ist, wird sich vielleicht fragen: *Sind das überhaupt noch Menschen? Haben sie kein Mitgefühl? Spüren sie keine Betroffenheit, keinen Kummer? Hat einer von ihnen auch nur eine Sekunde an die fast dreihundert verängstigten Seelen in diesem Flugzeug gedacht, die den Tod vor Augen haben? Ist denn da keiner, dem das etwas ausmacht?*

Und jemand, der sich im Nachrichtengewerbe auskennt, wird vielleicht antworten: *Doch, hier gibt es Leute, denen es etwas ausmacht, und sie werden Mitgefühl empfinden, vielleicht sogar gleich nach der Sendung. Oder andere wird das Ensetzen überkommen, wenn sie zu Hause sind, und je nachdem, wie die Sache ausgeht, werden einige sogar weinen. Aber in diesem Augenblick hat niemand dazu Zeit. Die Leute sind Nachrichtenprofis. Und ihre Aufgabe ist es, das Geschehen zu dokumentieren, das Gute mit dem Schlechten, und es schnell und effektiv und vor allem so zu tun, daß*

– um es etwas altmodisch auszudrücken – »das verehrte Publikum daran Interesse findet«.

So war um 18 Uhr 40, nach den ersten zehn Minuten der halbstündigen Nachrichtensendung, für die Leute am Hufeisen und die im Redaktionssaal, im Studio und im Kontrollraum die einzig wichtige Frage: »Werden wir von DFW einen Bildbericht bekommen oder nicht?«

2

Für die fünf Journalisten im Flughafen von Dallas-Fort Worth hatte die Serie der Ereignisse schon einige Stunden früher begonnen und gegen 17 Uhr 10 zentraler Sommerzeit einen ersten Höhepunkt erreicht.

Die fünf waren Harry Partridge, Rita Abrams, Minh Van Canh, Ken O'Hara, der Tontechniker des Teams, und Graham Broderick, ein Auslandskorrespondent der *New York Times*. Sie hatten an diesem Morgen noch vor Sonnenaufgang El Salvador verlassen, waren nach Mexico City geflogen und von dort schließlich, nach einer Verspätung und einem Flugzeugwechsel, nach Dallas weitergereist. Nun warteten sie auf ihre Anschlußflüge, allerdings mit unterschiedlichen Zielen.

Alle waren sie müde und erschöpft, nicht nur von der langen Reise, sondern von zwei strapaziösen und gefährlichen Monaten, in denen sie über schmutzige Kriege in wenig erfreulichen Teilen Lateinamerikas zu berichten hatten.

Die Wartezeit verbrachten sie in einer Bar im Terminal 2E, eine der vierundzwanzig immer voll besetzten Bars des Flughafens. Die Einrichtung strahlte eine gewisse gestylte Nüchternheit aus. Eine Gartenmauerimitation mit Pflanzenkästen diente als Trennwand, die mit hellblauem Karostoff bespannte Deckenverkleidung wurde von versteckten Lichtquellen pinkfarben beleuchtet. Der Mann von der *Times* meinte, die Bar erinnere ihn an ein Bordell in Mandalay, das er einmal besucht hatte.

Von ihrem Tisch am Fenster sahen sie hinaus auf das Flugfeld und das Gate 20. Von dort sollte Harry Partridge in wenigen Minuten mit einer Maschine der American Airlines nach Toronto abfliegen. Doch an diesem Abend mußte er sich in Geduld üben, eine einstündige Verspätung war eben bekanntgegeben worden.

Partridge, eine lange, schlaksige Gestalt, hatte einen unordentlichen, blonden Haarschopf, der ihn trotz seiner gut vierzig Jahre und der ersten grauen Strähnen noch immer sehr jungenhaft wirken ließ. Im Augenblick saß er entspannt in seinem Sessel, verspätete Flüge und auch alles andere waren ihm gleichgültig. Drei Wochen Erholungsurlaub lagen vor ihm, und den hatte er auch dringend nötig.

Rita Abrams wartete auf einen Anschlußflug nach Minneapolis-St. Paul, von wo aus sie zur Farm eines Freundes in Minnesota weiterfahren wollte, um dort ein paar freie Tage zu verbringen. Sie hatte auch ein Wochenendrendezvous mit einem verheirateten CBA-Manager eingeplant, doch das behielt sie für sich. Minh Van Canh und Ken O'Hara wollten nach New York. Graham Broderick ebenfalls.

Partridge, Rita und Minh arbeiteten häufig zusammen. O'Hara hatte sie als Tontechniker auf dieser Reise zum ersten Mal begleitet. Er war jung, blaß, bleistiftdünn und verbrachte fast seine ganze Freizeit mit der Nase in Elektronikmagazinen; auch jetzt hatte er eins aufgeschlagen.

Broderick war das fünfte Rad am Wagen, obwohl er und die Fernsehleute oft zusammenarbeiteten und sich im allgemeinen gut verstanden. Doch im Augenblick suchte der Mann von der *Times*, eine rundliche, würdevolle und leicht pompöse Erscheinung, Streit.

Drei aus der Gruppe hatten bereits einige Gläser zuviel. Die Ausnahmen waren Van Canh, der nur Mineralwasser trank, und der Tontechniker, der sich noch immer an seinem ersten Glas Bier festhielt und alle weiteren Einladungen ablehnte.

»Hör zu, du reicher Stinker«, sagte Broderick zu Partridge, der seine Brieftasche aus der Jacke gezogen hatte. »Wenn ich sage, ich zahl' für die Runde, dann tu' ich's auch.« Er legte zwei Scheine, einen Zwanziger und einen Fünfer, auf das Tablett, mit dem der Kellner die drei doppelten Scotch und das Mineralwasser gebracht hatte. »Nur weil du doppelt soviel wie ich für die halbe Arbeit einsteckst, mußt du nicht gleich den Wohltäter für 'n Zeitungsfritzen spielen.«

»O Mann«, warf Rita dazwischen. »Brod, nicht schon wieder die alte Leier.«

Rita hatte überlaut gesprochen, wie sie es manchmal tat. Zwei Uniformierte des Flughafensicherheitsdienstes hatten eben die Bar betreten und sahen sich nun neugierig nach ihr um. Rita bemerkte es, lächelte und winkte ihnen zu. Die Männer musterten die Gruppe und die Ansammlung von Kameras und Ausrüstungsgegenständen, auf denen überall deutlich das CBA-Logo prangte. Sie erwiderten das Lächeln und gingen weiter.

Harry Partridge, der die Szene beobachtet hatte, dachte: Heute sieht man Rita ihr Alter an. Obwohl sie eine Sinnlichkeit verströmte, die viele Männer in ihren Bann gezogen hatte, waren die verräterischen Linien in ihrem Gesicht unübersehbar; und die professionelle Härte, mit der sie von sich selbst ebensoviel verlangte wie von ihren Mitarbeitern, äußerte sich manchmal in einer gewissen herrischen Manieriertheit, die sie nicht eben attraktiv machte. Im Augenblick gab es dafür einen konkreten Grund: die Belastungen und die schwere Arbeit, die sie in den vergangenen zwei Monaten mit Harry und den anderen geteilt hatte.

Rita war dreiundvierzig und hatte noch bis vor sechs Jahren als Korrespondentin vor der Kamera gestanden, wenn auch bereits weniger häufig als in ihren jüngeren und attraktiveren Jahren. Jeder wußte, daß es ein gemeines und ungerechtes System war, in dem Männer noch vor der Kamera auftreten konnten, wenn sich in ihrem Gesicht schon das Alter bemerkbar machte, während Frauen beiseite geschoben wurden wie eine Geliebte, von der man genug hat. Einige wenige Frauen hatten versucht, dagegen anzukämpfen – Christine Craft etwa, eine Reporterin und Moderatorin, war sogar vor Gericht gezogen – doch ohne Erfolg.

Rita hatte sich, anstatt den aussichtslosen Kampf aufzunehmen, der Arbeit hinter der Kamera zugewandt und dabei triumphale Erfolge gefeiert. Anfangs hatte sie verschiedene Chefproduzenten bedrängt, ihr schwierige Aufgaben im Ausland zu geben, die sonst immer an Männer gingen. Eine Zeitlang hatten sich ihre Vorgesetzten geweigert, doch schließlich nachgegeben, und bald wurde Rita, zusammen mit Harry, automatisch in die Gegenden geschickt, wo die Kämpfe am härtesten und das Leben am schwierigsten waren.

Broderick hatte über Ritas letzte Bemerkung nachgedacht und sagte nun: »Wenn ihr Fernsehheinis wenigstens irgendwas Wichtiges machen würdet. Euer winziges Nachrichtenloch jeden Abend bringt doch immer nur die Brösel vom Tisch des Weltgeschehens. Wie lang ist es ... neunzehn Minuten?«

»Wenn die Presse es schon unbedingt auf uns Wehrlose abgesehen hat«, meinte Partridge freundlich, »dann sollte sie wenigstens bei der Wahrheit bleiben. Es sind einundzwanzig und eine halbe Minute.«

»Bleiben noch sieben Minuten für Werbung«, ergänzte Rita, »und davon wird unter anderem auch Harrys wahnsinniges Gehalt gezahlt, bei dem du ganz grün vor Neid wirst.«

Rita hat mit ihrer gewohnt unverblümten Art den Nagel auf den Kopf getroffen, was die Eifersucht betraf. Die Zeitungsleute reagierten immer empfindlich, wenn es um den Unterschied zwischen ihren eigenen und den beim Fernsehen gezahlten Gehältern ging. Im Vergleich zu Partridge mit einem Jahresgehalt von 250000 Dollar verdiente Broderick als erstklassiger, höchst kompetenter Reporter nur bescheidene 85000 Dollar.

Als wäre sein Gedankengang nie unterbrochen worden, fuhr der Mann von der *Times* fort: »Was die gesamte Nachrichtenredaktion eures Senders in einem Tag produziert, würde bei uns nicht mal eine halbe Seite füllen.«

»Ein blöder Vergleich«, erwiderte Rita gereizt, »weil jeder weiß, daß ein Bild mehr wert ist als tausend Worte. Wir haben Hunderte von Bildern und wir bringen die Leute dorthin, wo die Nachrichten passieren, damit sie es selber sehen können. Eine Zeitung hat das noch nie geschafft.«

Broderick, seinen doppelten Scotch in der einen Hand, winkte mit der anderen ab. »Ist nicht relevant.« Das letzte Wort machte ihm Schwierigkeiten; er sprach es »revelant« aus.

Nun war es Minh Van Canh, für gewöhnlich kein großer Redner, der fragte: »Warum nicht?«

»Weil ihr alle Dinosaurier seid. Die großen, landesweiten Sender sterben langsam. Ihr wart ja nie mehr als ein Schlagzeilenservice, und jetzt nehmen euch die Lokalsender sogar das noch ab, weil sie mit neuer Technologie auch an Nachrichten von draußen rankommen und euch Berichte klauen.«

»Nun ja«, meinte Partridge, immer noch angenehm entspannt, »es gibt Leute, die behaupten das seit Jahren. Aber schau uns doch an. Wir sind immer noch da, und wir sind immer noch stark, weil die Leute unsere Nachrichten wegen der Qualität ansehen.«

»Genauso ist es«, sagte Rita. »Und du irrst dich außerdem, Brod, wenn du meinst, daß die Nachrichten der Lokalsender besser werden. Werden sie nämlich nicht. Sie werden schlechter. Einige Leute, die mit hohen Erwartungen die großen Sender verlassen haben, um bei den lokalen zu arbeiten, kommen jetzt enttäuscht wieder zurück.«

»Und warum?« wollte Broderick wissen.

»Weil das Management der lokalen die Nachrichten nur im Hinblick auf Werbewirksamkeit und damit zu erzielende Einnahmen betrachtet. Diese neue Technologie, die du erwähnt hast, dient ihnen nur dazu, um die niedersten Instinkte ihrer Zuschauer zu kitzeln. Und wenn sie wirklich jemand von der Nachrichtenredaktion auf eine große Story ansetzen, dann ist er meistens noch ein halbes Kind, ein Anfänger, der mit der Erfahrung und den Möglichkeiten unserer Reporter nicht konkurrieren kann.«

Harry Partridge gähnte. Das Schlimme an dieser Unterhaltung war, daß sie aufgewärmter Kaffee war, ein Spiel, um die Zeit zu überbrücken. Sie verlangte keine intellektuelle Anstrengung, die ganze Sache hatten sie schon viel zu oft durchgespielt.

Plötzlich bemerkte er in der Nähe verstärkte Aktivität.

Die beiden Sicherheitsbeamten waren noch immer in der Bar, die sie zuvor lässig durchschlendert hatten. Doch nun wurden sie plötzlich aktiv und rissen ihre Funkgeräte ans Ohr. Offenbar eine wichtige Meldung. Partridge verstand einige Fetzen. » ... Alarmstufe zwei ... Kollision in der Luft ... nähert sich Landebahn einssieben, links ... Sicherheitsdienst Treffpunkt ...« Die beiden Beamten stürzten hinaus.

Die anderen aus der Gruppe hatten es ebenfalls mitbekommen. »Heh!« rief Minh Van Canh. »Vielleicht ...«

Rita sprang auf. »Ich seh' mal nach, was los ist.« Sie verließ eilig den Raum.

Van Canh und O'Hara packten Kamera und Audiogeräte zusammen. Partridge und Broderick taten das gleiche mit ihrem Gepäck.

Einer der Sicherheitsbeamten war noch in Sichtweite. Rita holte ihn bei einem Schalter der American Airlines ein, und dabei fiel ihr auf, daß er das jugendlich attraktive Aussehen eines Footballspielers hatte.

»Ich bin von CBA News.« Sie zeigte ihm ihren Presseausweis.

Er musterte sie unverhohlen. »Ja, ich weiß.«

Unter anderen Umständen, dachte sie kurz, hätte sie ihn vielleicht mit den Reizen einer älteren Frau bekannt gemacht. Doch dazu war leider keine Zeit. »Was ist los?« fragte sie.

Der Beamte zögerte. »Sie müssen sich ans Informationsbüro wenden ...«

»Später«, erwiderte Rita ungeduldig. »Es ist ein Notfall, oder? Sagen Sie schon.«

»Muskegon Airlines hat Probleme. Einer ihrer Airbusse hatte eine Kollision. Versucht, mit Feuer an Bord zu landen. Wir haben Alarmstufe zwei, das heißt, sämtliche Rettungsdienste sind unterwegs in Richtung Rollbahn eins-sieben, links.« Seine Stimme klang besorgt. »Sieht ziemlich schlimm aus.«

»Ich will mein Kamerateam da draußen haben. Und zwar sofort. In welche Richtung müssen wir?«

Der Sicherheitsbeamte schüttelte den Kopf. »Wenn Sie es ohne Begleitung versuchen, kommen Sie nicht weiter als bis zur Flugfeldrampe. Man wird Sie verhaften.«

Rita fiel etwas ein, das sie einmal gehört hatte: Daß der DFW Airport stolz sei auf seine gute Zusammenarbeit mit den Medien. Sie deutete auf das Funkgerät des Beamten. »Können Sie mit dem Ding das Informationsbüro anrufen?«

»Könnte ich schon.«

»Dann tun Sie es. Bitte!«

Ihre Überredungskünste funktionierten. Der Beamte rief an und erhielt sofort Antwort. Er nahm Ritas Pressekarte, las die Angaben ab und erklärte, was sie wollte.

Sie hörte die Antwort. »Sagen Sie ihnen, daß sie sich zuerst beim Sicherheitsposten eins melden und dort ihre Kennkarten abholen müssen.«

Rita stöhnte. Sie zeigte auf das Funkgerät. »Lassen Sie mich mal.«

Der Beamte drückte die Sprechtaste und hielt ihr das Gerät hin.

Hastig sprach sie in das eingebaute Mikrofon. »Wir haben keine Zeit dazu, das müssen Sie doch verstehen. Wir sind von CBA. Wir haben alle möglichen Referenzen. Den ganzen Papierkram erledigen wir später. Aber bitte, bitte, bringen Sie uns jetzt sofort raus.«

»Moment.« Eine Pause, dann eine neue Stimme in knappem Befehlston: »In Ordnung, gehen Sie schnell zu Gate 19. Fragen Sie jemand nach dem Weg zum Flugfeld. Warten Sie dort auf einen Kombi mit Blinklicht. Ich werde Sie abholen.«

Rita faßte den Beamten am Arm. »Danke!«

Dann lief sie zurück zu Partridge und den anderen, die eben die Bar verließen. Broderick war der letzte. Beim Gehen warf der Mann der *New York Times* noch einen bedauernden Blick auf die zurückgelassenen Drinks, für die er bezahlt hatte.

Rita berichtete knapp, was sie erfahren hatte, und wandte sich dann an Partridge, Minh und O'Hara: »Das kann 'ne große Sache werden. Geht raus aufs Flugfeld. Aber beeilt euch. Ich häng' mich erst ans Telefon und komm' dann nach.« Sie sah auf die Uhr. 17 Uhr 20, 18 Uhr 20 in New York. »Wenn wir schnell sind, schaffen wir es noch bis zur Erstausgabe.« Aber insgeheim zweifelte sie daran.

Partridge akzeptierte mit einem Kopfnicken Ritas Befehle. Die Beziehung zwischen Korrespondent und Produzent war nicht klar definiert. Offiziell war ein Außenproduzent wie Rita verantwortlich für das ganze Team, auch für den Korrespondenten, und wenn irgend etwas schiefging, schob man dem Produzenten die Schuld zu. Aber wenn alles gutging, erhielt natürlich der Korrespondent, dessen Gesicht und dessen Name im Bericht auftauchten, das Lob, obwohl zweifellos auch der Produzent die Story mitgestaltet und Textbeiträge geliefert hatte.

Doch im Fall eines so berühmten und einflußreichen Korrespondenten wie Harry Partridge drehte sich die offiziellle Hackordnung manchmal um, der Korrespondent übernahm die Führung, und der Produzent ließ sich von ihm einschüchtern und wurde überstimmt.

Wenn jedoch Partridge und Rita zusammenarbeiteten, machte sich keiner viel Gedanken über die Rangordnung. Sie wollten einfach die besten Berichte abliefern, die sie beide gemeinsam produzieren konnten.

Während Rita zu einer Telefonzelle stürzte, liefen Partridge, Minh und O'Hara zum Gate 19, wo sie nach einem Zugang zur Flugfeldrampe suchten. Graham Broderick, den die Ereignisse sehr schnell wieder nüchtern gemacht hatten, folgte ihnen auf den Fersen.

Am Ende des Ganges war eine Tür mit der Aufschrift:

FLUGFELD – SPERRZONE
NUR NOTAUSGANG
ALARMGESICHERT

Da kein Offizieller zu sehen war, schob sich Partridge ohne Zögern hindurch, die anderen folgten ihm. Während sie eine Metalltreppe hinunterstürmten, schrillte hinter ihnen die Alarmglocke. Sie ignorierten sie und betraten die Flugfeldrampe.

Es ging zu dieser Tageszeit sehr hektisch zu, auf dem Flugfeld drängten sich Maschinen und Servicewagen. Plötzlich tauchte ein Kombi auf, der mit Blinklicht auf sie zugerast kam. Mit quietschenden Bremsen stoppte er vor Gate 19.

Minh, der dem Wagen am nächsten stand, öffnete die Tür und sprang hinein. Die anderen folgten. Der Fahrer, ein schlanker, junger Mann in braunem Anzug, gab Gas und fuhr so schnell davon, wie er gekommen war. Ohne sich umzudrehen, sagte er: »Hallo, Jungs. Ich bin Vernon – vom Infobüro.«

Partridge stellte sich und die anderen vor.

Vernon nahm drei grüne Kennkarten vom Beifahrersitz und gab sie nach hinten. »Die sind zeitlich begrenzt. Ihr steckt sie euch besser an; ich hab' mich schon über genug Vorschriften hinweggesetzt, aber wie eure Lady schon sagte, wir sind etwas knapp mit der Zeit.«

Sie hatten bereits zwei Rollbahnen überquert und fuhren nun auf einer Zufahrtsstraße in östlicher Richtung. Rechts vor ihnen lagen zwei Landebahnen. An der entfernteren trafen eben die Rettungsfahrzeuge ein.

Rita Abrams sprach von einer Telefonzelle in der Abfertigungshalle mit dem CBA-Büro in Dallas. Sie hatte erfahren, daß der Bürochef bereits von dem Unfall wußte und versucht hatte, ein lokales CBA-Team zum Schauplatz zu schicken. Er war hoch erfreut, als er von der Anwesenheit Ritas und der anderen erfuhr.

Sie sagte ihm, er solle New York informieren, und fragte dann: »Wie sieht's mit Übertragungsmöglichkeiten via Satellit aus?«

»Gut. Ein Übertragungswagen ist bereits von Arlington aus unterwegs.«

Arlington, erfuhr sie nun, war nur dreizehn Meilen entfernt. Der Wagen, der KDLS-TV, einer Tochtergesellschaft von CBA gehörte, war für eine Sportübertragung aus dem Stadion von Arlington bereitgestellt worden, doch nun ließ man diesen Bericht fallen und schickte den Wagen nach DFW. Fahrer und Techniker würden über Autotelefon von ihrem neuen Auftrag erfahren.

Die Nachricht versetzte sie in freudige Erregung. Jetzt bestand doch noch eine gute Chance, rechtzeitig zur Erstausgabe einen Bildbericht nach New York schicken zu können.

Der Kombi mit dem CBA-Trio und dem Mann von der *Times* näherte sich der Landebahn 17L. Die Zahl bedeutete eine Polabweichung von 170 Grad, die Bahn verlief also fast genau in südlicher Richtung; das L bedeutete, daß es sich um die linke der beiden Rollbahnen handelte. Wie auf allen Flughäfen war die Bezeichnung in großen weißen Buchstaben auf den Asphalt gemalt.

Während sie mit unverminderter Geschwindigkeit weiterfuhren, erläuterte Vernon: »Ein Pilot in Not darf sich seine Landebahn selbst aussuchen. Bei uns ist es meistens die 17L. Die ist fast siebzig Meter breit und von den Rettungsdiensten am schnellsten zu erreichen.«

Der Kombi hielt auf einer Rollbahn an, die die 17L kreuzte. Von dort aus würde der Anflug und die Landung des Airbus gut zu beobachten sein.

»Das hier wird der Kommandostand vor Ort«, erklärte Vernon.

Noch immer trafen Rettungsfahrzeuge ein, einige stellten sich in der Nähe des Kombis in Position. Die Flughafenfeuerwehr hatte sieben Lastzüge abgestellt, vier riesige Oshkosh M15 Schaumlöschzüge, einen Drehleiterwagen und zwei kleinere Spezialfahrzeuge für schnelle Eingreifkommandos, sogenannte RIVs. Die Schaumlöschzüge mit ihren riesigen, fast zwei Meter hohen Reifen, den zwei Motoren, je einer vorne und einer hinten, und den Hochdruckspritzen waren praktisch selbständige Brandbekämpfungseinheiten. Die schnellen und wendigen RIVs waren für den Ersteinsatz in allernächster Nähe des brennenden Flugzeugs gedacht.

Polizisten sprangen aus ihren blauweißen Limousinen, holten silberfarbene Schutzanzüge aus den Kofferräumen und zogen sie an. Die Flughafenpolizei sei auch für die Brandbekämpfung ausgebildet, erklärte Vernon. Aus dem Funkgerät des Kombis drang ein Wirrwarr von Befehlen.

Die Löschzüge, die von einem Lieutenant in einer gelben Limousine dirigiert wurden, postierten sich nun in Abständen am Rand der Landebahn. Von allen umliegenden Gemeinden zusammengerufene Krankenwagen strömten auf das Flughafengelände und bezogen etwas abseits der Landebahn Stellung.

Partridge war als erster aus dem Auto gesprungen, er stand jetzt daneben und machte sich Notizen. Broderick, der es nicht ganz so eilig hatte, folgte ihm. Minh Van Canh war auf das Dach des Kombis geklettert und suchte, die schußbereite Kamera auf der Schulter, den Himmel ab. Hinter ihm stand Ken O'Hara mit seinem Aufnahmegerät, Drähte hinter sich herziehend.

Und plötzlich tauchte das havarierte Flugzeug in etwa fünf Meilen Entfernung am Horizont auf, dichter, schwarzer Rauch quoll aus seinem Heck. Minh hob die Kamera, richtete sie aus und drückte sich den Sucher fest ans Auge.

Er war eine kräftige, stämmige Gestalt, nur etwas über einsfünfzig groß, aber mit breiten Schultern und langen, muskulösen Armen. Aus seinem kantigen, dunklen, pockennarbigen Gesicht sahen große, braune Augen mit Gleichmut auf die Welt, sie verrieten nichts von dem, was hinter ihnen liegen mochte. Leute, die Minh nahestanden, behaupteten, es habe lange gedauert, bis sie ihn näher kennenlernten.

Aber in einigen Dingen herrschte Übereinstimmung, nämlich daß er fleißig, verläßlich und ehrlich war und einer der besten Kameramänner im Gewerbe. Seine Filme waren mehr als gut; sie erregten immer große Aufmerksamkeit und waren häufig von hohem künstlerischem Wert. Seine Arbeit für CBA hatte er in Vietnam begonnen – als Einheimischer, der sein Handwerk von einem amerikanischen Kameramann lernte, für den er die Ausrüstung durch den heiß umkämpften Dschungel schleppte. Als sein Lehrer auf eine Mine trat und von ihr getötet wurde, trug Minh die Leiche ins Lager und kehrte dann mit der Kamera in den Dschungel zurück, um weiterzufilmen. Keiner bei CBA konnte sich daran erinnern, ihn je offiziell eingestellt zu haben. Sein Engagement wurde einfach zu einem *fait accompli.*

Im Jahr 1975, kurz vor dem Fall Saigons, waren Minh, seine Frau und seine zwei Kinder unter den wenigen Glücklichen, die vom Hof der Amerikanischen Botschaft in CH-53 Militärhubschraubern an Bord der Siebten Amerikanischen Flotte auf hoher See in Sicherheit gebracht wurden. Selbst da filmte er noch die ganze Aktion, und ein Großteil seines Materials wurde in den National Evening News verwendet.

Nun war es wieder eine Fliegergeschichte, eine ganz andere zwar, aber eine ebenso dramatische und eine, deren Ausgang noch ungewiß war.

Im Sucher wurden die Umrisse des näher kommenden Airbus langsam deutlich. Klarer erkennbar war nun aber auch der helle Flammenkranz auf der rechten Seite mit der dichten Rauchwolke dahinter. Die Flammen schlugen aus der Stelle, wo das Triebwerk abgerissen und jetzt nur noch Teile der Halterung zu erkennen waren. Minh und die anderen Augenzeugen waren erstaunt, daß das Feuer noch nicht das ganze Flugzeug erfaßt hatte.

Vernon im Inneren des Kombi hatte inzwischen auf die Funkfrequenz des Luftverkehrs umgeschaltet. Man hörte, wie die Bodenkontrolle mit dem Airbuspiloten sprach. Der Fluglotse, der den Anflug auf dem Radarschirm überwachte, warnte mit ruhiger Stimme: »Sie sind leicht unterhalb des Gleitwegs ... weichen nach links von der Mittellinie ab ... Jetzt wieder auf dem Gleitweg, auf der Mittellinie ...«

Aber die Airbuspiloten hatten offensichtlich Schwierigkeiten, Höhe und Kurs zu halten. Das Flugzeug schien seitwärts hereinzuschweben, den beschädigten rechten Flügel höher gestellt als den linken. Manchmal brach die Nase der Maschine aus, um sich dann, wie nach einer verzweifelten Anstrengung der Piloten im Cockpit, wieder auszurichten. Es war ein unruhiges Auf und Ab, weil das Flugzeug immer wieder absackte und dann nur mühsam wieder an Höhe gewann. Am Boden stellten sich alle dieselbe unausgesprochene bange Frage: Würde der Airbus, nachdem er nun so lange durchgehalten hatte, auch noch den Rest der Strecke schaffen? Die Antwort wußte niemand.

Aus dem Funkgerät kam die Stimme von einem der Piloten. »Tower, wir haben Probleme mit dem Fahrwerk ... die Hydraulik ist ausgefallen.« Eine Pause. »Wir versuchen, das Gestell im ›freien Fall‹ auszufahren ... *jetzt.*« Ein Feuerwehrhauptmann, der es ebenfalls gehört hatte, war stehengeblieben. Partridge fragte ihn: »Was heißt das?«

»Bei Passagiermaschinen gibt es ein Notsystem, um das Fahrgestell auszufahren, wenn die Hydraulik ausfällt. Die Piloten lassen den gesamten Druck aus der Hydraulik ab, damit das Fahrgestell, das sehr schwer ist, von seinem eigenen Gewicht heruntergezogen wird und dann einrastet. Aber wenn es erst mal unten ist, bringen sie es nicht mehr hoch, auch wenn sie wollten.«

Während der Erläuterung des Feuerwehrmanns war zu sehen, wie das Fahrwerk des Airbus sich langsam senkte.

Augenblicke später kam die ruhige Stimme eines Fluglotsen: »Muskegon, das Fahrgestell ist raus. Aber Achtung: Die Flammen kommen dem vorderen rechten Reifensatz sehr nahe.«

Würden diese Reifen vom Feuer erfaßt, so bestand die Gefahr, daß das Gestell beim Aufsetzen einknickte und das Flugzeug mit hoher Geschwindigkeit nach rechts ausbrach.

Minh holte sich die Maschine mit dem Teleobjektiv heran. Er sah, daß das Feuer inzwischen die Reifen erfaßt hatte. Der Airbus hatte den Rand des Flughafengeländes erreicht ... Er kam immer näher, war kaum noch eine Viertelmeile von der Landebahn entfernt ... Er würde es schaffen, aber das Feuer wurde immer stärker, der Treibstoff lieferte ihm immer neue Nahrung, und nun brannten zwei der vier Reifen auf der rechten Seite, der Gummi schmolz ... Es gab eine Stichflamme, als einer der Reifen explodierte.

Mit zweihundertdreißig Stundenkilometer schwebte der Airbus über der Landebahn herein. Sobald er die wartenden Rettungswagen passiert hatte, setzten sie sich in Bewegung. Mit quietschenden Reifen bogen sie auf das Rollfeld ein und rasten mit Höchstgeschwindigkeit hinter der Maschine her. Zwei gelbe Schaumlöschzüge waren die ersten, die anderen Löschfahrzeuge folgten kurz dahinter.

Als das Fahrgestell auf dem Boden aufsetzte, explodierte der zweite Reifen, dann der dritte. Plötzlich löste sich die gesamte rechte Bereifung auf ... die Räder liefen nur noch auf den Felgen ... das gräßliche Kreischen von Metall, ein Funkenregen, eine Wolke aus Staub und Betonsplittern ... Wie durch ein Wunder schafften es die Piloten, den Airbus auf der Landebahn zu halten ... Die Sekunden dehnten sich, während das Flugzeug über die Piste raste ... Doch endlich stand er. Und im gleichen Augenblick loderten die Flammen in die Höhe.

Mit rasender Geschwindigkeit näherten sich die Löschzüge, Augenblicke später waren die Schaumspritzen in Aktion. In Sekunden quoll die weiße Masse auf und türmte sich wie ein Berg aus Rasierschaum.

Am Flugzeug wurden Türen geöffnet, Notrutschen fielen heraus. Die rechte Vordertür war offen, doch die mittleren wurden vom Feuer blockiert. Auf der linken, vom Feuer abgewandten Seite, waren die vordere und eine der mittleren Türen offen. Einige Passagiere glitten bereits über die Rutschen ins Freie.

Doch von den zwei Heckausgängen auf jeder Seite war bis jetzt noch keiner geöffnet.

Durch die drei offenen Türen quoll Rauch aus dem Flugzeug. Einige Passagiere waren bereits auf dem Rollfeld. Hustend drängten immer neue nach, viele mußten sich übergeben, alle schnappten nach Luft.

Das Feuer an der Außenhaut des Flugzeugs erstickte nun langsam unter Bergen von Schaum.

Die Männer aus den RIVs mit ihren silberfarbenen Schutzanzügen und Atemgeräten hatten schnell reagiert und Leitern an die verschlossenen Hecktüren angelegt. Als sie jetzt von außen geöffnet wurden, quoll noch mehr Rauch aus der Maschine. Die

Männer stürzten hinein, um auch die Brandherde im Inneren zu löschen. Andere drangen durch die vorderen Türen ein und halfen den zum Teil sehr schwachen und benommenen Passagieren beim Ausstieg.

Doch bald ließ der Strom der flüchtenden Passagiere spürbar nach. Harry Partridge schätzte, daß etwa zweihundert Leute das Flugzeug verlassen hatten, aber er wußte auch, daß, einschließlich der Crew, 297 Personen an Bord gewesen waren. Die Feuerwehrmänner begannen nun, Verletzte mit offensichtlich sehr starken Verbrennungen herauszutragen, darunter auch zwei Stewardessen. Noch immer drang Rauch aus der Kabine, wenn auch schon deutlich weniger als zuvor.

Minh Van Canh nahm weiterhin das ganze Geschehen auf, er dachte rein professionell und schloß jeden anderen Gedanken aus, obwohl er sich durchaus bewußt war, daß er der einzige Kameramann am Schauplatz war und etwas ganz Besonderes, wenn nicht Einzigartiges auf seinen Bändern hatte. Seit dem Absturz der Hindenburg war dies vermutlich das erste Mal, daß eine Luftfahrtkatastrophe solchen Ausmaßes live und in solcher Ausführlichkeit aufgenommen wurde.

Krankenwagen waren zum Kommandostand gerufen worden. Etwa zwölf waren bereits da, doch immer noch mehr trafen ein. Sanitäter kümmerten sich um die Verletzten und legten sie auf die wenigen Bahren. In ein paar Minuten würden die Opfer auf dem Weg in die Krankenhäuser sein, die bereits auf sie vorbereitet waren. Als dann ein Helikopter mit Ärzten und Schwestern an Bord landete, glich der Kommandostand neben dem Airbus mehr und mehr einem improvisierten, aber gut funktionierenden Feldlazarett.

Die Geschwindigkeit, mit der das alles passierte, warf ein gutes Licht auf die Notfallplanung des Flugplatzes, dachte Partridge. Über Funk hörte er den Einsatzleiter von etwa einhundertneunzig Geretteten sprechen. Blieben also noch fast einhundert Personen, deren Schicksal ungewiß war.

Ein Feuerwehrmann, der die Atemmaske abgenommen hatte, um sich den Schweiß vom Gesicht zu wischen, stöhnte: »O Gott! Auf den hinteren Sitzen liegen Massen von Toten. Dort war vermutlich der Rauch am dichtesten.« Das erklärte auch, warum die vier Hecktüren nicht von innen geöffnet worden waren.

Wie immer bei Flugzeugunfällen blieben die Opfer, wo sie waren, bis ein Beamter der Flugsicherheitsbehörde – der angeblich bereits unterwegs war – sie zum Abtransport freigeben würde.

Nun verließ auch die Cockpit-Crew, entschieden jede Hilfe ablehnend, das Flugzeug. Als der Kapitän, ein graumelierter, langgedienter Pilot, der natürlich von den vielen Toten bereits wußte, sich nun unter den Verletzten umsah, begann er in aller Öffentlichkeit zu weinen. Und da Minh annahm, daß die Piloten, trotz der vielen Opfer, wegen der sicheren Landung der Maschine im Mittelpunkt des Interesses stehen würden, filmte er das tief betroffene Gesicht des Kapitäns in Großaufnahme. Es war Minhs letztes Bild, denn eine Stimme rief: »Harry! Minh! Ken! Schluß jetzt. Nehmt, was ihr habt, und kommt mit mir. Wir überspielen via Satellit nach New York.«

Die Stimme gehörte Rita Abrams, die mit einem Bus des Informationsbüros eingetroffen war. In einiger Entfernung war der versprochene Übertragungswagen zu sehen. Die Satellitenschüssel des Transporters, die während der Fahrt wie ein Fächer zusammengeklappt werden konnte, wurde eben geöffnet und ausgerichtet.

Gehorsam senkte Minh die Kamera. Zwei weitere Fernsehteams waren mit Rita im Bus angekommen, das eine von KDLS, der CBA-Tochter, und mit ihnen eine Horde von Zeitungsreportern und Fotografen. Sie und viele andere, das wußte Minh, würden die Geschichte nun weiterverfolgen. Aber nur er hatte das wirklich heiße Material, die Exklusivaufnahmen des Unglücks, und er spürte heimlichen Stolz bei dem Gedanken, daß seine Bilder an diesem und an den folgenden Tagen um die Welt gehen und so zu einem Stück Geschichte werden würden.

Vernon fuhr sie im Kombi des Informationsbüros zum Übertragungswagen. Unterwegs skizzierte Partridge bereits den Text, den er in wenigen Minuten sprechen würde. »Du hast eine Minute fünfundvierzig Sekunden«, sagte Rita zu ihm. »Und sobald du fertig bist, machst du die Tonspur und deine Absage für den Schluß. Ich überspiele dann als Schnellschuß nach New York.«

Partridge nickte zustimmend, und Rita sah auf die Uhr: 17 Uhr 43, 18 Uhr 43 in New York. Von der Erstausgabe der Nachrichten waren gerade noch fünfzehn Minuten Sendezeit übrig. Minh gab Rita seine zwei kostbaren Kassetten und legte für Partridges Tonspur und die Absage eine neue ein.

Vernon ließ sie direkt neben dem Übertragungswagen aussteigen. Broderick, der ebenfalls mitgefahren war, mußte zurück zur Abfertigungshalle, um seinen Bericht nach New York durchzugeben. »Vielen Dank, Leute«, rief er zum Abschied. »Und vergeßt nicht, wenn ihr morgen 'nen ausführlichen Bericht wollt, kauft euch die *Times*.«

O'Hara, der High-Tech-Fan, stand beinahe ehrfürchtig vor dem mit Instrumenten vollgepackten Übertragungswagen. »Ein Wahnsinnsding!«

Die Satellitenschüssel auf dem Dach des Wagens war inzwischen zu ihren vollen fünf Metern Durchmesser ausgebreitet und hochgefahren; ein Zwanzig-Kilowatt-Generator sorgte für Strom. In der kleinen, mit Schneide- und Übertragungsgerät vollgestopften Kontrollkabine im Inneren des Wagen richtete einer der Techniker den Sender auf einen Ku-Band-Satelliten, 22300 Meilen über ihren Köpfen, aus – auf Spacenet 2. Was sie nun sendeten, wurde vom Transponder 21 des Satelliten empfangen und von dort sofort nach New York weitergeleitet.

Rita saß neben dem Techniker an einer Schneidemaschine und betrachtete Minhs Aufnahmen auf einem Monitor. Daß es ausgezeichnete Bilder waren, überraschte sie nicht.

Bei normalen Einsätzen, bei denen auch ein Cutter zum Team gehörte, wählten Cutter und Produzent gemeinsam die besten Bildsequenzen aus und legten dann die verschiedenen Komponenten über die Tonspur mit dem Korrespondentenkommentar, so daß ein fertig redigierter und geschnittener Bericht entstand. Doch das dauerte fünfundvierzig Minuten, manchmal sogar länger und war im Augenblick also unmöglich. Rita suchte deshalb schnell entschlossen die dramatischsten Szenen aus und ließ sie, so wie sie waren, vom Techniker überspielen – »als Schnellschuß«, wie es im Fernsehjargon heißt.

Partridge saß auf dem Metalltreppchen vor dem Übertragungswagen und gab seinem Text den letzten Schliff. Er sprach sich nur kurz mit Minh und dem Tontechniker ab und nahm dann seinen Kommentar auf.

Unter Berücksichtigung der Einleitung des Nachrichtensprechers, die in New York geschrieben und die wichtigsten Fakten des Unglücks bringen würde, begann Partridge:

»Die Piloten eines längst vergangenen Krieges nannten es ›Landung mit einem Flügel und einem Gebet‹. Es gab sogar ein Lied darüber ... Was heute passiert ist, wird wohl kaum jemand in einem Lied verewigen.

Der Airbus der Muskegon Airlines war nur noch sechzig Meilen von Dallas-Fort Worth enfernt ... beinahe voll besetzt ... aus Chicago kommend ... als es zur Kollision kam ...«

Wie immer, wenn ein erfahrener Korrespondent für die Fernsehnachrichten textete, hatte auch Partridge »leicht von den Bildern weg« geschrieben. Es war eine sehr spezielle, schwer zu erlernende Kunstform, die einige Reporter nie ganz meisterten. Auch unter professionellen Schreibern erhielt dieses Talent nie die Anerkennung, die es eigentlich verdiente, weil die Texte immer nur als Begleitung zu Bildern geschrieben und selten für sich gelesen wurden.

Der Trick, wie Harry Partridge und einige andere wußten, lag darin, eben nicht die Bilder zu beschreiben. Der Zuschauer sah ja auf seinem Bildschirm, was passierte, und brauchte dazu keine Erklärung. Und doch durften die gesprochenen Worte nicht so weit von den Bildern entfernt sein, daß sie das Bewußtsein des Zuschauers sozusagen spalteten. Es war ein literarischer Balanceakt, und viel davon war Instinkt.

Und noch etwas wußten erfahrene Nachrichtenleute: Die besten Texte bestanden nicht aus ordentlichen, vollständigen Sätzen. Satzfragmente wirkten viel stärker. Die Fakten mußten knapp und präzise, Verben stark und lebendig sein, der Text mußte knistern. Und schließlich sollte der Korrespondent auch mit Sprechweise und Betonung Bedeutung vermitteln. Zugegeben, der oder die Betreffende mußte ein ausgezeichneter Reporter sein, aber darüber hinaus auch Schauspieler. Partridge war all das, doch an diesem Tag gab es ein Handikap: Er hatte die Bilder nicht gesehen, wie es normalerweise der Fall war. Doch wußte er auch so in etwa, wie sie aussehen würden.

Partridge schloß mit einer Absage, dem üblichen Schlußwort eines Korrespondentenberichts. Er war dabei vor dem Hintergrund der hektischen Aktivitäten am Airbus in Großaufnahme zu sehen und sprach direkt in die Kamera.

»In Kürze wird man Genaueres über diese Katastrophe erfahren ... tragische Einzelheiten, die Zahl der Opfer und Verletzten. Doch eins kann man jetzt schon sagen: Die Kollisionsgefahr wird immer stärker ... in den engen Luftkorridoren an unserem überfüllten Himmel ... Harry Partridge, CBA News, Dallas-Fort Worth.«

Minh reichte Rita die Kassette mit dem Text in den Wagen. Da sie Partridge vertraute und ihn zu gut kannte, um wertvolle Zeit mit einer Überprüfung zu verschwenden, ließ sie den Bericht nach New York abgehen, ohne ihn sich vorher angesehen zu haben. Doch als sie dann Augenblicke später sah und hörte, was der Techniker übermittelte, staunte sie. Das Gespräch in der Abfertigungshalle eine halbe Stunde zuvor fiel ihr ein, und sie dachte: Hier sieht man mal, warum Partridge mit seinen vielen Talenten so viel mehr verdient als ein Reporter der *New York Times.*

Draußen war Partridge bereits mit einer weiteren Korrespondentenaufgabe beschäftigt – mit einem Radiobericht für CBA Radio News, den er, nach einem flüchtigen Blick auf seine Notizen, praktisch aus dem Stegreif sprach. Nach dem Ende der TV-Überspielung würde auch der via Satellit nach New York gehen.

3

Die Zentrale von CBA News war ein neutraler und unscheinbarer, achtstöckiger Backsteinbau an der East Side von Upper Manhattan. Einst als Möbelfabrik errichtet, waren von dem früheren Gebäude nur noch die Außenmauern in ursprünglichem Zustand; das Innere war von einer ganzen Reihe von Mietern vielfach umgebaut und umgestaltet worden. Das Ergebnis war ein Labyrinth von Gängen, in denen sich Besucher ohne Begleitung verliefen.

Trotz seines etwas tristen Aussehens beherbergte das Gebäude einen wahren Fürstenschatz an elektronischem Zaubergerät, einen Großteil davon im Reich der Techniker oder den »Katakomben«, wie die zwei Kellergeschosse manchmal genannt wurden. Das Herzstück dieser Vielzahl von Abteilungen mit ihren unterschiedlichen Funktionen hatte einen sehr prosaischen Namen: der Einzollband-Raum.

Alle Berichte der CBA-Teams auf der ganzen Welt trafen, von Satelliten und manchmal auch terrestrisch übertragen, im Einzollband-Raum ein. Und von dort gingen die fertigen Nachrichten, über einen Sendekontrollraum und wieder über Satellit, hinaus zu den Zuschauern.

Charakteristisch für den Einzollband-Raum waren enormer Streß, überlastete Nerven, Spannungen, der Zwang zu schnellen Entscheidungen und barsche Befehle, vor allem kurz vor und während der Sendezeiten der National Evening News.

In solchen Augenblicken mochte die Szene für einen uneingeweihten Beobachter wie ein Irrenhaus, ein technologischer Alptraum wirken. Verstärkt wurde dieser Eindruck noch durch das herrschende Halbdunkel, das nötig war, um den Wirrwarr von Fernsehmonitoren beobachten zu können.

Aber in Wirklichkeit wurde die ganze Operation reibungslos, schnell und mit viel Geschick bewältigt. Fehler konnten katastrophale Folgen haben. Sie kamen nur selten vor.

Ein halbes Dutzend riesiger Zweispulengeräte, jedes in eine Konsole eingebaut und mit einem Kontrollmonitor darüber, dominierte die Szene. Die Geräte arbeiteten mit Magnetbändern von einem Zoll Breite, dem qualitativ hochwertigsten und verläßlichsten Material. An jeder Konsole saß ein geschickter Cutter, der die hereinkommenden Bänder schnell und den Anweisungen entsprechend bearbeitete und wieder hinausschickte. Die Cutter, älter als die meisten anderen in dem Gebäude, bildeten eine bunte Truppe, deren Markenzeichen es war, sich besonders schäbig zu kleiden und ausgelassen zu benehmen. Ein Kommentator hatte sie deshalb einmal die »Kampfpiloten« des Fernsehens genannt.

An jedem Wochentag verließ ein Chefproduzent etwa eine Stunde vor Sendebeginn seinen Sessel am Hufeisen und stieg fünf

Etagen tiefer, um im Einzollband-Raum mit seinen Cuttern das Kommando zu übernehmen. Während er dort wie ein Maestro mit fuchtelnden Armen und lauter Stimme das Geschehen dirigierte, sichtete er das hereinkommende Material, befahl, wenn nötig, weitere Schneidearbeiten und hielt gleichzeitig seine Kollegen am Hufeisen darüber auf dem laufenden, welche der erwarteten Berichte bereits im Haus waren und wie sie auf den ersten Blick wirkten.

Alles, so schien es, traf im Einzollband-Raum immer erst in allerletzter Sekunde ein. Es war eine allgemein akzeptierte Tradition, daß die Produzenten, Korrespondenten und Cutter vor Ort bis zum letztmöglichen Augenblick an ihren Berichten herumfeilten, so daß das meiste erst in der letzten halben Stunde vor Sendebeginn und einiges auch erst danach einging. Nicht selten kam es sogar vor, daß der erste Teil eines Berichts bereits von der einen Bandmaschine in die Sendung eingespeist wurde, während die zweite Hälfte erst auf die andere überspielt wurde. In solch kitzligen Situationen holten die schwitzenden, nervösen Männer das Letzte aus sich heraus.

Der Chefproduzent, der diese Operationen am häufigsten leitete, war Will Kazazis, ein in Brooklyn geborener Sohn griechischer Eltern, deren hitziges Temperament er geerbt hatte. Doch diese Erregbarkeit schien genau zu seiner Arbeit zu passen, denn er verlor trotz allem nie die Kontrolle. So war es Kazazis, der Ritas Satellitenüberspielung aus Dallas empfing, zuerst Minh Van Canhs »Schnellschuß« und dann Harry Partridges Tonspur und seine Absage.

Es war 18 Uhr 48 ... noch zehn Minuten Sendezeit. Die Werbung hatte eben begonnen.

Dem Cutter, der die Überspielung aufgefangen hatte, rief Kazazis zu: »Klatsch das Zeug zusammen, schnell. Nimm Partridge komplett. Und leg die besten Bilder drüber. Du weißt schon, wie. Aber Tempo, Tempo!«

Über einen Assistenten hatte Kazazis das Hufeisen bereits informiert, daß der Bericht aus Dallas hereinkam. Nun wollte Chuck Insen, der im Sendekontrollraum saß, wissen: »Wie ist er?«

»Fantastisch! Wunderbar!« antwortete Kazazis. »Genau das, was man von Harry und Minh erwartet.«

Da Insen wußte, daß er keine Zeit hatte, sich das Band selber anzusehen, und er Kazazis vertraute, sagte er einfach: »Wir bringen es nach diesem Werbespot. Haltet euch bereit.«

Dem Cutter, der trotz seines klimatisierten Arbeitsplatzes schwitzte, blieb weniger als eine Minute, um die Bilder zu schneiden und mit Kommentar und Umweltgeräuschen zu unterlegen.

Insens Befehl ging auch an den Moderator und einen Texter, der neben ihm saß. Die Einleitung war bereits fertig, und der Texter gab das einzelne Blatt nun an Crawford Sloane weiter, der es kurz überflog, schnell ein paar Worte änderte und dem Texter dankbar zunickte. Einen Augenblick später war die Einführung zum ursprünglich geplanten Beitrag vom Teleprompter verschwunden und der Dallas-Text erschien auf dem Monitor. Der Sendeleiter im Studio zählte die Sekunden bis zum Ende der Werbung: »Zehn ... fünf ... vier ... zwei ...«

Auf ein Handzeichen begann Sloane mit ernster Miene: »*Am Anfang dieser Sendung berichteten wir über eine Kollision zwischen einem Airbus der Muskegon Airlines und einer Privatmaschine im Luftraum über Dallas. Das Privatflugzeug stürzte ab. Es gibt keine Überlebenden. Dem brennenden Airbus gelang vor wenigen Minuten eine Notlandung auf dem Flughafen Dallas-Fort Worth. Die Zahl der Opfer ist allerdings hoch. CBA-News-Korrespondent Harry Partridge war Augenzeuge der Katastrophe. Eben erreichte uns sein Bericht.*«

Erst wenige Sekunden zuvor war der Film im Einzollband-Raum fertiggestellt worden. Nun flimmerten über die Monitore im ganzen Haus und über Millionen von Bildschirmen im Osten und Mittelwesten der Vereinigten Staaten sowie in den Grenzbezirken Kanadas die dramatischen Bilder von der Landung des brennenden Airbus, während Partridges Stimme begann: »*Die Piloten eines längst vergangenen Krieges nannten es ›Landung mit einem Flügel und einem Gebet‹ ...*«

So hatte es der Exklusivbericht aus Dallas doch noch in die Erstausgabe der National Evening News geschafft.

Die Zweitausgabe der Abendnachrichten schloß sich immer direkt an die erste an. Sie wurde im Osten sowie in großen Teilen des Mittelwestens von Tochterstationen, die die erste nicht übernahmen, gesendet und im Westen von den meisten Stationen für eine spätere Ausstrahlung aufgezeichnet.

Partridges Bericht aus Dallas würde natürlich den Schwerpunkt der Zweitausgabe bilden. Während die Sender der Konkurrenz für ihre Zweitausgaben inzwischen aller Wahrscheinlichkeit nach Bilder von den Ereignissen nach der Notlandung hatten, blieben die Liveaufnahmen von CBA weltweit exklusiv und sollten in den folgenden Tagen noch oft wiederholt werden.

Zwischen der Erstausgabe und der zweiten lag eine zweiminütige Pause, und Crawford Sloane nutzte sie, um mit Chuck Insen zu telefonieren.

»Hör zu«, sagte Sloane. »Ich glaube, wir sollten die Saudi-Story wieder mit hineinnehmen.«

»Ich weiß, daß du ausgezeichnete Beziehungen hast«, erwiderte Insen sarkastisch. »Kannst du vielleicht fünf Minuten mehr Sendezeit herausschlagen?«

»Ich meine das ernst. Der Bericht ist wichtig.«

»Und stinklangweilig. Ich sage nein.«

»Und was ist, wenn ich ja sage?«

»Darüber werden wir uns morgen unterhalten. Aber inzwischen sitze ich hier mit gewissen Verantwortlichkeiten.«

»Dazu sollte aber auch ein vernünftiges Urteilsvermögen über Auslandsnachrichten gehören.«

»Jeder von uns hat seinen Job«, sagte Insen, »und bei deinem wird langsam die Zeit knapp. Ach übrigens, die Art, wie du die Dallas-Sache gebracht hast – mein Kompliment.«

Ohne zu antworten, legte Sloane auf. Dann fiel ihm noch etwas ein, und er sagte zu dem Texter neben sich: »Jemand soll mir Harry Partridge in Dallas ans Telefon holen. Ich möchte während der ersten Pause mit ihm reden. Ich will ihm und den anderen gratulieren.«

»Fünfzehn Sekunden«, rief der Sendeleiter.

Ja, dachte Sloane, es würde morgen wirklich zu einer Diskussion zwischen ihm und Insen kommen oder, besser gesagt, zu einer Kraftprobe. Vielleicht sollte man Insen klarmachen, daß er seine Schuldigkeit getan hatte und daß es Zeit für ihn war zu gehen.

Mit ernstem, verkniffenem Gesicht kehrte Chuck Insen nach dem Ende der Zweitausgabe in sein Büro zurück, um sich noch ein paar Zeitschriften zu holen, die er später zu Hause lesen wollte.

Lesen, lesen, lesen, um in allen Bereichen informiert zu sein, das war die Last eines Chefproduzenten der Nachrichtenredaktion. Zu jeder Zeit und an jedem Ort fühlte er sich verpflichtet, nach einer Zeitung, einer Zeitschrift, einem Buch und selbst nach den obskursten Publikationen zu greifen, so wie andere nach einer Tasse Kaffee, einem Taschentuch, einer Zigarette griffen. Oft wachte er mitten in der Nacht auf und las oder hörte die Auslandsnachrichten der Kurzwellensender. Zu Hause hatte er über seinen Personal Computer Zugang zu allen wichtigen Presseagenturen, und jeden Morgen um fünf rief er sie alle ab. Bei der Fahrt zur Arbeit hörte er die Radionachrichten – gewöhnlich die von CBS, weil er die, wie die meisten Nachrichtenprofis, für die besten hielt.

Dieses Wissen um die Bandbreite der möglichen Ingredienzen und um die Themen, die das normale Publikum interessierten, war es seiner Meinung nach, was sein Urteilsvermögen in bezug auf Nachrichten dem Crawford Sloanes überlegen machte, der zu oft in elitären Begriffen dachte.

Insen hatte seine eigene Philosophie hinsichtlich der Millionen, die jeden Abend die National Evening News sahen. Was die meisten Leute wollten, so glaubte er, waren Antworten auf drei grundlegende Fragen: Ist die Welt sicher? Ist mein Zuhause und meine Familie sicher? Ist heute etwas Interessantes passiert? Und Insen war es vor allem daran gelegen, daß die allabendlichen Nachrichten diese Antworten lieferten.

Er hatte inzwischen mehr als genug von der besserwisserischen, moralin-sauren Einstellung des Chefsprechers zur Auswahl der Nachrichten, und deshalb würde es morgen auch zu einer knallharten Auseinandersetzung zwischen den beiden kommen, in der er, Insen, Sloane offen sagen wollte, was er dachte, ohne an die Konsequenzen zu denken.

Zu welchen Konsequenzen konnte es überhaupt kommen? In der Vergangenheit hatte bei einem Streit zwischen dem Nachrichtensprecher und dem Chefproduzenten einer Sendeanstalt immer der Sprecher gewonnen, und der Produzent mußte sich nach einer neuen

Arbeit umsehen. Doch inzwischen hatte sich vieles verändert. Es herrschte ein anderes Klima in den Sendeanstalten, und es war durchaus möglich, daß jetzt einmal der Produzent blieb und der Sprecher gehen mußte. Schließlich gibt es für alles ein erstes Mal.

Mit dieser Möglichkeit im Hinterkopf hatte Insen vor einigen Tagen am Telefon ein streng vertrauliches Sondierungsgespräch mit Harry Partridge geführt. Ob Partridge, wollte der Chefproduzent wissen, Interesse habe, aus der Kälte der großen Welt zurückzukommen, um sich in New York niederzulassen und Chefsprecher der National Evening News zu werden? Harry könne in dieser Position Autorität ausstrahlen und sei außerdem genau der richtige Mann dafür – wie er als Urlaubsvertreter für Sloane schon oft genug bewiesen habe.

Partridges Antwort war eine Mischung aus Überraschung und Unsicherheit gewesen, aber zumindest hatte er nicht nein gesagt. Crawf Sloane wußte natürlich nichts von dieser Unterhaltung.

Insen war überzeugt, daß er und Sloane sich nicht weiter so bekriegen konnten, ohne bald zu einer Lösung zu kommen, gleichgültig, wie diese aussah.

4

Es war 19 Uhr 40, als Crawford Sloane in einem Buick Somerset die Garage von CBA News verließ. Er fuhr wie gewohnt einen Dienstwagen, der ihm aufgrund seines Vertrags jederzeit zur Verfügung stand, sogar mit Chauffeur, wenn er wollte. Doch meistens wollte er nicht. Während er von der Third Avenue in die Fifty-ninth Street einbog und in östlicher Richtung auf den FDR Drive zufuhr, dachte er weiter über die eben abgeschlossene Sendung nach.

Zunächst drehten sich seine Gedanken um Insen, doch dann beschloß er, die Sache mit dem Chefproduzenten bis zum nächsten Morgen ruhen zu lassen. Sloane hatte nicht den geringsten Zweifel daran, daß er mit Insen fertig- und ihn loswerden konnte. Vielleicht sollte man ihm den Posten eines Vizepräsidenten anbieten, was für Insen, trotz des wohlklingenden Titels, eine Degradierung bedeutet hätte. Sloane dachte keinen Augenblick daran, daß auch das genaue Gegenteil passieren könnte. Hätte es jemand auch nur angedeutet, er hätte gelacht.

So wandte er seine Gedanken statt dessen Harry Partridge zu.

Partridges schneller und hervorragender Bericht, das wußte Sloane, war ein weiteres Beispiel solider Arbeit in einer ganz außergewöhnlichen Karriere gewesen. Sloane hatte Partridge telefonisch gratuliert und ihn gebeten, Rita, Minh und O'Hara seine Glückwünsche auszurichten. Vom Chefsprecher wurde so etwas erwartet – *noblesse oblige* –, doch bei Partridge tat Sloane es ohne große Begeisterung. Dieses Gefühl war auch der Grund für Sloanes unterschwellige Verlegenheit bei dem Gespräch mit Partridge, eine Verlegenheit, die er in dessen Gegenwart oft empfand. Partridge dagegen hatte ungezwungen gewirkt, wenn auch etwas müde.

Nun, in der Abgeschlossenheit des fahrenden Autos, fragte sich Sloane in einem Augenblick der Ehrlichkeit vor sich selbst: *Wie fühle ich mich im Umgang mit Harry Partridge?* Und er mußte sich mit ähnlicher Offenheit eingestehen: *Er macht mich unsicher.* Frage und Antwort hatten ihre Wurzeln in der jüngeren Geschichte.

Die beiden kannten sich bereits seit über zwanzig Jahren, so lange wie sie bei CBA News arbeiteten, denn beide waren fast gleichzeitig in den Sender eingetreten. Von Anfang an waren sie beruflich erfolgreich, doch sehr entgegengesetzt in ihren Persönlichkeiten gewesen.

Sloane war pedantisch, anspruchsvoll und makellos in Sprache und Kleidung; er genoß es, Autorität zu besitzen, die ihn auch wie eine natürliche Aura umgab. Jüngere neigten dazu, ihn mit »Sir« anzureden, und ließen ihm an der Tür den Vortritt. Bei Leuten, die er nicht kannte, konnte er kühl, sogar leicht distanziert sein, und doch gab es in jeder Art von zwischenmenschlichem Kontakt kaum etwas, das ihm entging, ob es nun ausgesprochen wurde oder nur angedeutet.

Partridge dagegen war lässig in seinem Auftreten und auch in seiner Kleidung eher salopp. Er bevorzugte alte Tweedsakkos und trug nur selten einen Anzug. Seine Ungezwungenheit gab den Leuten, mit denen er sprach, ein Gefühl der Sicherheit und Gleichwertigkeit, und manchmal hatte es den Anschein, als würde ihn nichts sonderlich interessieren. Doch das war eine bewußte Täuschung. Schon früh in seiner Journalistenkarriere hatte Partridge gelernt, daß er mehr herausfand, wenn er eher unbedeutend wirkte und seine scharfe, außergewöhnliche Intelligenz versteckte.

Die beiden waren auch von der Herkunft verschieden.

Crawford war der Sohn einer Mittelschichtfamilie aus Cleveland, und in dieser Stadt erhielt er auch seine Fernsehausbildung. Harry Partridge absolvierte seine eigentliche Lehre als Fernsehreporter bei CBC – der Canadian Broadcasting Corporation – in Toronto, doch zuvor hatte er schon als Ansager, Nachrichtensprecher und Wettermann bei kleineren Radio- und Fernsehstationen im Westen Kanadas gearbeitet. Zur Welt gekommen war er in Alberta, in einem kleinen Dorf namens De Winton in der Nähe von Calgary, wo sein Vater eine Farm bewirtschaftete.

Sloane besaß ein Diplom der Columbia University. Partridge hatte nicht einmal die High-School abgeschlossen, doch bei seiner Arbeit in der Welt der Nachrichten lernte er schnell und viel dazu.

Ihre Karrieren bei CBA verliefen lange Zeit parallel, und deshalb betrachtete man sie allgemein als Konkurrenten. Sloane selbst sah in Partridge wirklich einen Konkurrenten, ja eine Gefahr für seinen Erfolg. Er war sich aber nicht sicher, ob Partridge ähnlich dachte.

Der Konkurrenzkampf zwischen ihnen spitzte sich zu, als sie beide als Kriegsberichterstatter in Vietnam arbeiteten. Der Sender schickte sie Ende 1967 offiziell als Team dorthin, und in gewisser Weise arbeiteten sie auch so. Doch Sloane betrachtete den Krieg nur als willkommene Gelegenheit für einen Karrieresprung, denn schon damals hatte er den Moderatorensessel der National Evening News deutlich als Ziel vor Augen.

Sloane wußte sehr wohl, wie wichtig es auf dem Weg dorthin war, so oft wie möglich in den Abendnachrichten zu erscheinen. Deshalb beschloß er bald nach seiner Ankunft in Saigon, sich nie weit vom »Pentagon Ost«, dem Hauptquartier der amerikanischen Streitkräfte auf dem Luftwaffenstützpunkt Tan Son Nhut, zu entfernen, und wenn er es doch tun mußte, nie lange wegzubleiben.

Auch nach all den Jahren konnte sich Sloane noch gut an eine Unterhaltung mit Partridge erinnern, der eines Tages bemerkt hatte: »Crawf, du wirst diesen Krieg nie verstehen, wenn du immer nur zu den Saigon Follies gehst und im Caravelle herumhängst.« Ersteres war der Spitzname, den das Pressecorps für militärische Einsatzbesprechungen verwandte, letzteres ein Hotel, in dem die internationale Presse, ranghohe Offiziere und das Zivilpersonal der amerikanischen Botschaft ihren Durst stillten.

»Falls du auf Risiken anspielst«, hatte Sloane verstimmt erwidert, »ich bin bereit, die gleichen einzugehen wie du.«

»Vergiß die Risiken. Mit denen müssen wir alle leben. Ich rede über die Art der Berichterstattung. Ich will dieses Land verstehen, die Hintergründe kennenlernen. Manchmal will ich unabhängig sein vom Militär, nicht nur von einem Scharmützel zum anderen latschen und über die Knallerei berichten, wie sie es gerne hätten. Das ist zu einfach. Und wenn ich von der Front berichte, dann will ich ganz vorne mit dabeisein, damit ich sehe, ob es wirklich stimmt, was die Pressefritzen vom Infodienst uns erzählen.«

»Wenn du das willst«, erwiderte Sloane, »bist du tagelang, manchmal sogar wochenlang weg.«

Partridge schien amüsiert über die Bemerkung. »Dacht' ich mir, daß du da gleich draufkommst. Ich bin mir sicher, du hast auch schon gemerkt, daß die Art, wie ich arbeiten will, dir die Möglichkeit gibt, dein Gesicht fast jeden Abend in den Nachrichten zu zeigen.«

Sloane war es unangenehm, so leicht durchschaubar zu sein, zumal es letztlich genau darauf hinauslief.

Niemand konnte behaupten, daß Sloane in seiner Zeit in Vietnam nicht schwer gearbeitet hätte. Er arbeitete schwer, und er ging auch Risiken ein. Gelegentlich begleitete er Einheiten ins Operationsgebiet des Vietcong, stand manchmal mitten im hitzigsten Feuer, und in besonders gefährlichen Augenblicken fragte er sich, wie jeder andere auch, ob er da je wieder lebendig herauskommen würde.

Wie sich zeigte, schaffte er es immer, und er war auch selten länger als vierundzwanzig Stunden vom Hauptquartier weg. Doch kehrte er nie zurück ohne dramatische Kampfbilder und bewegende Geschichten über junge Amerikaner in der Schlacht, genau das Material also, das New York wollte.

Bei all dem wich Sloane nicht von seinem Plan ab, er hielt seine gefährlichen Streifzüge in Grenzen und war so fast immer verfügbar für diplomatische und militärische Lagebesprechungen, die zu der Zeit durchaus Nachrichtenwert hatten. Erst viel später sollte man erkennen, wie oberflächlich Sloanes Art der Berichterstattung gewesen war und wie sehr – im Fall des Fernsehens – dramatische Bilder eine nachdenkliche Analyse und manchmal sogar die Wahrheit in den Hintergrund drängten. Doch als es dann offensichtlich wurde, konnte es Crawford Sloane bereits egal sein.

Sloanes langfristiger Plan ging auf. Er war vor der Kamera schon immer sehr eindrucksvoll gewesen, und in Vietnam war er es um so mehr. Er wurde zum Liebling der Produzenten am Hufeisen in New York und war häufig in den Abendnachrichten zu sehen, machmal sogar drei- oder viermal pro Woche. Durch ebendiese Bildschirmpräsenz konnte er sich eine Gefolgschaft heranziehen, nicht nur unter den Zuschauern, sondern vor allem auch unter den Entscheidungsträgern in der CBA-Zentrale.

Harry Partridge dagegen hielt sich an seinen eigenen Schlachtplan und ging ganz anders vor. Er entschied sich für komplexere Themen, die längere Recherchen erforderten und ihn, zusammen mit einem Kameramann, in die entferntesten Teile Vietnams führten. Er arbeitete sich in die militärische Taktik sowohl der Amerikaner wie des Vietcong ein und verstand so, warum manchmal beide nicht funktionierten. Er untersuchte das Gleichgewicht der Kräfte und hielt sich an vorderster Front auf, wo er Material über die Wirksamkeit von Boden- und Luftangriffen, über Verluste und Nachschub sammelte. Einige seiner Berichte widersprachen den offiziellen militärischen Verlautbarungen aus Saigon, andere bestätigten sie, und es war ebendiese zweite Art der Berichterstattung – Fairneß gegenüber den amerikanischen Streitkräften –, die Partridge und eine Handvoll anderer von der Mehrheit der Korrespondenten in Vietnam unterschied.

Der Großteil der Berichterstattung über den Krieg in Vietnam war zu dieser Zeit bereits negativ und kritisch. Eine Generation junger Journalisten, darunter einige Sympathisanten der Antikriegsbewegung zu Hause, mißtraute dem Militär, ja verachtete es sogar, und diese Überzeugung spiegelte sich in der Berichterstattung der meisten Medien wider. Die Tet-Offensive war nur ein

Beispiel. In den Medien erschien sie als totaler, überwältigender Sieg der Kommunisten, eine Behauptung, die, wie objektivere Untersuchungen zwei Jahrzehnte später belegten, ganz und gar nicht zutraf.

Harry Partridge war einer derjenigen, die schon damals berichteten, daß sich die amerikanischen Streitkräfte in der Tet-Offensive viel besser schlugen, als man ihnen zugestand, daß der Feind viel weniger erfolgreich war, als allgemein berichtet, und daß er bei weitem nicht alle seiner Ziele erreichte. Zunächst zweifelte die Hufeisen-Belegschaft am Wahrheitsgehalt dieser Berichte und wollte sie zurückstellen. Doch nach längerer Diskussion verließ man sich auf Partridges Ruf als solider Rechercheur und sendete die meisten seiner Reportagen.

Eine von denen, die nicht gesendet wurden, enthielt seine Kritik an der negativen Einstellung, die der hochverehrte Walter Cronkite, zu der Zeit der Chefsprecher bei CBS, in einer Nachrichtensendung zum Ausdruck brachte.

In einer »Tet-Sondersendung« von CBS erklärte Cronkite, der damals ebenfalls aus Vietnam berichtete, daß »die blutige Erfahrung in Vietnam in einer Sackgasse enden« würde und »der Feind jeder Eskalation unserer Mittel erfolgreich begegnen kann ...«

Er fuhr fort: »Heute zu behaupten, wir seien näher am Sieg, heißt doch nur ... den Optimisten zu glauben, die sich bereits in der Vergangenheit geirrt haben.« Deshalb, so drängte Cronkite, sollte Amerika »verhandeln, aber nicht als Sieger, sondern als anständiges Volk, das sein Versprechen, die Demokratie zu verteidigen, erfüllt hat und dabei sein Bestes gab«.

Wegen seines Verfassers hatte dieser stark persönlich gefärbte Kommentar, der übrigens mit reinen Faktenmeldungen vermischt war, eine enorme Wirkung und gab »der Antikriegsbewegung Auftrieb und Legitimation«, wie es ein anderer Kommentator formulierte. Präsident Lyndon B. Johnson soll angeblich gesagt haben, wenn er Walter Cronkite verloren hätte, dann hätte er auch das Land verloren.

Partridge gelang es nun durch eine Reihe von Interviews mit Leuten vor Ort in seinem Bericht anzudeuten, daß sich Cronkite nicht nur getäuscht haben könnte, sondern daß er, im Bewußtsein seiner Macht und seines Einflusses als Chefsprecher von CBS, aufgetreten sei »wie ein Präsident ohne Wählervotum und unter Mißachtung seiner lautstark propagierten Maxime des unparteiischen Journalismus« – so einer der Interviewten.

Als Partridges Bericht in New York eintraf, wurde zunächst stundenlang darüber diskutiert. Er machte die Runde bis in die höchsten Ebenen des CBA-Managements, bis man schließlich zu der Entscheidung kam, daß ein Angriff auf die nationale Vaterfigur Walter Cronkite ein Spiel sei, das man nicht gewinnen könne. Doch in Insiderkreisen fanden heimlich gezogene Kopien des Berichts große Verbreitung.

Partridges Ausflüge in heftig umkämpfte Gebiete hielten ihn häufig eine Woche, manchmal sogar länger, von Saigon entfernt. Während seiner Recherchen über den kambodschanischen Untergrund blieb er sogar fast einen Monat verschwunden.

Doch jedesmal kehrte er mit eindrucksvollen Berichten zurück, von denen einige wegen ihrer tiefgehenden Einsichten auch nach dem Krieg in Erinnerung blieben. Keiner zog je Partridges außergewöhnliche journalistische Fähigkeiten in Zweifel, auch Crawford Sloane nicht. Da seine Berichte aber spärlicher kamen und er deshalb nicht so häufig wie Sloane im Fernsehen auftrat, erhielt er bei weitem nicht so viel Beachtung wie sein Kollege.

Doch in Vietnam gab es noch etwas anderes, das Einfluß auf die Zukunft von Partridge und Sloane haben sollte.

Sie hieß Jessica Castillo.

Jessica ...

Crawford Sloane fuhr die Strecke, die er an jedem Arbeitstag zweimal zurücklegte, fast automatisch. Er war inzwischen von der Fifty-ninth Street in die York Avenue abgebogen und fuhr nun nach rechts in die nördliche Zufahrt zum FDR Drive. Die Autobahn führte am East River entlang aus der Stadt hinaus, und da nun keine Kreuzungen und Ampeln mehr störten, beschleunigte er sein Tempo. Sein Haus in Larchmont, nördlich der Stadt am Long Island Sound, war nur noch eine halbe Stunde entfernt.

Ein blauer Ford Tempo hinter ihm beschleunigte ebenfalls.

Sloane war entspannt, wie meistens zu dieser Tageszeit, und seine Gedanken kehrten zu Jessica zurück ... die damals in Saigon Harry Partridges Freundin gewesen war ... die aber schließlich Crawford Sloane geheiratet hatte.

Jessica war damals in Vietnam sechsundzwanzig gewesen, schlank, mit langen braunen Haaren, einem wachen Verstand und gelegentlich einer scharfen Zunge. Sie ließ sich nichts gefallen von den Journalisten, mit denen sie als junge Angestellte der United States Information Agency (USIS, wie man sie nannte) umgehen mußte.

Die Agentur hatte ihre Zentrale in der Le Qui Don Street, in der hinter Bäumen versteckten »Lincoln Library«, dem ehemaligen Rex Theatre, dessen Theaterschild während der ganzen USIS-Zeit an seinem Platz blieb. Viele Journalisten fanden sich häufiger als sie eigentlich mußten in der Agentur ein, und oft waren ihre Anfragen nur ein Vorwand, um einige Zeit mit Jessica verbringen zu können.

Jessica ließ sich die Aufmerksamkeiten gefallen, sie amüsierte sich darüber. Doch als Crawford Sloane sie kennenlernte, gehörte ihre eigentliche Zuneigung bereits ganz Harry Partridge.

Auch nach all den Jahren noch, dachte Sloane, gab es Bereiche in der Beziehung zwischen Partridge und Jessica, von denen er nichts wußte, einige Dinge, nach denen er nie gefragt hatte und die er nie erfahren würde. Doch die Tatsache, daß vor mehr als zwanzig Jahren gewisse Türen zugeschlagen und seitdem nicht mehr geöffnet worden waren, hatte ihn nie davon abgehalten – und würde ihn auch nie davon abhalten –, sich Gedanken zu machen über die intimen Details dieser Zeit.

5

Bereits bei ihrer ersten Begegnung in Vietnam fühlten sich Jessica Castillo und Harry Partridge instinktiv zueinander hingezogen – obwohl ihr Kennenlernen eher einem Schlagabtausch glich. Partridge hatte sich an die USIS gewandt wegen einer Information, von der er wußte, daß sie existierte, die ihm die amerikanischen Militärbehörden jedoch verweigerten. Sie betraf den unter den Soldaten in Vietnam weitverbreiteten Drogenmißbrauch.

Während seiner Ausflüge an die vorderste Front hatte Partridge genügend Beweise für den Drogenmißbrauch gesammelt. Heroin war der harte Stoff, um den es ging, und er war im Überfluß vorhanden. Aus Recherchen, die CBA News auf seine Veranlassung zu Hause angestellt hatte, wußte er, daß sich die Veteranenkrankenhäuser in alarmierendem Maße mit drogenabhängigen Vietnamkämpfern füllten. Es wurde allmählich zu einem nationalen, nicht nur zu einem militärischen Problem.

Vom Hufeisen in New York hatte Partridge grünes Licht zur Weiterverfolgung der Geschichte, doch die offiziellen Quellen hatten dichtgemacht und wollten ihm keine Informationen liefern.

Als er nun Jessicas Büroraum betrat und das Thema zur Sprache brachte, reagierte sie entsprechend. »Tut mir leid. Darüber kann ich nicht reden.«

Ihre Haltung verärgerte ihn, und er machte keinen Hehl daraus. »Wenn Sie nicht darüber reden wollen, heißt das doch, daß Sie den Auftrag haben, jemanden zu decken. Ist es vielleicht der Botschafter, den die Wahrheit in Verlegenheit bringen könnte?«

Sie schüttelte den Kopf. »Auch diese Frage kann ich nicht beantworten.«

Doch Partridge, der langsam wütend wurde, ließ nicht locker. »Dann wollen Sie mir also erzählen, daß es Ihnen hier, in Ihrem gemütlichen Quartier, scheißegal ist, ob sich die GIs da draußen im Dschungel vor Angst in die Hose machen und sich, weil sie keinen anderen Ausweg wissen, mit Drogen zerstören und zu Junkies werden.«

»Davon habe ich nichts gesagt«, erwiderte sie entrüstet.

»Doch, genau das haben Sie gesagt.« Seine Stimme klang verächtlich. »Sie sagten, Sie wollen nicht über eine faule, stinkende Sache reden, die dringend an die Öffentlichkeit gebracht werden muß, über ein Problem, das man den Leuten erst einmal bewußtmachen muß, damit etwas dagegen unternommen werden kann. Damit man die grünen Jungs, die jetzt hierherkommen, warnen und vielleicht retten kann. Was glauben Sie eigentlich, wen Sie

schützen, Lady? Sicher nicht
um die's eigentlich geht. Ihr
dienst. Ich nenne so was ein

Jessica wurde rot. Sie wa
sprach. Aus ihren Augen
einen gläsernen Briefbesch
Einen Augenblick glaubte
wollte sich schon ducken. D
nach, und sie fragte mit n
genau?«

Partridge mäßigte nun
stiken. Ich weiß, daß je
Untersuchungen angestellt wurden.«

Mit einer Bewegung, die ihm später auf liebevolle Weise vertraut werden sollte, strich sie ihre Haare zurück. »Kennen Sie Rex Talbot?«

»Ja.« Talbot war ein junger amerikanischer Vizekonsul an der Botschaft in der Thong Nhut Street, nur wenige Blocks entfernt.

»Ich würde vorschlagen, Sie fragen ihn nach dem MACV Project Nostradamus Report.«

Trotz der Ernsthaftigkeit des Themas mußte Partridge lächeln. Er fragte sich, welches Hirn diesen Titel wohl ausgebrütet hatte.

»Sie müssen Rex ja nicht wissen lassen, daß ich Sie geschickt habe«, fuhr Jessica fort. »Tun Sie einfach so, als wüßten Sie ...«

Er beendete den Satz für sie. » ... etwas mehr, als ich wirklich weiß. Ein alter Journalistentrick.«

»Den Sie auch bei mir angewendet haben.«

»In gewisser Weise«, gab er lächelnd zu.

»Ich hab's die ganze Zeit gewußt«, sagte Jessica. »Aber ich hab's Ihnen durchgehen lassen.«

»Sie sind doch nicht so herzlos, wie ich dachte«, erwiderte er. »Wie wär's, wenn wir uns heute abend beim Essen eingehender über das Thema unterhielten?«

Jessica war selbst überrascht, daß sie die Einladung annahm.

Später entdeckten sie dann, daß sich jeder in der Gegenwart des anderen wohl fühlte, und so wurde dieses Abendessen zur ersten einer langen Reihe von Verabredungen. Doch blieben ihre Begeg-

…ein platonisch, denn etwas hatte Jessica
…ümten Art von Anfang an klargestellt.
…e eins verstehen: Gleichgültig, was hier sonst
…gibt's keine schnelle Geschichte. Wenn ich mit
…gehe, dann ist das für mich etwas ganz Besonderes
…s, und das muß es auch für meinen Partner sein.
…also nicht, ich hätte Sie nicht gewarnt.« Wegen Part-
…usflügen in andere Landesteile Vietnams mußte ihre Bezie-
…auch lange Trennungen überstehen.

…och irgendwann kam unausweichlich der Augenblick, in dem
…as Verlangen sie beide überwältigte.

Sie hatten im Caravelle, in dem Partridge wohnte, zusammen zu Abend gegessen. Danach im Hotelgarten, einer Oase des Friedens mitten im Chaos von Saigon, hatte er die Arme nach Jessica ausgestreckt, und sie war bereitwillig zu ihm gekommen. Sie schmiegte sich eng an ihn, während sie sich küßten, und durch ihr dünnes Kleid spürte er ihre Erregung. Noch Jahre später erinnerte Partridge sich an diese kostbaren, verzauberten Augenblicke, in denen alle Probleme und Sorgen – Vietnam, die Häßlichkeit des Krieges, die unsichere Zukunft – weit weg schienen und nur noch die Gegenwart und sie beide zählten.

»Gehen wir auf mein Zimmer?« fragte er zärtlich.

Jessica nickte stumm.

Eng umschlungen standen sie im Zimmer, in das nur von der Straße ein schwacher Lichtschein hereinfiel, er zog sie behutsam aus, und sie half ihm, wo seine Hände sich ungeschickt anstellten.

»Ich liebe dich«, flüsterte sie, als er in sie eindrang.

In den langen Jahren danach konnte er sich nicht mehr erinnern, ob auch er ihr gesagt hatte, wie sehr er sie liebte, aber er wußte, daß er sie geliebt hatte und sie immer lieben würde.

Partridge war tief bewegt, als er entdeckte, daß Jessica noch Jungfrau war. Doch wurde im Lauf der Zeit ihre Liebe immer vertrauter, und sie fanden im Spiel ihrer Körper die gleiche Erfüllung wie in allen anderen Bereichen.

Zu einer anderen Zeit und an einem anderen Ort hätten sie sehr schnell geheiratet. Jessica wollte heiraten, sie wollte auch Kinder. Doch Partridge zögerte, aus Gründen, die er später bereute. In

Kanada hatte er bereits eine zerbrochene Ehe hinter sich, und er wußte, daß die Ehen von Fernsehreportern oft katastrophal endeten. Denn Korrespondenten führten ein unstetes Leben; häufig verbrachten sie zwei Drittel des Jahres auf Reisen, sie waren es nicht gewöhnt, Verantwortung für eine Familie zu tragen, und unterwegs beständig sexuellen Verführungen ausgesetzt, denen nur wenige auf Dauer widerstehen konnten. So lebten sich die Ehepartner häufig auseinander – sowohl geistig wie körperlich. Wenn sie sich nach langen Trennungen dann wieder trafen, waren sie zu Fremden geworden.

Dazu kam Vietnam. Partridge wußte, daß er sein Leben riskierte, so oft er Saigon verließ, und daß das Glück, das ihm bis jetzt zur Seite gestanden hatte, ihn irgendwann einmal im Stich lassen könnte. Es wäre deshalb nicht fair, so überlegte er, einen anderen – in diesem Fall Jessica – mit dieser Sorge zu belasten, die Gefahr einer Enttäuschung war einfach zu groß.

Eines Morgens, nachdem sie die Nacht miteinander verbracht hatten, vertraute er Jessica ein paar dieser Überlegungen an. Er hätte sich keinen schlechteren Augenblick aussuchen können. Jessica war tief enttäuscht, denn sie sah darin nur das pubertäre Ausbruchverhalten eines Mannes, dem sie ihr Herz und ihren Körper geschenkt hatte. So erwiderte sie nur kalt, daß sie die Beziehung als beendet betrachte.

Erst viel später erkannte sie, daß sie mißverstanden hatte, was in Wirklichkeit Zuneigung und tiefe Besorgnis gewesen war. Wenige Stunden danach verließ Partridge Saigon; es war die Zeit seiner Reise nach Kambodscha, wo er einen Monat lang verschwunden blieb.

Crawford Sloane hatte Jessica einige Male in Harry Partridges Begleitung gesehen und kannte sie auch von seinen gelegentlichen Besuchen im Büro der USIS. Er fand sie bei allen Gelegenheiten äußerst attraktiv und hätte sie gern näher kennengelernt. Doch er wußte, daß sie Partridges Freundin war, und da er sich in solchen Angelegenheiten immer äußerst korrekt verhielt, bat er sie nie um eine Verabredung, wie viele andere es taten.

Aber als Sloane von Jessica selbst erfuhr, daß »Schluß sei« mit Partridge, lud er sie sofort zum Essen ein. Sie nahm an, und die beiden trafen sich von da an häufiger. Zwei Wochen später gestand er ihr, daß er sie aus der Ferne seit langem liebe und nun, da er sie näher kenne, geradezu anbete, und fragte sie schließlich, ob sie seine Frau werden wolle.

Jessica war überrascht und bat um Bedenkzeit.

Ihre Gefühle waren in Aufruhr. Die Liebe zu Harry war leidenschaftlich gewesen. Nie hatte ein Mann sie so überwältigt wie er, sie glaubte auch nicht, daß es je wieder einem gelingen würde. Und sie wußte instinktiv, daß das, was sie mit Harry erlebt hatte, eine einzigartige Erfahrung gewesen war. Sie liebte ihn immer noch, auch das wußte sie sehr genau. Sie sehnte sich noch immer verzweifelt nach ihm; würde er jetzt zurückkommen und sie bitten, seine Frau zu werden, würde sie höchstwahrscheinlich ja sagen. Aber es war offensichtlich, daß Harry sie nicht darum bat. Er hatte sie verstoßen, und Wut und Enttäuschung nagten noch an ihr. Ein Teil ihrer selbst wollte ... es ihm einfach zeigen! So!

Und da war nun Crawf. Jessica mochte Crawford Sloane ... Nein! Mehr als das!... *Sie empfand eine tiefe Zuneigung für ihn. Er war sanft und freundlich, liebevoll und interessant. Und Crawf war solide. Sie mußte sich eingestehen, daß er eine Stabilität besaß, die Harry, so aufregend er auch war, manchmal abging. Doch welche Liebe war für ein ganzes Leben, denn so sah Jessica die Ehe, wichtiger – die mit mehr Aufregung oder die mit mehr Stabilität? Sie wünschte sich, eine eindeutige Antwort auf diese Frage zu wissen.*

Jessica hätte sich noch eine andere Frage stellen können, doch sie tat es nicht: Warum überhaupt eine Entscheidung treffen? Warum nicht warten? Sie war doch noch so jung ...

Ohne sich dessen bewußt zu sein, wurde ihr Denken, wie das aller anderen, vom Leben in Vietnam beeinflußt. Der Krieg war allgegenwärtig wie die Luft, die sie atmeten. Man hatte das Gefühl, die Zeit sei komprimiert und tempogeladen, als würden Uhren und Kalender schneller laufen. Jeder Tag des Lebens schien wie ein Sturzbach aus den geöffneten Schleusen eines Dammes hervorzubrechen. Wer von ihnen wußte denn, wie viele Tage ihm noch blieben? Wer von ihnen würde je zu einem normalen Lebensrhythmus zurückfinden?

In keinem Krieg in der Geschichte der Menschheit war es je anders gewesen.

Sorgfältig wägte Jessica beide Seiten ab. Am Tag darauf nahm sie Crawford Sloanes Antrag an.

Die Trauung wurde sofort vollzogen, von einem Militärgeistlichen in der Amerikanischen Botschaft. Der Botschafter war bei der Zeremonie anwesend und gab danach einen Empfang in seinen Privaträumen.

Sloane war außer sich vor Glück. Jessica redete sich ein, daß sie es auch sei; sie hatte die feste Absicht, ihre Gefühlsverfassung der seinen anzugleichen.

Partridge erfuhr von der Heirat erst nach seiner Rückkehr nach Saigon. Tieftraurig erkannte er nun, wieviel er verloren hatte. Als er Jessica und Sloane besuchte, um ihnen zu gratulieren, bemühte er sich, seinen Schmerz zu verbergen. Doch Jessica kannte ihn zu gut, um es nicht zu bemerken.

Auch wenn sie ähnliche Gefühle wie Partridge haben mochte, behielt Jessica sie für sich und versuchte, sie zu überwinden. Sie sagte sich, daß sie eine Entscheidung getroffen hatte, und sie war entschlossen, Sloane eine gute Frau zu sein, was sie in den ganzen Jahren auch wirklich war. Wie in jeder normalen Ehe gab es Streitigkeiten und Zerwürfnisse, doch die heilten wieder. Und nun waren es nur noch fünf Jahre bis zur Silberhochzeit von Jessica und Crawford Sloane – so unglaublich das für alle Beteiligten auch schien.

6

Crawford Sloane am Steuer seines Buick Somerset war bereits auf halbem Weg nach Hause. Die Triboro Bridge lag hinter ihm, er fuhr nun auf dem Bruckner Expressway und würde bald auf den Interstate 95 abbiegen, den sogenannten New England Thruway, auf dem er Larchmont erreichte.

Der Ford Tempo, der ihn seit dem Verlassen der Zentrale von CBA News verfolgte, war noch immer hinter ihm.

Es war nicht überraschend, daß Sloane das andere Auto nie

bemerkt hatte, weder an diesem Abend noch an all den anderen in den letzten Wochen, in denen es ihn verfolgt hatte. Ein Grund dafür war, daß es sich bei dem Fahrer, einem jungen Kolumbianer mit dünnen Lippen und kalten Augen, der zur Zeit den Decknamen Carlos benutzte, um einen Beschattungsexperten handelte.

Carlos, der vor zwei Monaten mit einem gefälschten Paß in die Vereinigten Staaten eingereist war, hielt diese heimliche Beobachtung nun schon seit fast vier Wochen aufrecht, zusammen mit sechs weiteren Kolumbianern, fünf Männern und einer Frau. Wie Carlos versteckten sich auch die anderen hinter fiktiven Vornamen, die bei den meisten ein kriminelles Vorleben verschleierten. Bis kurz vor Beginn ihrer gegenwärtigen Aufgabe hatten sich die Mitglieder der Gruppe untereinander nicht gekannt. Und auch jetzt wußte nur Miguel, ihr Anführer, der an diesem Abend einige Meilen entfernt war, von ihren wahren Identitäten.

Der Ford Tempo war während der kurzen Zeit seiner Benutzung zweimal umgespritzt worden. Er war auch nur eines von mehreren verfügbaren Fahrzeugen, denn die Gruppe wollte unauffällig bleiben.

Das Resultat dieser Überwachung war eine präzise und detaillierte Studie der Gewohnheiten von Crawford Sloane und seiner Familie.

In dem schnellen Verkehr auf dem Expressway blieb Carlos immer drei Autos hinter Sloane zurück, doch ließ er den Buick nie aus den Augen. Neben Carlos saß ein zweiter Mann, der die einzelnen Etappen in ein Notizbuch eintrug. Er nannte sich Julio – ein dunkelhäutiger, streitsüchtiger und immer schlechtgelaunter Typ mit einer häßlichen Messernarbe in der linken Gesichtshälfte. Hinter ihm auf dem Rücksitz lag ein Funktelefon, einer von sechs Apparaten, die das versteckte provisorische Hauptquartier mit den einzelnen Fahrzeugen verbanden.

Beide, Carlos und Julio, waren skrupellose, trainierte Killer, und beide waren bewaffnet.

Nachdem Sloane wegen eines Auffahrunfalls auf der linken Fahrspur hatte abbremsen müssen, nahm er nun seine alte Geschwindigkeit und den Faden seiner Gedanken über Vietnam, Jessica, Partridge und sich selbst wieder auf.

Trotz seines großen Erfolgs in und seit Vietnam, machte sich Sloane noch immer ein wenig Gedanken über Partridge. Deshalb war er in Partridges Gegenwart auch stets leicht verlegen. Und insgeheim fragte er sich manchmal: Dachte Jessica je an Harry? Erinnerte sie sich noch an die intimen Augenblicke, die sie mit Harry erlebt haben mußte?

Sloane hatte seiner Frau nie eine wirklich intime Frage nach der lange zurückliegenden Beziehung zu Harry gestellt. Er hätte es oft tun können, auch gleich zu Beginn ihrer Ehe, und Jessica hätte, so wie sie nun einmal war, vermutlich in aller Offenheit darauf geantwortet. Doch solche Fragen paßten einfach nicht zu Sloanes Stil. Eigentlich, so überlegte er, wollte er die Antworten gar nicht wissen. Aber eigenartigerweise gingen ihm diese Fragen, auch nach all den Jahren, hin und wieder durch den Kopf, und manchmal warfen sie auch neue Fragen auf: Lag Jessica noch etwas an Harry? Standen die beiden noch in Kontakt? War bei Jessica auch heute noch ein Rest von Bedauern vorhanden?

Und beruflich? ... Schuld war kein Begriff, der für Sloane in bezug auf sich selbst eine große Rolle spielte, und doch wußte er in einem versteckten Winkel seiner Seele, daß Partridge in Vietnam der bessere Journalist gewesen war, obwohl er, Sloane, den Ruhm eingeheimst und dazu noch Partridges Freundin geheiratet hatte. All diese Gedanken waren unlogisch, das wußte er, eine unnötige Unsicherheit, und doch wurde er diese innere Beklommenheit nicht los.

Der Ford Tempo hatte seine Position verändert und fuhr nun einige Autos vor Sloane. Die Ausfahrt Larchmont war nur noch wenige Meilen entfernt, und Carlos und Julia, die inzwischen mit Sloanes Gewohnheiten vertraut waren, wußten, daß er dort den Thruway verlassen würde. Es war ein alter Beschattungstrick, sich gelegentlich vor das Objekt zu setzen. Der Ford würde nun als erster abbiegen, auf Sloane warten und dann wieder hinter ihm herfahren.

Als der Chefsprecher von CBA einige Minuten später den Ortseingang von Larchmont erreichte, folgte ihm der Ford Tempo bereits wieder in unauffälligem Abstand und blieb in sicherer Entfernung vom Haus der Sloanes an der Park Avenue stehen.

Das Haus war, wie es sich für ein Mann mit Sloanes Einkommen gehörte, groß und imposant und bot einen herrlichen Blick auf den Long Island Sound. Unter dem grauen Schieferdach strahlte es in makellosem Weiß, umgeben von einem wohlgepflegten Garten mit einer kreisrunden Auffahrt. Zwei Kiefern bewachten den Eingang. Über dem zweiflügeligen Portal hing eine gußeiserne Laterne.

Mit einer Fernbedienung öffnete Sloane die Tür der Dreiergarage, die sich hinter dem einfahrenden Wagen automatisch wieder schloß.

Der Ford fuhr an und blieb in einer Seitenstraße stehen. Die Beschattung ging weiter.

7

Sloane hörte Stimmen und Gelächter, während er durch den kurzen Gang von der Garage zum Haus ging. Sie verstummten, als er die Tür öffnete und den mit Teppichboden ausgelegten Flur betrat, von dem fast alle Zimmer im Erdgeschoß abgingen. Dann hörte er Jessicas Stimme aus dem Wohnzimmer: »Bist du das, Crawf?«

Er antwortete auf die übliche Weise. »Wenn nicht, bekommst du Ärger.«

Sie reagierte mit einem melodiösen Lachen. »Willkommen, wer du auch bist. Ich bin gleich bei dir.«

Er hörte das Klirren von Gläsern, das Klicken von Eis, und er wußte, daß Jessica Martinis mixte. Es war ihr allabendliches Begrüßungsritual, mit dem sie ihm half, sich von den Anstrengungen des Tages zu erholen.

»Hi, Dad!« rief Nicholas, der elfjährige Sohn der Sloanes, vom Treppenabsatz herunter. Er war groß für sein Alter und sehr schmal. Seine intelligenten Augen strahlten, als er auf seinen Vater zulief und ihn umarmte.

Sloane erwiderte die Umarmung und strich dem Jungen über die braunen Locken. Es war die Art von Begrüßung, die er gern hatte, und er mußte Jessica dafür dankbar sein. Schon kurz nach Nickys Geburt hatte sie ihm beigebracht, daß man Zuneigung mit Berührungen ausdrücken sollte.

Am Beginn ihrer Ehe war es für Sloane nicht einfach gewesen, seine Gefühle offen zu zeigen. Er hielt sich in dieser Hinsicht immer sehr zurück, ließ gewisse Dinge ungesagt, die der Partner dann nur vermuten konnte. Es war ein Teil seiner ihm eigenen Reserviertheit, doch Jessica wollte nichts davon wissen. Sie tat alles, um das zu überwinden, und hatte, zuerst für sich, dann für Nicky, auch Erfolg.

Sloane wußte noch, wie sie ihm gleich zu Beginn gesagt hatte: »Wenn man verheiratet ist, Darling, dann fallen die Schranken. Deshalb haben wir ja ›den Bund geschlossen‹, erinnerst du dich noch an die Worte? Also werden wir uns für den Rest unseres Lebens immer genau sagen, was wir fühlen – und es manchmal auch zeigen.«

Der letzte Teil des Satzes war auf ihr Sexualleben bezogen, das für Sloane auch noch lange nach ihrer Hochzeit Überraschungen und Abenteuer bereithielt. Jessica besaß einige der unverblümten, illustrierten Sexhandbücher, die es im Osten im Überfluß gab, und sie liebte es, zu experimentieren und neue Stellungen auszuprobieren. Hatte er beim ersten Mal noch leicht schockiert und zurückhaltend reagiert, so überwand er doch bald seine Scheu und genoß es schließlich auch, obwohl immer Jessica die Führung übernahm.

(Doch manchmal konnte er nicht umhin, sich zu fragen: Hatte sie diese Sexbücher schon, als sie noch mit Partridge zusammen war? Hatten sie sie benutzt? Doch Sloane hatte nie den Mut, sie zu fragen, vielleicht weil er sich vor einer positiven Antwort fürchtete.)

Gegenüber anderen Leuten behielt er seine Reserviertheit bei. Sloane wußte nicht mehr, wann er seinen Vater das letzte Mal in den Arm genommen hatte, obwohl er in letzter Zeit einige Male daran gedacht, sich dann aber immer zurückgehalten hatte, weil er nicht wußte, wie der alte Angus, so steif und streng wie er war, darauf reagieren würde.

»Hallo, Darling!« Jessica stand in einem weichen, grünen Kleid, seiner Lieblingsfarbe, vor ihm. Sie umarmten sich herzlich und gingen dann ins Wohnzimmer. Nicky setzte sich, wie gewöhnlich, eine Weile zu ihnen, doch er hatte bereits gegessen und würde bald ins Bett gehen.

»Na, wie geht's der Musik?« fragte Sloane seinen Sohn.

»Prima, Dad. Ich übe gerade das Prélude Nr. 2 von Gershwin.«

»An das kann ich mich noch erinnern«, erwiderte sein Vater. »Das hat Gershwin doch geschrieben, als er noch sehr jung war?«

»Ja, mit achtundzwanzig.«

»Am Anfang geht es, glaube ich, dum-di-daa-dum-dii-da-da-de-dum-de-dum-de-dum-de-dum.« Nicky und Jessica lachten über seine Gesangsversuche.

»Ich weiß, welchen Teil du meinst, und ich glaube, ich weiß auch, warum du dich daran erinnerst.« Nicky ging zum Flügel und sang dann in einem klaren, jungen Tenor zu seiner eigenen Begleitung:

»In the sky the bright stars glittered
On the bank the pale moon shone
And from Aunt Dinah's quilting party
I was seeing Nellie home.«

Sloane legte die Stirn in Falten, während er versuchte, sich zu erinnern. »Das hab' ich doch schon mal gehört. Ist das nicht ein altes Lied aus der Zeit des Bürgerkriegs?«

Nicky strahlte. »Genau, Dad!«

»Ich glaube, jetzt verstehe ich«, sagte sein Vater. »Du meinst, daß einige Passagen an Gershwins Prélude Nr. 2 erinnern.«

Nicky schüttelte den Kopf. »Genau andersrum – das Lied war natürlich zuerst da. Aber niemand weiß, ob Gershwin es gekannt und verwendet hat, oder ob es nur Zufall war.«

»Und wir werden es auch nie erfahren.« Amüsiert und beeindruckt von Nickys Wissen, rief Sloane: »Schön dumm!«

Weder er noch Jessica konnten sich noch genau erinnern, wann Nicky zum ersten Mal Interesse an Musik gezeigt hatte, aber er war auf jeden Fall noch sehr jung gewesen, und nun war die Musik Nickys Hauptbeschäftigung.

Nicky hatte eine Vorliebe für das Klavier und erhielt Unterricht von einem ehemaligen Konzertpianisten, einem alten Österreicher, der im nahen New Rochelle lebte. Erst vor einigen Wochen hatte der Lehrer mit seinem starken Akzent zu Jessica gesagt: »Ihr Sohn hat es in der Musik bereits zu einer Meisterschaft gebracht, die für sein Alter ungewöhnlich ist. Später einmal wird er verschiedene Wege einschlagen können – als Konzertpianist oder Komponist, oder vielleicht als Wissenschaftler und Gelehrter. Aber noch viel wichtiger ist, daß die Musik mit Engelszungen der Freude zu Nicholas spricht. Sie ist ein Teil seiner Seele. Ich prophezeie Ihnen, die Musik wird zum Mittelpunkt von Nicholas' Leben werden.«

Jessica sah auf die Uhr. »Nicky, es ist schon spät.«

»Ach Mom, nur noch ein bißchen. Morgen haben wir doch schulfrei.«

»Du hast trotzdem einen anstrengenden Tag vor dir. Ich sage nein.«

Jessica war der Zuchtmeister der Familie, und so ging Nicky, nach herzlichen Gutenachtküssen, auf sein Zimmer. Bald darauf hörten sie ihn auf seinem tragbaren elektronischen Piano spielen, das er immer benutzte, wenn der Flügel im Wohnzimmer nicht zur Verfügung stand.

Jessica brachte die Martinis in das sanft erhellte Wohnzimmer. Während sie die Drinks eingoß, dachte er: *Kann man denn glücklicher sein?* Dieses Gefühl hatte er oft bei Jessica, wenn sie ihn, auch nach über zwanzig Jahren Ehe noch, verwöhnte. Sie trug die Haare nicht mehr lang und machte sich auch nicht mehr die Mühe, ihre grauen Strähnen zu verbergen. An ihren Augen zeigten sich Fältchen. Aber sie war schlank und wohlgeformt, und nach ihren Beinen drehten sich die Männer noch immer um. Eigentlich hatte sie sich kaum verändert, und Sloane war noch immer stolz, mit Jessica an seiner Seite einen Raum zu betreten.

Sie gab ihm sein Glas und bemerkte: »Es muß ein anstrengender Tag gewesen sein.«

»War es auch. Hast du die Nachrichten gesehen?«

»Ja. Die armen Leute in diesem Flugzeug. Was für eine entsetzliche Art zu sterben. Die müssen doch von Anfang an gewußt haben, daß sie keine Chance haben, und dann können sie nur dasitzen und warten.«

Sloane bekam plötzlich Gewissensbisse, als er merkte, daß er daran noch gar nicht gedacht hatte. Manchmal war man als Nachrichtenprofi so sehr damit beschäftigt, Sensationen zusammenzutragen, daß man die menschlichen Wesen, die den Stoff dafür lieferten, völlig vergaß. Ist es die Abgestumpftheit nach der langen Zeit im Nachrichtengewerbe oder nur eine notwendige Distanzierung, wie auch Ärzte sie sich zulegen, fragte er sich. Er hoffte das letztere.

»Wenn du den Bericht aus Dallas gesehen hast«, sagte er, »dann hast du auch Harry gesehen. Wie hat er dir gefallen?«

»Er war gut.«

Jessicas Antwort klang gleichgültig. Sloane beobachtete sie, er wartete auf mehr und fragte sich: *Ist die Vergangenheit für sie wirklich tot und begraben?*

»Harry war mehr als gut. Das war einfach genial«, sagte Sloane und schnippte mit den Fingern. »Ohne Vorwarnung. Und unter irrsinnigem Zeitdruck.« Er erzählte ihr von dem Glücksfall, daß die CBA-Crew sich zu der Zeit im Flughafen aufgehalten hatte. »Harry, Rita und Minh haben es geschafft. Die anderen Sender hatten keine Chance.«

»Harry und Rita scheinen oft zusammenzuarbeiten. Läuft da was zwischen den beiden?«

»Nein. Die sind einfach ein gutes Team.«

»Woher weißt du das?«

»Weil Rita eine Affäre mit Les Chippingham hat. Die beiden glauben, daß es keiner weiß. Aber natürlich weiß es jeder.«

Jessica lachte. »O Gott. Ihr seid vielleicht ein inzestuöser Haufen.«

Leslie Chippingham war der Präsident von CBA News. Mit ihm wollte Sloane tags darauf über die Entlassung von Chuck Insen als Studioleiter sprechen.

»Denk nur nicht, daß ich da auch mitmische«, sagte er zu ihr. »Ich bin glücklich mit dem, was ich zu Hause habe.«

Der Martini hatte ihn entspannt, wie jeden Abend, obwohl weder er noch Jessica starke Trinker waren. Ein Martini und ein Glas Wein zum Essen war ihre Grenze, und tagsüber trank Sloane überhaupt nicht.

»Dir geht's gut heute abend«, bemerkte Jessica, »und gleich geht's dir noch besser.« Sie stand auf, ging zu dem kleinen Schreibtisch an der gegenüberliegenden Wand und brachte ihm einen bereits geöffneten Umschlag. Da Jessica meistens die Post erledigte, war das nichts Ungewöhnliches. »Es ist ein Brief von deinem Verleger und eine Tantiemenabrechnung.«

Er nahm die Papiere, und während er las, huschte ein Lächeln über sein Gesicht.

Crawford Sloanes Buch *Die Kamera und die Wahrheit* war bereits vor einigen Monaten veröffentlicht worden. Es war sein drittes, das er mit Unterstützung eines Mitarbeiters verfaßt hatte.

Was die Verkaufszahlen betraf, hatte das Buch einen langsamen Start gehabt. In New York hagelte es Verrisse, denn keiner der Kritiker in der Metropole wollte sich die Gelegenheit entgehen lassen, jemanden von Sloanes Format niedermachen zu können. Doch in Städten wie Chicago, Cleveland, San Francisco und Miami wurde es von der Kritik freundlich aufgenommen. Und wichtiger noch, nach einigen Wochen wurden bestimmte Passagen in politischen Leitartikeln zitiert – die beste Werbung, die ein Buch haben konnte.

In einem Kapitel über Terrorismus und Geiselnahme schrieb Sloane sehr offen über »die Scham, die die meisten Amerikaner empfanden, als sie 1986/87 erfuhren, daß ihre Regierung die Freiheit einer Handvoll Geiseln im Mittleren Osten mit Tausenden von toten und verstümmelten Irakern, nicht nur auf dem iranisch-irakischen Schlachtfeld, sondern auch unter der Zivilbevölkerung, erkauft hatte«.

Die Kriegsopfer, so argumentierte er, waren die Folge von Waffenlieferungen, die der Iran als Gegenleistung für die Freilassung der amerikanischen Geiseln gefordert hatte. »Einen modernen Judaslohn«, nannte Sloane diese Zahlung und zitierte dazu Kipling's *Dane-geld:*

We never pay any-one Dane-geld,
No matter how trifling the cost;
For the end of that game is oppression and shame,
And the nation that pays it is lost!

Wir zahlen an niemand Tribut,
Gleichgültig wie gering er auch sei.
Denn das Ende vom Lied ist Unterdrückung und Not
Und Schande für das Volk, das ihn zahlt.

Auch andere Bemerkungen Sloanes fanden allgemein Zustimmung:

– Kein Politiker hat den Mut, es laut auszusprechen, und doch muß man davon ausgehen, daß Geiseln im Notfall zu opfern sind.

– Das einzige Mittel zur Bekämpfung des Terrorismus ist Gegenterror, und das bedeutet, die Terroristen, wann immer möglich, aufzuspüren und sie unauffällig zu beseitigen. Das ist die einzige Sprache, die sie verstehen. Und dazu gehört auch, daß man nie, ich wiederhole, nie mit Terroristen verhandelt oder Lösegelder zahlt, ob nun auf direktem oder indirektem Weg.

– Terroristen, die sich an keinen zivilisierten Moralkodex halten, dürfen, wenn sie gefaßt werden, nicht erwarten, den Schutz von Gesetzen und Prinzipien zu genießen, die sie verachten. Die Briten, bei denen die Achtung vor dem Gesetz tief verwurzelt ist, waren bisweilen gezwungen, dieses Gesetz zu beugen, um sich selbst gegen eine amoralische und skrupellose IRA zu verteidigen.

– Was wir auch unternehmen, der Terrorismus wird nie verschwinden, weil die Regierungen und Organisationen die Terroristen unterstützen, in Wahrheit kein Interesse an einer Lösung oder Beilegung des Konflikts haben. Sie sind Fanatiker, die andere Fanatiker als Waffen benutzen.

– Wir in den Vereinigten Staaten müssen in nächster Zukunft mit Terrorismus in unserem eigenen Hinterhof rechnen. Doch sind wir weder gedanklich noch in irgendeiner Weise auf diese skrupellose, allgegenwärtige Art der Kriegsführung vorbereitet.

Bei Erscheinen des Buches herrschte in der CBA-Führungsetage eine gewisse Nervosität wegen solcher Formulierungen wie: ». . . muß man davon ausgehen, daß Geiseln im Notfall zu opfern sind« und »unauffällig beseitigen«, denn man fürchtete, sie würden politische und öffentliche Ressentiments gegen den Sender zur Folge haben. Doch wie sich zeigte, gab es überhaupt keinen Grund zur Sorge, und bald stimmte auch die CBA-Führung in das allgemeine Lob mit ein.

Sloane strahlte, als er die eindrucksvolle Tantiemenabrechnung beiseite legte.

»Du hast das wirklich verdient, und ich bin sehr stolz auf dich«, sagte Jessica. »Vor allem, da du sonst Kontroversen doch eher vermeidest.« Sie hielt inne. »Ach übrigens, dein Vater hat angerufen. Er kommt morgen früh an und möchte gerne eine Woche bleiben.«

Sloane schnitt eine Grimasse. »Schon wieder!«

»Er ist einsam und wird langsam alt. Vielleicht hast du in seinem Alter auch eine Lieblingsschwiegertochter, die du gerne besuchst.«

Sie lachten beide, denn sie wußten, wie vernarrt Angus in Jessica war und sie in ihn. In gewisser Weise standen die beiden sich näher als Vater und Sohn.

Seit dem Tod von Crawfords Mutter vor einigen Jahren lebte Angus alleine in Florida.

»Ich habe es gern, wenn er im Haus ist«, sagte Jessica. »Und Nicky auch.«

»Na, dann ist es ja in Ordnung. Aber solange Dad hier ist, mach doch mal deinen Einfluß geltend und bring ihn dazu, daß er nicht die ganze Zeit über Ehre, Vaterlandsliebe und das ganze Zeug quasselt.«

»Ich weiß, was du meinst. Ich werde tun, was ich kann.«

Der Grund für diesen Wortwechsel war die Tatsache, daß der ältere Sloane sich nie ganz von seinem Status als Held des Zweiten Weltkriegs hatte lösen können; als Bombenschütze der Army Air Forces war ihm der *Silver Star* und das *Distinguished Flying Cross* verliehen worden. Nach dem Krieg hatte er als Steuerberater gearbeitet, was nicht gerade eine spektakuläre Karriere bedeutete, ihm aber immerhin nach dem Rückzug aus dem Geschäft ein finanziell gesichertes und unabhängiges Leben ermöglichte. Doch seine Zeit in der Armee beherrschte weiterhin Angus' Gedanken.

Zwar respektierte Crawford die Heldentaten seines Vaters im Krieg, aber er wußte auch, wie ermüdend es sein konnte, wenn er sich über sein Lieblingsthema ausließ, »den Mangel an Rechtschaffenheit und moralischen Werten in der heutigen Zeit«, wie er es gern nannte. Wenigstens hatte Jessica die Geduld, den Sermon ihres Schwiegervaters zu ertragen.

Sloane und Jessica setzten ihre Unterhaltung beim Essen fort, wie sie es immer gern taten. Jessica hatte zwar ein Dienstmädchen für den Tag, aber das Abendessen bereitete sie selber zu, wobei sie es so einrichtete, daß sie nach der Ankunft ihres Mannes nur noch wenige Minuten in der Küche zubringen mußte.

»Ich weiß, was du eben gemeint hast«, sagte Sloane nachdenklich, »daß ich mich nicht gerne vorwage. Wahrscheinlich bin ich in meinem Leben weniger Risiken eingegangen, als ich es hätte tun können. Aber einige Passagen in diesem Buch waren mir sehr wichtig. Und sind es immer noch.«

»Das Terrorismuskapitel?«

Er nickte. »Seitdem habe ich mir einige Gedanken darüber gemacht, welche Auswirkung der Terrorismus auf uns, auf dich und mich, haben könnte. Und deshalb habe ich auch einige Vorkehrungen getroffen. Ich habe dir bis jetzt noch nichts davon erzählt, aber du solltest es eigentlich wissen.«

Jessica sah ihn neugierig an, während er fortfuhr: »Hast du schon jemals daran gedacht, daß jemand wie ich entführt und als Geisel genommen werden könnte?«

»Immer wenn du im Ausland warst.«

Er schüttelte den Kopf. »Es könnte auch hier passieren. Es gibt für alles ein erstes Mal, und ich und einige andere beim Fernsehen arbeiten ja praktisch in einem Goldfischglas. Wenn Terroristen ihre Aktionen auf die Vereinigten Staaten ausdehnen – und du weißt, daß das meiner Ansicht nach sehr bald passieren wird –, dann sind Leute wie ich eine attraktive Beute, weil alles, was wir tun oder mit uns getan wird, höchste Aufmerksamkeit erhält.«

»Was ist mit den Familien? Könnten die auch zu Zielen werden?«

»Das ist sehr unwahrscheinlich. Terroristen haben es auf große Namen abgesehen. Auf Leute, die jeder kennt.«

»Du hast von Vorkehrungen gesprochen«, sagte Jessica leicht verunsichert. »Welche meinst du?«

»Solche, die wirksam werden, nachdem ich entführt worden bin –

falls das je passieren sollte. Ich habe sie zusammen mit einem Anwalt, den ich kenne, Sy Dreeland, ausgearbeitet. Er hat die ganzen Unterlagen und die Vollmacht, sie zu veröffentlichen, wenn und falls das notwendig werden sollte.«

»Mir gefällt diese Unterhaltung gar nicht«, sagte Jessica. »Du machst mich nervös. Was nützen denn Vorkehrungen, wenn das Schlimmste bereits passiert ist?«

»Bevor es passiert«, erwiderte er, »muß ich mich darauf verlassen, daß der Sender für gewisse Sicherheitsmaßnahmen sorgt, und das geschieht inzwischen auch mehr oder weniger. Aber danach, und das habe ich in meinem Buch ja gefordert, will ich nicht, daß irgend jemand für mich ein Lösegeld bezahlt – auch nicht von unserem eigenen Geld. Und deshalb habe ich unter anderem eine notariell beglaubigte Erklärung hinterlegt, die das bestätigt.«

»Soll das heißen, daß dann unser ganzes Geld eingefroren wäre?«

Er schüttelte den Kopf. »Nein, das könnte ich nicht tun, auch wenn ich es wollte. Fast alles, was wir besitzen, das Haus, die Konten, Gold und Devisen, gehört uns gemeinsam, und du könntest damit tun, was du willst, wie du es auch jetzt schon kannst. Aber falls diese Erklärung veröffentlicht wird und jeder dann weiß, wie ich darüber denke, wäre es mir lieb, wenn du dich auch daran halten würdest.«

»Damit nimmst du mir doch meine Entscheidungsfreiheit«, protestierte Jessica.

»Nein, meine Liebe«, erwiderte er zärtlich. »Ich nehme dir nur eine entsetzliche Verantwortung ab und erspare dir ein Dilemma.«

»Aber mal angenommen, der Sender wäre bereit, Lösegeld zu zahlen.«

»Ich glaube nicht, daß er es wäre, vor allem nicht gegen meinen Wunsch, der ja bereits im Buch festgehalten ist und in der Erklärung noch einmal wiederholt wird.«

»Du hast von Sicherheitsvorkehrungen gesprochen, die der Sender trifft. Davon höre ich zum ersten Mal. Wie sehen die aus?«

»Bei telefonischen Drohungen oder gewissen Spinnerbriefen oder bei Gerüchten über einen möglichen Überfall – was bei allen Sendern passiert und vor allem die Moderatoren betrifft – wird ein privater Sicherheitsdienst alarmiert. Die Männer bewachen dann das Gebäude, begleiten mich überallhin und tun alles, was so ein Sicherheitsdienst eben tun muß. Ich hab' das schon ein paarmal miterlebt.«

»Du hast mir nie davon erzählt.«

»Nein, wahrscheinlich nicht«, gab er zu.

»Was hast du mir sonst noch nicht erzählt?« Eine gewisse Schärfe lag in Jessicas Stimme, obwohl sie sich ganz offensichtlich noch nicht klar darüber war, ob sie nun ärgerlich über das Verschweigen oder einfach ängstlich sein sollte.

»Nichts, was den Sender betrifft, aber da sind noch einige Dinge, die ich mit Dreeland abgesprochen habe.«

»Dürfte ich die vielleicht auch erfahren?«

»Es ist sehr wichtig, daß du sie erfährst.« Sloane ignorierte den Sarkasmus, in den seine Frau sich manchmal flüchtete, wenn sie erregt war. »Wenn jemand entführt wird, gleichgültig wo, ist es inzwischen ziemlich sicher, daß die Entführer eine Videoaufnahme machen oder sogar gezwungen sind, eine zu machen. Diese Aufnahmen werden dann irgend jemandem zugespielt und manchmal sogar im Fernsehen gezeigt, aber niemand weiß sicher, ob das Opfer sich freiwillig aufnehmen ließ oder dazu gezwungen wurde, und falls es gezwungen wurde, in welchem Ausmaß. Wenn man aber vorher gewisse Signale vereinbart, hat das Opfer eine Chance, eine Nachricht zu übermitteln, die auch verstanden wird. Übrigens haben bereits eine ganze Reihe von potentiellen Entführungsopfern bei ihren Anwälten Instruktionen hinterlegt und einen Signalcode vereinbart.«

»Wenn das nicht so ernst wäre, könnte man das Ganze für einen Spionageroman halten«, sagte Jessica. »Und welche Signale hast du vereinbart?«

»Wenn ich mir mit der Zunge die Lippen lecke, was man ja leicht unbeobachtet tun kann, heißt das: ›Ich mache das gegen meinen Willen. Glaubt kein Wort von dem, was ich sage.‹ Wenn ich mich am rechten Ohr kratze, heißt das: ›Meine Entführer sind gut organisiert und schwer bewaffnet.‹ Wenn es das linke Ohr ist, heißt es: ›Die Bewachung hier ist eher nachlässig. Ein Angriff von außen könnte Erfolg haben.‹ Es gibt noch einige andere, aber das reicht fürs erste. Ich will dich mit all dem ja nicht beunruhigen.«

»Na, es beunruhigt mich aber«, erwiderte Jessica und fragte sich im stillen: Könnte das wirklich passieren? Könnte Crawf wirklich entführt und verschleppt werden? Es schien unwahrscheinlich, aber schließlich passierten jeden Tag unwahrscheinliche Dinge.

»Abgesehen von der Angst«, sagte sie nachdenklich, »muß ich zugeben, daß mich einiges davon fasziniert, weil es ein Aspekt von dir ist, den ich, soweit ich weiß, noch gar nicht kenne. Aber ich frage mich schon, warum du nicht dieses Sicherheitstraining machst, über das wir bereits gesprochen haben.«

Dieses Training war ein von einer britischen Firma, Paladin Security, angebotener Antiterror-Kurs, der bereits des öfteren in amerikanischen Nachrichtenprogrammen erwähnt worden war. Der Kurs dauerte eine Woche und war unter anderem dafür gedacht, Leute auf eine Situation vorzubereiten, wie Sloane sie eben angesprochen hatte, also darauf, wie man sich als Opfer einer Entführung zu verhalten hatte. Unterricht in waffenloser Selbstverteidigung gehörte ebenfalls dazu; und seit dem brutalen Angriff auf den CBS-Moderator Dan Rather auf einer New Yorker Straße lag Jessica Crawford in den Ohren, er solle diese Technik doch lernen. Nach dem von zwei Unbekannten verübten, völlig grundlosen Überfall mußte Rather ins Krankenhaus, die Angreifer wurden nie gefaßt.

»Das Problem ist, daß ich nie Zeit für den Kurs habe«, sagte Sloane. »Weil wir gerade davon sprechen, nimmst du noch deine CQB- Stunden?«

CQB war die Abkürzung für Close Quarters Battle, eine spezielle Nahkampfversion ohne Waffen, die von der britischen Eliteeinheit SAS praktiziert wurde. Ein pensionierter britischer Brigadier, der jetzt in New York lebte, gab diesen Kurs, und Jessica hätte es gern gesehen, wenn Crawford ihn ebenfalls besucht hätte. Doch da ihm die Zeit dazu fehlte, ging sie allein zu den Stunden.

»Nicht mehr regelmäßig«, antwortete sie. »Nur noch ungefähr zwei Stunden pro Monat, um in Übung zu bleiben, und manchmal hält Brigadier Wade Vorträge, die ich besuche.«

Sloane nickte. »Gut.«

In dieser Nacht fand Jessica nur wenig Schlaf, denn das Gespräch ging ihr nicht mehr aus dem Kopf.

Die Insassen des Ford Tempo vor dem Haus sahen zu, wie die

Lichter eins nach dem anderen verlöschten. Nachdem sie über das Funktelefon ihren Bericht abgeliefert hatten, beendeten sie die Überwachung und fuhren davon.

8

Kurz nach 6 Uhr 30 wurde die Beobachtung des Hauses in Larchmont wiederaufgenommen. An diesem Morgen war es ein Chevrolet Celebrity, und die beiden Kolumbianer Carlos und Julio saßen zusammengesunken auf den Vordersitzen – eine durchaus gebräuchliche Beschattungstechnik, die verhinderte, daß die Männer von den Insassen vorbeifahrender Autos entdeckt wurden. Der Chevy stand in einiger Entfernung vom Haus in einer Seitenstraße, von der aus das ganze Gelände über die Rück- und Seitenspiegel gut einzusehen war.

Die beiden Männer im Auto waren nervös und angespannt, denn sie wußten, daß dieser Tag der entscheidende werden würde, der Höhepunkt einer langen und sorgfältigen Planung.

Um 7 Uhr 30 trat ein unvorhergesehenes Ereignis ein: Ein Taxi hielt vor dem Haus der Sloanes. Ein älterer Mann mit einem Koffer stieg aus. Er ging ins Haus und blieb dort. Die unerwartete Ankunft dieses Mannes bedeutete eine Komplikation, die über Funktelefon an das provisorische Hauptquartier der Beschatter in etwa zwanzig Meilen Entfernung gemeldet werden mußte.

Das gut funktionierende Kommunikationssystem und der umfangreiche Wagenpark kennzeichneten eine Operation, für die keine Kosten gescheut worden waren. Die Verschwörer, die diese Beschattung und das, was noch folgen sollte, initiiert und organisiert hatten, waren Experten, denen es weder an Einfallsreichtum noch an Geld fehlte.

Sie waren Verbündete des kriminellen Medellín-Kartells, einer Vereinigung kolumbianischer Drogenkönige, die *Newsweek* in einer Ausgabe des Jahres 1988 »reich wie General Motors und skrupellos wie Idi Amin« nannte. Die Mitglieder des Kartells, so das Magazin weiter, »kennen keine Grenzen, achten keine Moral und schrecken vor nichts zurück«.

In Kolumbien, wo das Kartell mit bestialischer Grausamkeit wütete, gingen zahllose Morde auf sein Konto, unter den Opfern auch Polizisten, Richter und Journalisten. Die Kartellführer standen in der Vergangenheit mehrfach mit der sozialistischen Guerillatruppe M-19 in Verbindung, die während eines Blutbads im Jahr 1986 neunzig Menschen, darunter die Hälfte der Mitglieder des Obersten Gerichtshofs Kolumbiens, umbrachte. Trotz seiner Greueltaten unterhielt das Medellín-Kartell enge Beziehungen zur römisch-katholischen Kirche. Ein Kardinal nahm die Mitglieder des Kartells ausdrücklich in Schutz, und ein Bischof gab offen zu, von den Drogenhändlern Geld zu erhalten.

Doch im vorliegenden Fall arbeitete das Kartell nicht für sich selbst, sondern für die peruanische, maoistische Terrororganisation *Sendero Luminoso*, der »Leuchtende Pfad«. In letzter Zeit hatte der Sendero Luminoso in Peru beträchtlich an Macht gewonnen, während die offizielle Regierung immer schwächer und unfähiger wurde. War früher der Herrschaftsbereich des Sendero auf die Andenregion und Zentren wie Ayacucho und Cuzco beschränkt, so überschwemmten inzwischen seine Bomben- und Killerkommandos bereits die Hauptstadt Lima. Und in Lima besaß die Bewegung darüber hinaus heimliche Sympathisanten in Armee und Regierung.

Die Verbindung zwischen Sendero Luminoso und dem Medellín-Kartell war nichts Ungewöhnliches. Der Sendero bediente sich häufig Krimineller, um Entführungen, vor allem ausländischer Staatsbürger, durchzuführen. Solche Entführungen kamen in Peru sehr oft vor, doch die amerikanischen Medien nahmen davon nur wenig Notiz.

Geld aus dem Drogenhandel trug beträchtlich zur Finanzierung des Sendero bei. Weite Gebiete der von ihm kontrollierten Andenregion dienten dem Anbau der Kokapflanze. Aus den Kokapflanzen wurde Kokapaste gewonnen, die per Flugzeug von versteckten Pisten aus nach Kolumbien transportiert und dort zu Kokain weiterverarbeitet wurde.

Obwohl der Sendero Luminoso beharrlich behauptete, nicht mit Drogen zu handeln, verlangte er Tribut von jenen, die es taten – darunter eben auch das Medellín-Kartell.

Die beiden kolumbianischen Gangster im Chevrolet sahen sich

eine Sammlung von Polaroidfotos an, die Carlos, eine geschickter Fotograf, von allen Personen, die in den vergangenen vier Wochen im Haus der Sloanes ein- und ausgegangen waren, gemacht hatte. Der eben eingetroffene alte Mann war nicht darunter.

Julio sprach am Telefon in verschlüsselten Sätzen.

»Eben ist ein blaues Paket eingetroffen. Lieferart Nummer zwei. Das Paket ist im Depot. Eine entsprechende Bestellung ist nicht vorhanden.« Übersetzt hieß das: *Ein Mann ist angekommen. Ein Taxi hat ihn gebracht. Er hat das Haus betreten. Wir wissen nicht, wer er ist, es gibt kein Polaroid von ihm.*

Die barsche Stimme Miguels, des Projektleiters, drang aus dem Hörer: »Welche Lieferscheinnummer?«

Julio, der Probleme mit Codes hatte, fluchte leise, während er in einem Notizbuch nach dem Schlüssel zur Entzifferung suchte. *Wie alt ist die betreffende Person?* stand dort.

Er sah Carlos fragend an. »*Un viejo.* Wie alt?«

Carlos nahm das Buch und las die Frage. »Sag ihm, *Lieferscheinnummer fünfundsiebzig.*«

Auf Julios Antwort folgte die nächste knappe Frage: »Irgendwas Besonderes an dem blauen Paket?«

Julio hatte genug von dem Code und antwortete unverschlüsselt: »Er hat einen Koffer dabei. Sieht aus, als wolle er länger bleiben.«

In einem verfallenen Haus südlich von Hackensack in New Jersey fluchte der Mann mit dem Codenamen Miguel leise über Julios Nachlässigkeit. Diese *pendejos*, mit denen er arbeiten mußte! Im Codebuch stand ein Satz, der seine Frage beantwortet hätte, und er hatte sie doch alle immer wieder gewarnt, daß bei Funktelefonen jeder mithören konnte. Abhörgeräte waren in vielen Geschäften erhältlich. Miguel hatte von einer Radiostation gehört, die sich rühmte, mit einem solchen Gerät mehrere Verbrechen vereitelt zu haben.

Estúpidos! Er konnte diesen Idioten, die man ihm da zugewiesen hatte, einfach nicht klarmachen, wie wichtig es war, vorsichtig, wachsam und auf der Hut zu sein, und zwar immer, nicht nur meistens. Schließlich hing der Erfolg der Mission und ihrer aller Leben und Freiheit davon ab.

Miguel selbst war schon immer fast zwanghaft vorsichtig gewesen. Und deshalb war er auch noch nie verhaftet worden, obwohl er von Interpol und den Behörden in Nord- und Südamerika und einigen europäischen Ländern auf der Liste der meistgesuchten Verbrecher geführt wurde. In der westlichen Hemisphäre wurde ebenso intensiv nach ihm gefahndet wie in der östlichen nach seinem Terroristenkollegen Abu Nidal. Miguel gestattete sich deswegen einen gewissen Stolz, vergaß dabei jedoch nie, daß Stolz zu übergroßem Selbstvertrauen führen konnte, und auch davor war er auf der Hut.

Trotz seines langen terroristischen Vorlebens war Miguel noch immer ein junger Mann, erst Ende dreißig. Seine Erscheinung war eher unauffällig, er sah durchschnittlich gut aus, aber nicht mehr. Man konnte ihn für einen Bankangestellten oder im besten Fall für den Geschäftsführer einer kleinen Firma halten. Zum Teil kam das daher, daß er sich bewußt alle Mühe gab, unbedeutend zu wirken. Er war höflich zu Fremden, aber so unverbindlich, daß er keinen bleibenden Eindruck hinterließ; Leute, die ihn trafen und nicht wußten, wer er war, vergaßen ihn meist sofort wieder.

In der Vergangenheit war diese Unscheinbarkeit und auch die Tatsache, daß er nach außen hin keine Autorität ausstrahlte, sein großes Glück gewesen. Seine Befehlsgewalt blieb verborgen, außer für jene, über die er sie ausübte, doch die bekamen sie unmißverständlich zu spüren.

Bei dem gegenwärtigen Projekt war es für Miguel auch von Vorteil, daß er, obwohl Kolumbianer, in Auftreten und Sprache wie ein Amerikaner wirken konnte. Er hatte Ende der sechziger und Anfang der siebziger Jahre in Berkeley Englisch studiert und sich in dieser Zeit mit viel Geduld eine akzentfreie Aussprache antrainiert.

Damals benutzte er noch seinen richtigen Namen, Ulises Rodríguez.

Seine wohlhabenden Eltern hatten ihm das Studium in Berkeley ermöglicht. Miguels Vater, ein Neurochirurg aus Bogotá, hatte gehofft, sein einziger Sohn würde seinem Beispiel folgen, doch an Medizin hatte Miguel auch damals schon kein Interesse. Statt dessen sah er bereits Ende der siebziger Jahre bedeutende Veränderungen für Kolumbien voraus, die Umwandlung des damals noch aufstrebenden, demokratischen Landes mit einer soliden gesetzlichen Grundlage in ein gesetzloses, unglaublich reiches Gangsterparadies, in dem Grausamkeit und Angst diktatorisch regierten. Das Pharaonengold des neuen Kolumbien war damals noch Marihuana, später sollte es Kokain werden.

Miguel schreckte diese bevorstehende Umwälzung nicht ab. Er hatte, ganz im Gegenteil, die feste Absicht, sich von diesem neuen Kuchen ein Stück abzuschneiden.

Unterdessen vertrieb er sich in Berkeley die Zeit und entdeckte dabei, daß er keinen Funken Gewissen besaß und Menschen schnell und entschlossen töten konnte, ohne Reue oder auch nur einen unangenehmen Nachgeschmack zu empfinden.

Das erste Mal passierte es nach einem sexuellen Abenteuer mit einer jungen Frau, die er beim Verlassen eines Busses kennengelernt hatte. Auf dem Weg von der Bushaltestelle kamen sie ins Gespräch und stellten fest, daß sie beide Studienanfänger waren. Sie schien ihn zu mögen und lud ihn in ihre Wohnung am schäbigeren Ende der Telegraph Avenue ein. Begegnungen dieser Art waren damals normal, die Angst vor AIDS gab es noch nicht.

Nach einem heftigen Bettabenteuer war Miguel eingeschlafen, und als er wieder aufwachte, sah er, wie das Mädchen seine Brieftasche durchsuchte. In ihr steckten verschiedene Ausweise mit fiktiven Namen, denn er übte schon damals für seine spätere Kriminellenkarriere. Das Mädchen interessierte sich mehr für die Papiere, als ihr guttat. Vielleicht war sie eine Informantin, doch das sollte er nie herausfinden.

Ohne lange zu zögern, sprang er aus dem Bett, packte und erwürgte sie. Noch viel später war ihm ihr ungläubiger Blick im Gedächtnis, während sie um sich schlug und sich loszureißen versuchte, und schließlich das stille, verzweifelte Flehen in ihren Augen, kurz bevor sie das Bewußtsein verlor. Mit klinisch distanziertem Interesse stellte er fest, daß das Töten ihm in keinster Weise Probleme machte.

Er blieb eiskalt, wägte seelenruhig seine Chancen ab und stellte fest, daß das Risiko, gefangen zu werden, gleich null war. Im Bus hatten die beiden nicht nebeneinander gesessen, sie hatten sich überhaupt noch nicht gekannt. Daß jemand sie auf dem Weg von der Bushaltestelle beobachtet hatte, war unwahrscheinlich. Beim Betreten des Hauses und im Aufzug zum vierten Stock war ihnen niemand begegnet.

In aller Ruhe wischte er mit einem Tuch die Stellen ab, auf denen er möglicherweise Fingerabdrücke hinterlassen hatte. Schließlich wickelte er sich ein Taschentuch um die Hand, löschte alle Lichter und verließ die Wohnung. Die Tür ließ er hinter sich ins Schloß fallen.

Er vermied den Aufzug und benutzte die Nottreppe. In der Eingangshalle sah er sich um, und als er merkte, daß sie menschenleer war, durchquerte er sie und verließ das Haus.

Am nächsten und an den folgenden Tagen suchte er in den Lokalzeitungen nach Berichten über das tote Mädchen. Doch es dauerte fast eine Woche, bis die bereits teilweise verweste Leiche gefunden wurde, und als es in den folgenden zwei oder drei Tagen keine neuen Entwicklungen und offensichtlich auch keine weiterführenden Hinweise gab, verloren die Zeitungen das Interesse an der Geschichte.

Soweit überhaupt Ermittlungen angestellt worden waren, hatten sie ihn nicht in Verbindung mit dem Mord an dem Mädchen gebracht.

Während seiner Zeit in Berkeley tötete Miguel noch zweimal – in San Francisco, auf der anderen Seite der Bucht. Beide Opfer waren Fremde. Er mordete nur des Nervenkitzels wegen und weil er darin eine gute Übung sah, um seinen sich entwickelnden Fähigkeiten als Söldner den letzten Schliff zu geben. Das war ihm offensichtlich gut gelungen, denn in keinem der Fälle wurde er verdächtigt oder auch nur von der Polizei verhört.

Von Berkeley nach Kolumbien zurückgekehrt, suchte Miguel Anschluß an die eben entstehende Allianz der Drogenkönige. Er hatte einen Pilotenschein und flog mehrmals Kokapaste von Peru zur Weiterverarbeitung nach Kolumbien. Durch die Freundschaft mit der berüchtigten, aber einflußreichen Familie Ochoa wurden ihm jedoch bald andere Türen geöffnet. Schließlich kam die M-19 mit ihren Mordorgien. Miguel war an allen großen und vielen kleineren Blutbädern beteiligt, und schon bald konnte er die Leichen, die er hinterließ, nicht mehr zählen. Allmählich wurde sein

Name international bekannt, doch dank seiner fast pedantischen Vorsicht gab es sonst kaum Informationen über ihn.

Im Lauf der Jahre baute Miguel – oder Ulises Rodríguez – seine Beziehungen zum Medellín-Kartell, zur M-19 und schließlich zum Sendero Luminoso ständig aus. Er blieb aber immer unabhängig und wurde so zu einem internationalen Verbrecher, einem käuflichen Terroristen und Killer, der wegen seiner Effektivität sehr gefragt war.

Natürlich spielte bei der ganzen Sache auch die Politik eine gewisse Rolle. Miguel war rein gefühlsmäßig Sozialist, der den Kapitalismus von Grund auf haßte und die seiner Meinung nach heuchlerischen und korrupten Vereinigten Staaten verachtete. Doch eigentlich stand er Politik in jeder Form skeptisch gegenüber und genoß einfach die Gefahren, das Risiko und die Dramatik des Lebens, das er führte, wie andere ein Aphrodisiakum.

Ebendiese Art von Leben hatte ihn vor eineinhalb Monaten in die Vereinigten Staaten geführt, wo er versteckt und heimlich eine Operation vorbereitete, die nun in wenigen Stunden über die Bühne gehen und die Weltöffentlichkeit schockieren sollte.

Seine ausführlich geplante Reiseroute war umständlich, aber sicher gewesen: von Bogotá in Kolumbien über Rio de Janeiro nach Miami. In Rio hatte er Papiere und Identitäten wechseln wollen, um in Miami als brasilianischer Verleger auf dem Weg zu einer Buchmesse in New York einzutreffen. Aber ein Spitzel im amerikanischen Außenministerium hatte das Medellín-Kartell gewarnt, daß die Einwanderungsbehörde in Miami dringend alle verfügbaren Informationen über Miguel erbeten habe, vor allem solche über die diversen Identitäten, die er, soweit bekannt, in der Vergangenheit benutzt hatte.

Miguel war wirklich schon einmal unter dem Namen des brasilianischen Verlegers aufgetreten, und obwohl er davon ausging, daß diese Indentität noch nicht aufgedeckt war, schien es ihm sicherer, Miami zu meiden. Er nahm deshalb eine gewisse Verzögerung in Kauf und flog von Rio nach London, wo er sich eine vollkommen neue Identität und einen druckfrischen, offiziellen britischen Paß zulegte.

Die Prozedur war höchst einfach.

Ach, diese unschuldigen Demokratien! Wie dumm und naiv sie doch waren! Wie einfach es war, ihre hochgerühmte Freiheit und das liberale System zu unterlaufen und zum Vorteil derer zu nutzen, die, wie Miguel, an keins von beiden glaubten.

Kurz bevor er London erreichte, hatte er erfahren, wie es gemacht werden mußte.

Zunächst ging er zum St. Catherine's House an der Kreuzung von Kingsway und Aldwych, wo Geburten, Heiraten und Todesfälle für England und Wales registriert werden. Dort beantragte Miguel drei Geburtsurkunden.

Wessen Geburtsurkunden? Von beliebigen Personen, deren Geburtsdatum genau oder zumindest annähernd mit dem seinen übereinstimmte.

Ohne jemanden zu fragen und ohne aufgehalten zu werden, nahm er fünf leere Antragsformulare und ging damit zu einer Reihe von Regalen, auf denen großformatige, mit Jahreszahlen versehene Bände standen. Miguel suchte sich das Jahr 1951 heraus. Der Band war in vierteljährliche Abschnitte unterteilt. Er blätterte zum vierten Quartal und den Buchstaben M bis R.

Sein Geburtsdatum war der 14. November dieses Jahres. Beim Durchblättern stieß er auf den Namen »Dudley Martin«, geboren am 13. November in Keighley, Yorkshire. Der Name schien geeignet, er war weder zu ungewöhnlich noch so auffallend alltäglich wie etwa Smith. Perfecto! *Miguel trug die Angaben in das rotgedruckte Antragsformular ein.*

Nun brauchte er noch zwei Namen. Er hatte vor, drei Pässe zu beantragen, wobei ihm zwei nur als Sicherheit dienten, falls mit dem ersten etwas schiefging. Es war ja immerhin möglich, daß auf den Namen Dudley Martin bereits ein gültiger Paß ausgegeben worden war. In diesem Fall würde kein neuer ausgestellt werden.

Er füllte zwei weitere Antragsformulare aus. Bewußt wählte er zwei Familiennamen, deren Anfangsbuchstaben im Alphabet weit von »M« wie Martin entfernt waren; der eine begann mit »B«, der andere mit »Y«. Miguel wußte, daß im Meldeamt verschiedene Angestellte verschiedene Buchstabengruppen bearbeiteten. Die weite Streuung der Buchstaben sorgte dafür, daß die drei Anträge von verschiedenen Personen bearbeitet wurden und so keine Ähnlichkeiten festgestellt werden konnten.

Während des Schreibens achtete Miguel darauf, daß er keines der Formulare, die er ausfüllte, berührte. Deshalb hatte er fünf Formulare mitgenommen; die beiden äußeren schützten die anderen drei vor seinen Fingerabdrücken, er würde sie später vernichten. Seit Berkeley hatte er gelernt, daß nichts, auch das sorgfältigste Wischen nicht, Fingerabdrücke vollkommen auslöschen konnte – mit modernsten Verfahren, dem Ninhydrin-Test oder dem Ion-Argon-Laser etwa, waren sie trotzdem zu identifizieren.

Als nächstes kam ein kurzer Gang zur Zahlstelle. Dort legte er seine Anträge vor, wobei er es auch weiterhin vermied, die drei ausgefüllten Blätter zu berühren. Der Kassierer verlangte fünf Pfund für jede Geburtsurkunde, die Miguel bar bezahlte. Er erfuhr, daß die Dokumente in zwei Tagen fertig seien.

In dieser Zeit verschaffte er sich drei Postadressen.

Aus Kelly's London Business Directory, dem Londoner Branchenbuch, schrieb er sich verschiedene Büroagenturen heraus, über deren unauffällige Adressen er seine Post laufen lassen konnte. Er besuchte nun eine dieser Agenturen und zahlte fünfzig Pfund, wiederum in bar. Eine Deckgeschichte hatte er sich bereits zurechtgelegt: Er eröffne eben ein kleines Geschäft und könne sich kein eigenes Büro oder eine Sekretärin leisten. Wie sich zeigte, stellte man keine weiteren Fragen. Er wiederholte den Vorgang noch bei zwei anderen Agenturen, und auch bei denen zeigte man sich alles andere als wißbegierig. Nun hatte er drei verschiedene Adressen für seine drei Paßanträge, und keine konnte zu ihm selbst zurückverfolgt werden.

Ein Fotoautomat lieferte ihm drei verschiedene Sätze Paßfotos, wobei er jedesmal sein Aussehen veränderte. Bei einem klebte er sich einen Vollbart an, beim zweiten war er glattrasiert und trug das Haar gescheitelt, und für das dritte setzte er sich eine dicke, auffallende Brille auf.

Tags darauf holte er seine drei Geburtsurkunden von St. Catherine's House ab. Wie schon beim ersten Mal fragte ihn keiner danach, wozu er sie brauche.

In einem Postamt hatte er sich bereits zuvor drei Paßanträge *geben lassen, wobei er wiederum darauf achtete, sie nicht zu berühren. Mit Plastikhandschuhen füllte er nun diese Anträge aus. Als Adresse der Antragsteller gab er jeweils eine der drei Agenturen an.*

Jedem Antrag mußten zwei Fotos beigelegt werden. Auf dem Rücken des einen Fotos mußte eine »beruflich qualifizierte Person«, ein Arzt oder ein Anwalt etwa, die Identität des Antragstellers mit seiner Unterschrift bestätigen und außerdem versichern, daß er ihn bereits seit mindestens zwei Jahren kenne. Einem Rat folgend, schrieb und unterzeichnete Miguel diese Angaben selbst, wobei er seine Handschrift verstellte und Namen verwendete, die er wahllos aus dem Telefonbuch herausgesucht hatte. Mit selbstgefertigten Gummistempeln verlieh er Namen und Adressen mehr Glaubwürdigkeit.

Trotz der Warnung auf dem Antrag, daß diese Beglaubigungen überprüft würden, kam dies höchst selten vor, und das Risiko der Entdeckung war äußerst gering. Es gab einfach zu viele Anträge und zu wenig Personal.

Für diese »Identifikationsfotos«, die nicht in den Pässen auftauchten, sondern im Meldeamt aufbewahrt wurden, gab es noch eine Sonderbehandlung: Mit einem weichen Schwamm trug Miguel eine schwache Domestoslösung auf. Unter der Säureeinwirkung würden die Fotos ausbleichen, und nach zwei oder drei Monaten würden von Miguel und seinen drei Deckidentitäten keine Bilder mehr existieren.

Miguel schickte die drei Anträge, jeden mit einer Zahlungsanweisung über fünfzehn Pfund, mit der Post, obwohl er wußte, daß es mindestens vier Wochen dauern würde, bis die Pässe ausgestellt und zurückgeschickt waren. Die ermüdende Wartezeit nahm er um der erhöhten Sicherheit willen in Kauf.

In der Zwischenzeit schickte er mehrere, an sich selbst adressierte Briefe an seine drei Postadressen. Nach ein paar Tagen rief er bei den Agenturen an, fragte, ob Post für ihn eingetroffen sei, und teilte ihnen bei einer positiven Antwort mit, daß er sie von einem Boten abholen lasse. Dann suchte er sich irgendwelche Jungen von der Straße, gab ihnen ein paar Pfund und schickte sie zu den Agenturen. Bei ihrer Rückkehr achtete er sorgfältig darauf, daß sie nicht verfolgt wurden, bevor er mit ihnen wieder in Kontakt trat. Sobald die Pässe bei seinen Lageradressen eintrafen, wollte er sie auf die gleiche Weise abholen lassen.

In der fünften Woche kamen alle drei Pässe innerhalb weniger Tage an und konnten ohne Probleme eingesammelt werden. Miguel lächelte, als er den dritten in Händen hielt. Excelente! *Er hatte vor, den Paß auf den Namen Dudley Martin zu benutzen und die anderen zwei für eine spätere Verwendung aufzuheben.*

Nun blieb nur noch eins zu tun: Er mußte sich ein Rückflugticket für die Vereinigten Staaten kaufen. Miguel erledigte das noch am selben Tag.

Bis 1988 brauchten alle Inhaber eines britischen Passes ein Visum für die Einreise in die USA. Das war inzwischen nicht mehr nötig, sofern der Reisende ein Rückflugticket besaß und sich nicht länger als neunzig Tage in den Vereinigten Staaten aufhielt. Natürlich hatte Miguel nicht die Absicht, den Rückflug wirklich anzutreten, aber die Mehrkosten waren belanglos im Vergleich zum Risiko eines erneuten Gangs durch die Bürokratie. Die Neunzigtagefrist war für ihn ohne Bedeutung, denn er hatte gar nicht vor, so lange zu bleiben, und würde die Staaten ohnehin heimlich oder wiederum unter falschem Namen verlassen.

Miguel hatte sich sehr über die Änderung der amerikanischen Visabestimmungen gefreut. Wieder einmal begünstigten diese so angenehm liberalen Systeme ihn und die Leute seines Schlags.

Am nächsten Morgen flog er nach New York und passierte im John F. Kennedy Airport ohne Probleme die Paßkontrolle.

Nach seiner Ankunft in New York fuhr Miguel sofort in das große kolumbianische Viertel in Queens, wo ein Agent des Medellín-Kartells bereits ein sicheres Haus für ihn besorgt hatte.

»Little Columbia« in Jackson Heights erstreckte sich von der Sixty-ninth bis zur Eighty-ninth Street. Es war ein blühendes Zentrum des Drogenhandels und eine der gefährlichsten Gegenden New Yorks, in der Gewalt eine Nebensächlichkeit und Mord an der Tagesordnung waren. Uniformierte Polizisten wagten sich allein kaum dorthin, und nachts waren sie auch zu zweit nie zu Fuß unterwegs.

Für Miguel war der Ruf des Viertels kein Problem, er betrachtete ihn im Gegenteil eher als Schutz, während er plante, heimlich bereitgestelltes Geld abrief und die kleine Truppe um sich versammelte, die unter seiner Führung operieren sollte. Die sieben Mitglieder dieser Truppe, Miguel eingeschlossen, waren in Bogotá ausgesucht worden.

Julio, der im Augenblick vor Sloanes Haus Dienst tat, und Socorro, die einzige Frau der Gruppe, waren Kolumbianer, die das Medellín-Kartell als »Schläfer« eingesetzt hatte. Vor einigen Jahren hatte man sie nach Amerika geschickt, wo sie als Immigranten auftraten und keinen anderen Auftrag hatten, als sich einzurichten und einzuleben und zu warten, bis ihre Dienste bei Drogengeschäften oder anderen kriminellen Aktivitäten benötigt würden.

Julio war der Kommunikationsspezialist. Socorro hatte während ihrer »Schläfer«-Zeit eine Ausbildung als Schwesternhelferin abgeschlossen.

Socorro hatte noch eine zusätzliche Verbindung. Über Freunde in Peru war sie zur Symphatisantin des revolutionären Sendero Luminoso geworden und arbeitete gelegentlich in Amerika als Agentin für diese Organisation. Unter Lateinamerikanern kamen solche Grenzüberschreitungen zwischen dem politisch motivierten und dem profitorientierten Verbrechen häufig vor; und wegen ihrer Doppelrolle fungierte Socorro in dieser Operation auch als Beobachterin für den Sendero.

Von den restlichen vier waren drei ebenfalls Kolumbianer, denen man die Decknamen Rafael, Luís und Carlos zugewiesen hatte. Rafael war Mechaniker und der Handwerker der Gruppe. Luís war wegen seiner fahrerischen Fähigkeiten ausgesucht worden; er war Experte, wenn es darum ging, Verfolger abzuschütteln, vor allem bei einer Flucht vom Tatort eines Verbrechens. Carlos war jung und aufgeweckt, er hatte die Beschattungsaktion der vergangenen vier Wochen organisiert. Alle drei sprachen fließend Englisch und waren schon öfter in den Vereinigten Staaten gewesen. Für diese Operation waren sie einzeln, ohne sich gegenseitig zu kennen, und mit gefälschten Papieren eingereist. Sie hatten den Befehl, sich bei dem Medellín-Agenten zu melden, der Miguel das Haus vermittelt hatte, und sich dann direkt Miguel zu unterstellen.

Das letzte Mitglied der Truppe war ein Amerikaner mit dem Decknamen Baudelio. Miguel mißtraute Baudelio zutiefst, aber das Wissen und die Fähigkeiten dieses Mannes waren für den Erfolg der Mission unabdingbar.

Als Miguel jetzt im provisorischen Hauptquartier der Gruppe in Hackensack über den suspekten Amerikaner nachdachte, stieg die Wut in ihm hoch. Sie verstärkte nur noch seinen Unmut über Julio wegen dessen sorglosen Rückfalls in die normale Sprache. Er hatte den Hörer noch in der Hand und zwang sich, seine persönlichen Gefühle zu unterdrücken, während er sich eine Antwort überlegte.

Julio hatte von einem etwa fünfundsiebzigjährigen Mann berichtet, der vor wenigen Minuten mit einem Koffer in der Hand das Haus der Sloanes betreten hatte, »als wolle er länger bleiben«, wie Julio so unvorsichtig bemerkt hatte.

Vor seiner Abreise aus Bogotá hatte Miguel ausführliche Informationen erhalten, die er jedoch nur teilweise an seine Truppe weitergegeben hatte. So wußte er unter anderem auch, daß Crawford Sloane einen Vater hatte, auf den die Beschreibung des Neuankömmlings paßte. Miguel überlegte nun: Der Alte, der seinen Sohn besuchte, war für sie zwar lästig, aber auch nicht mehr. Man würde ihn mit Sicherheit noch an diesem Tag töten müssen, doch das war kein Problem.

Miguel drückte die Sprechtaste und befahl Julio: »Unternehmt nichts wegen des blauen Pakets. Meldet euch nur, wenn neue Bestellung eingeht.« »Neue Bestellung« hieß: *Wenn eine Veränderung eintritt.*

»Roger«, antwortete Julio knapp.

Miguel legte das Funktelefon weg und sah auf die Uhr. Beinahe 7 Uhr 45. In zwei Stunden würden alle sieben Mitglieder seiner Gruppe auf ihren Plätzen und bereit zum Handeln sein. Alles war sorgfältig geplant, an alle möglichen Probleme war gedacht, und Vorkehrungen waren getroffen worden. Während der Aktion waren vielleicht ein paar Improvisationen nötig, aber nicht viele.

Ein Verschieben war unmöglich. Denn außerhalb der Vereinigten Staaten waren bereits andere Aktionen angelaufen, die mit der ihren präzise abgestimmt waren.

9

Angus Sloane seufzte zufrieden, stellte seine Kaffeetasse ab und wischte sich mit einer Serviette über den Mund und den silbergrauen Schnurrbart. »Eines steht fest«, verkündete er, »im ganzen Staat New York ist an diesem Morgen kein besseres Frühstück serviert worden.«

»Und auch keins mit einem höheren Cholesteringehalt«, erwiderte sein Sohn hinter einer aufgeschlagenen *New York Times.* »Weißt du denn nicht, daß diese Spiegeleier schlecht fürs Herz sind? Wie viele waren es? Drei?«

»Wer wird denn zählen!« sagte Jessica. »Übrigens, wenn sich einer die Eier leisten kann, Crawf, dann du. Angus, magst du noch eins?«

»Nein, vielen Dank, meine Liebe«, erwiderte der alte Mann mit einem freundlichen Lächeln. Trotz seiner dreiundsiebzig Jahre wirkte er frisch und munter.

»Drei Eier sind doch nicht viel«, sagte Nicky. »Ich hab' mal einen Film über ein Gefängnis im Süden gesehen. Da hat jemand fünfzig Eier gegessen.«

Crawford Sloane ließ die Zeitung sinken. »Der Film, den du meinst, heißt *Cool Hand Luke*«, sagte er. »Er ist von 1967, und Paul Newman spielte die Hauptrolle. Aber ich bin mir sicher, daß Newman nicht wirklich alle Eier gegessen hat. Er ist nur ein guter Schauspieler, der dich im Glauben läßt, daß er es tut.«

»Vor kurzem war ein Vertreter hier«, bemerkte Jessica, »der uns die *Encyclopedia Britannica* verkaufen wollte. Ich sagte ihm, wir hätten bereits eine, den Hausherrn selbst.«

»Was kann ich denn dafür«, erwiderte Sloane, »daß ein paar von den Nachrichten, mit denen ich täglich umgehe, bei mir hängenbleiben. Nur weiß man nie, was hängenbleibt und was man wieder vergißt.«

Sie saßen im hellen Frühstückszimmer, das sich an die Küche anschloß. Erst vor einer halben Stunde war Angus eingetroffen; zur Begrüßung hatte er seine Schwiegertochter und seinen Enkel herzlich umarmt und Crawford etwas förmlicher die Hand geschüttelt.

Das leicht gespannte Verhältnis zwischen Vater und Sohn, das bei Crawford manchmal sogar zur Verärgerung führte, reichte weit zurück. Es hatte vorwiegend mit verschiedenen Ansichten und Wertvorstellungen zu tun. Angus hatte die Aufweichung nationaler und persönlicher Moralbegriffe, die ab Ende der Sechziger von den meisten Amerikanern akzeptiert wurde, nie verwunden. Er glaubte noch immer eifrig an »Ehre, Pflicht und Vaterland« und daß seine Landsleute weiterhin den gleichen kompromißlosen Patriotismus an den Tag legen sollten, der während des Zweiten Weltkriegs existiert hatte – dem Höhepunkt von Angus' Leben, über den er sich unendlich ausbreiten konnte. Gleichzeitig stand er vielen Grundsätzen kritisch gegenüber, die sein Sohn, als Nachrichtensammler, inzwischen für normal und progressiv hielt. Crawford seinerseits besaß wenig Toleranz für die Denkweise seines Vaters, die, wie er meinte, zu sehr in der Vergangenheit verwurzelt war und den immensen Zuwachs an naturwissenschaftlichen und philosophischen Erkenntnissen in den vier Jahrzehnten seit dem Krieg nicht berücksichtigte. Außerdem war Crawford so vermessen zu glauben, daß er, weil er den Gipfel seiner beruflichen Karriere erreicht hatte, zu einem qualifizierteren Urteil über die Welt und die Menschen fähig sei als die meisten anderen.

Nun zeigte sich bereits in diesen frühen Morgenstunden, daß sich die Kluft zwischen Crawford und seinem Vater nicht verringert hatte.

Wie schon unzählige Male zuvor hatte Angus ihnen auch heute wieder erzählt, daß er es sein ganzes Leben lang vorgezogen hatte, bei Reisen möglichst früh am Morgen an seinem Zielort einzutreffen. Deshalb war er schon am Abend zuvor von Florida nach La Guardia geflogen, hatte bei einem alten Kumpel aus der American Legion, der in der Nähe des Flughafens wohnte, übernachtet und war schließlich, kurz nach Sonnenaufgang, mit Bus und Taxi nach Larchmont gekommen.

Crawford hatte während dieses altvertrauten Berichts die Augen zur Decke gehoben. Und Jessica, die lächelte und nickte, als würde sie die Geschichte zum ersten Mal hören, hatte Angus unterdessen seine geliebten Eier mit Schinken gebraten und für sich und die beiden anderen ein etwas gesünderes Müsli zubereitet.

»Wegen meinem Herz und den Eiern«, sagte Angus nun, denn er brauchte manchmal ein paar Minuten, um eine Bemerkung zu verdauen und darauf zu reagieren. »Ich glaube, wenn's die Pumpe schon so lange ausgehalten hat, dann brauch' ich mir wegen dem Cholesterin jetzt auch keine Sorgen mehr zu machen. Na, und wir beide, mein Herz und ich, waren schon in einigen brenzligen Situationen und sind immer wieder heil rausgekommen. Da könnt' ich euch einiges erzählen.«

Crawford ließ die Zeitung eben so weit sinken, daß er Jessica einen warnenden Blick zuwerfen konnte. *Wechsel schnell das Thema, sonst fängt er wieder mit seinen Kriegserinnerungen an.* Doch Jessica zuckte nur leicht mit den Achseln, was bedeuten sollte: *Tu's doch selber, wenn du meinst, es wird dir zuviel.*

Sloane faltete die *Times* zusammen und sagte: »Inzwischen gibt es genaue Angaben über die Anzahl der Opfer bei dem Flugzeugunglück in Dallas. Sieht ziemlich schlimm aus. Wir werden wahrscheinlich noch die ganze nächste Woche darüber berichten.«

»Ich hab' gestern abend euren Filmbeitrag gesehen«, bemerkte Angus. »Von diesem Partridge. Der Kerl gefällt mir. Wenn der aus dem Ausland berichtet, vor allem über unsere Streitkräfte, dann macht der mich wieder richtig stolz, Amerikaner zu sein. Viele von deinen Leuten tun das nicht, Crawford.«

»Die Sache hat aber leider einen Haken«, erwiderte Sloane. »Harry Partridge ist kein Amerikaner. Er ist Kanadier. Und außerdem wirst du eine Weile ohne ihn auskommen müssen. Er hat nämlich Urlaub.« Dann setzte er neugierig hinzu: »Wer von unseren Leuten macht dich denn nicht stolz?«

»So ziemlich alle anderen. Es ist die Art, wie die meisten Fernsehleute alles in den Schmutz ziehen, besonders unsere Regierung. Sie lassen kein gutes Haar an unserem Staat und versuchen beständig, den Präsidenten lächerlich zu machen. Kein Mensch ist mehr auf irgend etwas stolz. Macht dir denn das überhaupt nichts aus?«

Als Sloane nicht antwortete, sagte Jessica leise zu ihm: »Dein Vater hat deine Frage beantwortet. Jetzt solltest du auch auf seine antworten.«

»Dad«, erwiderte Sloane, »wir beide haben über dieses Thema

doch schon öfter gesprochen, und ich glaube nicht, daß wir da je zu einer Übereinstimmung kommen werden. Was du ›in den Schmutz ziehen‹ nennst, halten wir im Nachrichtengewerbe für legitimes Hinterfragen, für das Recht der Öffentlichkeit auf Information. Es gehört zu den Aufgaben der Nachrichtenmedien, Politiker und Bürokraten zu kritisieren, alles in Frage zu stellen, was man uns erzählt – und das ist auch gut so. Denn wenn man es genau nimmt, lügen alle Regierungen, ob nun Demokraten oder Republikaner, Liberale, Sozialisten oder Konservative. Sobald sie im Amt sind, tun sie es alle.

Natürlich gehen wir, die die Nachrichten aufspüren, manchmal sehr hart ran und gelegentlich, das muß ich zugeben, auch zu weit. Aber dank unserer Arbeit kommt ein Menge an Gaunereien und Heuchelei ans Tageslicht, die sich die Mächtigen früherer Tage ungestraft erlauben konnten. Gerade wegen der kritischeren Berichterstattung, für die übrigens das Fernsehen ein Wegbereiter war, wird unsere Gesellschaft ein wenig besser, ein wenig sauberer, kommt dieses Land seinem Ideal ein wenig näher.

Und was die Präsidenten betrifft, Dad, wenn einige von ihnen lächerlich wirken, und bei den meisten ist es der Fall, dann haben sie sich das selber zuzuschreiben. Natürlich helfen wir von den Medien ab und zu ein wenig nach, weil wir eben Skeptiker und manchmal auch Zyniker sind und weil wir uns von diesen Präsidenten keinen Honig ums Maul schmieren lassen. Und die ganzen Mauscheleien in hohen und höchsten Ämtern geben uns allen Grund, so zu sein, wie wir sind.«

»Ich finde, der Präsident sollte irgendwie allen gehören und nicht nur einer Partei«, sagte Nicky. Dann fügte er nachdenklich hinzu: »Wäre es nicht besser gewesen, wenn die Gründerväter Washington zum König gemacht hätten und Franklin oder Jefferson zum Präsidenten? Dann wären Washingtons Kinder und Enkel und Urenkel Könige und Königinnen geworden, und wir hätten ein Staatsoberhaupt, auf das wir stolz sein, und einen Präsidenten, dem wir für alles die Schuld geben könnten, so wie es die Briten mit ihrem Premierminister tun.« »Es ist ein großer Verlust für Amerika«, entgegnete sein Vater, »daß du nicht bei der verfassunggebenden Versammlung dabei warst, um diese Idee vorzuschlagen. Mal abgesehen davon, daß Washington nur Adoptivkinder hatte, ist der Vorschlag vernünftiger als vieles, was seitdem passiert ist.«

Alle lachten, doch plötzlich wurde Angus wieder ernst und sagte: »Die Berichterstattung in meinem Krieg – dem Zweiten Weltkrieg, Nicky – war anders als heutzutage. Wir hatten das Gefühl, daß die Leute, die über den Krieg schrieben oder im Radio über ihn sprachen, auf unserer Seite standen. Heute ist das ganz anders.«

»Es war ein anderer Krieg«, erwiderte Crawford, »und eine andere Zeit. So wie es neue Arten des Nachrichtensammelns gibt, so verändern sich auch die Vorstellungen über das Wesen der Nachrichten. Viele von uns glauben nicht mehr an ›Mein Land im Guten wie im Schlechten‹.«

»Ich hätte nie geglaubt, je mit anhören zu müssen, daß mein Sohn so etwas sagt«, jammerte Angus.

Sloane zuckte mit den Achseln. »Tut mir leid, aber jetzt hörst du es. Nachrichtenleute, denen an der Wahrheit gelegen ist, wollen wirklich sicher sein, daß in unserem Land alles in Ordnung ist, und sich von denen, die gerade an der Macht sind, keine Märchen erzählen lassen. Aber das findet man nur heraus, wenn man unbequeme, bohrende Fragen stellt.«

»Glaubst du nicht, daß in meinem Krieg auch bohrende Fragen gestellt wurden?«

»Aber eben nicht bohrend genug.« Er hielt inne und überlegte sich, ob er fortfahren sollte. Er entschloß sich dafür. »Du warst doch bei diesem ersten Bombenangriff mit den B-17 auf Schweinfurt dabei, oder?«

»Ja.« Dann zu Nicholas: »Das ist mitten in Deutschland, Nicky. Damals nicht eben ein angenehmer Ort.«

Mit einer gewissen Rücksichtslosigkeit fuhr Crawford fort: »Du hast mir einmal erzählt, Ziel des Angriffs auf Schweinfurt sei es gewesen, alle Kugellagerfabriken zu zerstören, weil diejenigen, die für das Bombardement verantwortlich waren, glaubten, ein Mangel an Kugellagern würde die deutsche Kriegsmaschinerie aufhalten können.«

Angus nickte bedächtig, er wußte, was nun kam. »Das hat man uns gesagt.«

»Dann weißt du auch, daß man nach dem Krieg herausfand, daß es nicht funktionierte. Trotz dieses Angriffs und anderer, die so viele Amerikaner das Leben kosteten, herrschte in Deutschland nie ein Mangel an Kugellagern. Die Politik, die Pläne waren einfach falsch. Ich will damit nicht sagen, daß die Presse damals diese entsetzliche Vergeudung von Menschenleben hätte aufhalten können. Aber heute würde man Fragen stellen – nicht erst nach, sondern schon während der Aktion, und diese Fragen und das öffentliche Bewußtsein würden wie ein Hemmschuh wirken und möglicherweise den Verlust von Menschenleben in Grenzen halten.«

Während Crawford sprach, sah man, wie Erinnerung und Schmerz im Gesicht seines Vaters arbeiteten. Er schien unter den Augen der anderen zu schrumpfen, in sich selbst zusammenzusinken, er schien plötzlich wirklich alt zu werden. Dann sagte er mit zitternder Stimme: »Über Schweinfurt haben wir fünfzig B-17 verloren. In jedem Bomber waren zehn Männer. Das waren fünfhundert Tote an einem einzigen Tag. Und in derselben Woche, in diesem Oktober '43, verloren wir noch einmal achtundachtzig Bomber – das sind fast neunhundert Männer.« Seine Stimme war nur noch ein Flüstern. »Ich war bei diesen Angriffen mit dabei. Das Schlimmste waren die vielen leeren Betten am Abend danach, die Betten der Männer, die nicht zurückgekommen waren. Ich bin in der Nacht oft aufgewacht, habe mich umgesehen und mich gefragt: Warum ich? Warum bin ich zurückgekommen – in dieser Woche und in denen danach – und so viele andere nicht?«

Einen Augenblick lang herrschte betroffenes Schweigen, und Sloane wünschte sich, er hätte nichts gesagt, hätte nicht versucht, in der Diskussion mit seinem Vater einen Punkt zu machen. »Tut mir leid, Dad«, sagte er dann. »Ich wollte keine alten Wunden aufreißen.«

Als hätte er das gar nicht gehört, fuhr sein Vater fort: »Es waren gute Männer. So viele gute Männer. So viele von meinen Freunden.«

Sloane schüttelte den Kopf. »Hören wir auf damit. Wie gesagt, es tut mir leid.«

»Opa?« fragte nun Nicky, der sehr aufmerksam zugehört hatte.

»Als du im Krieg all diese Sachen gemacht hast, hast du da große Angst gehabt?«

»O Gott, Nicky! Angst? Das blanke Entsetzen könnte man es wohl eher nennen. Wenn überall die Flak-Granaten explodierten, die einen in winzige Stücke zerreißen konnten ... wenn die deutschen Kampfflieger auf uns zurasten und uns mit Maschinengewehren und Kanonen beschossen, daß man meinte, sie hätten nur dich im Visier ... wenn andere B-17 abstürzten, manchmal brennend oder in so engen Spiralen, daß man wußte, die Männer würden nicht mehr rechtzeitig genug herauskommen, um noch mit den Fallschirmen abspringen zu können ... und das alles in fast neuntausend Metern Höhe, in einer Luft, die so dünn und so kalt war, daß einem der Angstschweiß auf der Haut gefror ... Weißt du, da ist mir wirklich manchmal das Herz in die Hose gerutscht.«

Angus hielt inne. Keiner sagte in diesem Augenblick ein Wort, irgendwie war dies anders als seine üblichen Erinnerungen. Dann fuhr er fort, und er sprach nur zu Nicky, der jedes Wort seines Großvaters verschlang. Es schien fast, als würde eine geheime Verbindung zwischen den beiden, dem alten Mann und dem kleinen Jungen, bestehen.

»Ich will dir etwas erzählen, Nicky, etwas, das ich bis jetzt noch keinem einzigen Menschen erzählt habe. Einmal hatte ich solche Angst, daß ich ...« Er sah sich um, als würde er um Verständnis bitten. » ... Ich hatte solche Angst, daß ich mir in die Hose gemacht habe.«

»Was hast du dann getan?« fragte Nicky.

Jessica wollte aus Sorge um Angus schon das Gespräch unterbrechen, aber Crawford winkte ab.

Die Stimme des alten Mannes wurde langsam wieder kräftiger. Man sah, wie wieder ein wenig von seinem Stolz zurückkehrte. »Was konnte ich denn schon tun? Mir gefiel's zwar nicht, aber ich war nun mal da oben, und deshalb tat ich genau das, weswegen man mich hinaufgeschickt hatte. Ich war der Erste Bombenschütze des Geschwaders. Sobald nun der Geschwaderkommandant das Einsatzgebiet erreicht und uns auf Zielkurs gebracht hatte, sagte er zu mir über Bordfunk: ›Jetzt bist du dran, Angus. Also los.‹ Na, und ich lag da über dem Bombenzielgerät und nahm in aller Ruhe Maß.

Weißt du, Nicky, in diesen paar Minuten flog der Bombenschütze die Maschine. Als ich dann das Ziel genau im Fadenkreuz hatte, warf ich meine Bomben ab. Es war das Signal für die anderen Schützen des Geschwaders, ihre Schächte ebenfalls zu öffnen.«

»Ich will dir nur das eine sagen, Nicky«, fuhr Angus fort. »Es ist nicht schlimm, Todesangst zu haben. Das kann den Besten passieren. Wichtig ist nur, daß man dran bleibt, nicht den Kopf verliert und das tut, was man tun muß.«

»Ich weiß, was du meinst, Opa«, erwiderte Nicky im Brustton der Überzeugung, und Crawford fragte sich, wieviel der Junge wirklich verstanden hatte. Vermutlich sehr viel. Nicky war intelligent und sensibel. Und Crawford fragte sich auch, ob er selbst in der Vergangenheit sich die Mühe gemacht hatte, seinem Vater das nötige Verständnis entgegenzubringen.

Er sah auf die Uhr. Zeit zum Aufbruch. Für gewöhnlich traf er um 10 Uhr 30 bei CBA News ein, aber an diesem Morgen mußte er früher dort sein, weil er mit dem Präsidenten über die Chuck Insens Entlassung reden wollte. Die Erinnerung an den Zusammenstoß vom Vorabend nagte noch an ihm, und er war entschlossen wie eh und je, bei der Auswahl der Nachrichten für Veränderung zu sorgen.

Er stand auf, entschuldigte sich bei den anderen und ging nach oben, um sich fertig anzuziehen.

Während er sich eine Krawatte aussuchte – dieselbe, die er auch an diesem Abend vor der Kamera tragen würde – und sorgfältig einen Windsorknoten band, dachte er über seinen Vater nach. Er stellte sich die Szenen vor, die sein Vater beschrieben hatte, in der Luft über Schweinfurt und an anderen Orten. Angus mußte damals Anfang Zwanzig gewesen sein, also halb so alt wie Crawford jetzt war, ein halbes Kind, das noch kaum gelebt und doch schon furchtbare, entsetzliche Angst vor dem Sterben hatte. Crawford hatte etwas Vergleichbares noch nie erlebt, vor allem nicht während seiner Zeit als Journalist in Vietnam.

Er hatte plötzlich ein schlechtes Gewissen, weil er nicht schon früher versucht hatte, wirklich zu verstehen, was seinen Vater tief im Innersten berührte.

Doch er wurde in seinem Berufsalltag ständig von einer solchen

Menge neuer Nachrichten überflutet, daß er dazu neigte, die Nachrichten früherer Zeiten als Geschichte und deshalb als unwichtig für die hektische Gegenwart zu betrachten. Diese Geisteshaltung war offensichtlich ein Berufsrisiko; er hatte sie auch schon bei anderen beobachtet. Denn die Nachrichten früherer Zeiten waren ganz und gar nicht unwichtig, und für seinen Vater würden sie es auch nie werden.

Crawford war gut informiert. Er hatte ein Buch über den Angriff auf Schweinfurt gelesen, *Black Thursday* war der Titel. Der Autor, Martin Caidin, verglich diesen Angriff mit den »unvergeßlichen Schlachten von Gettysburgh, St. Mihiel und der Argonne, von Midway, The Bulge und Pork Chop Hill«.

Mein Vater, dachte Crawford nun, ist ein Teil dieser langen Geschichte. Unter diesem Blickwinkel betrachtete er das Ganze heute zum ersten Mal.

Er zog das Anzugjackett an, betrachtete sich im Spiegel und ging dann zufrieden wieder nach unten.

Er verabschiedete sich von Jessica und Nicky, ging dann auf seinen Vater zu und sagte zu dem alten Mann: »Steh auf.«

Angus schien verwirrt. Crawford wiederholte die Aufforderung: »Steh auf.«

Angus schob den Stuhl zurück und erhob sich langsam. Dabei nahm er instinktiv, wie er es so oft tat, eine beinahe militärisch stramme Haltung ein.

Crawford ging zu seinem Vater, nahm ihn in den Arm, drückte ihn an sich und küßte ihn auf beide Wangen.

Der alte Mann schien überrascht und verwirrt. »He! Was ist denn jetzt los?«

Crawford sah ihm direkt in die Augen und sagte: »Ich liebe dich, du alter Trottel.«

An der Tür drehte er sich noch einmal um. Auf Angus' Gesicht leuchtete ein feines, glückliches Lächeln. Jessicas Augen waren feucht. Nicky strahlte.

Carlos und Julio waren überrascht, als Crawford Sloane sein Haus früher als gewöhnlich verließ, und meldeten es deshalb sofort Miguel, ihrem Anführer.

Miguel hatte inzwischen ihre Kommandozentrale in Hackensack verlassen und fuhr, zusammen mit einigen anderen, in einem Nissan-Kleinbus mit Funktelefon über die George Washington Bridge von New Jersey nach New York hinein.

Miguel blieb gelassen. Er gab, natürlich ebenfalls codiert, den Befehl aus, daß die vorher abgesprochenen Pläne nun in die Tat umzusetzen und der Beginn der Aktion, wenn nötig, zeitlich vorzuverlegen sei. Seine Zuversicht war nicht ohne Berechtigung. Denn was sie vorhatten, war das vollkommen Unerwartete, es stellte jede Logik auf den Kopf. Und es würde die verzweifelte Frage aufwerfen: *Warum?*

10

Etwa zur gleichen Zeit, als Crawford Sloane in Larchmont sein Haus verließ, wachte Harry Partridge in Kanada auf – in Port Credit in der Nähe von Toronto. Er hatte tief geschlafen und mußte sich in den ersten wachen Augenblicken des neuen Tages überlegen, wo er überhaupt war. Das passierte ihm häufig, denn er war daran gewöhnt, an ständig wechselnden Orten aufzuwachen.

Während langsam Ordnung in seine Gedanken kam, ließ er den Blick über die vertrauten Einzelheiten seines Schlafzimmers wandern. Er wußte, wenn er sich jetzt aufsetzte – wozu er aber noch keine Lust hatte –, könnte er durch das Fenster auf die weite Fläche des Lake Ontario hinaussehen.

Die Wohnung, zu der dieses Schlafzimmer gehörte, war Partridges Basis, sein Zufluchtsort, doch der nomadische Charakter seines Berufs brachte es mit sich, daß er sich immer nur sehr kurze Zeit dort aufhielt. Und obwohl er seine wenigen Habseligkeiten dort aufbewahrte – Kleidung, Bücher, einige gerahmte Fotos und eine Handvoll Erinnerungsstücke an andere Zeiten und andere Orte –, war die Wohnung nicht unter seinem Namen eingetragen. Wie auf dem Schild neben der Klingel sechs Stockwerke tiefer zu lesen war, hieß die offizielle Mieterin V. Williams (V wie Vivien), die auch ständig hier wohnte.

Jeden Monat schickte Partridge Vivien einen Scheck für die

Miete. Als Gegenleistung lebte sie in der Wohnung und hielt sie für ihn in Ordnung. Dieses Arrangement hatte auch noch andere Vorteile, die ihnen beiden zugute kamen, nicht zuletzt ihre unkomplizierte Bettbeziehung.

Vivien arbeitete als Krankenschwester im nahegelegenen Queensway Hospital, doch im Augenblick konnte er sie in der Küche hören. Wahrscheinlich kochte sie Tee, weil sie wußte, daß er ihn morgens gern trank, und bald würde sie ihn hereinbringen.

In der Zwischenzeit kehrte er in Gedanken noch einmal zurück zu den Ereignissen des vergangenen Tages und zu dem verspäteten Flug von Dallas nach Toronto ...

Bei den Ereignissen auf dem Flughafen von Dallas-Fort Worth hatte er distanziert und rein professionell reagiert und das getan, wofür ihm CBA News ein hohes Gehalt zahlte. Doch als er dann in der Nacht und auch nun am Morgen wieder darüber nachdachte, wurde er sich erst der Tragödie hinter dieser Sensationsmeldung bewußt. Nach letzten Informationen hatten mehr als siebzig Menschen an Bord des Airbus ihr Leben verloren, andere waren schwer verletzt; keine Überlebenden gab es unter den sechs Insassen der Privatmaschine, die mit dem Airbus zusammengestoßen war. An diesem Morgen, das wußte er, gab es viele verzweifelte Familienangehörige und Freunde, die unter Tränen versuchten, mit ihrem plötzlichen Verlust fertig zu werden.

Der Gedanke erinnerte ihn daran, daß auch er sich manchmal wünschte, er könne weinen, könne Tränen vergießen wie andere auch über all das, was er in seinem Beruf schon erlebt hatte, und eben auch über die Tragödie vom Tag zuvor. Aber es war noch nie geschehen, oder doch nur bei einer einzigen Gelegenheit, die er aber verdrängte, sobald sie ihm in den Sinn kam. Woran er jetzt dachte, war jenes erste Mal, als er über sich selbst und seine scheinbare Unfähigkeit zu weinen nachgrübelte.

Als Harry Partridge am Anfang seiner Reporterlaufbahn in Großbritannien arbeitete, ereignete sich in dem kleinen Bergarbeiterstädtchen Aberfan in Wales eine Tragödie. Eine riesige Abraumhalde war einen Hang hinuntergerutscht und hatte eine Schule unter sich begraben. Hundertsechzehn Kinder starben.

Partridge war kurz nach der Katastrophe am Ort des Geschehens, so daß er noch sah, wie die Toten herausgezogen wurden. Die jammervollen kleinen Gestalten waren von schwarzem übelriechendem Kohleschlamm überzogen und mußten erst abgespritzt werden, bevor man sie zur Identifizierung abtransportieren konnte.

Viele Reporter, Fotografen, Polizisten und Leute aus Aberfan, die, wie er, alles mit angesehen hatten, kämpften vergeblich gegen ihre Tränen an und weinten. Auch Harry hätte gerne geweint, aber er konnte nicht, so elend er sich auch fühlte. So machte er seine Arbeit und ging.

Seitdem hatte es zahlreiche ähnliche Szenen gegeben, wo er ebenso Grund zum Weinen gehabt hätte und es nicht tat.

Gab es da ein Defizit, eine innere Kälte in ihm? Diese Frage stellte er einmal einer befreundeten Psychiaterin, mit der er nach einem gemeinsamen Abend die Nacht verbracht hatte.

Sie antwortete ihm: »Wenn mit dir etwas nicht in Ordnung wäre, hättest du die Frage gar nicht gestellt. Was du hast, ist ein Abwehrmechanismus, der deine Gefühle entpersonalisiert. Du nimmst immer nur alles in dich auf und drängst deine Emotionen in irgendeine Ecke deiner Seele ab. Eines Tages werden die Dämme brechen und die Tränen fließen. Und wie sie fließen werden!«

Nun, seine kluge Bettgenossin hatte recht gehabt, der Tag war wirklich gekommen ... Aber er wollte einfach nicht daran denken. In diesem Augenblick brachte Vivien das Tablett mit dem Tee herein.

Vivien war Mitte Vierzig, mit kantigen, kräftigen Gesichtszügen und glatten, schwarzen Haaren, in denen sich inzwischen einige graue Strähnen zeigten. Obwohl weder aufregend noch im konventionellen Sinne schön, besaß sie doch ein herzliches, unbeschwertes und großzügiges Wesen. Sie war verwitwet, als Partridge sie kennenlernte, und er nahm an, daß es keine glückliche Ehe gewesen war, doch sie sprach kaum darüber. Ihr einziges Kind, eine Tochter, lebte in Vancouver. Sie kam manchmal zu Besuch, doch nie, wenn Vivien Partridge erwartete.

Partridge mochte Vivien, doch er liebte sie nicht, und er kannte sie lange genug, um zu wissen, daß er sie nie lieben würde. Er hatte den Verdacht, daß Vivien in ihn verliebt war und ihn noch mehr lieben würde, wenn er sie dazu ermutigte. Aber so akzeptierte sie die Beziehung, wie sie war.

Während er seinen Tee trank, musterte Vivien ihn kritisch. Sie bemerkte, daß seine immer schon schlanke Gestalt noch dünner geworden war und sein Gesicht, trotz einer gewissen Jungenhaftigkeit, die er sich bewahrt hatte, Falten der Überlastung und Erschöpfung zeigte. Seine widerspenstigen blonden Haare, die inzwischen deutlich grauer geworden waren, mußten dringend geschnitten werden.

Partridge spürte ihren prüfenden Blick und sagte: »Also, leg schon los.«

Vivien schüttelte in gespielter Verzweiflung den Kopf. »Sieh dich nur an! Du warst gesund und kräftig, als ich dich losgeschickt habe. Und zweieinhalb Monate später kommst du müde, blaß und unterernährt zurück.«

»Ich weiß.« Er schnitt eine Grimasse. »Es ist das Leben, das ich führe. Zuviel Streß, zuwenig Schlaf, schlechtes Essen und zuviel Alkohol.« Dann fügte er mit einem Lächeln hinzu: »Da bin ich also, total am Boden wie immer. Was kannst du für mich tun?«

Mit einer Mischung aus Zuneigung und Bestimmtheit antwortete sie: »Zuerst bekommst du ein gutes, gesundes Frühstück. Du kannst im Bett bleiben, ich werd's dir bringen. Zu den anderen Mahlzeiten gibt's nahrhafte Sachen wie Fisch und Geflügel, frisches Gemüse und Obst. Gleich nach dem Frühstück werde ich dir die Haare schneiden. Danach Sauna und Massage, ein Termin ist schon reserviert.«

Partridge legte sich zurück und streckte die Hände in die Luft. »Na wunderbar.«

Vivien fuhr fort: »Ich dachte mir, daß du morgen deine alten Freunde bei CBC besuchen willst, das machst du ja immer. Für den Abend habe ich dann Karten für ein Mozart-Konzert in der Roy Thomson Hall in Toronto. Da kannst du dich ganz der Musik hingeben. Ich weiß, daß du das magst. Ansonsten wirst du dich ausruhen und tun und lassen, was du willst.« Sie hob die Schultern. »Vielleicht hast du zwischendurch mal Lust auf ein bißchen Zärtlichkeit. Du hast es gestern abend noch versucht, aber du warst zu müde. Bist einfach eingeschlafen.«

In diesem Augenblick empfand Partridge mehr Dankbarkeit für Vivien als je zuvor. Sie war wie ein Fels in der Brandung, ein sicherer Hafen. In der Nacht zuvor hatte sie im Flughafen geduldig auf seine verspätete Ankunft gewartet und ihn dann in die Wohnung gebracht.

»Mußt du denn nicht arbeiten?« fragte er.

»Ich habe mir ab heute Urlaub genommen. Eine andere Schwester wird mich vertreten.«

»Vivien, du bist unersetzlich.«

Nachdem Vivien gegangen war und Partridge sie in der Küche herumhantieren hörte, kehrten seine Gedanken zum vergangenen Tag zurück.

Noch in der Abfertigungshalle hatte ihn ein Anruf von Crawford Sloane erreicht, der ihm gratulieren wollte.

Crawf hatte verlegen geklungen, wie so oft, wenn sie miteinander sprachen. Es gab Zeiten, da hätte Partridge ihm am liebsten gesagt: »Hör mal, wenn du glaubst, daß ich dir wegen irgendwas böse bin, wegen Jessica oder dem Job oder sonstwas, vergiß es. Ich bin's nicht und war's auch nie.« Aber er wußte, daß eine solche Bemerkung ihre Beziehung nur noch mehr belasten würde, und wahrscheinlich würde Crawf ihm sowieso nicht glauben.

In Vietnam hatte Partridge sehr wohl gewußt, daß Sloane sich nie weit von Saigon enfernte, um so oft wie möglich in den CBA News auftreten zu können. Doch es war ihm damals ebenso gleichgültig wie jetzt. Er hatte seine eigenen Prioritäten. Eine davon war fast als Sucht zu bezeichnen – die Sucht nach den Bildern und den Geräuschen des Krieges.

Der Krieg ... das blutige Schlachtgetümmel ... das Donnern und Blitzen schwerer Artillerie, das schrille Pfeifen und furchterregende Krachen fallender Bomben, das überlaute Knattern der Maschinengewehre, wenn man nicht wußte, wer schoß, und von wo und auf wen ... die beinahe sinnliche Erregung des Angegriffenwerdens, obwohl man vor Angst zitterte ... dies alles faszinierte Partridge, es brachte sein Blut in Wallung.

Er hatte dieses Gefühl in Vietnam entdeckt, seiner ersten Kriegserfahrung. Seitdem wurde er es nicht mehr los. Mehr als einmal hatte er sich gesagt: *Gib's doch zu – du bist verrückt danach;* und sich dann eingestanden: *Ja, ich bin's, ich gottverdammter Trottel.*

Ob nun Trottel oder nicht, er hatte sich nie gewehrt, von CBA an Kriegsschauplätze geschickt zu werden. Er wußte, daß manche Kollegen ihn »Päng-päng« nannten, eine leicht verächtliche Bezeichnung für einen Fernsehreporter, den die Kriegssucht gepackt hatte, eine schlimmere Sucht, so hieß es manchmal, als die nach Heroin und Kokain, aber mit einem fast ebenso vorhersehbaren tödlichen Ausgang.

Doch in der Zentrale von CBA News wußte man auch, daß Harry Partridge für diese Art der Berichterstattung der Beste war, und das war schließlich das Wichtigste.

Es hatte ihm deshalb nicht allzuviel ausgemacht, als Sloane zum Chefsprecher der National Evening News befördert wurde. Wie jeder andere Korrespondent hatte auch Partridge mit dem Gedanken gespielt, eines Tages in diesem Stuhl an der Spitze zu sitzen, als aber dann Sloane das Glück hatte, fühlte Partridge sich in seiner Position so wohl, daß es ihm gleichgültig war.

Doch nun war die Frage nach dem Job des Chefsprechers plötzlich und unerwartet wieder aufgetaucht. Vor zwei Wochen hatte Chuck Insen ihn in einer »streng vertraulichen Unterhaltung«, wie der Sendeleiter es nannte, wissen lassen, daß es innerhalb der National Evening News zu größeren Veränderungen kommen könne. »Falls das passiert«, hatte Insen ihn gefragt, »hättest du Lust, aus der Kälte der großen Welt zurückzukommen und Chefsprecher der National Evening News zu werden? Du kannst das verdammt gut.«

Partridge war so überrascht gewesen, daß er nicht wußte, wie er reagieren sollte. Doch dann hatte Insen hinzugefügt: »Du mußt nicht gleich antworten. Ich will nur, daß du darüber nachdenkst, falls ich später noch einmal darauf zurückkomme.«

Über seine eigenen Kanäle hatte Partridge dann von dem Machtkampf zwischen Chuck Insen und Crawford Sloane erfahren. Aber auch falls Insen gewinnen sollte, was eher unwahrscheinlich schien, war sich Partridge ganz und gar nicht sicher, ob ihm der Job des

Chefsprechers zusagte und ob er ihn überhaupt ertragen konnte. Vor allem, so sagte er sich halb ihm Spaß, solange noch an so vielen Orten der Welt Gewehrschüsse krachten.

Immer wenn Partridge über seine persönliche Beziehung zu Crawford Sloane nachdachte, kam unausweichlich die Erinnerung an Jessica. Doch es blieb immer nur eine Erinnerung, weil keine Beziehung, nicht einmal mehr ein gelegentlicher Kontakt, zwischen ihnen bestand, und auf gesellschaftlicher Ebene sahen sie sich höchstens ein- oder zweimal im Jahr. Partridge hatte auch nie Sloane die Schuld am Verlust Jessicas gegeben, denn er wußte, daß seine eigene törichte Haltung der Grund dafür gewesen war. Als er Jessica hätte heiraten können, hatte er sich dagegen entschieden, und so war Sloane an seine Stelle getreten, der zu der Zeit ganz offensichtlich der Klügere und Weitsichtigere von beiden gewesen war ...

Vivien kam wieder ins Schlafzimmer und brachte ihm sein Frühstück, das aus mehreren Gängen bestand. Es war, wie sie versprochen hatte, eine sehr nahrhafte Mahlzeit: frischgepreßter Orangensaft und dicker, heißer Porridge mit Milch und braunem Zucker, gefolgt von pochierten Eiern auf Vollkorntoast zu starkem, schwarzem Kaffee aus frischgemahlenen Bohnen, und schließlich wieder Toast und Honig aus Alberta.

Daß sie an den Honig gedacht hatte, rührte Partridge. Er erinnerte ihn, und das hatte sie auch beabsichtigt, an seine Heimatprovinz, wo er bei einem lokalen Radiosender auch seine Journalistenlaufbahn begonnen hatte. Nun fiel ihm wieder ein, daß er Vivien einmal von seiner Arbeit bei einem sogenannten 20/20 Sender erzählt hatte. Das Kürzel bedeutete, daß das übliche Rock'n'Roll-Programm alle zwanzig Minuten von ein paar laut herausgeschrienen Schlagzeilen aus dem AP-Telegramm unterbrochen wurde. Ein junger Harry Partridge war damals der Schreihals gewesen. Er lächelte bei dieser Erinnerung; es schien schon so lange her.

Als er nach dem Frühstück noch im Pyjama durch die Wohnung streifte, sagte er plötzlich: »Das wird ja immer schäbiger hier. Ein neuer Anstrich und neue Möbel wären dringend notwendig.«

»Ich weiß«, gab Vivien zu. »Ich hab' auch schon die Hausbesitzer wegen einer Renovierung gefragt. Aber da hieß es, für diese Wohnung seien noch keine Investitionen vorgesehen.«

»Die können mich doch mal! Wir machen das ohne die Besitzer. Such dir einen Maler und bestell, was du brauchst. Ich laß dir genügend Geld da, bevor ich wieder verschwinde.«

»Du bist bei solchen Sachen immer so großzügig«, sagte sie und fügte dann hinzu: »Hast du eigentlich immer noch dieses einmalige Privileg, keine Einkommensteuer zahlen zu müssen?«

Er grinste. »Aber klar doch.«

»An niemand und nirgends?«

»Keinen Cent, und das ist vollkommen legal und ehrlich. Ich gebe keine Steuererklärung ab, weil ich nicht muß. Spart 'ne Menge Zeit und Geld.«

»Ich hab' nie verstanden, wie du das schaffst.«

»Dir kann ich's ja ruhig erzählen«, erwiderte er, »obwohl ich sonst nicht darüber rede. Leute, die Einkommensteuer zahlen, werden neidisch; man ist im Elend eben nicht gern allein.«

Entscheidend dafür sei, so erklärte er nun, daß er als kanadischer Staatsbürger mit einem kanadischen Paß im Ausland arbeite.

»Die meisten Leute wissen nicht, daß die Vereinigten Staaten als einziges großes Land der Welt ihre Bürger besteuern, gleichgültig wo sie leben. Auch wenn Amerikaner außerhalb der Vereinigten Staaten wohnen, müssen sie an Uncle Sam Steuern zahlen. In Kanada ist das anders. Kanadier, die das Land verlassen, sind in Kanada nicht mehr steuerpflichtig, und sobald das Finanzamt davon überzeugt ist, daß du nicht mehr da bist, hat es kein Interesse mehr an dir. Die Briten machen das genauso.«

»Bei mir läuft das nun so«, fuhr er fort, »daß CBA News mein Gehalt monatlich auf mein Konto bei der Chase Manhattan einzahlt. Von dort überweise ich das Geld auf Konten in anderen Ländern – auf den Bahamas, in Singapur, auf den Kanalinseln, wo das Geld steuerfrei Zinsen bringt.«

»Was ist mit Steuern in den Ländern, in denen du arbeitest?«

»Als Fernsehjournalist bleibe ich nie lange genug, um dort steuerpflichtig zu werden. Das trifft sogar auf die USA zu, vorausgesetzt, daß ich mich nie länger als 120 Tage im Jahr dort aufhalte, und du kannst sicher sein, daß ich nie so lange bleibe. Und in Kanada habe ich ja keinen offiziellen Wohnsitz, nicht einmal den hier. Das ist ganz allein deine Wohnung, Viv, wie wir beide wissen.«

Schließlich fügte er hinzu: »Wichtig ist nur, daß man keine Steuern hinterzieht. Das ist nicht nur illegal, sondern auch dumm und das Risiko nicht wert. Steuern umgehen ist etwas ganz anderes ...« Er hielt inne. »Moment mal. Ich hab' da was.«

Partridge zog einen zusammengefalteten, abgenutzten Zeitungsausschnitt aus seiner Brieftasche. »Das ist ein Zitat aus einer Entscheidung aus dem Jahr 1934, getroffen von einem der größten Juristen Amerikas, Judge Learned Hand. Viele andere Richter haben sich bereits darauf berufen.«

Er las laut vor: »*Jeder hat das Recht, seine Angelegenheiten so zu regeln, daß er so wenig Steuern wie möglich zahlt; er ist nicht verpflichtet, den für den Fiskus vorteilhaftesten Weg zu wählen; ja es existiert nicht einmal die patriotische Pflicht, soviel Steuern wie möglich zu zahlen.*«

»Jetzt verstehe ich, warum die Leute dich beneiden«, sagte Vivien. »Gibt es beim Fernsehen noch andere, die das auch tun?«

»Du glaubst gar nicht, wie viele. Der Steuervorteil ist einer der Gründe, warum Kanadier gern im Ausland für amerikanische Sender arbeiten.«

Es gab noch andere Gründe, die er nicht erwähnte, nicht zuletzt die Gehälter, die bei den amerikanischen Sendern um einiges höher waren. Für einen amerikanischen Sender zu arbeiten, bedeutete aber auch, und das war wohl das Wichigste, daß man »den großen Sprung« geschafft hatte und mit einem Mal im erregenden Mittelpunkt des Weltgeschehens stand.

Die amerikanischen Sender arbeiteten ihrerseits gern mit kanadischen Korrespondenten, denn die hatten bei CBC und CTV eine solide Ausbildung genossen. Außerdem stellte sich mit der Zeit heraus, daß die amerikanischen Zuschauer den kanadischen Akzent mochten; und das war mit ein Grund für die Popularität von Leuten wie Peter Jennings, Robert MacNeil, Morley Safer, Allen Pizzey, Barrie Dunsmore, Peter Kent, John Blackstone, Hilary Bowker, Harry Partridge und noch anderen mehr.

Während Partridge weiter durch die Wohnung schlenderte, entdeckte er auf einer Anrichte die Karten für das Mozart-Konzert. Er wußte, daß es ihm gefallen würde, und war einmal mehr dankbar dafür, daß Vivien seinen Geschmack immer so gut traf.

Dankbar war er auch für den dreiwöchigen Urlaub – eine Zeit des erholsamen Nichtstuns, wie er glaubte.

11

An jedem Donnerstagvormittag ging Jessica zum Einkaufen, und sie hatte nicht vor, an diesem Tag eine Ausnahme zu machen. Als Angus dies erfuhr, wollte er sie begleiten. Nicky, der schulfrei hatte, bat, ebenfalls mitkommen zu dürfen, weil er mit seinem Großvater zusammensein wollte.

»Mußt du denn nicht üben?« fragte Jessica skeptisch.

»Doch, Mom. Aber das kann ich später auch noch. Ich habe ja Zeit.«

Da Jessica wußte, daß Nicky seine Musik sehr ernst nahm und manchmal bis zu sechs Stunden täglich übte, hatte sie nichts dagegen.

Kurz vor 11 Uhr verließen die drei in Jessicas Volvo das Haus an der Park Avenue, also etwa eineinviertel Stunden nach Crawfords Aufbruch. Es war ein wunderbarer Vormittag, die Blätter der Bäume leuchteten in herbstlichen Farben und die Sonne glitzerte auf dem Long Island Sound.

Florence, das Dienstmädchen der Sloanes, war zu der Zeit bereits im Haus und sah durch ein Fenster zu, wie die drei abfuhren. Dabei bemerkte sie, daß ein Auto, das in einer Seitenstraße geparkt stand, ebenfalls losfuhr und dem Volvo folgte. Doch in diesem Augenblick maß sie dem zweiten Auto noch keine Bedeutung zu.

Wie jeden Donnerstag fuhr Jessica zuerst zum Grand Union Supermarkt an der Chatsworth Avenue. Sie stellte den Volvo auf dem Kundenparkplatz ab und ging mit Angus und Nicky hinein.

Die beiden Kolumbianer Julio und Carlos in dem Chevrolet Celebrity waren dem Kombi in sicherem Abstand gefolgt. Carlos, der zuvor bereits die Abfahrt gemeldet hatte, griff nun wieder zum Funktelefon und berichtete, daß »die drei Pakete im Container Nummer eins« seien.

An diesem Tag saß Julio am Steuer. Er fuhr jedoch nicht auf den Kundenparkplatz des Supermarkts, sondern blieb auf der Straße davor, um von dort aus die Umgebung beobachten zu können. Einem früheren Befehl Miguels folgend, stieg Carlos nun aus und ging zu Fuß zu einem Beobachtungsposten in der Nähe des Supermarkts. Im Gegensatz zur eher lässigen Kleidung der anderen Tage trug er heute einen ordentlichen braunen Anzug mit Krawatte.

Sobald Carlos an Ort und Stelle war, fuhr Julio den Chevrolet weg und versteckte ihn, zur Sicherheit, falls er beobachtet worden war, in ihrem abgelegenen Hauptquartier in Hackensack.

Der erste der beiden Anrufe erreichte Miguel in dem Nissan-Kleinbus, der in der Nähe des Bahnhofs von Larchmont geparkt stand. In der Menge der anderen Autos, die New Yorker Pendler dort abgestellt hatten, fiel der Transporter nicht weiter auf. Miguel hatte Luís, Rafael und Baudelio bei sich, doch von den vier Insassen war kaum etwas zu sehen, weil die Heck- und Seitenscheiben mit dünner, dunkler Plastikfolie überklebt waren. Luís, der Fahrkünstler, saß am Steuer.

Als sie erfuhren, daß drei Personen das Haus verlassen hatten, rief Rafael: »*Ay!* Das heißt, daß der *viejo* mit dabei ist. Verdammt, der wird uns im Weg sein.«

»Dann legen wir den alten Trottel eben um«, sagte Luís und griff sich an die Ausbuchtung in seiner Wildlederjacke. »Eine Kugel reicht.«

»Du befolgst genau meine Befehle«, bellte Miguel ihn an. »Tu nichts, ohne daß ich es dir sage.« Er wußte, daß in Rafael und Luís beständig eine versteckte Aggressivität lauerte, wie ein schwelendes Feuer, das jeden Augenblick auflodern konnte. Der schwere und kräftige Rafael war eine Zeitlang Profiboxer gewesen und trug aus dieser Zeit deutlich sichtbare Narben. Luís war Exsoldat der kolumbianischen Armee – eine harte Schule. Es war durchaus möglich, daß die Aggressivität der beiden Männer später einmal nützlich würde, aber bis dahin mußte man sie im Zaum halten.

Was Miguel im Augenblick mehr Sorgen machte, war das Problem der überraschend dazugekommenen dritten Person. In ihrem Plan waren zu diesem Zeitpunkt nur die Frau und der Junge vorgesehen. Denn von Anfang an waren die beiden, und nicht Crawford Sloane, das Ziel der Operation gewesen. Sie sollten entführt und für spätere noch unbestimmte Forderungen als Geiseln gehalten werden.

Die Frage war nun, was mit dem alten Mann passieren sollte. Ihn zu töten, wie Luís vorgeschlagen hatte, wäre sehr einfach, konnte aber auch neue Probleme schaffen. Höchstwahrscheinlich würde Miguel die endgültige Entscheidung erst treffen, wenn sie unausweichlich wurde. Doch dieser Augenblick stand kurz bevor.

In einer Hinsicht hatten sie Glück: Die Frau und der Junge waren zusammen. Die Wochen der Beschattung hatten gezeigt, daß die Frau immer am Donnerstagmorgen zum Einkaufen ging. Daß der Junge schulfrei hatte, war ebenfalls bekannt. Carlos, der sich am Telefon als Vater eines Schülers ausgab, hatte dies bei der Grammar School in der Chatsworth Avenue, die Nicky besuchte, in Erfahrung gebracht. Fraglich war nur, ob sie die Frau und den Jungen zusammenbringen konnten. Doch nun hatten die beiden, ohne es zu wissen, dieses Problem für sie gelöst.

Sobald Carlos meldete, daß alle drei den Supermarkt betreten hatten, nickte Miguel Luís zu. »Okay. Fahr los!«

Luís legte den Gang ein. Ihr Ziel war der nur wenige Blocks entfernte Parkplatz des Supermarkts.

Während der Fahrt drehte Miguel sich um und sah Baudelio an, den Amerikaner in der Medellín-Truppe, der ihm immer noch Sorgen machte.

Baudelio – so lautete der ihm zugewiesene Deckname – war Mitte Fünfzig, sah aber zwanzig Jahre älter aus. Mit seinem ausgemergelten, hohlwangigen Gesicht, der bleichen Haut und dem hängenden, ungepflegten Schnurrbart glich er fast einem Gespenst. Er war früher Arzt gewesen, ein in Boston praktizierender Anästhesiespezialist, und vor allem ein Säufer. Wenn man ihn sich selbst überließ, war er nur noch Säufer, aber kein Arzt mehr, das auch schon lange nicht mehr offiziell. Vor zehn Jahren hatte man ihm auf Lebzeiten die Approbation als Arzt entzogen, weil er unter Alkoholeinfluß einem Patienten auf dem Operationstisch eine zu hohe Narkosedosis verabreicht hatte. Bis dahin hatten die Kollegen ihn bei ähnlichen Vorfällen immer gedeckt, doch diesmal starb der Patient, und das konnte nicht mehr vertuscht werden.

In den Vereinigten Staaten gab es danach für ihn keine Zukunft mehr, auch besaß er weder Familie noch Kinder. Seine Frau hatte ihn bereits einige Jahre zuvor verlassen. Da er schon öfter in Kolumbien gewesen war und ihm auch sonst nichts Besseres einfiel, beschloß er, dorthin zu gehen. Nach einiger Zeit entdeckte er, daß er seine beachtlichen medizinischen Fähigkeiten für zwielichtige, manchmal auch kriminelle Zwecke einsetzen konnte, ohne je Verdacht zu erregen. In seiner Situation konnte er nicht wählerisch sein, und er nahm deshalb alles, was sich ihm bot. Nebenbei schaffte er es, durch die Lektüre medizinischer Fachzeitschriften in seinem Fachgebiet auf dem neuesten Stand zu bleiben. Und dies war der Grund, warum das Medellín-Kartell, für das er zuvor schon tätig gewesen war, ihn für dieses Unternehmen ausgesucht hatte.

Miguel kannte diese Vorgeschichte und hatte den Befehl, Baudelio während der Aktion vom Alkohol fernzuhalten. Zu diesem Zweck mußte der Exdoktor täglich eine Antabuse-Tablette schlukken. Wer nach der Einnahme dieser Tabletten Alkohol trank, dem wurde entsetzlich schlecht, und das wußte Baudelio sehr genau.

Da es unter Alkoholikern üblich war, die Tablette heimlich wieder auszuspucken, hatte Miguel den Auftrag, sehr genau darauf zu achten, daß Baudelio sie auch wirklich schluckte. Miguel kümmerte sich auch darum, aber ohne sonderliche Begeisterung. Da er in der relativ kurzen verfügbaren Zeit ein Fülle von Pflichten zu erfüllen hatte, konnte er auf die einer Krankenschwester durchaus verzichten.

Ebenfalls in Hinblick auf Baudelios Labilität beschloß Miguel, ihm keine Waffe anzuvertrauen. So war er der einzige Unbewaffnete in der Truppe.

Mit einem argwöhnischen Blick wandte Miguel sich an Baudelio: »Bist du bereit? Weißt du, was zu tun ist?«

Der Arzt nickte. Ein Rest seines beruflichen Stolzes flackerte wieder auf. Er sah Miguel in die Augen und sagte: »Ich weiß genau, was notwendig ist. Wenn es erst so weit ist, kannst du dich auf mich verlassen und dich ganz auf das konzentrieren, was du zu tun hast.«

Miguel war zwar noch nicht ganz überzeugt, aber er drehte sich wieder um. Der Supermarkt lag direkt vor ihnen.

Carlos sah den Nissan-Kleinbus kommen. Der Parkplatz war noch nicht überfüllt, und Julio fand eine freie Bucht direkt neben

Jessicas Volvo. Während er einparkte, ging Carlos in den Supermarkt.

Jessica deutete auf den halbvollen Einkaufswagen. »Wenn ihr noch irgendwas Besonderes wollt, werft es einfach rein.«

»Opa mag Kaviar«, sagte Nicky.

»Wie konnte ich das nur vergessen«, sagte Jessica. »Dann holen wir welchen.«

Sie gingen zur Feinkostabteilung, wo sie eine große Auswahl verschiedener Kaviarsorten entdeckten. Angus sah sich die Preise an und sagte: »Das ist aber furchtbar teuer.«

»Weißt du überhaupt, wieviel dein Sohn verdient?« fragt Jessica leise.

Der alte Mann lächelte, und als er antwortete, flüsterte er ebenfalls: »Ich hab' irgendwo was von knappen drei Millionen pro Jahr gelesen.«

»Knapp ist gut.« Jessica lachte; in Angus' Gesellschaft fühlte sie sich immer wohl. »Dann laß uns doch ein bißchen was davon auf den Kopf hauen.« Sie deutete auf eine Zweihundertgrammdose Belugakaviar zum Preis von $ 199,95. »Den gibt's heute abend zum Aperitif.«

In diesem Augenblick bemerkte Jessica einen jungen, schlanken und elegant gekleideten Mann, der auf eine Frau in der Nähe zuging. Er schien sie etwas zu fragen. Die Frau schüttelte den Kopf. Er wandte sich an eine zweite und erhielt offensichtlich wieder eine negative Antwort. Neugierig geworden sah Jessica nun, daß der junge Mann auf sie zukam.

»Entschuldigen Sie, Madam«, sagte Carlos. »Ich suche jemanden.« Er hatte Jessica die ganze Zeit im Auge gehabt, hatte aber absichtlich zuerst andere angesprochen, damit sie auf ihn aufmerksam wurde.

Jessica bemerkte einen spanischen Akzent, aber das war in New York nichts Ungewöhnliches. Ihr fielen auch die harten, kalten Augen des Mannes auf, doch das ging sie nichts an.

»Ja?« erwiderte sie knapp.

»Eine Mrs. Crawford Sloane.«

Jessica war überrascht. »Ich bin Mrs. Sloane.«

»Tut mir leid, Madam, aber ich habe schlechte Nachrichten für Sie.« Carlos machte ein ernstes Gesicht, er spielte seine Rolle sehr gut. »Ihr Gatte hatte einen Unfall. Er ist schwer verletzt. Ein Krankenwagen hat ihn ins Doctors Hospital gebracht. Ich soll Sie begleiten. Ihr Dienstmädchen sagte mir, daß Sie hier sind.«

Jessica stockte der Atem. Sie wurde totenbleich und griff sich instinktiv an die Kehle. Nicky, der eben noch die letzten Worte verstanden hatte, sah sie verwirrt an.

Angus war nicht weniger entsetzt, erholte sich aber als erster wieder und ergriff die Initiative. Er deutete auf den Einkaufswagen und sagte: »Jessica, laß alles stehen und liegen. Gehen wir.«

»Es geht um Dad, oder?« fragte Nicky.

»Leider«, erwiderte Carlos mit ernster Miene.

Jessica legte Nicky den Arm um die Schulter. »Ja, mein Liebling. Wir fahren jetzt zu ihm.«

»Bitte kommen Sie, Mrs. Sloane«, sagte Carlos. Jessica und Nicky, die von der unerwarteten, schrecklichen Nachricht noch immer etwas benommen waren, gingen schnell mit dem jungen Mann in dem braunen Anzug zum Ausgang. Angus folgte. Irgend etwas stimmte nicht, aber er wußte nicht, was.

Draußen auf dem Parkplatz ging Carlos den anderen voraus auf den Nissan-Kleinbus zu. Die Türen auf der dem Volvo zugewandten Seite waren geöffnet. Carlos bemerkte, daß der Motor lief und Luís am Steuer saß. Der Schatten im hinteren Teil mußte Baudelio sein. Rafael und Miguel waren nicht zu sehen.

Sobald sie neben dem Nissan standen, sagte Carlos: »Wir nehmen diesen Wagen, Madam. Es ist ...«

»Nein, nein!« Jessica suchte nervös und verängstigt in ihrer Handtasche nach den Autoschlüsseln. »Ich fahre mit meinem Auto. Ich weiß, wo das Doctors Hospital ...«

Carlos stellte sich zwischen Jessica und den Volvo. Er hielt sie am Arm und sagte: »Madam, es wäre besser, wenn Sie ...«

Jessica versuchte, sich loszumachen, doch Carlos packte sie fester und stieß sie vorwärts. »Lassen Sie das!« rief sie entrüstet. »Was soll denn das?« Sie dachte zum ersten Mal über die schreckliche Nachricht hinaus.

Angus, der ein paar Schritte zurückgeblieben war, wußte plötzlich, was nicht stimmte. »Er ist schwer verletzt. Ein Krankenwagen hat ihn ins Doctors Hospital gebracht«, hatte der fremde junge Mann im Supermarkt gesagt.

Aber das Doctors Hospital nahm keine Notfälle auf. Angus wußte das zufällig, weil er im Jahr zuvor einige Monate lang einen alten Kameraden aus der Luftwaffe, der dort Patient war, besucht hatte und sich deshalb gut auskannte. Das Doctors Hospital war groß und berühmt; es lag in der Nähe des Gracie Mansion, dem Sitz des Bürgermeisters, und an der Straße, auf der Crawford zur Arbeit fuhr. *Aber Notfälle wurden ins New York Hospital einige Blocks weiter südlich eingeliefert ...* Jeder Krankenwagenfahrer wußte das.

Also log der junge Mann! Die Mitteilung im Supermarkt war nur ein Vorwand gewesen! Und nun, hier draußen, ging es auch nicht mit rechten Dingen zu. Zwei Männer, die Angus ganz und gar nicht gefielen, waren plötzlich aus dem Kleinbus aufgetaucht. Der eine, ein riesiger Kerl, hatte Jessica gepackt und zerrte sie nun zusammen mit dem ersten Mann in den Bus! Nicholas, der etwas abseits stand, war noch unbeteiligt.

»Jessica, nicht!« rief Angus. »Nicky, lauf! Hol ...«

Der Satz blieb unvollendet. Der Griff einer Pistole krachte Angus auf den Kopf. Er spürte einen heftigen, dumpfen Schmerz, alles drehte sich um ihn, dann fiel er bewußtlos zu Boden. Luís war blitzschnell aus dem Auto gesprungen, hatte Angus von hinten angegriffen und sich im selben Augenblick Nicky geschnappt.

Jessica begann zu schreien: »Hilfe! Ist denn da niemand? Helft uns doch!«

Der stämmige Rafael, der Jessica zusammen mit Carlos gepackt hatte, hielt ihr seine riesige Linke vor den Mund und stieß sie mit der Rechten in den Bus. Dann sprang er selber hinein und hielt sie fest, während sie schrie und sich loszureißen versuchte. Aus ihren Augen sprach die nackte Angst. Rafael fauchte Baudelio an: »*Apúrate!*«

Der Exdoktor hatte eine geöffnete Arzttasche neben sich und nahm nun eine Gazekompresse heraus, die er Augenblicke zuvor mit Äthylenchlorid getränkt hatte. Er hielt Jessica die Kompresse über Mund und Nase. Sofort fielen ihr die Augen zu, ihr Körper wurde schlaff, und sie verlor die Besinnung. Baudelio grunzte zufrieden, obwohl er wußte, daß die Wirkung des Äthylenchlorids nur fünf Minuten anhalten würde.

Inzwischen war auch Nicholas, der sich heftig wehrte, im Wagen. Carlos hielt in fest, während er die gleiche Behandlung wie Jessica erhielt.

Baudelio arbeitete schnell. Mit einer Schere schnitt er den Ärmel von Jessicas Kleid auf und injizierte ihr den Inhalt einer Spritze intramuskulär in den Oberarm. Die Spritze enthielt Midazolam, ein starkes Beruhigungsmittel, das die Geiseln für mindestens eine Stunde betäuben würde. Dem Jungen gab er eine ähnliche Injektion.

In der Zwischenzeit hatte Miguel den bewußtlosen Angus zum Bus gezerrt. Rafael, der sich nun nicht mehr um Jessica kümmern mußte, sprang heraus und zog seine Pistole, ein Browning Automatic. Er entsicherte sie und drängte Miguel: »Laß mich ihn erledigen!«

»Nein, nicht hier!« Die ganze Aktion war unglaublich schnell abgelaufen, kaum eine Minute war vergangen. Miguel stellte erstaunt fest, daß es bis jetzt noch keine Zeugen gegeben hatte. Die beiden Autos hatten ihnen Schutz vor neugierigen Blicken geboten, und Passanten waren in der kurzen Zeit noch nicht aufgetaucht. Miguel, Carlos, Rafael und Luís waren bewaffnet, und im Wagen lag eine Maschinenpistole vom Typ Beretta, für den Fall, daß sie sich den Weg freischießen mußten. Doch damit war nicht mehr zu rechnen, und das gab ihnen einen guten Vorsprung vor möglichen Verfolgern. Wenn sie aber den alten Mann, der aus seiner Kopfwunde heftig blutete, auf dem Parkplatz zurückließen, würde sofort Alarm ausgelöst werden. Kurz entschlossen befahl Miguel: »Rein mit ihm.«

Es dauerte nur Sekunden. Doch beim Einsteigen merkte Miguel, daß er sich in bezug auf mögliche Zeugen getäuscht hatte. Eine alte weißhaarige Frau stand, auf einen Stock gestützt, in etwa zwanzig Metern Entfernung zwischen zwei Autos und sah ihnen zu. Sie schien unsicher und verwirrt.

Als Luís losfuhr, sah auch Rafael die alte Frau. Mit einer schnellen Bewegung packte er die Beretta, hob sie und richtete sie durch das Rückfenster auf die Zeugin. Doch rief Miguel: »Nein!« Die Frau war ihm gleichgültig, doch wollte er die Chance, auch jetzt noch ohne großes Aufsehen zu entkommen, nicht aufs Spiel setzen. Er schob Rafael zur Seite und rief mit fröhlicher Stimme zum Fenster hinaus: »Denken Sie sich nichts. Wir drehen nur einen Film.«

Er sah, wie sich ein erleichtertes Lächeln auf dem Gesicht der alten Frau ausbreitete. Dann lag der Parkplatz bereits hinter ihnen und wenig später auch die Stadtgrenze von Larchmont. Luís fuhr geschickt und ohne Zeit zu verlieren. Fünf Minuten später rasten sie schon über den Interstate 95, den New England Thruway, nach Süden.

12

Früher war Priscilla Rhea einer der hellsten Köpfe in Larchmont gewesen. Als Lehrerin hatte sie einigen Schülergenerationen aus der Umgebung die Grundbegriffe des Wurzelziehens und der quadratischen Gleichungen beigebracht und sie in die Geheimnisse – bei ihr klang das immer wie die Suche nach dem Heiligen Gral – des algebraischen Werts von X und Y eingeführt. Sie gab ihnen aber auch ein Gefühl für Bürgerpflicht und soziale Verantwortung mit auf den Weg.

Doch das alles war vor Priscillas Pensionierung vor fünfzehn Jahren, bevor Alter und Krankheit zuerst ihrem Körper und dann ihrem Geist Tribut abverlangten. Nun war sie weißhaarig und gebrechlich, ging mühsam am Stock und hatte erst kürzlich voller Abscheu über ihren Verstand gesagt, er arbeite »mit der Geschwindigkeit eines dreibeinigen Esels, der einen Hügel hinauftrottet«.

Trotzdem strengte sie nun ihren Verstand an, so gut es eben ging.

Sie hatte beobachtet, wie zwei Personen, eine Frau und ein Junge, offensichtlich gegen ihren Willen in eine Art Kleinbus gezerrt wurden. Sie wehrten sich, und Priscilla glaubte, die Frau schreien gehört zu haben; aber sie war sich nicht ganz sicher, da sich, neben allem anderen, auch ihr Gehör verschlechtert hatte. Dann wurde eine dritte Person, ein offensichtlich verletzter und bewußtloser Mann, in den Bus gezerrt, der daraufhin sofort losfuhr.

Ihre verständliche Besorgnis über den Vorfall legte sich wieder, als sie erfuhr, daß alles nur Teil eines Films sei. Das war einleuchtend. Heutzutage schienen die Leute von Film und Fernsehen ja überall zu sein, sie drehten ihre Geschichten an realen Schauplätzen und interviewten sogar die Leute auf der Straße für die Fernsehnachrichten.

Sobald der Bus losgefahren war, sah sie sich nach den Kameras und den Filmleuten um, die die Szene eigentlich hätten aufnehmen müssen. Aber sie entdeckte niemand, sosehr sie sich auch bemühte. Wenn wirklich Filmleute dagewesen wären, so überlegte sie, hätten die gar nicht so schnell verschwinden können.

Am liebsten wäre es Priscilla gewesen, wenn sie nie auf dieses Problem gestoßen wäre. Denn sie wußte nicht genau, ob sie nicht einfach nur etwas durcheinandergebracht hatte, wie es ihr so oft passierte. Am vernünftigsten wäre es, dachte sie, jetzt einfach in den Supermarkt zu gehen, ihre paar Einkäufe zu erledigen und sich nur um die eigenen Angelegenheiten zu kümmern. Aber dagegen stand ihr lebenslanges Credo, daß man sich nicht vor der Verantwortung drücken dürfe, und eigentlich durfte sie es auch jetzt nicht. Sie wünschte sich nur, jemand zu haben, den sie um Rat fragen konnte, und genau in diesem Augenblick sah sie Erica McLean, eine ihrer ehemaligen Schülerinnen, die eben auf dem Weg in den Supermarkt war.

Erica, inzwischen verheiratet und Mutter, hatte es eilig, doch sie blieb stehen und fragte höflich: »Wie geht es Ihnen, Miss Rhea?« (Niemand, der je bei Miss Rhea in die Schule gegangen war, wagte es, sie mit dem Vornamen anzusprechen.)

»Ich bin etwas verwirrt, meine Liebe«, erwiderte Priscilla.

»Warum denn, Miss Rhea?«

»Ich habe da etwas gesehen ... Aber ich bin mir nicht sicher, was. Ich möchte gern wissen, was du davon hältst.« Priscilla beschrieb den Vorfall, den sie noch erstaunlich gut im Gedächtnis behalten hatte.

»Sind Sie sicher, daß kein Filmteam mit dabei war?«

»Ich habe keins gesehen. Und du?«

»Nein.« Innerlich stöhnte Erica McLean auf. Sie hatte nicht den geringsten Zweifel, daß die alte Priscilla einer Halluzination zum

Opfer gefallen war, und es war einfach ihr, Ericas, Pech, daß sie gerade in diesem Augenblick vorbeikommen mußte. Aber stehenlassen konnte sie die arme Alte auch nicht, denn sie mochte sie wirklich, und so blieb ihr nichts anderes übrig, als zu vergessen, daß sie es eilig hatte, und zu versuchen, ihr zu helfen.

»Und wo ist das alles passiert?« fragte Erica.

»Dort drüben.« Priscilla deutete auf den leeren Parkplatz neben Jessicas Volvo. Erica ging mit ihr hin. »Hier!« sagte Priscilla. »Genau hier ist es passiert.«

Erica sah sich um. Sie hatte nicht erwartet, etwas zu finden, und sie fand auch nichts. Doch als sie sich schon abwenden wollte, fiel ihr Blick auf eine Reihe kleiner Lachen auf dem Boden. Auf dem Teerbelag des Parkplatzes wirkten sie dunkelbraun. Wahrscheinlich Öl. Oder? Erica bückte sich neugierig und strich mit den Fingern darüber. Einen Augenblick später zog sie sie entsetzt zurück. Die Flüssigkeit, die an ihnen klebte, war eindeutig Blut, und es war noch warm.

Für die Polizei von Larchmont war es bis dahin ein ruhiger Morgen gewesen. Der diensthabende Beamte in seiner Glaskabine trank eben Kaffee und blätterte durch das Lokalblatt, die *Sound View News*, als der Anruf kam – aus einer Telefonzelle am Boston Post Road, ganz in der Nähe des Supermarkts.

Erica McLean sprach als erste. Sie nannte ihren Namen und sagte dann: »Ich habe eine Dame bei mir, Miss Priscilla Rhea ...«

»Ich kenne Miss Rhea«, entgegnete der Beamte.

»Nun, sie glaubt, ein Verbrechen beobachtet zu haben, vielleicht sogar eine Entführung. Würden Sie bitte mit ihr sprechen?«

»Da weiß ich was Besseres«, antwortete der Polizist. »Ich schicke Ihnen einen Beamten im Streifenwagen, dem können Sie es dann erzählen. Wo sind die Damen denn?«

»Wir warten vor dem Grand Union.«

»Bitte bleiben Sie dort. In ein paar Minuten wird jemand bei Ihnen sein.«

Der diensthabende Beamte sprach in das Funkmikrofon: »Revier an Wagen 423. Fahren Sie zum Grand Union Supermarkt. Eine Mrs. McLean und eine Miss Rhea erwarten Sie dort. Code eins.«

Sofort kam die Anwort: »Vier dreiundzwanzig an Revier. Zehn vier.«

Elf Minuten waren vergangen, seit der Kleinbus mit Jessica, Nicholas und Angus den Parkplatz des Supermarkts verlassen hatte.

Jensen, der junge Polizist, hörte aufmerksam zu, während Priscilla Rhea, beim zweiten Mal nun schon viel selbstbewußter, erzählte, was sie gesehen hatte. Ihr fielen sogar noch zwei zusätzliche Details ein: Die Farbe des »kleinen Busses«, wie sie ihn nannte – hellbraun –, und die Tatsache, daß er dunkle Fenster hatte. Nein, auf die Nummer hatte sie nicht geachtet, und sie wußte auch nicht, ob es New Yorker Schilder oder die eines anderen Staates waren.

Der Beamte war anfangs skeptisch, obwohl er es sich nicht anmerken ließ. Polizisten hatten oft mit Bürgern zu tun, die sich über etwas Gedanken machten, das sich später als vollkommen harmlos erwies; es kam fast täglich vor. Doch Jensen war sehr pflichtbewußt, er hörte aufmerksam zu und machte sich Notizen.

Sein Interesse wuchs, als Erica McLean, die eine verantwortungsbewußte, vernünftig denkende Frau zu sein schien, ihm von den Flecken auf dem Parkplatz berichtete, die aussahen wie Blut. Er ließ sich von ihr zu der Stelle führen und untersuchte die Flecken. Ein Großteil der Flüssigkeit war inzwischen eingetrocknet, aber einiges war noch so feucht, daß es an den Fingern rot abfärbte. Es gab natürlich keinen Beweis, daß es sich um menschliches Blut handelte. Aber es machte die Geschichte glaubwürdiger, eine Weiterverfolgung war nun unbedingt notwendig.

Er lief zu Priscilla zurück und fand sie im Gespräch mit einigen Leuten, die neugierig geworden waren und wissen wollten, was vor sich ging.

Ein Mann ergriff das Wort: »Officer, ich war im Supermarkt und habe beobachtet, wie vier Leute, zwei Männer, eine Frau und ein Junge, plötzlich aus dem Laden stürmten. Die hatten es so eilig, daß die Frau ihren Einkaufswagen stehenließ. Der war voll, aber sie hat ihn einfach stehenlassen.«

»Ich hab' sie auch gesehen«, sagte eine Frau. »Das war Mrs. Sloane, die Frau des Fernsehsprechers. Sie kauft oft hier ein.

Als sie ging, sah sie sehr aufgeregt aus, als wäre etwas Schlimmes passiert.«

»Eins ist komisch«, warf eine andere Frau ein. »Ein Mann kam auf mich zu und fragte mich, ob ich Mrs. Sloane sei. Und andere hat er auch gefragt.«

Inzwischen redeten alle durcheinander. Der Polizist hob die Stimme. »Diese Dame hier« – er deutete auf Priscilla – »berichtet von einem ›kleinen, hellbraunen Bus‹. Hat den jemand gesehen?«

»Ja, ich«, sagte der Mann. »Als ich ankam, fuhr der eben auf den Parkplatz. Es war ein Nissan.«

»Haben Sie das Nummernschild gesehen?«

»Es war eine Nummer aus New Jersey, aber mehr weiß ich auch nicht. Ach, noch was, er hatte dunkle Fenster, diese Art Glas, wo man heraus-, aber nicht hineinsehen kann.«

»Moment mal«, sagte der Beamte. »Bitte bleiben Sie alle hier. Ich bin sofort zurück.«

Er lief zu seinem weißen Streifenwagen, den er neben dem Supermarkt abgestellt hatte, und griff nach dem Funkgerät.

»Wagen 423 an Revier. Mögliche Entführung auf dem Parkplatz des Grand Union. Brauche Verstärkung. Beschreibung des verdächtigen Fahrzeugs: Nissan-Kleinbus, Farbe hellbraun. Zugelassen in New Jersey, Nummer unbekannt. Dunkle Fenster, vermutlich blickdichte Scheiben. Es besteht der Verdacht, daß drei Personen von den unbekannten Insassen des Nissan verschleppt wurden.«

Die Meldung des Beamten ging über Funk an alle Streifenwagen in Larchmont und in den Nachbarorten Mamaroneck Town und Mamaroneck Village. Über eine »Notfalleitung« würde der diensthabende Polizist auf dem Revier alle anderen Einheiten in Westchester County und die New York State Police alarmieren. Die New Jersey State Police wurde zu diesem Zeitpunkt noch nicht informiert.

Vor dem Supermarkt waren bereits die Sirenen von zwei heranjagenden Streifenwagen zu hören, die auf den Hilferuf reagiert hatten.

Zwanzig Minuten waren seit der Abfahrt des Kleinbusses vergangen.

Gute acht Meilen weiter weg fuhr der Nissan auf dem I-95 Thruway und näherte sich der Ausfahrt in den Straßendschungel der Bronx.

Von Larchmont aus war Luís zügig vorangekommen. Er fuhr, wie die meisten anderen auch, fünf Meilen schneller als die erlaubte Höchstgeschwindigkeit – ein gutes Reisetempo, aber doch nicht so schnell, daß die Polizei auf sie aufmerksam würde. Nun lag das erste Etappenziel, die Ausfahrt 13, vor ihnen. Luís wechselte auf die rechte Spur und verließ die Autobahn. Er und Miguel hatten sich während der Fahrt immer wieder nach etwaigen Verfolgern umgesehen. Aber es gab keine.

Dennoch trieb Miguel Luís zur Eile. »Schneller! Mach schon!« Seit der Abfahrt fragte er sich, ob es nicht ein Fehler gewesen war, die alte Frau am Leben zu lassen. Vielleicht hatte sie ihm die Geschichte mit dem Film nicht geglaubt und die Polizei alarmiert. Vielleicht waren bereits Beschreibungen von ihnen im Umlauf.

Luís stieg aufs Gas; mit hohem Tempo raste er über die holprigen Straßen der Bronx.

Baudelio hatte seit der Abfahrt immer wieder die Lebensfunktionen der beiden betäubten Gefangenen kontrolliert. Es schien alles in Ordnung zu sein. Die Wirkung des Midazolam, das er ihnen injiziert hatte, würde schätzungsweise noch eine Stunde anhalten. Falls nicht, würde er ihnen eine weitere Dosis spritzen, doch nur ungern, da dies die viel kompliziertere medizinische Aufgabe, die ihn am Ende der Fahrt erwartete, verzögern konnte.

Bei dem älteren Mann hatte er die Blutung gestoppt und die Kopfwunde verbunden. Nun kam er langsam wieder zur Besinnung, er bewegte sich und stöhnte leise. Baudelio zog eine weitere Dosis Midazolam auf eine Spritze und injizierte sie ihm, für alle Fälle. Er hatte keine Ahnung, was sie mit dem Alten machen würden. Höchstwahrscheinlich würde Miguel ihn erschießen und die Leiche verschwinden lassen; während seiner Zeit beim Medellín-Kartell hatte Baudelio so etwas schon oft gesehen. Ihn ließ das kalt. Denn die Sorge um andere Menschen war eine Empfindung, die Baudelio schon vor langer Zeit abgelegt hatte.

Rafael hatte einige braune Decken hervorgeholt, und Baudelio sah nun zu, wie er und Carlos die Frau, den Jungen und den alten Mann darin einwickelten, bis nur noch die Köpfe heraussahen. Am oberen Ende war jeweils ein Stück Decke übrig, damit man den Geiseln beim Ausladen die Gesichter bedecken konnte. Mit einem Seil verschnürte Carlos die Bündel; für einen flüchtigen Beobachter waren sie nun von gewöhnlichem Frachtgut nicht mehr zu unterscheiden.

Conner Street in der Bronx war ein heruntergekommenes, graues und deprimierendes Viertel. Luís kannte den Weg, sie waren ihn zur Probe bereits zweimal abgefahren. Bei einer Texaco-Tankstelle bogen sie rechts in ein halb verlassenes Industriegebiet ein. Die am Straßenrand in großen Abständen geparkten Lastwagen sahen aus, als würden sie schon lange dort stehen. Menschen waren kaum zu sehen.

Vor der langen tür- und fensterlosen Mauer eines verlassenen Lagerhauses hielt Luís an. Im selben Augenblick fuhr ein Lastwagen, der auf der anderen Straßenseite gewartet hatte, auf den Kleinbus zu und hielt kurz vor ihm an. Es war ein weißer GMC mit der Aufschrift »Superbread« auf beiden Seiten.

Nachforschungen hätten ergeben, daß es ein Produkt mit dem Namen »Superbread« nicht gab. Der Lastwagen war eins von sechs Fahrzeugen, die Miguel, als Repräsentant einer nicht existenten Autoverleihfirma auftretend, gleich nach seiner Ankunft gekauft hatte. Der GMC war bereits gelegentlich für die Beschattung und auch für andere Zwecke benutzt worden. Rafael hatte ihn und die anderen Fahrzeuge schon mehrmals neu lackiert und die Aufschriften geändert. An diesem Vormittag saß Socorro, die einzige Frau der Truppe, am Steuer des Lasters. Sie sprang jetzt heraus, lief nach hinten und öffnete die Hecktüren.

Gleichzeitig ging auch beim Nissan die Tür auf. Rafael und Carlos sprangen heraus und trugen die verschnürten Bündel eilig zum Lastwagen. Baudelio packte seine Arzttasche zusammen und folgte ihnen.

Miguel und Luís hatten im Kleinbus zu tun. Miguel zog die dunkle Plastikfolie von den Fenstern; sie hatte ihren Zweck erfüllt und war nun ein Identifikationsmerkmal, das man verschwinden lassen mußte. Luís klaubte zwei New Yorker Nummernschilder unter dem Fahrersitz hervor, die er schon vor Beginn der Aktion dort versteckt hatte.

Nachdem er sich umgesehen hatte, um sicherzugehen, daß ihn niemand beobachtete, tauschte er die Kennzeichen aus New Jersey gegen die New Yorker aus. Es dauerte nur wenige Sekunden, weil alle Fahrzeuge der Gruppe spezielle, aufklappbare Schildhalterungen besaßen. Mit wenigen Handgriffen konnte die Klappe angehoben und die Schilder ausgewechselt werden. Ein Federmechanismus ließ die Klappe dann wieder zurückschnellen.

Bald nach seiner Ankunft in Amerika hatte Miguel sich über seine Unterweltkontakte eine Reihe von Nummernschildern aus New Jersey und New York besorgt. Dabei handelte es sich um Schilder von Autos, die zwar nicht mehr in Gebrauch waren, für die aber weiterhin Zulassungsgebühren bezahlt wurden.

Das Zulassungssystem von New York, New Jersey und den meisten anderen Staaten machte es möglich, Nummernschilder für Fahrzeuge zu erhalten, die schon längst in ihre Einzelteile zerlegt und verschrottet waren. Die Zulassungsstelle war nur an der Zulassungsgebühr und einem ebenso leicht zu beschaffenden Versicherungsnachweis für das nicht mehr existierende Fahrzeug interessiert. Weder die Behörde noch die Versicherung, die jeden Vertrag beliebig verlängerte, solange nur die Prämie gezahlt wurde, wollten je das Fahrzeug selbst sehen.

In Kriminellenkreisen florierte das Geschäft mit solchen Nummernschildern, die zwar illegal, bei der Polizei aber nicht als solche registriert waren und deren Wert deshalb die wirklichen Kosten um ein Vielfaches übertraf.

Miguel kam mit den Plastikfolien aus dem Kleinbus und stopfte sie in eine bereits überquellende Mülltonne. Die Nummernschilder, die Luís eben entfernt hatte, folgten.

Luís setzte sich nun hinter das Steuer des Lastwagens, in dem sich bereits die bewußtlosen Geiseln Jessica, Nicholas und Angus sowie Miguel, Rafael, Baudelio und Socorro befanden. Nach einer schnellen Wende fuhr er zurück in Richtung Thruway, auf dem sie, kaum zehn Minuten, nachdem sie ihn verlassen hatten, in dem neuen Fahrzeug ihre Flucht in Richtung Süden fortsetzten.

Carlos am Steuer des leeren Nissan wendete ebenfalls. Auch er fuhr auf den I-95 zu, schlug dann aber die nördliche Richtung ein. Mit den ausgetauschten New Yorker Nummernschildern und ohne die dunkle Folie an den Fenstern sah der Bus aus wie tausend andere auch. Die Beschreibung, die die Polizei in Larchmont ausgegeben hatte, traf auf ihn jedenfalls nicht mehr zu.

Carlos hatte den Auftrag, den Nissan verschwinden zu lassen, und auch dies war sorgfältig vorbereitet. Nach drei Meilen verließ er die Autobahn und folgte der Landstraße weitere zwölf Meilen Richtung Norden bis nach White Plains. Dort fuhr er in ein öffentliches Parkhaus, ein vierstöckiges Gebäude neben einem Einkaufszentrum – die Center City Mall.

Auf der dritten Etage stellte Carlos den Nissan ab und machte sich mit scheinbarer Beiläufigkeit an die Arbeit. Supermarktkunden, die in der Nähe parkten, aus ihren Autos ausstiegen oder sie mit Waren beluden, schienen weder an ihm noch an dem Nissan im geringsten interessiert.

Zunächst wischte Carlos alle Oberflächen ab, um die Suche nach Fingerabdrücken zu erschweren – eine Vorsichtsmaßnahme, falls der Bus der Polizei in seinem augenblicklichen Zustand in die Hände fallen sollte. Doch mit dem nächsten Schritt sorgte er dafür, daß das nicht passierte.

Aus dem Handschuhfach nahm Carlos einen Styroporbehälter mit brisantem Inhalt: eine beträchtliche Menge Plastiksprengstoff, ein kleiner Zünder mit Zündstift, zwei Drahtstücke und eine Rolle Klebeband. Mit dem Band befestigte er Sprengstoff und Zünder unten an den Vordersitzen. Die beiden Drahtstücke führte er vom Zündstift zu den inneren Türgriffen auf beiden Seiten und verknotete sie dort. Wurde nun eine der beiden Türen geöffnet, zog der Draht den Stift aus dem Zünder und die Ladung explodierte.

Abschließend warf Carlos noch einen Blick in die Fahrerkabine und vergewisserte sich, daß weder Sprengstoff noch Drähte zu sehen waren.

Aller Wahrscheinlichkeit nach würde es mehrere Tage dauern, bis man den Bus entdeckte, und bis dahin waren die Entführer mit ihren Opfern längst über alle Berge. Doch bei der Entdeckung würde eine typische Terroristenüberraschung mit Nachdruck darauf hinweisen, daß mit den Entführern nicht zu spaßen war.

Carlos verließ das Parkhaus durch das Einkaufszentrum und

machte sich mit öffentlichen Verkehrsmitteln auf den Rückweg nach Hackensack, wo er sich mit den anderen treffen wollte.

Der Lastwagen fuhr noch fünf Meilen bis zum Cross Bronx Expressway und bog dort nach Westen ab. Etwa zwölf Minuten später überquerte er den Harlem River und bald darauf die George Washington Bridge, die den Hudson River überspannte.

Die Brücke bildete die Grenze zwischen New York State und New Jersey. Für Miguel und den Rest der Medellín-Gruppe waren es nun nur noch wenige Meilen bis zu ihrem sicheren Unterschlupf in Hackensack.

13

Bert Fisher lebte und arbeitete in einer winzigen Wohnung in Larchmont. Er war achtundsechzig und seit Jahrzehnten Witwer. Seine Visitenkarten wiesen ihn als Nachrichtenreporter aus, doch im Fachjargon hieß er etwas wirklichkeitsnäher Stringer, der Mann fürs Grobe vor Ort.

Wie andere Stringer auch, war Bert der örtliche Vertreter verschiedener großer Nachrichtenorganisationen, die ihren Sitz in den Metropolen hatten, und von einigen dieser Konzerne erhielt er sogar ein kleines Vorabhonorar. Er lieferte Informationen oder fertige Berichte, wurde aber nur für das bezahlt, was wirklich verwendet wurde. Da Kleinstadtnachrichten nur selten regionale, geschweige denn nationale Bedeutung hatten, war es schwierig, Material bei großen Zeitungen oder Radio- und Fernsehsendern unterzubringen. Stringer wurden deshalb auch nie reich, die meisten hielten sich wie Bert Fisher gerade so über Wasser.

Trotzdem gefiel Bert seine Arbeit. Während des Zweiten Weltkrieges hatte er als amerikanischer GI in Europa für die Armeezeitung *Stars and Stripes* gearbeitet. Das hatte ihn auf den Geschmack gebracht, und seit dieser Zeit trug er seinen bescheidenen Teil zum amerikanischen Nachrichtenumsatz bei. Obwohl ihn das Alter inzwischen etwas langsamer gemacht hatte, telefonierte er noch täglich mit lokalen Informanten und hatte auch ständig mehrere Abhörgeräte eingeschaltet, mit denen er den Funkverkehr von Polizei, Feuerwehr, Krankenwagen und anderen öffentlichen Diensten überwachen konnte. Er hoffte immer, auf etwas zu stoßen, das eine Weiterverfolgung lohnte und das er einem der großen Nachrichtenkonzerne verkaufen konnte.

Mit einem dieser Geräte hatte Bert auch den Funkspruch des Revierbeamten an den Streifenwagen 423 aufgefangen. Zunächst schien es sich um einen reinen Routineeinsatz zu handeln, doch kurz darauf meldete der Beamte auf dem Parkplatz des Grand Union Supermarkts eine mögliche Entführung an das Revier. Beim Wort »Entführung« richtete Bert sich auf, stellte die Frequenz des Larchmonter Polizeifunks auf seinem Abhörgerät fest ein und griff zum Notizpapier.

Am Ende der Übertragung wußte Bert, daß er sofort zum Schauplatz mußte. Doch zuerst kam ein Anruf bei der New Yorker Fernsehstation WCBA.

Bei WCBA-TV nahm ein Assistant News Director Bert Fishers Anruf entgegen.

WCBA, eine Tochtergesellschaft von CBA, war ein renommierter Lokalsender, der das Stadtgebiet von New York mit Nachrichten versorgte. Sitz des Senders waren drei Stockwerke eines Bürohauses in Manhattan, etwa eine Meile von der Konzernmutter entfernt. Obwohl nur ein Lokalsender, erreichte er ein großes Publikum. WCBA News war nicht zuletzt wegen der Fülle von Nachrichten, die New York täglich lieferte, in gewisser Weise ein Mikrokosmos von CBA News.

In dem hektischen, lärmenden Redaktionssaal, in dem dreißig Leute Schulter an Schulter arbeiteten, verglich der Assistant News Director Bert Fishers Namen mit einer Liste aus einem Loseblattordner. »Okay«, sagte er schließlich, »was haben Sie?«

Bert wiederholte die Polizeimeldung und sagte dann, er wolle selbst sofort zum Schauplatz fahren.

»Also nur eine ›mögliche‹ Entführung, hm?« fragte der Assistant.

»Ja, Sir.«

Obwohl Bert Fisher fast dreimal so alt war wie der junge Mann am anderen Ende der Leitung, sprach er ihn mit einer dem höheren Rang entsprechenden Höflichkeit an, die er sich aus einer anderen Zeit herübergerettet hatte.

»Also gut, Fisher. Machen Sie sich auf die Socken. Und rufen Sie sofort an, falls da wirklich was dahintersteckt.«

»Jawohl, Sir. Sie können sich auf mich verlassen.«

Beim Auflegen kam dem Assistant News Director der Gedanke, daß hier möglicherweise nur jemand falschen Alarm ausgelöst hatte. Er überlegte kurz, ob er ein Kamerateam nach Larchmont schicken sollte, entschied sich dann aber dagegen. Im Augenblick war der Bericht des Informanten noch sehr verworren. Außerdem waren alle verfügbaren Teams unterwegs, und das würde bedeuten, daß er eins von einer laufenden Story abziehen müßte. Ohne detaillierte Informationen gab es auch nichts, das man hätte senden können.

Trotzdem ging der Assistant hinüber zu dem etwas erhöhten Schreibtisch der Nachrichtenchefin und erzählte ihr von dem Anruf.

Sie hörte ihm zu und billigte seine Entscheidung. Doch dann fiel ihr etwas ein, und sie griff zu einem Telefon, das sie über eine Standleitung direkt mit CBA News verband. Sie fragte nach Ernie LaSalle, dem Inlandschef, mit dem sie manchmal Informationen austauschte.

»Hör zu«, sagte sie, »ich hab' hier etwas, das sich möglicherweise als Ente erweist.« Sie wiederholte, was sie eben gehört hatte und fügte dann hinzu: »Aber hier geht es um Larchmont, und ich weiß, daß Crawford Sloane dort wohnt. Es ist ja nur ein kleiner Ort, und vielleicht ist jemand betroffen, den er kennt. Vielleicht solltest du es ihm sagen.«

»Danke«, erwiderte LaSalle. »Halt mich auf dem laufenden.«

Ernie LaSalle hängte ein und überlegte kurz, ob er dem eben Gehörten irgendeine Bedeutung beimessen sollte. Höchstwahrscheinlich würde die ganze Sache im Sand verlaufen. Aber trotzdem ...

Kurz entschlossen griff er zum roten Haustelefon.

»Inlandsredaktion. LaSalle. Habe eben erfahren, daß im Polizeifunk von Larchmont, wiederhole, Larchmont, New York, von einer möglichen Entführung die Rede ist. Keine weiteren Informationen. Unsere Freunde von WCBA gehen der Sache nach und halten uns auf dem laufenden.«

Die Meldung des Inlandschefs war in der ganzen CBA News-Zentrale zu hören. Einige fragten sich, warum LaSalle etwas so Unwichtiges über die Haussprechanlage durchgegeben hatte. Andere dachten nicht weiter darüber nach und wandten sich wieder ihrer Arbeit zu. Doch die Chefproduzenten am Hufeisen im Stockwerk über dem Redaktionssaal hatten aufmerksam zugehört. Einer deutete auf Crawford Sloane, der hinter der geschlossenen Glastür in seinem Büro zu sehen war, und meinte: »Falls es in Larchmont wirklich eine Entführung gegeben hat, sollten wir dankbar sein, daß es nicht Crawf, sondern jemand anderen getroffen hat. Außer der da drin ist sein Doppelgänger.« Die anderen lachten.

Crawford Sloane hörte LaSalles Meldung aus dem Lautsprecher auf seinem Schreibtisch. Die Tür hatte er geschlossen, weil er mit dem Präsidenten von CBA News, Leslie Chippingham, ein vertrauliches Gespräch führen wollte. Eigentlich hatte Sloane vorgehabt, Chippingham in dessen Büro aufzusuchen, doch der Präsident hatte es vorgezogen, zu ihm zu kommen.

Während der Mitteilung schwiegen beide, und Sloane hob bei der Erwähnung von Larchmont interessiert den Kopf. Zu jedem anderen Zeitpunkt wäre er sofort in den Redaktionssaal gelaufen, um Näheres in Erfahrung zu bringen. Doch jetzt wollte er nicht ein Gespräch unterbrechen, das sich zu einer knallharten Konfrontation entwickelt hatte und das, sehr zu seiner Überraschung, ganz und gar nicht so lief, wie er es sich vorgestellt hatte.

14

Der Präsident von CBA News eröffnete das Gespräch. »Crawf, meine Nase sagt mir, daß du ein Problem hast.«

»Deine Nase täuscht sich«, erwiderte Crawford Sloane. »Du bist der mit dem Problem. Es ist leicht zu lösen, aber dazu sind einige strukturelle Veränderungen nötig. Und zwar sofort.«

Leslie Chippingham seufzte. Er war seit dreißig Jahren im Nachrichtengeschäft, ein alter Hase, der seine Karriere mit neunzehn als Botenjunge bei NBC's Huntley-Brinkley-Report begonnen hatte, dem journalistischen Aushängeschild dieser Zeit. Seit damals wußte er, daß man Moderatoren so behutsam behandeln mußte wie Ming-Vasen und daß sie die gleiche Ehrerbietung verlangten wie gekrönte Häupter. Ebendieser Feinfühligkeit hatte er es, neben anderen Talenten, zu verdanken, daß er sich nach seiner Zeit als Chef im Studio an der Spitze von CBA News hatte halten können, während andere in ähnlich hohen Positionen, darunter auch einige Präsidenten, auf fernsehpolitische Nebengleise abgeschoben wurden oder in der Vergessenheit eines frühen Ruhestands versanken.

Chippingham hatte die Fähigkeit, mit jedem ungezwungen umzugehen, und er konnte dieses Gefühl auch auf den Gesprächspartner übertragen. Es ging das Gerücht, wer von ihm gefeuert werde, fühle sich noch wohl dabei.

»Also schieß los«, sagte er zu Sloane. »Welche Veränderungen?«

»Ich kann mit Chuck Insen nicht mehr zusammenarbeiten. Er muß weg. Und bei der Auswahl des Nachfolgers will ich die entscheidende Stimme haben.«

»Na schön. Du hast recht, was das große Problem betrifft.« Chippingham wählte seine Worte mit Bedacht und fügte dann hinzu: »Aber es ist vielleicht ein anderes, als du dir vorstellst, Crawf.«

Crawford betrachtete seinen Vorgesetzten, denn das war Chippingham, zumindest der Stellung nach. Was er sah, war eine auch im Sitzen noch hoch aufragende Gestalt, fast zwei Meter groß und stattliche hundert Kilo schwer. Sein Gesicht war eher interessant als schön, er hatte strahlende Augen und dichte, inzwischen fast graue Locken. Im Lauf der Jahre hatte eine ganze Reihe von Frauen Vergnügen daran gefunden, mit den Händen durch diese Locken zu streichen, wobei dieses Vergnügen immer nur das Vorspiel für andere gewesen war. Frauen waren Les Chippinghams lebenslange Schwäche, ihre Eroberung ein Hobby, dem er nicht widerstehen konnte. Und wegen dieser Schwäche stand er im Augenblick vor einem ehelichen und finanziellen Desaster – doch das wußte Sloane nicht, obwohl er, wie alle anderen, Chippinghams Ruf als Frauenheld kannte.

Chippingham selbst mußte im Augenblick seine persönlichen Sorgen beiseite lassen und sich auf Crawford Sloane konzentrieren. Denn das Gespräch mit ihm war, wie jedes mit einem Moderator, ein Drahtseilakt.

»Hör auf, um den heißen Brei zu reden«, sagte Sloane, »und komm zur Sache.«

»Das wollte ich eben«, entgegnete Chippingham. »Wie wir beide wissen, hat sich bei uns in letzter Zeit einiges geändert ...«

»Um Himmels willen, Les, natürlich hat sich das!« warf Sloane ungeduldig ein. »Deshalb habe ich ja Probleme mit Insen. Wir müssen die Struktur unserer Nachrichten verändern – weniger schnelle Schlagzeilen und dafür die wichtigen Meldungen gründlicher recherchiert.«

»Ich weiß, was du meinst. Wir haben schon öfter darüber gesprochen. Aber ich kenne auch Chucks Haltung, und der war übrigens heute morgen bei mir und hat sich über dich beklagt.«

Sloane riß überrascht die Augen auf. Er hatte nicht erwartet, daß der Studioleiter in ihrem Streit die Initiative übernahm; es war ganz und gar nicht der gewohnte Lauf der Dinge. »Und was glaubt er, was du tun kannst?« fragte er.

Chippingham zögerte. »Zum Teufel, wahrscheinlich hat's wenig Sinn, wenn ich es dir verschweige. Er glaubt, ihr beide seid so weit voneinander entfernt, daß eine Versöhnung unmöglich ist. Er will, daß du gehst.«

Der Chefsprecher warf den Kopf zurück und lachte. »Und daß er bleibt. Das ist doch lächerlich.«

Der Präsident sah ihm direkt in die Augen. »Wirklich?«

»Natürlich. Und das weißt du ganz genau.«

»Ich hab's früher mal gewußt. Jetzt bin ich mir nicht mehr so sicher.« Vor ihnen beiden lag Neuland. Chippingham machte vorsichtig den ersten Schritt.

»Ich will, daß du eins verstehst, Crawf: Nichts ist mehr so, wie es einmal war. Seit dem Ausverkauf der großen Sender ist alles im Fluß. Du weißt so gut wie ich, daß unsere neuen Herren – nicht nur bei uns, sondern auch bei den anderen Sendern – ihre ganz persönlichen Ansichten über die Macht der Nachrichtensprecher haben. Diese Halbgötter an der Spitze der Muttergesellschaften möchten nämlich diese Macht beschneiden, und sie sind auch nicht eben glücklich über eure Riesengehälter, weil sie glauben, daß sie dafür nicht den entsprechenden Gegenwert bekommen. In letzter Zeit gab es sogar Gerüchte über heimliche, private Absprachen.«

»Welche Art von Absprachen?« fragte Sloane scharf.

»Soweit ich weiß, die Art, wie die Herren Unternehmer sie in ihren exklusiven Clubs und Privathäusern treffen. Zum Beispiel: ›Wir sagen unserem Sender, daß er deinem Sender nicht die Leute abwirbt, wenn du mir versprichst, daß deiner die unseren in Ruhe läßt. Auf diese Weise treiben wir uns nicht gegenseitig dauernd die Gehälter in die Höhe und können dann endlich anfangen, ein paar von den ganz großen zu kürzen‹.«

»Das sind ja Kartellabsprachen, Wettbewerbsbeschränkungen. Und die sind verdammt noch mal illegal.«

»Nur wenn du beweisen kannst, daß sie wirklich zustande gekommen sind«, sagte Chippingham. »Aber wie kannst du das, wenn sie bei ein paar Drinks im Links Club oder im Metropolitan getroffen wurden, und wenn es keine Unterlagen, überhaupt nichts Schriftliches gibt?«

Während Sloane schwieg, wurde Chippingham noch einmal deutlich. »Im Endeffekt läuft es darauf hinaus, Crawf, daß du im Augenblick nicht zuviel Druck machen solltest.«

»Insen will einen anderen an meiner Stelle«, sagte Sloane unvermittelt. »Wen?«

»Er erwähnte Harry Partridge.«

Partridge! Wieder einmal, dachte Sloane, war er der Konkurrent. Er fragte sich, ob Partridge selbst den Stein ins Rollen gebracht hatte. Als könnte Chippinham Gedanken lesen, ergänzte er: »Offensichtlich hat Chuck es Harry vorgeschlagen, und der war zwar überrascht, aber nicht sonderlich interessiert.«

Dann fuhr er fort: »Ach, und Chuck Insen hat mir noch was gesagt: Falls es zu einer Entscheidung zwischen dir und ihm kommt, ist er fest entschlossen zu kämpfen. Er hat gedroht, bis an die Spitze zu gehen.«

»Und das heißt?«

»Das heißt, daß er mit Margot Lloyd-Mason sprechen wird.«

Crawford explodierte. »Mit dieser Hexe. Das würde er nicht wagen!«

»Ich glaube schon. Sie ist vielleicht eine Hexe, aber sie hat auch die Macht.«

Les Chippingham wußte das nur zu gut.

CBA war der letzte der großen, überregionalen Sender, der einem Phänomen zum Opfer fiel, das Insider »die Invasion der Philister« nannten. Gemeint war damit die Übernahme der Sender durch Industriekonglomerate, die ihr Profitstreben über ihre Verpflichtung der Allgemeinheit gegenüberstellten. Es war ein krasser Gegensatz zu früheren Zeiten, als Führer wie Paley von CBS, Sarnoff von NBC und Goldenson von ABC, obwohl lupenreine Kapitalisten, es doch nie versäumten, ebendiese Verantwortung zu demonstrieren.

Vor neun Monaten war CBA, nach vergeblichen Versuchen, die Unabhängigkeit des Senders zu bewahren, von Globanic Industries Inc. , einem weltweit operierenden Konzernriesen, geschluckt worden. Wie General Electric, der sich zuvor schon NBC einverleibt hatte, war auch Globanic ein bedeutender Rüstungskonzern. Und wie bei GE war es auch bei Globanic nicht ohne kriminelle Machenschaften abgegangen. Bei einer Gelegenheit war der Konzern wegen Preisabsprachen und Wettbewerbsverzerrungen rechtskräftig verurteilt worden, einige Topmanager wanderten ins Gefängnis. Bei einer anderen mußte er sich des Betrugs an der US-Regierung schuldig bekennen, nachdem bei der Vergabe von Rüstungsaufträgen Geschäftsbücher manipuliert worden waren. Die Strafe lautete auf eine Million Dollar, das rechtlich zulässige Höchstmaß, doch verglichen mit dem Gesamtwert des Auftrags nur ein verschwindend geringer Betrag. »Globanic hat zu viele Sonderinteressen, um CBA auch weiterhin absolute redaktionelle Unabhängigkeit zu gewähren«, schrieb ein Kommentator zur Zeit der Übernahme. »Können Sie sich vorstellen, daß CBA je wieder heikle Probleme aufgreift, wenn die Muttergesellschaft darin verwickelt ist?«

Seit der Übernahme von CBA hatten die neuen Herren immer

wieder öffentlich versichert, die traditionelle Unabhängigkeit des Senders bleibe gewahrt. Doch kam man immer mehr zu der Überzeugung, daß dies nur leere Versprechungen waren.

Begonnen hatte die Umwandlung von CBA mit der Ankunft von Margot Lloyd-Mason, der neuen Präsidentin und Chefin des Senders. Die als tüchtig, skrupellos und maßlos ehrgeizig bekannte Frau war bereits Vizepräsidentin bei Globanic Industries. Es ging das Gerücht, ihre Versetzung zu CBA sei nur ein Probelauf, um zu sehen, ob sie genug Härte und Durchsetzungsvermögen für den Vorsitz der Muttergesellschaft aufbringen könne.

Leslie Chippingham lernte seine neue Chefin kennen, als sie ihn wenige Tage nach ihrer Ankunft zu sich rufen ließ. Statt des üblichen persönlichen Anrufs – eine Gunst, die Mrs. Lloyd-Masons Vorgänger seinen Abteilungschefs gewährt hatte – übermittelte ihm eine Sekretärin die barsche Aufforderung, er habe sofort in »Stonehenge« zu erscheinen, so der Spitzname der CBA-Zentrale an der Third Avenue. In einer Limousine mit Chauffeur fuhr Chippingham dorthin.

Margot Lloyd-Mason war sehr groß, sie hatte hochgekämmte blonde Haare, ein leicht gebräuntes Gesicht mit hohen Wangenknochen und kühl abschätzende Augen. Sie trug ein elegantes, braungraues Chanel-Kostüm mit einer etwas helleren Seidenbluse. Chippingham sollte sie später als »attraktiv, aber furchteinflößend« beschreiben.

Die Präsidentin war freundlich, aber kühl. »Sie dürfen mich mit Vornamen anreden«, sagte sie dem Nachrichtenchef, doch bei ihr klang es wie ein Befehl. Dann kam sie ohne Umschweife zum Thema.

»Es wird heute im Lauf des Tages zur Bekanntgabe einer Affäre kommen, die Theo Elliott betrifft.«

Theodore Elliott war der Vorsitzende von Globanic Industries.

»Das ist bereits passiert«, erwiderte Chippingham. »Das Finanzministerium in Washington hat bekanntgegeben, daß unser Oberhäuptling im Verdacht steht, fünf Millionen Dollar Steuern unterschlagen zu haben.«

Chippingham hatte die Meldung zufällig auf dem AP-Telex gesehen. Soweit bekannt war, hatte Elliott in ein Abschreibungs-

projekt investiert, das sich nachträglich als illegal herausstellte. Der Initiator des Projekts mußte vor Gericht. Elliott blieb das erspart, doch mußte er die Steuern nachzahlen und erhielt außerdem eine beträchtliche Geldstrafe.

»Theo hat eben angerufen«, sagte Margot, »und mir versichert, er habe nicht gewußt, daß das Projekt illegal gewesen sei.«

»Vermutlich gibt es ein paar, die ihm das glauben«, entgegnete Chippingham und dachte dabei an die Armee von Rechtsanwälten, Wirtschaftsprüfern und Steuerberatern, die der Vorsitzende von Globanic zur Verfügung hatte.

»Keine Respektlosigkeiten, bitte«, erwiderte Margot eisig. »Ich habe Sie rufen lassen, weil ich nicht will, daß über Theo und die Steuern irgend etwas in unseren Nachrichten erscheint. Und ich möchte auch, daß Sie die anderen Sender bitten, ebenfalls nicht darüber zu berichten.«

Chippingham war entsetzt, er wollte kaum glauben, was er eben gehört hatte. Nur mit Mühe konnte er den Unmut in seiner Stimme unterdrücken. »Margot, wenn ich mich mit dieser Bitte an die anderen Sender wende, würden die sie nicht nur zurückweisen, sondern darüber hinaus die Meldung bringen, daß CBA News versucht habe, seinen Chef zu decken. Und, offen gesagt, im umgekehrten Fall würden wir ähnlich reagieren.«

Noch während er sprach, erkannte er, daß die neue Präsidentin bereits in diesem kurzen Wortwechsel nicht nur ihre Unerfahrenheit im Fernsehgewerbe demonstriert hatte, sondern auch ihre totale Gleichgültigkeit gegenüber jeder Art von journalistischer Ethik. Aber dann fiel ihm ein, daß sie ja nicht deswegen auf diesem Stuhl saß, sondern wegen ihrer Kenntnisse in Finanzfragen und ihres Talents zur Profitoptimierung.

»Na gut«, sagte sie mißmutig. »Ich fürchte, ich muß akzeptieren, was Sie über die anderen Sender sagen. Aber in unseren Nachrichten will ich nichts von der Geschichte sehen.«

Chippingham seufzte innerlich, denn er wußte, daß von nun an sein Job als Nachrichtenchef um einiges schwieriger werden würde. »Bitte glauben Sie mir, Margot, wenn ich Ihnen sage, daß jeder andere Sender die Meldung über Mr. Elliott und seine Steuern in den Abendnachrichten bringen wird. Und wenn wir sie nicht *ebenfalls bringen, wird das für mehr Aufmerksamkeit sorgen, als wenn wir sie bringen. Denn jeder wird unsere Nachrichten einschalten, um zu sehen, wie fair und unparteiisch wir sind, vor allem nach den Ankündigungen von Globanic, daß die Unabhängigkeit der Nachrichtenabteilung gewahrt bleibe.«*

Margot kniff die Lippen zusammen und machte ein mürrisches Gesicht, aber ihr Schweigen zeigte, daß sie verstand, was Chippingham meinte. »Aber Sie werden es kurz halten?«

»Da brauch' ich mich nicht mal einzumischen. Die Sache ist einen längeren Bericht nicht wert.«

»Und ich will nicht, daß irgendein Klugscheißer von Reporter andeutet, Theo hätte von der Illegalität gewußt, obwohl er das Gegenteil behauptet.«

»Eins kann ich Ihnen versprechen«, sagte Chippingham. »Was wir auch tun, es wird fair sein. Ich werde mich persönlich darum kümmern.«

Ohne darauf einzugehen, nahm Margot ein Blatt Papier in die Hand, das auf ihrem Schreibtisch gelegen hatte. »Sie sind in einer Limousine mit Chauffeur hierhergekommen.«

»Ja.« Chippingham war überrascht. Das Auto mit Fahrer gehörte zu den Privilegien eines Studioleiters, aber die Erfahrung, ausspioniert zu werden – denn das war ja offensichtlich geschehen –, war neu und beunruhigend.

»In Zukunft benutzen Sie ein Taxi. Wenn ich es tue, dann können Sie das auch. Und noch etwas.« Sie warf ihm einen eisigen Blick zu. »Das Budget der Nachrichtenabteilung ist mit sofortiger Wirkung um zwanzig Prozent zu kürzen. Ich werde Ihnen morgen noch eine schriftliche Anweisung reinschicken; und wenn ich ›sofort‹ sage, dann meine ich es auch. Innerhalb einer Woche möchte ich einen Bericht über die Art der Einsparungen.«

Chippingham war zu verwirrt für mehr als eine höflich formelle Verabschiedung.

Die Meldung über Theodore Elliott und seine Einkommensteuer erschien zwar in den Abendnachrichten von CBA, bohrende Fragen hinsichtlich der Unschuldsbeteuerungen des Vorsitzenden von Globanic blieben jedoch aus. Einer der Redakteure am Hufeisen mokierte sich eine Woche später darüber: »Wenn es ein Politiker gewesen wäre, hätten wir ihn zuerst mit Zweifeln überschüttet und ihm dann die Haut abgezogen wie einer Zwiebel. So hatten wir nicht mal 'ne Fortsetzungsstory.«

Man hatte wirklich an eine Fortsetzung gedacht, genügend neues Material dafür war vorhanden. Doch bei einer Diskussion am Hufeisen, an der auch Chippingham teilnahm, kam man zu der Entscheidung, daß andere Nachrichten an diesem Tag wichtiger seien; die Fortsetzung wurde also nicht gesendet. Es war eine heikle Entscheidung, und nur wenige gestanden sich ein, daß Feigheit mit im Spiel gewesen war.

Die Budgetkürzung war ein viel schwierigeres Problem. Es war genau der Punkt, an dem alle Sender nach der Übernahme durch die neuen Herren verwundbar waren, und jeder wußte das, Leslie Chippingham eingeschlossen. Vor allem die Nachrichtenabteilungen waren aufgebläht, personell überbesetzt und reif für eine Beschneidung.

Bei CBA hatten diese Einsparungen sehr schmerzhafte Auswirkungen, denn über zweihundert Leute verloren ihre Arbeit.

Auf die Entlassungen folgte eine Woge der Entrüstung unter jenen, die ihre Arbeit verloren hatten, und ihren Freunden. Für die Printmedien war die Sache ein gefundenes Fressen, jede Zeitung brachte bewegende Geschichten über die Opfer der Einsparungswelle, obwohl viele Zeitungsverleger selbst ähnliche Rationalisierungen vornahmen.

Eine Gruppe innerhalb von CBA News, deren Mitglieder alle langfristige Verträge besaßen, schickte einen Protestbrief an die New York Times. *Zu den Unterzeichnern gehörten Crawford Sloane, einige ranghohe Korrespondenten und mehrere Redakteure. In dem Brief beklagten sie, daß einige der so plötzlich Entlassenen altgediente Korrespondenten gewesen seien, die fast ihr gesamtes Arbeitsleben im Dienst von CBA News verbracht hatten. Sie wiesen auch darauf hin, daß CBA als Ganzes keineswegs in finanziellen Schwierigkeiten sei, sondern im Gegenteil Profite abwerfe, die sich durchaus mit denen großer Industriekonzerne messen ließen. Nach seiner Veröffentlichung fand der Brief landesweit große Beachtung.*

Der Brief und das Aufsehen, das er erregte, machten Margot

Lloyd-Mason wütend. Noch einmal ließ sie Leslie Chippingham zu sich rufen.

Mit der aufgeschlagenen Times *vor sich schimpfte sie los: »Diese überbezahlten, eingebildeten Typen gehören doch zum Management. Die sollten Entscheidungen des Managements mittragen und sie nicht mit ihrer öffentlichen Nörgelei unterminieren.«*

»Ich glaube nicht, daß sie sich als Teil des Managements verstehen«, gab der Nachrichtenchef vorsichtig zu bedenken. »Sie sind zuallererst Journalisten und machen sich Sorgen um ihre Kollegen. Und ich kann es Ihnen ruhig sagen, Margot, ich mir auch.«

Seine Chefin strafte ihn mit einem wütenden Blick. »Ich hab' schon genug Probleme, auch ohne euch, und ich will von diesem Unsinn nichts mehr hören. Sie nehmen sich die Leute vor, die diesen Brief unterzeichnet haben, und machen ihnen klar, daß ich solch ein illoyales Verhalten nicht mehr dulden werde. Sie können sie auch darauf hinweisen, daß diese Art von doppeltem Spiel bei Vertragsverlängerungen in Betracht gezogen wird. Da fällt mir ein – einige der Gehälter, die wir den Leuten zahlen, sind ja wirklich astronomisch, vor allem das für diesen arroganten Kerl Crawford Sloane.«

Leslie Chippingham gab eine etwas entschärfte Version von Margots Tirade an seine Leute weiter und gab dabei zu bedenken, daß er derjenige sei, der die Nachrichtenabteilung zusammenhalten müsse, was aber nun immer schwieriger werde.

Zum Eklat kam es schließlich einige Wochen später, als ein CBA-internes Memo mit neuen Vorschlägen von Mrs. Margot Lloyd-Mason die Gemüter erhitzte. Sie hatte die Absicht, einen politischen Aktionsfonds einzurichten, mit dem eine Lobby für die CBA in Washington finanziert werden konnte. Die Führungsetage des Senders sollte »freiwillig« zu diesem Fonds beitragen, was hieß, daß das Geld von ihren Gehältern abgezogen würde. Natürlich war auch die Leitung der Nachrichtenabteilung davon betroffen. Die Ankündigung wies darauf hin, daß dieses Arrangement einem ähnlichen in der Muttergesellschaft entspreche.

An dem Tag, als dieses Memo eintraf, wurde Chippingham am Hufeisen von einem Redakteur gestellt: »Les, du wirst uns doch diese Sauerei mit dem Fond vom Leib halten, oder?«

Crawford Sloane, der etwas abseits stand, mischte sich ein. »Natürlich wird er das. Les würde nie einer Sache zustimmen, bei der die Nachrichtenabteilung um politische Gefälligkeiten bitten müßte, anstatt über sie zu berichten. Da können wir uns auf ihn verlassen.«

Der Nachrichtenchef war sich nicht sicher, inwieweit der Moderator das ironisch gemeint hatte. Doch wußte er, daß er ein weiteres schwieriges Problem vor sich hatte; und Schuld daran war Margots Ignoranz, was journalistische Integrität betraf – oder war es einfach Gleichgültigkeit? Sollte er mit ihr über diesen Fonds streiten? Er glaubte nicht, daß es viel Sinn haben würde, da es ganz offensichtlich Margots einziges Ziel war, ihren Herren bei Globanic zu gefallen und ihre eigene Karriere zu fördern.

Schließlich löste er das Problem, indem er die ganze Geschichte und den Inhalt des internen Memorandums an die Washington Post durchsickern ließ. Er hatte dort einen Kontaktmann, den er schon öfter benutzt hatte und bei dem er sich darauf verlassen konnte, daß er seine Quelle nicht preisgab. Die Folge war ein auch von anderen Zeitungen aufgegriffener Artikel in der Post, der die Vorstellung, ein Nachrichtenmedium würde politisches Lobbyistentum betreiben, der Lächerlichkeit preisgab. Innerhalb weniger Tage wurde der Plan offiziell fallengelassen, angeblich auf persönlichen Befehl des Globanic-Vorsitzenden Theodore Elliott.

Und wieder mußte Chippingham vor seiner Chefin erscheinen.

Sie fragte ihn barsch, ohne jede Begrüßung: »Wer in der Nachrichtenabteilung hat das Memo an die Post gegeben?«

»Ich habe keine Ahnung«, log er.

»Blödsinn. Auch wenn Sie es nicht genau wissen, einen Verdacht haben Sie sicher!«

Chippingham hielt es für besser zu schweigen, und er stellte mit Erleichterung fest, daß Margot gar nicht auf die Idee kam, er selbst könne der Übeltäter sein.

Sie brach das sekundenlange Schweigen. »Seitdem ich hier bin, waren Sie nur unkooperativ.«

»Es tut mir leid, daß Sie das so sehen, weil es meiner Meinung nach nicht stimmt. Ich habe nur versucht, ehrlich zu sein.«

Ohne auf seinen Widerspruch einzugehen, fuhr Margot fort: »Wegen Ihrer widerspenstigen Haltung habe ich Erkundigungen über Sie einholen lassen und einiges erfahren. Unter anderem auch, daß Ihnen Ihr Job im Augenblick sehr wichtig ist, weil Sie es sich finanziell nicht leisten können, ihn zu verlieren.«

»Mein Job war mir schon immer wichtig. Und was die finanzielle Seite angeht, trifft das nicht auf die meisten Leute zu?« Chippingham fragte sich mit Unbehagen, was noch kommen würde.

Mit einem dünnen, überheblichen Lächeln sagte Margot: »Ich zumindest stecke nicht mitten in einem vertrackten Scheidungsprozeß. Aber Sie. Ihre Frau will eine großzügige finanzielle Entschädigung plus einen Großteil Ihres gemeinsamen Besitzes, und wenn sie das nicht bekommt, wird sie vor Gericht Beweise vorlegen für eine ganze Reihe von Ehebrüchen, die zu verheimlichen Sie sich nicht die Mühe gemacht haben. Außerdem haben Sie Schulden, darunter ein großes Bankdarlehen, und deshalb brauchen Sie dringend ein regelmäßiges Einkommen, sonst stehen Sie vor dem Bankrott.«

Chippingham hob entrüstet die Stimme. »Das ist eine Beleidigung. Und ein Eingriff in meine Intimsphäre.«

»Das mag ja sein«, erwiderte Margot gelassen. »Aber es stimmt.«

Trotz seines Protests war er entsetzt über das Ausmaß ihres Wissens. Er war in einer verzweifelten finanziellen Zwangslage, nicht zuletzt deshalb, weil er mit Geld nicht umgehen konnte und im Lauf der Jahre nicht nur sein beträchtliches Gehalt verschleudert, sondern auch noch hohe Schulden gemacht hatte. Er hatte auch nie den Reizen anderer Frauen widerstehen können, eine Schwäche, die Stasia, seine Frau, seit zwanzig Jahren offensichtlich akzeptiert hatte – bis vor drei Monaten. Ohne Vorwarnung war Stasias aufgestaute Wut explodiert, und sie hatte sich, mit dem angesammelten Belastungsmaterial in der Hinterhand, in einer wilden Scheidungsklage Luft gemacht. Trotzdem hatte er sich törichterweise auf eine neue Affäre eingelassen, diesmal mit Rita Abrams, einer Kollegin von CBA. Er hatte es eigentlich gar nicht beabsichtigt, aber es war trotzdem passiert. Dann aber fand er Gefallen daran und wollte weitermachen. Doch der Gedanke, seinen Job zu verlieren, jagte ihm Angst ein.

»Jetzt hören Sie mir gut zu«, sagte Margot. »Es ist nicht schwer, einen Nachrichtenchef zu ersetzen, und wenn ich muß, werde ich es auch tun. Bevor Sie überhaupt wissen, was los ist, sitzen Sie schon auf der Straße und ein anderer auf Ihrem Stuhl. Es gibt genügend Bewerber für Ihren Posten, innerhalb und außerhalb unseres Senders. Ist das klar?«

»Ja, es ist klar«, erwiderte Chippingham resigniert.

»Aber wenn Sie mit mir an einem Strang ziehen, können Sie bleiben. Ich bestimme, was in der Nachrichtenabteilung läuft. Und noch eins: Wenn ich etwas will, das Ihnen nicht gefällt, dann kommen Sie mir nicht mit Ihrem Gewäsch über Ethik und journalistische Keuschheit. Ihre Unschuld haben Sie verloren – falls Sie sie je hatten –, als Sie diesen Fortsetzungsbericht über Theo Elliotts Steuern nicht brachten.« Margot zeigte ihm wieder ihr dünnes Lächeln. »O ja, ich kenne die Geschichte. Das heißt, Sie haben sich bereits korrumpieren lassen, und die nächsten paar Male machen da keinen Unterschied mehr. Das ist alles. Sie können gehen.«

Stattgefunden hatte diese Unterhaltung zwei Tage bevor zuerst Chuck Insen und dann Crawford Sloane den Nachrichtenchef wegen ihrer persönlichen Probleme mit den National Evening News aufgesucht hatten. Chippingham wußte, daß ihre Probleme schnellstens und innerhalb der Nachrichtenabteilung gelöst werden mußten. Denn er wollte so lange wie möglich keine weiteren Besuche bei Margot, keine Konfrontationen mehr.

»Ich sag' dir eins, Crawf, und ich habe es auch Chuck gesagt«, fuhr nun Chippingham fort, »im Augenblick würdet ihr bei uns den größten Schaden anrichten, wenn ihr euren internen Streit an die Öffentlichkeit tragt. Drüben in Stonehenge ist die Nachrichtenabteilung in Ungnade gefallen. Und was Chucks Idee angeht, sich direkt an Margot Lloyd-Mason zu wenden: Sie würde für keinen von euch Partei ergreifen. Sie würde höchstens noch weitere Einsparungen anordnen, mit der Begründung, wenn wir Zeit für interne Querelen haben, dann sind wir nicht ausgelastet und deshalb personell überbesetzt.«

»Das kann ich widerlegen«, erwiderte Sloane.

»Und ich garantiere dir, daß man dich überhaupt nicht anhören würde.« Chippingham geriet nun langsam in Wut, was bei ihm nicht häufig vorkam. Für gewöhnlich war es die Aufgabe des Nachrichtenchefs, sein journalistisches Personal und eben auch den Moderator gegen das Topmanagement des Senders zu schützen. Aber es gab auch Grenzen; und dieses eine Mal beschloß er, hart zu bleiben und unverblümt seine Meinung zu sagen. »Du kannst ruhig wissen, daß unsere neue Chefin nicht viel für dich übrig hat. Wegen dieses saublöden Briefs, den ihr an die *Times* geschrieben habt, hat sie dich arrogant und überbezahlt genannt.«

»Der Brief traf haargenau ins Schwarze«, protestierte Sloane. »Ich habe das Recht auf meine freie Meinung, und die habe ich auch zum Ausdruck gebracht.«

»Blödsinn! Die ganze Sache ging dich überhaupt nichts an. An diesem Punkt bin ich mit Margot einer Meinung. O Mann, Crawf, werd doch endlich mal erwachsen. Man kann doch nicht ein Gehalt einschieben, wie du es tust, und trotzdem ›einer der Jungs‹ bleiben und blöd daherreden, wenn man gerade Lust dazu hat.«

Es gab keinen Grund, dachte Chippingham, warum er sich alleine mit den neuen Besitzern herumschlagen sollte. Sloane, Insen und die anderen konnten ruhig auch die Köpfe hinhalten. Der Nachrichtenchef hatte noch einen persönlichen Grund für seine Verärgerung. Es war bereits Donnerstag, und er hatte geplant, noch an diesem Abend für ein langes, verliebtes Wochenende mit Rita Abrams nach Minnesota zu fahren. Rita war bereits am Abend zuvor dort eingetroffen. Doch er konnte nun nicht zulassen, daß dieser dumme Streit in seiner Abwesenheit weitergärte.

»Aber ich bleibe bei dem, was ich am Anfang gesagt habe«, meinte Sloane. »Es muß Änderungen in der Struktur unserer Nachrichten geben.«

»Kann es ja auch«, erwiderte Chippingham. »Ich habe mir da selbst schon einige Gedanken gemacht. Aber wir werden das Problem hier unter uns lösen.«

»Wie?«

»Nächste Woche werde ich mich mit dir und Chuck Insen zusammensetzen – und zwar so lange, bis wir zu einer Einigung gekommen sind. Und wenn ich euch die Köpfe einschlagen muß, wir werden einen akzeptablen Kompromiß erreichen.«

»Wir können es ja versuchen«, erwiderte Sloane zweifelnd. »Aber besonders begeistert bin ich nicht.«

Chippingham hob die Schultern. »Du mußt ja nicht gleich begeistert sein.«

Nachdem der Nachrichtenchef gegangen war, saß Sloane schweigend in seinem Büro und dachte über ihr Gespräch nach. Dann fiel ihm die Durchsage über Larchmont wieder ein. Weil er wissen wollte, ob sich schon etwas Neues ergeben hatte, verließ er sein Büro und ging in den Redaktionssaal.

15

Bert Fisher, der Informant aus Larchmont, blieb am Ball, nachdem ihn ein Polizeifunkspruch auf die Spur einer »möglichen Entführung« gebracht hatte. Nach seinem Anruf bei WCBA-TV stürzte Bert aus seiner Wohnung und hoffte nur, daß sein zerbeulter, zwanzig Jahre alter VW Käfer mitmachte. Nach einigen bangen Sekunden sprang er an, wenn auch unter Ächzen und Stöhnen. Bert hatte auch im Auto ein Abhörgerät, das er nun auf die Frequenz des Polizeifunks einstellte. Dann fuhr er in die Stadt, zum Grand Union Supermarkt.

Auf halbem Weg dorthin ließ ihn ein weiterer Polizeifunkspruch die Richtung ändern.

»Wagen 423 an Revier. Fahren jetzt zum Haus des potentiellen Entführungsopfers. Adresse: 66 Park Avenue. Erbitten Verstärkung durch einen Kriminalbeamten, der uns dort treffen soll.«

»Revier an 423. Zehn vier.«

Und nach einer kurzen Pause: »Revier an Wagen 426. Fahren Sie schnell zur Park Avenue, Haus Nr. 66. Streifenwagen 423 erwartet Sie dort. Lassen Sie sich von dem Streifenbeamten über den Fall berichten, und nehmen Sie die Ermittlungen auf.«

Im Klartext, das wußte Bert, hieß »Fahren Sie schnell« *mit Blaulicht und Sirene*. Die Sache kam also offensichtlich ins Rollen, und Bert beschleunigte sein Tempo, soweit sein uralter Volkswagen es zuließ. Während er auf die Park Avenue zufuhr, ging ihm die angegebene Hausnummer nicht mehr aus dem Kopf: Er war sich nicht ganz sicher, aber wenn das Haus demjenigen gehörte, an den er dachte, dann war er wirklich einer heißen Geschichte auf der Spur.

Officer Jensen, der auf den Hilferuf vom Grand Union Supermarkt reagiert und die alte Lady, Priscilla Rhea, befragt hatte, wurde das Gefühl nicht mehr los, in etwas Ernstes hineingeraten zu sein. In Gedanken ging er noch einmal durch, was er bis jetzt in Erfahrung gebracht hatte.

Bei seiner Zeugenbefragung vor dem Supermarkt hatten einige Personen übereinstimmend ausgesagt, sie hätten gesehen, wie eine Frau in großer Eile und offensichtlich sehr bestürzt den Supermarkt verließ. Zwei der Zeugen konnten die Frau als Mrs. Crawford Sloane identifizieren. Den Angaben zufolge war sie in Begleitung ihres Sohnes und zweier Männer, der eine um die Dreißig, der andere älter. Der Dreißigjährige hatte den Laden offensichtlich alleine betreten. Er hatte zunächst einige andere Frauen gefragt, ob sie Mrs. Sloane seien. Sobald er dann die richtige Mrs. Sloane gefunden hatte, kam es zu dem überstürzten Aufbruch.

Danach war Miss Rhea die einzige, die behauptete, die vier gesehen zu haben. Ihre Geschichte eines Überfalls, bei dem die Opfer in einem »kleinen Bus« entführt worden seien, wurde immer glaubwürdiger. Unter anderem auch deshalb, weil Mrs. Sloanes Volvo, auf den ein Bekannter des Opfers Jensen hingewiesen hatte, noch immer auf dem Parkplatz des Supermarkts stand, während Mrs. Sloane und ihre Begleiter offensichtlich verschwunden waren. Und schließlich gab es noch diese Flecken auf dem Asphalt, die möglicherweise Blut waren. Jensen hatte einen der inzwischen eingetroffenen Beamten gebeten, sie als Beweismittel für eine spätere Untersuchung zu sichern.

Ein weiterer Zeuge, der in der Nähe der Sloanes wohnte, hatte Jensen die Adresse der Familie genannt. Da es nun am Supermarkt für ihn nichts mehr zu tun gab, hatte er die Adresse durchgegeben und um einen Kriminalbeamten gebeten, der ihn dort treffen sollte. Unter anderen Umständen hätte er auch den Namen der mutmaßlich Entführten genannt, zumal der Funkverkehr der Polizei von Larchmont etwas zwangloser ablief als der größerer Einheiten. Da aber Larchmonts berühmtester Einwohner betroffen war und möglicherweise Unbefugte den Funkverkehr abhörten, hielt er den Namen vorerst zurück.

Jensen war jetzt auf dem Weg zur Park Avenue – eine Fahrt von wenigen Minuten.

Er war eben in die Auffahrt zum Haus Nr. 66 eingebogen, als ein zweites – ziviles – Fahrzeug mit aufgesetztem Blinklicht und heulender Sirene auftauchte und hinter ihm anhielt. Detective Ed York, ein altgedienter Kriminalbeamter, den Jensen gut kannte, stieg aus. York und Jensen unterhielten sich kurz und gingen dann gemeinsam zum Haus. Die beiden Polizisten stellten sich Florence, dem Dienstmädchen der Sloanes, vor, die bei dem Lärm der Sirene zur Haustür gelaufen war. Mit einem Gesicht, in dem sich Überraschung und Besorgnis spiegelten, ließ sie die Beamten ein.

»Es besteht die Möglichkeit, aber wirklich nur die Möglichkeit«, begann nun Detective York, »daß Mrs. Sloane etwas zugestoßen ist.« Dann stellte er ihr einige Fragen, und während Florence darauf antwortete, wurde ihre Besorgnis immer größer.

Ja, sie sei im Haus gewesen, als Mrs. Sloane, Nicky und Mr. Sloanes Vater zum Einkaufen wegfuhren. Gegen elf Uhr sei das gewesen. Um 9 Uhr 30, als sie gekommen sei, habe gerade Mr. Sloane das Haus verlassen. Nein, seit Mrs. Sloanes Abfahrt habe sich niemand von der Familie gemeldet. Aber das habe sie auch nicht erwartet. Auch sonst habe es keine Anrufe gegeben. Nein, sie habe nichts Ungewöhnliches bemerkt, als Mrs. Sloane und die anderen wegfuhren. Bis auf ... na ja ...

Florence hielt inne und fragte dann ängstlich: »Was ist denn überhaupt los? Was ist mit Mrs. Sloane passiert?«

»Im Augenblick haben wir keine Zeit für lange Erklärungen«, antwortete der Detective. »Was meinen Sie mit ›bis auf ... na ja‹?«

»Nun, als Mrs. Sloane, ihr Schwiegervater und Nicky wegfuhren, war ich da drin.« Sie deutete auf ein von der Sonne erleuchtetes Zimmer im vorderen Teil des Hauses. »Ich sah sie wegfahren.«

»Und?«

»Da stand ein Auto in dieser Nebenstraße, man kann die Stelle von hier aus sehen. Sobald Mrs. Sloane auf der Straße war, fuhr dieses andere Auto ebenfalls los und folgte ihr. Aber ich machte mir deswegen keine Gedanken.«

»Dafür hatten Sie ja auch keinen Grund«, sagte Jensen. »Können Sie das Auto beschreiben?«

»Ich glaube, es war dunkelbraun. So etwa mittelgroß.«

»Konnten Sie das Nummernschild sehen?«

»Nein.«

»Haben Sie die Marke erkannt?«

Florence schüttelte den Kopf. »Die sehen für mich alle gleich aus.«

»Lassen wir es für den Augenblick dabei«, sagte York zu Jensen. Dann wandte er sich an Florence. »Denken Sie über das Auto nach. Falls Ihnen noch irgend etwas einfällt, sagen Sie uns Bescheid.«

Der Detective und Jensen gingen nach draußen. Im selben Augenblick fuhren zwei weitere Polizeiwagen vor. Der eine brachte einen uniformierten Sergeanten, der andere den Polizeichef von Larchmont. Der Chef, ebenfalls in Uniform, war groß und schlank und hatte ein eher unauffälliges Auftreten, das viele täuschte. Die vier Beamten kamen in der Auffahrt zu einer kurzen Beratung zusammen.

Am Ende fragte der Chef den Detective York: »Glauben Sie, das ist was Ernstes – eine Entführung?«

»In diesem Augenblick«, antwortete York, »deutet alles darauf hin.«

»Jensen?«

»Ja, Sir. Es ist ernst.«

»Sie sagten, der Nissan hatte Nummernschilder aus New Jersey?«

»Nach Aussage eines Zeugen, ja, Sir.«

Der Chef überlegte. »Falls es sich um eine Entführung handelt und der Wagen über eine Staatsgrenze fährt, wird das FBI zuständig. So steht's im Lindbergh-Gesetz.« Dann fügte er hinzu: »Obwohl sich das FBI ja wenig um solche Kleinigkeiten kümmert.«

Der letzte Satz klang etwas säuerlich und spiegelte die Überzeugung vieler Ortspolizisten wider, daß das FBI jeden prestigeträchtigen Fall an sich riß, während es immer Gründe fand, andere, die es nicht interessierte, abzulehnen. Doch dann sagte der Chef kurz entschlossen: »Ich werde das FBI hinzuziehen.«

Er ging zu seinem Auto und griff nach dem Funkgerät.

Wenige Minuten später kehrte er zu den anderen zurück und befahl York, er solle ins Haus gehen und dort bleiben. »Lassen Sie sich zuallererst vom Dienstmädchen mit Mr. Sloane verbinden. Erzählen Sie ihm alles, was Sie wissen, und sagen Sie ihm, daß wir unser möglichstes tun. Und danach nehmen Sie alle Anrufe entgegen. Schreiben Sie sich alles auf. Wir werden Ihnen bald Verstärkung schicken.«

Der Sergeant und Jensen erhielten den Auftrag, vor dem Haus Wache zu halten. »Bald werden mehr Leute hier herumschwirren als Fliegen auf 'nem Örtchen. Laßt niemand durch, außer das FBI. Sobald die Presse auftaucht und Fragen stellt, schickt sie ins Revier.«

In diesem Augenblick hörten sie das laute Knattern eines herannahenden Autos. Sie drehten die Köpfe. Es war ein alter, weißer VW Käfer, und der Polizeichef meinte düster: »Da ist der erste.«

Bert Fisher mußte das Haus Nr. 66 an der Park Avenue nicht lange suchen. Das Aufgebot an Polizeifahrzeugen war nicht zu übersehen.

Als er seinen VW am Straßenrand abstellte und ausstieg, saß der Polizeichef bereits wieder in seinem Wagen und wollte losfahren. Bert lief zu ihm. »Chief, können Sie schon eine Erklärung abgeben?«

»Ach, Sie sind es!« Der Polizeichef kurbelte das Fenster herunter, er kannte den alten Nachrichtenjäger sehr gut. »Eine Erklärung wozu?«

»Ach kommen Sie, Chief. Ich hab' den ganzen Funkverkehr mitgekriegt und gerade eben noch Ihre Anweisung, das FBI zu informieren.« Bert sah sich um und merkte, daß er mit seiner Vermutung recht behalten hatte. »Das ist doch Crawford Sloanes Haus, oder?«

»Ja.«

»Und es ist Mrs. Sloane, die entführt wurde?«

Der Polizeichef zögerte etwas, doch Bert flehte ihn an: »Hören Sie, ich war der erste hier. Geben Sie doch 'nem Einheimischen auch mal 'ne Chance.«

Der Polizeichef war ein einsichtiger Mann. *Warum eigentlich nicht?* dachte er. Eigentlich mochte er diesen Fisher sogar, obwohl er manchmal lästig sein konnte wie ein Moskito. Aber er war nie hinterhältig wie viele andere von der Presse.

»Wenn Sie den Funkverkehr gehört haben«, sagte er, »dann wissen Sie ja, daß wir noch keine gesicherten Erkenntnisse besitzen. Aber ja, wir glauben in der Tat, daß Mrs. Sloane möglicherweise entführt wurde, zusammen mit ihrem Sohn Nicholas und Mr. Sloanes Vater.«

Bert, der mitschrieb, was der Beamte sagte, wußte, daß dies die wichtigste Story seines Lebens war, und er wollte vorsichtig sein. »Sie wollen damit sagen, die Polizei von Larchmont geht von der Annahme aus, daß es sich um eine dreifache Entführung handelt.«

Der Polizeichef nickte. »Das können Sie so bringen.«

»Haben Sie schon einen Verdacht, wer dahinterstecken könnte?«

»Nein. Ach, noch eins. Mr. Sloane ist noch nicht informiert, und wir versuchen eben, mit ihm in Kontakt zu kommen. Also lassen Sie uns um Gottes willen Zeit dafür, bevor Sie die Sache an die große Glocke hängen.«

Mit diesen Worten fuhr der Polizeichef davon, und Bert lief zu seinem VW. Trotz der Bitte des Polizeichefs hatte er nicht die Absicht, auf irgend etwas zu warten. Ihn beschäftigte nur eine Frage: Wo ist das nächste Telefon?

Als Bert Augenblicke später die Park Avenue verließ, sah er ein anderes Auto in die Straße einbiegen, dessen Fahrer er kannte. Es war der lokale Kontaktmann von WNBC-TV. Dann war die Konkurrenz also auch schon an der Geschichte dran. Wenn Bert die Nase vorne behalten wollte, mußte er sich beeilen.

Gleich in der Nähe, an der Boston Post Road, fand er ein Telefon. Während er die Nummer von WCBA-TV wählte, zitterten seine Finger.

16

Es war 11 Uhr 20, und im hektischen Redaktionssaal von WCBA-TV stieg die Spannung, wie immer in der letzten Stunde vor den lokalen Mittagsnachrichten des Senders. An diesem Tag gab es eine ganze Reihe von teilweise noch gar nicht abgeschlossenen Berichten, die als Aufmacher in Frage kamen.

Ein berühmter Prediger, der sich in New York aufgehalten hatte, um eine kirchliche Ehrung entgegenzunehmen, war tot in seiner Waldorf-Suite aufgefunden worden. Als Todesursache vermutete man eine Überdosis Kokain, und eine Prostituierte, die die Nacht mit ihm verbracht hatte, wurde von der Polizei verhört. Im Zentrum von Manhattan stand ein Bürogebäude in Flammen, die in den obersten Stockwerken Eingeschlossenen wurden von Hubschraubern gerettet. Ein krebskranker Wall-Street-Milliardär ließ sich in einem Rollstuhl durch die Bronx schieben und warf mit vollen Händen Hundertdollarscheine in die Menge. Alle paar Minuten erhielt er Nachschub aus einem hinterherfahrenden gepanzerten Wagen.

Bert Fishers Anruf erreichte denselben Assistant News Director wie schon zuvor, der, als er hörte, wer anrief, nur kurz in den Hörer bellte: »Hier geht's zu wie im Tollhaus. Machen Sie's kurz!«

Bert tat es, worauf der junge Journalist ungläubig fragte: »Sind Sie sicher? Haben Sie eine Bestätigung?«

»Vom Polizeichef persönlich«, antwortete Bert und fügte stolz hinzu: »Er gab mir ein Exklusivinterview, und ich mußte ihm seine Angaben zur Sicherheit noch einmal wiederholen.«

Der Assistant News Director war aufgesprungen, winkte seiner Chefin und rief: »Leitung vier! Leitung vier!« Und zu einem Disponenten am Tisch neben seinem: »Wir brauchen ein Kamerateam in Larchmont, und zwar schnell. Frag mich nicht, wo du es hernehmen sollst. Zieh irgendwo eins ab und schick es hin.«

Die Nachrichtenchefin sprach bereits mit Bert Fisher. Sie notierte sich die wichtigsten Punkte und fragte dann: »Wer hat die Geschichte sonst noch?«

»Ich war der erste. Und bin's immer noch. Aber der Mann von WNBC kam an, als ich wegfuhr.«

»Hatte er ein Kamerateam dabei?«

»Nein.«

Der Assistant News Director kam an ihren Tisch und meldete: »Ein Team ist bereits unterwegs. Wir haben es aus der Bronx abgezogen.«

Sie sprach noch immer mit Bert Fisher. »Bleiben Sie dran!« Dann wandte sie sich an einen Texter: »Leitung vier. Es ist Fisher, aus Larchmont. Nimm alles, was er hat, und schreib es als Aufmacher für die Mittagsausgabe.«

Gleichzeitig griff sie zu dem Telefon, das sie direkt mit CBA verband. Ernie LaSalle nahm den Anruf entgegen, und sie sagte ihm: »Die Entführung in Larchmont ist bestätigt. Vor einer halben Stunde haben unbekannte Täter Crawford Sloanes Frau, seinen Sohn und seinen Vater verschleppt.«

»Um Himmels willen!« Ungläubigkeit und Entsetzen lagen in LaSalles Stimme. »Weiß Crawf es schon?«

»Ich glaube nicht.«

»Hat die Polizei bereits Ermittlungen aufgenommen?«

»Ja, und das FBI ist auch schon informiert. Fisher, unser Mann vor Ort, hat eine Erklärung des Polizeichefs von Larchmont.« Die Nachrichtenchefin las die Erklärung des Beamten und Fishers Nachfrage laut vor. Sie endete mit der Schlußbemerkung des Polizeichefs: »Das können Sie so bringen.«

»Lies es noch einmal vor.« LaSalle versuchte verzweifelt mitzuschreiben.

Die Nachrichtenchefin von WCBA gehorchte und fügte dann hinzu: »Soweit wir wissen, ist WNBC auch an der Story. Aber wir haben die Nase vorn. Hör zu, wir wollen die Sache auf jeden Fall in der Mittagsausgabe bringen, und ich überlege mir, ob wir nicht sofort das Programm unterbrechen und eine Sondermeldung rausgeben sollen. Aber ich dachte mir, da es doch seine Familie ist ...«

Bevor sie den Satz beenden konnte, fuhr LaSalle sie an: »Ihr tut überhaupt nichts da drüben. Das ist eine Sache für die ganz oben. Und wenn die Story überhaupt jemand bringt, dann wir.«

LaSalle hatte nur Sekunden, um eine Entscheidung zu treffen.

Er hatte mehrere Möglichkeiten.

Zum einen konnte er sich die Zeit nehmen, zuerst Crawford zu suchen, der aber möglicherweise gar nicht im Haus war, um ihm persönlich und so schonend wie möglich die schreckliche Nachricht beizubringen. Er konnte aber auch über das rote Telefon die gesamte Nachrichtenabteilung über die Entführung der Sloanes informieren und damit hektische Aktivität auslösen, weil man versuchen würde, einen Livebericht zusammenzustellen. Die dritte Möglichkeit war ein Anruf in der Kontrollzentrale des Senders mit der Ankündigung, daß CBA News in etwa drei Minuten »auf Sendung gehen« und das normale Programm mit einer Sondermeldung unterbrechen werde. LaSalle war einer der wenigen Leute mit der Befugnis zu einer solchen Unterbrechung; und seiner Meinung nach war diese Meldung nicht nur wichtig, sondern auch von außergewöhnlichem Interesse für die Öffentlichkeit.

Doch er entschied sich schließlich für die zweite Möglichkeit, unter anderem auch deshalb, weil er wußte, daß noch ein zweiter New Yorker Sender, die NBC-Tochter WNBC-TV an der Geschichte dran war. Und wie CBA würde auch NBC in Kürze einen Bericht von ihrer Tochter erhalten. Für menschliche Nettigkeiten war deshalb keine Zeit. Was die mögliche Programmunterbrechung betraf, gab es noch genügend andere Leute im Sender, darunter auch Les Chippingham, die diese Entscheidung treffen konnten.

Tut mir leid, dir das antun zu müssen, Crawf, dachte LaSalle, während er zum roten Telefon griff.

»Inlandsredaktion. LaSalle. Die früher gemeldete Entführung in Larchmont, New York, ist vom Polizeichef des Ortes bestätigt worden. Das FBI ist bereits alarmiert. Nach Angaben der Polizei handelt es sich bei den Opfern um Mrs. Crawford Sloane, den jungen Nicholas Sloane und ...« La Salle mußte feststellen, daß ihm trotz seiner Entschlossenheit und seines Professionalismus die Stimme brach. Er nahm sich zusammen und fuhr fort: » ... Crawfords Vater. Sie wurden unter Gewaltanwendung von Unbekannten verschleppt. WCBA ist am Tatort, erste Informationen sind bereits im Haus. Angeblich arbeitet auch NBC an der Geschichte, aber wir haben die Nase vorn. Die Inlandsredaktion empfiehlt Programmunterbrechung für eine Sondermeldung.«

Verwirrung und Entsetzen lähmten die gesamte Nachrichtenabteilung. Alle hörten auf zu arbeiten. Man sah sich gegenseitig an, auf vielen Gesichtern lag die unausgesprochene Frage: *Habe ich das wirklich gehört?* Und nach der Bestätigung kamen noch mehr Fragen, auf die es keine Antwort gab: *Wie konnte das passieren? Wer würde denn so etwas tun? Gibt es eine Lösegeldforderung? Was wollen die Entführer? Wie stehen die Chancen, daß die Polizei sie schnell fängt? O Gott, wie wird Crawford sich jetzt fühlen?*

Die Verantwortlichen am Hufeisen im Stock über dem Redaktionssaal waren ähnlich entsetzt, doch bei ihnen dauerte der Schock nur Sekunden. Danach entwickelten sie, aus Gewohnheit und aus Disziplin, hektische Aktivität.

Chuck Insen, der ranghöchste Produzent im Haus, verließ im Laufschritt sein Büro. Sein Instinkt sagte ihm, daß man den Rat der Inlandsredaktion, das Programm mit einer Sondermeldung zu unterbrechen, befolgen würde. Wenn das geschah, mußte Insen an seinem Platz im Regieraum vier Stockwerke tiefer sein. Er erreichte die Aufzüge und drückte den Abwärtsknopf.

Während er ungeduldig auf einen Aufzug wartete, dachte er voller Mitgefühl an Sloane. Ihre Differenzen waren für den Augenblick völlig vergessen. Er fragte sich, wo Crawf steckte. Insen hatte ihn zuvor nur kurz und aus der Entfernung gesehen und wußte, daß Crawf und Les Chippingham in Sloanes Büro die Köpfe zusammensteckten und über ein Thema sprachen, das er bereits kannte. Crawf war vermutlich irgendwo im Haus und hatte sicher die Lautsprecherdurchsage gehört. Und das warf eine wichtige Frage auf.

Wenn das normale Programm für eine Sondermeldung unterbrochen wurde, dann war es immer der Moderator der Abendnachrichten – bei CBA eben Crawford Sloane –, der sie vor den Kameras verlas. War der Moderator nicht im Haus, wurde nach ihm gesucht, und in der Zwischenzeit nahm ein gerade verfügbarer Korrespondent seinen Platz ein. Aber in diesem Fall, das wußte Insen sehr wohl, konnte man von Sloane unmöglich erwarten, daß er diese so überraschende, entsetzliche Nachricht über seine Familie selbst verlas.

In diesem Augenblick öffnete sich eine Aufzugstür und der Wirtschaftskorrespondent von CBA, Don Kettering, trat heraus. Kettering, ein Mann mittleren Alters mit einem dünnen Schnurrbart, der selbst wie ein erfolgreicher Wirtschaftsmanager aussah, öffnete den Mund und wollte etwas sagen. Aber er kam nicht dazu, denn Insen schob ihn in den Aufzug zurück und drückte auf den Knopf für das erste Kellergeschoß. Die Aufzugstüren schlossen sich.

»Was zum ...«, stotterte Kettering.

»Halt die Klappe«, sagte Insen. »Hast du die Lautsprecherdurchsage gehört?«

»Ja, tut mir verdammt leid. Ich wollte eben zu Crawf und ihm sagen ...«

»Du gehst nirgendwohin«, entgegnete Insen, »außer auf Sendung. Lauf sofort ins Sonderstudio. Crawf kann es unmöglich machen. Und du bist verfügbar. Ich sag' dir dann vom Regieraum aus Genaueres.«

Kettering, ein heller Kopf und ein in allen Bereichen erfahrener Journalist, nickte nur. Er schien sich sogar ein wenig auf die neue Aufgabe zu freuen. »Ich brauche aber genauere Informationen.«

»Du bekommst alles, was wir haben. Du hast ein paar Minuten Zeit, um es dir durchzulesen, und dann mußt du improvisieren. Wenn was Neues reinkommt, kriegst du es sofort auf den Tisch.«

»In Ordnung.«

Während Insen den Aufzug verließ, drückte Kettering auf den Knopf, der ihn wieder nach oben ins Sendestudio brachte.

Im ganzen Haus herrschte fieberhafter Betrieb, die Nachrichtenmaschinerie lief auf Hochtouren.

Im Redaktionssaal trommelte der für den Nordosten zuständige Disponent eben zwei Kamerateams mit Korrespondenten zusammen. Sie erhielten den Auftrag, so schnell wie möglich nach Larchmont zu fahren und dort Bilder vom Tatort sowie Interviews mit Polizisten und Zeugen aufzunehmen. Ein Übertragungswagen würde in Kürze folgen.

In einem kleinen Archiv neben dem Hufeisen, einem Ableger

einer größeren Bibliothek in einem anderen Gebäude, stellten einige Mitarbeiter hastig eine Biographie von Crawford Sloane und seiner Familie zusammen, doch über Jessica und Nicholas war nur wenig vorhanden, da Jessica auf ihre Privatsphäre großen Wert legte.

Das Hauptarchiv hatte dennoch eine Fotografie von Jessica aufgetrieben, die in diesem Augenblick über Telefax hereinkam. Ein Grafiker stand vor dem Gerät und wartete ungeduldig, bis er das Bild herausnehmen konnte, um es in ein Dia umzuwandeln. Ein anderer Computer druckte inzwischen die Kriegsbiographie von Angus Sloane aus. Auch von ihm gab es ein Foto. Nur von Nicky hatte man bis jetzt noch keins gefunden.

Ein Assistent packte sich das ganze verfügbare Material und lief damit hinunter zum Sonderstudio, wo Don Kettering eben erst eingetroffen war. Gleich hinter ihm kam ein Bote von der Inlandsredaktion mit einem Ausdruck von Bert Fishers Bericht aus Larchmont, den WCBA-TV herübergeschickt hatte. Kettering setzte sich an den Sprechertisch, versuchte, sich vor der Hektik im Studio zu verschließen und vertiefte sich in die Lektüre. Unterdessen trafen Techniker ein, Scheinwerfer wurden eingeschaltet. Jemand steckte Kettering ein Mikrofon ans Revers. Ein Kameramann stellte sein Objektiv auf Kettering ein.

Das Sonderstudio war das kleinste Studio im Haus, kaum größer als ein gewöhnliches Wohnzimmer. Es gab nur eine einzige Kamera, doch das Studio hatte den Vorteil, in Situationen wie dieser innerhalb weniger Minuten sendebereit zu sein.

Im abgedunkelten Regieraum, in dem inzwischen Chuck Insen Platz genommen hatte, setzte sich nun eine Aufnahmeleiterin in ihren Stuhl vor der Monitorwand. Einige der Schirme zeigten bereits Bilder, andere waren noch dunkel. Ein Assistent stellte sich mit einem aufgeschlagenen Notizbuch in der Hand rechts neben die Frau. Die Techniker nahmen ihre Plätze ein, Fragen und Befehle schwirrten hin und her.

»Achtung, Kamera eins. Mikrofoncheck.«

»Bill, das wird eine Livemeldung. Geh rein mit ›Wir unterbrechen dieses Programm‹ und wieder raus mit ›Und nun zurück zum Programm.‹«

»Okay. Hab' verstanden.«

»Gibt es schon ein Manuskript?«

»Nein. Don soll aus dem Stegreif sprechen.«

»Fahrt die Kontrollschirme an.«

»Kamera eins, zeig uns Kettering.«

Nun flackerten immer mehr Monitore auf, und einer davon brachte ein Bild aus dem Sonderstudio. Don Ketterings Gesicht füllte den Bildschirm.

Der Assistent der Aufnahmeleiterin telefonierte mit der Regiezentrale. »Hier Nachrichten. Wir wollen das Programm für eine Sondermeldung unterbrechen. Bitte haltet euch bereit.«

»Ist das Vorspanndia fertig?« fragte die Aufnahmeleiterin.

»Hier ist es«, kam die Antwort.

Ein weiterer Monitor leuchtete auf, große rote Buchstaben waren zu sehen:

CBA NEWS
SONDERMELDUNG

»Halt es da.« Die Aufnahmeleiterin wandte sich an Insen. »Chuck, wir sind soweit. Können wir loslegen?«

»Das versuche ich eben herauszufinden«, antwortete der Studioleiter, einen Telefonhörer zwischen Ohr und Schulter geklemmt. Er sprach mit Les Chippingham im Redaktionssaal, wo Crawford Sloane in diesem Augenblick um einen Aufschub bat.

Es war 11 Uhr 52.

Die entsetzliche Nachricht aus der Inlandsredaktion erreichte Crawford Sloane auf dem Weg zum Redaktionssaal, wo er Genaueres über die erste Meldung aus Larchmont in Erfahrung bringen wollte.

Bei Beginn der Durchsage horchte er auf und blieb dann entsetzt und wie betäubt stehen, denn er konnte kaum glauben, was er gehört hatte. Einen Augenblick später riß ihn eine Sekretärin aus seiner Trance, die ihn beim Verlassen seines Büros gesehen hatte und ihm nun hinterherlief. »Mr. Sloane!« rief sie. »Die Polizei von Larchmont ist am Apparat. Sie wollen dringend mit Ihnen sprechen.«

Er folgte dem Mädchen und nahm den Anruf in seinem Büro entgegen.

»Mr. Sloane, hier spricht Detective York. Ich bin bei Ihnen zu Hause und habe leider eine ...«

»Ich hab' es eben gehört. Erzählen Sie mir alles, was Sie wissen.«

»Es ist leider nicht sehr viel, Sir. Wir wissen, daß Ihre Frau, Ihr Sohn und Ihr Vater den Grand Union Supermarkt vor fünfzig Minuten verlassen haben. Zeugenaussagen zufolge wurden sie in dem Geschäft von einem Mann angesprochen ...«

Der Beamte wiederholte die ganze Geschichte bis zu der offensichtlich erzwungenen Abfahrt der drei in dem Nissan-Kleinbus. Dann fügte er hinzu: »Wir haben eben erfahren, daß Sonderagenten des FBI bereits auf dem Weg hierher und auch zu Ihnen sind. Ich habe den Auftrag, Ihnen zu sagen, daß man sich Sorgen um Ihre Sicherheit macht. Sie werden Schutz erhalten, aber bis zum Eintreffen der Beamten sollten Sie das Gebäude, in dem Sie sich aufhalten, nicht verlassen.«

In Sloanes Kopf drehte sich alles, die Sorge um seine Familie fraß ihn fast auf. »Gibt es schon einen Verdacht, wer dahinterstecken könnte?« fragte er ängstlich.

»Nein, Sir. Es ist alles sehr plötzlich passiert. Wir tappen noch im dunkeln.«

»Wie viele Leute wissen bereits von dieser – von dem, was passiert ist?«

»Soweit ich weiß, nur wenige«, antwortete der Beamte und fügte hinzu: »Je länger das so bleibt, um so besser.«

»Warum?«

»Bei einer Entführung, Mr. Sloane, kann Publicity sehr schädlich sein. Wir werden vielleicht schon bald von den Entführern hören. Sie werden vermutlich versuchen, mit uns Kontakt aufzunehmen. Dann werden wir, oder genauer das FBI, mit ihnen die Verhandlungen beginnen. Die ganze Welt als Zuschauer können wir dabei nicht brauchen. Und die Entführer auch nicht, weil ...«

Sloane unterbrach ihn. »Detective, ich werde später mit Ihnen reden. Im Augenblick habe ich etwas sehr Wichtiges zu erledigen.«

Sloane hatte die aufkommende Hektik am Hufeisen bemerkt, und da er wußte, was sie bedeutete, wollte er ein vorschnelles

Handeln verhindern. Er stürzte aus seinem Büro und rief: »Wo ist Les Chippingham?«

»Im Redaktionssaal«, erwiderte ein Chefproduzent. Dann fügte er mitfühlend hinzu: »Crawf, es tut uns allen furchtbar leid, aber ich fürchte, wir gehen auf Sendung.«

Sloane hörte es kaum noch. Er lief zur Treppe und sprang schnell hinunter. Im Redaktionssaal sah er Chippingham im Gespräch mit einigen anderen am Tisch des Inlandschefs stehen. Les fragte eben: »Können wir diesem Informanten in Larchmont trauen?«

Ernie LaSalle antwortete: »WCBA sagt, er ist ein netter alter Kerl, der seit Jahren für sie arbeitet – solide und verläßlich.«

»Dann sollten wir das bringen, was wir haben.«

Sloane sprang dazwischen. »Nein, nein, nein! Les, tu's nicht. Wir brauchen mehr Zeit. Von der Polizei habe ich eben erfahren, daß sie auf eine Kontaktaufnahme der Entführer warten. Publicity könnte meiner Familie schaden.«

»Crawf, wir wissen alle, was du durchmachst«, entgegnete La Salle. »Aber das ist eine heiße Story, und andere haben sie auch. Die halten sie bestimmt nicht zurück. WNBC...«

Sloane schüttelte den Kopf. »Und ich sage nein!« Er sah Les Chippingham direkt in die Augen. »Les, ich flehe dich an – verschieb es!«

Ein peinliches Schweigen folgte. Jeder wußte, daß Sloane unter anderen Umständen der erste wäre, der vorwärtsdrängte. Aber keiner hatte den Mut, ihm zu sagen: *Crawf, du denkst nicht logisch.*

Chippingham sah auf die Uhr im Redaktionssaal: 11 Uhr 54.

LaSalle hatte den Anruf von Insen übernommen. »Chuck sagt, sie sind so weit«, berichtete er. »Er will wissen, ob wir jetzt das Programm unterbrechen oder nicht.«

»Sag ihm, ich bin noch bei der Entscheidung«, erwiderte Chippingham. Sollen sie bis Mittag warten, überlegte er. Auf den Kontrollmonitoren, die von der Decke hingen, konnte er das laufende Programm aller großen Sender sehen. Bei CBA lief eben eine populäre Seifenoper, gleich im Anschluß folgte die Werbung. Eine Unterbrechung zu diesem Zeitpunkt wäre eine teure Angelegenheit. Machten diese knappen sechs Minuten wirklich so viel aus?

In diesem Augenblick piepsten mehrere Computer im Redaktionssaal laut auf. Ein leuchtendes »B« erschien auf den Bildschirmen – das Signal für eine dringende Pressemeldung. Jemand las die Meldung ab und rief: »AP hat die Entführungsgeschichte.«

Auf dem Tisch des Inlandschefs klingelte ein weiteres Telefon. LaSalle hob ab, hörte zu und sagte dann leise: »Vielen Dank für die Mitteilung.« Er legte auf und wandte sich an Chippingham: »Das war NBC. Sie wollten uns nur anstandshalber mitteilen, daß sie die Geschichte haben und sie in der Mittagsausgabe bringen.«

Die Uhr zeigte fünfzehn Sekunden vor 11 Uhr 55.

Kurz entschlossen sagte Chippingham: »Wir bringen es sofort.« Und zu LaSalle: »Sag Chuck, er soll das Programm unterbrechen.«

17

In der Zentrale von CBA News, in einem kleinen, schmucklosen Raum zwei Stockwerke unter der Erde, saßen zwei Techniker vor einem komplexen Schaltsystem mit Tausenden farbiger Lichter und Anzeigen, mit Computerterminals und Fernsehmonitoren. Zwei Seiten des Zimmers hatten Glaswände, durch die Neugierige, falls sie zufällig die tristen Korridore entlangkamen, hineinsehen konnten. Dieser Raum war die Kontrollzentrale für alle Abteilungen des Senders, die technische Kommandoleitstelle von CBA.

Von hier aus wurde das gesamte Programm gesteuert – Unterhaltungssendungen, Nachrichten, Sportberichte, Dokumentationen, Präsidentenansprachen und der Klatsch vom Capitol Hill, Liveberichte, Aufzeichnungen und die Werbung. Verglichen mit seiner Bedeutung als elektronisches Herz des Senders waren Lage und Aussehen des Raums erstaunlich unscheinbar.

In der Kontrollzentrale verlief jeder Tag routinegemäß nach einem genau abgestimmten Plan, der die vierundzwanzigstündige Sendezeit in minuten-, manchmal sogar nur sekundenlange Einheiten unterteilte. Normalerweise wurde der Ablauf von Computern gesteuert. Die Techniker hatten lediglich Überwachungsfunktion und griffen nur ein, wenn unerwartete Ereignisse eine Unterbrechung des regulären Programms notwendig machten.

Eine solche Unterbrechung stand nun bevor.

Wenige Augenblicke zuvor hatte sich Chuck Insen über Direktleitung aus dem Regieraum der Nachrichtenabteilung gemeldet und angekündigt: »Wir haben eine Sondermeldung. Unterbrecht das Programm. Wir gehen auf Sendung – und zwar sofort!«

Noch während Insen sprach, erschien auf einem Bildschirm in der Kontrollzentrale das Dia »CBA SONDERMELDUNG«.

Der Techniker, der den Anruf entgegengenommen hatte, war ein erfahrener Mann und wußte, daß die Anordnung »sofort« genau dies meinte. Ohne dieses Wort hätte er Sendungen, die maximal noch eineinhalb Minuten liefen, und auch einen Werbespot bis zum Ende abgewartet und erst dann das Programm unterbrochen.

Doch »sofort« bedeutete ohne Verzögerung, ohne Aufschub. Im Augenblick lief ein einminütiger Werbespot, der noch dreißig Sekunden Sendung hatte. Der Operator legte einen Schalter um und warf damit den Spot aus dem Programm, eine einfache Handbewegung, die CBA etwa 25000 Dollar kostete. Mit einem zweiten Schalter speiste er das »SONDERMELDUNG«-Dia in die Ausstrahlung ein. Im gleichen Augenblick erschienen die leuchtendroten Buchstaben auf den Bildschirmen von über zwölf Millionen Fernsehern.

Der Operator sah auf die Digitaluhr an seinem Steuerpult: Präzise fünf Sekunden lang hielt er den Tonkanal geschlossen, um angeschlossenen Stationen, die nicht das CBA-Programm gesendet hatten, Zeit zu geben, ihr Lokalprogramm zu unterbrechen und die Sondermeldung aufzunehmen. Die meisten taten es auch.

Danach öffnete er den Tonkanal, und die Stimme eines Ansagers war zu hören.

»Wir unterbrechen unser Programm für eine Sondermeldung von CBA News. Aus New York meldet sich unser Korrespondent Don Kettering.«

Die Aufnahmeleiterin in der Nachrichtenregie rief: »Achtung, Don!«

Im ganzen Land erschien nun das Gesicht des Wirtschaftskorrespondenten von CBA auf den Fernsehschirmen.

Ohne zu lächeln und mit ernster Stimme begann Kettering: »Vor wenigen Minuten meldete die Polizei von Larchmont, New York, die mutmaßliche Entführung der Frau, des Sohnes und des Vaters von Crawford Sloane, dem Chefsprecher von CBA News.«

Ein Dia mit Sloanes vertrautem Gesicht wurde eingeblendet, während Kettering weitersprach: »Die von Unbekannten verübte Entführung ereignete sich vor etwa vierzig Minuten. Nach Aussagen der Polizei und einer Augenzeugin war ein brutaler Überfall vorausgegangen ...«

Es war inzwischen 11 Uhr 56.

CBA hatte die Konkurrenz geschlagen und die Meldung als erste gebracht.

Zweiter Teil

1

Die Sondermeldung von CBA über die Entführung von Sloanes Familie hatte unmittelbare, weitreichende Auswirkungen.

NBC News, die sich mit ihrer anständigen, freundlichen Geste gegenüber CBA selbst um ihren möglichen Vorsprung gebracht hatten, folgten mit einer eigenen Meldung eine knappe Minute später, also noch vor der Mittagsausgabe.

CBS, ABC und CNN, die über die Presseberichte von AP und Reuters von der Entführung erfahren hatten, waren innerhalb weniger Minuten ebenfalls auf Sendung. Fernsehstationen im ganzen Land, die an keinen der großen Sender angeschlossen waren, sondern eigene Nachrichtendienste besaßen, folgten.

Im kanadischen Fernsehen wurde die Sloane-Entführung zum Aufmacher der Mittagsnachrichten.

Rundfunksender, die blitzschnell reagieren konnten, brachten die Geschichte häufig noch vor den Fernsehsendern.

Von Küste zu Küste warfen Zeitungen ihre Nachmittagsausgaben um und setzten riesige Balkenschlagzeilen auf die Titelseite. Größere Zeitungen aus anderen Bundesstaaten setzten ihre New Yorker Korrespondenten auf die Geschichte an.

In Bildagenturen begann eine hektische Suche nach Fotos von Jessica, Nicholas und Angus Sloane. Von Crawford Sloane waren genug vorhanden.

Die Telefonzentrale von CBA wurde von Anrufen für Crawford Sloane förmlich überflutet. Auf die höfliche Information, daß Mr. Sloane leider nicht zu sprechen sei, hinterließen die meisten Anrufer Botschaften des Mitgefühls.

Vertreter der Presse und der anderen Medien vermieden den Umweg über die Telefonzentrale und wählten Direktanschlüsse innerhalb von CBA News an. Einige Telefone waren deshalb ständig blockiert, was eine Kommunikation nach draußen schwierig machte. Journalisten, die durchkamen und Sloane interviewen wollten, erfuhren, daß er nicht in der Verfassung sei, mit irgend jemand zu reden, und daß außer den bereits gesendeten keine weiteren Informationen vorlägen.

Ein Anrufer, den man dennoch mit Sloane verband, war der Präsident der Vereinigten Staaten.

»Crawf, ich habe eben diese schreckliche Nachricht gehört«, sagte der Präsident. »Ich weiß, daß Sie im Augenblick zu besorgt sind, um viel zu reden, aber ich wollte Sie nur wissen lassen, daß Barbara und ich an Sie und Ihre Familie denken und auf baldige gute Nachrichten hoffen. Wir wollen wie Sie, daß diese Qual bald vorübergeht.«

»Vielen Dank, Mr. President«, erwiderte Sloane. »Das bedeutet mir sehr viel.«

»Ich habe das Justizministerium angewiesen«, fuhr der Präsident fort, »der Suche des FBI nach Ihrer Familie absolute Priorität einzuräumen. Auch sonst werden alle erforderlichen staatlichen Mittel eingesetzt.«

Sloane bedankte sich noch einmal.

Die wesentlichen Punkte des Präsidentenanrufs wurden sofort danach von einem Sprecher des Weißen Hauses veröffentlicht, und auch das trug zu dem stetig wachsenden Strom an Informationen bei, die mit Sicherheit die Abendnachrichten aller Sender dominieren würden.

Kamerateams der verschiedenen New Yorker und überregionalen Sender trafen kurz nach den ersten Sondermeldungen in Larchmont ein und interviewten, wie es ein Beobachter formulierte, »jeden, der ihnen unter die Finger kam«, darunter auch einige, die mit dem Fall nur sehr am Rande zu tun hatten. Die ehemalige Lehrerin, Priscilla Rhea, die unter all der Aufmerksamkeit noch einmal aufblühte, erwies sich als beliebteste Interviewpartnerin, der Polizeichef von Larchmont mußte sich mit dem zweiten Platz zufriedengeben.

Zu einer überraschenden neuen Entwicklung kam es, als einige Nachbarn der Sloanes berichteten, allem Anschein nach sei das Haus schon seit einigen Wochen, vielleicht sogar seit einem Monat, observiert worden. Man habe eine Reihe verschiedener Autos und manchmal sogar einen Lastwagen beobachtet. Über längere Zeiträume hinweg hätten die Autos in der Nähe des Hauses gestanden, ohne daß die Insassen je ausgestiegen wären. Einige Automarken wurden genannt, doch insgesamt kamen detaillierte Angaben eher spärlich. Übereinstimmend berichteten die Zeugen, daß die Kennzeichen zum Teil aus New York und zum Teil aus New Jersey gewesen seien. Aber keiner der Augenzeugen hatte sich die Nummern gemerkt.

Eines dieser von den Nachbarn erwähnten Autos entsprach der Beschreibung, die Florence, das Dienstmädchen der Sloanes, geliefert hatte – von eben jenem Auto, das Jessicas Volvo gefolgt war, als sie mit Nicky und Angus zum Einkaufen fuhr.

Die nächste Frage war zwangsläufig: Warum hatte niemand diese offensichtliche Beschattung der Polizei gemeldet?

Die Antwort war bei jedem die gleiche: Man nahm an, daß es sich um eine Schutzmaßnahme für den berühmten Mr. Sloane handelte, und da wollte man sich nicht einmischen.

Aus diesem Grund erfuhr die Polizei erst so spät von diesen Autos.

Auch die ausländischen Medien zeigten großes Interesse an der Entführungsgeschichte. Obwohl das Gesicht und die Stimme Crawford Sloanes im Ausland nicht so sehr bekannt waren wie in Nordamerika, schien allein die Tatsache, daß eine berühmte Persönlichkeit des Fernsehens betroffen war, von großem internationalen Interesse.

Diese überwältigende Reaktion war ein Beweis dafür, daß der Nachrichtensprecher eines großen Senders – der *Homo promulgare ancora*, wie das *Wall Street Journal* ihn tags darauf nennen sollte – zu einer ganz besonderen Spezies geworden war, die in der öffentlichen Verehrung neben gekrönten Häuptern, Film- und Rockstars, Päpsten und Präsidenten rangierte.

Crawford Sloanes Gefühle waren in Aufruhr.

Wie betäubt taumelte er durch die nächsten Stunden, und er hoffte insgeheim, jeden Augenblick zu erfahren, daß die ganze Sache nur ein Mißverständnis sei, ein leicht zu erklärender Fehler.

Doch je länger Jessicas Volvo verloren auf dem Parkplatz des Supermarkts stand, desto unwahrscheinlicher wurde diese Möglichkeit.

Was Sloane am meisten beschäftigte, war seine Unterhaltung mit Jessica am Abend zuvor, als er die Möglichkeit einer Entführung ins Gespräch gebracht hatte. Doch nicht dieses zufällige zeitliche Zusammentreffen machte ihm Sorgen. Er wußte aus langer Erfahrung, daß das wirkliche Leben manchmal voller höchst unglaublicher Zufälle steckte. Was ihn quälte, war die Tatsache, daß sein Egoismus und seine Überheblichkeit ihn zu der Annahme verleitet hatten, nur er könne ein potentielles Entführungsopfer werden. Jessica hatte sogar noch gefragt: *Was ist mit den Familien? Können die auch zu Zielen werden?* Er hatte verneint, weil er nicht glaubte, daß so etwas passieren könnte und daß Jessica und Nicky beschützt werden müßten. Doch nun warf er sich Gleichgültigkeit und Nachlässigkeit vor, und sein Schuldgefühl überwältigte ihn fast.

Große Sorgen machte er sich natürlich auch um seinen Vater, der offensichtlich nur durch einen Zufall da hineingeraten war. Er war sehr überraschend zu Besuch gekommen und deshalb den Entführern mit ins Netz gegangen.

Zwischendurch packte Sloane immer wieder die Ungeduld, er wollte etwas unternehmen, irgend etwas, obwohl er genau wußte, daß er eigentlich nichts tun konnte. Er überlegte, ob er nach Larchmont fahren sollte, erkannte aber dann, daß er dort nichts ausrichten konnte und außerdem im Sender bleiben mußte, um bei neuen Entwicklungen sofort zur Stelle zu sein. Ein weiterer Grund für sein Bleiben war die Ankunft von drei FBI-Agenten, die um Sloane herum eine hektische Aktivität entwickelten.

Sonderagent Otis Havelock, der Ranghöchste des Trios, machte sofort deutlich, daß er »gern kommandierte«, wie einer der Produzenten am Hufeisen es formulierte. Er bestand darauf, direkt in Crawford Sloanes Büro geführt zu werden, wo er sich Sloane nur kurz vorstellte und beinahe im gleichen Atemzug seinen Begleitern befahl, den Sicherheitschef des Hauses vorzuführen. Dann griff er sich ein Telefon und forderte von der New Yorker Stadtpolizei Verstärkung an.

Havelock, eine kleine, flinke Gestalt mit schütterem Haar, hatte tiefliegende, grüne Augen und einen fast starren Blick, der nur selten von dem jeweiligen Gesprächspartner abwich. Seine permanent argwöhnische Miene schien anzudeuten: *Es gibt nichts, das ich nicht schon weiß*. Später sollten Sloane und die anderen erfahren, daß diese unausgesprochene Behauptung der Wahrheit entsprach. In seiner zwanzigjährigen Karriere beim FBI hatte Otis Havelock sich mit den schlimmsten Gemeinheiten, zu denen Menschen fähig waren, herumschlagen müssen.

Der Sicherheitschef von CBA, ein grauhaariger Expolizist, war schnell zur Stelle. Havelock befahl ihm: »Ich will, daß die gesamte Etage sofort abgeriegelt wird. Die Leute, die Mr. Sloanes Familie entführt haben, könnten es ebensogut auch auf Mr. Sloane selbst abgesehen haben. Postieren Sie zwei Ihrer Männer an den Aufzügen, die anderen an den Treppen. Sie haben den Befehl, jeden, der die Etage betritt oder verläßt, zu überprüfen, und zwar gründlich. Das gilt auch für jeden, der sich bereits in diesem Stockwerk aufhält. Ist das klar?«

Der Ältere protestierte. »Natürlich ist das klar. Wir sind alle um Mr. Sloane besorgt. Aber ich habe nicht unbeschränkt Leute zur Verfügung, und was Sie verlangen, halte ich für übertrieben. Schließlich habe ich noch andere Aufgaben, die ich nicht vernachlässigen darf.«

»Die haben Sie bereits vernachlässigt«, fauchte ihn Havelock an und zog eine Plastikausweiskarte aus der Tasche. »Sehen Sie sich das an. Mit dem Ding bin ich hier hereingekommen. Der Posten an der Tür warf kaum einen Blick darauf, sondern winkte mich einfach durch.«

Der Sicherheitschef sah sich die Karte an, die einen Mann in Uniform zeigte. »Wer ist das?«

»Fragen Sie Mr. Sloane.« Havelock gab Crawford Sloane die Karte.

Sloane sah sie nur kurz an und mußte trotz seines Kummers lachen. »Es ist Oberst Gaddafi.«

»Ich habe sie mir extra anfertigen lassen«, erklärte der FBI-Mann. »Und ich benutze sie manchmal, um Institutionen wie der Ihren zu beweisen, wie schlampig ihre Sicherheitsvorkehrungen sind.« Dann wandte er sich dem bestürzten Sicherheitschef zu. »Und jetzt tun Sie, was ich Ihnen gesagt habe. Sichern Sie diese Etage, und sagen Sie Ihren Leuten, die sollen sich die Ausweise genau ansehen, vor allem die Fotos.«

Nachdem der andere gegangen war, sagte Havelock zu Sloane: »Der Grund für die Vernachlässigung der Sicherheit bei so vielen großen Konzernen liegt darin, daß man mit Sicherheitseinrichtungen keine Profite erwirtschaften kann; deshalb werden die Ausgaben dafür auf ein Minimum beschränkt. Wenn Ihr Sender seine Verantwortung für Ihre Sicherheit und die Ihrer Familie ernst genommen hätte, hätten Sie wirksam geschützt werden müssen.«

»Ach, hätten Sie das nur schon früher vorgeschlagen«, erwiderte Sloane bitter.

Bei seinem Anruf wenige Minuten zuvor hatte Havelock mit dem New Yorker Polizeichef gesprochen und ihm erklärt, daß es eine Entführung gegeben habe und er Polizeischutz für Crawford Sloane brauche. Jetzt hörte man von draußen das laute Heulen schnell näher kommender Sirenen. Dann war es plötzlich still, und wenige Minuten später erschienen ein Lieutenant und ein Sergeant in Uniform.

Nach einer kurzen Vorstellung wandte Havelock sich an den Lieutenant: »Ich möchte, daß Sie einige Streifenwagen vor dem Haus abstellen; man soll sehen, daß die Polizei präsent ist. Postieren Sie an jedem Eingang einen Beamten und einen in der Halle. Und sagen Sie Ihren Leuten, sie sollen jeden Verdächtigen anhalten und kontrollieren.«

»Wird erledigt«, antwortete der Lieutenant und fügte dann, zu Crawford Sloane gewandt, fast ehrfürchtig hinzu: »Wir werden gut auf Sie aufpassen, Sir. Sooft ich zu Hause bin, sehen meine Frau und ich uns Ihre Nachrichten an. Sie machen das einfach großartig.«

Sloane nickte. »Danke.«

Die Beamten sahen sich um und schienen noch bleiben zu wollen, doch Havelock hatte andere Vorstellungen. »Schicken Sie jemand aufs Dach, der die Umgebung im Auge behält. Sehen Sie sich das Gebäude von oben an, und überzeugen Sie sich, daß alle Ausgänge bewacht sind.«

Mit der Versicherung, daß alles Menschenmögliche getan werde, gingen der Lieutenant und der Sergeant.

»Ich fürchte, Sie werden mich so schnell nicht mehr los, Mr. Sloane«, sagte der Sonderagent, sobald sie wieder allein waren. »Ich habe Befehl, immer in Ihrer Nähe zu bleiben. Ich sagte ja bereits, daß wir auch Sie als potentielles Ziel der Entführer betrachten.«

»Daran habe ich auch schon öfter gedacht«, erwiderte Sloane, und dann brach die ganze angestaute Schuld aus ihm heraus: »Aber ich kam nie auf die Idee, daß meine Familie in Gefahr sein könnte.«

»Weil Sie logisch gedacht haben. Aber Kriminelle sind unberechenbar.«

»Was glauben Sie, was das für Leute sind, mit denen wir es hier zu tun haben?« fragte Sloane nervös.

Die Miene des FBI-Mannes blieb unverändert; er verschwendete auch selten Zeit mit tröstenden Worten. »Wir wissen noch nicht, was das für Leute sind. Aber ich finde es sinnvoll, nie den Feind zu unterschätzen. Wenn es sich dann später herausstellt, daß ich ihn überschätzt habe, ist das nur zu meinem Vorteil.«

Havelock fuhr fort: »Hier und bei Ihnen zu Hause werden in Kürze noch einige Leute von uns mit elektronischer Ausrüstung aufkreuzen. Wir wollen Ihr Telefon abhören, und deshalb sollten Sie, solange Sie hier im Haus sind, alle Anrufe auf Ihrer gewohnten Leitung entgegennehmen.« Er deutete auf Sloanes Schreibtisch. »Wenn die Entführer anrufen, tun Sie das einzig Naheliegende – reden Sie mit ihnen, solange es geht, obwohl natürlich auch die Gangster wissen, wie schnell heutzutage Fangschaltungen arbeiten.«

»Sie wissen, daß unsere Anschlüsse zu Hause Geheimnummern haben?«

»Ja, aber ich gehe davon aus, daß die Entführer sie auch haben. Schließlich gibt es eine Menge Leute, die die Nummern kennen.« Havelock zog ein Notizbuch aus der Tasche. »Aber nun, Mr. Sloane, habe ich noch einige Fragen an Sie.«

»Schießen Sie los.«

»Haben Sie oder Ihre Familienangehörigen irgendwelche Drohungen erhalten? Bitte denken Sie genau nach.«

»Nicht daß ich wüßte.«

»Haben Sie in den Nachrichten über irgend etwas berichtet, das bestimmten Personen oder auch Gruppen Grund für besondere Feindschaft geben könnte?«

Sloane streckte die Hände in die Luft. »Mindestens einmal pro Tag.«

»Das dachte ich mir. Deshalb werden sich zwei meiner Kollegen Aufzeichnungen Ihrer Sendungen aus den letzten zwei Jahren ansehen und nachprüfen, ob sich daraus irgendwelche Schlüsse ziehen lassen. Was ist mit Drohbriefen? Sie erhalten doch sicher welche.«

»Aber ich sehe sie nie. Wir in der Nachrichtenabteilung werden vor der Post abgeschirmt. Eine Entscheidung des Managements.«

Havelock hob überrascht die Augenbrauen, während Sloane weitersprach. »Alles, was wir in den Nachrichten bringen, produziert eine gigantische Menge an Post. Es würde uns zu viel Zeit kosten, all diese Briefe zu lesen, geschweige denn, sie zu beantworten. Und außerdem ist das Management der Überzeugung, daß wir uns unsere Objektivität und Fairneß eher bewahren können, wenn wir individuelle Reaktionen auf die Nachrichten nicht zu sehen bekommen.« Sloane zuckte mit den Achseln. »Einige sind da anderer Meinung, aber so ist es eben.«

»Was passiert dann mit der Post?«

»Die Abteilung für Öffentlichkeitsarbeit kümmert sich darum. Dort werden die Briefe beantwortet und alle, die man für wichtig hält, an den Präsidenten der Nachrichtenabteilung weitergeleitet.«

»Ich nehme an, daß die eingegangene Post aufbewahrt wird.«

»Ich glaube schon.«

Havelock machte sich Notizen. »Wir werden auch die durchsehen lassen.«

Während einer Pause klopfte Chuck Insen an die Tür und trat ein.

»Darf ich einen Augenblick stören?« Als die beiden nickten, fuhr der Studioleiter fort. »Crawf, du weißt, wir alle wollen nur das Beste – für dich und Jessica und Nicky ...«

Sloane nickte. »Ja, das weiß ich.«

»Wir meinen, du solltest die Nachrichten heute abend nicht machen. Zum einen werden sie sich ja vorwiegend um dich drehen. Und zum zweiten, auch wenn du nur den Rest moderierst, würde es so aussehen, als würden wir einfach zur Tagesordnung zurückkehren, als hätten wir vom Sender keinen Funken Mitgefühl, was ja nicht stimmt.«

Sloane überlegte eine Weile und sagte dann nachdenklich: »Ich glaube, du hast recht.«

»Wir haben uns gefragt, ob du dich vielleicht in der Lage fühlst, ein Interview zu geben – live.«

»Glaubst du, daß ich das sollte?«

»Jetzt, da die Geschichte draußen ist«, erwiderte Insen, »ist es meiner Meinung nach am besten, wenn sie so viel Aufmerksamkeit wie möglich erhält. Es besteht immer die Chance, daß Leute zusehen, die neue Informationen liefern könnten.«

»Dann mache ich es.«

Insen nickte. »Du weißt, daß die anderen Sender und die Presse dich ebenfalls interviewen wollen. Was hältst du von einer Pressekonferenz heute nachmittag?«

Sloane machte eine hilflose Geste, stimmte dann aber zu. »Also gut, ja.«

»Wenn du hier fertig bist, Crawf, kannst du dann in mein Büro kommen?« fragte Insen. »Les und ich möchten mit dir einige andere Pläne besprechen.«

Havelock mischte sich ein. »Mir wäre es am liebsten, wenn Mr. Sloane möglichst in seinem Büro und nahe am Telefon bleiben würde.«

»Keine Sorge«, versicherte ihm Sloane.

Leslie Chippingham hatte bereits mit Rita Abrams in Minnesota telefoniert und ihr mitgeteilt, daß aus ihrem Liebeswochenende leider nichts würde. Er könne unmöglich mitten in dieser Geschichte New York verlassen, erklärte er ihr. Rita war zwar enttäuscht, aber sie hatte Verständnis. Die Leute im Nachrichtengewerbe waren daran gewöhnt, daß unerwartete Ereignisse ihr Leben, und eben auch ihre heimlichen Affären, durcheinanderbrachten.

»Braucht ihr mich für diese Geschichte?« hatte sie ihn gefragt.

»Wenn wir dich brauchen, erfährst du es früh genug«, hatte er geantwortet.

Es sah so aus, als wollte Havelock, der Crawford Sloane

nicht mehr von der Seite ging, ihm auch zu der Besprechung in Insens Büro folgen. Aber Insen stellte sich ihm in den Weg.

»Wir haben hier einige vertrauliche Angelegenheiten zu besprechen. Sie bekommen Mr. Sloane wieder, sobald wir fertig sind. Aber wenn es irgend etwas Dringendes gibt, dürfen Sie natürlich jederzeit hereinplatzen.«

»Wenn es Ihnen nichts ausmacht«, entgegnete Havelock, »dann platze ich jetzt gleich herein und sehe mir mal das Zimmer an.« Er schob sich entschlossen an Insen vorbei und sah sich um.

Hinter Insens Tisch gab es zwei Türen. Havelock öffnete beide. Hinter der ersten befand sich nur ein Wandschrank. Er sah kurz hinein und schloß ihn wieder. Die zweite führte in eine Toilette. Der FBI-Mann ging hinein, sah sich um und kam dann wieder heraus.

»Wollte nur sichergehen«, sagte er zu Insen, »daß es hier keinen zweiten Ausgang gibt.«

»Das hätte ich Ihnen gleich sagen können«, erwiderte Insen.

Havelock zeigte ein dünnes Lächeln. »Einige Dinge überprüfe ich am liebsten selbst.« Dann verließ er das Büro und setzte sich vor der Tür auf einen Stuhl.

Während Havelocks Inspektion hatte Leslie Chippingham abwartend in Insens Büro gesessen. Als sich nun Sloane und Insen zu ihm gesellten, sagte er: »Chuck, erzähl es Crawf.«

»Die Sache ist die«, begann Insen, »wir trauen den staatlichen Stellen nicht zu, daß sie die Situation in den Griff bekommen. Wir wollen dich nicht deprimieren, Crawf, aber wir alle wissen doch noch, wie lange das FBI brauchte, um Patricia Hearst zu finden – über eineinhalb Jahre. Aber da ist noch etwas anderes.«

Insen wühlte in den Papieren auf seinem Schreibtisch und zog ein Buch hervor, dessen Verfasser vor ihm saß. Insen schlug eine mit einem Einleger markierte Seite auf.

»Crawf, du schreibst in *Die Kamera und die Wahrheit*: ›Wir, in den Vereinigten Staaten, müssen in nächster Zukunft mit Terrorismus in unserem eigenen Hinterhof rechnen. Doch sind wir weder gedanklich noch in irgendeiner Weise auf diese skrupellose, allgegenwärtige Art der Kriegführung vorbereitet.‹« Insen klappte das Buch wieder zu. »Les und ich stimmen dir voll und ganz zu.«

Es folgte ein Schweigen. In dieser Form an seine eigenen Worte erinnert zu werden, überraschte und erschreckte Sloane. Er begann sich insgeheim zu fragen, ob hinter der Entführung von Jessica, Nicky und seinem Vater möglicherweise ein terroristisches Motiv steckte. Oder war der Gedanke zu absurd, um ihn überhaupt in Erwägung zu ziehen? Offensichtlich nicht, denn noch zwei andere erfahrene Journalisten dachten in dieser Richtung.

Schließlich sagte er: »Glaubt ihr wirklich, daß Terroristen ...«

»Es ist immerhin möglich, oder?« erwiderte Insen.

»Ja.« Sloane nickte bedächtig. »Ich habe mir das auch schon überlegt.«

»Vergiß aber nicht«, warf Chippingham ein, »daß wir im Augenblick auch nicht die leiseste Ahnung haben, wer die Leute sind, die deine Familie entführt haben, oder was sie wollen. Es könnte auch nur eine gewöhnliche Entführung mit anschließender Lösegeldforderung sein, und bei Gott, das wäre schlimm genug. Aber wegen dir und deiner besonderen Stellung denken wir eben auch über andere, entferntere Möglichkeiten nach.«

Insen nahm den Faden von zuvor wieder auf. »Wir haben bereits vom FBI gesprochen. Und wie gesagt, wir wollen dir nicht alle Hoffnung nehmen, aber wenn Jessica und die anderen außer Landes gebracht werden, was ja immerhin möglich ist, dann hat die Regierung, fürchte ich, keine andere Wahl, als auf die CIA zurückzugreifen. Na, und in all den Jahren, die amerikanische Bürger nun schon in Gefangenschaft im Libanon verbringen, hat es die CIA, trotz ihrer Macht und ihrer Möglichkeiten, trotz Spionagesatelliten, Aufklärung und Infiltration nie geschafft herauszufinden, wo ein zusammengewürfeltes Pack verwilderter Terroristen sie versteckt hält. Und das in einem Land, das kaum größer ist als Delaware. Da kann man wohl kaum annehmen, daß ebendiese CIA in einem anderen Land mehr Erfolg haben wird.«

Der Präsident der Nachrichtenabteilung war es, der nun eine Lösung aufzeigte.

»Das haben wir gemeint«, begann Chippingham, »als wir sagten, wir hätten kein Vertrauen in die staatlichen Stellen. Aber wir sind der Ansicht, daß wir selbst – eine große Nachrichtenorganisation mit viel Erfahrung in journalistischer Ermittlungsarbeit – durchaus Chancen haben, deine Familie aufzuspüren.«

Zum ersten Mal an diesem Tag faßte Sloane wieder Mut.

Chippingham fuhr fort. »Wir haben also beschlossen, eine CBA-interne Spezialeinheit aufzustellen, die unabhängige Ermittlungen anstellen soll. Sie wird zunächst nur in den Staaten operieren, dann aber, wenn es nötig wird, auch weltweit. Wir werden alle unsere Möglichkeiten ausschöpfen und Ermittlungstechniken benutzen, die sich in der Vergangenheit bereits bewährt haben. Was die Leute angeht, da nehmen wir die besten, die wir haben. Und zwar von diesem Augenblick an.«

Sloane spürte Dankbarkeit und Erleichterung in sich aufsteigen. Er begann: »Les ... Chuck ...«

Chippingham brachte ihn mit einer Handbewegung zum Schweigen. »Sag nichts. Es ist überhaupt nicht nötig. Natürlich tun wir das zum Teil auch wegen dir, aber es ist eben auch unser Job.«

Insen beugte sich vor. »Da ist nur noch eins, was wir von dir wissen wollen, Crawf. Für diese Sondereinheit brauchen wir einen erfahrenen Korrespondenten oder Produzenten als Leiter, jemand, der die Sache in die Hand nehmen kann, der ein guter Ermittler ist und dem du vertraust. Möchtest du jemand vorschlagen?«

Crawford Sloane zögerte nur einen kurzen Augenblick, in dem er seine persönlichen Gefühle gegen das, was auf dem Spiel stand, abwägte. Dann sagte er entschlossen: »Ich will Harry Partridge.«

2

Die Medellín-Bande hatte sich, wie Füchse in ihren Bau, in ihren Unterschlupf südlich von Hackensack zurückgezogen.

Das Anwesen bestand aus einer Reihe alter, halbverfallener Gebäude, einem Haupthaus und drei Nebengebäuden. Es hatte mehrere Jahre leergestanden, bevor Miguel, nach gründlicher Prüfung anderer Angebote auf dem Immobilienmarkt, es für ein Jahr angemietet und den ganzen Betrag im voraus bezahlt hatte. Ein Jahr war die kürzeste Mietzeit, die der Makler ihm angeboten hatte. Da Miguel nicht offenbaren konnte, daß das Anwesen nur für etwas mehr als einen Monat genutzt würde, hatte er die Bedingungen widerspruchslos akzeptiert.

Die Art des Anwesens und seine Lage in einer dünnbesiedelten, heruntergekommenen Gegend war in mehrfacher Hinsicht ideal. Das Haupthaus war groß genug, um allen sieben Mitgliedern der Bande Platz zu bieten, und sein baufälliger Zustand war ohne Bedeutung. In den Nebengebäuden konnten sechs Fahrzeuge versteckt werden. Die nähere Umgebung war unbewohnt, das Anwesen selbst lag hinter Bäumen und dichtem Buschwerk versteckt. Ein weiterer Vorteil lag darin, daß, nur eine knappe Meile entfernt, der Flughafen von Teterboro lag. Denn Teterboro Airport, der vorwiegend von Privatmaschinen benutzt wurde, spielte in den Plänen der Entführer eine wichtige Rolle.

Von Anfang an hatte Miguel vorausgesehen, daß es unmittelbar nach der Entführung zu einer Ermittlungsjagd mit polizeilichen Straßensperren und intensiven Nachforschungen kommen würde. Er hielt es deshalb für ungefährlicher, nicht gleich nach der Tat größere Entfernungen zurückzulegen. Doch dazu brauchte er einen einstweiligen Unterschlupf in sicherer Entfernung von Larchmont.

Das Anwesen in Hackensack war ungefähr fünfundzwanzig Meilen vom Ort der Entführung entfernt. Daß sie so problemlos und ohne jede Verfolgung hierher hatten zurückkehren können, zeigte, daß Miguels Plan aufging, zumindest bis zu diesem Zeitpunkt.

Die drei Gefangenen befanden sich inzwischen im Haupthaus. Man hatte die noch immer betäubten Opfer in ein großes Zimmer im ersten Stock gebracht. Im Gegensatz zu den anderen Räumen des heruntergekommenen, stockfleckigen Hauses war dieser gründlich gereinigt und weiß gestrichen worden. Zusätzliche Steckdosen und Neondeckenlampen waren ebenfalls installiert. Der Boden war mit neuem, hellgrünem Linoleum ausgelegt. Baudelio, der ehemalige Arzt, hatte die Renovierungen angeordnet und überwacht, und Rafael, der Handwerker und Mechaniker der Truppe, sie ausgeführt.

In der Mitte des Zimmers standen zwei Krankenhausbetten mit Seitengittern. In dem einen lag Jessica, im anderen Nicholas. Beide waren an Armen und Beinen mit Gurten gefesselt – als Vorsichtsmaßnahme, falls sie aufwachen sollten, doch dazu wollten es die Entführer im Augenblick gar nicht kommen lassen.

Obwohl in der Anästhesie selten präzise Voraussagen gemacht werden konnten, war Baudelio ziemlich sicher, daß seine »Patienten«, denn so nannte er sie in Gedanken, noch mindestens eine halbe Stunde betäubt sein würden.

Neben den beiden Betten stand eine schmale Metallpritsche, die man in aller Eile für Angus aufgestellt hatte, dessen Anwesenheit ja nicht eingeplant gewesen war. Deshalb war er auch nicht mit Gurten, sondern mit Stricken gefesselt. Miguel, der den alten Mann vom anderen Ende des Zimmers aus betrachtete, war sich noch immer unschlüssig, was er mit ihm tun sollte. Ihn töten und nach Einbruch der Dunkelheit im Hof verscharren? Oder ihn in den Plan mit einbauen? Er mußte die Entscheidung bald treffen.

Baudelio lief zwischen den drei bewußtlosen Gestalten hin und her, er baute Infusionsständer auf und hängte Flüssigkeitsbehälter an die Haken. Auf einem mit einem grünen Tuch bedeckten Tisch hatte er seine Instrumente, Medikamente und Schälchen ausgebreitet. Obwohl er in diesem Fall wahrscheinlich nur Katheter und Infusionsnadel brauchte, hatte Baudelio es sich angewöhnt, immer sein gesamtes Handwerkszeug bereitzulegen, um es bei Schwierigkeiten oder einem Notfall zur Hand zu haben. Socorro, die Frau mit den Verbindungen zum Medellín-Kartell wie zum Sendero Luminoso, assistierte ihm, denn sie war ausgebildete Schwesternhelferin.

Sie hatte rabenschwarze Haare, die sie am Hinterkopf zu einem Knoten zusammengebunden trug, einen schlanken, geschmeidigen Körper, olivfarbene Haut und ein Gesicht, das man durchaus schön hätte nennen können, hätte sie nicht einen permanent mißmutigen Ausdruck zur Schau getragen. Socorro tat, was man von ihr verlangte, und erwartete keine Rücksichtnahme auf ihr Geschlecht, doch sie schwieg die meiste Zeit und zeigte nie, was in ihrem Kopf vorging. Sexuelle Annäherungsversuche von einigen der Männer hatte sie immer mit unverblümter Offenheit zurückgewiesen.

Miguel nannte sie deshalb insgeheim »die Unerforschliche«. Er wußte zwar von ihren Doppelkontakten und auch, daß der Sendero Luminoso auf ihrer Teilnahme an der Entführung bestanden hatte, doch hatte er keinen Grund, ihr zu mißtrauen. Er fragte sich nur manchmal, ob Socorros langer Aufenthalt in Amerika nicht ihre Loyalität zu den kolumbianischen und peruanischen Gruppen aufgeweicht hatte.

Socorro selbst hätte bei der Beantwortung dieser Frage Schwierigkeiten bekommen. Sie war zwar schon immer eine Revolutionärin gewesen, die zuerst bei der kolumbianischen M-19 und schließlich – und einträglicher – beim Medellín-Kartell und Sendero Luminoso ein Ventil für ihren kämpferischen Eifer gefunden hatte. Sie war der Überzeugung, daß die kolumbianischen und peruanischen Regierungen Banden herrschsüchtiger Verbrecher seien, die getötet werden mußten, und sie war auch gern bereit, bei einem solchen Gemetzel mitzumachen. Darüber hinaus hatte man ihr eingetrichtert, daß die Herrschaftsstrukturen in den Vereinigten Staaten nicht weniger übel und korrupt seien. Doch nach drei Jahren in Amerika, in denen sie Freundlichkeit und Fairneß erfahren hatte, wo sie mit Feindseligkeit und Unterdrückung besser hätte umgehen können, wurde es für sie immer schwieriger, Amerika und das amerikanische Volk als den Feind zu betrachten.

Im Augenblick versuchte sie, diese drei Gefangenen von Grund auf zu hassen – *bourgeoiser Abschaum*, sagte sie sich –, aber sie schaffte es nicht ganz ... und es war ein Fehler, daß sie es nicht schaffte ... denn Mitleid war für eine Revolutionärin eine verachtenswerte Empfindung!

Doch wenn sie erst einmal dieses verwirrende Land verlassen hatte, und das würden sie alle ja sehr bald tun, würde sie wieder besser und stärker werden und beständiger in ihrem Haß.

Miguel, der in der entfernten Ecke des Zimmers auf einem zur Wand gekippten Stuhl saß, rief Baudelio zu: »Was tust du gerade?« Sein Ton machte deutlich, daß es als Befehl gemeint war.

»Ich muß mich beeilen, weil die Wirkung des Midazolam, das ich ihnen gespritzt habe, bald nachläßt. Wenn das passiert, injiziere ich ihnen Propofol, und zwar intravenös. Der Wirkstoff hält länger an als der erste und ist für das, was wir vorhaben, besser geeignet.«

Während er hin und her ging und erklärte, schien er sich zu verwandeln; aus der gewohnten ausgemergelten, gespenstischen Erscheinung wurde wieder der Lehrer und Narkosearzt, der er einmal gewesen war. Ähnliches – ein kurzes Aufblitzen längst abgelegter Würde – war auch unmittelbar vor der Entführung passiert. Doch weder damals noch jetzt schien es ihm irgend etwas auszumachen, daß er seine Fähigkeiten zu kriminellen Zwecken mißbrauchte und die Umstände, unter denen er arbeitete, verabscheuungswürdig waren.

Er fuhr fort. »Bei Propofol muß man vorsichtig sein. Die Optimaldosierung ist bei jedem unterschiedlich, eine Überdosis kann tödlich sein. Am Anfang muß man sehr behutsam experimentieren.«

»Bist du sicher, daß du es schaffst?« fragte Miguel.

»Wenn du Zweifel hast«, erwiderte Baudelio sarkastisch, »kannst du dir ja einen anderen suchen.«

Als Miguel nicht darauf reagierte, sprach der Arzt weiter. »Da die Leute bewußtlos sind, wenn wir sie transportieren, müssen wir ganz sichergehen, daß sie nicht erbrechen und das Erbrochene einatmen. Solange wir hier sind, müssen wir ihnen deshalb jede Nahrung entziehen. Um eine Dehydrierung zu vermeiden, werde ich ihnen intravenös Flüssigkeit zuführen. Nach zwei Tagen können wir sie dann da hineinlegen.« Baudelio deutete mit dem Kopf auf die Wand hinter sich.

An der Wand lehnten zwei solide, mit Seide ausgeschlagene Särge, der eine etwas kleiner als der andere. Die verzierten Deckel waren abgenommen und lehnten daneben.

Die Särge erinnerten Baudelio an ein Problem. Auf Angus Sloane deutend, fragte er: »Soll ich ihn auch vorbereiten oder nicht?«

»Bist du medizinisch darauf eingerichtet, wenn wir ihn mitnehmen?«

»Ja. Ich habe von allem etwas in Reserve, falls etwas schiefgeht. Aber wir brauchen noch einen ...« Sein Blick kehrte zu den Särgen an der Wand zurück.

»Das weiß ich selber«, entgegnete Miguel gereizt.

Er war sich noch immer unschlüssig. Vom Medellín-Kartell und vom Sendero Luminoso hatten sie lediglich den Befehl, die Frau und den Jungen zu entführen und sie so schnell wie möglich nach Peru zu bringen. Die Särge waren als Transportmittel gedacht, und man hatte auch bereits eine Deckgeschichte vorbereitet, um einer Durchsuchung durch den amerikanischen Zoll zu entgehen. In Peru würden die Geiseln dann als Druckmittel eingesetzt, um die Einlösung bis jetzt noch nicht genannter Forderungen des Sendero Luminoso zu erzwingen. Die Frage war nun, ob Angus Sloane als nützliches zusätzliches Druckmittel oder aber als Belastung und unnötiges Risiko betrachtet würde.

Wenn es möglich gewesen wäre, hätte Miguel seine Vorgesetzten um Rat gefragt. Aber der einzig sichere Kommunikationskanal war für ihn im Augenblick nicht offen, und ein Anruf über eins der Funktelefone würde eine zurückverfolgbare Spur bieten. Miguel hatte jedem einzelnen der Gruppe eingeschärft, die Telefone nur für Gespräche zwischen den Fahrzeugen und zwischen Hauptquartier und Fahrzeugen zu benutzen. Alle anderen Anrufe waren absolut verboten. Ferngespräche wurden, wenn nötig, von Telefonzellen aus geführt.

Die Entscheidung lag deshalb einzig und allein bei ihm. Er dachte wieder daran, daß man einen weiteren Sarg besorgen mußte, was ein zusätzliches Risiko darstellte. War es das wert?

Miguel beschloß, das Risiko einzugehen. Aus Erfahrung wußte er, daß man nach Bekanntgabe der Sendero-Forderungen eine der Geiseln töten und die Leiche der Weltöffentlichkeit präsentieren würde, um deutlich zu machen, daß die Entführer es ernst meinten. Wenn man Angus Sloane als ersten tötete, hätte man immer noch den Jungen oder die Frau, falls es nötig wurde, den Forderungen mit einer zweiten Leiche Nachdruck zu verleihen. In dieser Hinsicht war der zusätzliche Gefangene ein Bonus.

Miguel sagte deshalb zu Baudelio: »Ja, der alte Mann kommt mit.«

Baudelio nickte. Trotz seiner äußerlichen Gelassenheit war er an diesem Tag in Miguels Gegenwart nervös, weil er am Abend zuvor einen, wie er nun erkannte, schweren Fehler gemacht hatte, der die Sicherheit der ganzen Truppe gefährden konnte. Er war allein gewesen und hatte, in einem Augenblick abgrundtiefer Einsamkeit und Niedergeschlagenheit, eins der Funktelefone benutzt, um nach Peru zu telefonieren. Er hatte mit einer Frau gesprochen, der Gefährtin seines heruntergekommenen Lebens und seine einzige Vertraute, deren häufig betrunkene Gesellschaft er sehr vermißte.

Und wegen dieser inneren Unruhe reagierte Baudelio etwas langsam, als es plötzlich zu einer Krise kam.

Jessica hatte während des Überfalls vor dem Supermarkt in Larchmont nur wenige Minuten Zeit gehabt, um sich klarzumachen, was überhaupt geschah. Auch nachdem man sie mit einem Knebel zum Schweigen gebracht hatte, wehrte sie sich mit Händen und Füßen, denn sie sah, daß auch Nicky von den unbekannten Rohlingen gepackt und Angus brutal niedergeschlagen wurde. Augenblicke später zeigte das starke Beruhigungsmittel, das man ihr gespritzt hatte, bereits Wirkung, es wurde dunkel um sie, und sie verlor das Bewußtsein.

Doch nun wachte sie langsam wieder auf, und obwohl sie nicht wußte, wie lange sie ohnmächtig gewesen war, kehrte die Erinnerung an das Geschehene zurück. Zuerst nur schwach und dann immer deutlicher wurden ihr die Geräusche ihrer Umgebung bewußt. Sie versuchte, sich zu bewegen, etwas zu sagen, schaffte aber beides nicht. Und auch die Augen konnte sie nicht öffnen.

Es war, als liege sie am Grund eines dunklen Schachts, in dem jede Regung, jede Lebensäußerung unmöglich ist.

Ganz allmählich wurden die Stimmen klarer, die Erinnerung an die schrecklichen Momente in Larchmont deutlicher.

Schließlich öffnete sie die Augen.

Baudelio, Socorro und Miguel sahen alle in eine andere Richtung und merkten deshalb nicht, was geschah.

Jessica spürte, wie das Gefühl in ihren Körper zurückkehrte, und verstand deshalb nicht, warum sie Arme und Beine nur wenige Millimeter bewegen konnte. Dann sah sie, daß ihr linker Arm, den sie im Blickfeld hatte, mit einem Gurt gefesselt war, und erkannte, daß sie in einer Art Krankenbett lag, an dem man sie mit Armen und Beinen festgebunden hatte.

Sie drehte den Kopf ein wenig und erstarrte vor Entsetzen über das, was sie entdeckte.

Nicky lag auf einem zweiten Bett, festgebunden wie sie. Angus, neben ihm, war ebenfalls gefesselt. Und dann – *o Gott, nein!* – entdeckte sie die beiden offenen Särge, der eine etwas kleiner als der andere und beide offensichtlich für Nicky und sie selbst bestimmt.

Urplötzlich begann sie zu schreien und wild an ihren Fesseln zu zerren. In ihrer wahnsinnigen Angst schaffte sie es, den linken Arm loszureißen.

Die drei Verschwörer wirbelten herum, als sie den Schrei hörten. Einen Augenblick lang war Baudelio, der sofort hätte reagieren müssen, zu überrascht, um sich zu bewegen. Inzwischen hatte Jessica alle drei gesehen.

Sie riß noch immer wie rasend an ihren Fesseln und tastete verzweifelt mit der Linken nach etwas, das sie als Waffe benutzen konnte, um sich und Nicky zu beschützen. Der Tisch mit den Instrumenten stand neben ihr. Unter ihren suchenden Fingern spürte sie plötzlich etwas, das sich anfühlte wie ein Schälmesser. Es war ein Skalpell.

Baudelio hatte sich inzwischen wieder gefangen und lief zu ihr hin. Er sah, daß Jessicas Arm frei war, und versuchte, ihn mit Socorros Hilfe wieder festzubinden.

Aber Jessica war schneller. In ihrer Verzweiflung holte sie mit dem Metallgegenstand in ihrer Hand weit aus und traf zuerst Baudelios Gesicht, dann Socorros Hand. Zuerst waren nur dünne rote Linien zu sehen. Sekunden später quoll Blut hervor.

Baudelio ignorierte den Schmerz und versuchte, den wild um sich schlagenden Arm festzuhalten. Miguel stürzte hinzu, schlug Jessica brutal mit der Faust ins Gesicht und half Baudelio. Während Blut aus Baudelios Wunde auf Jessica tropfte, schafften sie es, Jessicas Arm wieder an das Bett zu fesseln.

Miguel riß Jessica das Skalpell aus der Hand. Sie wehrte sich noch immer, doch es nützte nichts. Tränen der Wut und der Verzweiflung liefen ihr über die Wangen.

Doch noch war die Situation nicht bereinigt. Auch bei Nicky ließ die Wirkung des Betäubungsmittels nach. Die Schreie und die Erkenntnis, daß seine Mutter neben ihm lag, ließen ihn schneller zu Bewußtsein kommen. Er begann ebenfalls zu schreien und an seinen Fesseln zu zerren, doch er konnte sich nicht befreien.

Angus, der seine Spritze später als die beiden anderen bekommen hatte, rührte sich nicht.

Der Lärm und die Verwirrung waren inzwischen fast unerträglich, doch Baudelio und Socorro wußten, daß sie jetzt vor allem anderen ihre eigenen Wunden behandeln mußten. Socorro, die weniger schlimm verletzt war, klebte sich ein Pflaster auf die Hand und wandte sich Baudelio zu. Sie legte ihm einen Verband aus Gazekompressen an, doch der war in kürzester Zeit blutdurchtränkt.

Baudelio hatte inzwischen den ersten Schock überwunden; er nickte ihr dankend zu, deutete dann auf den Tisch mit seinen Instrumenten und murmelte: »Hilf mir.«

Socorro zog den Gurt an Jessicas linkem Oberarm fester. Baudelio hatte bereits eine Propofolinjektion vorbereitet, die er ihr nun in die Vene spritzte. Jessica konnte nur entsetzt zusehen, sie schrie und kämpfte gegen die Wirkung des Mittels an, bis ihr die Augen zufielen und sie wieder ohnmächtig wurde.

Bei Nicky wiederholten die beiden den Vorgang. Auch er hörte auf zu schreien und fiel in die Kissen zurück.

Weil sie nicht riskieren wollten, daß auch der alte Mann aufwachte und Schwierigkeiten machte, gaben sie Angus ebenfalls eine Injektion.

Miguel hatte die ganze Zeit schäumend vor Wut, aber ohne etwas zu sagen, im Hintergrund gestanden. Nun schrie er Baudelio mit zornig blitzenden Augen an: »Du unfähiger Idiot! *Pinche cabrón!* Du hättest beinahe alles vermasselt! Weißt du überhaupt, was du tust?«

»Ja, das weiß ich«, antwortete Baudelio. Trotz der Gazekompressen lief ihm Blut über das Gesicht. »Ich habe mich verschätzt. Es wird nicht wieder vorkommen.«

Ohne etwas zu antworten, stürmte Miguel mit hochrotem Kopf aus dem Zimmer.

Sobald er verschwunden war, untersuchte Baudelio in einem Handspiegel seine Wunde. Zwei Dinge waren ihm sofort klar. Zum einen würde ihm für den Rest seines Lebens eine von der Schläfe bis zum Kinn reichende Narbe bleiben. Zum zweiten, und das war wichtiger, mußte die tiefe Wunde sofort genäht werden. Doch unter den gegebenen Umständen konnte er weder ins Krankenhaus noch zu einem Arzt gehen. Er hatte keine andere Wahl, als sich selbst zu nähen, gleichgültig, wie schwierig und wie schmerzhaft es würde. Socorro mußte ihm helfen, so gut sie eben konnte.

Zu Beginn seines Studiums hatte Baudelio wie jeder angehende Mediziner gelernt, wie man kleine Wunden näht. Später konnte er als Narkosearzt bei Hunderten solcher Operationen zusehen. Während seiner Arbeit für Medellín hatte er selbst des öfteren genäht und wußte inzwischen sehr gut, was zu tun war.

Mit zitternden Knien setzte er sich vor den Spiegel und sagte Socorro, sie solle ihm seine Arzttasche bringen. Er suchte sich medizinische Nadeln, Seidenfaden und Lidocain, ein örtliches Betäubungsmittel, heraus.

Dann erklärte er Socorro, was zu tun war. Wie gewöhnlich sagte sie außer einem gelegentlichen »Si!« oder »Está bien!« kaum etwas. Auch Baudelio verlor nicht viele Worte, sondern begann, sich an den Rändern der Wunde Lidocain zu injizieren.

Die ganze Prozedur dauerte fast zwei Stunden, und trotz der örtlichen Betäubung war der Schmerz fast unerträglich. Einige Male hätte Baudelio beinahe das Bewußtsein verloren. Seine Hand zitterte häufig, und das machte die Stiche unregelmäßig. Erschwerend kam noch hinzu, daß er spiegelverkehrt arbeiten mußte. Socorro gab ihm, was er verlangte, und stützte ihn, wenn er kurz vor dem Zusammenbruch stand. Doch schließlich hatte er es geschafft, und obwohl einige ungeschickte Stiche die Narbe noch häßlicher machen würden, als er ursprünglich angenommen hatte, war die Wunde nun geschlossen und würde heilen.

Baudelio wußte sehr gut, daß der schwierigste Teil seines Auftrags noch vor ihm lag und daß er nun Ruhe brauchte; er nahm deshalb zweihundert Milligramm Seconal und legte sich schlafen.

3

Etwa gegen 11 Uhr 50 hatte Harry Partridge in der Wohnung in Port Credit den Fernseher auf einen Sender aus Buffalo, New York, eingeschaltet – einer Tochtergesellschaft von CBA. Da die Signale des Senders ungehindert über die nur sechzig Meilen des Lake Ontario kamen, waren sie in der Gegend um Toronto gut zu empfangen.

Vivien war ausgegangen und würde erst später zurückkehren.

Partridge hoffte, in den Mittagsnachrichten Neues über die Flugzeugkatastrophe vom Tag zuvor zu erfahren. So saß er bereits vor dem Gerät, als das gewohnte Programm um 11 Uhr 55 von der Sondermeldung unterbrochen wurde.

Er war entsetzt und schockiert wie jeder andere auch. Stimmte das wirklich, fragte er sich, oder hatte da nur jemand entsetzlichen Unsinn gemacht? Aber aus Erfahrung wußte er, daß CBA News keine Sondermeldung bringen würde, ohne vorher die Authentizität der Geschichte geprüft zu haben.

Während er Don Ketterings Gesicht auf dem Bildschirm sah und seinem Bericht zuhörte, regte sich in ihm vor allem eine tiefe Sorge um Jessica. Und dazu kam ein Gefühl der kameradschaftlichen Verbundenheit und des Mitgefühls mit Crawford Sloane.

Partridge wußte auch, ohne lange darüber nachdenken zu müssen, daß sein Urlaub, der eben erst begonnen hatte, schon wieder vorbei war. Er war deshalb auch gar nicht überrascht, als er eine Dreiviertelstunde später angerufen und gebeten wurde, in die CBA-News-Zentrale nach New York zu kommen. Überraschend war nur, daß Crawford Sloane ihn höchstpersönlich darum bat.

Partridge hörte sofort, daß Sloane seine Stimme kaum unter Kontrolle halten konnte. Gleich nach der Begrüßung sagte er: »Ich brauche dich dringend, Harry. Les und Chuck stellen gerade eine Spezialeinheit zusammen. Sie wird auf zwei Ebenen vorgehen: einmal die tägliche Berichterstattung besorgen und zum anderen intensivste Ermittlungen anstellen. Sie haben mich gefragt, wen ich als Leiter der Truppe wollte. Und ich kann mir eigentlich nur einen einzigen vorstellen – dich, Harry.«

Plötzlich erkannte Partridge, daß sie sich in all den Jahren, die sie sich nun schon kannten, nie nähergestanden hatten als in diesem Augenblick. »Halt die Ohren steif, Crawf«, erwiderte er. »Ich komme mit der nächsten Maschine.«

»Danke, Harry. Hast du besondere Wünsche, was deine Mitarbeiter angeht?«

»Ja. Treibt Rita Abrams auf, ich glaube, sie ist irgendwo in Minnesota. Und Minh Van Canh ebenfalls.«

»Falls sie nicht schon auf dich warten, wenn du ankommst, dann sind sie kurz nach dir da. Sonst noch jemand?«

Partridge überlegte nur kurz und sagte dann: »Teddy Cooper aus London.«

»Cooper?« Sloane sagte der Name zunächst nichts, doch dann erinnerte er sich: »Ist das nicht der Ermittlungsspezialist aus unserer dortigen Redaktion?«

»Genau.«

Teddy Cooper war Engländer, fünfundzwanzig und Produkt einer *Red Brick University*, wie die Briten diese Erziehungseinrichtungen aus dem neunzehnten Jahrhundert etwas snobistisch nannten. Mit seiner fröhlichen Cockney-Art wirkte er wie eine Figur aus *Me and My Girl*. Was ihn in Partridges Augen aber fast zum Genie machte, war seine Fähigkeit, aus gewöhnlichen Nachforschungen akribische Detektivarbeit zu machen und sie mit höchst intelligenten Schlußfolgerungen voranzutreiben.

Während eines Einsatzes in Europa hatte Partridge Cooper kennengelernt, der zu dieser Zeit als kleiner Bibliotheksangestellter bei der BBC arbeitete. Partridge war damals sehr beeindruckt von einigen Recherchen, die Cooper für ihn angestellt hatte. Deshalb hatte er auch darauf gedrängt, daß die Londoner CBA-Redaktion ihn einstellte, und er hatte ihm so zu einer besseren Bezahlung und einer beruflichen Perspektive verholfen.

»Du kriegst ihn«, erwiderte Sloane. »Wir setzen ihn in die nächste Concorde, die England verläßt.«

»Wenn es dir nichts ausmacht«, sagte Partridge nun, »möchte ich dir ein paar Fragen stellen, damit ich auf dem Flug etwas zum Nachdenken habe. Meinst du, daß du das schaffst?«

»Natürlich. Schieß los.«

Was folgte, war mehr oder weniger eine Wiederholung der Fragen, die FBI-Agent Havelock ihm bereits gestellt hatte. Hatte es Drohungen gegeben? ... Irgendwelche besonderen Feindschaften? ... Ungewöhnliche Erlebnisse? ... Gab es schon einen Verdacht, irgendeine wenn auch noch so vage Vermutung, wer ...? Gab es Informationen, die in der Sondermeldung nicht erwähnt wurden?

Die Fragen waren notwendig, doch die Antworten fielen immer negativ aus.

»Fällt dir noch irgend etwas ein?« Partridge bohrte beharrlich weiter. »Irgendeine Kleinigkeit, die du bis jetzt noch gar nicht beachtet hast, die aber vielleicht mit der Entführung in Verbindung stehen könnte?«

»Im Augenblick kann ich nur mit nein antworten«, entgegnete Sloane. »Aber ich werde darüber nachdenken.«

Nach dem Ende des Gesprächs nahm Partridge seine Reisevorbereitungen wieder auf. Schon vor Sloanes Anruf hatte er damit begonnen, den Koffer zu packen, den er erst eine Stunde zuvor ausgepackt hatte.

Er rief bei Air Canada an und buchte einen Platz für den Flug um 14 Uhr 45 von Pearson International Airport nach New York, wo er um 16 Uhr auf dem La Guardia Airport eintreffen würde. Anschließend bestellte er ein Taxi, das ihn in zwanzig Minuten abholen sollte.

Nachdem sein Koffer gepackt war, kritzelte er einen Abschiedsgruß für Vivien auf einen Zettel. Er wußte, daß sie über seine plötzliche Abreise enttäuscht sein würde, aber das war er auch. Zu dem Abschiedsgruß gehörte auch ein großzügiger Scheck für die besprochene Renovierung der Wohnung.

Während er sich noch in der Wohnung nach einem günstigen Platz für Zettel und Scheck umsah, klingelte es. Das bestellte Taxi war bereits da.

Das letzte, was er sah, bevor er die Wohnung verließ, waren die Karten für das Mozart-Konzert auf der Anrichte. Traurig dachte er darüber nach, daß sie – wie schon so viele Karten und Einladungen in der Vergangenheit – mehr als alles andere ein Symbol waren für das unbeständige Leben eines Fernsehreporters.

Die Maschine der Air Canada war eine Boeing 727 ohne First und Business Class, die nonstop nach New York flog. Da sich nur wenige Passagiere an Bord befanden, hatte Partridge eine ganze Sitzreihe mit drei Plätzen für sich. Er hatte Sloane versprochen, sich schon auf dem Flug Gedanken über die Entführung zu machen, und wollte nun bereits die Stoßrichtung ausarbeiten, die er und das Team einschlagen sollten. Doch er hatte nur sehr spärliche Informationen, und bald wurde ihm klar, daß er damit nicht weiterkam. Also ließ er es sein und hing bei einem Wodka-Tonic seinen Gedanken nach.

Die Beziehung zwischen ihm und Jessica war es, worüber er nachdachte.

In den Jahren, die seit seinem Aufenthalt in Vietnam vergangen waren, hatte er es sich angewöhnt, Jessica als Teil seiner Vergangenheit zu betrachten, als eine Frau, die er einmal geliebt hatte, zu der er aber nun keinen Bezug mehr hatte und die er sowieso nicht mehr erreichen konnte. In gewisser Weise, so erkannte Partridge nun, war dieses Denken ein Akt der Selbstdisziplin gewesen, ein Schutz gegen das Selbstmitleid, ein Gefühl, das er verabscheute.

Aber nun, da Jessica in Gefahr war, mußte er sich eingestehen, daß seine Gefühle für sie noch immer vorhanden, noch nie verschwunden waren. *Gib's doch zu, du bist immer noch verliebt in sie. Ja, das bin ich.* Und nicht nur in einen Schatten der Erinnerung, sondern in eine lebende, wirklich existierende Person.

Gleichgültig, welche Rolle er in der Suche nach Jessica spielen sollte – und Crawf selbst hatte ihn gebeten, eine führende zu übernehmen –, Harry Partridge wußte, daß diese Liebe zu Jessica ihm Kraft geben und ihn vorwärtstreiben würde, obwohl er sie natürlich geheimhielt und nur in seinem Innersten brennen ließ.

Doch plötzlich, aus einer für ihn charakteristischen Laune heraus, fragte er sich: *Bin ich eigentlich untreu?*

Untreu wem? Der toten Gemma natürlich!

Ach, liebste Gemma! Noch an diesem Morgen, während er über seine scheinbare Unfähigkeit zu weinen nachdachte, hatte er sich beinahe von der Erinnerung an sie überwältigen lassen. Aber dann hatte er sie beiseite geschoben, es wäre einfach zuviel für ihn gewesen. Nun kam diese Erinnerung an Gemma wieder. *Sie wird immer zurückkommen,* dachte er.

Einige Jahre nach seinem Einsatz in Vietnam und einigen anderen gefährlichen Aufträgen schickte CBA Partridge als Korrespondenten nach Rom. Er blieb dort fast fünf Jahre.

Ein Einsatz in Rom war für jeden Fernsehkorrespondenten ein Glücksfall. Der Lebensstandard war hoch, die Lebenshaltungskosten im Vergleich zu anderen Großstädten eher niedrig, und obwohl natürlich ein gewisser Druck von New York herüberkam, war das Leben in Rom eher entspannt und locker.

Neben der Berichterstattung aus der Metropole und dem Umland gehörten auch Reportagen aus dem Vatikan zu Partridges Aufgaben. Deshalb reiste er auch des öfteren in päpstlichen Flugzeugen, im Troß der Journalisten, die Papst Johannes Paul II. auf seinen Pilgerfahrten in die ganze Welt begleiteten.

Auf einer dieser Reisen des Papstes lernte er Gemma kennen.

Partridge hatte es häufig amüsiert, wenn Außenstehende glaubten, auf päpstlichen Flugreisen übe man sich in Zurückhaltung und Anstand. Dem war nicht so. Für den hinteren Teil des Flugzeugs, wo die Presse untergebracht war, traf sogar das Gegenteil zu. Es wurde ständig gefeiert und getrunken – Getränke waren frei –, und auf langen Nachtflügen ging es bisweilen sogar recht frivol zu.

Ein Kollege von Partridge hatte das Flugzeug des Papstes einmal sehr treffend mit einem Ort verglichen, der, gleich Dantes Inferno, *alle Ebenen zwischen Himmel und Hölle umfaßt. (Obwohl für die Reisen des Papstes verschiedene Flugzeuge eingesetzt wurden, war die spezielle Aufteilung des Passagierraums immer dieselbe.)*

Im vorderen Teil des Flugzeugs befand sich eine geräumige Kabine für den Papst. Sie enthielt ein Bett und zwei oder drei große, bequeme Sessel.

Dahinter lag die Kabine für die unmittelbare Entourage des Papstes – Staatssekretär, Kardinäle, Leibarzt, persönlicher Sekretär und Kammerdiener. Im nächsten Abschnitt waren die Bischöfe und weniger hochgestellte Geistliche untergebracht.

Je nach Flugzeugtyp gab es irgendwo zwischen den vorderen Kabinen einen Lagerraum für die Geschenke, die der Papst während seiner Reise erhielt, und das waren nicht wenige.

Und schließlich die letzte Kabine – für die Presse. Die Sitzaufteilung entsprach hier der Touristenklasse, der Service dagegen war first class. Man wurde von allen Seiten bedient, Speisen und Weine waren exquisit. Auch für die Journalisten gab es großzügige Geschenke von der jeweiligen Fluggesellschaft, meistens Alitalia. Dort war man sich der Werbewirksamkeit solcher Nettigkeiten wohl bewußt.

Die Gruppe der Journalisten setzte sich aus Vertretern aller Medien zusammen, eine internationale Mischung aus Zeitungs-,

Rundfunk- und Fernsehreportern, letztere begleitet von ihren Aufnahmeteams. Alle hatten ganz normale Interessen, der berufsbedingte Skeptizismus wurde bisweilen durch eine gewisse Ehrfurchtslosigkeit ergänzt.

Die Fernsehsender, obgleich sie das nie offen zugaben, sahen es durchweg lieber, wenn über kirchliche Ereignisse, wie die Papstreisen, von Korrespondenten berichtet wurde, die in Glaubensdingen nicht übermäßig engagiert waren. Religiöse Eiferer, gleich welcher Couleur, so fürchtete man, würden nur Unerträgliches liefern. Eine gesunde Zurückhaltung wurde bevorzugt.

In dieser Hinsicht entsprach Partridge den Anforderungen.

Im Jahr 1987, etwa sieben Jahre nach seinen eigenen Erfahrungen auf Papstreisen, sah Partridge den hervorragenden Fernsehbericht des ABC-Korrespondenten Judd Rose, der Papst Johannes Paul II. bei seinem Besuch in Los Angeles begleitete. Mit seinem Kommentar bewegte er sich geschickt auf dem schmalen Grad zwischen Tatsachenbericht und süffisantem Skeptizismus.

Für die Medienmetropole Hollywood dürfte dieses Medienereignis ein Geschenk des Himmels sein. Der Pomp einer königlichen Hochzeit und der Rummel eines Football-Endspiels – all das mit einer gewaltigen Komparserie und dem zur Zeit meistgefragten Star auf dem Markt ... Technologie des Raumzeitalters und dramatische Bilder – das ist es, was Johannes Paul und die Kameras lieben.

Der Papst wird sorgfältig in Szene gesetzt und abgeschirmt. Er äußert häufig seine Meinung, und wir hören zu, selten umgekehrt. Für die Fragen der Reporter hat er nur im Flugzeug gelegentlich Zeit ... Die Medien haben über die Ereignisse erschöpfend berichtet. Die Reise des Papstes ist zu einem elektronischen Spektakel geworden wie Live Aid oder Liberty Weekend, und manche Katholiken mögen sich fragen, ob es überhaupt noch einen Unterschied gibt.

Theologie und Technologie – wahrlich eine mächtige Allianz, die Johannes Paul wie kein anderer Papst je zuvor benutzt, um seine Botschaft zu verkünden. Die Welt schaut zu, der große Verkünder aber muß sich fragen, ob sie auch zuhört.

Rose hatte absolut recht, dachte Partridge, in bezug auf die seltenen Gelegenheiten, dem Papst auf seinen Flugreisen Fragen zu stellen. Wie gut aber, daß es sie überhaupt gab, denn sonst wäre es damals auch nicht zu jenem kurzen Austausch von Fragen und Antworten gekommen, bei dem Gemma und er sich ...

Es war auf einer längeren Reise von Papst Johannes Paul – eine Reise in beinahe ein Dutzend Länder Mittelamerikas und der Karibik – an Bord einer DC-10 der Alitalia. Nach einem Nachtflug, zwei Stunden vor der planmäßigen Ankunft, erschien der Papst am frühen Morgen unangekündigt in der Pressekabine. Er trug eine weiße Soutane, auf dem Kopf einen Zucchetto und leichte braune Slipper – seine Alltagskleidung, die er nur für päpstliche Messen gegen ein prächtigeres Gewand eintauschte.

Johannes Paul schien nachdenklich, als er in der Nähe von Harry Partridge stehenblieb. Scheinwerfer leuchteten auf, die ersten Reporter schalteten ihre Aufnahmegeräte ein.

Partridge war aufgestanden und erkundigte sich höflich: »Haben Eure Heiligkeit gut geschlafen?« – womit er hoffte, ein brauchbares Interview einleiten zu können.

Der Papst antwortete lächelnd: »Nur wenige.«

Leicht verwirrt fragte Partridge: »Nur wenige, Eure Heiligkeit? Nur wenige Stunden?«

Die Antwort war nur ein leichtes Kopfschütteln. Obgleich Johannes Paul mehrere Sprachen beherrschte, haperte es mit seinem Englisch. Sicher hätte Partridge nun ins Italienische ausweichen können, aber er wollte ein Interview in der Sprache der Fernsehzuschauer von CBA.

Er entschloß sich zu einer gezielteren Frage. Schon seit einigen Wochen hatte es Diskussionen und Kontroversen über eine mögliche Reise des Papstes in die Sowjetunion gegeben. »Eure Heiligkeit«, fragte Partridge, »ist es richtig, daß Sie Rußland besuchen wollen?«

Diesmal gab es ein klares »Ja«. Dann fügte der Papst hinzu: »Die Polen und die Russen sind alle Sklaven. Aber es ist mein Volk.«

Noch bevor jemand darauf reagieren konnte, wandte sich der Papst ab und kehrte in seine Privatkabine zurück.

Sofort setzte unter den Reportern ein Geraune von Fragen und Spekulationen in mehreren Sprachen ein. Das Bordpersonal der Alitalia unterbrach seine Frühstücksvorbereitungen und hörte aufmerksam zu. Einer der Presseleute fragte: »Hast du gehört, was er gesagt hat? – Sklaven!«

Partridge warf seinem Kameramann und seinem Tontechniker einen fragenden Blick zu. Beide nickten. Der Tontechniker sagte: »Alles drauf.«

Dann wurde ein Aufnahmegerät abgespielt. Das Wort «Sklaven« war deutlich zu hören.

Ein britischer Reporter gab zu bedenken: »Er kann eigentlich nur ›Slawen‹ gemeint haben, denn er ist selbst Slawe. Anders macht das Ganze doch keinen Sinn.«

»Ohne die ›Sklaven‹ würde uns aber 'ne verdammt gute Story entgehen«, hörte man eine andere Stimme.

Mit Sicherheit würde es das. Auch Partridge war sich dessen bewußt. Eine wörtliche Wiedergabe des Gesagten würde weltweites Interesse und Diskussionen auslösen und möglicherweise zu einem politischen Eklat führen, mit gegenseitigen Anschuldigungen zwischen dem Kreml, Warschau und dem Vatikan. Der Erfolg der ansonsten so triumphalen Reise des Papstes wäre dadurch ernsthaft in Frage gestellt.

Partridge gehörte zu den älteren und erfahreneren Journalisten innerhalb der Gruppe und wurde von seinen Kollegen respektiert. Einige schienen eine Stellungnahme von ihm zu erwarten.

Er dachte kurz nach. Das war eine lebendige Geschichte, auf den Reisen des Papstes eher eine Seltenheit. Wann würde es das wieder geben? Als Atheist neigte er dazu, sie zu bringen. Doch bei aller Ungläubigkeit hatte er sich ein natürliches Gefühl für Anstand bewahrt und, im Gegensatz zu vielen anderen Kollegen, eine berufliche Moral.

Nachdem er seine Entscheidung getroffen hatte, sagte Partridge deutlich und für jeden vernehmbar: »Er hat ›Slawen‹ gemeint. Ganz eindeutig. Den Lapsus werde ich nicht übernehmen.«

Es gab weder eine Diskussion noch ausdrückliche Zustimmung, und doch stellte sich später heraus, daß keiner sich über Partridges Bewertung hinweggesetzt hatte.

Während Reporter und Aufnahmeleute auf ihre Plätze zurückkehrten, nahm das Flugpersonal seine Arbeit wieder auf.

Als man Partridge sein Frühstückstablett reichte, fand er darauf etwas, das die anderen nicht bekommen hatten – ein kleines Glas mit einer Rose.

Er sah auf zu einer lächelnden jungen Stewardess in einem figurbetonenden grün-schwarzen Kostüm. Sie hatte das Tablett gebracht. Partridge hatte sie zuvor schon öfter bemerkt und gehört, daß ihre Kollegen sie Gemma nannten. Jetzt aber machte ihre Nähe ihn atemlos und, für einen Augenblick, sprachlos.

Immer wieder, besonders in Zeiten schrecklicher Einsamkeit, sollte er sich an den Zauber dieser ersten Begegnung mit Gemma erinnern – an die Schönheit ihrer dreiundzwanzig Jahre, den Glanz ihrer langen dunklen Haare, ihre strahlenden braunen Augen und an diese Lebensfreude gleich einer süß duftenden Frühlingsblume auf einer grünen, sonnenüberfluteten Wiese.

Ungewöhnlich verlegen zeigte er auf die Rose. Später sollte er erfahren, daß sie sie aus der Kabine des Papstes entwendet hatte. Nun fragte er: »Warum für mich?«

Sie lächelte zu ihm herunter und sagte mit einem weichen italienischen Akzent: »Ich habe sie Ihnen gebracht, weil Sie ein guter, liebenswerter Mann sind. Ich mag Sie.«

Selbst ihm erschien seine Antwort unpassend und banal. »Ich mag Sie auch.«

Aber banal oder nicht, diese kurzen Augenblicke waren der Anfang seiner großen, dauernden Liebe zu Gemma.

Kurz vor der Landung in New York kehrten Partridges Gedanken in die Gegenwart zurück. Er war der erste, der das Flugzeug verließ, und durchquerte schnell die Abfertigungshalle von La Guardia. Da er nur Handgepäck hatte, konnte er den Flughafen ohne weitere Verzögerung verlassen. Mit einem Taxi fuhr er zur Zentrale von CBA News.

Er ging zu Chuck Insens Büro, fand es aber leer. Ein Senior Producer rief ihm vom Hufeisen zu: »Hi, Harry! Chuck ist bei der Pressekonferenz, die für Crawf angesetzt wurde. Die ganze Sache wird aufgenommen. Du kannst dir das Band nachher ansehen.«

Während Partridge auf das Hufeisen zuging, fügte der Producer hinzu: »Übrigens, falls du es noch nicht weißt, Crawf setzt heute abend aus. Du wirst die Nachrichten moderieren.«

4

Im Hauptquartier der Medellín-Bande in Hackensack ließ Miguel den ganzen Abend das Radio laufen. Abwechselnd mit einigen anderen sah er sich auch auf einem tragbaren Fernseher die Nachrichten der verschiedenen Sender an, die alle über die Entführung der Sloanes berichteten.

Trotz des immensen Interesses und der ausufernden Spekulationen wurde deutlich, daß man über Identität oder Motive der Entführer noch nichts wußte. Die Behörden hatten auch keine Ahnung, welchen Fluchtweg die Entführer genommen hatten und in welcher Gegend sie sich mit ihren Opfern versteckt hielten. Einige der Berichte deuteten an, daß sie bereits viele Meilen von New York entfernt sein könnten. In anderen war zu erfahren, daß verdächtige Fahrzeuge bei Straßensperren in so entfernten Gegenden wie Ohio, Virginia und an der kanadischen Grenze aufgehalten worden waren. Einige Verbrecher waren verhaftet worden, doch keiner stand in Verbindung mit der Entführung.

Beschreibungen des Nissan-Kleinbusses, den man als Tatfahrzeug vermutete, wurden auch weiterhin verbreitet. Das bedeutete, daß der Bus, den Carlos in White Plains abgestellt hatte, noch nicht gefunden worden war. Carlos war schon vor Stunden wohlbehalten in Hackensack angekommen.

Miguel und die anderen empfanden bei diesen Neuigkeiten eine gewisse Erleichterung, obwohl sie natürlich wußten, daß die Polizei in ganz Nordamerika sie suchte und sie nur vorläufig in Sicherheit waren. Weil noch immer Gefahr in der Luft lag, hatte Miguel einen Wachplan ausgearbeitet. Im Augenblick patrouillierten Luís und Julio mit Beretta-Maschinenpistolen vor dem Haus, wobei sie versuchten, sich im Schatten des Haupthauses und der Nebengebäude zu verstecken.

Miguel wußte, wenn ihr Versteck entdeckt wurde und die Polizei mit großer Mannschaft anrückte, dann hätten sie nur geringe Chancen zu entkommen. Es gab eindeutige Anweisungen für diesen Fall: Keines der Entführungsopfer durfte der Polizei lebend in die Hände fallen. Nur traf der Befehl jetzt auf drei statt auf zwei Opfer zu.

Von den unterschiedlichen Nachrichtensendungen interessierten Miguel die National Evening News von CBA am meisten. Er stellte amüsiert fest, daß Crawford Sloane an diesem Abend nicht in seinem Moderatorensessel saß; ein Mann namens Partridge hatte seinen Platz eingenommen. Miguel erinnerte sich verschwommen daran, ihn schon einmal gesehen zu haben. Sloane wurde dafür während der Sendung interviewt und bei der zuvor aufgezeichneten Pressekonferenz gezeigt.

Die Pressekonferenz war gut besucht. Reporter von den Printmedien, von Fernsehen und Rundfunk drängten sich mit ihren Kamera- und Tonteams in dem dafür vorgesehenen Saal in einem anderen Gebäude von CBA, nur wenige Blocks von der Nachrichtenzentrale entfernt. Auf einer Bühne waren hastig Klappstühle aufgestellt worden, die jedoch für die Anwesenden bei weitem nicht ausreichten.

Eine formelle Vorstellung war unnötig, und Crawford Sloane begann sofort mit einer kurzen Erklärung. Er sprach von seinem Entsetzen und seiner Sorge und flehte dann die Medien und die Öffentlichkeit an, mit Informationen zur Lösung dieses Falles beizutragen. Er gab bekannt, daß man bei CBA extra zu diesem Zweck eine Telefonzentrale mit Freileitungen eingerichtet habe.

»Sie werden sich vor Spinneranrufen nicht mehr retten können.«

»Das müssen wir riskieren«, erwiderte Sloane. »Was wir brauchen, sind einige wenige Schlüsselinformationen. Und irgendwo gibt es bestimmt irgend jemand, der sie uns liefern kann.«

Zweimal während seiner Erklärung mußte Sloane innehalten, um seine Gefühle unter Kontrolle zu bekommen. Und jedesmal gab es im Saal ein mitfühlendes Schweigen. Ein Reporter der *Los Angeles Times* beschrieb ihn tags darauf als »würdevoll und beeindruckend trotz der entsetzlichen Umstände«.

Sloane gab bekannt, daß er auch Fragen beantworten wolle.

Zunächst waren die Fragen ebenfalls sehr mitfühlend. Doch mit der Zeit wurden sie unweigerlich härter.

Eine Reporterin von Associated Press wollte wissen: »Halten Sie es für möglich, daß Ihre Familie, wie einige vermuten, von ausländischen Terroristen entführt wurde?«

Sloane schüttelte den Kopf. »Es ist noch zu früh, um überhaupt an so etwas zu denken.«

AP ließ nicht locker. »Sie weichen der Frage aus. Ich fragte, ob Sie es für *möglich* halten.«

»Ich nehme an, daß es möglich ist«, gestand Sloane ein.

Der Reporter eines lokalen Fernsehsenders stellte die abgedroschene, aber unausweichliche Frage: »Wie fühlen Sie sich dabei?«

Ein anderer stöhnte auf, und Sloane hätte am liebsten geantwortet: *Wie zum Teufel würdest du dich denn fühlen?* Statt dessen antwortete er: »Ich hoffe natürlich, daß es nicht stimmt.«

Ein grauhaariger ehemaliger CBA-Korrespondent, der nun für CNN arbeitete, hielt ein Exemplar von Sloanes Buch hoch. »Sind Sie auch weiterhin der Meinung, wie Sie hier geschrieben haben, daß ›Geiseln im Notfall zu opfern sind‹, und sind Sie noch immer dagegen, Lösegeld zu zahlen, ›ob nun auf direktem oder indirektem Weg‹, wie Sie es nennen?«

Sloane hatte diese Frage erwartet und antwortete: »Ich glaube nicht, daß jemand, der so direkt betroffen ist wie ich, sich darüber in diesem Augenblick objektiv äußern kann.«

»Also kommen Sie, Crawf«, fuhr der CNN-Mann beharrlich fort. »Wenn Sie hier an meiner Stelle stehen würden, würden Sie das von niemandem als Antwort akzeptieren. Ich will die Frage umformulieren: Bedauern Sie, diese Worte geschrieben zu haben?«

»In diesem Augenblick«, erwiderte Sloane, »muß ich gestehen, daß es mir lieber wäre, wenn sie nicht gegen mich verwendet würden.«

»Sie werden nicht gegen Sie verwendet, aber Sie weichen immer noch aus.«

Die Reporterin eines Nachrichtenmagazins von ABC hob ihre penetrante Stimme: »Sie sind sich doch sicher bewußt, daß Ihre Forderung, amerikanische Geiseln seien im Notfall zu opfern, bei

Familien, deren Angehörige noch immer im Mittleren Osten gefangengehalten werden, große Angst und Bestürzung ausgelöst hat. Haben Sie mit diesen Familien jetzt mehr Mitleid?«

»Ich hatte immer Mitleid«, antwortete Sloane, »aber nun verstehe ich vermutlich die Angst dieser Familien besser.«

»Wollen Sie damit sagen, daß das, was Sie geschrieben haben, falsch war?«

»Nein«, erwiderte er leise. »Das will ich damit nicht sagen.«

»Wenn also Lösegeld verlangt wird, werden Sie sich beharrlich weigern?«

Er hob in einer hilflosen Geste die Hand. »Sie verlangen von mir, über etwas Spekulationen anzustellen, das noch gar nicht eingetroffen ist. Das werde ich nicht tun.«

Sloane gefiel diese Art der Befragung zwar nicht, mußte sich aber eingestehen, daß er selbst schon bei Pressekonferenzen als Fragesteller mit ähnlich harten Bandagen gekämpft hatte.

Von *Newsday* kam nun eine etwas weniger brisante Frage: »Von Ihrem Sohn Nicholas wissen wir nicht viel, Mr. Sloane.«

»Weil wir die Privatsphäre unserer Familie schützen wollten. Meine Frau besteht darauf.«

»Diese Privatsphäre existiert aber nun nicht mehr«, fuhr der Reporter fort. »Ich habe gehört, Nicholas sei ein begabter Musiker, der vielleicht eines Tages Konzertpianist wird. Stimmt das?«

Sloane wußte, daß Jessica unter anderen Umständen diese Frage zurückgewiesen hätte. Aber in diesem Augenblick sah er keine Möglichkeit, sie nicht zu beantworten.

»Unser Sohn liebt die Musik, schon von frühester Kindheit an, und seine Lehrer sagen, daß er für sein Alter sehr fortgeschritten sei. Ob er aber Konzertpianist oder irgend etwas anderes wird, muß die Zukunft zeigen.«

Als nach einer Zeit dann die Fragen immer spärlicher kamen, trat Leslie Chippingham vor und erklärte die Konferenz für beendet.

Sloane wurde sofort umringt von Leuten, die ihm die Hand schütteln und ihm alles Gute wünschen wollten. Doch sobald es ging, machte er sich davon.

Nachdem Miguel alles gesehen hatte, was ihn interessierte, schaltete er den Fernseher ab und dachte über das, was er soeben erfahren hatte, nach.

Weder das Medellín-Kartell noch der Sendero Luminoso standen im Verdacht, mit der Entführung zu tun zu haben. Im Augenblick war das sehr nützlich. Ähnlich nützlich war die Tatsache, daß weder von ihm noch von den sechs anderen Entführern Beschreibungen existierten. Denn wenn die Behörden welche erhalten hätten, wären sie mit Sicherheit bereits im Umlauf.

Bei diesem Stand der Dinge, so überlegte sich Miguel, konnte er an das, was er als nächstes vorhatte, etwas ruhiger herangehen.

Er brauchte mehr Geld, und um es zu bekommen, mußte er noch heute abend telefonieren und für den nächsten Morgen ein Treffen in oder in der Nähe der Vereinten Nationen verabreden.

Von Anfang an war es ein Problem gewesen, genügend Geld in die Vereinigten Staaten zu schleusen. In Peru hatte Sendero Luminoso, der die Operation finanzierte, genug Geld. Die Schwierigkeit lag in der Umgehung der peruanischen Devisengesetze und dem Transfer von US-Dollars nach New York, der natürlich heimlich, ohne daß Quelle, Transferweg und Bestimmungsort bekannt wurden, vor sich gehen mußte.

Man hatte es sehr geschickt angestellt und sich dabei der Hilfe eines revolutionären Sympathisanten, eines Verbündeten des Sendero an einflußreicher Stelle im peruanischen Bankensystems, bedient. Dessen Komplize in New York war ein peruanischer Diplomat, ein ranghoher Mitarbeiter des peruanischen Gesandten bei den Vereinten Nationen.

Insgesamt waren 750000 Dollar vom Medellín-Kartell und vom Sendero Luminoso bereitgestellt worden. Das Geld wurde verwendet für den Sold, die Reisekosten und den Lebensunterhalt der am Unternehmen Beteiligten, für die Anmietung eines geheimen Hauptquartiers, den Kauf der sechs Fahrzeuge und der Särge, für Zahlungen an gewisse Leute in Little Columbia in Queens, die für Unterstützung und Waffen gesorgt hatten, für Provisionen, die in Peru und New York beim Geldtransfer anfielen, und für die Bestechung einer amerikanischen Bankmanagerin. Darin eingeschlossen waren auch die Kosten für die Anmietung einer Privatmaschine, in der die Gefangenen aus den Vereinigten Staaten nach Peru gebracht werden sollten.

Fast das gesamte Geld, das bis jetzt in New York ausgegeben worden war, hatte Miguel von seinem Verbindungsmann bei den Vereinten Nationen in bar erhalten.

Der Transfer lief folgendermaßen ab: Der Banker in Lima tauschte aus dem Betrag, den man ihm anvertraut hatte, jeweils 50000 Dollar heimlich um. Das Geld überwies er an eine Bank an der Dag Hammarskjöld Plaza in der Nähe der Vereinten Nationen, wo es auf einem Sonderkonto der peruanischen UN-Delegation deponiert wurde. Von der Existenz dieses Sonderkontos wußten nur José Antonio Salaverry, eben jener vertrauenswürdige Assistent des Gesandten, der die Befugnis hatte, Schecks auszustellen, und die stellvertretende Direktorin der Bank, Helga Efferen. Die Frau kümmerte sich persönlich um das Konto.

José Antonio Salaverry war ebenfalls ein heimlicher Sympathisant von Sendero Luminoso, was ihn jedoch nicht daran hinderte, für den Geldtransfer Provision zu verlangen. Helga schlief regelmäßig mit dem doppelzüngigen Salaverry, und beide kultivierten, um mit dem betuchten Diplomatenvölkchen um die Vereinten Nationen mithalten zu können, einen Lebensstil, der ihre Mittel überstieg. Aus diesem Grund war ihnen das Geld, das sie mit ihren heimlichen Transaktionen verdienten, sehr willkommen.

Sooft Miguel Geld brauchte, rief er Salaverry an und nannte den Betrag. Man verabredete sich für den nächsten oder übernächsten Tag, für gewöhnlich an einem Treffpunkt im Gebäude der Vereinten Nationen, manchmal auch woanders. Salaverry brachte das Geld in einem Aktenkoffer, mit dem Miguel anschließend wegging.

Nur eins machte Miguel Sorgen. Bei einer Gelegenheit hatte Salaverry angedeutet, daß er zwar nicht genau wisse, wofür das Geld verwendet werde, und daß er auch das Versteck der Medellín-Gruppe nicht kenne, aber immerhin gewisse Vorstellungen von ihren Operationen habe. Das mußte bedeuten, daß es in Peru eine undichte Stelle gab. Miguel konnte im Augenblick nichts dagegen tun, doch er war bei seinen Kontakten mit José Antonio Salaverry immer auf der Hut.

Miguel warf einen flüchtigen Blick auf das Funktelefon neben sich. Einen Moment lang war er in Versuchung, es zu benutzen, doch er wußte, daß er das nicht durfte, sondern von draußen telefonieren mußte. In einem Café in der Nachbarschaft gab es einen Münzfernsprecher, den er schon öfter benutzt hatte. Er sah auf die Uhr: 19 Uhr 30. Wenn Miguel Glück hatte, war Salaverry bereits in seiner Wohnung im Zentrum von Manhattan.

Miguel zog einen Mantel an und verließ schnell das Haus. Er sah sich um, ob er in der Umgebung ungewöhnliche Aktivität entdeckte. Doch da war nichts.

Unterwegs fiel Miguel die Pressekonferenz mit Crawford Sloane wieder ein. Er war aufmerksam geworden, als ein von Sloane verfaßtes Buch erwähnt wurde. Offensichtlich hatte er darin die Forderungen aufgestellt, daß nie Lösegeld gezahlt werden dürfe und daß »Geiseln zur Not zu opfern« seien. Miguel hatte das Buch nicht gekannt, und er war sich sicher, daß man es im Medellín-Kartell oder bei Sendero Luminoso ebensowenig kannte. Aber er bezweifelte, daß das Wissen um die Existenz des Buches die Entscheidung, die Sloanes zu entführen, beeinflußt hätte; schließlich gab es oft einen großen Unterschied zwischen dem, was einer schrieb und veröffentlichte, und dem, was er wirklich dachte und tat. Aber inzwischen war das Buch sowieso nicht mehr relevant.

Ein weiterer interessanter Punkt bei dieser Pressekonferenz war die Beschreibung dieses *mocoso*, dieses Grünschnabels, der Konzertpianist werden wollte. Miguel wußte zwar noch nicht genau, was er mit dieser Information anfangen sollte, aber er prägte sie sich ein.

Als er das Café erreichte, sah er, daß nur wenige Leute im Gastraum saßen. Er betrat es, ging zu dem Telefon im hinteren Teil und wählte die Nummer, die er auswendig wußte. Nach drei Klingelzeichen meldete sich Salaverry. »Allo«, sagte er mit starkem spanischem Akzent.

Miguel klopfte dreimal mit dem Fingernagel auf die Sprechmuschel – sein Erkennungszeichen. Dann sagte er leise: »Morgen früh. Fünfzig Kisten.« Eine »Kiste« waren tausend Dollar.

Vom anderen Ende der Leitung kam ein erschrockenes Aufstöhnen. Und die Stimme, die folgte, klang verängstigt: »*Estas loco?* Daß Sie heute abend hier anrufen? Wo sind Sie? Kann der Anruf mitgehört werden?«

»Glauben Sie, ich bin ein *pendejo?*« entgegnete Miguel verächtlich. Doch zugleich merkte er, daß Salaverry ihn mit den Ereignissen dieses Tages in Verbindung brachte; ein Treffen mit ihm würde deshalb gefährlich sein. Aber er hatte keine andere Möglichkeit. Er brauchte Geld, um, unter anderem, einen zusätzlichen Sarg für Angus Sloane zu kaufen. Miguel wußte auch, daß auf dem Konto in New York noch eine Menge Geld lag, und er wollte etwas davon für sich selbst, bevor er das Land verließ. Er war sich ziemlich sicher, daß an José Antonio Salaverrys gierigen Fingern mehr als nur die Provision hängengeblieben war.

»Wir können uns morgen nicht treffen«, sagte Salaverry. »Es ist zu früh und außerdem viel zu kurzfristig, um das Geld aufzutreiben. Sie dürfen nicht ...«

»*Cállate!* Verschwenden Sie nicht meine Zeit.« Miguel packte den Telefonhörer fester und versuchte, seine Wut zu beherrschen, damit die anderen im Café nichts verstanden. »Das ist ein Befehl. Besorgen Sie sich die fünfzig Kisten. Ich werde auf die übliche Art mit Ihnen Verbindung aufnehmen, kurz vor Mittag. Wenn Sie versagen, dann wissen Sie genau, wie wütend unsere gemeinsamen Freunde werden können und wie weit ihr Arm reicht.«

»Nein, nein! Sie brauchen sich keine Sorgen zu machen.« Salaverrys Stimme hatte schnell einen einlenkenden Ton angenommen. Die Androhung eines Racheakts des berüchtigten Medellín-Kartells durfte man nicht auf die leichte Schulter nehmen. »Ich werde tun, was ich kann.«

»Sie werden noch mehr tun, als Sie können«, sagte Miguel barsch. »Bis morgen dann.« Er hängte ein und verließ das Café.

Im Versteck in Hackensack bewachte Socorro die drei noch immer betäubten Gefangenen sehr aufmerksam. Während der ganzen Nacht injizierte sie ihnen, nach Baudelios Anweisungen, immer wieder Dosen des Propofol. Sie überwachte ihre Lebensfunktionen und machte sich Notizen. Kurz vor Tagesanbruch wachte Baudelio auf. Er warf einen kurzen Blick auf Socorros Notizen, nickte befriedigt und löste sie ab.

Gleich am frühen Morgen schaltete Miguel, der nur unruhig geschlafen hatte, wieder die Nachrichten ein. Die Entführung der

Sloanes war zwar noch immer die Schwerpunktmeldung, doch gab es noch keine neuen Erkenntnisse.

Kurz darauf sagte Miguel zu Luís, daß sie beide gegen elf Uhr im Leichenwagen nach Manhattan fahren würden.

Der Leichenwagen war das sechste Fahrzeug der Gruppe, ein Cadillac, den sie in gutem Zustand gebraucht gekauft hatten. Bis zu diesem Zeitpunkt hatten sie ihn erst zweimal benutzt; ansonsten hatte er immer versteckt in einem der Nebengebäude gestanden. Die anderen nannten ihn *el angel negro*, den schwarzen Engel. Der Boden im Inneren des Wagens war aus hübschem Rosenholz, eingebaute Gummirollen sorgten für ein problemloses Hineingleiten des Sargs. Der Himmel und die Seitenwände waren mit dunkelblauem Samt ausgeschlagen.

Miguel hatte ursprünglich geplant, den Leichenwagen nur für die letzte Fahrt zum Flughafen vor ihrer Abreise nach Peru zu verwenden, doch inzwischen war er ganz offensichtlich das sicherste Fahrzeug. Die Personenwagen und der GMC-Laster waren schon zu oft benutzt worden, vor allem während der Beschattung in Larchmont, und es bestand die Gefahr, daß die Polizei inzwischen Beschreibungen der Fahrzeuge besaß.

Das Wetter war schlechter geworden. Der Himmel war düster und wolkenverhangen, es regnete heftig, und es ging ein böiger Wind. Luís, der am Steuer saß, fuhr viele Umwege, er änderte öfter die Richtung und blieb zweimal stehen, um ganz sicherzugehen, daß sie nicht verfolgt wurden. Wegen der nassen Straßen und der schlechten Sicht fuhr Luís den Leichenwagen besonders vorsichtig. Nachdem sie am New-Jersey-Ufer des Hudson in südlicher Richtung bis Weehawken gefahren waren, fuhren sie in den Lincoln-Tunnel ein und waren um 11 Uhr 45 in Manhattan.

Miguel und Luís trugen beide dunkle Anzüge und Krawatten, dem Leichenwagen angemessen.

Nach Verlassen des Tunnels fuhren sie auf der Fortieth Street in östlicher Richtung. Wegen des heftigen Regens hatten sich Staus gebildet, und sie kamen nur quälend langsam voran. Miguel sah den Fußgängern zu, die sich auf überfüllten Bürgersteigen vorsichtig und unbeholfen bewegten.

Das Paradox, in einem Leichenwagen durch New York City zu fahren, amüsierte ihn. Einerseits war das Fahrzeug viel zu auffällig für ihre Zwecke, andererseits verlangte es aber auch Respekt. An einer Kreuzung hatte ein uniformierter Verkehrspolizist – ein »Brownie«, wie die New Yorker ihn nannten – den übrigen Verkehr angehalten und sie durchgewunken.

Miguel fiel auch auf, daß viele Leute nur einen flüchtigen Blick auf den Leichenwagen warfen und dann gleich wieder wegsahen. Er hatte dies schon öfter beobachtet und fragte sich nun: War es das Erinnertwerden an den Tod, an das große Vergessen, das sie aufschreckte? Miguel hatte keine Angst vor dem Tod; er hatte aber auch nicht die Absicht, anderen die Möglichkeit zu geben, den seinen zu beschleunigen.

Aber eigentlich war ihm die ganze Sache gleichgültig. Wichtig war nur, daß offenbar niemand in dieser Menschenmenge auf den Gedanken kam, in diesem Leichenwagen könnten zwei der meistgesuchten Männer Amerikas sitzen, zwei Täter eines Verbrechens, das die Sensation des gesamten Landes war. Der Gedanke faszinierte Miguel. Und er fand ihn sogar beruhigend.

An der Third Avenue bogen sie nach Osten ab, und kurz vor der Forty-fourth Street hielt Luís an und ließ Miguel aussteigen. Miguel stellte den Kragen auf und ging die letzten zwei Blocks in östlicher Richtung bis zu den Vereinten Nationen zu Fuß. Trotz seiner früheren Überlegungen hätte seine Ankunft in einem Leichenwagen für unnötige Aufmerksamkeit gesorgt. Luís hatte Anweisung, in der Zwischenzeit herumzufahren und in einer Stunde an der Stelle zu warten, wo er Miguel hatte aussteigen lassen. Wenn Miguel nicht auftauchte, sollte Luís es jede halbe Stunde wieder versuchen.

An der Ecke Forty-fourth Street kaufte Miguel einen Regenschirm, hatte aber wegen des Windes Schwierigkeiten beim Aufspannen. Wenige Minuten später überquerte er die First Avenue und ging auf die weiße Fassade des UN-Gebäudes zu. Wegen des Regens ragten die vielen Fahnenstangen nackt und unbeflaggt in den Himmel. Er ging an einem Gitterzaun und am Delegierteneingang vorbei und stieg schließlich eine breite Plattform zum Besuchereingang hoch. Da er nichts bei sich trug, winkte man ihn an der

Kontrolle schnell durch, während andere ihre Taschen und Pakete öffnen mußten.

In der großen Eingangshalle warteten auf Bänken zahlreiche Besucher, deren Kleider und Gesichter so vielfältig waren wie die Vereinten Nationen selbst. Eine bolivianische Frau mit einer Melone auf dem Kopf saß stoisch auf ihrem Platz. Neben ihr spielte ein kleines schwarzes Kind mit einem weißen Stofflamm. In der Nähe saß ein alter, wettergegerbter Mann mit afghanischer Kopfbedekkung. Zwei bärtige Israelis stritten sich über Papiere, die sie zwischen sich ausgebreitet hatten. Und zwischendurch waren immer wieder weißhäutige amerikanische und britische Touristen zu sehen.

Miguel achtete nicht weiter auf die Wartenden, sondern ging auf ein Schild mit der Aufschrift »Führungen« im hinteren Teil der Halle zu. Neben dem Schild stand José Antonio Salaverry mit einem Diplomatenkoffer in der Hand.

Wie ein Wiesel, dachte Miguel, als er Salaverrys schmales, zusammengekniffenes Gesicht, den zurückweichenden Haaransatz und den dünnen Schnurrbart betrachtete. An diesem Tag schien der peruanische Diplomat, der sonst Ruhe und Selbstbewußtsein ausstrahlte, nervös zu sein.

Sie nickten sich zur Begrüßung nur knapp zu, dann führte Salaverry Miguel zu einem Informationsschalter, wo er ihn unter falschem Namen anmeldete. Miguel erhielt einen Besucherausweis. Für einen Delegierten wie Salaverry war ein solcher Vorgang kein Problem.

Während die beiden einen Säulengang entlanggingen, wurde durch die großen Glasscheiben ein Garten sichtbar und dahinter der East River. Ein Aufzug brachte sie in den ersten Stock, wo sie die Indonesian Lounge, die nur Diplomaten und ihren Gästen zugänglich war, betraten.

Der große, eindrucksvolle Saal, in dem Staatsoberhäupter empfangen wurden, enthielt einige wertvolle Kunstwerke, darunter auch den Türvorhang der heiligen Kaaba in Mekka, ein schwarzer, mit Gold und Silber eingelegter Teppich, den die Saudis den Vereinten Nationen zum Geschenk gemacht hatten. Auf einem dunkelgrünen Teppich standen weiße Ledersofas und Ledersessel, die alle so plaziert waren, daß gleichzeitig mehrere Unterredungen stattfinden konnten. Miguel und Salaverry nahmen in einer etwas abseits stehenden Sitzgruppe Platz.

Als sie sich ansahen, zuckten José Antonio Salaverrys Lippen verärgert. »Ich habe Sie gewarnt, daß es gefährlich ist, hierherzukommen! Das Risiko ist doch auch so schon groß genug.«

»Warum ist es ein Risiko, wenn ich hierherkomme?« fragte Miguel gelassen. Er mußte herausfinden, was dieser Schwächling wußte.

»Sie Narr! Sie wissen genau, warum. Das Fernsehen, die Zeitungen, alles ist voll von dem, was Sie getan haben, von den Leuten, die Sie entführt haben. FBI und Polizei suchen Sie unter Einsatz aller verfügbaren Mittel.« Salaverry schluckte und fragte dann ängstlich: »Wann werden Sie – Sie alle aus dem Land verschwinden?«

»Angenommen, es stimmt, was Sie da sagen, warum wollen Sie denn das wissen? Was geht denn Sie das an?«

»Helga ist fast wahnsinnig vor Angst. Und ich auch.«

Dann hatte das Plappermaul also dieser Bankhure erzählt, was er wußte. Das bedeutete, daß die undichte Stelle sich vergrößert hatte und nun eine unmittelbare Gefahr darstellte, die man aus dem Weg räumen mußte. Obwohl Salaverry es noch nicht wußte, hatte sein törichtes Geständnis sein Schicksal und das seiner Freundin besiegelt.

»Bevor ich antworte«, sagte Miguel, »geben Sie mir das Geld.«

Salaverry stellte die Kombination an seinem Aktenkoffer ein. Er nahm eine dicke, mit einem Band verknotete Mappe heraus und gab sie Miguel.

Miguel öffnete sie, sah hinein und verknotete sie wieder.

»Wollen Sie das Geld nicht zählen?« fragte Salaverry gereizt.

Miguel zuckte mit den Achseln. »Sie würden es nicht wagen, mich zu betrügen.« Nach kurzer Überlegung fügte er mit gespielter Beiläufigkeit hinzu: »Sie wollen also wissen, wann ich und gewisse andere Leute das Land verlassen?«

»Ja.«

»Wo werden Sie und die Frau heute abend sein?«

»In meiner Wohnung. Wir sind viel zu aufgeregt, um auszugehen.«

Miguel war bereits in der Wohnung gewesen und hatte sich die

Adresse gemerkt. »Bleiben Sie dort«, sagte er Salaverry. »Anrufen kann ich Sie nicht, aus Gründen, die Sie erst später verstehen werden. Deshalb wird Ihnen heute abend ein Bote alles sagen, was Sie wissen wollen. Er wird den Namen Plato benutzen. Wenn Sie diesen Namen hören, können Sie ihn unbesorgt einlassen.«

Salaverry nickte eifrig. Er schien erleichtert.

Dann fügte Miguel hinzu: »Betrachten Sie es als Gegenleistung für die prompte Geldbeschaffung.« Er berührte die Mappe.

»Vielen Dank. Sie müssen verstehen, ich will ja nicht unvernünftig sein ...«

»Ich verstehe. Aber bleiben Sie heute abend zu Hause.«

»Das werde ich bestimmt.«

Miguel verließ das UN-Gebäude, überquerte die First Avenue und ging auf das United Nations Plaza Hotel zu. Er betrat das Foyer und blieb am Telefon neben dem Zeitungskiosk stehen.

Er wählte die Nummer seines Kontaktmanns in Queens. Als eine Stimme sich meldete, wußte er sofort, daß er mit einem festungsähnlichen Haus in Little Columbia verbunden war. Miguel faßte sich kurz, er nannte keinen Namen, sondern nur die Nummer des Münzfernsprechers, von dem er telefonierte, und hängte dann ein.

Er wartete geduldig neben dem Apparat; als zwei andere Leute sich näherten, gab er vor zu telefonieren. Nach sieben Minuten klingelte es. Eine Stimme bestätigte, daß auch der Sprecher von einem Münzapparat aus telefoniere. So konnte das Gespräch weder zurückverfolgt noch abgehört werden.

Mit leiser Stimme nannte Miguel, was er brauchte. Man versicherte ihm, daß es erledigt werden könnte. Nach Festlegung der Modalitäten einigte man sich auf einen Preis von sechstausend Dollar. Miguel gab Salaverrys Adresse durch und erklärte, der Name »Plato« verschaffe Zugang zu der Wohnung. Schließlich sagte er mit Nachdruck: »Die Sache muß heute abend passieren und muß aussehen wie Mord und Selbstmord.«

Man versprach ihm, daß seine Anweisungen präzise ausgeführt würden.

Wenige Minuten vor dem vereinbarten Termin stand Miguel bereits wieder am Treffpunkt an der Third Avenue. Kurz danach fuhr Luís im Leichenwagen vor.

Während Miguel sich aus dem Regen ins Trockene des Wagens flüchtete, sagte er zu Luís: »Wir fahren jetzt zu dem Bestattungsinstitut, demselben wie beim letzten Mal. Weißt du noch, wo das ist?«

Luís nickte und fuhr in östlicher Richtung auf die Queensboro Bridge zu.

5

Zu Zeiten einer Nachrichtenflaute wirkte ein großer Nachrichtensender wie ein schlafender Riese.

Er arbeitete dann nur mit verminderter Kapazität, und eine ganze Reihe seiner Talente mußte »Zeit absitzen«, wie man es in der Branche nannte, und das hieß, daß sie nichts zu tun hatten.

Es hieß aber auch, daß man, wenn etwas Wichtiges passierte, immer eine Menge erfahrener Leute da hatte, die man, so der Jargon, »anheizen« konnte.

Am Freitagmorgen, dem Tag nach der Entführung der Sloane-Familie, war dieser Anheizungsprozeß in vollem Gange, denn die Sondereinheit unter der Leitung von Harry Partridge und mit Rita Abrams als Chefproduzentin informierte sich in der Zentrale von CBA News.

Rita, die bereits in der Nacht zuvor aus Minnesota in New York angekommen war, betrat Punkt acht Uhr die Büroräume, die man der Sondereinheit zugewiesen hatte. Harry Partridge hatte die Nacht in einer vom Sender bereitgestellten Luxussuite im Inter-Continental verbracht und traf kurz nach Rita ein.

Harry kam direkt zur Sache: »Schon was Neues?«

»Null, was die Entführung selbst angeht«, antwortete Rita. »Aber vor Crawfs Haus hat sich 'ne Menschenmenge angesammelt.«

»Was für Leute?«

Die beiden saßen in dem als Konferenzraum geplanten Zimmer,

und Rita lehnte sich in ihrem Drehstuhl zurück. Trotz der Kürze ihres Urlaubs schien sie erfrischt, ihre gewohnte Vitalität und Energie waren wiederhergestellt. Und auch den launigen Zynismus, den ihre Mitarbeiter so an ihr schätzten, hatte sie nicht verloren.

»Heutzutage will doch jeder den Saum eines Moderators berühren. Jetzt, da Crawfs Fans seine Adresse kennen, strömen sie zu Hunderten, ja zu Tausenden nach Larchmont. Die Polizei weiß nicht mehr, was sie mit ihnen anfangen soll, und hat bereits Straßensperren errichtet.«

»Haben wir ein Kamerateam vor Ort?«

»Klar doch. Sie haben die ganze Nacht draußen kampiert. Ich hab' Ihnen gesagt, sie sollen bleiben, bis Crawf zur Arbeit fährt. Danach laß' ich sie von einem anderen Team ablösen.«

Partridge nickte zustimmend.

»Man kann wohl davon ausgehen, daß die Entführer nicht mehr in der Nähe von Larchmont sind und sich die Dinge jetzt woanders abspielen«, sagte Rita, »aber ich glaube, wir sollten zur Sicherheit noch ein paar Tage dort auf Posten bleiben, falls sich noch irgend etwas ergibt. Außer natürlich, du hast andere Vorstellungen.«

»Bis jetzt noch nicht«, erwiderte Partridge und fügte dann hinzu: »Du weißt, daß wir bei der Auswahl unserer Leute so ziemlich freie Hand haben?«

»Das habe ich bereits letzte Nacht erfahren. Ich habe deshalb gleich drei Produzenten angefordert – Norman Jaeger, Iris Everly und Karl Owens. Die werden bald hiersein.«

»Eine hervorragende Wahl.« Partridge kannte die drei gut. Bei CBA gab es kaum bessere.

»Ach, und ich habe bereits die Büros aufgeteilt. Willst du deins sehen?«

Rita führte ihn durch die fünf nebeneinanderliegenden Büros, die zur Operationsbasis der Sondereinheit werden sollten. Die Nachrichtenabteilungen großer Sender waren ständig im Umbruch, da laufend Projekte angefangen und wieder aufgegeben wurden; Räumlichkeiten waren deshalb fast immer verfügbar, wenn sie gebraucht wurden.

Partridge hatte ein eigenes Büro, Rita ebenfalls. Zwei weitere, bereits mit Tischen vollgestellte Büros waren für die übrigen Reporter, Kamerateams und die Hilfskräfte gedacht. Der Einzug war schon in vollem Gange. Partridge und Rita begrüßten die Neuankömmlinge, bevor sie in das fünfte und größte Zimmer, den Konferenzraum, zurückkehrten und sich wieder an die Planung machten.

Partridge nahm den Faden wieder auf. »Ich möchte mich zuerst mit allen Leuten zusammensetzen, die mit uns arbeiten werden. Wir können die Verantwortlichkeiten abstecken und dann gleich mit der Arbeit am Bericht für die Abendausgabe beginnen.«

Rita sah auf die Uhr: 8 Uhr 45.

»Ich werde die Konferenz für zehn Uhr ansetzen«, sagte sie. »Aber im Augenblick möchte ich erst einmal wissen, was in Larchmont so alles passiert.«

»In all den Jahren, die ich jetzt schon hier lebe«, sagte der Polizeisergeant aus Larchmont, »habe ich so etwas noch nie gesehen.«

Er sprach mit FBI-Sonderagent Havelock, der vor ein paar Minuten das Haus verlassen hatte, um sich die Masse der Schaulustigen anzusehen. Schon seit Tagesanbruch wurde die Menge immer größer, sie drängte sich auf dem Bürgersteig vor dem Haus der Sloanes. Mit wenig Erfolg versuchte die Polizei, die Menge von der Straße fernzuhalten, da sie den Verkehr behinderte. Otis Havelock, der im Haus übernachtet hatte, befürchtete, daß Sloane, der sich im Haus zur Arbeit fertigmachte, von der Menge belästigt würde. Vor dem Tor drängten sich Fernsehteams und andere Reporter. Als Havelock auftauchte, richteten sich die Kameras auf ihn, Fragen wurden ihm zugerufen.

»Haben Sie von den Entführern schon etwas gehört?«

»Wie geht es Sloane?«

»Können wir mit Crawford sprechen?«

»Wer sind Sie?«

Als Antwort schüttelte Havelock nur den Kopf und winkte ab.

Die Menge hinter der Presse schien sich noch diszipliniert zu verhalten, doch Havelocks Erscheinen hatte das Stimmengemurmel beträchtlich anwachsen lassen.

Der FBI-Mann beklagte sich bei dem Sergeant. »Können Sie und Ihre Leute nicht wenigstens diese Straße freihalten?«

»Wir versuchen es. Der Chief hat Straßensperren angeordnet. Wir lassen keine Autos und Fußgänger mehr durch, bis auf die Anwohner natürlich. Und dann versuchen wir, die Leute von hier wegzubekommen. Das wird mindestens eine Stunde dauern. Bei den ganzen Kameras will der Chief nicht, daß wir den Leuten zu nahe treten.«

»Wissen Sie schon, woher die alle kommen?«

»Ich hab' ein paar gefragt«, antwortete der Sergeant. »Die meisten sind von außerhalb Larchmonts. Die haben wahrscheinlich die ganze Aufregung im Fernsehen gesehen, und jetzt wollen sie persönlich einen Blick auf Mr. Sloane werfen. Die Straßen in der Nachbarschaft sind voll mit ihren Autos.«

Es hatte zu regnen begonnen, aber das schien die Schaulustigen nicht zu entmutigen. Sie spannten höchstens Regenschirme auf oder schlugen die Krägen ihrer Mäntel hoch.

Havelock kehrte ins Haus zurück. Drinnen sagte er zu Crawford Sloane, der müde und erschöpft aussah: »Wir nehmen zwei zivile FBI-Autos. Sie sitzen im zweiten und gehen im Fond in Deckung. Dann fahren wir so schnell wie möglich los.«

»Ausgeschlossen«, erwiderte Sloane. »Da draußen warten Leute von den Medien. Ich bin einer von ihnen und kann mich nicht davonschleichen, als wäre ich der Präsident.«

»Es ist aber auch möglich, daß einige der Leute, die Ihre Familie entführt haben, da draußen auf Sie warten.« Havelocks Stimme nahm einen schärferen Ton an. »Was glauben Sie, was da passiert? Wollen Sie sich vielleicht abknallen lassen? Also stellen Sie sich nicht so an, Mr. Sloane.«

Schließlich einigten sie sich darauf, die Kamerateams und Reporter in den Flur zu bitten, wo Sloane eine improvisierte Pressekonferenz abhalten wollte. Beim Eintreten sahen sich viele Journalisten neugierig und manche mit unverhohlenem Neid in dem luxuriösen Haus um. Die Fragen und Antworten, die nun folgten, waren zum Großteil eine Wiederholung derer vom Tag zuvor, denn die einzige neue Information war die, daß es während der Nacht keine Nachricht von den Entführern gegeben hatte.

»Mehr kann ich Ihnen nicht mitteilen«, sagte Sloane schließlich. »Es gibt einfach nicht mehr. Ich wäre auch froh, wenn es mehr gäbe.«

Havelock stand aufmerksam in der Nähe, weigerte sich aber, Fragen zu beantworten, und am Ende verließen die Reporter, von denen einige über den Mangel an Neuigkeiten enttäuscht schienen, das Haus so, wie sie es betreten hatten.

»Und nun, Mr. Sloane«, sagte Havelock, »will ich, daß wir das Haus genauso verlassen, wie ich es vorhin beschrieben habe, also Sie zusammengekauert im Fond des zweiten Wagens, damit Sie niemand sieht.« Sloane stimmte widerwillig zu.

Aber bei der Ausführung des Plans kam es zu einem unvorhergesehenen Unglück.

Crawford Sloane verschwand so schnell in dem FBI-Wagen, daß er nur von wenigen Leuten bemerkt wurde. Aber diese wenigen erzählten es sofort weiter, und die Nachricht breitete sich aus wie ein Lauffeuer: »Sloane ist im zweiten Wagen.« Havelock und ein anderer FBI-Agent saßen ebenfalls auf dem Rücksitz des Wagens, und Sloane kauerte unbequem zwischen ihnen. Ein dritter FBI-Agent saß am Steuer.

Im ersten Wagen saßen zwei weitere FBI-Männer. Die beiden Fahrzeuge setzten sich sofort in Bewegung.

Da die Menge nun von Sloanes Abfahrt wußte, drängten einige im Hintergrund nach vorne, was die vorderen auf die Straße zwang. Und in diesem Augenblick passierten mehrere Dinge kurz hintereinander.

Das erste Auto verließ die Auffahrt, ein Polizist hatte es herausgewunken. Es fuhr schnell, und das zweite folgte in kurzem Abstand. Plötzlich wurden die vorderen Schaulustigen noch weiter in die Straße geschoben, und dem ersten Auto war überraschend der Weg versperrt. Der Fahrer stieg, entsetzt über die Leute, die plötzlich vor ihm auftauchten, auf die Bremse.

Unter anderen Umständen wäre das erste Auto noch rechtzeitig zum Stehen gekommen. Da aber die Straße naß vom Regen war, brach es seitlich aus. Dem Quietschen der Reifen folgten entsetzliche, dumpfe Aufprallgeräusche und Schreie, während sich das Auto einen Weg durch die vorderen Zuschauerreihen bahnte.

Die Insassen des zweiten Autos – bis auf Sloane, der nichts sehen konnte – rissen entsetzt die Augen auf und machten sich auf eine ähnliche Kollision gefaßt. Doch als die Leute hastig auf die andere Straßenseite liefen, teilte sich die Menge, und Havelock befahl mit entschlossenem Gesicht: »Nicht anhalten! Weiterfahren!« Seine offensichtlich so gefühllose Handlung rechtfertige Havelock später mit der Erklärung: »Es ging alles so schnell, daß ich gar nicht wußte, was los war und sofort an einen Überfall dachte.«

Als Crawford Sloane merkte, daß etwas Unerwartetes vorgefallen war, hob er den Kopf, um hinauszuspähen. In diesem Augenblick fing eine Kamera, die bereits auf das Auto gerichtet war, sein Gesicht in Großaufnahme ein und blieb dran, während das Auto davonraste. Das Publikum, das diese Bilder später im Fernsehen sah, hatte natürlich keine Ahnung, daß Sloane seinen Beschützer anflehte, umzukehren, und daß Havelock ihn mit barschen Worten zurückwies: »Die Polizei ist an Ort und Stelle. Sie wird sich darum kümmern.«

Die Polizei hatte die Situation wirklich unter Kontrolle und alarmierte sofort mehrere Krankenwagen. Am Ende stellte sich heraus, daß acht Personen verletzt worden waren, sechs nur leicht, doch zwei schwer. Von den Schwerverletzten hatte ein Mann einen gebrochenen Arm und Rippenbrüche davongetragen, während bei einer Frau das linke Bein so stark zerquetscht war, daß es amputiert werden mußte.

Der Unfall war zwar tragisch, hätte aber unter anderen Umständen kaum größere Aufmerksamkeit erregt. Da er aber mit der Entführung der Sloanes in Verbindung stand, wurde im ganzen Land darüber berichtet, und es wurden auch Stimmen laut, die, zumindest andeutungsweise, Crawford Sloane die Schuld in die Schuhe schoben.

Der Ermittlungsspezialist aus London, Teddy Cooper, traf, wie versprochen, noch an diesem Vormittag mit einer *Concorde* ein. Kurz vor zehn Uhr kam er im Büro der Sondereinheit an und meldete sich erst bei Harry Partridge, dann bei Rita. Anschließend gingen die drei in den Konferenzraum, wo sich eben der Rest der Gruppe versammelte.

Auf dem Weg dorthin traf Cooper Crawford Sloane, der, noch immer erschüttert über den Vorfall in Larchmont, ebenfalls vor wenigen Minuten angekommen war.

Cooper, ein dünner, drahtiger junger Mann, strahlte Energie und Selbstvertrauen aus. Seine glatten, dunklen Haare, die er länger trug, als es im Augenblick Mode war, rahmten sein blasses Gesicht ein, das noch immer Spuren pubertärer Akne aufwies. So wirkte er insgesamt noch jünger als die fünfundzwanzig Jahre, die in seinem Paß standen. Cooper war durch und durch Londoner, hatte sich aber schon öfter in Amerika aufgehalten und kannte sich in New York gut aus.

Zu Crawford Sloane sagte er nun: »Tut mir leid wegen Ihrer Frau und der Familie, aber nur Mut! Jetzt bin ja ich da. Ich werde diese Kerle schon finden. Ich kann das nämlich sehr gut.«

Sloane warf Partridge einen Blick zu und hob fragend die Augenbrauen, als wollte er sagen: *Bist du sicher, daß du diesen Spinner willst?*

»Bescheidenheit war noch nie Teddys Problem«, bemerkte Partridge trocken. »Aber wir lassen ihn an der langen Leine laufen und sehen einfach, was passiert.« Die Bemerkung schien Cooper nicht im geringsten zu stören.

Cooper wandte sich nun an Partridge. »Zuerst muß ich mir mal sämtliches Material durchlesen, das es über den Fall gibt. Dann will ich mir den Tatort ansehen und mit den Leuten reden, die was gesehen haben. Und zwar mit allen. Wenn man seine Hausaufgaben nicht richtig macht, bringt man die einzelnen Teile des Puzzles nie zusammen. Und wenn es jemand schafft, dann ich.«

»Du hast freie Hand.« Partridge erinnerte sich an frühere Gelegenheiten, bei denen er Cooper bei der Arbeit beobachtet hatte. »Du bist für die Nachforschungen verantwortlich, zusammen mit zwei Assistenten, die dir zur Hand gehen werden.«

Die beiden Assistenten, ein junger Mann und eine Frau, die man sich von einem anderen Projekt ausgeliehen hatte, waren bereits im Konferenzraum. Während sie auf den Beginn der Besprechung warteten, stellte Partridge sie vor.

Cooper gab ihnen die Hand und sagte: »Die Arbeit mit mir wird für euch eine große Bereicherung sein, Kids. Aber ihr braucht nicht nervös zu sein, ich bin sehr umgänglich. Nennt mich einfach ›Eure Exzellenz‹ und legt die Hand an die Mütze, wenn ihr am Morgen reinkommt.«

Die beiden Assistenten schienen sich über Cooper zu amüsieren, und alle drei begannen sofort, sich über eine Schautafel mit dem Titel »Ereignisablauf« zu unterhalten, die bereits im Konferenzraum aufgestellt war und dort eine ganze Wand einnahm. Eine solche Tafel gehörte zur Standardausrüstung eines Ermittlungsteams. Auf ihr würden alle bekannten und noch in Erfahrung zu bringenden Einzelheiten der Entführung in der korrekten zeitlichen Abfolge notiert werden. An einer anderen Wand hing eine zweite große Tafel mit der Bezeichnung »Vermischtes«. Auf ihr würden alle zufällig auftauchenden Informationen, aber auch Gerüchte und Spekulationen vermerkt, deren Zeitbezug unwesentlich oder die zeitlich nicht einzuordnen waren. Wenn sich aus diesen »vermischten« Informationbruchstücken etwas entwickelte, würde es auf die andere Tafel übertragen werden – auch das fiel in den Aufgabenbereich des Ermittlungsteams.

Die Tafeln hatten eine doppelte Funktion: Zum einen sollten sie jedem Mitarbeiter der Spezialeinheit sämtliche vorliegenden Informationen und neuen Entwicklungen zugänglich machen, und zum zweiten eine Grundlage für Lagebesprechungen und Brainstormings bilden, aus denen sich oft neue Ideen ergaben.

Pünktlich um zehn Uhr hob Rita Abrams die Stimme und brachte das allgemeine Stimmengewirr zum Schweigen. »Also los, Leute! Fangen wir an.«

Sie saß am Kopfende eines langen Tisches, an ihrer Seite Harry Partridge. Leslie Chippingham kam in den Konferenzsaal und nahm ebenfalls seinen Platz ein. Als sein Blick sich mit dem Rita Abrams' traf, tauschten die beiden ein verstohlenes Lächeln aus.

Crawford Sloane setzte sich an das gegenüberliegende Ende des Tisches. Er glaubte nicht, zu diesem Zeitpunkt etwas zur Diskussion beitragen zu können und hatte zuvor bereits Partridge anvertraut: »Ich komme mir absolut hilflos vor, wie ein Trottel.«

Mit am Tisch saßen die drei Reporter, die Rita angefordert hatte. Norman Jaeger, der älteste, war ein CBA-Veteran, der bereits alle

Stationen der Nachrichtenarbeit durchlaufen hatte. Der freundliche, phantasiebegabte und sehr gelehrte Mann war Reporter für das renommierte Magazinprogramm des Senders »Hinter den Schlagzeilen«. Seine kurzfristige Freistellung zeigte deutlich, mit welchen weitreichenden Befugnissen man diese Sondereinheit ausgestattet hatte.

Neben Jaeger saß Iris Everly, Mitte Zwanzig und ein leuchtender Stern der Nachrichtenszene. Die kleine, hübsche Absolventin der Columbia Journalism School besaß ein helles Köpfchen, mit dem sie blitzschnell reagieren konnte. Wenn sie an einer schwierigen Reportage arbeitete, konnte sich ihre Zähigkeit und Gerissenheit mit der eines Rasputin messen.

Karl Owens, der dritte Reporter, war ein Arbeitstier, der sich seinen Ruf durch beharrliche, unermüdliche Kleinarbeit erworben hatte; oft waren seine Recherchen und damit auch die der Korrespondenten, mit denen er arbeitete, noch von Erfolg gekrönt, wenn andere schon längst aufgegeben hatten. Er lag im Alter genau zwischen Jaeger und Iris Everly, und während er bei weitem nicht so viel Phantasie wie die beiden besaß, konnte man sich auf seine Beharrlichkeit und die gründliche Beherrschung seines Handwerks blind verlassen.

Auf den anderen Plätzen am Tisch und direkt dahinter saßen Teddy Cooper und die beiden Assistenten, ein Texter, den man sich von den National Evening News ausgeliehen hatte, Minh Van Canh, der erste Kameramann des Teams, und eine Sekretärin, die zugleich die Organisatorin der Gruppe war.

»Okay, wir wissen alle, warum wir hier sind«, sagte Rita und eröffnete die Konferenz in geschäftsmäßigem Ton. »Wir müssen zunächst darüber reden, wie wir an die Arbeit herangehen. Dazu werde ich etwas über die Organisation erzählen, und danach wird Harry die redaktionelle Stoßrichtung aufzeigen.«

Rita hielt inne und sah Crawford Sloane am anderen Ende des Tisches an. »Crawf, wir werden hier keine Reden halten. Ich glaube nicht, daß das einer von uns könnte, ohne emotional zu werden. Du hast bestimmt schon genug Kummer, dazu brauchst du nicht noch unsere Strategiediskussionen. Aber eins will ich dir trotzdem sagen, und zwar stellvertretend für alle: Für dich, für deine Familie und auch für uns, weil es uns am Herzen liegt, werden wir unser gottverdammt Bestes geben!«

Von den anderen Mitgliedern der Gruppe kam zustimmendes Murmeln.

Sloane nickte zweimal und sagte dann mit halb erstickter Stimme: »Danke.«

»Wir werden auf zwei Ebenen arbeiten«, fuhr Rita nun fort, »auf einer langfristigen Ermittlungs- und Berichterstattungsebene und auf der Ebene der täglichen Nachrichtenmeldungen.« Sie wandte sich an den älteren Reporter. »Norm, du kümmerst dich um die langfristige Sache.«

»In Ordnung.«

»Iris, du kümmerst dich um die Tagesmeldungen und fängst gleich mit dem Spot für die heutige Abendausgabe an. Aber darauf kommen wir gleich zurück.«

»Verstanden«, erwiderte Iris Everly forsch und stürzte sich sofort auf die neue Aufgabe: »Zunächst brauch' ich das Video von diesem Chaos heute morgen vor Crawfs Haus.«

Bei der Erwähnung des Zwischenfalls zuckte Sloane zusammen und sah Iris beinahe flehend an, doch sie bemerkte es nicht.

»Das bekommst du«, sagte Rita. »Es ist bereits auf dem Weg hierher.«

Zu Owens, dem dritten Reporter, sagte sie: »Karl, du wechselst zwischen den beiden Projekten hin und her, je nachdem, wo du gebraucht wirst.« Dann fügte sie hinzu: »Und ich werde mit jedem von euch dreien eng zusammenarbeiten.«

Nun wandte sie sich Cooper zu: »Teddy, soweit ich weiß, willst du nach Larchmont.«

Cooper sah grinsend auf. »Jawohl, Madam. Um rumzuschnüffeln und ein bißchen Sherlock Holmes zu spielen.« Zu den anderen gewandt fügte er hinzu: »Das kann ich nämlich besonders gut.«

»Teddy«, warf Partridge dazwischen, der zum ersten Mal etwas sagte, »jeder in diesem Zimmer ist besonders gut. Deswegen sind wir ja hier.«

Doch Cooper ließ sich nicht einschüchtern und meinte strahlend: »Dann werde ich mich ja richtig zu Hause fühlen.«

»Sobald dieses Treffen beendet ist«, teilte Rita ihm mit, fährt

Minh mit zwei neuen Kamerateams nach Larchmont. Du wirst ihn begleiten, Teddy, und dich dort mit Bert Fisher treffen, dem Nachrichtenbeschaffer unserer lokalen Tochterstation. Das ist bereits arrangiert. Fisher war gestern der erste an der Geschichte. Er wird dich herumfahren und dich mit allen Leuten bekannt machen, die du sehen willst.«

»So ein Teufelskerl. Das muß ich mir notieren: Fischen gehn mit Fisher.«

Leise sagte Norm Jaeger zu Karl Owens: »Bevor dieser Auftrag beendet ist, dreh' ich diesem englischen Klugscheißer den Hals um.«

»Minh«, sagte Iris Everly zum Kameramann, »kann ich bitte mit dir noch kurz sprechen, bevor du nach Larchmont fährst?«

Minh Van Canh, dessen kantiges, dunkles Gesicht so undurchdringlich war wie immer, nickte.

»Damit hätten wir das Gröbste«, sagte Rita. »Und jetzt, was viel wichtiger ist, unser redaktionelles Vorgehen. Harry, du bist dran.«

»Meiner Meinung nach sollte es unser erstes Ziel sein«, begann Partridge, »mehr über die Entführer in Erfahrung zu bringen. Wer sind sie? Woher kommen sie? Es ist natürlich durchaus möglich, daß sie uns das bald selber sagen, aber wir sollten nicht darauf warten. Im Augenblick kann ich euch noch nicht sagen, wie wir zu den entsprechenden Antworten kommen; außer daß wir uns eingehend und gründlichst mit all dem beschäftigen, was bis jetzt passiert ist, und jede Information, die neu hereinkommt, mitberücksichtigen. Ich will, daß heute jeder von euch alle bereits verfügbaren Daten studiert und sich einprägt. Die Tafeln werden uns dabei helfen.« Er deutete auf die Wandtafeln mit »Ereignisablauf« und »Vermischtes« und ergänzte: »Die werden noch heute vormittag auf den neuesten Stand gebracht.«

»Sobald jeder auf dem laufenden ist, will ich, daß wir uns, gemeinsam und in kleineren Gruppen, jede einzelne Information immer wieder vornehmen, sie zerpflücken und uns Gedanken darüber machen. Wenn wir das tun, muß einfach etwas dabei herauskommen, das weiß ich aus Erfahrung.«

Die Gruppe am Tisch hörte aufmerksam zu, während Partridge fortfuhr.

»Eins kann ich euch mit Bestimmtheit sagen. Irgendwo haben diese Leute, die Entführer, Spuren hinterlassen. Jeder hinterläßt Spuren, und wenn er sie noch so sorgfältig zu verwischen sucht. Der Trick ist nur, sie zu finden.« Er nickte Jaeger zu. »Das wird vorwiegend deine Aufgabe sein, Norman.«

»Schon verstanden«, erwiderte Jaeger.

»Jetzt zur kurzfristigen Berichterstattung, Iris, wegen der Meldung für die heutige Abendausgabe. Ich weiß, daß du dir schon Gedanken gemacht hast. Was sind für dich die wesentlichen Punkte? Hast du dir schon einen Aufbau überlegt?«

Sie antwortete, ohne lange zu zögern: »Wenn es keine dramatischen Entwicklungen gibt, wie zum Beispiel eine Nachricht von den Entführern, sollten wir uns nach der Feststellung, daß es nichts Neues gibt, dem Unfall vor Crawfs Haus von heute morgen zuwenden. Und dann, da es der erste ganze Tag nach der Entführung ist, eine Rekapitulation der Ereignisse von gestern. Ich hab' mir die Aufzeichnung von gestern abend angesehen, das war ein ziemliches Durcheinander. Heute abend bringen wir da Ordnung rein. Und ich möchte auch einige Zeugen aus Larchmont noch einmal interviewen« – Iris sah auf ihre Notizen – »vor allem diese alte Dame, Priscilla Rhea, die macht sich vor der Kamera nämlich sehr gut. Vielleicht fällt ihr und auch einigen anderen noch was Neues ein.«

»Was ist mit Reaktionen?« fragte Jaeger. »Aus Washington zum Beispiel.«

Partridge antwortete: »Nur ein kurzer Clip, wahrscheinlich mit dem Präsidenten. Vielleicht noch ein paar Interviews mit Bürgern auf der Straße, falls wir die Zeit haben.«

»Also nichts vom Capitol Hill?«

»Morgen vielleicht«, sagte Partridge. »Vielleicht aber auch nie. Dort will doch jeder nur seinen Senf dazugeben.« Er nickte Iris zu, die sofort wieder übernahm.

»Und zum Schluß«, sagte sie, »wäre eine zusammenfassende Analyse nicht schlecht – ein Interview mit einem Entführungsspezialisten.«

»Hast du an einen bestimmten gedacht?« fragte Partridge.

»Noch nicht.«

Karl Owens meldete sich. »Ich kenne da einen. Ralph Salerno

heißt er, ein New Yorker Expolizist, der jetzt in Naples in Florida lebt. Er hält bei der Polizei Vorlesungen über das Verbrechen und hat schon einige Bücher geschrieben. Weiß 'ne Menge über Entführungen. Ich hab' ihn auch im Fernsehen gesehen. Der Mann ist gut.«

»Dann besorgen wir ihn uns«, sagte Iris und sah dabei Partridge an, der zustimmend nickte.

Les Chippingham warf dazwischen: »Karl, wir haben eine Tochtergesellschaft in Naples. Versuch, über die zu arbeiten, wenn's geht. Wenn nicht, setzen wir Salerno in ein Flugzeug nach Miami.«

»Auf jeden Fall«, ergänzte Iris, »mußt du Satellitenzeit buchen, damit Harry ihn interviewen kann.«

»Ich kümmere mich darum«, entgegnete Owens und schrieb es sich auf.

Nach weiteren fünfzehn Minuten Diskussion klopfte Rita auf den Tisch. »Das reicht«, verkündete sie. »Genug geredet. An die Arbeit.«

Am Rande des ernsthaften Geschehens kam es zu einer kleinen atmosphärischen Störung.

Harry Partridge hatte beschlossen, Crawford Sloane noch einmal zu befragen, weil er hoffte, vielleicht doch noch etwas Neues zu erfahren. Partridge war überzeugt, daß Sloane, wie viele Leute, die sich plötzlich in komplexe Ereignisse verwickelt sahen, mehr wußte, als er glaubte, und daß eine geschickte, beharrliche Befragung neue Informationen ans Licht bringen konnte. Sloane hatte bereits zugestimmt.

Als Partridge nach der Besprechung Sloane noch im Konferenzraum an die Vereinbarung erinnerte, platzte plötzlich von hinten eine Stimme dazwischen. »Macht es Ihnen etwas aus, wenn ich mich dazusetze und mithöre? Vielleicht erfahre ich auch etwas Neues.«

Die beiden drehten sich überrascht um. Vor ihnen stand Sonderagent Otis Havelock, der das Zimmer betreten hatte, als die Versammlung sich auflöste.

»Nun«, erwiderte Partridge, »da Sie schon fragen: Mir macht es etwas aus.«

»Sind Sie nicht Mr. FBI?« fragte Rita Havelock.

»Meinen Sie wie ›Miss Amerika‹?« antwortete Havelock freundlich. »Meine Kollegen sind da wahrscheinlich anderer Meinung.«

»Was ich eigentlich meine«, sagte Rita, »ist, daß Sie hier überhaupt nicht hineingehören. Hier haben nur die Zutritt, die auch hier arbeiten.«

Havelock schien überrascht. »Es gehört zu meiner Arbeit, Mr. Sloane zu beschützen. Außerdem ermitteln Sie doch in der Entführung, oder?«

»Ja.«

»Dann haben wir das gleiche Ziel, nämlich Mr. Sloanes Familie wiederzufinden. Deshalb muß das FBI alles erfahren, was Ihre Leute herausfinden und was dort notiert wird.« Er wies auf die »Ereignisablauf«-Tafel.

Einige, die noch im Zimmer waren, darunter auch Leslie Chippingham, verstummten plötzlich.

»In diesem Fall«, erwiderte Rita, »sollte die Sache aber auf Gegenseitigkeit beruhen. Kann ich jetzt sofort einen Korrespondenten ins New Yorker FBI-Büro schicken und ihn alle eingegangenen Berichte überprüfen lassen?«

Havelock schüttelte den Kopf. »Ich fürchte, das ist unmöglich. Einige sind vertraulich.«

»Genau!«

»Also Leute, hört zu.« Havelock, der sich der wachsenden Aufmerksamkeit um ihn herum durchaus bewußt war, versuchte ganz offensichtlich, sich zu beherrschen. »Ich bin mir nicht sicher, ob Sie sich im klaren darüber sind, daß wir es hier mit einem Verbrechen zu tun haben. Jeder, der etwas weiß, hat die Pflicht, es zu melden, in diesem Fall an das FBI. Jeder, der das nicht tut, macht sich strafbar.«

Rita, die selten lange Geduld hatte, hielt ihm entgegen: »O Mann, wir sind doch keine Kinder. Wir stellen die ganze Zeit Nachforschungen an und kennen die Spielregeln.«

»Ich will Ihnen eins sagen, Mr. Havelock«, sagte Partridge, »ich habe schon öfter mit dem FBI gemeinsam an einem Fall gearbeitet, und Ihre Leute sind bekannt dafür, daß sie jede Information, die sie bekommen können, an sich reißen, aber selbst nie etwas liefern.«

»Das FBI ist nicht verpflichtet, irgend etwas zu liefern«, fauchte

Havelock. Seine Beherrschung war verschwunden. »Wir sind eine Regierungsbehörde mit der Macht des Präsidenten und des Kongresses im Rücken. Und Sie scheinen sich hier als unsere Konkurrenz aufspielen zu wollen. Da kann ich Ihnen nur sagen, jeder, der offizielle Ermittlungen behindert, indem er Informationen zurückhält, muß mit ernsten Strafen rechnen.«

Chippingham hielt es für an der Zeit einzugreifen.

»Mr. Havelock«, sagte er, »ich kann Ihnen versichern, wir sind die letzten, die das Gesetz mißachten. Aber wir haben das Recht, eigene Nachforschungen anzustellen, und manchmal sind die erfolgreicher als das, was Sie ›offizielle Ermittlungen‹ nennen.«

»Worum es hier eigentlich geht«, fuhr Chippingham fort, »ist das, was man ›journalistische Freiheit‹ nennt. Ich muß zugeben, daß es da gewisse Graubereiche gibt, wichtig ist aber, daß ein Reporter das Recht hat, zu ermitteln, ohne seine Quellen preisgeben zu müssen, es sei denn, ein Gericht hebt dieses Privileg auf. Sie sehen also, es wäre eine Beschränkung unserer Freiheit, wenn wir Ihnen sofortigen und uneingeschränkten Zugang zu allen hereinkommenden Informationen gewähren würden. Ich muß Ihnen deshalb mitteilen, daß wir zwar froh über Ihre Anwesenheit sind, daß Sie aber nicht überall uneingeschränkt Zugang haben und daß es eine Grenze gibt, die Sie nicht überschreiten dürfen – genau dort.« Er deutete auf die Tür des Konferenzraums.

»Nun, Sir«, erwiderte Havelock. »Ich weiß noch nicht, ob ich damit einverstanden bin, aber Sie haben doch sicher nichts dagegen, wenn ich die Angelegenheit mit meinen Vorgesetzten abkläre.«

»Ganz im Gegenteil. Ich bin mir sicher, man wird Ihnen dort sagen, daß wir uns im Rahmen des Gesetzes bewegen.«

Was Chippingham ihm natürlich nicht sagte, war die Tatsache, daß CBA, wie jede andere Nachrichtenorganisation auch, selbst entschied, wann man welche Informationen preisgab, auch wenn das bedeutete, sich mit dem FBI anzulegen. Er wußte, daß die meisten bei CBA News ebenso dachten. Und um Konsequenzen hatte sich der Sender erst zu kümmern, wenn und falls sie eintraten.

Nachdem Havelock zum Telefonieren gegangen war, sagte Chippingham zu Rita: »Ruf den Hausmeister an. Laß dir die Schlüssel für dieses Büro geben und schließ ab.«

In der Abgeschiedenheit von Partridges Büro begannen er und Sloane bei laufendem Kassettenrecorder ihre Unterhaltung. Partridge ging die inzwischen vertraute Geschichte noch einmal durch und stellte frühere Fragen präziser und detaillierter, aber es ergab sich nichts Neues. Schließlich fragte er: »Fällt dir noch irgend etwas ein, Crawf, vielleicht ganz tief in deinem Unterbewußtsein, was mit der Entführung zu tun haben könnte? Vielleicht nur eine winzige Kleinigkeit, die dir kurz aufgefallen ist, die du aber gleich wieder verdrängt hast?«

»Du hast mich das gestern schon gefragt«, antwortete Sloane nachdenklich. Während der letzten vierundzwanzig Stunden hatte sich seine Haltung Partridge gegenüber merklich verändert. Er war nicht nur freundlicher zu Partridge, er war auch weniger auf der Hut vor ihm, ja er verließ sich innerlich auf ihn, wie er es noch nie zuvor getan hatte. Eigenartigerweise hatte Sloane beinahe Ehrfurcht vor Partridge, so als setze er in ihn seine größte Hoffnung, um Jessica, Nicky und seinen Vater zurückzubekommen.

»Ich weiß, daß ich das bereits gefragt habe«, sagte Partridge. »Und du hast versprochen, darüber nachzudenken.«

»Das habe ich letzte Nacht auch getan, und vielleicht ist da etwas, aber ich bin mir nicht sicher, es ist nur ein sehr vages Gefühl.« Sloane drückte sich etwas unbeholfen aus, mit verschwommenen, unausgegorenen Gedanken tat er sich immer schwer.

»Red weiter«, drängte ihn Partridge.

»Ich glaube, ich hatte schon irgendwann, bevor das alles passierte, das Gefühl, verfolgt zu werden. Aber darauf könnte ich natürlich auch erst gekommen sein, nachdem ich erfahren habe, daß mein Haus beschattet wurde ...«

»Vergiß das. Du glaubst also, daß du verfolgt wurdest. Wo und wann?«

»Das ist ja das Problem. Das Ganze ist so vage, daß ich es mir vielleicht nur einbilde, vielleicht aus dem Gefühl heraus, etwas finden zu müssen.«

»Glaubst du, daß du es dir nur einbildest?«

Sloane zögerte. »Nein, das glaube ich nicht.«

»Erzähl mir mehr.«

»Ich habe den Eindruck, daß ich manchmal auf dem Heimweg verfolgt wurde. Und irgendwie ist da das Gefühl, daß mich auch hier im Haus jemand beobachtet hat – jemand, der hier nicht reingehört.«

»Und wie lange?«

»Einen Monat vielleicht?« Sloane streckte die Hände in die Luft. »Ich bin mir einfach nicht sicher, ob ich es mir nicht doch nur einbilde. Aber so oder so, welche Bedeutung hat denn das jetzt noch?«

»Ich weiß es nicht«, antwortete Partridge, »aber ich werde mit den anderen darüber reden.«

Anschließend tippte Partridge eine Zusammenfassung des Gesprächs mit Sloane und heftete sie an die Tafel »Vermischtes«. Dann kehrte er in sein Büro zurück und machte sich an eine Prozedur, die unter Journalisten »Telefone strapazieren« heißt.

Vor ihm lag geöffnet sein privates »blaues Buch« – eine Aufstellung von Leuten in der ganzen Welt, die ihm schon einmal weitergeholfen hatten und es vielleicht wieder tun konnten, und von solchen, denen er mit Informationen ausgeholfen hatte. Jeder im Nachrichtengewerbe hatte gewisse Bestände an Soll und Haben; und zu Zeiten wie diesen wurden die Habenbestände abgerufen. Hilfreich war auch, daß viele Leute sich geschmeichelt fühlten, wenn sie von Fernsehreportern um Hilfe gebeten wurden.

Schon am Abend zuvor hatte Partridge sich all jene in seinem blauen Buch angemerkt, die er nun anrufen wollte. Dazu gehörten Kontakte im Justizministerium, im Weißen Haus, im Außenministerium, bei der CIA, der Einwanderungsbehörde, beim Kongreß, in einigen ausländischen Botschaften, im New Yorker Polizeipräsidium, bei der Royal Canadian Mounted Police in Ottawa und bei der mexikanischen Polizei sowie ein Autor von Sachbüchern über Kriminalität und ein Anwalt mit Verbindungen zum organisierten Verbrechen.

Die einzelnen Telefongespräche waren meistens sehr höflich, unverbindlich gehalten und begannen etwa so: »Hallo, hier ist Harry Partridge. Wir haben schon eine ganze Weile nichts mehr voneinander gehört. Wollte nur mal wissen, wie es Ihnen geht.« Er erkundigte sich meist noch nach Ehefrauen, Geliebten oder Kindern, denn auch deren Namen hatte er sich notiert, und kam dann zum eigentlichen Grund seines Anrufs. »Ich arbeite gerade an dieser Sloane-Entführung. Und da habe ich mich gefragt, ob Sie vielleicht irgend etwas gehört oder irgendwelche Vermutungen haben.«

Manchmal waren die Fragen auch konkreter. *Gibt es in Ihrer Umgebung irgendwelche Spekulationen, wer dafür verantwortlich sein könnte? Halten Sie es für möglich, daß Terroristen in die Sache verwickelt sind? Wenn ja, aus welchem Land? Sind Gerüchte im Umlauf? Würden Sie sich bitte umhören und mich anrufen, wenn Sie etwas erfahren?*

Es war eine reine Routineangelegenheit, manchmal langweilig und immer sehr zeitraubend. Manchmal zeigten sich Ergebnisse, wenn auch gelegentlich verspätet, oft kam nichts dabei heraus, wie auch an diesem Tag; am interessantesten, so fand Partridge rückblickend, war vielleicht noch das Gespräch mit dem Anwalt, der Verbindungen zum organisierten Verbrechen hatte.

Vor etwa einem Jahr hatte Partridge diesem Anwalt einen Gefallen getan, oder das glaubte zumindest der Anwalt. Die Tochter des Mannes war auf einer Studienreise nach Venezuela in eine unschöne Drogengeschichte hineingeraten, die auch in den Vereinigten Staaten für Schlagzeilen sorgte. Acht weitere Studenten waren ebenfalls in die Affäre verwickelt, zwei starben. Über eine Agentur in Caracas war CBA News an Liveaufnahmen von den Verhaftungen herangekommen, die auch die Tochter des Anwalts zeigten. Partridge, der sich zu dieser Zeit in Argentinien aufhielt, flog nach Venezuela, um über die Affäre zu berichten.

In New York hatte der Vater inzwischen von den Aufnahmen Wind bekommen und Partridge telefonisch aufgespürt. Er flehte ihn an, Namen und Bild seiner Tochter nicht zu verwenden, weil sie die jüngste der Gruppe und bisher unbescholten sei, und weil das Bekanntwerden ihrer Beteiligung ihr ganzes Leben ruinieren würde.

Zu diesem Zeitpunkt kannte Partridge die Bilder bereits, er wußte über das Mädchen Bescheid und hatte beschlossen, sie in seinem Bericht nicht zu erwähnen. Er hielt sich aber dennoch alle Möglichkeiten offen und versprach dem Mann nur, er werde sehen, was er tun könne.

Als sich dann später herausstellte, daß in dem Bericht von CBA das Mädchen weder erwähnt noch gezeigt wurde, schickte der

Anwalt Partridge einen Scheck über tausend Dollar. Mit einem höflichen Begleitschreiben ließ Partridge ihn wieder zurückgehen, und seitdem hatte er nichts mehr von dem Mann gehört.

Bei Partridges Anruf kam der Anwalt nach den Begrüßungsfloskeln gleich sehr unverblümt zur Sache: »Ich stehe in Ihrer Schuld. Und jetzt wollen Sie etwas von mir. Sagen Sie mir, worum es sich handelt.«

Partridge erklärte es ihm.

»Ich weiß nur, was das Fernsehen darüber bringt«, sagte der Anwalt. »Und ich bin mir absolut sicher, daß keiner meiner Klienten in die Sache verwickelt ist. An so etwas wagen die sich nicht heran. Aber manchmal kommen ihnen Sachen zu Ohren, von denen andere nichts erfahren. Ich werde mich in den nächsten Tagen einmal diskret umhören. Wenn ich etwas herausfinde, rufe ich Sie an.«

Partridge war sich ziemlich sicher, daß er es tun würde.

Als er nach einer Stunde die Hälfte der Namen abgehakt hatte, machte Partridge eine Pause und ging in den Konferenzraum, um sich einen Kaffee einzugießen. Wieder in seinem Büro, tat er, was fast jeder von der Nachrichtenredaktion täglich tat – er las die *New York Times* und die *Washington Post*. Besucher waren immer überrascht, wenn sie sahen, wie viele Exemplare dieser Zeitungen in den Nachrichtenabteilungen des Fernsehens herumlagen. Aber es war einfach so, daß sich trotz der unbestrittenen Leistungen des Fernsehens die unausgesprochene, aber tief verwurzelte Meinung hielt, wirklich solide Nachrichten seien nur die Meldungen, die in der *Times* oder der *Post* gedruckt wurden.

Chuck Insens laute Stimme unterbrach Partridge bei seiner Lektüre.

»Ich bringe dir die Sendefolge für heute abend«, sagte der Sendeleiter. »Wir werden die Moderation heute abend übrigens aufteilen. Du nimmst die eine Hälfte.«

»Die erste oder die zweite?«

Insen lächelte schwach. »Das weiß nur Gott im Himmel. Auf jeden Falls wirst du von heute abend an alles moderieren, was mit der Sloane-Entführung zu tun hat. Und das wird auch wieder unser Aufmacher sein, außer der Präsident wird vorher erschossen. Crawf moderiert den Rest wie gewohnt, weil wir alle verdammt noch mal keine Lust haben, uns von diesem Verbrecherpack, wer immer sie sind, vorschreiben zu lassen, wie das Leben bei CBA ablaufen soll.«

»Ich bin einverstanden«, erwiderte Partridge. »Und ich nehme an, Crawf auch.«

»Offen gesagt, der Vorschlag stammt von ihm selbst. Wie jeder König wird er unsicher, wenn er zu lange von seinem Thron entfernt ist. Außerdem bringt es uns nicht weiter, wenn er unsichtbar bleibt. Ach, und noch was: Gleich nach den Meldungen wird Crawf ein paar spontane Worte des Dankes an alle jene richten, die ihm in Anrufen und Briefen ihr Mitgefühl bekundet haben.«

»Spontan?«

»Natürlich. Im Augenblick feilen drei Texter daran.«

Partridge mußte trotz der Umstände lächeln und fragte: »Und ihr beide habt euch für den Augenblick arrangiert?«

Insen nickte. »Zwischen uns besteht ein unausgesprochener Waffenstillstand, bis diese Sache vorüber ist.«

»Und danach?«

»Wir werden sehen.«

6

Fast einen Monat vor der Entführung, bereits kurz nach Miguels Ankunft in den Vereinigten Staaten, hatte er versucht, die Särge zu kaufen, in denen die beiden Entführungsopfer nach Peru transportiert werden sollten. Der Plan war schon vor seiner Ankunft ausgearbeitet worden, und Miguel nahm an, daß die Sache schnell und in aller Stille erledigt werden konnte. Doch dann mußte er feststellen, daß es gar nicht so einfach war.

Er hatte sich an ein Bestattungsinstitut in Brooklyn gewandt, weil er seine Aktivitäten über die Stadt verteilen und nicht nur auf Little Columbia, seine damalige Operationsbasis, konzentrieren wollte. Das Institut, das er sich ausgesucht hatte, lag in der Nähe des Prospect Parks, ein elegantes, weißes Gebäude mit der Aufschrift *Field's* und einem großen Parkplatz.

Durch eine schwere Eichentür trat Miguel in eine Empfangshalle mit goldbeigem Teppichboden, riesigen Topfpflanzen und friedvollen Landschaftsansichten an den Wänden. Ein Mann mittleren Alters in schwarzem Frack mit weißer Nelke im Knopfloch, schwarz-grau gestreifter Hose, weißem Hemd und dunkler Krawatte begrüßte ihn mit angemessenem Ausdruck.

»Guten Morgen, Sir«, sagte der Traum aller Schneider. »Ich bin Mr. Field. Zu Ihren Diensten.«

Miguel hatte sich genau überlegt, was er sagen wollte. »Meine Eltern befinden sich bereits in einem fortgeschrittenen Alter und möchten nun gerne gewisse Vorbereitungen treffen für ihr späteres ... äh, Ableben.«

Mit einer leichten Verbeugung brachte Field seine Zustimmung und sein Mitgefühl zum Ausdruck. »Ich verstehe, Sir. Viele ältere Leute hegen an ihrem Lebensabend den Wunsch, sich für das Kommende versorgt zu wissen.«

»Richtig. Meine Eltern hätten nun gerne ...«

»Verzeihen Sie, Sir, es wäre passender, wenn wir uns in mein Büro begeben würden.«

»Bitte.«

Field ging voraus. Es war wahrscheinlich durchaus beabsichtigt, daß sie dabei an einigen mit ihren Sofas und Sesseln wie Salons wirkenden Zimmern und einem offensichtlich für einen Gottesdienst vorbereiteten Saal mit Stuhlreihen vorbeigingen. In jedem Zimmer lag eine Leiche, geschminkt, der Kopf auf einem Spitzenkissen ruhend, in einem offenen Sarg. Miguel bemerkte nur wenige Besucher, die meisten Zimmer waren leer.

Das Büro lag versteckt am Ende des Gangs. An den Wänden hingen gerahmte Diplome, fast wie im Sprechzimmer eines Arztes, nur daß die Auszeichnungen hier für die »Verschönerung« von Leichen (sie war mit violetten Bändern verziert) und eine andere fürs Einbalsamieren verliehen worden waren. Auf Fields Einladung setzte sich Miguel auf einen Stuhl.

»Darf ich Ihren Namen erfahren, Sir?«

»Novack«, log Miguel.

»Nun, Mr. Novack, wir sollten zunächst die allgemeinen Vorkehrungen besprechen. Haben sich Ihre Eltern bereits eine Grabstelle ausgesucht?«

»Eigentlich nicht.«

»Dann werden wir uns zunächst diesem Problem zuwenden müssen. Wir sollten das gleich für Sie erledigen, da es immer schwieriger wird, angemessene Grabstellen zu erhalten. Es sei denn, Sie ziehen eine Einäscherung in Betracht.«

Miguel, der seine Ungeduld bekämpfen mußte, schüttelte den Kopf. »Nein. Worüber ich eigentlich mit Ihnen sprechen wollte ...«

»Dann ist da die Frage der Konfession Ihrer Eltern. Welcher Gottesdienst wird nötig sein? Es müssen auch noch einige andere Entscheidungen getroffen werden. Wenn Sie sich vielleicht das hier einmal durchlesen würden.«

Field gab Miguel etwas, das aussah wie eine umfangreiche Speisekarte. Es war eine lange Liste verschiedener Dienstleistungen mit den dazugehörigen Preisen wie etwa: »Baden, Desinfizieren, Herrichten und Schminken des Verstorbenen – $ 250«, »Sonderbehandlung für Autopsiefälle – $125« sowie »Geistlicher Beistand verschiedener Konfessionen – $ 100.« Ein »kompletter traditioneller Gottesdienst« zu $ 5900 schloß unter anderem ein Kruzifix im Wert von $ 30 ein, das dem Verstorbenen in die Hand gelegt wurde. Särge kosteten extra, und zwar bis zu $ 20600.

»Ich bin eigentlich hier, um über die Särge zu sprechen«, sagte Miguel.

»Gewiß.« Field stand auf. »Wenn Sie mir bitte folgen wollen.«

Nun führte er Miguel in den Keller, wo sie einen mit rotem Teppich ausgelegten Austellungsraum betraten. Field führte ihn zunächst zu dem Sarg für $ 20600. »Das ist unser Schmuckstück. Er besteht aus erstklassigem Stahl, hat drei Deckelmodelle zur Auswahl – Glas, Bronze und Reliefbronze, und ist außerordentlich dauerhaft.« Reiche Ornamente verzierten das Äußere des Sargs. Innen war er mit lavendelfarbenem Samt ausgeschlagen.

»Vielleicht lieber etwas Einfacheres«, sagte Miguel.

Sie einigten sich schließlich auf zwei Särge, der eine etwas kleiner als der andere, zu $ 2300 und $ 1900. »Meine Mutter ist eine sehr zierliche Dame«, erklärte Miguel. *Ungefähr so groß wie ein elfjähriger Junge,* dachte er.

Einige schmucklose, einfache Kisten hatten Miguels Neugier geweckt. Als er Field danach fragte, erklärte der: »Die sind für orthodoxe Juden, deren Glauben Einfachheit vorschreibt. Und weil es in der Bibel ›Erde zu Erde‹ heißt, haben diese Kisten zwei Löcher im Boden. Sie sind aber kein Jude?« Als Miguel den Kopf schüttelte, vertraute Field ihm an: »Offen gesagt, ich möchte meine geliebten Angehörigen nicht so zur letzten Ruhe betten.«

Sie kehrten in das Büro zurück, wo Field sagte: »Nun würde ich vorschlagen, daß wir uns um die anderen Fragen kümmern. Zunächst einmal die Grabstelle.«

»Das ist nicht nötig«, erwiderte Miguel. »Ich möchte nur die Särge bezahlen und sie gleich mitnehmen.«

Field sah entsetzt aus. »Das ist unmöglich.«

»Warum?«

»Das ist einfach nicht üblich.«

»Ich hätte mich vielleicht deutlicher ausdrücken sollen.« Miguel merkte nun langsam, daß es nicht so einfach war, wie er es sich vorgestellt hatte. »Meine Eltern möchten die Särge gerne bei sich zu Hause haben, an einem Ort, wo sie sie täglich sehen können. Damit sie sich sozusagen an ihre zukünftige Bleibe gewöhnen können.«

Field schien am Boden zerstört. »So etwas können wir unmöglich tun. Was wir hier anbieten sind – wenn ich den Begriff verwenden darf – ›Pakete‹. Es ist durchaus möglich, daß Ihre Eltern uns besuchen und sich die Särge ansehen, in denen sie einmal ruhen werden. Aber wir müssen darauf bestehen, daß sie im Haus bleiben, bis sie benötigt werden.«

»Können Sie denn nicht ...«

»Nein, Sir, auf keinen Fall.«

Miguel spürte, daß der andere das Interesse verlor und sogar schon ein wenig argwöhnisch wurde.

»Nun gut. Ich werde es mir überlegen und vielleicht auf Sie zurückkommen.«

Field begleitete Miguel hinaus. Miguel hatte natürlich nicht im geringsten die Absicht zurückzukommen. Er wußte, daß er bereits jetzt einen zu nachhaltigen Eindruck hinterlassen hatte.

Tags darauf versuchte er es bei zwei anderen Bestattungsinstituten, wo er sich kürzer faßte. Doch die Antwort war überall die gleiche. Keines war bereit, Särge ohne das dazugehörige »Leistungspaket« zu verkaufen.

Miguel sah nun, daß es ein Fehler gewesen war, sich von seiner Operationsbasis zu entfernen, und wandte sich wieder an seine Kontakte in Little Columbia. Nach ein paar Tagen schickte man ihn in ein kleines, tristes Bestattungsinstitut in Astoria, nicht weit von Jackson Heights. Dort traf er Alberto Godoy.

Im Vergleich zu Field's war Godoys Institut ein Ramschladen, speziell ausgerichtet auf eine weniger zahlungskräftige Kundschaft. Doch nicht nur das, der Laden war auch ausgesprochen schäbig, und diese Schäbigkeit erstreckte sich auch auf den Besitzer.

Godoy war fett und glatzköpfig, er hatte nikotinfleckige Finger und das aufgeschwemmte Gesicht eines starken Trinkers. Die Flecken auf seinem schwarzen Frack und den grau gestreiften Hosen waren unübersehbar. Seine Stimme war heiser, ein Raucherhusten zerteilte seine Sätze. Während der Besprechung mit Miguel, die in Godoys winzigem, vollgestopftem Büro begann, rauchte er drei Zigaretten, wobei er die eine an der anderen anzündete.

Miguel begann: »Mein Name ist Novack, und ich wollte mich erkundigen ...«

»Ja, ich weiß.«

»Meine Eltern sind bereits im vorgerückten Alter ...«

»Ach, sieh mal einer an!«

Miguel ließ sich nicht beirren und wiederholte seine Geschichte, während Godoy mit einer Mischung aus Langeweile und Ungläubigkeit zuhörte. Am Ende fragte er nur: »Wie werden Sie zahlen?«

»Bar.«

Godoy wurde sofort etwas freundlicher. »Hier entlang, bitte.«

Auch bei Godoy befand sich der Ausstellungsraum im Keller, doch hier war der Teppich stumpfbraun und abgenutzt, und es gab auch weniger Auswahl als bei Field's. Ohne langes Zögern suchte sich Miguel zwei Särge aus, den einen von durchschnittlicher Größe, den anderen kleiner.

»Für den normalen dreitausend Dollar«, verkündete Godoy. »Für den Kindersarg zweitausendfünfhundert.«

Obwohl der Hinweis auf das Kind nicht mit seiner Geschichte übereinstimmte und der Wahrheit gefährlich nahekam, ignorierte Miguel ihn. Er zahlte auch widerspruchslos, obwohl er überzeugt war, daß die insgesamt $ 5500 mindestens das Doppelte des normalen Preises darstellten. Er hatte das Geld bei sich und zahlte in Hundertdollarscheinen. Godoy verlangte noch $ 454 Verkaufssteuer, die Miguel ebenfalls zahlte, obwohl er bezweifelte, daß Godoy die je abführte.

Miguel fuhr den kurz zuvor gekauften GMC-Laster rückwärts an eine Laderampe, wo die Särge unter Godoys Aufsicht verladen wurden. Anschließend brachte Miguel sie in das Haus, wo er sie bis zu ihrem späteren Transport nach Hackensack aufbewahrte.

Nun kehrte Miguel fast einen Monat später zu Alberto Godoys Institut zurück, weil er noch einen dritten Sarg brauchte.

Wegen des damit verbundenen Risikos machte Miguel diesen zweiten Besuch nicht gern. Er erinnerte sich noch an Godoys beiläufige Bemerkung über den Kindersarg. Und er fragte sich, ob die Gefahr bestand, daß Godoy den Kauf der beiden Särge mit der Entführung des Jungen und der Frau in Verbindung gebracht hatte. Es war nicht sehr wahrscheinlich, doch Miguel hatte unter anderem auch deshalb so lange als Terrorist überlebt, weil er jedes mögliche Risiko in Betracht zog. Doch da er beschlossen hatte, auch den dritten Gefangenen nach Peru zu schaffen, gab es für ihn zu diesem Zeitpunkt keine Alternative zu Godoy. Er mußte es riskieren.

Eine gute Stunde nach dem Verlassen der Vereinten Nationen sagte Miguel zu Luís, er solle den Leichenwagen einen Block vor Godoys Bestattungsinstitut abstellen. Miguel spannte den Schirm auf und lief durch den strömenden Regen.

Im Bestattungsinstitut meldete eine Empfangsdame Miguel über die Sprechanlage bei Godoy an und führte ihn dann in dessen Büro.

Der dicke Mann sah Miguel durch eine Wolke von Zigarettenrauch argwöhnisch an. »Ach, Sie sind's wieder. Ihre Freunde haben mir nicht gesagt, daß Sie kommen.«

»Die wissen es nicht.«

»Was wollen Sie?« Hatte er sich beim ersten Mal noch bereitwillig auf das Geschäft mit Miguel eingelassen, wurde jetzt deutlich, daß er Vorbehalte hatte.

»Ein alter Freund hat mich gebeten, ihm einen Gefallen zu tun. Er hat die Särge gesehen, die ich für meine Eltern gekauft habe, ihm gefällt der Gedanke und er möchte ...«

»Ach, lassen Sie das!« Ein altmodischer Spucknapf stand neben Godoys Schreibtisch. Er nahm die Zigarette aus dem Mund und spuckte hinein. »Hören Sie zu, Mister, verschwenden Sie keine Zeit mit diesem Unsinn, von dem wir beide wissen, daß er nicht stimmt. Ich habe gefragt, was Sie wollen.«

»Einen Sarg. Bar bezahlt wie beim letzten Mal.«

Godoy warf ihm einen verschlagenen Blick zu. »Ich habe hier ein Geschäft. Klar, ab und zu bin ich Ihren Freunden gefällig, das beruht auf Gegenseitigkeit. Aber von Ihnen will ich jetzt eins wissen: Reite ich mich da in eine Riesensache hinein?«

»Es gibt keine Sache. Nicht wenn Sie kooperieren.« Miguel senkte drohend die Stimme.

»Also gut, Sie bekommen ihn«, sagte Godoy in etwas gemäßigterem Tonfall. »Aber die Preise sind gestiegen seit dem letzten Mal. Das Modell für Erwachsene kostet jetzt viertausend.«

Wortlos öffnete Miguel die Mappe, die er von José Antonio Salaverry erhalten hatte, und zählte vierzig Hundertdollarscheine ab, die er Godoy gab. »Plus zweihundertfünfzig Verkaufssteuer.«

Während Miguel die Bänder der Mappe wieder verknotete, sagte er zu Godoy: »Sie können mich mal mit Ihrer Steuer.« Und dann: »Ich habe draußen einen Wagen stehen. Schaffen Sie den Sarg zur Laderampe.«

An der Rampe war Godoy dann etwas überrascht, als ein Leichenwagen erschien. Die beiden ersten Särge waren in einem Laster weggeschafft worden, das wußte er noch. Da er seinem Besucher noch immer nicht traute, prägte er sich das New Yorker Kennzeichen des Leichenwagens ein. Sobald er wieder in seinem Büro saß, schrieb er sich die Nummer auf, obwohl er eigentlich nicht genau wußte, wieso. Er legte den Zettel in eine Schublade und vergaß ihn sofort wieder.

Obwohl Godoy das unbestimmte Gefühl hatte, in etwas verwikkelt zu sein, von dem er besser nichts wußte, lächelte er, als er die viertausend Dollar in seinen Bürosafe legte. Ein Teil des Geldes, das sein Besucher bereits vor einem Monat bezahlt hatte, lag ebenfalls in dem Safe, und Godoy hatte nicht nur nicht die Absicht, die Verkaufssteuer abzuführen, sondern wollte beide Transaktionen generell am Finanzamt vorbeischmuggeln. Die drei Särge aus seinen Inventarbüchern verschwinden zu lassen, war kein Problem. Der Gedanke stimmte ihn so fröhlich, daß er beschloß, etwas zu tun, was er sehr oft tat – in die Bar nebenan zu gehen.

In der Bar warteten bereits einige seiner Saufkumpane auf ihn. Kurze Zeit später, als ihm drei Jack Daniel's die Zunge schon etwas gelöst hatten, erzählte er der Runde, daß ein Spinner bei ihm zwei Särge gekauft und dann angeblich bei sich zu Hause aufgestellt habe, für den Fall, daß seine Alten abkratzen. Und nun sei er zurückgekommen und habe noch einen dritten gekauft, so als wären es Stühle oder Bratpfannen.

Unter dem dröhnenden Gelächter seiner Zuhörer erzählte er weiter, er habe den Kerl übers Ohr gehauen und ihm das Dreifache des normalen Preises abgenommen. Daraufhin mischte sich Beifall unter das Gelächter, und das brachte Godoy dazu, noch eine Runde auszugeben. Die Befürchtungen von zuvor waren längst vergessen.

Bei dieser Clique in der Bar saß auch ein gebürtiger Kolumbianer mit amerikanischem Paß, der für eine obskure in Spanisch erscheinende Wochenzeitung aus Queens eine Kolumne schrieb. Mit einem Bleistiftstummel notierte sich der Mann die wesentlichen Punkte von Godoys Geschichte auf dem Rücken eines Briefumschlags und übersetzte sie dabei gleichzeitig ins Spanische. Die Episode würde ein hervorragendes Thema für seine nächste Kolumne abgeben, dachte er sich.

7

Bei CBA News war es ein hektischer Tag gewesen, vor allem für die Spezialeinheit.

Fast die gesamte Arbeit konzentrierte sich auf die Produktion eines umfassenden Berichts über die Entführung für die National Evening News, obwohl es auch an anderen Orten der Welt zum Teil sehr bedeutende Ereignisse gab.

Für die Entführungsgeschichte waren fünfeinhalb Minuten vorgesehen - eine außergewöhnlich lange Zeit in einem Geschäft, in dem man sich um Sendeanteile von nur fünfzehn Sekunden Länge stritt. Aus diesem Grund war praktisch die ganze Sondereinheit nur mit diesem Bericht beschäftigt, für längerfristige Planung oder intensives Nachdenken blieb fast keine Zeit mehr.

Harry Partridge, der den ersten Teil der Sendung moderierte, begann:

»Auch nach sechsunddreißig Stunden quälenden Wartens gibt es noch immer keine Nachricht von der Familie des Chefsprechers von CBA News, Crawford Sloane, dessen Frau, Sohn und Vater gestern vormittag in Larchmont, New York, entführt wurden. Der Aufenthaltsort von Mrs. Jessica Sloane, dem elfjährigen Nicholas und Mr. Angus Sloane ist bis jetzt noch unbekannt.«

Bei jedem Namen wurde das entsprechende Foto über Partridges Schulter eingeblendet.

»Unbekannt sind darüber hinaus Identität, Motive und Herkunft der Entführer.«

Dann erschien Crawford Sloanes sorgenvolles Gesicht auf dem Bildschirm. Mit verzweifelter Stimme flehte er: *»Gleichgültig, wer Sie sind oder wo Sie sind, melden Sie sich in Gottes Namen. Schicken Sie uns eine Nachricht!«*

Zu einer Außenansicht der FBI-Zentrale, dem J. Edgar Hoover Building in Washington, hörte man nun wieder Partridges Stimme. *»Während das FBI, das die Ermittlungen übernommen hat, offiziell jeden Kommentar verweigert ...«*

Ein kurzer Szenenwechsel ins Pressebüro des FBI. Ein Sprecher erklärt: *»Im Augenblick würden Verlautbarungen die Ermittlungen nur behindern.«*

Dann wieder Partridge: *»... geben FBI-Beamte unter der Hand zu, daß noch keine Fortschritte gemacht wurden.«*

»Seit gestern ergießt sich ein Strom der Entrüstung und der Besorgnis über unser Land. So an höchster Stelle ...«

Schnitt zum Pressesaal des Weißen Hauses. Der Präsident sagt:

»Eine solche Untat hat in Amerika keinen Platz. Diese Verbrecher werden zur Strecke gebracht und bestraft werden.«

Partridge: *»... und an bescheideneren Orten ...«*

Aus Pittsburgh meldete sich ein hartgesottener schwarzer Stahlkocher, dessen Gesicht im Schein des Schmelzofens glänzte: *»Ich schäme mich, daß so etwas in meinem Land passieren kann.«*

Und aus einer freundlichen Küche in Topeka eine weiße Hausfrau: *»Ich kann nicht verstehen, daß das niemand vorausgesehen und entsprechende Vorkehrungen getroffen hat.«*

In einem Klassenzimmer in Kalifornien sagte ein junges, eurasisches Mädchen mit leiser Stimme: *»Es tut mir leid wegen Nicholas Sloane. Es ist nicht richtig, daß sie ihn entführt haben.«*

Während des Tages hatten sich Kamerateams von CBA und einigen Tochtergesellschaften auf die Suche nach Stellungnahmen gemacht. Aus fünfzig Interviews hatte man diese drei ausgewählt.

Szenenwechsel zu Sloanes Haus: Bilder vom vergangenen, regnerischen Vormittag wurden gezeigt, zuerst eine Distanzaufnahme von der wartenden Menge auf der Straße, dann ein langsames Heranfahren an die Gesichter. Über den Bildern Partridges Stimme: *»Nicht zuletzt wegen des großen öffentlichen Interesses kam es heute zu einer neuen Tragödie.«*

Der Sprecherkommentar wechselte sich ab mit Umweltgeräuschen, und dazu immer neue Bilder: Die beiden zivilen FBI-Autos in der Auffahrt ... die Masse der Schaulustigen, die dem ersten Wagen plötzlich den Weg versperren ... das Ausbrechen des ersten Autos ... quietschende Reifen und die Schreie der Verletzten ... die verzweifelten Versuche der anderen, sich vor dem zweiten Wagen in Sicherheit zu bringen ... eine Nahaufnahme von Sloanes Gesicht ... die überstürzte Abfahrt des zweiten Autos.

Während des Schneidens war Kritik an der Verwendung der letzten beiden Szenen laut geworden. Sloane selbst behauptete: »Es vermittelt einen vollkommen falschen Eindruck.«

Aber Iris Everly, die zusammen mit Bob Watson, einem der besten Cutter von CBA, den Bericht zusammenstellte, stimmte für die Verwendung und setzte sich schließlich durch. »Ob es Crawf gefällt oder nicht«, sagte sie, »es sind wichtige Informationen, und wir sollten objektiv bleiben. Außerdem ist sonst seit gestern nichts passiert.« Rita und Partridge hatten ihr zugestimmt.

Nun folgte eine geschickt gemachte Rekapitulation des vergangenen Tages. Sie begann mit Priscilla Rhea, der alten und gebrechlichen pensionierten Lehrerin, die noch einmal den brutalen Überfall auf Jessica, Nicky und Angus Sloane beschrieb.

Minh Van Canh hatte seine Kamera sehr kreativ eingesetzt und brachte Miss Rheas Gesicht in extremer Nahaufnahme. Sie zeigte überdeutlich die tiefen Furchen des Alters in ihrem Gesicht, brachte aber auch ihre Intelligenz und ihr robustes Wesen zur Geltung. Minh hatte sie mit behutsamen Fragen aus der Reserve gelockt. Wenn kein Korrespondent zur Stelle war, kam es ab und zu vor, daß ein erfahrener Kameramann die Leute, die er filmte, selbst befragte. Im Studio wurden dann die Fragen gelöscht, während die Antworten als Stellungnahmen erhalten blieben.

Nach der Beschreibung des Kampfes auf dem Parkplatz und der Abfahrt des Nissan, hob Miss Rhea wütend die Stimme und sagte über die Entführer: *»Das waren brutale Männer, Ungeheuer! Richtige Wilde!«*

Als nächstes bestätigte der Polizeichef von Larchmont, daß es in dem Fall noch keinen Durchbruch gegeben habe und auch von den Entführern noch keine Nachricht eingetroffen sei. Auf diese Rekapitulation folgte ein Interview mit dem Kriminologen Ralph Salerno.

Das Gespräch via Satellit zwischen Harry Partridge in New York und Ralph Salerno in einem Studio in Miami war bereits am Nachmittag aufgezeichnet worden. Karl Owens' Empfehlung hatte sich als zutreffend erwiesen, denn Salerno war beredt, überzeugend und gut informiert. Rita Abrams war von ihm so beeindruckt, daß sie mit ihm für die Dauer der Krise einen Exklusivvertrag aushandelte. Er sollte $ 1000 pro Sendung bekommen, mindestens vier Auftritte waren garantiert.

Viele Sender behaupteten zwar, Interviewpartnern kein Geld zu bezahlen – was bei weitem nicht immer stimmte –, doch in diesem Fall handelte es sich um ein Beraterhonorar und war als solches durchaus akzeptabel.

»Der Fortschritt der Ermittlungen nach einer geschickt durchgeführten Entführung«, erklärte Ralph Salerno, *»hängt davon ab, ob die Entführer sich melden. Falls und solange das nicht passiert, ergibt sich meist keine Möglichkeit zum Handeln.«*

Als Antwort auf eine Frage Partridges fuhr er fort: *»Das FBI kann bei Entführungen eine Erfolgsquote von zweiundneunzig Prozent aufweisen. Aber wenn man sich genau ansieht, welche Verbrecher und wie sie gefangen wurden, wird man erkennen, daß es zu den meisten Aufklärungen dann kam, wenn die Entführer sich meldeten und man ihnen während der Verhandlungen oder bei der Lösegeldübergabe eine Falle stellen konnte.«*

Partridge griff das Stichwort auf: *»Dann ist es also wahrscheinlich, daß auch in diesem Fall nicht viel passiert, solange die Entführer sich nicht melden.«*

»Ganz richtig.«

Die letzte Stellungnahme in diesem Sonderbericht kam von der CBA-Präsidentin, Margot Lloyd-Mason.

Es war Leslie Chippinghams Idee gewesen, Margot mit in die Sendung zu nehmen. Er hatte ihr am Tag zuvor, kurz nach der Programmunterbrechung durch die Sondermeldung, telefonisch Bericht erstattet und an diesem Vormittag wieder. Sie hatte im großen und ganzen sehr mitfühlend reagiert und gleich nach dem Gespräch mit Les Crawford Sloane angerufen und ihm gesagt, sie hoffe, daß man seine Familie bald wiederfinden werde. Bei dem zweiten Gespräch mit Chippingham jedoch machte sie Einschränkungen.

»So etwas passiert unter anderem auch deshalb, weil die Sender ihre Moderatoren zu überlebensgroßen Stars gemacht haben und die Öffentlichkeit sie nun als etwas ganz Besonderes, als halbe Götter ansieht.« Sie ließ sich nicht weiter darüber aus, inwieweit ein Sender, auch wenn er es wollte, die öffentliche Meinung in dieser Hinsicht beeinflussen könnte, und Chippingham hatte wenig Lust, mit ihr über das Offensichtliche zu streiten.

Ihr zweiter Vorbehalt betraf die Spezialeinheit.

»Ich will nicht, daß irgend jemand – und das heißt vorwiegend Sie«, sagte Margot Lloyd-Mason, »nun plötzlich wild mit Geld um sich wirft. Sie sollten fähig sein, das Notwendige innerhalb des bestehenden Budgetrahmens zu tun.«

»Ich bin mir da nicht so sicher«, erwiderte Chippingham zweifelnd.

»Dann betrachten Sie es als verbindliche Richtlinie. Ohne meine vorherige Zustimmung darf nichts unternommen werden, was unser Budget überschreitet. Ist das klar?«

Insgeheim fragte sich Chippingham, ob diese Frau Blut in den Adern hatte oder Eis.

Laut antwortete er: »Ja, Margot, es ist klar, aber ich möchte Sie daran erinnern, daß die Einschaltquoten für die National Evening News gestern abend in die Höhe geschossen sind, und ich gehe davon aus, daß das für die Dauer dieser Krise auch so bleiben wird.«

»Was nur beweist«, erwiderte sie kühl, »daß auch tragische Ereignisse profitbringend sein können.«

Während es durchaus angebracht schien, die Präsidentin in der Sendung auftreten zu lassen, erhoffte sich Chippingham auch, daß diese ihr harte Haltung gegenüber Sonderausgaben etwas abmildern würde, denn die waren seiner Meinung nach nötig.

Vor der Kamera sprach Margot sehr selbstbewußt und überzeugend einen vorbereiteten Text, den sie jedoch an einigen Stellen verändert hatte.

»Ich spreche im Namen aller Angehörigen dieses Senders und auch unserer Muttergesellschaft, Globanic Industries, wenn ich Ihnen versichere, daß wir alle verfügbaren Mittel für die Suche nach den verschwundenen Mitgliedern der Familie Sloane bereitstellen werden. Denn das Schicksal dieser Familie geht uns alle an.

Wir bedauern sehr, was geschehen ist, und wir bitten die Behörden mit Nachdruck, alles zu tun, um die Verbrecher ihrer gerechten Strafe zuzuführen. Wir alle hoffen, unseren Freund und Kollegen Crawford Sloane möglichst bald wieder mit seiner Frau, seinem Sohn und seinem Vater vereint zu sehen.«

Im ursprünglichen Text wurde Globanic Industries nicht erwähnt. Als Margot bei der Durchsicht des Manuskripts in Chippinghams Büro die Erwähnung vorschlug, riet Chippingham ab. »Ich würde das nicht tun. Für die Öffentlichkeit ist CBA eine unabhängige Größe, ein Stück amerikanische Lebensart. Die Erwähnung von Globanic verwischt dieses Bild, und das bringt keinem einen Vorteil.«

»Sie tun doch nur gern so«, entgegnete Margot, »als wäre CBA eine Art Kronjuwel und außerdem unabhängig. Aber der Sender ist weder das eine noch das andere. Bei Globanic hält man CBA eher für 'nen Pickel am Arsch des Konzerns. Der Hinweis kommt rein. Was Sie rausnehmen können, ist dieses ›unser Freund und Kollege‹, Entführung hin oder her, am Ende ersticke ich noch dran.«

»Wie wär's mit einem Kompromiß?« fragte Chippingham lakonisch. »Ich verspreche, Globanic zu lieben, wenn Sie die eine Sendung lang Crawfords Freund sind.«

Zum ersten und einzigen Mal mußte Margot laut lachen. »Verdammt, ja.«

Der Mangel an Fortschritten nach dem ersten hektischen Tag für die Spezialeinheit überraschte Harry Partridge nicht. Er war in der Vergangenheit schon an mehreren ähnlichen Projekten beteiligt gewesen und wußte, daß jedes neu zusammengestellte Team mindestens einen Tag brauchte, um sich zu orientieren. Dennoch durfte es bei der Ausarbeitung ihrer Pläne keine weitere Verzögerung geben.

»Wie wär's mit einem Arbeitsessen?« fragte er Rita im Verlauf des Nachmittags.

Ohne lange zu zögern, bestellte Rita einen Tisch in einem chinesischen Restaurant, wo sich die sechs wichtigsten Mitglieder

der Spezialeinheit unmittelbar nach den Abendnachrichten treffen konnten. Sie entschied sich für das Shun Lee West an der West Sixty-fifth Street in der Nähe des Lincoln Center, ein beliebter Treffpunkt der Fernsehleute. Bei der Reservierung sagte sie zu dem *maître d'hôtel*, Andy Yeung: »Kommen Sie uns nicht mit Speisekarten. Sie stellen einfach ein gutes Menü zusammen und geben uns einen Tisch etwas abseits, damit wir reden können.«

Während eines Werbespots nach dem Fünfminutenbericht über die Entführung verließ Partridge den Moderatorensessel, und Crawford Sloane setzte sich an seine Stelle. Während des Wechsels faßte Sloane Partridge am Arm und flüsterte: »Danke, Harry – für alles.«

»Ein paar von uns werden heute abend noch arbeiten«, erwiderte Partridge, »vielleicht kommen uns dabei ein paar gute Einfälle.«

»Ich weiß. Und ich bin euch wirklich dankbar dafür.« Wie gewohnt überflog nun Sloane die Manuskripte, die ihm ein Assistent vorlegte, und Partridge, der ihm dabei zusah, war entsetzt über das Aussehen des Mannes. Nicht einmal Make-up konnte die verheerende Wirkung der vergangenen eineinhalb Tage verbergen. Sloanes Wangen wirkten eingefallen, er hatte Tränensäcke unter den rotgeränderten Augen; vielleicht, dachte Partridge, hatte er heimlich geweint.

»Wie geht's?« flüsterte er. »Bist du sicher, daß du das schaffst?«

Sloane nickte. »Diese Saukerle werden mich nicht außer Gefecht setzen.«

»Fünfzehn Sekunden«, rief der Sendeleiter.

Partridge verließ schnell das Studio. Draußen blieb er vor einem Kontrollmonitor stehen, bis er ganz sicher war, daß Sloane den Rest der Nachrichten bewältigen würde. Dann fuhr er mit einem Taxi zum Shun Lee West.

Der Tisch stand in einem verhältnismäßig ruhigen Winkel im hinteren Teil des Restaurants.

Kurz vor Ende des ersten Gangs – einer dampfenden, fein gewürzten Wintermelonensuppe - wandte Partridge sich an Cooper. Der junge Engländer hatte fast den ganzen Tag in Larchmont verbracht, wo er mit jedem sprach, der etwas über die Entführung wußte, und natürlich auch mit der Polizei. Erst am späten Nachmittag war er ins Hauptquartier der Spezialeinheit zurückgekehrt.

»Teddy, laß uns mal deine ersten Eindrücke hören, und ob dir schon was eingefallen ist, wie wir weitermachen sollen.«

Cooper schob die leere Suppentasse weg und wischte sich die Lippen ab. Er schlug ein ziemlich abgenutztes Schulheft auf und erwiderte: »Okay, zuerst meine Eindrücke.«

Die aufgeschlagenen Seiten waren bis an den Rand vollgekritzelt.

»Erstens: Diese Kerle waren absolute Profis, sie wußten genau, was sie taten, und machten keinen einzigen Fehler. Die Sache war so präzise geplant wie ein Eisenbahnfahrplan. Zweitens: Sie hatten einen Haufen Geld.«

»Woher willst du das wissen?« fragte Norman Jaeger.

»Auf diese Frage habe ich gehofft.« Cooper sah sich grinsend am Tisch um. »Zum einen deutet alles darauf hin, daß die Entführer erst mal lange beobachteten, bevor sie zuschlugen. Ihr wißt doch, daß die Nachbarn jetzt erzählen, sie hätten Autos und ein- oder zweimal sogar einen Lastwagen vor Sloanes Haus gesehen, aber sich dabei gedacht hätten, die Leute in den Autos würden Mr. Sloane beschützen und nicht ausspionieren. Seit gestern haben das fünf Leute erzählt, mit vieren davon habe ich heute gesprochen. Und alle wollen diese Autos drei Wochen oder sogar einen Monat lang immer wieder mal gesehen haben. Und dazu kommt noch, daß Mr. Sloane jetzt glaubt, er sei verfolgt worden.«

Cooper sah Partridge an. »Harry, ich hab' deine Palavernotizen am Infobrett gelesen, und ich glaube, Mr. Sloane hat recht. Er wurde wirklich beschattet. Ich hab' da so 'ne gewisse Theorie.«

Inzwischen wurde der nächste Gang serviert – sautierte Krabben mit Paprikastreifen, gebratene Königsgarnelen, Zuckerschoten und gebratener Reis. Es entstand eine Gesprächspause, in der sich alle das Essen schmecken ließen, doch dann drängte Rita weiter. »Was ist mit dieser Theorie, Teddy?«

»Okay, Mr. Sloane ist ein Fernsehstar, eine Gestalt des öffentlichen Lebens, der bei jedem seiner Schritte beobachtet wird, und im Lauf der Zeit wird ihm das auf unangenehme Art bewußt. Deshalb baut er sich im Unbewußten eine Art Schutzwall dagegen auf, er verdrängt, daß Fremde ihn ansehen, den Kopf nach ihm umdrehen und mit Fingern auf ihn zeigen. Und so hat er eben auch seine Beschattung verdrängt – die es meiner Meinung nach aber gegeben haben muß, weil sie zu der aufwendigen Beobachtung der ganzen Familie paßt.«

»Auch wenn das stimmt«, fragte Karl Owens, »was bringt es uns?«

Partridge entgegnete ihm: »Es hilft uns, eine Vorstellung von den Entführern zu bekommen. Mach weiter, Teddy.«

»Okay. Für diese langfristige und sorgfältige Beschattung müssen die Kerle viel Geld ausgegeben haben. Dasselbe gilt für die Autos, die sie dazu verwendet haben, verschiedene Personenwagen, einen Lastwagen, vielleicht sogar zwei, und dann gestern den Nissan-Kleinbus – 'ne richtige Flotte. Und an diesen Autos war was Besonderes.«

Cooper blätterte eine Seite um. »Die Polizei hat mir die Zeugenaussagen gezeigt. Da sind mir ein paar interessante Sachen aufgefallen.

Also, wenn jemand ein Auto sieht, dann bleibt ihm davon vielleicht nicht viel im Gedächtnis, aber an eins erinnern sich die meisten Leute, an die Farbe nämlich. Na, und diese Leute, die die Autos gesehen haben wollen, erwähnen acht verschiedene Farben. Da frage ich mich natürlich sofort: Hatte die Bande acht verschiedene Autos?«

»Möglich wär's«, erwiderte Iris Everly, »wenn sie Leihwagen benutzt haben.«

Cooper schüttelte den Kopf. »Nicht die Profis, mit denen wir es hier zu tun haben; die sind dazu viel zu gerissen. Die wußten genau, daß sie beim Mieten von Autos ihre Identität hätten preisgeben müssen – Führerscheine, Kreditkarten. Und außerdem hätte man anhand der Kennzeichen feststellen können, woher die Leihwagen kamen.«

»Dann hast du also eine andere Theorie«, meinte Iris. »Oder?«

»Genau. Ich glaube, daß die Entführer wahrscheinlich drei Autos hatten und die immer wieder umspritzten, sagen wir einmal pro Woche, weil sie hofften, damit das Risiko einer Entdeckung zu verringern. Und das hat ja auch funktioniert. Nur ist ihnen beim Umspritzen ein dummer Fehler unterlaufen.«

Inzwischen kam der nächste Gang – zwei große Platten mit Pekingente. Während Cooper weitererzählte, griffen die anderen hungrig zu.

»Gehen wir kurz ein Stück zurück. Einer dieser Nachbarn hat sich etwas mehr über diese Autos gemerkt als die anderen. Der ist nämlich im Versicherungsgeschäft und kennt sich mit Marken und Modellen aus.«

Jaeger unterbrach ihn: »Das ist ja alles sehr interessant, mein britischer Freund, aber wenn du noch was von dieser köstlichen Ente willst, mußt du zugreifen, bevor wir Yankees alles wegputzen.«

»Internationale Ente!« Cooper nahm sich genüßlich nun ebenfalls ein Stück Fleisch und fuhr dann fort.

»Na, auf jeden Fall hat dieser Typ sich Marken und Modelle der Autos gemerkt und sagt nun, er hätte insgesamt drei verschiedene gesehen – einen Ford Tempo, einen Chevy Celebrity und einen Plymouth Reliant, alles Modelle von diesem Jahr, und er hat sich zu den Modellen auch ein paar Farben gemerkt.«

»Und wie bist du auf das Umspritzen gekommen?« fragte Partridge.

»Heute nachmittag«, entgegnete Cooper, »hat euer Informant, Bert Fisher, für mich bei einigen Autohändlern angerufen. Und dabei zeigte sich, daß einige der Farben, die die Leute gesehen haben, für diese Modelle gar nicht lieferbar sind. Der Versicherungsmensch hat zum Beispiel erzählt, er hätte einen gelben Ford Tempo gesehen, aber dieses Modell gibt es mit einer solchen Lackierung nicht. Das gleiche gilt für einen blauen Plymouth Reliant. Ein anderer hat ein grünes Auto erwähnt, aber keins der drei Modelle ist mit grüner Lackierung lieferbar.«

»Vielleicht bist du da wirklich auf was gestoßen«, bemerkte Owens nachdenklich. »Es ist natürlich möglich, daß ein Auto in einen Unfall verwickelt war und neu lackiert wurde, aber bei dreien ist das eher unwahrscheinlich.«

»Da ist noch etwas anderes«, warf Jaeger dazwischen, »wenn eine Werkstatt ein Auto neu lackiert, dann verwendet sie meistens die Originallacke des Herstellers. Außer jemand verlangt extra eine ungewöhnliche Farbe.«

»Was unwahrscheinlich ist«, sagte Iris, »wenn man bedenkt, was Teddy eben gesagt hat, nämlich daß die Leute, mit denen wir es hier zu tun haben, sehr gerissen sind. Die wollen doch möglichst unauffällig bleiben, und nicht das Gegenteil.«

»Ich stimme euch in allem zu, Leute«, sagte Cooper. »Und das führt zu dem Schluß, daß die Bande die Autos selbst umgespritzt hat, und zwar ohne besonders auf lieferbare Lacke zu achten. Vielleicht wußten sie davon auch überhaupt nichts.«

»Das sind aber doch alles nur Spekulationen«, gab Partridge zu bedenken.

Doch Rita hielt ihm entgegen: »Sind es wirklich nur Spekulationen? Überleg doch, was Teddy vorher gesagt hat. Daß die Leute, um die es hier geht, praktisch eine ganze Flotte von Fahrzeugen hatten – mindestens drei Personenwagen, einen oder vielleicht zwei Lastwagen, und einen Nissan-Kleinbus für die Entführung. Die fünf kennen wir sicher. Na, und da macht es doch durchaus Sinn, daß sie alle fünf an einem Ort unterbringen wollen. Das müßte dann allerdings ein größeres Anwesen sein. Und warum nicht gleich so groß, daß sie dort auch noch eine Lackierwerkstatt unterbringen können?«

»Du meinst also eine Operationsbasis«, sagte Jaeger. Er wandte sich an Teddy; die anfängliche Skepsis des Älteren war einem wachsenden Respekt gewichen. »Das ist es doch, worauf du hinauswillst, oder?«

»Ja.« Cooper strahlte. »Aber klar doch.«

Inzwischen wurde weiter aufgetragen – am Ende sollten es acht Gänge sein. Ein sautierter Hummer mit Ingwer und Schalotten stand nun auf dem Tisch. Nachdenklich griffen die sechs nach ihren Portionen, sie konzentrierten sich auf das, was eben gesagt worden war.

»Eine Operationsbasis.« Rita dachte laut. »Vielleicht nicht nur als Stellplatz für die Autos, sondern auch als Unterkunft für alle Beteiligten. Von der alten Dame wissen wir, daß vier oder fünf Männer an der Entführung direkt beteiligt waren. Vielleicht gab es im Hintergrund noch mehr. Da wäre es doch durchaus sinnvoll, Mensch und Material an einem Ort zu konzentrieren.«

»Wo auch die Geiseln versteckt werden können«, ergänzte Jaeger.

»Wenn wir von all dem ausgehen«, sagte nun Partridge, »und okay, wollen wir es für den Augenblick einmal tun, dann ist die nächste Frage zwangsläufig: Wo?«

»Das wissen wir natürlich nicht«, antwortete Cooper. »Aber wenn man intensiv nachdenkt, kommt man vielleicht auf ein paar Möglichkeiten, wo dieser Ort sein könnte und wie weit er von Larchmont entfernt ist.«

»Und intensiv nachgedacht hast du natürlich bereits«, bemerkte Iris amüsiert.

»Nun«, erwiderte Cooper, »da du schon fragst ...«

»Hör mit der Angeberei auf«, zischte Partridge.

Völlig unbeeindruckt fuhr Cooper fort: »Ich habe versucht, mich in die Lage der Kidnapper zu versetzen. Und so habe ich mich gefragt: Nach der Entführung, wenn ich die Leute habe, auf die ich es abgesehen hatte, was wäre mir dann am wichtigsten?«

»Wie wär's denn damit?« fragte Rita. »Sicherheit vor Verfolgern; das heißt, ich mache mich aus dem Staub und verstecke mich so schnell wie möglich.«

Cooper klatschte in die Hände. »Genau! Und ein besseres Versteck als diese Operationsbasis gibt es nicht.«

»Verstehe ich dich richtig?« fragte Owens. »Du willst damit andeuten, daß diese Basis nicht weit vom Tatort entfernt ist?«

»Ich denke mir das folgendermaßen«, sagte Cooper. »Erstens, es muß in einiger Entfernung von Larchmont sein, denn in der Gegend zu bleiben, wäre zu gefährlich. Aber es darf zweitens auch nicht zu weit weg sein. Die Entführer sind bestimmt davon ausgegangen, daß irgend jemand innerhalb kürzester Zeit, vielleicht innerhalb von Minuten, Alarm schlägt, und daß dann die Polizei in der ganzen Gegend nach ihnen sucht. Sie haben sich deshalb genau ausgerechnet, wieviel Zeit ihnen zur Verfügung steht.«

»Und wieviel Zeit würdest du dir als Entführer geben?« fragte Rita.

»Eine halbe Stunde, würde ich sagen. Das ist zwar auch schon gefährlich lange, aber dieses Risiko müssen sie eingehen, um weit genug wegzukommen.«

»Wenn man das in Meilen umrechnet ...«, sagte nun Owens langsam, »bei der Gegend ... ich würde sagen, etwa fünfundzwanzig.«

»Genau das habe ich mir auch gedacht.« Cooper zog eine zusammengefaltete Karte von New York und Umgebung aus der Tasche und breitete sie auf dem Tisch aus. Auf der Karte hatte er mit Buntstift einen Kreis um Larchmont gezogen. Nun zeigte er mit dem Finger auf den Kreis. »Ein Fünfundzwanzig-Meilen-Radius. Ich glaube, daß das Hauptquartier der Entführer irgendwo innerhalb des Kreises liegt.«

8

Am Freitagabend um 20 Uhr 40, während die Spezialeinheit von CBA News noch im Shun Lee West beim Essen saß, klingelte es in der Wohnung des peruanischen Diplomaten José Antonio Salaverry in Manhattan. Ein Besucher kündigte sich an.

Die Wohnung lag in einem zwanzigstöckigen Hochhaus an der Forty-eighth Street in der Nähe der Park Avenue. Obwohl am Haupteingang ein Pförtner postiert war, konnten sich Besucher über eine Gegensprechanlage direkt bei den Hausbewohnern anmelden, die sie dann mit einem Knopfdruck einließen.

Seit seinem Treffen mit Miguel an diesem Morgen war Salaverry nervös und wartete ungeduldig auf die Nachricht, daß die Medellín-Sendero-Luminoso-Bande das Land unbehelligt verlassen habe. Denn er glaubte, mit der Abreise der Gruppe sei seine Verbindung zu dieser entsetzlichen Sache, die ihm seit gestern keine Ruhe mehr ließ, beendet.

Schon seit mehr als einer Stunde saßen er und Helga Efferen, seine Freundin aus der Bank, vor dem offenen Kamin und tranken Wodka-Tonics, denn keiner der beiden hatte Lust, in die Küche zu gehen und zu kochen oder auch nur telefonisch etwas zu bestellen. Obwohl der Alkohol sie körperlich entspannte, nahm er ihnen nichts von ihrer Angst.

Die beiden bildeten ein eigenartiges Paar: Salaverry war klein und unruhig, während auf Helga die Beschreibung »üppig« wohl am besten zutraf. Ihr kräftiger Knochenbau war von reichlich Fleisch umhüllt, sie hatte riesige Brüste und naturblonde Haare. Doch eigentliche Schönheit hatte die Natur ihr vorenthalten; eine gewisse Härte in ihrem Gesicht und ihre keifende Art stießen einige Männer ab, nicht aber Salaverry. Seit ihrer ersten Begegnung in der Bank fühlte er sich zu Helga hingezogen, vielleicht weil er in ihr ein Spiegelbild seiner selbst sah und weil er in ihr eine versteckte, aber ausgeprägte Sexualität zu spüren glaubte.

Er hatte in beiden Aspekten recht behalten. Sie hatten die gleichen Ansichten, die im wesentlichen von Pragmatismus, Eigennutz und Geiz bestimmt waren. Und was den Sex anging, so kam es häufig vor, daß eine erregte Helga zum Wal wurde, die ihren Jonas José Antonio überwältigte und beinahe verschlang. Er liebte es. Helga hatte auch die Neigung, laut zu stöhnen und auf dem Höhepunkt zu schreien, und das gab ihm das Gefühl, männlicher und größer zu sein, als er es in jeder Hinsicht war.

Doch dieser Abend war bislang erotisch eine Enttäuschung gewesen. In der Hoffnung, ihre Sorgen zumindest eine Zeitlang vergessen zu können, hatten sie mit Zärtlichkeiten begonnen, aber bald darauf gemerkt, daß sie beide nicht bei der Sache waren, und es wieder aufgegeben.

Ihr geistiges Einverständnis war jedoch noch intakt und zeigte sich in ihrer Einstellung zu der Entführung der Sloanes.

Beide wußten, daß sie wichtige Informationen über ein Verbrechen besaßen, das alle Nachrichtensendungen beherrschte, und nach dessen Opfern und Tätern im ganzen Land gefahndet wurde. Schlimmer noch, sie hatten zur Finanzierung der Bande beigetragen.

Doch José Antonio und Helga machten sich keine Sorgen um die Sicherheit der Entführungsopfer, sondern nur um ihre eigene. Salaverry wußte, wenn seine Verwicklung bekannt wurde, konnte ihn nicht einmal mehr seine diplomatische Immunität vor höchst unangenehmen Konsequenzen bewahren, darunter die Verbannung aus den Vereinten Nationen, die Ausweisung aus den Vereinigten Staaten, das Ende seiner Karriere und höchstwahrscheinlich ein Racheakt des Sendero Luminoso in Peru. Helga, die keine diplomatische Immunität besaß, mußte wegen Unterdrückung von

Informationen und Bestechlichkeit mit einer Gefängnisstrafe rechnen.

Genau daran dachte sie, als es klingelte und ihr Liebhaber aufsprang und zu der Sprechanlage an der Wand lief, die ihn mit dem Haupteingang verband. Er drückte auf einen Knopf und fragte: »Hallo?«

Metallisch verzerrt kam die Stimme aus der Leitung: »Hier ist Plato.«

Erleichtert rief José Antonio Helga zu: »Er ist es.« Dann sagte er in die Sprechmuschel: »Kommen Sie doch bitte herauf.« Mit einem Knopfdruck öffnete er unten die Tür.

Siebzehn Stockwerke tiefer betrat der Mann, der eben mit Salaverry gesprochen hatte, durch eine schwere Spiegelglastür das Haus. Er war von durchschnittlicher Statur und hatte ein dunkles, schmales Gesicht mit tiefen, düster blickenden Augen und glänzende schwarze Haare. Über einem unauffälligen braunen Anzug trug er einen vorne offenen Trenchcoat. Seine Hände steckten in dünnen Handschuhen, die er trotz der Wärme im Haus nicht ablegte.

Der uniformierte Portier, der ihn an der Sprechanlage gesehen hatte, winkte ihn zu einem Aufzug. Drei Personen, die in der Halle gewartet hatten, betraten mit ihm den Lift. Der Mann im Trenchcoat ignorierte sie. Er drückte den Knopf für den achtzehnten Stock und stand dann ausdruckslos, mit starr nach vorne gerichtetem Blick in einer Ecke. Als er sein Stockwerk erreichte, hatten die anderen den Aufzug bereits verlassen.

Er folgte einem Pfeil zu der Wohnung, die er suchte, und dabei registrierte er, daß es auf diesem Stock noch drei weitere Wohnungen und auf der rechten Seite eine Nottreppe gab. Er glaubte zwar nicht, daß er diese Information brauchen würde, aber er hatte es sich zur Gewohnheit gemacht, sich immer einen Fluchtweg einzuprägen. An der Wohnungstür drückte er auf einen Knopf und hörte von drinnen ein sanftes Läuten. Fast im gleichen Augenblick ging die Tür auf.

»Mr. Salaverry?« fragte der Mann. Er hatte eine weiche Stimme mit einem hispanischen Akzent.

»Ja, ja. Kommen Sie nur herein. Darf ich Ihnen den Mantel abnehmen?«

»Nein, danke. Ich bleibe nicht lange.« Der Besucher sah sich schnell um. Als er Helga entdeckte, fragte er: »Ist sie die Frau von der Bank?«

Obwohl Salaverry über die unhöfliche Art etwas verwundert war, antwortete er: »Ja. Miss Efferen. Und Ihr Name?«

»Plato genügt.« Er deutete mit dem Kopf auf den offenen Kamin. »Können wir dorthin gehen?«

»Natürlich.« Salaverry fiel auf, daß der Mann seine Handschuhe anbehielt. Vielleicht ist es nur ein Tick von ihm, dachte er, oder er ist verkrüppelt.

Sie standen nun vor dem Kamin. Nachdem der Mann Helga kaum merklich zugenickt hatte, fragte er: »Ist sonst noch jemand in der Wohnung?«

Salaverry schüttelte den Kopf. »Wir sind alleine. Sie können offen reden.«

»Ich habe eine Nachricht für Sie«, sagte der Mann und griff in den Mantel. Als er die Hand wieder herauszog, hielt sie eine Browning neun Millimeter mit Schalldämpfer.

Der Alkohol in Salaverrys Blut verlangsamte seine Reaktionen, doch auch unter normalen Umständen hätte er das, was nun geschah, nicht verhindern können. So stand er nur schreckensstarr da, und bevor er sich rühren konnte, hielt der Mann ihm schon die Pistole an die Schläfe und drückte ab. Mit überrascht und ungläubig aufgerissenem Mund starb Salaverry.

Das Einschußloch war nur klein, ein sauberer roter Kreis. Die Austrittsöffnung aber war groß und ausgefranst, Knochensplitter, Gehirnmasse und Blut spritzten heraus. In dem Augenblick, bevor die Leiche zu Boden fiel, sah der Mann im Mantel die Pulverspuren – eine Wirkung, die beabsichtigt war. Dann wandte er sich der Frau zu.

Auch Helga stand wie festgenagelt. Doch nun wurde aus der Überraschung Entsetzen. Sie begann zu schreien und versuchte wegzulaufen.

Doch es war zu spät. Der Mann, ein exzellenter Schütze, jagte ihr eine Kugel durchs Herz. Sie stürzte sterbend zu Boden, und ihr Blut tränkte den Teppich.

Der Killer, den Miguel bei seinem Anruf in Little Columbia angeheuert hatte, stand still da und lauschte. Der Schalldämpfer auf der Browning hatte die beiden Schüsse fast unhörbar gemacht, doch der Mann ging kein Risiko ein und wartete auf eine mögliche Reaktion von draußen. Falls er Geräusche von den Nachbarn oder andere Anzeichen von Neugier bemerkt hätte, wäre er sofort verschwunden. Aber alles blieb still, und so erledigte er schnell und geschickt den Rest seines Auftrags.

Zuerst schraubte er den Schalldämpfer von der Pistole und steckte ihn ein. Die Pistole legte er neben Salaverrys Leiche. Dann zog er aus der anderen Manteltasche eine Spraydose und sprühte in schwarzen Buchstaben das Wort *CORNUDO* an eine Wand.

Er kehrte zu Salaverry zurück, ließ etwas von dem schwarzen Lack auf die rechte Hand des Toten tropfen, legte dann die schlaffen Finger um die Dose und drückte sie an, damit später Salaverrys Fingerabdrücke auf der Dose gefunden würden. Der Killer stellte die Dose auf einen Tisch in der Nähe, hob dann die Pistole auf und legte sie dem Toten in die Hand, wobei er wieder die Finger an den Griff drückte, um Salaverrys Abdrücke auf der Waffe zu hinterlassen. Schließlich plazierte er Hand und Pistole so, daß es aussah, als hätte Salaverry sich erschossen und wäre dann zu Boden gefallen.

Die Frau rührte der Killer nicht an, sondern ließ sie so liegen, wie sie gefallen war.

Als nächstes zog der Eindringling ein gefaltetes Blatt Briefpapier aus der Tasche. Darauf standen, mit Schreibmaschine getippt, die Zeilen:

Du wolltest mir also nicht glauben, als ich dir sagte, daß sie eine nymphomanische Hure und deiner nicht wert ist. Du glaubst, sie liebt dich, wo sie doch nur Verachtung für dich empfindet. Du hast ihr vertraut und ihr einen Schlüssel für deine Wohnung gegeben. Und was macht sie damit? Sie bringt andere Männer für ihren dreckigen Sex in deine Wohnung. Hier sind Fotos, die das beweisen. Sie hat sich von einem Freund des Mannes, mit dem sie es getrieben hat, dabei fotografieren lassen. Ihre Sexbesessenheit geht so weit, daß sie solche Bilder von sich sogar sammelt. Daß sie deine

Wohnung auf eine so abscheuliche Art mißbraucht, muß doch für einen Macho wie dich die größte Beleidigung sein.

Dein früherer (und wahrer) Freund

Vom Wohnzimmer ging der Killer in Salaverrys Schlafzimmer. Er zerknüllte das Blatt Papier zu einem Ball und warf ihn in einen Abfallkorb. Wenn die Polizei die Wohnung durchsuchte, würde sie das Papier mit Sicherheit finden und es wahrscheinlich als halbanonymen Brief betrachten, dessen Absender nur Salaverry kannte.

Als letztes zog nun der Mann einen Briefumschlag mit angesengten Schnipseln von Schwarzweißfotos aus der Tasche. Er ging in das angrenzende Badezimmer und leerte den Inhalt des Umschlags in die Toilettenschüssel. Die Schnipsel trieben auf der Wasseroberfläche.

Die einzelnen Fetzchen waren zu klein, um identifiziert werden zu können. Aber sie legten die Vermutung nahe, daß Salaverry, nachdem er den denunzierenden Brief erhalten hatte, die Fotos verbrannte und die Asche in der Toilette hinunterspülte, wobei einige unverbrannte Reste in der Schüssel zurückblieben. Anschließend, so würde die Polizei weiter folgern, hatte er seine Geliebte, in blinder Wut über ihre vermeintliche Untreue, erschossen.

Auch die restlichen Indizien würden analog interpretiert werden: Salaverry selbst hatte das einzelne Wort auf die Wand gesprüht, eine klägliche Botschaft, die beschrieb, wie er sich fühlte. (Falls die Ermittlungsbeamten kein Spanisch sprachen, würden sie bald von anderer Seite erfahren, daß das Wort »Hahnrei« bedeutete.)

Dieser in der Erregung schnell hingesprühte Abschiedsschrei hatte sogar eine gewisse künstlerische Note. Während dies nicht unbedingt etwas war, das ein Amerikaner oder ein Angelsachse tun würde, schien es doch typisch für einen heißblütigen Latin Lover zu sein.

Schließlich die letzte Schlußfolgerung: Aus Verzweiflung und weil er die Konsequenzen seiner Tat nicht auf sich nehmen wollte, hatte Salaverry sich selbst erschossen. Die Pulverspuren an der Stirn waren typisch für eine selbst beigebrachte Wunde.

Da in New York unaufgeklärte Morde an der Tagesordnung und sämtliche Polizeieinheiten stark überlastet waren, würde man in ein

Verbrechen, dessen Umstände und Motive so eindeutig waren, nur wenig Zeit und Mühe investieren. Und eben damit hatten die erfahrenen Planer dieses Anschlags gerechnet.

Der Killer sah sich noch ein letztes Mal prüfend im Wohnzimmer um und verließ dann die Wohnung. Als er kurze Zeit später ungehindert wieder auf die Straße trat, hat er sich kaum fünfzehn Minuten in dem Gebäude aufgehalten. Wenige Blocks entfernt zog er die Handschuhe aus und warf sie in eine Mülltonne.

9

»Glaubst du, daß Teddy Cooper etwas herausfindet?« fragte Norman Jaeger.

»Es würde mich nicht überraschen«, antwortete Partridge. »Es ist ihm schon öfter gelungen.«

Es war 22 Uhr 30, und die beiden gingen auf dem Broadway in der Nähe des Central Park in südlicher Richtung. Eine Viertelstunde zuvor war das Arbeitsessen im Shun Lee West zu Ende gegangen, kurz nachdem Cooper seine Hypothese aufgestellt hatte, das Hauptquartier der Entführer befinde sich innerhalb eines Fünfundzwanzig-Meilen-Radius um Larchmont. Doch bevor sie sich trennten, hatte er seiner ersten Hypothese eine zweite folgen lassen.

Seiner Meinung nach hielten sich Entführer und Opfer noch im Hauptquartier der Bande auf, wo die Gangster so lange ausharren würden, bis die Suche nachließ und die Straßensperren verringert oder aufgehoben wurden – was beides in nächster Zeit passieren würde. Danach würden die Entführer ihre Opfer an einen weit entfernten Ort bringen, vielleicht noch in den Vereinigten Staaten, möglicherweise aber auch außerhalb.

Die anderen hatten Coopers Argumente sehr ernst genommen. Rita Abrams meinte dazu: »Das ist das Einleuchtendste, was ich bisher gehört habe.«

Aber Carl Owens gab zu bedenken: »Wir reden da von einem riesigen, dichtbesiedelten Gebiet, das man nicht einmal mit einer Armee effektiv durchsuchen könnte.« Und dann, mit einem Seitenhieb auf Cooper: »Außer du hast noch eine deiner brillanten Ideen in der Hinterhand.«

»Im Augenblick nicht«, erwiderte Cooper. »Ich brauch' erst mal eine Mütze voll Schlaf. Vielleicht fällt mir dann morgen früh etwas ›Brillantes‹ ein, wie du so schön sagst.«

Damit beendeten sie die Diskussion, und obwohl der folgende Tag ein Samstag war, setzte Partridge für zehn Uhr ein weiteres Treffen der Spezialeinheit an. Danach trennten sie sich. Die meisten fuhren mit dem Taxi, und nur Partridge und Jaeger beschlossen, zu Fuß zu ihren Hotels zu gehen, um noch etwas die Nachtluft zu genießen.

»Wo hast du diesen Cooper denn eigentlich aufgegabelt?« fragte Jaeger.

Partridge erzählte, wie er Teddy beim BBC entdeckt hatte, von seiner Arbeit beeindruckt gewesen war und ihm bei CBA einen besser bezahlten Job verschafft hatte.

»Eins der ersten Probleme, die er für uns löste«, fuhr Partridge fort, »war damals, 1984, die Sache mit der Verminung des Roten Meeres. Dabei wurden eine Menge Schiffe in die Luft gejagt und sanken, aber kein Mensch wußte, wer die ganzen Minen gelegt hatte. Erinnerst du dich noch?«

»Natürlich erinnere ich mich«, erwiderte Jaeger. »Der Iran und Libyen waren die Hauptverdächtigen. Offensichtlich erledigte ein Schiff die Drecksarbeit, aber keiner wußte, welches und wem es gehörte.«

Partridge nickte. »Teddy nahm also die Ermittlungen auf und verbrachte einige Tage bei Lloyds, wo er geduldig sämtliche Aufzeichnungen der Versicherung über Schiffsbewegungen durchsah. Er ging von der Hypothese aus, daß das Schiff, das die Minen gelegt hatte, durch den Suezkanal gekommen sein mußte. Also schrieb er sich alle Schiffe heraus, die kurz vor Beginn der Verminung den Suezkanal passiert hatten – und das waren nicht wenige.

Dann verfolgte er die Bewegungen der Schiffe, die er sich herausgeschrieben hatte, von einem Hafen zum anderen und verglich diese Bewegungen mit den Daten über die von Minen verursachten Havarien in den einzelnen Gebieten. Schließlich, und das heißt nach einer sehr, sehr langen Suche, stieß er auf den Namen eines Schiffes, die *Ghat*. Sie war überall dort gewesen, wo andere Schiffe auf Minen aufgefahren waren, und in jedem Fall nur ein oder zwei Tage zuvor. Damit hatte Teddy den unwiderlegbaren Beweis erbracht, daß nur dieses Schiff die Minen gelegt haben konnte.«

Partridge fuhr fort: »Wie wir heute wissen, war es ein libysches Schiff, und nachdem der Name bekannt war, dauerte es nicht mehr lange, bis man beweisen konnte, daß Gaddafi hinter der ganzen Sache steckte.«

»Ich wußte zwar, daß wir bei der Geschichte die Nase vorn hatten«, sagte Jaeger, »aber wer und was da alles dahintersteckte, wußte ich nicht.«

»Das ist doch immer so«, meinte Partridge grinsend. »Wir Korrespondenten werden für eine Arbeit gelobt, die wir Leuten wie dir und Teddy zu verdanken haben.«

»Ich beklage mich nicht«, entgegnete Jaeger. »Und ich sag' dir eins, Harry: Ich möchte nicht mit dir tauschen, vor allem in meinem Alter nicht mehr.« Er überlegte eine Weile und fuhr dann fort: »Cooper ist ja noch ein Junge. Alle sind sie noch Jungs. Inzwischen aber schmeißen die unseren Laden. Sie haben die Energie und den Grips. Hast du auch manchmal Tage wie ich, wo du merkst, daß du alt wirst?«

Partridge schnitt eine Grimasse. »In letzter Zeit viel zu oft.«

Sie hatten den Columbus Circle erreicht. Links von ihnen erstreckte sich die furchteinflößende Dunkelheit des Central Park, in den sich nachts nur wenige New Yorker hineintrauten. Direkt vor ihnen lag die West Fifty-ninth Street und dahinter die hellen Lichter von Mid-Manhattan. Partridge und Jaeger schlängelten sich vorsichtig durch den dichten Verkehr der am Circle zusammenlaufenden Straßen.

»Du und ich, wir haben beide schon eine Menge Veränderungen in diesem Geschäft miterlebt«, sagte Jaeger. »Und wenn wir Glück haben, sind wir bei den nächsten auch noch mit dabei.«

»Was glaubst du, was noch alles passieren wird?«

Jaeger überlegte, bevor er antwortete. »Ich sage dir zuerst, was nicht passieren wird. Die landesweit ausgestrahlten Nachrichtensendungen von CBA und den anderen werden nicht verschwinden, und sie werden sich auch nicht groß ändern, trotz aller Unkenrufe. Vielleicht wird sich CNN noch mit an die Spitze setzen, aber da ist noch genug Platz. Auf jeden Fall gibt es einen großen Appetit auf Nachrichten, größer als je zuvor, und das weltweit.«

»Das hat das Fernsehen geschafft.«

»Genau! Das Fernsehen ist für das zwanzigste Jahrhundert das, was Gutenberg und Caxton für andere Zeitalter waren. Und mehr noch, das Fernsehen hat, trotz all seiner Fehler, die Leute mit seinen Nachrichtensendungen hungrig nach Wissen gemacht. Nur deshalb stehen die Zeitungen so gut da, und das wird auch in Zukunft so bleiben.«

»Ich glaube nicht, daß die uns dafür dankbar sind«, bemerkte Partridge.

»Sie sind uns vielleicht nicht dankbar, aber sie schenken unserer Arbeit große Beachtung. Don Hewitt von CBS hat darauf hingewiesen, daß bei der *New York Times* in der Abteilung Fernsehen viermal so viele Leute beschäftigt sind wie die Zeitung Korrespondenten bei den Vereinten Nationen hat. Und vieles, was die schreiben, betrifft uns – die Fernsehnachrichten, die Leute, die sie machen, die Arbeit, die dahintersteckt.«

»Und dreh's doch mal um«, fuhr Jaeger fort. »Wann war an der *Times* je etwas so interessant, daß es das Fernsehen gebracht hätte. Dasselbe gilt auch für alle anderen Printmedien. Und jetzt überleg dir mal, welches Medium im allgemeinen für das wichtigere gehalten wird.«

Partridge kicherte. »Erst mal bin ich wichtig, und das kannst du dir schön dick und farbig unterstreichen.«

»Farbig!« Jaeger nahm das Stichwort auf. »Auch in der Hinsicht hat das Fernsehen etwas verändert. Inzwischen sehen Zeitungen immer mehr wie Fernsehbilder aus – *USA Today* hat damit angefangen. Wir beide, Harry, werden noch erleben, daß die *New York Times* eine vierfarbige Titelseite bringt. Das Publikum wird es fordern, und die alte graue *Times* wird sich schön brav danach richten.«

»Du steckst heute abend ja voller Weisheiten«, sagte Partridge. »Was siehst du denn sonst noch alles voraus?«

»Die Wochenzeitschriften werden verschwinden. Das sind Dinosaurier. Wenn *Time* und *Newsweek* zu den Abonnenten kommen, sind viele Artikel schon eine Woche bis zehn Tage alt, und wen interessieren denn heutzutage noch alte Nachrichten? Soweit ich weiß, hat sich die Werbung übrigens die gleiche Frage gestellt.«

Er fuhr fort: »Trotz ihres großen Talents im Aufwärmen von abgestandenen Nachrichten und der hochklassigen Schreibe werden die Wochenzeitschriften den Weg gehen, den auch *Collier's*, *Look* und die *Saturday Evening Post* gegangen sind. Die meisten von den Jüngeren übrigens, die heute bei den Nachrichten arbeiten, kennen die überhaupt nicht.«

Sie waren beim Parker-Meridien an der West Fifty-seventh angelangt, in dem Jaeger wohnte. Partridge hatte das Inter-Continental an der East Forty-eighth vorgezogen, weil er es für gemütlicher hielt.

»Wir beide sind zwei alte Schlachtrösser, Harry«, sagte Jaeger. »Bis morgen dann.« Zum Abschied gaben sie sich die Hand.

Eine halbe Stunde später lag Partridge, umgeben von Zeitungen, im Bett und begann zu lesen. Aber bald verschwamm ihm die Schrift vor den Augen, und er legte die Zeitungen beiseite. Er nahm sich vor, sie am nächsten Morgen zu lesen, zusammen mit den Neuausgaben, die mit dem Frühstück eintrafen.

Dennoch konnte er nicht schlafen. Zu viel war in den vergangenen sechsunddreißig Stunden passiert. Sein Kopf war voll – ein Kaleidoskop von Ereignissen, Ideen, Verantwortlichkeiten und dazwischen immer wieder der Gedanke an Jessica, die Vergangenheit, die Gegenwart ... lebendige Erinnerungen ....

Wo war Jessica im Augenblick? Hatte Teddy recht mit seinem Fünfundzwanzig-Meilen-Radius? War es wirklich möglich, daß er, Harry, der schlachtenerprobte Kämpe, wie ein mittelalterlicher Ritter in glänzender Rüstung einen erfolgreichen Kreuzzug anführen und seine frühere Geliebte finden und befreien konnte?

Laß die Träumereien! Spar dir die Gedanken an Jessica und die anderen für morgen auf. Er wollte endlich Ruhe finden und an nichts mehr denken, oder zumindest an etwas anderes.

Aus diesem anderen wurde, wie so häufig, die Erinnerung an Gemma ... die zweite große Liebe in seinem Leben.

Am Tag zuvor, auf dem Flug von Toronto, hatte er sich die denkwürdige Papstreise wieder in Erinnerung gerufen: Die DC-10 der Alitalia ... die Pressekabine und die Begegnung mit dem Papst ... Partridges Entscheidung, die Bemerkung über die »Sklaven« nicht zu verwenden, und die Rose von Gemma als Belohnung ... der Beginn ihrer gegenseitigen Zuneigung und Liebe ...

Nun verdrängte er den Gedanken an Gemma nicht mehr, wie er es so lange getan hatte, sondern nahm die Erinnerung an der Stelle wieder auf, wo er tags zuvor abgebrochen hatte.

Die Reise durch Mittelamerika und die Karibik war lang und anstrengend gewesen und das bis dahin ehrgeizigste Unternehmen des Papstes. Sie führte in acht Länder und erforderte lange Flüge, zum Teil bei Nacht.

Bereits nach ihrer ersten Begegnung hatte Harry beschlossen, Gemma näher kennenzulernen, aber seine journalistischen Aufgaben ließen ihm auch während der Aufenthalte wenig Zeit, sie zu sehen. Dennoch nahmen sie einander immer stärker wahr, und wenn es die Arbeit im Flugzeug zuließ, setzte sich Gemma zu ihm. Bald fingen sie an, Händchen zu halten, und als Gemma sich einmal zum Abschied an ihn schmiegte, küßten sie sich.

Als es geschah, spürte er, wie sein Verlangen wuchs.

Sie sprachen miteinander, sooft sie konnten, und Gemma erzählte ihm von ihrem Leben.

Sie stammte aus dem kleinen Ferienort Vallombrosa in den Bergen der Toskana, unweit von Florenz, und war die jüngste von drei Schwestern. »Es ist kein mondäner Ort, wo die Reichen Urlaub machen, Harry caro, *aber sehr schön.«*

Vallombrosa, sagte sie ihm, war ein Zufluchtsort für die italienische Mittelklasse, die dort ihre Sommer verbrachte. Etwa zwei Kilometer entfernt lag Il Paradisino, wo einst John Milton lebte und wo er angeblich seine Inspiration für Paradise Lost *fand.*

Gemmas Vater war ein begabter Künstler, der sich als Gemälde- und Freskenrestaurator einen Namen gemacht hatte und der häufig in Florenz arbeitete. Ihre Mutter war Musiklehrerin. Kunst und Musik waren ein fester Bestandteil des Familienlebens und blieben es für Gemma auch in ihrem späteren Leben.

Vor drei Jahren hatte sie bei Alitalia angefangen. »Ich wollte die Welt sehen. Anders hätte ich es mir nicht leisten können.«

Partridge fragte: »Und wieviel hast du gesehen bei dem Job?«

»Ein bißchen was schon, wenn auch nicht so viel, wie ich wollte. Aber langsam bin ich es leid, immer nur eine cameriera del cielo *zu sein.«*

Er lachte. »Du bist viel mehr als eine Kellnerin des Himmel. Hast du nicht auch viele Leute kennengelernt?« Und mit gespielter Eifersucht fügte er hinzu: »Viele Männer?«

Gemma zuckte nur mit den Achseln. »Den meisten möchte ich außerhalb des Flugzeugs nicht begegnen.«

»Aber es gab doch sicher auch andere?«

Sie lächelte auf ihre unwiderstehliche, sanfte Art. »Niemand, den ich so gern hatte wie dich.«

So einfach sie das gesagt hatte, fragte Partridge sich dennoch, ob er nicht naiv und dumm war, wenn er ihren Worten glaubte. Warum soll ich ihr nicht glauben, dachte er dann, wenn ich genauso empfinde wie sie, und wenn seit Jessica keine Frau mehr eine solche Wirkung auf mich hatte?

Sie hatten beide das Gefühl, daß die Reise zu schnell vorüberging. So wenig Zeit blieb ihnen noch. Und dann würden sie wahrscheinlich auseinandergehen und sich nie wiedersehen.

Vielleicht war es dieses Gefühl für die verrinnende Zeit, das Gemma in jener denkwürdigen Nacht bewegte, zu ihm zu kommen und sich an ihn zu schmiegen, als die meisten in der schwach erleuchteten Kabine schon schliefen. Unter dem Schutz der Decke liebten sie sich zum ersten Mal. Nicht einmal der unbequeme Dreiersitz einer Touristenklasse machte ihnen etwas aus, und für Partridge blieb diese Nacht eines seiner schönsten Erlebnisse.

»Gemma, willst du meine Frau werden?« flüsterte er, nachdem sie miteinander geschlafen hatten. Es war eine plötzliche Eingebung, ausgelöst durch die Erinnerung an den Verlust Jessicas.

Sie hatte zurückgeflüstert: »Oh, amor mio, natürlich will ich.«

Das nächste Reiseziel war Panama. Mit leiser Stimme stellte Partridge Fragen und machte Pläne, während Gemma im Halbdunkel nur verschmitzt lachte und allem zustimmte.

Bei Tageslicht landeten sie auf dem Flughafen Tocumen in

Panama. Die DC-10 der Alitalia rollte aus. Der Papst verließ die Maschine, ganz der gelernte Schauspieler von einst, und küßte geschickt den Boden, während sich zahllose Objektive auf ihn richteten. Danach begannen die hinlänglich bekannten Formalitäten.

Vor der Landung hatte Partridge mit seinem Produzenten und dem Kamerateam gesprochen und sie gebeten, während der ersten Stunden des Papstbesuchs ohne ihn zu arbeiten. Er würde später dazukommen, um seinen Bericht für die National Evening News aufzunehmen und beim Schneiden zu helfen. Da es in Panama keine Sommerzeit gab, betrug der Zeitunterschied zu New York nur eine Stunde, was ihnen aber reichlich Zeit ließ.

Bei aller Neugierde hüteten sich seine Kollegen von CBA, Fragen zu stellen, obgleich ihnen die wachsende Bindung zwischen ihm und Gemma kaum entgangen sein durfte.

Er hatte sich auch an den Reporter der New York Times, seinen alten Bekannten Graham Broderick, gewandt und ihn gefragt, ob er für den einen Tag dessen Notizen für seinen Bericht verwenden dürfe. Broderick zog nur spöttisch seine Augenbrauen hoch und willigte ein. Solche Arrangements waren unter Journalisten durchaus üblich, zumal man ja nie wußte, wann man selbst Hilfe brauchte.

Als die anderen ausstiegen, wartete Partridge noch auf Gemma. Er hatte keine Ahnung, welche Erklärung sie ihrem Vorgesetzten, dem Chefsteward, geben wollte, doch kam sie kurz darauf, und sie verließen gemeinsam die DC-10. Als Gemma sich entschuldigte, weil sie immer noch ihre Uniform anhatte, nahm er ihren Arm und sagte: »Ich liebe dich so, wie du bist.«

Mit ernstem Ausdruck wandte sie sich ihm zu. »Wirklich, Harry?«

Er nickte ihr ruhig zu. »Wirklich.«

Sie schauten sich in die Augen und schienen glücklich über das, was sie sahen.

Im Terminal ließ Partridge Gemma kurz allein. Er ging zur Touristenauskunft, wo er einem pickligen Jüngling mehrere Fragen stellte. Grinsend erklärte ihm dieser, daß er mit der Señora zu den Las Bóvedas, einem Teil der Alten Stadtmauer an der Plaza de

Francia, gehen müsse. Dort würde er den Juzgado Municipal finden.

Partridge und Gemma nahmen ein Taxi zur Altstadt. Sie stiegen bei einem gewaltigen Obelisken aus, auf dessen Spitze ein Hahn thronte und mit dem man den französischen Kanalbauern, darunter auch dem berühmten Ferdinand de Lesseps, ein Denkmal gesetzt hatte.

Etwa zwanzig Minuten später standen sie innerhalb der Alten Stadtmauern vor einem juez *in einem üppig ausgeschmückten Raum, einer ehemaligen Gefängniszelle. Hier wurden Harry Partridge und Gemma Baccelli Mann und Frau. Nach einer fünfminütigen Zeremonie unterzeichnete der mit einer baumwollenen* guayabera *recht lässig bekleidete Richter eine* Acta Matrimonial, *die fünfundzwanzig Dollar kostete. An die beiden Stenografen, die als Trauzeugen fungierten, zahlte Partridge jeweils zwanzig Dollar.*

Braut und Bräutigam erfuhren nun, daß sie sich auf Wunsch in das Heiratsregister eintragen lassen konnten, was jedoch nur notwendig sei, wenn sie eines Tages zurückkommen wollten, um sich scheiden zu lassen.

»Wir werden uns eintragen lassen«, sagte Partridge, »und wir werden nicht zurückkommen.«

*Schließlich wünschte ihnen der Richter »*Que vivan los novios!*«, doch es klang nicht sehr überzeugend. Sie hatten den Eindruck, als hätte er das schon sehr oft gesagt.*

Damals, wie auch später, fragte sich Harry, wie Gemma, die der zivilen Trauung ohne Zögern zugestimmt hatte, das mit ihrer Religion vereinbaren konnte. Sie war katholisch getauft und wurde in den ersten Schuljahren von Nonnen erzogen. Aber jedesmal, wenn er fragte, zuckte sie nur mit den Achseln und sagte: »Der liebe Gott wird das schon verstehen.« Sie hatte offenbar ein recht ungezwungenes Verhältnis zur Religion, was Harry bei vielen Italienern aufgefallen war, die, wie ihm jemand einmal gesagt hatte, immer davon ausgingen, daß Gott selbst Italiener sei.

An Bord des Flugzeugs hatte sich die Nachricht von der Heirat schneller als »die vier Winde der Erde« verbreitet, wie es ein Korrespondent der Londoner Times *in Anspielung auf die Offenbarung formulierte. Nach dem Abflug von Panama wurde in der*

Pressekabine mit reichlich Champagner, Schnaps und Kaviar gefeiert. Das Bordpersonal schloß sich ihnen an, soweit es seine Pflichten erlaubten, während Gemma für den Rest des Tages frei bekam. Sogar der Flugkapitän verließ kurz das Cockpit, um zu gratulieren.

Inmitten des Trubels und der Glückwünsche spürte Harry, daß einige starke Zweifel hatten, was die mögliche Dauer der Ehe betraf. Aber er spürte auch, daß ein paar der Männer ihn beneideten.

Die demonstrative Abwesenheit des Klerus hatte man ohne große Verwunderung zur Kenntnis genommen. Auch im weiteren Verlauf der Reise mußte Harry feststellen, daß von dieser Seite nur Reserviertheit und Ablehnung kamen. Ob der Papst über das Geschehen informiert war oder nicht, konnte keiner der Journalisten in Erfahrung bringen. In der Pressekabine erschien er auf dieser Reise jedenfalls nicht mehr.

In der kurzen Zeit, die sie gemeinsam verbringen konnten, begannen Partridge und Gemma, Pläne für die Zukunft zu machen.

In dem New Yorker Hotelzimmer verblaßte ... langsam ... leider ... die Erinnerung an Gemma. Schließlich schlief Harry Partridge erschöpft ein.

10

Im Unterschlupf der Entführer in Hackensack erhielt Miguel um 7 Uhr 30 am Samstagmorgen einen Anruf. Er nahm ihn in dem kleinen Zimmer im Erdgeschoß des Hauptgebäudes entgegen, das er für sich als Büro und Schlafzimmer eingerichtet hatte.

Eins der sechs Funktelefone der Bande war für besondere Anrufe reserviert, und die Nummer des Anschlusses kannten nur diejenigen, die solche Anrufe auch tätigen durften. Miguel hatte den Apparat immer in seiner Nähe.

Der Anrufer benutzte befehlsgemäß eine öffentliche Telefonzelle, damit das Gespräch nicht zurückverfolgt werden konnte.

Miguel wartete schon eine Stunde ungeduldig auf diesen Anruf. Gleich beim ersten Klingelzeichen hob er ab und fragte: *»Sí?«*

Der Anrufer benutzte nun ein Codewort, *»Tiempo?«*, worauf Miguel antwortete: *»Relámpago.«*

Er hätte noch eine zweite Antwortmöglichkeit gehabt. Wenn er auf die Frage »Wetter?« »Donner« anstatt »Blitz« erwidert hätte, so hätte das bedeutet, daß seine Gruppe aus irgendeinem Grund einen Aufschub um vierundzwanzig Stunden benötigte. Aber seine Antwort *»Relámpago«* hieß: »Wir sind bereit zum Aufbruch. Nennen Sie Zeit und Ort.«

Nun folgte die eigentliche Botschaft: *»Sombrero profundo sur* zwanzighundert.«

Sombrero hieß Teterboro Airport, der ja nur eine knappe Meile entfernt lag, *profundo sur* der südlichste Flugsteig. »Zwanzighundert« bedeutete den Zeitpunkt – 20 Uhr 00 –, an dem die Entführungsopfer und ihre Begleiter einen in Kolumbien registrierten Learjet 55LR besteigen sollten, der dort auf sie wartete. Der 55er, das wußte Miguel bereits, war größer und geräumiger als die sonst gebräuchlichen 20er und 30er Learjets. Das LR bedeutete Long Range, langstreckentauglich.

»Lo comprendo«, erwiderte Miguel knapp, und das Gespräch war beendet.

Der Anrufer war wiederum ein Diplomat gewesen, diesmal einer, der beim kolumbianischen Generalkonsulat in New York akkreditiert war. Seit Miguels Ankunft in den Vereinigten Staaten vor einem Monat diente er als Nachrichtenübermittler. Die diplomatischen Corps Perus und Kolumbiens waren mit Verrätern durchsetzt, Sympathisanten des Sendero Luminoso oder bezahlte Söldner des Medellín-Kartells und manchmal auch beides. Das große Geld, das die lateinamerikanischen Drogenkönige zahlten, lockte sie alle an.

Gleich nach dem Anruf ging Miguel durch das Haupthaus und Nebengebäude, um die anderen zu informieren. Die Vorbereitungen zur Abreise waren bereits in vollem Gange, und jeder wußte, was er zu tun hatte. Es war vereinbart, daß nur Miguel, Baudelio, Socorro und Rafael als Begleitung für die Opfer in ihren Särgen im Learjet mitflogen. Julio sollte in den Vereinigten Staaten bleiben, seine frühere Identität wieder annehmen und erneut ein Schläfer des Medellín-Kartells werden. Carlos und Luís sollten innerhalb der nächsten Tage das Land in aller Stille verlassen und getrennt nach Kolumbien fliegen.

Julio, Carlos und Luís hatten nach dem Abflug des Learjet noch etwas Wichtiges zu erledigen: Sie mußten die Fahrzeuge loswerden.

Miguel hatte lange darüber nachgedacht, was mit ihrem Unterschlupf in Hackensack passieren sollte. Anfangs wollte er, sozusagen als Schlußstrich, das ganze Anwesen niederbrennen, einschließlich der Fahrzeuge. Die Gebäude waren alt und würden brennen wie Zunder, vor allem wenn man mit Benzin etwas nachhalf.

Aber ein Feuer würde Aufmerksamkeit erregen, und in der Asche ließen sich bei einer Untersuchung Spuren finden. Obwohl das wenig Bedeutung hatte, da alle bereits verschwunden sein würden, wäre es doch unklug, den amerikanischen Behörden die Sache einfacher zu machen als nötig.

Wenn sie das Anwesen einfach räumten und alles so ließen, wie es war, würde es Wochen, Monate oder noch länger dauern, bis man entdeckte, daß es den Entführern als Durchgangsstation gedient hatte. Aber das hieß, daß man die Fahrzeuge loswerden mußte, daß man sie an verschiedene, möglichst weit entfernte Ort fahren und dort abstellen mußte. Es war natürlich ein gewisses Risiko dabei, vor allem für die Leute, die den Laster, den Leichenwagen und die drei Personenautos fuhren, aber Miguel schätzte dieses Risiko sehr gering ein. Und deshalb hatte er sich auch für diesen Weg entschieden.

Bei seinem Rundgang traf er Rafael als ersten und sagte zu ihm: »Heute abend um 19 Uhr 40 geht's los.«

Der stämmige Handwerker, der gerade in der provisorischen Lackierwerkstatt in einem der Nebengebäude arbeitete, nickte nur grunzend und schien mehr interessiert an dem Wagen, den er am Tag zuvor umgespritzt hatte. Der zuvor weiß lackierte Laster mit der Aufschrift *Superbread* war nun schwarz und trug den Namen eines fiktiven Bestattungsinstituts, *Serene Funeral Homes,* in dezent goldenen Buchstaben auf beiden Seiten.

Miguel hatte ihm diese Veränderung befohlen. Nun sagte er zufrieden zu Rafael: »*Bien hecho!* Richtig schade, daß er nur einmal benutzt wird.«

Ganz offensichtlich froh über dieses Lob, drehte sich Rafael zu ihm um, ein dünnes Lächeln in seinem narbigen, groben Gesicht. Eigenartig, dachte Miguel, daß dieser Rafael, der so wild sein konnte und mit dämonischem Vergnügen anderen Leid zufügte und tötete, manchmal wie ein kleines Kind war, das Zustimmung und Aufmunterung brauchte.

Miguel deutete auf die Nummernschilder des Lasters mit Kennzeichen aus New Jersey. »Sind das neue?«

Wieder nickte Rafael. »Aus dem letzten Satz. Sind bis jetzt noch nicht benutzt worden, und die anderen hab' ich auch ausgetauscht.«

Das bedeutete, daß alle fünf Fahrzeuge nun Nummernschilder hatten, die während der Beschattung nicht verwendet worden waren. So konnte man die Autos viel leichter verschwinden lassen.

Miguel ging nach draußen, wo Julio und Luís unter einer Baumgruppe ein tiefes Loch gruben. Die Erde war schwer vom Regen des vergangenen Tages, die Arbeit mühsam. Julio durchtrennte eben mit einem Spaten ein Baumwurzel, und als er Miguel kommen sah, richtete er sich auf, wischte sich den Schweiß von der Stirn und fluchte.

»Pinche árbol! Das ist eine Scheißarbeit, für Ochsen und nicht für Menschen.«

Miguel wollte ihn schon anschreien, beherrschte sich aber. Die häßliche Messerwunde in Julios Gesicht färbte sich rot, ein Zeichen, daß er schlecht gelaunt war und auf einen Kampf nur wartete.

»Mach 'ne Pause«, sagte Miguel knapp. »Wir haben noch Zeit. Um 19 Uhr 40 fahren wir los.«

Ein Streit in diesen letzten paar Stunden wäre absolut unsinnig. Außerdem brauchte er die Männer noch, um das Loch fertig zu graben, in dem sie die Funktelefone und einen Teil von Baudelios medizinischer Ausrüstung verstecken wollten.

Das Vergraben vor allem der Telefone war nicht eben die ideale Lösung, und Miguel hätte es vorgezogen, sie irgendwo in tiefes Wasser zu werfen. Es gab in der Gegend zwar genug Wasser, doch die Chancen, sich der Apparate auf diese Art zu entledigen, ohne beobachtet zu werden, waren gering – zumindest in der kurzen Zeit, die ihnen noch zur Verfügung stand.

Sobald die überflüssige Ausrüstung versteckt und das Loch wieder zugeschüttet war, würden Julio und Luís Blätter darüberrechen und so die Spuren verwischen.

Carlos, den Miguel als nächsten traf, war in einem anderen Nebengebäude und verbrannte Papiere in einem Eisenofen. Er war ein gebildeter junger Mann, der die Beschattung der Sloanes organisiert hatte und nun die Berichte und Fotos dieser Beschattung in den Ofen steckte.

Als Miguel ihm den Abreisetermin nannte, schien er erleichtert. Seine dünnen Lippen zuckten, und er sagte: »*Que bueno!*« Dann nahm sein Blick wieder die gewohnte Härte an.

Miguel wußte sehr wohl, wie belastend die letzten vierundzwanzig Stunden für jeden einzelnen gewesen waren, vor allem für Carlos, vielleicht wegen seiner Jugend. Aber der junge Mann hatte sich vorbildlich unter Kontrolle, und Miguel sah für ihn über kurz oder lang eine führende Rolle im Terrorismus voraus.

Ein kleiner Stapel Kleider, die offensichtlich Carlos gehörten, lag neben dem Ofen. Miguel, Carlos und Baudelio würden während der Abreise schwarze Anzüge tragen, um bei einer möglichen Kontrolle durch Polizei oder Zoll mit einer sorgfältig ausgearbeiteten Tarngeschichte als Trauernde auftreten zu können. Die restliche Kleidung wollten sie zurücklassen.

Miguel deutete auf die Kleidungsstücke. »Verbrenn die nicht – zu viel Rauch. Durchsuch die Taschen, nimm alles raus und reiß die Etiketten ab.« Er deutete in die Richtung der beiden Grabenden. »Sag's den anderen auch.«

»Okay.« Carlos wandte sich wieder dem Feuer zu und sagte nach einer Weile: »Eigentlich bräuchten wir Blumen.«

»Blumen?«

»Für den Sarg im Leichenwagen und vielleicht für die anderen auch. Eine trauernde Familie würde Blumen auf die Särge legen.«

Miguel zögerte. Er wußte, daß Carlos recht hatte und daß er, Miguel, bei der Vorbereitung der Reise diesen Aspekt nicht beachtet hatte. Die Route dieser Reise war sorgfältig geplant: Von Teterboro aus flogen sie im Learjet zuerst zum Opa Locka Airport in Florida und von dort dann ohne weitere Zwischenlandung direkt nach Peru.

Da Miguel am Anfang nur mit zwei bewußtlosen Gefangenen

gerechnet hatte, war ursprünglich geplant gewesen, zweimal zum Flughafen zu fahren, da der Leichenwagen jeweils nur einen Sarg transportieren konnte. Aber drei Fahrten mit drei Särgen waren ein zu großes Risiko, Miguel hatte sich deshalb einen neuen Plan ausgedacht.

Ein Sarg – Baudelio hatte zu entscheiden, welcher – sollte im Leichenwagen zum Flugplatz transportiert werden, die beiden anderen in dem umgespritzten Laster.

Der Lear 55LR, das wußte Miguel, besaß eine Ladeklappe, durch die man problemlos zwei Särge hineinschieben konnte. Beim dritten würde es vielleicht Probleme geben, aber er war sich ziemlich sicher, daß sie es schafften.

Er dachte noch immer über Carlos' Vorschlag nach. Die Blumen würden ihre Tarngeschichte wirklich überzeugender machen. In Teterboro mußten sie durch die Flughafenkontrolle. Wegen des Entführungsalarms war vermutlich zusätzliche Polizei anwesend, und mit ziemlicher Sicherheit würden Fragen nach den Särgen und ihrem Inhalt gestellt werden. Einige kritische Augenblicke standen ihnen noch bevor, und Miguel wußte sehr gut, daß Teterboro der Schlüssel zu ihrer sicheren Ausreise war. In Opa Locka, von wo aus sie die Vereinigten Staaten verlassen würden, sah er keine Probleme mehr.

Miguel beschloß, das kleinere Risiko einzugehen, um später ein größeres zu vermeiden. Er nickte. »Okay, Blumen.«

»Ich nehme einen der Personenwagen«, sagte Carlos. »Ich weiß, wo man in Hackensack Blumen kaufen kann. Ich werde vorsichtig sein.«

»Nimm den Plymouth.« Er war inzwischen dunkelblau lackiert und hatte bisher noch nicht benutzte Nummernschilder, wie Miguel von Rafael wußte.

Nachdem Miguel Carlos verlassen hatte, suchte er Baudelio. Er fand ihn, zusammen mit Socorro, in dem großen Zimmer im ersten Stock des Haupthauses, das sie als Krankenstation eingerichtet hatten. Baudelio sah selbst aus wie ein Patient, denn er trug einen Verband über der inzwischen genähten Schnittwunde an der rechten Gesichtshälfte.

Wirkte Baudelio für gewöhnlich schon hager, blaß und älter, als er war, so wurde dieser Eindruck nun noch verstärkt. Sein Gesicht war kränklich weiß, und jede Bewegung kostete ihn ganz offensichtlich Überwindung. Aber er erledigte seine Arbeit, und als Miguel ihn über die Abfahrtszeit informierte, sagte er nur: »Wir werden bereit sein.«

Auf Miguels Nachfrage bestätigte der ehemalige Arzt, daß er nach seinen eineinhalbtägigen Experimenten mit Propofol nun wisse, welche Dosis er den einzelnen Gefangenen jeweils geben müsse, um sie für eine bestimmte Zeit zu betäuben. Dieses Wissen war notwendig für die Zeitspanne, in der die »Patienten« unbeobachtet in den versiegelten Särgen lagen.

Auch die Dauer des Nahrungsentzugs – bei der Abreise wären es sechsundfünfzig Stunden – sei ausreichend. Zur Einatmung von Erbrochenem werde es nicht kommen, sagte Baudelio, und außerdem werde er, als weitere Vorsichtsmaßnahme gegen das Ersticken, bei allen drei Patienten einen Luftröhrenkatheter einführen und sie in den Särgen auf die Seite legen. Die Flüssigkeitsinfusionen hätten in der Zwischenzeit eine Dehydrierung verhindert, bemerkte Baudelio abschließend. An Ständern neben den Betten hingen transparente Beutel mit Glukose, die über Infusionsschläuche in die Armvenen der Betäubten tröpfelte.

Miguel betrachtete die drei Gestalten. Sie wirkten friedlich, ihre Gesichter waren entspannt. Die Frau besaß eine gewisse Schönheit, vielleicht würde er sie später, falls sich die Gelegenheit ergab, einmal sexuell benutzen. Der Mann sah würdevoll aus, wie ein schlafender alter Soldat, und das war er den Berichten zufolge ja auch. Der Junge wirkte zerbrechlich, sein Gesicht war sehr dünn; vielleicht hatte ihn der Nahrungsentzug geschwächt, doch das machte nichts, solange er nur lebend in Peru ankam. Alle drei waren sehr blaß, aber sie atmeten regelmäßig. Befriedigt wandte Miguel sich ab.

Die Särge, in die Angus, Jessica und Nicky erst kurz vor der Abfahrt gelegt würden, lagen geöffnet auf Böcken. Miguel hatte zugesehen, wie Rafael unter Baudelios Anleitung eine Reihe winziger Luftlöcher in die Seiten gebohrt hatte. Sie waren praktisch nicht zu sehen, sorgten aber für frische Luft in den Särgen.

»Was ist das?« Miguel deutete auf eine Schale mit Kristallen neben den Särgen.

»Natronkalkgranulat«, antwortete Baudelio. »Das wird im Sarg verstreut, um das Kohlendioxid der ausgeatmeten Luft zu kompensieren. Von außen regulierbare Sauerstofflaschen kommen ebenfalls hinein.«

Da Miguel nur zu gut wußte, daß in den schwierigen Stunden, die vor ihnen lagen, Baudelios medizinische Fähigkeiten für sie alle von höchster Bedeutung waren, fragte er weiter: »Was gibt es sonst noch zu wissen?«

Der Arzt wies auf Socorro. »Erzähl du es ihm. Du machst es ja mit mir zusammen.«

Mit unerforschlicher Miene, wie immer, hatte Socorro den beiden zugehört und zugesehen. Miguel hatte noch immer leichte Zweifel an ihrer Zuverlässigkeit, aber in diesem Augenblick war er abgelenkt von ihrem provozierenden Körper, den sinnlichen Bewegungen und der offenkundigen Sexualität. Und als könnte sie seine Gedanken lesen, legte sie einen leicht spöttischen Unterton in ihre Stimme.

»Falls einer von denen pissen muß, kann es sein, daß sie sich trotz der Betäubung bewegen und Lärm schlagen. Bevor wir die da zumachen« – Socorro wies auf die Särge – »werden wir Katheter einführen. Das sind Röhren in den Schwänzen der Männer und in der Möse der Frau. *Entiendes?*«

»Ich weiß, was Katheter sind«, erwiderte Miguel pikiert. Er hätte ihr beinahe schon gesagt, daß sein Vater Arzt war, hielt sich dann aber zurück. Ein kurzer Augenblick der Schwäche und der Einfluß einer Frau hätten ihn beinahe dazu verleitet, Einzelheiten seiner Herkunft preiszugeben, etwas, das er sonst nie tat.

Statt dessen fragte er Socorro: »Kannst du weinen, falls es nötig sein sollte?«

Denn in ihrer Tarngeschichte war auch ihr die Rolle einer trauernden Hinterbliebenen zugedacht.

»*Si.*«

Mit professionellem Stolz, der noch ab und zu an die Oberfläche kam, fügte Baudelio hinzu: »Ich werde ihr je ein Pfefferkorn unter die unteren Lider klemmen. Und mir auch. Dann fließen die Tränen reichlich.« Er sah Miguel an. »Wenn du willst, kann ich das bei dir auch machen.«

»Wir werden sehen.«

Nun beendete Baudelio die Aufzählung der medizinischen Vorsichtsmaßnahmen. »In jeden Sarg kommt dann noch ein winziger EKG-Monitor, der Atmung und Betäubungstiefe registriert. Ich kann die Werte von außen abrufen. Und auch die Propofolinjektionen kann ich von außen korrigieren.«

Im Verlauf des Gesprächs hatte Miguel, trotz seiner früheren Zweifel, die Überzeugung gewonnen, daß Baudelio genau wußte, was er tat. Und auch Socorro.

Nun hieß es nur noch den Abend abwarten. Doch die Stunden, die noch vor ihnen lagen, dehnten sich schier endlos.

11

In der Zentrale von CBA News hatte die Konferenz der Spezialeinheit am Samstagmorgen noch kaum begonnen, als sie plötzlich und sehr abrupt unterbrochen wurde.

Harry Partridge, der am Kopfende des Konferenztisches saß, hatte eben die Diskussion eröffnet, als eine Lautsprecherdurchsage aus dem Redaktionssaal dazwischenplatzte. Partridge hielt inne, und alle sieben am Tisch hörten zu.

> »Hier Disposition. Richardson. Eben kam diese Meldung von UPI ...
>
> *»Vor wenigen Minuten explodierte in White Plains, New York, ein Kleinbus. Man nimmt an, daß es sich dabei um das Fahrzeug handelte, das bei der Sloane-Entführung am letzten Donnerstag verwendet wurde. Mindestens drei Personen starben, mehrere sind verletzt. Die Polizei war bereits unterwegs, um den Kleinbus zu überprüfen, als es in einem Parkhaus neben dem Center-City-Einkaufszentrum zu der Explosion kam. Zur fraglichen Zeit befanden sich eine größere Anzahl von Personen, die ihre Wochenendeinkäufe erledigen wollten, in dem Parkhaus. Feuerwehr, Rettungsmannschaften und Krankenwagen sind pausenlos im Einsatz. Ein Augenzeuge beschrieb die Szene als ›einen Alptraum wie aus Beirut‹.«*

Noch während der Durchsage wurden im Konferenzraum Stühle nach hinten gerückt, die Mitglieder der Spezialeinheit sprangen hastig auf. Als der Lautsprecher verstummte, war Partridge bereits auf dem Gang und rannte hinunter in den Redaktionssaal. Rita folgte ihm dicht auf den Fersen.

Am Samstagmorgen ging es in jeder Nachrichtenredaktion relativ formlos zu. Viele, die von Montag bis Freitag arbeiteten, waren zu Hause. Die wenigen, die Wochenenddienst hatten, standen zwar manchmal etwas unter Druck, doch wirkte sich die Abwesenheit von Vorgesetzten deutlich auf das Arbeitsklima aus. Die Kleidung war deshalb eher lässig, Jeans dominierten, die Männer trugen keine Krawatte.

Im Redaktionssaal war es fast gespenstisch ruhig. Nur etwa ein Drittel der Schreibtische war besetzt, und der diensthabende Disponent, Orv Richardson, fungierte gleichzeitig als Inlandsredakteur. Richardson, jung, aufgeweckt und sehr ehrgeizig, war erst kürzlich aus einer regionalen Redaktion in die Zentrale gekommen. Er war zwar nicht gerade unglücklich über die Verantwortung, die er an diesem Tag trug, aber diese wichtige Meldung aus White Plains machte ihn doch etwas nervös.

Deshalb war er auch erleichtert, als er sah, daß einer der ranghohen Korrespondenten und ein Chefproduzent, nämlich Harry Partridge und Rita Abrams, in den Redaktionssaal stürzten und auf ihn zuliefen.

Während Partridge den Ausdruck der UPI-Meldung überflog und dann einen ausführlicheren Bericht las, der eben über einen Computermonitor hereinkam, sagte Rita zu Richardson: »Wir sollten sofort auf Sendung gehen. Wer kann eine Programmunterbrechung veranlassen?«

»Ich habe eine Nummer.« Den Telefonhörer zwischen Ohr und Schulter und mit einem Notizbuch in der Hand wählte der Disponent die Nummer eines Vizepräsidenten, der zu Hause erreichbar war. Nachdem der Mann abgehoben hatte, erklärte ihm Richardson die Situation und bat um die Erlaubnis, mit einer Sondermeldung auf Sendung zu gehen. Die Antwort kam sofort: »Die habt ihr. Legt los!«

Nun folgte eine fast präzise Wiederholung der Programmunterbrechung vom vergangenen Donnerstag kurz nach Bekanntwerden der Entführung. Unterschiede bestanden nur im Inhalt der Meldung und bei den beteiligten Personen. Partridge saß im Moderatorensessel im Sonderstudio, Rita war Produzentin, und im Kontrollraum saß ein anderer Techniker, der nach der Ankündigung der Sondermeldung aus einem anderen Teil des Gebäudes dorthin geeilt war.

Wenige Minuten nach Durchgabe der UPI-Meldung war CBA bereits auf Sendung. Die Monitore im Kontrollraum zeigten, daß die anderen Sender ihr Programm fast gleichzeitig unterbrachen.

Harry Partridge war, wie immer, konzentriert und redegewandt, ein Profi durch und durch. Für ein Manuskript oder eine Teleprompterprogrammierung war keine Zeit gewesen, und so sprach Partridge aus dem Stegreif.

Die Sondermeldung dauerte nicht länger als zwei Minuten. Es gab nur die nackten Tatsachen, wenige Einzelheiten und keine Liveaufnahmen vom Schauplatz, statt dessen einige hastig zusammengesuchte und über Partridges Schulter projizierte Fotos der Familie Sloane, ihres Hauses in Larchmont und des Grand-Union-Supermarkts, wo die Entführung stattgefunden hatte. Partridge versprach jedoch den Zuschauern einen ausführlichen Bildbericht aus White Plains für die bevorstehende Samstagsausgabe der National Evening News.

Sobald im Sonderstudio das rote Licht ausging, rief Partridge Rita im Regieraum an. »Ich fahre nach White Plains«, sagte er. »Kannst du alles vorbereiten?«

»Schon passiert. Iris, Minh und ich kommen ebenfalls mit. Iris produziert den Bericht für heute abend. Du kannst deine Ansage vor Ort machen und den Bildkommentar dann später aufnehmen. Auto und Fahrer warten bereits.«

White Plains hatte eine lange Geschichte. Im Jahr 1661 hatten dort die Siwanoy-Indianer ein Lager, das sie Quarropas nannten, was weiße Ebene, White Plains eben, oder weißer Balsam bedeutete, nach den Balsamtannen, die dort wuchsen. Im achtzehnten Jahrhundert war die Stadt ein Zentrum der Eisenerzförderung und ein

Verkehrsknotenpunkt. Im Jahr 1776, während der amerikanischen Revolution, zwang eine verlorene Schlacht auf dem nahen Chatterton Hill Washingtons Armee zum Rückzug, aber noch im selben Jahr billigte ein Provinzkongreß in White Plains die Unabhängigkeitserklärung und die Gründung von New York State. Es gab noch einige andere, gute wie schlechte Meilensteine der Geschichte, doch keiner übertraf an Niederträchtigkeit diese Katastrophe, die das Medellín-Kartell und der Sendero Luminoso im Parkhaus des Center-City-Einkaufszentrums angerichtet hatten.

Wie sich später zeigte, lag in der Abfolge der Ereignisse eine gewisse Zwangsläufigkeit.

In der vergangenen Nacht hatte ein Wachposten sich Autonummern und Fabrikate aller Fahrzeuge aufgeschrieben, die über Nacht im Parkhaus abgestellt waren. Es war eine Routineangelegenheit und als Vorsichtsmaßnahme gegen Fahrer gedacht, die behaupteten, ihren Parkschein verloren und ihr Auto nur einen Tag abgestellt zu haben.

Der Nissan war schon in der Nacht zuvor bemerkt worden, doch auch das war nichts Ungewöhnliches. Aus verschiedensten Gründen wurden Autos manchmal eine Woche und länger abgestellt. Aber in der zweiten Nacht fragte sich ein anderer, wachsamerer Posten, ob der Nissan nicht vielleicht der Wagen sei, der in Verbindung mit der Sloane-Entführung gesucht wurde.

Er erwähnte es deshalb in seinem Bericht, und sein Vorgesetzter, der ihn am nächsten Morgen las, rief sofort die Polizei von White Plains und forderte eine Streife an, die sich die Sache ansehen sollte. Nach Angaben der Polizei erreichte sie der Anruf um 9 Uhr 50.

Doch der Sicherheitschef des Supermarkts wartete die Ankunft der Polizei nicht ab. Mit einem großen Bund von Autoschlüsseln, die sich im Lauf der Jahre bei ihm angesammelt hatten, ging er zu dem Nissan. Er war stolz darauf, daß es kaum ein Auto gab, das er mit diesen Schlüsseln nicht öffnen konnte.

All das geschah genau zu der Zeit, als sich das Parkhaus langsam mit den Wagen der Leute füllte, die ihre Wochenendeinkäufe erledigen wollten.

Ziemlich schnell fand der Sicherheitschef einen Schlüssel, der in den Nissan paßte. Er steckte ihn ins Schloß und öffnete die Fahrertür. Es war das letzte, was er in seinem Leben tat.

Mit einem Krachen »wie fünfzig Donner«, so ein Zeuge später, explodierte der Nissan in einem riesigen, alles verschlingenden Feuerball. Ein großer Teil des Gebäudes wurde zerstört, ebenso die meisten, glücklicherweise leeren Autos in der Nähe, die völlig ausbrannten. Die Explosion riß große Löcher in Boden und Decke der Etage, auf der der Nissan gestanden hatte, brennende Autos stürzten durch diese Löcher in die darunterliegenden Stockwerke.

Doch die Schäden waren nicht auf das Parkhaus beschränkt. Das Einkaufszentrum selbst wurde in Mitleidenschaft gezogen, Glastüren und Fenster in der Nachbarschaft zersprangen. Der in die Luft geschleuderte Schutt und Staub ging in den Straßen der Nachbarschaft über Autos und Fußgänger nieder.

Der Schock war vollkommen. Als das Echo der Detonation verebbte, herrschte, von dem Knistern des Feuers und dem Geräusch fallender Gegenstände abgesehen, einen Augenblick Stille. Dann begannen die Schreie, hysterische Hilferufe und unverständliche Befehle, und kurz darauf kam aus allen Richtungen das Heulen der Sirenen.

Am Ende schien es fast verwunderlich, daß der Verlust an Menschenleben nicht größer war. Außer dem Sicherheitschef, der von der Explosion getötet wurde, starben zwei weitere Opfer kurz darauf an ihren Verletzungen, vier waren schwer verletzt und schwebten zwischen Leben und Tod. Zweiundzwanzig, darunter sechs Kinder, wurden mit leichteren Verletzungen in Krankenhäuser gebracht.

Der Hinweis auf Beirut in der UPI-Meldung schien also durchaus angebracht.

Danach entstand eine Diskussion, die sich vor allem auf eine Frage konzentrierte: Wäre es zu der Explosion gekommen, wenn der Sicherheitschef das Eintreffen der Polizei abgewartet hätte? Die Polizei sagte nein, da sie sofort das FBI informiert hätte, dessen forensische Experten den Kleinbus untersucht und den Sprengstoff entdeckt und entschärft hätten. Andere waren skeptisch, sie glaubten, die Polizei hätte den Kleinbus auf jeden Fall geöffnet, entweder mit eigenen Mitteln oder mit den Schlüsseln des Sicherheitschefs. Doch nach einer Weile erkannte man die Sinnlosigkeit der Diskussion, und sie versandete.

Eins war allerdings offensichtlich. Der zerstörte Kleinbus war wirklich das Fahrzeug, das zwei Tage zuvor bei der Entführung der Sloanes benutzt worden war. Die Nähe zu Larchmont, das nachweisbare Auftauchen des Kleinbusses am Donnerstag in dem Parkhaus und die Tatsache, daß er mit einer Sprengladung versehen war, all das legte diesen Schluß nahe. Und ebenso die Zulassungsnummer, deren Überprüfung ergab, daß sie von einem 83er Oldsmobile Sedan stammte. Dabei stellte sich schnell heraus, daß Name und Adresse des Besitzers und die Versicherungsdaten falsch waren; die Zulassungsgebühr und der Versicherungsbeitrag waren bar bezahlt worden, Aussagen über die wahre Identität des Einzahlers waren also unmöglich.

Das bedeutete, daß das Oldsmobile verschwunden und wahrscheinlich verschrottet worden war, während man seine Zulassung für ungesetzliche Zwecke aufrechterhalten hatte. Die Nummernschilder an dem Nissan waren also illegal, doch bei der Polizei nicht als solche registriert.

Zunächst gab es noch gewisse Zweifel, weil Zeugen in Larchmont an dem Nissan Schilder aus New Jersey gesehen hatten, während der im Parkhaus von White Plains New Yorker Nummern aufwies. Doch die Ermittlungsbeamten hielten dem entgegen, es sei durchaus normal, daß Verbrecher nach der Tat die Nummernschilder auswechselten.

Der Polizeichef von White Plains kam am Ort der Explosion noch zu einem weiteren Schluß. Mit verbissenem Gesicht erklärte er vor Journalisten: »Das ist ganz offensichtlich das Werk von hartgesottenen Terroristen.«

Auf die Frage, ob er daraus auch schließen würde, daß es sich bei den Entführern der Sloanes um ausländische Terroristen handle, antwortete er: »Das ist zwar nicht in meinem Revier passiert, aber ich würde davon ausgehen.«

»Für die Abendausgabe sollten wir uns auf diese Theorie von den ausländischen Terroristen konzentrieren«, sagte Harry Partridge zu Rita und Iris Everly, als er von der Bemerkung des Polizeichefs erfuhr.

Die CBA-Gruppe war wenige Minuten zuvor in zwei Fahrzeugen eingetroffen, das Kamerateam in einem Jeep Wagoneer, Partridge, Rita, Iris und Teddy Cooper in einer Chevrolet Limousine, die von einem Boten des Senders gesteuert wurde. In weniger als dreißig Minuten hatten die beiden Autos die fünfundzwanzig Meilen von Mid-Manhattan bis hierher geschafft. Neben verschiedenen Reporterteams drängte sich nun auch eine immer größer werdende Menge von Schaulustigen hinter den von der Polizei errichteten Absperrungen. Minh Van Canh und Ken O'Hara, der Tontechniker, nahmen bereits Bild- und Tonmaterial von der Gebäuderuine, den Verletzten, deren Abtransport noch andauerte, und von den zerstörten, teilweise noch brennenden Autos auf. Zuvor hatten sie schon bei einer improvisierten Pressekonferenz die Stellungnahme des Polizeichefs aufgenommen.

Nachdem Partridge sich einen ersten Überblick über die Szene verschafft hatte, rief er Minh und O'Hara zu sich und begann, die an der Rettungsaktion Beteiligten zu interviewen. Normalerweise hätte dies das Kamerateam alleine oder zusammen mit einem Produzenten erledigen können. Doch die Arbeit gab Partridge das Gefühl, selbst an den Vorgängen beteiligt zu sein und zum ersten Mal direkte Tuchfühlung mit der Story zu bekommen.

Diese Tuchfühlung war psychologisch für einen Korrespondenten sehr wichtig, wie gut er über den Hintergrund der Story auch informiert sein mochte. Partridge arbeitete nun bereits mehr als zweiundvierzig Stunden an der Entführungsgeschichte, hatte aber bis jetzt noch keinen direkten Kontakt mit den konkreten Einzelheiten dieses Falls gehabt. Manchmal war er sich wie eingesperrt vorgekommen, da ihn nur das Telefon und der Computer auf seinem Schreibtisch mit der Wirklichkeit draußen verbanden. So war diese Fahrt nach White Plains, so tragisch die Umstände auch sein mochten, für ihn absolut notwendig. Und er wußte, daß dasselbe auch auf Rita zutraf.

Bei dem Gedanken an Rita fiel ihm etwas ein. Er machte sich auf die Suche nach ihr und fragte sie: »Hat schon jemand mit Crawf gesprochen?«

»Ich habe ihn eben zu Hause angerufen«, antwortete sie. »Er wollte schon herkommen, aber ich habe ihn gebeten, es nicht zu tun. Zum einen wäre er sofort von Schaulustigen umringt, und zum anderen würde es ihn schrecklich aufregen, wenn er sieht, wozu diese Kerle fähig sind.«

»Die Bilder wird er aber trotzdem sehen.«

»Das will er auch. Er wartet im Sender auf uns, Les übrigens auch, und ich habe hier, was wir bereits im Kasten haben.« Rita hatte einige Videokassetten in der Hand. »Ich glaube, wir beide sollten losfahren«, fügte sie hinzu. »Iris und Minh können ja noch ein wenig bleiben.«

Partridge nickte. »Nur noch einen Augenblick.«

Sie standen im dritten Stock des Parkhauses. Partridge ließ Rita stehen und ging zu einem leeren, noch intakten Winkel. Von dort aus hatte man eine gute Aussicht auf White Plains und die rege, alltägliche Geschäftigkeit der Stadt. In der Entfernung war der Highway nach New England und dahinter die grünen Hügel von Westchester zu sehen – alles Szenen der Normalität in einem entsetzlichen Kontrast zu der Verwüstung vor Ort.

Er hatte sich einen Augenblick von dem Chaos abwenden wollen, um in Ruhe nachdenken zu können und die Antwort auf eine quälende Frage zu finden: Da er nun den Auftrag übernommen hatte, Jessica, ihren Sohn und Crawfords Vater zu finden und zu befreien, bestand denn überhaupt die geringste Hoffnung, daß er Erfolg haben könnte? Im Augenblick fürchtete Partridge, die Frage eher mit Nein beantworten zu müssen. Es war für ihn ein sehr ernüchterndes Erlebnis, mit ansehen zu müssen, war hier passiert war, und dabei zu erkennen, wozu seine Gegner fähig waren. Und es warf weitere Fragen auf: Gab es überhaupt etwas, das man einem solch gnadenlosen Wüten entgegensetzen konnte? Gab es nun, da ein terroristischer Hintergrund praktisch bestätigt war, überhaupt zivilisierte Mittel und Wege, um einen solchen Feind aufzuspüren und zu überwältigen? Und auch falls die Antwort ja lautete und trotz des anfänglichen Optimismus in der CBA-News-Zentrale, war es denn nicht nur leere Eitelkeit zu glauben, ein unbewaffnetes Reporterteam könne Erfolg haben, wo Polizei, Regierungen, Geheimdienste und Militär so oft versagten?

Für ihn, Partridge selbst, war dies kein offener Kampf, nicht die Art von Kriegführung, die ihn, pervers oder nicht, erregte und seinen Kreislauf in Schwung brachte, sondern ein heimlicher, schmutziger Krieg, mit unbekanntem Feind, unschuldigen Opfern und einem ekelerregenden Umfeld ...

Doch ungeachtet seiner persönlichen Empfindungen, sollte er aus rein pragmatischen Überlegungen eine Einstellung der aktiven Suche von CBA und die Rückkehr zur üblichen Rolle des Beobachters empfehlen oder, wenn er das schon nicht konnte, doch wenigstens seine Verantwortung jemand anderem übertragen?

Er wurde sich einer Bewegung hinter seinem Rücken bewußt. Als er sich umdrehte, stand Rita hinter ihm. »Kann ich dir helfen?« fragte sie.

»Wir haben uns noch nie in einer ähnlichen Lage befunden«, erwiderte er, »in der so viel nicht nur davon abhängt, was wir berichten, sondern davon, was wir tun.«

»Ich weiß«, sagte sie. »Und du hast daran gedacht, aufzugeben und die Last einem anderen aufzuhalsen, oder?«

Ritas Scharfblick hatte ihn schon öfter überrascht. Er nickte. »Ja, das habe ich wirklich.«

»Tu's nicht, Harry«, bat sie ihn. »Gib nicht auf. Weil, wenn du es tust, ist keiner mehr da, der auch nur halb so gut ist wie du.«

12

Gemeinsam fuhren Partridge, Rita und Teddy Cooper nach Manhattan zurück, allerdings beträchtlich langsamer als bei der Hinfahrt. Partridge saß vorn neben dem Fahrer, Teddy und Rita im Fond.

Cooper, der sich erst im letzten Augenblick entschieden hatte, die anderen nach White Plains zu begleiten, hatte sich dort beobachtend im Hintergrund gehalten und wirkte nun etwas abwesend, als würde er sich auf ein Problem konzentrieren. Auch Partridge und Rita hatten zunächst wenig Lust zu reden. Für beide war dieser Vormittag eine schreckliche, aber wichtige Erfahrung gewesen. Im Ausland hatten sie die Auswirkungen des Terrorismus schon häufig miterlebt, aber diese terroristische Invasion einer amerikanischen Kleinstadt war traumatisch, so als hätten Barbarei und Wahnsinn nun auch dieses Land erreicht und eine Gesellschaft vergiftet, in der zwar nicht unbedingt absolute Ruhe herrschte, die aber bis jetzt ein solides Fundament der Vernunft besessen hatte. Die Erosion dieses Fundaments, die heute begonnen hatte, würde sich immer weiter ausdehnen und vermutlich irreversibel sein, das wußten sie beide.

Nach einer Weile drehte sich Partridge um, sah die anderen zwei an und sagte: »Die Briten waren überzeugt, daß der Terrorismus nicht bis in ihr Land vordringen könnte, aber er tat es trotzdem. Und auch bei uns glaubten das eine ganze Menge.«

»Die haben sich von Anfang an geirrt«, erwiderte Rita. »Dazu mußte es einfach kommen. Die Frage war nur *wann* und nicht *ob.*«

Wie schon der Polizeichef von White Plains gingen auch Rita und Partridge inzwischen davon aus, daß es sich bei den Entführern der Sloanes mit ziemlicher Sicherheit um ausländische Terroristen handelte.

»Aber wer zum Teufel sind sie?« Partridge schlug sich mit der Faust auf die geöffnete Linke. »Darauf müssen wir uns konzentrieren. *Wer?*«

Rita merkte nun deutlich, daß Harry den Gedanken an eine Aufgabe bereits wieder hinter sich gelassen hatte. Sie erwiderte ihm: »Natürlich denkt man zunächst an den Mittleren Osten – Iran, Libanon, Libyen ... die ganze religiöse Front: Hisbollah, Schiiten, Islamischer Jihad, FARL, PLO und was es sonst noch alles gibt.«

»Daran habe ich zuerst auch gedacht«, gab Partridge zu. »Aber dann frage ich mich: *Was für einen Grund hätten die?* Warum sollten sie das Risiko eingehen, ihre Operationen bis hierher auszudehnen, wo sie doch viel einfachere Ziele bei sich zu Hause haben?«

»Vielleicht, um Eindruck zu machen. Um den ›großen Satan‹ davon zu überzeugen, daß er nirgends sicher ist.«

Partridge nickte bedächtig. »Vielleicht hast du recht.« Dann sah er Cooper an. »Teddy, sollten wir auch die IRA in Betracht ziehen?«

Der Ermittler wachte aus seiner Gedankenversunkenheit auf. »Ich glaube nicht. Die IRA ist eine Drecksbande, die zu allem fähig ist, aber nicht in Amerika, weil's hier immer noch ein paar irisch-amerikanische Idioten gibt, die ihnen Geld zuschießen. Mit einem

Anschlag in Amerika würden sie sich diesen Geldhahn selber zudrehen.«

»Hast du eine andere Idee?«

»Was den Mittleren Osten betrifft, bin ich mit dir einer Meinung, Harry. Vielleicht solltest du dich eher im Süden umsehen.«

»Lateinamerika«, sagte Rita. »Klingt einleuchtend. Wahrscheinlich Nicaragua, vielleicht Honduras, Mexiko oder Kolumbien.«

Sie spekulierten weiter, waren aber noch zu keinem Schluß gekommen, als Partridge plötzlich zu Teddy sagte: »Ich weiß doch, daß du in deinem wirren Schädel noch irgend etwas ausbrütest. Dürfen wir schon daran teilhaben?«

»Glaub' schon.« Er überlegte kurz, dann sagte er: »Sie haben das Land verlassen.«

»Die Entführer?«

Der Rechercheur nickte. »Und sie haben Mr. Sloanes Familie mitgenommen. Was da heute morgen passiert ist« – er deutete mit dem Kopf in Richtung White Plains – »ist wie ein Erkennungszeichen. Damit wir wissen, welche Art von Leuten sie sind, mit welch harten Bandagen sie kämpfen. Als Vorgeschmack für diejenigen, die mit ihnen später verhandeln müssen.«

»Ich will nur ganz sichergehen, daß ich dich auch richtig verstanden habe«, sagte Partridge. »Du glaubst also, die haben sich ausgerechnet, wie lange es dauert, bis der Kleinbus entdeckt wird und in die Luft fliegt, und es dann so eingerichtet, daß das erst passiert, nachdem sie verschwunden sind?«

»So in der Richtung.«

»Aber das ist doch nur Spekulation«, gab Partridge zu bedenken. »Du könntest dich auch täuschen.«

Cooper schüttelte den Kopf. »Das ist mehr als nur Spekulation – sagen wir mal, es ist eine intelligente Einschätzung, die wahrscheinlich richtig ist.«

»Nehmen wir mal an, du hast recht«, sagte Rita. »Wohin bringt uns das?«

»Das bringt uns in die Zwangslage«, erwiderte Cooper, »entscheiden zu müssen, ob wir viel Geld in eine intensive Suche nach ihrem Versteck investieren wollen, obwohl es bereits leer ist, wenn wir es finden.«

»Warum sollten wir uns damit abgeben, wenn die Vögel, wie du annimmst, bereits ausgeflogen sind?«

»Weil, wie Harry gestern gesagt hat, jeder Spuren hinterläßt. Also haben auch sie welche hinterlassen, ganz gleich, wie vorsichtig sie waren.«

Das Auto näherte sich Manhattan. Sie fuhren auf dem Major Deegan Expressway auf die Third Avenue Bridge zu, und der Fahrer mußte wegen des stärker werdenden Verkehrs abbremsen. Partridge sah zum Fenster hinaus, orientierte sich kurz und wandte sich dann wieder den beiden anderen zu.

»Gestern abend«, sagte er zu Cooper, »hast du gesagt, du würdest dir einen Weg überlegen, wie man den Unterschlupf der Bande ausfindig machen könnte. Gehört dieses ›viele Geld für eine intensive Suche‹ auch zu diesem Weg?«

»Ja. Aber das Ganze wäre eine höchst unsichere Sache.«

»Dann erzähl mal«, sagte Rita.

Cooper blätterte in seinem Notizbuch und begann dann: »Ich habe mir zuerst überlegt, welche Art von Anwesen diese Bande braucht, um all das zu tun, worüber wir gestern abend gesprochen haben: mindestens fünf Autos abstellen beziehungsweise verstekken, eine Lackierwerkstatt einrichten, die groß genug ist, um alle Autos immer wieder umspritzen zu können, und genug Platz haben, um vier oder wahrscheinlich noch mehr Leute unterzubringen. Sie brauchen Lagerräume, ein sicheres Zimmer, wo sie die Sloanes nach der Entführung einsperren können und, für eine Operation dieses Umfangs, eine Art Büro. Etwas Kleines kommt da nicht in Frage, vor allem kein gewöhnliches Haus mit Nachbarn, die alles beobachten können.«

»Okay«, warf Partridge ein, »so weit kann ich dir folgen.«

»Welche Art Anwesen wäre das also?« fuhr Cooper fort. »Wie ich das sehe, kommen drei Möglichkeiten in Frage: entweder eine kleine, stillgelegte Fabrik, ein leeres Lagerhaus oder ein großes Haus mit verschiedenen Nebengebäuden. Aber was es auch ist, es muß an einem Ort liegen, wo nicht viel los ist, eine einsame, abgelegene Gegend, und es darf außerdem, denn davon gehen wir ja inzwischen aus, nicht mehr als fünfundzwanzig Meilen von Larchmont entfernt liegen.«

»Du gehst davon aus«, bemerkte Rita. »Wir anderen haben das nur akzeptiert, weil uns nichts Besseres eingefallen ist.«

»Das Problem ist«, gab nun Partridge zu bedenken, »daß es wahrscheinlich auch in diesem Fünfundzwanzig-Meilen-Radius Zehntausende von Objekten gibt, auf die deine Beschreibung paßt.«

Cooper schüttelte den Kopf. »So viele auch wieder nicht. Ich hab' gestern nach dem Abendessen noch mit ein paar von den anderen gesprochen, und wir sind darauf gekommen, daß es, wenn man die einsame Gegend berücksichtigt, wahrscheinlich nur ein- bis dreitausend sind.«

»Aber auch dann, wie zum Teufel sollen wir in dieser Menge genau das finden, was wir suchen?«

»Wie gesagt, die Sache ist ziemlich unsicher, aber einen Weg gibt es vielleicht doch.«

Partridge und Rita hörten aufmerksam zu, während Cooper ihnen seinen Plan erläuterte.

»Überlegt euch einmal folgendes: Diese Entführer kommen ins Land, egal woher, und müssen sich zunächst einmal eine Operationsbasis aufbauen. Und zwar, wie wir gesagt haben, in der Nähe von Larchmont, aber auch nicht zu nahe. Was tun sie also, um ein geeignetes Anwesen zu finden? Sie suchen sich erst mal die ungefähre Gegend aus. Und dann tun sie das, was jeder tun würde, vor allem, wenn er wenig Zeit hat – sie sehen sich die Immobilienannoncen in den Zeitungen an, und die Art von Bruchbude, die sie suchen, steht vermutlich in den Kleinanzeigen. Wir können natürlich nicht hundertprozentig sicher sein, aber ich halte es für sehr wahrscheinlich, daß sie genau auf diese Art an ihre Bude herangekommen sind.«

»Möglich ist das natürlich«, sagte Partridge. »Aber möglich ist auch, daß sie vor Ort Helfershelfer hatten, die ihnen diese Basis schon vor ihrer Ankunft besorgt haben.«

Cooper seufzte. »Du hast ja nur zu recht. Aber wenn man nichts als Möglichkeiten in der Hand hat, muß man sich eben damit weiterhelfen.«

»Ich spiel' nur den Advocatus Diaboli, Teddy. Mach weiter.«

»Bin schon dabei ... Wir sollten jetzt eigentlich die Kleinanzeigen in sämtlichen regionalen und lokalen Zeitungen durchgehen, die in den letzten drei Monaten in diesem Fünfundwanzig-Meilen-Gebiet um Larchmont erschienen sind. Dabei müßten wir vor allem auf die Objekte achten, von denen wir gesprochen haben und die über längere Zeit inseriert waren und dann plötzlich verschwanden.«

Rita schnappte nach Luft. »Hast du überhaupt eine Vorstellung, wie viele Tages- und Wochenzeitungen und wie viele Leute...«

Partridge unterbrach sie: »Ich denke in die gleiche Richtung, aber laß ihn erst mal ausreden.«

Cooper zuckte mit den Achseln. »Ob ich weiß, wie viele Zeitungen es sind? Nicht genau, aber daß es eine Wahnsinnsmenge ist, weiß ich schon. Wir müßten eben Leute einstellen – junge, helle Köpfe –, die sich sämtliche Zeitungen vornehmen. Soweit ich weiß, gibt es da ein Buch...« Cooper warf einen Blick auf seine Notizen. »...*Publisher and Editor International Yearbook*. In dem sind sämtliche Zeitungen, sogar die winzigsten, aufgeführt. Damit müßten wir anfangen. Von dort gehen wir in die Bibliotheken, die Zeitungen archivieren, einige sogar auf Mikrofilm. Bei den anderen gehen wir direkt in die Redaktionen und lassen uns die alten Nummern zeigen. Wir bräuchten 'ne Menge Leute, und die Sache müßte sehr schnell passieren, bevor die Spur kalt wird.«

»Und du glaubst, daß ein Zeitraum von drei Monaten ausreicht?«

»Wir wissen doch, daß diese Leute die Sloanes ungefähr einen Monat lang ausspioniert haben, und ich würde wetten, daß die ihr Hauptquartier bereits eingerichtet hatten, als sie damit anfingen. Deshalb sind drei Monate eine vernünftige Zeitspanne.«

»Was passiert, wenn wir eine Anzeige finden, die auf das Objekt, das wir suchen, paßt?«

»Wahrscheinlich wird es auch davon wieder eine ganze Menge geben«, erwiderte Cooper. »Wir sortieren sie nach Prioritäten und lassen dann ein paar von den Leuten, die die Zeitungen durchgegangen sind, weiterforschen. Zuerst, indem sie bei den Leuten, die diese Anzeigen aufgegeben haben, nachfragen. Je nachdem, wie die Antworten ausfallen, entscheiden wir dann, welche Anwesen wir uns ansehen.« Cooper zuckte mit den Achseln. »Bei den meisten Besichtigungen werden wir Nieten ziehen, aber vielleicht haben wir

Glück. Ich habe vor, mich selber an diesen Nachforschungen zu beteiligen.«

In dem Schweigen, das folgte, wägten Partridge und Rita ab, was sie eben gehört hatten.

Partridge war der erste, der sprach. »Meinen Glückwunsch zu deiner originellen Idee, Teddy, aber du hast selber gesagt, daß es eine sehr unsichere Sache ist, und das ist es wirklich. Verdammt unsicher sogar. Im Augenblick kann ich mir nicht vorstellen, daß es funktioniert.«

»Offen gesagt«, meinte nun Rita, »ich glaube, du versuchst das Unmögliche. Erstens wegen der vielen in Frage kommenden Zeitungen – eine Unmenge geradezu! Zweitens, weil die Leute, die wir dazu brauchen, ein Vermögen kosten würden.«

»Wäre es denn das nicht wert«, fragte Cooper zurück, »wenn wir damit Mr. Sloanes Familie zurückbekommen würden?«

»Natürlich wäre es das. Aber was du vorschlägst, würde sie nicht zurückbringen. Es würde uns höchstens ein paar Informationen liefern, und sogar das ist unwahrscheinlich.«

»Ob nun so oder so«, warf Partridge ein, »nicht wir treffen hier die Entscheidung. Wenn's um Geld geht, ist Les Chippingham zuständig. Und da wir den später noch sehen, kannst du ihm ja deine Idee vorschlagen, Teddy.«

Der zweieinhalbminütige Bericht, den Iris Everly für die Samstagsausgabe der National Evening News produzierte, war dramatisch, schockierend und bildintensiv, wie es im Fachjargon hieß. Auch in White Plains hatte Minh Van Canh seine Kamera sehr kreativ eingesetzt. In der Zentrale hatte Iris dann, zusammen mit dem Cutter Bob Watson, aus dem Bildmaterial eine Fernsehdokumentation zusammengestellt, die fast schon ein kleines Meisterwerk war.

Iris und Partridge hatten sich mit Watson in einem winzigen Schneideraum getroffen, einem aus einer ganzen Reihe nebeneinanderliegender, die alle besetzt waren, da sich der Sendetermin näherte. Die drei sahen sich alle vorliegenden Videobänder an, und Iris machte sich Notizen über deren Inhalt. Ein spät aufgenommenes Band, das sie mit Sicherheit verwenden würden, zeigte die

Ankunft von FBI-Agenten am Ort der Explosion. Auf die Frage, ob sie schon eine Nachricht von den Entführern erhalten hätten, wies der ranghöchste Beamte lediglich auf den Schauplatz und sagte mit verbissenem Gesicht: »Nur die da.«

Andere Bänder zeigten Szenen der Verwüstung und Partridges Interviews.

Nach diesem ersten Überblick sagte Iris: »Ich glaube, wir sollten mit den brennenden Autos und den Löchern in Boden und Decke der Parketage beginnen und dann den Abtransport der Toten und Verwundeten zeigen.« Partridge stimmte zu, und nun wurde gemeinsam der Aufbau der Sendung erarbeitet.

Als nächstes sprach Partridge noch im Schneideraum seinen Kommentar auf eine Tonspur, mit der später das fertig geschnittene Bildmaterial unterlegt würde. Er hatte sein in aller Eile zusammengeschriebenes Manuskript vor sich liegen und begann: »*Wer noch daran zweifelte, daß es sich bei den Entführern der Familie Crawford Sloanes um skrupellose Terroristen handelte, wurde heute auf entsetzliche Weise eines Besseren belehrt ...*«

War Partridge in den beiden vergangenen Tagen als Moderator beziehungsweise, zusammen mit Crawford Sloane, als Co-Moderator der Abendnachrichten eingesprungen, so beschränkte er sich in der nun bevorstehenden Sendung auf seine gewohnte Rolle als Korrespondent, denn die Samstagsausgabe wurde von Teresa Toy gemacht, einer charmanten und sehr beliebten Moderatorin chinesischer Abstammung. Teresa hatte anfangs mit Partridge und Iris über den allgemeinen Aufbau ihres Berichts gesprochen. Doch da sie wußte, daß sie es mit zwei Vollprofis zu tun hatte, hielt sie es für klüger, die beiden bei der Feinarbeit alleine zu lassen.

Nach Fertigstellung der Tonspur verließ Partridge den Schneideraum. Iris und Bob Watson brauchten dann noch drei Stunden, um den mühseligen Schneideprozeß zu beenden, ein Aspekt der Fernsehberichterstattung, dem die Zuschauer, die nur das perfekte Endprodukt sehen, kaum Beachtung schenken.

Vom Äußeren her schien Bob Watson für diese penible, Geduld erfordernde Arbeit denkbar ungeeignet. Er war kräftig und untersetzt und hatte kurze, dicke Finger. Obwohl er sich jeden Morgen rasierte, sah er bereits mittags aus, als trage er einen Dreitagebart.

Er rauchte beständig dicke, stinkende Zigarren, über die sich die anderen, die mit ihm in dem winzigen Zimmer arbeiten mußten, beklagten. Aber er hielt ihnen entgegen: »Wenn ich nicht rauchen darf, funktioniert mein Hirn nicht so gut, und ihr kriegt eine schlechte Arbeit.« Und so ertrugen Producer wie Iris Everly wegen Watsons überragender Fähigkeiten lieber den Rauch.

Das Schneiden der einzelnen Reportagen geschah in der Senderzentrale, in den über die ganze Welt verteilten Redaktionen und manchmal auch direkt vor Ort, am Schauplatz des Geschehens. Die täglichen Nachrichtensendungen enthielten alle drei Arten von Berichten.

Das Handwerkszeug eines Cutters, vor dem Watson und die schöne und sehr eigensinnige Iris nun saßen, bestand im wesentlichen aus zwei komplizierten Videorecordern mit präzise funktionierenden Kontrollanzeigen und Reglern. Angeschlossen an die beiden Recorder waren eine Reihe von über den Geräten selbst angebrachten Monitoren und Lautsprechern. Neben und hinter dem Cutter standen Regale mit Dutzenden von Kassetten, die er von den Kameramännern, aus der Videothek oder von angeschlossenen Sendern erhalten hatte.

Der Cutter mußte nun auf das Masterband in der linken Maschine Bildsequenzen und Geräusche von einer Vielzahl anderer Bänder übertragen, die er auf der rechten Maschine immer und immer wieder ablaufen ließ. Das Übertragen von Szenen, die selten länger als drei Sekunden dauerten, erforderte künstlerisches und journalistisches Urteilsvermögen, eine unendliche Geduld und die Feinfühligkeit eines Uhrmachers. Auf dem Masterband entstand so das Endprodukt, das schließlich gesendet wurde.

Watson stellte nun die Eröffnungssequenz zusammen, auf die man sich bereits geeinigt hatte – die brennenden Autos und das zerstörte Gebäude. Mit der Geschwindigkeit eines Briefsortierers nahm er die verschiedenen Kassetten vom Regal, schob sie in den rechten Recorder und suchte mit dem Schnellvorlauf die gewünschte Szene. Offenbar unzufrieden mit dem Gefundenen, spulte er wieder hin und her, hielt bei einer anderen Szene an und kehrte dann zur ersten zurück. »Nein«, sagte er, »da muß noch irgendwo eine Totale aus der anderen Perspektive sein, die mir besser gefällt.«

Er legte eine andere Kassette ein, überflog sie kurz, nahm dann noch eine dritte und fand dort, was er suchte. »Mit dem sollten wir anfangen, und dann bringen wir die Nahaufnahme aus der ersten.«

Iris war einverstanden, und Watson kopierte Bilder und Geräusche auf das Masterband. Die beiden ersten Ergebnisse gefielen ihm nicht, er löschte sie wieder und war schließlich mit dem dritten zufrieden.

Etwas später sagte Iris: »Zeig mir doch noch mal diesen Werbespot von Nissan.« Sie sahen sich das Band an, es zeigte einen neuen, makellosen Nissan Kleinbus, der in strahlendem Sonnenschein über eine baumbestandene Landstraße fuhr. »Idyllisch«, bemerkte Iris. »Was hältst du davon, wenn wir zuerst den bringen und dann das Wrack nach der Explosion?«

»Müßte klappen.« Nach einigen Versuchen hatte Watson die wirkungsvollste Kombination gefunden.

»Ausgezeichnet!« flüsterte Iris.

»Du bist ja selbst auch nicht gerade von gestern.« Der Cutter nahm seine Zigarre in den Mund und stieß eine dichte Rauchwolke aus.

Unter regem Gedankenaustausch ging die Arbeit voran. Das Zusammenspiel von Produzent und Cutter hatte einmal jemand als Duett bezeichnet, was häufig zweifellos zutraf.

Während des Schneidevorgangs gab es unendliche Möglichkeiten der Verzerrung und der tendenziösen Färbung des Faktenmaterials. Handlungen von Personen konnten aus dem Zusammenhang gerissen werden. So konnte man zum Beispiel einen Politiker beim Anblick von Obdachlosen lachen lassen, obwohl er in Wirklichkeit geweint hatte, und das Lachen aus einer ganz anderen Bildsequenz stammte. Mit einer Technik, die man »Audioslipping« nannte, konnte man Sprache oder Geräusche so von einer Szene auf eine andere übertragen, daß nur der Produzent und der Cutter von dem Tausch wußten und ihn sonst niemand bemerkte. Wenn man so etwas vorhatte, bat man den Korrespondenten, falls der anwesend war, den Schneideraum zu verlassen. Er konnte sich zwar denken, was beabsichtigt war, doch war es ihm vermutlich lieber, wenn er es nicht genau wußte.

Offiziell sah man solche Praktiken nicht gern, doch sie kamen bei allen Sendern vor.

Iris hatte Bob Watson einmal gefragt, ob seine politischen Überzeugungen – er war strammer Sozialist – seine Schneidearbeit beeinflußten. »Klar, bei Wahlen, wenn ich das Gefühl habe, damit durchzukommen. Es ist ja nicht schwer, jemand gut, schlecht oder einfach lächerlich aussehen zu lassen. Voraussetzung ist nur, daß der Produzent mitmacht.«

»Versuch es nie bei mir«, hatte Iris erwidert, »sonst bekommst du Schwierigkeiten.«

In gespieltem Gehorsam hatte Watson die Hand an die Stirn gelegt.

Während sie nun weiter an dem White-Plains-Bericht arbeiteten, schlug Iris plötzlich vor: »Versuch doch diese Szene mal mit dem Fischaugeneffekt.«

»Das ist besser – ach, dieser verdammte Trottel!« Der Kopf eines Fotografen war plötzlich im Bild aufgetaucht und hatte die Aufnahme ruiniert – ein Beispiel für den beständigen Kampf zwischen Pressefotografen und Kameramännern.

An einer Stelle paßten die Bilder auf dem Masterband nicht zum Kommentar. »Harry muß da ein paar Worte ändern«, sagte Watson.

»Das kann er später. Laß uns zuerst unser Zeug hier fertigmachen.«

Watson ärgerte sich, weil er einige Einstellungen auf drei Sekunden kürzen mußte. »Im britischen Fernsehen lassen sie ihre Einstellungen fünf Sekunden laufen; so kann man besser eine Stimmung aufbauen und die Umweltgeräusche effektiver einsetzen. Hast du gewußt, daß die Briten eine längere Aufmerksamkeitsspanne haben als wir?«

»Ich hab' schon mal davon gehört.«

»Und wenn du bei uns ab und zu mal 'ne Einstellung fünf Sekunden laufen läßt, wird's zwanzig Millionen Idioten langweilig, und sie schalten auf einen anderen Kanal.«

Nach einer Weile legte sie eine Kaffeepause ein, und Watson zündete sich eine neue Zigarre an. »Wie bist du eigentlich zu dem Job gekommen?« wollte Iris wissen.

Er kicherte. »Du wirst es mir nicht glauben, wenn ich's dir erzähle.«

»Wollen mal sehen.«

»Ich hab' in Miami als Hausmeister im Nachtdienst bei einem Lokalsender gearbeitet. Einer der Jungs in der Nachtschicht hat gemerkt, daß ich mich für das Zeug interessiere, und hat mir gezeigt, wie die Schneidemaschinen funktionieren; damals wurde noch Film verwendet, keine Videobänder. Von da ab hab' ich mich mit dem Putzen immer sehr beeilt. Um drei oder vier saß ich dann regelmäßig im Schneideraum und hab' aus den Schnipseln, die die anderen weggeworfen hatten, meine eigenen Geschichten zusammengestellt. Na, und nach einer Weile konnt' ich das dann ziemlich gut.«

»Und dann?«

»Eines Nachts, ich war noch immer Hausmeister, kam's in Miami zu Rassenunruhen. Totales Chaos, ein Großteil des Schwarzenviertels, Liberty City, brannte. Der Sender, für den ich arbeitete, hatte seine ganzen Leute alarmiert, aber einige blieben unterwegs stecken. Und so hatten sie keinen Cutter, brauchten aber unbedingt einen.«

»Da hast du dich angeboten«, sagte Iris.

»Zuerst wollte mir niemand glauben, daß ich das überhaupt kann. Doch als es dann immer enger wurde, ließen sie es mich versuchen. Mein Zeug ging sofort auf Sendung. Einiges davon ging an einen der großen Sender. Und der brachte es den ganzen nächsten Tag. Zehn Stunden durfte ich den Job machen. Danach hat mich der Direktor gefeuert.«

»Gefeuert?«

»Als Hausmeister. Sagte, ich würde nur Mist bauen und sei mit den Gedanken nicht bei der Arbeit.« Watson lachte. »Und dann hat er mich als Cutter wieder eingestellt. Ich hab' dem alten Job nie eine Träne nachgeweint.«

»Eine nette Geschichte«, sagte Iris. »Falls ich je ein Buch schreibe, werde ich sie verwenden.«

Kurze Zeit später glich Partridge, auf Watsons und Iris' Bitte, seinen Text den Bildern an, und Watson kopierte die Neuaufnahme auf das Masterband. Vor der Fassade der CBA-News-Zentrale nahm

Partridge außerdem noch einen Schlußkommentar für die Reportage auf.

Seit seiner Rückkehr aus White Plains hatte Partridge sich darüber den Kopf zerbrochen, was er sagen sollte. Bei einer normalen Reportage wäre es kein Problem gewesen. Die Schwierigkeit lag darin, daß Crawford Sloane in diese Geschichte verwickelt war. Partridge wußte, daß einige der Formulierungen, die er sich überlegt hatte, Crawf Angst einjagen würden. Sollte er sie deshalb abschwächen und ein wenig herumreden, oder sollte er der hartgesottene Reporter mit einem einzigen Maßstab sein – dem der Objektivität?

Am Ende löste sich das Problem von selbst. Während das Kamerateam und einige Schaulustige bereits auf ihn warteten, schrieb er sich draußen vor dem Gebäude in aller Eile die wichtigsten Punkte zusammen, prägte sie sich ein und improvisierte dann.

»Was sich heute in White Plains ereignete, ist nicht nur für die unschuldigen Einwohner dieser Stadt eine entsetzliche Tragödie, sondern auch eine Schreckensmeldung für meinen Freund und Kollegen Crawford Sloane. Denn nun steht fest, daß seine Frau, sein junger Sohn und sein Vater in den Händen wilder, gnadenloser Verbrecher sind, über deren Identität und Herkunft man bis jetzt noch nichts weiß. Sicher ist nur, daß sie vor nichts zurückschrecken werden, um ihre Ziele zu erreichen.

Die Art und der Zeitpunkt dieses Anschlags in White Plains werfen eine Frage auf, die sich inzwischen viele stellen: Wurden die Entführungsopfer bereits außer Landes gebracht und an einem weit entfernten Ort versteckt, wo immer der auch sein mag?

Harry Partridge, CBA News, New York.«

13

Teddy Cooper hatte sich getäuscht. Die Entführer und ihre Opfer hatten die Vereinigten Staaten noch nicht verlassen. Doch wenn alles nach Plan lief, waren sie in wenigen Stunden verschwunden.

Für die Medellín-Gruppe, die sich an diesem Samstagnachmittag noch immer in ihrem Versteck in Hackensack aufhielt, hatte der Druck einen Höhepunkt erreicht, die Nerven waren zum Zerreißen gespannt. Der Grund für die Sorge waren die Radio- und Fernsehberichte über die Ereignisse in White Plains an diesem Vormittag.

Miguel war ruhelos und besorgt, er gab nur barsche Antworten auf die Fragen der anderen und fuhr die Frager einige Male böse an. Als Carlos, normalerweise der sanfteste der fünf Kolumbianer, wütend bemerkte, die Sprengladung in dem Kleinbus sei *una idea imbecil* gewesen, griff Miguel nach einem Messer. Doch dann beherrschte er sich und legte es wieder weg.

In Wirklichkeit wußte Miguel nur zu gut, daß es ein schlimmer Fehler gewesen war, den Wagen in White Plains mit einer Sprengladung zu versehen. Denn zu der Explosion, die als Warnung gedacht war, daß sie, die Entführer, es ernst meinten, hätte es erst nach ihrem Verschwinden kommen sollen.

Dieses *nach* war hierbei das entscheidende Wort.

Miguel hatte sich darauf verlassen, daß der Kleinbus wegen der äußerlichen Veränderungen – das Abziehen der dunklen Folien und das Auswechseln der Nummernschilder – erst nach fünf oder sechs Tagen oder vielleicht sogar noch später entdeckt würde.

Doch da hatte er sich ganz offensichtlich getäuscht. Schlimmer noch, die Explosion und ihre Folgen hatten die Entführung der Sloanes wieder in den Mittelpunkt des öffentlichen Interesses gerückt und Polizei und Öffentlichkeit in höchste Alarmbereitschaft versetzt, und das zu einem Zeitpunkt, als sie sich in aller Stille davonstehlen wollten.

Weder Miguel noch die anderen bedauerten die Toten und die Verwüstung, die sie in White Plains angerichtet hatten. Unter anderen Umständen hätte sie das sogar amüsiert. Sie bedauerten nur, daß sie jetzt in größerer Gefahr schwebten, denn das hätte nicht passieren müssen.

Es waren immer die gleichen Fragen, die sich die Verschwörer stellten: Wurden die Straßensperren, die Berichten zufolge seit Donnerstag bereits wieder abgebaut wurden, nun erneut errichtet? Wenn ja, wie viele waren es zwischen ihrem Unterschlupf und Teterboro Airport? Und was war mit dem Flugplatz? Waren wegen der erhöhten Alarmbereitschaft die Sicherheitsmaßnahmen verstärkt worden? Und auch wenn die vier mit ihren Gefangenen es schafften, Teterboro ungehindert zu verlassen, was war dann mit Opa Locka in Florida? Welche Gefahren warteten dort auf sie?

Keiner kannte die Antworten, auch Miguel nicht. Sicher wußten sie nur, daß sie aufbrechen mußten; die Maschinerie ihres Transfers war bereits in Gang gesetzt, und sie mußten das Risiko eingehen.

Ein weiterer, wahrscheinlich unvermeidlicher Grund für die erhöhte nervliche Belastung waren die zunehmenden Reibereien der Gruppenmitglieder untereinander. Nachdem sie über einen Monat auf engstem Raum und praktisch ohne Kontakte nach draußen gelebt hatten, waren aus geringfügigen persönlichen Animositäten Haßgefühle geworden.

Besonders lästig für alle anderen war Rafaels Gewohnheit, ständig Schleim auszuhusten und ihn auszuspucken, wo er eben war, vor allem auch beim Essen. Bei einer Mahlzeit war Carlos darüber so wütend, daß er Rafael *un bruto odioso* nannte, worauf Rafael ihn an den Schultern packte, gegen die Wand warf und mit seinen riesigen Fäusten auf ihn einhämmerte. Nur Miguels Eingreifen bewahrte Carlos vor Verletzungen. Nach dem Zwischenfall spuckte Rafael unbeirrt weiter, und Carlos kochte vor Wut.

Auch Luís und Julio waren Feinde geworden. In der Woche zuvor hatte Julio Luís vorgeworfen, er betrüge beim Kartenspielen. Es folgte eine Schlägerei, die keiner gewann, doch tags darauf hatten beide geschwollene Gesichter. Seitdem hatten sie kaum ein Wort miteinander gesprochen.

Inzwischen war auch Socorro ein Grund für Reibereien. Trotz ihrer früheren Zurückweisung jeder sexuellen Annäherung war sie in der letzten Nacht mit Carlos ins Bett gegangen. Ihre wilden

Geräusche hatten in den anderen Männern Neid geweckt und rasende Eifersucht in Rafael, der Socorro für sich beanspruchte und sie an diesem Morgen auch daran erinnerte. Vor allen anderen erwiderte sie ihm während des Frühstücks: »Du mußt schon zuerst deine abscheulichen Manieren ablegen, bevor du deinen *verga* in mich stecken darfst.«

Miguels starkes Verlangen nach Socorro machte die Situation noch komplizierter. Er mußte sich beständig daran erinnern, daß er es sich als Anführer der Truppe nicht leisten konnte, in den Wettstreit um Socorro mit einzutreten.

Er merkte, daß seine Führerrolle auch noch andere Auswirkungen auf ihn hatte. Wenn er in den Spiegel sah, fiel ihm auf, daß er seine frühere Unscheinbarkeit verlor. Er glich immer weniger einem unauffälligen Angestellten oder einem kleinen Filialleiter, was ja seine frühere, natürliche Tarnung gewesen war. Alter und Verantwortung ließen ihn als den erscheinen, der er wirklich war – ein erfahrener, starker Kommandeur.

Was soll's, dachte er nun, jeder Kommandeur macht einmal Fehler. White Plains war ganz offensichtlich einer der seinen gewesen.

So war es für jeden aus unterschiedlichen Gründen eine große Erleichterung, als der Zeitpunkt des Aufbruchs näherrückte.

Julio sollte den Leichenwagen fahren, Luís den Lastwagen mit der Aufschrift *Serene Funeral Homes.* Beide Fahrzeuge waren bereits beladen.

In dem einzelnen Sarg im Leichenwagen lag die betäubte Jessica, Angus und Nicholas in den beiden anderen im Lastwagen. Carlos hatte auf jeden Sarg ein Bukett weißer Chrysanthemen und rosa Nelken gelegt.

Auf eigenartige Weise dämpfte der Anblick der Särge und der Blumen die Stimmung der Verschwörer, es schien, als wären die Rollen, die sie im Geiste immer wieder geprobt hatten und die sie nun bald spielen mußten, dadurch etwas leichter geworden.

Nur Baudelio, der zwischen den Särgen hin- und hereilte und noch letzte Messungen mit seinen Kontrollgeräten vornahm, war voll und ganz auf seine Arbeit konzentriert, denn er wußte, daß während der nächsten Stunden der Erfolg des ganzen Unternehmens von der Präzision seiner früheren Schätzungen abhing. Wenn einer der Gefangenen während der Fahrt und vor allem bei Kontrollen das Bewußtsein wiedererlangte und schrie oder um sich schlug, war alles verloren.

Auch schon der leiseste Verdacht, daß an den Särgen etwas ungewöhnlich sei, konnte zu einer Öffnung durch die Behörden führen und so die ganze Aktion vereiteln – wie es 1984 auf dem Stansted Airport in Großbritannien passiert war. Damals war ein Nigerianer, Dr. Umaru Dikko, entführt worden und sollte betäubt und in einem versiegelten Sarg nach Lagos geflogen werden. Flughafenangestellte hatten einen starken »medizinischen« Geruch bemerkt, und der britische Zoll bestand deshalb auf einer Öffnung des Sarges. So wurde das bewußtlose, aber lebende Opfer entdeckt.

Miguel und Baudelio kannten den Fall und wollten es nicht zu einer Wiederholung kommen lassen.

Kurz vor der Abfahrt erschien Socorro erstaunlich verführerisch in einem schwarzen Leinenkleid mit passender bortenbesetzter Jacke. Die Haare waren unter einem schwarzen Hut hochgesteckt, sie trug goldene Ohrringe und eine dünne goldene Halskette. Sie weinte heftig, die Pfefferkörner, die Baudelio ihr unter die unteren Lider gesteckt hatte, taten ihre Wirkung. Nun mußte auch Rafael diese Behandlung über sich ergehen lassen; er hatte sich zunächst dagegen gewehrt, doch da Miguel darauf bestand, gab der große Mann nach. Er hatte sich bald an das leicht unangenehme Gefühl gewöhnt, und nun flossen auch bei ihm die Tränen.

Rafael, Miguel und Baudelio sahen in ihren schwarzen Anzügen und Krawatten überzeugend wie Trauernde aus. Wenn Fragen gestellt wurden, spielten Rafael und Socorro Bruder und Schwester einer toten kolumbianischen Frau, die während eines Besuchs in den Vereingten Staaten bei einem Autounfall getötet und nun zum Begräbnis nach Hause geflogen wurde. Und da der kleine Sohn der Frau, so die Tarngeschichte, bei dem Unfall ebenfalls getötet wurde, waren Rafael und Socorro Nickys Onkel und Tante. Der dritte »Tote«, Angus, war ein älterer entfernter Verwandter, der die beiden auf der Reise begleitet hatte.

Baudelio war ein weiteres trauerndes Familienmitglied, das den Leichenzug zur Unterstützung der Hinterbliebenen begleitete, Miguel ein enger Freund.

Eine umfangreiche Sammlung von Dokumenten stützte die Tarngeschichte, darunter gefälschte Totenscheine aus Pennsylvania, wo der Unfall angeblich stattgefunden hatte, drastische Fotos von einer Karambolage auf einer Autobahn und sogar Zeitungsausschnitte, die angeblich aus dem *Philadelphia Inquirer* stammten, in Wirklichkeit jedoch auf einer privaten Presse gedruckt worden waren. Zu den Papieren gehörten neue Pässe für Miguel, Rafael, Socorro und Baudelio sowie zwei zusätzliche Totenscheine, von denen einer für Angus verwendet worden war. Miguel hatte dieses »Dokumentenpaket« für über zwanzigtausend Dollar von einem seiner Kontakte in Little Columbia gekauft.

Ein wichtiger Punkt in der Tarngeschichte, der auch von den falschen Presseberichten gestützt wurde, war die Behauptung, alle drei Leichen seien bis zur Unkenntlichkeit verstümmelt. Miguel hoffte, daß dies die Behörden von einem Öffnen der Särge abhalten würde.

Leichenwagen und Laster warteten bereits mit laufenden Motoren, und hinter ihnen stand der Plymouth Reliant mit Carlos am Steuer. Er sollte den beiden Fahrzeugen mit einigem Abstand folgen, bereit zum Eingreifen, falls es zu Schwierigkeiten kam. Mit Ausnahme von Baudelio waren alle bewaffnet.

Die Truppe wollte direkt zum Flughafen fahren, was zehn, höchstens fünfzehn Minuten dauern würde.

Im Hof des Anwesens in Hackensack sah Miguel auf die Uhr. 19 Uhr 35. »Alles einsteigen!« befahl er den anderen.

Dann kontrollierte er alleine ein letztes Mal das Haupthaus und die Nebengebäude, um sicherzugehen, daß sie keine Spuren hinterlassen hatten. Nur eins machte ihm Sorgen. An der Stelle, wo sie die Funktelefone und die andere Ausrüstung vergraben hatten, war der Boden im Vergleich zur Umgebung uneben. Julio und Luís hatten versucht, die Erde glattzurechen und die Stelle mit Blättern zu bedecken, aber dennoch blieben Spuren sichtbar. Miguel hoffte, daß es nicht auffallen würde, denn er konnte nun nichts mehr dagegen tun.

Er kehrte zum Leichenwagen zurück, stieg auf den Beifahrersitz und befahl Julio: »Los!«

Es dämmerte bereits. Die letzten Sonnenstrahlen verschwanden am Horizont, während sie auf Teterboro zufuhren.

Luís war der erste, der die Blinklichter der Polizei bemerkte. Er fluchte leise und bremste. Nun sah auch Miguel vom Beifahrersitz des Leichenwagens die Lichter und streckte den Kopf zum Fenster hinaus, um sich ein Bild über die Verkehrslage zu machen. Socorro saß zwischen den beiden Männern.

Sie fuhren in südlicher Richtung auf dem State Highway 17, die Überführung des Passaic Expressway lag bereits eine Meile hinter ihnen. Der Verkehr war sehr dicht. Zwischen ihrer Position und den Blinklichtern gab es keine Ausfahrt nach rechts, und die Abtrennung zwischen den beiden Fahrtrichtungen machte ein Umkehren unmöglich. Miguel begann zu schwitzen, nahm sich aber zusammen und sagte zu Luís: »Fahr weiter.« Er sah nach hinten, um sicherzugehen, daß der Laster ihnen direkt folgte.

Carlos, im Plymouth, fuhr irgendwo hinter ihnen, doch zu sehen war er im Augenblick nicht.

Nun sahen sie, daß der Verkehr vor ihnen von einigen Bundespolizisten in die beiden rechten Fahrspuren gelenkt wurde. Zwischen den Spuren stand eine Art transportables Häuschen, von dem aus weitere Polizisten die Autos anhielten und mit den Fahrern zu sprechen schienen. Am rechten Straßenrand waren mehrere Polizeiautos mit blinkenden Lichtern zu sehen.

»Ganz ruhig«, sagte Miguel zu den anderen. »Und laßt mich reden.«

Zehn Minuten lang krochen sie Meter um Meter vorwärts. Und auch dann war noch nicht genau zu erkennen, was an der Spitze der Schlange eigentlich passierte. Es war inzwischen dunkel geworden, und die vielen Lichter verwirrten nur. Aber es sah so aus, als würden nach einem kurzen Wortwechsel zwischen den Polizisten und dem jeweiligen Fahrer einige Fahrzeuge zu einer genaueren Untersuchung an den Straßenrand gewunken.

Miguel sah auf die Uhr. Fast 20 Uhr. Man würde den Learjet bestimmt nicht mehr zum vereinbarten Zeitpunkt erreichen.

Obwohl Miguel den anderen eingeschärft hatte, ruhig zu bleiben, stieg jetzt auch in ihm die Nervosität. Sollte das nun das Ende sein, nachdem alles bislang so glatt gelaufen war, ein Ende in der Gefangennahme oder im Tod nach einer Schießerei? Miguel zog den Tod vor. Die Chancen, sich mit einem Bluff aus dieser Zwangslage zu befreien, waren ziemlich gering. Miguel fragte sich nur, ob es vernünftiger war, zum Angriff überzugehen und eine Schießerei zu provozieren, oder ruhig sitzenzubleiben, die Minuten verstreichen zu lassen und auf die hauchdünne Chance zu hoffen, daß sie mit ihrer Tarngeschichte durchkamen?

»Die Schweine suchen uns!« murmelte Luís, zog eine Walther P38 aus der Jacke und legte sie neben sich auf den Sitz.

»Versteck das Ding!« fauchte Miguel ihn an.

Luís legte eine Zeitung über die Pistole.

Miguel spürte, daß Socorro neben ihm zitterte. Er legte ihr die Hand auf den Arm, und das Zittern hörte auf. Er sah, daß sie den Blick starr nach vorne gerichtet hatte, auf einen Bundespolizisten, der nun auf sie zukam.

Der Uniformierte schien alleine zu sein, ohne Verbindung zu der Gruppe an der Spitze der Schlange. Er sah im Vorübergehen in die wartenden Autos, blieb ab und zu stehen und schien auf Fragen zu antworten. Als der Beamte nur noch wenige Meter entfernt war, beschloß Miguel, die Initiative zu ergreifen. Er öffnete das Fenster.

»Officer«, rief Miguel, »können Sie mir bitte sagen, was hier los ist?«

Der Beamte, der offensichtlich noch sehr jung war, kam näher. Ein Namensschild identifizierte ihn als »Quiles«.

»Nur ein Alkoholtest, Sir, im Interesse der öffentlichen Sicherheit«, sagte er mit einem gezwungenen Lächeln.

Miguel glaubte ihm nicht.

Der Beamte sah sich nun den Leichenwagen und dessen Inhalt genauer an und fügte hinzu: »Ich hoffe nur, Sie kommen nicht von einem feuchtfröhlichen Leichenschmaus.«

Es war nur ein schwacher, unbeholfener Versuch, witzig zu sein, aber Miguel sah seine Chance und griff danach. Er warf dem Beamten einen vernichtenden Blick zu und sagte streng: »Falls das ein Witz sein sollte, dann war es ein sehr geschmackloser.«

Der Gesichtsausdruck des jungen Polizisten veränderte sich augenblicklich. Mit betrübter Miene sagte er: »Es tut mir leid ...«

Als hätte er es nicht gehört, fuhr Miguel fort: »Die Dame neben mir war gemeinsam mit ihrer Schwester zu Besuch in diesem Land. Ihre geliebte Schwester liegt nun in diesem Sarg – sie wurde bei einem tragischen Verkehrsunfall getötet, zusammen mit zwei anderen Personen, die sich in dem Transporter hinter uns befinden. Wir wollen die Leichen außer Landes fliegen, damit sie in ihrer Heimat begraben werden können. In Teterboro wartet ein Flugzeug auf uns, und wir können weder Ihren Humor noch diese Verzögerung hier gebrauchen.«

Wie aufs Stichwort wandte Socorro dem Beamten ihr tränenüberströmtes Gesicht zu.

»Ich sagte bereits, daß es mir leid tut, Sir und Madam«, lenkte Quiles reumütig ein. »Es ist mir einfach so herausgerutscht. Ich möchte mich wirklich dafür entschuldigen.«

»Wir nehmen Ihre Entschuldigung an, Officer«, entgegnete Miguel gnädig. »Aber ich frage mich, ob Sie uns vielleicht die Weiterfahrt ermöglichen könnten.«

»Einen Augenblick, bitte.« Der Polizist ging schnell zur Spitze der Schlange, wo er mit einem Sergeanten sprach. Der Sergeant hörte zu, sah in ihre Richtung und nickte dann. Der junge Polizist kehrte zurück.

»Ich fürchte, wir sind alle ein bißchen nervös, Sir«, sagte er zu Miguel. »Die Alkoholkontrolle ist nur ein Vorwand, in Wirklichkeit suchen wir nach diesen Entführern. Sie wissen doch, was heute vormittag in White Plains passiert ist?«

»Ja«, erwiderte Miguel ernst. »Eine entsetzliche Sache.«

Das Auto vor ihnen war angefahren und hatte einen Lücke hinterlassen.

»Sie können mit beiden Fahrzeugen links vorbeifahren, Sir. Bitte folgen Sie mir bis zur Sperre, und von dort können sie ungehindert weiter. Und ich möchte mich noch einmal für meine dumme Bemerkung entschuldigen.«

Der Beamte ließ den Leichenwagen und den Lastwagen aus der Schlange ausscheren und winkte dem nachfolgenden Auto, es solle aufschließen. Miguel sah sich um, konnte aber den Plymouth

Reliant nirgends entdecken. Na, dachte er, Carlos wird schon alleine zurechtkommen.

Der Polizist ging ihnen bis zu dem Häuschen, das sie aus der Entfernung gesehen hatten, voran und winkte sie dann vorbei. Die Straße vor ihnen war frei.

Als der Leichenwagen an ihm vorbeifuhr, nahm Quiles Haltung an, legte die Hand an die Mütze und blieb so, bis beide Autos ihn passiert hatten.

Den ersten Test hatte ihre Tarngeschichte also bestanden, dachte Miguel. Die Frage war nur, ob sie sich auch bei der Kontrolle in Teterboro bewähren würde.

Während ihres Aufenthalts in Hackensack war Miguel zweimal nach Teterboro gefahren, um sich die Anlage des Flughafens einzuprägen.

Es war ein belebter, nur von Privatflugzeugen benutzter Flughafen. Im Verlauf eines Tages starteten und landeten durchschnittlich vierhundert Maschinen, viele davon in der Nacht. Etwa hundert Maschinen, die am nordöstlichen Rand abgestellt wurden, diente Teterboro als Standort. Am nordwestlichen Rand des Geländes lagen die Gebäude von sechs Firmen, die sich um Service und Abfertigung der Flugzeuge kümmerten. Jede dieser Firmen hatte einen separaten Zugang zum Flughafen und kümmerte sich auch selbst um Sicherheits- und Kontrollmaßnahmen.

Die größte dieser Firmen war Brunswick Aviation, und eben diese hatte Miguel für die Abfertigung des Learjet 55LR aus Kolumbien ausgewählt.

Bei einem seiner Besuche hatte Miguel sich als Besitzer einer Privatmaschine ausgegeben und mit den leitenden Herren von Brunswick und noch zwei anderen Firmen verhandelt. Aus diesen Gesprächen ging hervor, daß es zum Beladen einer Maschine gewisse Bereiche auf dem Flugplatz gab, die abgeschlossener und weniger einsehbar waren als andere. Der zentralste und beliebteste Lande- und Parkbereich trug den Namen »Der Tisch« und lag direkt neben dem Tower.

Der am wenigsten benutzte, weil als unpraktisch geltende Parkbereich befand sich am Südende des Geländes. Ein Platz war dort leicht zu bekommen, weil damit der »Tisch« entlastet wurde. In der Nähe gab es außerdem ein verschlossenes Tor, zu dem alle sechs Firmen Zugang hatten.

Miguel hatte daraufhin über seinen Kontaktmann im kolumbianischen Konsulat in New York nach Bogotá Anweisung gegeben, der Learjet solle beim Anflug um einen Stellplatz am Südende in der Nähe des Tores bitten. An diesem Vormittag, kurz bevor sie die Funktelefone vergruben, hatte er dann bei Brunswick Aviation angerufen und um Öffnung des Tores zwischen 19 Uhr 45 und 20 Uhr 15 gebeten.

Aus den vorangegangenen Gesprächen wußte Miguel, daß eine solche Bitte in Teterboro nichts Ungewöhnliches war. Besitzer von Privatmaschinen tätigten häufig Geschäfte, die sie lieber geheimhielten, und das Flughafenpersonal stand im Ruf der Verschwiegenheit. Einer der Firmendirektoren hatte Miguel sogar von einem Vorfall mit einer hereinkommenden Marihuanalieferung erzählt.

Eines Tages beobachtete dieser Direktor, wie verdächtige Ballen aus einem Flugzeug in einen Lastwagen umgeladen wurden. Er rief die Polizei an, die daraufhin die Drogenhändler verhaftete. Doch danach beklagte sich der Flugzeugbesitzer, der den Platz regelmäßig benutzte, über die Verletzung seiner Privatsphäre, zumal er Teterboro, wie er es formulierte, immer für »einen diskreten und verläßlichen Flughafen« gehalten habe.

Als sich der Leichenwagen und der Laster nun Teterboro näherten, dirigierte Miguel Luís zu dem Tor am Südende. Obwohl er nicht erwartete, sämtlichen Kontrollen zu entgehen, hoffte er doch, daß sie hier etwas oberflächlicher sein würden als am Haupteingang.

Seit dem Zwischenfall mit der Bundespolizei herrschte im Leichenwagen gespanntes Schweigen. Doch nun ließ die Spannung nach, und Socorro sagte zu Miguel: »Du warst *magnífico!*«

»Stimmt«, fügte Luís hinzu.

Miguel zuckte nur mit den Schultern. »Wir müssen auf der Hut bleiben. Vielleicht kommt noch mehr.«

Während sie auf das Tor zufuhren, sah Miguel auf die Uhr: 20 Uhr 25. Eine halbe Stunde zu spät und zehn Minuten über der vereinbarten Öffnungszeit des Tors.

Das Licht ihrer Scheinwerfer fiel nun auf das Tor; es war verschlossen. Dahinter war alles dunkel und kein Mensch zu sehen. Frustriert schlug Miguel mit der Faust auf das Armaturenbrett und rief: »*Mierda!*«

Luís stieg aus und sah sich das Schloß an. Rafael verließ den Lastwagen, ging ebenfalls zum Tor und kam dann zum Leichenwagen: »Ich könnte das Ding mit einer Kugel aufschießen«, sagte er zu Miguel.

Miguel schüttelte den Kopf. Er fragte sich, warum keiner der Piloten des Learjet hier auf sie wartete. In der Dunkelheit konnte er hinter dem Zaun einige abgestellte Flugzeuge erkennen, jedoch nirgends Licht oder eine Aktivität. Hatte der Flug vielleicht Verspätung? Doch wie die Antwort auch ausfiel, Miguel wußte, daß sie nun den Haupteingang von Brunswick Aviation benutzen mußten.

»Steigt wieder ein«, befahl er Luís und Rafael.

Während sie vom Südtor wegfuhren, setzte sich der Plymouth Reliant wieder hinter sie. Carlos hatte die Straßensperre offenbar ungehindert passiert. Er hatte den Auftrag, ihnen bis zum Flughafeneingang zu folgen und dann draußen zu warten, bis Leichenwagen und Laster zurückkehrten.

Sie näherten sich dem hell erleuchteten Brunswick-Gebäude und mußten plötzlich erkennen, daß ihnen ein weiteres Tor den Weg versperrte. In der Tür des Wachhäuschens stand ein uniformierter Posten und neben ihm ein großer Zivilist mit beginnender Glatze, der den Leichenwagen interessiert ansah. Ein Polizist? Miguel spürte, wie sich sein Magen zusammenzog.

Der zweite Mann trat vor. Er war schätzungsweise Anfang Fünfzig und wirkte sehr bestimmt. Luís öffnete das Fenster, und der Mann fragte: »Führen Sie ungewöhnliches Frachtgut für Señor Pizaro mit sich?«

Miguel ließ sich erleichtert in den Sitz zurücksinken. Es war die vorher vereinbarte codierte Frage. Er wußte, wie er darauf zu antworten hatte. »Die Ladung ist bereit zum Transport, alle Papiere sind in Ordnung.«

Der Mann nickte. »Ich bin Ihr Pilot. Mein Name ist Underhill.« Er hatte einen amerikanischen Akzent. »Sie sind aber verdammt spät!«

»Wir hatten Probleme.«

»Die interessieren mich nicht. Ich habe bereits meinen Flugplan angemeldet. Wir müssen uns beeilen.« Während er zur Beifahrerseite ging, winkte er dem Wachposten zu, und das Tor öffnete sich.

Es gab also offensichtlich weder Sicherheitsüberprüfungen noch Polizeikontrollen. Ihre so sorgfältig ausgearbeitete Tarngeschichte erübrigte sich damit. Doch Miguel schien darüber nicht unglücklich.

Mit vier Leuten wurde es eng im Leichenwagen, und sie hatten Mühe, die Tür zu schließen. Der Pilot dirigierte Luís auf eine Rollbahn und zwischen blauen Lichterreihen hindurch zum Südende des Flughafens. Der Laster folgte in kurzem Abstand.

Vor ihnen in der Dunkelheit standen mehrere Maschinen. Der Pilot deutete auf die größte, einen Learjet 55LR. Aus seinem Schatten tauchte ein Mann auf.

»Faulkner. Der Kopilot«, sagte Underhill knapp.

Die beiden Klappen der linken Seitentür des Learjets waren geöffnet, in der unteren war eine Treppe integriert, die vom Rumpf zum Boden führte. Der Kopilot war hineingeklettert und hatte die Lichter eingeschaltet.

Luís fuhr mit dem Leichenwagen rückwärts bis knapp vor die Tür. Der Laster blieb in geringer Entfernung stehen, Julio, Rafael und Baudelio sprangen heraus.

Als alle an der Tür der Maschine versammelt waren, fragte Underhill: »Wie viele lebende Passagiere haben wir?«

»Vier«, antwortete Miguel.

»Ich brauche die Namen für die Passagierliste«, sagte der Pilot, »und auch die Namen der Toten. Abgesehen davon, wollen ich und Faulkner über Sie und Ihre Angelegenheiten nichts wissen. Wir liefern den vertraglich vereinbarten Charterflug. Und sonst nichts.«

Miguel nickte. Er zweifelte nicht daran, daß sich die beiden Piloten mit diesem Flug eine goldene Nase verdienten. In den Luftkorridoren zwischen den Vereinigten Staaten und Lateinamerika wimmelte es nur so von Flugzeugen, deren Besatzungen es mit dem Gesetz nicht so genau nahmen und für viel Geld große Risiken eingingen. Was diese beiden anging, war es Miguel gleichgültig, ob sie sich von der Sache selbst distanzieren wollten oder nicht. Wenn es wirkliche Probleme gab, machte das sowieso keinen Unterschied. Dann würde man auch die Piloten zur Rechenschaft ziehen.

Unter der Aufsicht des Kopiloten hoben Rafael, Julio, Luís und Miguel den Sarg mit Jessica aus dem Leichenwagen in die Maschine. Es war Zentimeterarbeit, den Sarg durch die Türe und um die Ecke zu manövrieren. Die Sitze an der rechten Seite der Kabine waren ausgebaut. An den Führungsleisten am Boden und den Verstrebungen an der Decke waren Gurte angebracht, mit der die Fracht, in diesem Fall die Särge, befestigt werden konnte.

Während der erste Sarg eingeladen wurde, fuhr der Leichenwagen weg, und der Laster kam mit der Ladeklappe bis an die Tür. Kurz darauf waren auch die beiden anderen Särge in der Maschine, Miguel, Baudelio, Socorro und Rafael folgten, und die Tür wurde geschlossen. Man hatte sich grußlos getrennt. Als Miguel sich auf seinen Platz setzte und zum Fenster hinaussah, verschwanden die Lichter der beiden Fahrzeuge bereits in der Entfernung.

Während der Kopilot die Gurte um die Särge festzog, legte der Pilot im Cockpit einige Schalter um, und die Turbinen begannen zu dröhnen. Dann ging der Kopilot nach vorn. Aus dem Funkgerät drang Rauschen, als er beim Tower um Starterlaubnis nachfragte und kurz danach die Freigabe kam. Augenblicke später rollten sie bereits.

Baudelio begann nun von seinem Sitz aus, seine externen Kontrollinstrumente an den Särgen zu befestigen. Er arbeitete weiter, während der Learjet abhob, schnell an Höhe gewann und durch die Dunkelheit in Richtung Florida flog.

Am Boden gab es noch einiges zu erledigen.

Als der Leichenwagen und der Laster am Tor des Flughafens auftauchten, legte Carlos, der draußen gewartet hatte, den Gang ein und folgte dem Leichenwagen nach Patterson, das etwa zehn Meilen westlich von Teterboro lag. Dort fuhr Luís den Leichenwagen zu einem bescheidenen Bestattungsinstitut, das sie zuvor willkürlich ausgesucht hatten, und stellte ihn auf dem Parkplatz ab. Er ließ die Schlüssel stecken, lief zu dem Plymouth und fuhr mit Carlos davon.

Am nächsten Morgen würde der Besitzer des Instituts wahrscheinlich mit seinem Gewissen ringen, ob er zur Polizei gehen oder besser abwarten solle, was mit diesem offensichtlich geschenkten, wertvollen Leichenwagen passierte. Wie er sich auch entschied, Carlos, Luís und die anderen würden zu diesem Zeitpunkt schon weit weg sein.

Von Patterson aus fuhren Carlos und Luís sechs Meilen in nördlicher Richtung nach Ridgewood, wohin Julio in der Zwischenzeit den Lastwagen gebracht hatte. Er hatte ihn vor dem Gelände eines Gebrauchtlastwagenhändlers abgestellt, der über Nacht geschlossen hatte. Es war anzunehmen, daß ein fast neuer Lastwagen, den niemand mehr abholte, nach einer Weile von dem Geschäft absorbiert würde und so die Polizei nie von seiner Existenz erfuhr.

Die beiden anderen holten Julio an einem vereinbarten Treffpunkt ganz in der Nähe ab, und das Trio fuhr ein letztes Mal zu ihrem Unterschlupf in Hackensack. Dort stieg Julio in den Chevrolet Celebrity und Luís in den Ford Tempo. Dann fuhren die drei in verschiedene Richtungen davon.

Sie würden die Autos an drei weit voneinander entfernten Orten abstellen – mit unverschlossenen Türen und den Schlüsseln im Zündschloß, weil so die Möglichkeit bestand, daß die Autos gestohlen und damit alle Spuren, die auf eine Verbindung mit der Sloane-Entführung hindeuten könnten, verwischt wurden.

14

Erst nach der Erstausgabe der National Evening News nahm die Sondereinheit ihre Konferenz, die am Vormittag von der Schreckensnachricht aus White Plains unterbrochen worden war, wieder auf. Es war inzwischen 19 Uhr 10, und die Mitglieder der Gruppe hatten sich bereits damit abgefunden, daß aus ihren privaten Wochenendplänen nichts wurde. Es wurde oft behauptet, daß die unregelmäßige Arbeitszeit, die langen Abwesenheiten von zu Hause und die Unmöglichkeit eines kalkulierbaren gesellschaftlichen Lebens schuld waren an der außergewöhnlich hohen Scheidungsrate unter den Fernsehreportern.

Harry saß nun wieder am Kopfende des Tisches und betrachtete seine Kollegen – Rita, Norman Jaeger, Iris Every, Karl Owens, Teddy Cooper. Die meisten sahen müde aus; Iris zum Beispiel war bei weitem nicht mehr makellos, ihre Frisur war aufgelöst, auf der weißen Bluse zeigten sich Tintenflecken. Jaeger lümmelte sich in Hemdsärmeln auf seinem nach hinten gekippten Stuhl und hatte die Füße auf dem Tisch.

Im Konferenzraum selbst herrschte ein einziges Chaos, die Abfallkörbe und Aschenbecher quollen über, schmutzige Kaffeetassen türmten sich auf dem Tisch, auf dem Boden lagen Zeitungen verstreut. Die sicher verschlossenen Büros hatten ihren Preis, denn so konnten auch die Putzfrauen nicht herein. Rita nahm sich vor, dafür zu sorgen, daß die Zimmer bis Montagmorgen aufgeräumt wurden.

Die beiden Wandtafeln »Ereignisablauf« und »Vermischtes« hatten beträchtlichen Zufluß bekommen. Die letzte Ergänzung war eine Zusammenfassung der Katastrophe in White Plains, die Partridge getippt hatte. Doch über die Identität der Entführer und den Aufenthaltsort der Opfer gab es leider noch immer keine eindeutigen Informationen.

»Irgendwelche Neuigkeiten?« fragte Partridge.

Jaeger, der inzwischen die Füße vom Tisch genommen und den Stuhl herangezogen hatte, hob die Hand.

»Schieß los, Norm.«

Der altgediente Produzent hatte ein ruhige, gelehrte Art zu sprechen. »Ich habe fast den ganzen Tag in Europa und im Mittleren Osten herumtelefoniert und allen – unseren Redaktionsleitern, Korrespondenten und Informanten – die gleichen Fragen gestellt: Was wißt ihr von neuen oder ungewöhnlichen Entwicklungen in der Terroristenszene? Gibt es unter den Terroristen irgendwelche auffälligen Bewegungen? Sind in der letzten Zeit Terroristen, vor allem ganze Gruppen, von der Bildfläche verschwunden? Wenn ja, könnte es möglich sein, daß sie sich in den Vereinigten Staaten aufhalten? Und so weiter.«

Jaeger unterbrach sich, blätterte in seinen Aufzeichnungen und fuhr dann fort: »Ich bekam einige halb positive Antworten. Eine Gruppe von Hisbollah-Leuten ist vor einem Monat aus Beirut verschwunden. Es gibt Gerüchte, daß sie in der Türkei sind und dort einen neuen Überfall auf Juden planen, und Ankara bestätigt, daß die türkische Polizei nach ihnen sucht. Aber Beweise gibt es keine. Die könnten überall sein.

Die FARL – die Libanesische Bewaffnete Revolutionäre Fraktion – hat angeblich Leute ausgeschickt, doch gibt es drei Berichte, einer davon aus Paris, wonach sie sich in Frankreich aufhalten sollen. Wieder keine Beweise. Abu Nidal ist aus Syrien verschwunden und angeblich in Italien, wo es Gerüchte gibt, daß er, die Islamische Jihad und die Roten Brigaden irgend etwas planen.« Jaeger streckte die Hände in die Luft. »Diese Gangster sind schwer greifbare Schatten, aber die Kontakte, von denen ich diese Informationen habe, waren bisher alle sehr zuverlässig.«

Leslie Chippingham betrat den Konferenzraum, Crawford Sloane folgte ihm wenige Augenblicke später. Sie setzten sich zu den anderen an den Tisch. Als Schweigen entstand, bat der Chef der Nachrichtenabteilung: »Macht doch bitte weiter.«

Während Jaeger fortfuhr, warf Partridge einen Blick auf Sloane, und ihm fiel auf, daß der Moderator entsetzlich aussah, noch blasser und ausgezehrter als am Tag zuvor, was bei der immer stärker werdenden Belastung auch kaum verwunderlich war.

Jaeger berichtete: »Meine Gewährsmänner bei den Geheimdiensten berichten von einigen kleineren Terroristenbewegungen. Ich will euch nicht mit Einzelheiten langweilen; wichtig ist nur, daß sie offensichtlich auf Europa und den Mittleren Osten beschränkt sind. Die Leute, mit denen ich gesprochen habe, gehen davon aus, daß es keine Bewegungen in Richtung USA oder Kanada gegeben hat, weil sich das mit Sicherheit herumgesprochen hätte. Aber ich habe allen gesagt, daß sie Augen und Ohren aufsperren sollen.«

»Danke, Norm.« Partridge wandte sich an Carl Owens. »Ich weiß, daß du dich im Süden umgehört hast, Carl. Irgendwelche Ergebnisse?«

»Nichts Eindeutiges.« Der jüngere Produzent brauchte nicht lange in seinen Aufzeichnungen zu wühlen. Es war typisch für seine präzise Arbeitsweise, daß er jeden Anruf mit sauberer Handschrift auf einer Karteikarte festhielt und die Karten sortierte.

»Ich habe mit der gleichen Art von Kontakten gesprochen wie Norm und ihnen ähnliche Fragen gestellt; meine Leute sitzen in Managua, San Salvador, Havanna, La Paz, Buenos Aires, Tegucigalpa, Lima, Santiago, Bogotá, Brasilia und Mexico City. Wie immer gibt es dort fast überall terroristische Aktivitäten, wobei manche Terroristen von einem Land ins andere wechseln, das heißt, sie überschreiten die Grenzen wie Pendler, die einfach von einem Zug in den anderen steigen. Aber nichts davon entspricht der Art von Gruppenbewegung, nach der wir suchen. Ich bin nur über eins gestolpert. Aber daran arbeite ich noch ...«

»Erzähl«, sagte Partridge. »Wir sind auch mit der Rohfassung zufrieden.«

»Nun, es ist etwas aus Kolumbien. Über einen Kerl namens Ulises Rodríguez.«

»Einer von der ganz üblen Sorte«, sagte Rita. »Man hat ihn schon als den Abu Nidal Lateinamerikas bezeichnet.«

»Was durchaus zutrifft«, bestätigte Owens, »und es gibt auch Gerüchte, daß er an einigen Entführungen in Kolumbien beteiligt war. Bei uns erfährt man von denen nicht viel, obwohl sie da drüben an der Tagesordnung sind. Also, vor drei Monaten ist Rodríguez angeblich in Bogotá aufgetaucht, aber dann war er plötzlich verschwunden. Leute, die es wissen müssen, sind davon überzeugt, daß er irgendwo aktiv ist. Es gab Gerüchte, daß er sich in London aufhielt, aber wo immer er jetzt auch ist, seit Juni ist er erfolgreich untergetaucht.«

Owens hielt inne und warf einen Blick auf eine seiner Karten. »Da ist noch etwas: Rein auf Verdacht habe ich einen Kontaktmann bei der Einwanderungsbehörde in Washington angerufen und Rodríguez' Namen erwähnt. Mein Kontaktmann rief mich dann später zurück und erzählte mir, daß die Einwanderungsbehörde vor drei Monaten, also zu der Zeit, als Rodríguez verschwand, von der CIA die Warnung erhalten habe, Rodríguez versuche über Miami ins Land einzureisen. Es gibt einen Haftbefehl auf seinen Namen, und der Zoll und die Einwanderungsbehörde in Miami waren in höchster Alarmbereitschaft. Aber er ist nicht aufgetaucht.«

»Oder er hat es geschafft, unerkannt durchzukommen«, fügte Iris Everly hinzu.

»Das ist natürlich möglich. Oder er ist durch eine andere Tür hereingekommen – vielleicht über London, wenn das Gerücht, das ich erwähnt habe, zutrifft. Rodríguez hat in Berkeley Englisch studiert und spricht ohne Akzent, oder genauer, mit einem amerikanischen Akzent. Ich will damit sagen, daß er als Ausländer nicht auffällt.«

»Die Sache wird langsam interessant«, sagte Rita. »Gibt's noch mehr?«

Owens nickte. »Ein bißchen.«

Während die ganze Runde Owens aufmerksam zuhörte, dachte Partridge darüber nach, daß nur die Leute im Nachrichtengewerbe wirklich verstanden, wieviel Information man über Kontaktleute und durch beständiges Telefonieren sammeln konnte.

»Zu dem wenigen, was man über Rodríguez weiß«, fuhr Owens fort, »gehört neben dem, was ich eben erzählt habe, auch, daß er seinen Abschluß in Berkeley im Jahr 1972 machte.«

»Gibt es Fotos von ihm?« fragte Partridge.

Owens schüttelte den Kopf. »Bei der Einwanderungsbehörde haben sie keins. Und dort sagen sie, daß auch sonst niemand eins hat, auch die CIA nicht. Rodríguez hat immer gut aufgepaßt. Aber in dieser Hinsicht haben wir vielleicht Glück.«

»O Mann, Carl!« rief Rita. »Du sollst keinen Roman schreiben, sondern uns einfach erzählen, was du weißt!«

Owens lächelte. Es war seine Art, eine Geschichte langsam und geduldig aufzubauen. Nur so funktionierte es, und er hatte keine Lust, es wegen Rita Abrams oder sonst jemandem zu ändern.

»Nachdem ich also das von Rodríguez wußte, hab' ich in unserer Redaktion in San Francisco angerufen und sie gebeten, jemand nach Berkeley zu schicken.« Er warf Chippingham einen Blick zu. »Ich hab' deinen Namen erwähnt, Les, und gesagt, du hättest Topppriorität angeordnet.«

Chippingham nickte nur, und Owens fuhr fort.

»Die schickten Fiona Gowan, die auch in Berkeley studiert hat und sich dort gut auskennt. Fiona hatte Glück – schließlich ist ja Samstag – und konnte wirklich, ob ihr mir's nun glaubt oder nicht, ein Mitglied des Fachbereichs Englisch ausfindig machen, das sich an einen Rodríguez aus der 72er Klasse erinnerte.«

Rita seufzte. »Wir glauben es dir.« Ihr Tonfall bedeutete: *Na, mach schon!*

»Rodríguez war offensichtlich ein Einzelgänger, er hatte keine engen Freunde. Der Typ von der Uni erinnerte sich auch daran, daß Rodríguez sehr kamerascheu war, daß er sich nie fotografieren ließ. Die *Daily Cal*, das Studentenblättchen, wollte über ihn und einige andere ausländische Studenten eine Reportage bringen, aber er lehnte ab. Die ganze Sache entwickelte sich zu einem Sport, und irgendwann schaffte es ein Kommilitone, der ein ziemlich guter Zeichner war, eine Kohleskizze von Rodríguez zu machen, ohne daß der es merkte. Als der Künstler die Zeichnung herumzeigte, wurde Rodríguez wütend. Schließlich kaufte er ihm das Bild zu einem überhöhten Preis ab. Der Gag dabei war aber, daß der Künstler einen ganzen Stapel Kopien von der Zeichnung gemacht und an seine Freunde ausgeteilt hatte. Rodríguez erfuhr nie etwas davon.«

»Und diese Kopien ...«, begann Partridge.

»Dazu kommen wir gleich, Harry.« Owens lächelte, er ließ sich auch weiterhin nicht drängen. »Fiona ist inzwischen wieder in San Francisco, und sie hing den ganzen Nachmittag an der Strippe. Es war 'ne Wahnsinnsarbeit, weil der 72er Englisch-Jahrgang dreihundertachtundachtzig Studenten hatte. Aber sie schaffte es, ein paar Namen und Telefonnummern aufzutreiben, und da führte eins zum anderen. Kurz vor unserem Treffen hat sie mich noch angerufen und mir gesagt, daß sie eine dieser Kopien aufgetrieben hat und daß sie die morgen bekommt. Sobald sie da ist, faxt die Redaktion sie uns rüber.«

Am Tisch entstand zustimmendes Gemurmel. »Gute Arbeit«, sagte Chippingham. »Richte Fiona meinen Dank aus.«

»Vielleicht sollte man das Ganze trotzdem nicht überbewerten«, gab Owens zu bedenken. »Was wir im Augenblick haben, sind nur ein paar glückliche Zufälle, und es ist ja auch nur eine Vermutung, daß Rodríguez an der Entführung beteiligt war. Außerdem ist diese Kohlezeichnung zwanzig Jahre alt.«

»So stark verändern sich die Leute auch in zwanzig Jahren nicht«, sagte Partridge. »Wir können das Bild ja in Larchmont herumzeigen und die Leute fragen, ob sie den schon einmal gesehen haben. Sonst noch etwas?«

»Die Washingtoner Redaktion hat sich gemeldet«, sagte Rita. »Soweit die wissen, hat das FBI noch nichts Neues. Ihre Spurensicherung arbeitet an dem, was von dem Nissan noch übrig ist, aber große Hoffnungen machen sie sich nicht. Wie schon Salerno in der Freitagssendung gesagt hat, bei Entführungen ist das FBI darauf angewiesen, daß die Entführer sich melden.«

Partridge sah Sloane am anderen Ende des Tisches an. »Tut mir leid, Crawf, aber das scheint alles zu sein, was wir haben.«

»Bis auf Teddys Vorschlag«, gab Rita zu bedenken.

»Welchen Vorschlag?« fragte Sloane scharf. »Davon weiß ich ja gar nichts.«

»Teddy wird's dir erklären«, sagte Partridge. Er nickte dem jungen Engländer zu, der ebenfalls am Tisch saß, und Coopers Gesicht leuchtete auf, als sich alle Aufmerksamkeit auf ihn richtete.

»Es ist eine Möglichkeit, das Versteck der Entführer ausfindig zu machen. Obwohl ich mir sicher bin, daß sie inzwischen verschwunden sind.«

»Wenn sie wirklich verschwunden sind, was bringt es uns dann noch?« fragte Chippingham.

Sloane winkte ungeduldig ab. »Das ist doch unwichtig. Ich will den Vorschlag hören.«

Trotz des Zwischenrufs antwortete Cooper zuerst auf Chippinghams Frage. »Spuren. Es besteht immer die Möglichkeit, daß die Leute Spuren hinterlassen, die uns zeigen, wer sie sind, woher sie kommen und vielleicht sogar, wohin sie verschwunden sind.«

Cooper wiederholte nun seinen Vorschlag, mit großem Personaleinsatz die Immobilienanzeigen der Zeitungen aus der Region um Larchmont zu durchforsten, um so dem Versteck der Entführer auf die Spur zu kommen.

»Ich gebe zu, daß es eine sehr unsichere Sache ist«, sagte er schließlich.

»Und das ist noch gelinde ausgedrückt«, entgegnete Chippingham. Er hatte während Coopers Erläuterung die Stirn in Falten gelegt, und diese Falten wurden bei dem Vorschlag, zusätzliches Personal einzustellen, noch tiefer. »Um wie viele Leute geht es?«

»Ich habe ein paar Nachforschungen angestellt«, antwortete Rita. »In dem Gebiet, von dem wir reden, gibt es ungefähr einhundertundsechzig Tages- und Wochenzeitungen. In den Bibliotheken werden nur die allerwenigsten davon aufbewahrt, und das heißt, daß man direkt in die Redaktionen gehen und dort die Archive durchstöbern müßte. Die Ausgaben von drei Monaten durchzulesen und sich Notizen zu machen, ist eine gigantische Arbeit. Aber wenn es etwas bringen soll, müßte es schnell geschehen ...«

»Kann jetzt vielleicht jemand meine Frage beantworten«, warf Chippingham dazwischen. »Wie viele Leute?«

»Ich schätze, ungefähr sechzig«, erwiderte Rita. »Und dann noch ein paar für die Koordination.«

Chippingham wandte sich an Partridge: »Harry, willst du mir das allen Ernstes empfehlen?« Sein Tonfall deutete an: *So verrückt kannst du doch gar nicht sein!*

Partridge zögerte. Er teilte Chippinghams Zweifel. Auf der Rückfahrt von White Plains hatte er bereits darüber nachgedacht und Teddys Vorschlag als Spinnerei abgetan; und seitdem hatte er seine Meinung noch nicht geändert. Doch manchmal war es nicht schlecht, überlegte er nun, wenn man sich auf etwas einließ, auch wenn es nur eine unsichere Sache war.

»Ja, Les«, sagte er. »Ich empfehle es. Meiner Meinung nach sollten wir alles versuchen. Im Augenblick leiden wir ja nicht gerade unter einem Überfluß an Spuren und neuen Ideen.«

Chippingham war unglücklich über die Antwort. Ihm war unbehaglich bei dem Gedanken, über Wochen hinweg sechzig Leute bezahlen und auch noch für Reisekosten und andere Spesen aufkommen zu müssen – ganz zu schweigen von dem zusätzlichen Koordinationspersonal, das Rita erwähnt hatte. Solche Aktionen kosteten horrende Summen. Früher, als man beim Fernsehen noch spendabler war, hätte er sich darüber kaum den Kopf zerbrochen. Aber nun klang ihm noch Margot Lloyd-Masons Anweisung bezüglich der Spezialeinheit in den Ohren: *»Ich will nicht, daß irgend jemand ... nun plötzlich wild mit Geld um sich wirft ... Ohne meine vorherige Zustimmung darf nichts unternommen werden, was unser Budget überschreitet.«*

Doch Chippingham lag nicht weniger als allen anderen daran, herauszufinden, wohin man Jessica, den Jungen und den alten Mann gebracht hatte, und wenn nötig, würde er sich mit Margot um das erforderliche Geld streiten. Aber dann mußte es für etwas sein, von dem er auch selbst überzeugt war, und nicht nur ein Hirngespinst dieses arroganten Engländers.

»Harry, dieses eine Mal sage ich nein, zumindest für den Augenblick«, verkündete Chippingham. »Ich sehe einfach nicht genug Erfolgschancen, um diesen Aufwand zu rechtfertigen.« Wenn die anderen wüßten, daß der Gedanke an Margot seine Entscheidung beeinflußt hatte, dann hätten sie ihn einen Feigling genannt, das wußte er nur zu gut. Aber schließlich hatte er Probleme – nicht zuletzt die Angst, seinen Job zu verlieren –, von denen die anderen auch nichts wußten.

»Ich hätte geglaubt, Les ...«, begann Jaeger.

Doch Crawford Sloane unterbrach ihn. »Laß mich reden, Norm.« Während Jaeger verstummte, wurde die Stimme des Moderators scharf: »Wenn du davon sprichst, daß der Aufwand nicht gerechtfertigt ist, Les, dann meinst du doch in Wahrheit, daß du das Geld dafür nicht ausgeben willst, oder?«

»Das ist ein Faktor, und du weißt, daß das immer eine Rolle spielt. Aber es ist vorwiegend eine Frage der Einschätzung. Ich halte den Vorschlag nicht für eine gute Idee.«

»Hast du vielleicht eine bessere?«

»Im Augenblick nicht.«

»Dann habe ich eine Frage, und ich hätte gern eine ehrliche Antwort«, sagte Sloane eisig. »Hat Margot Lloyd-Mason eine Ausgabensperre verhängt?«

»Wir haben über das Budget gesprochen, das ist alles«, antwortete Chippingham unbehaglich. »Kann ich dich unter vier Augen sprechen?«

»Nein!« brüllte Sloane, sprang auf und sah Chippingham böse an. »Nicht wegen dieser kaltherzigen Hexe. Du hast meine Frage beantwortet. Es gibt eine Ausgabensperre.«

»Das ist ohne Bedeutung. Wenn es um etwas wirklich Wichtiges geht, rufe ich einfach in Stonehenge an ...«

Nun explodierte Sloane: »Und ich werde eine Pressekonferenz einberufen – und zwar hier und heute abend noch. Dann werde ich der ganzen Welt erzählen, daß dieser reiche Sender wie ein pedantischer Buchhalter um Pfennige feilscht, während meine Familie in irgendeinem Höllenloch weiß Gott wo auf der Welt leidet ...«

»Niemand feilscht«, protestierte Chippingham. »Crawf, das ist unnötig. Es tut mir leid.«

»Und was zum Teufel soll das nützen?«

Die anderen am Tisch trauten ihren Ohren kaum. Sie konnten einfach nicht glauben, daß über ihr Projekt in aller Stille eine Ausgabensperre verhängt worden war und daß sie in der augenblicklichen verzweifelten Situation nicht alle Möglichkeiten ausprobieren durften.

Noch etwas anderes war ähnlich unglaublich: daß CBA seinen berühmtesten Mitarbeiter, den Chefsprecher der Abendnachrichten, auf diese Weise beleidigte. Margot Llyod-Mason war erwähnt worden; und daraus konnte man nur schließen, daß sie die axtschwingende Hand von Globanic Industries war.

Nun stand auch Norman Jaeger auf, es war die einfachste Form des Protests. »Harry glaubt, wir sollten Teddys Vorschlag eine Chance geben. Ich bin der gleichen Meinung.«

»Ich auch«, sagte Carl Owens.

»Und ich ebenfalls«, sagte Iris Everly danach.

Rita war noch etwas unentschlossen, sie machte sich Sorgen wegen Chippingham, doch schließlich sagte sie: »Na, dann schließe ich mich auch an.«

»Okay, okay, genug der großen Gesten«, sagte Chippingham. Er merkte nun, daß er sich verrechnet hatte, und da er wußte, daß er so oder so nur verlieren konnte, verfluchte er insgeheim Margot. »Ich revidiere meine Entscheidung. Vielleicht hatte ich unrecht, Crawf. Also fangen wir an.«

Doch er hatte nicht vor, zu Margot zu gehen und sie um Erlaubnis zu bitten; er wußte viel zu gut, was sie antworten würde. Er wollte das Risiko eingehen und die Ausgaben selbst genehmigen.

Rita, die wie immer praktisch dachte und die Situation entschärfen wollte, sagte: »Wenn wir die Sache machen, dann dürfen wir keine Zeit verlieren. Bis Montag morgen sollten wir die Rechercheure haben. Wo fangen wir an?«

»Wir werden uns an Onkel Arthur wenden«, entgegnete Chippingham. »Ich werde ihn heute noch von zu Hause anrufen, dann kann er morgen gleich mit der Auswahl der Leute beginnen.«

Crawford Sloanes Gesicht hellte sich auf. »Eine gute Idee.«

Teddy Cooper flüsterte Jaeger, der neben ihm saß, zu: »Wer zum Teufel ist Onkel Arthur?«

Jaeger grinste. »Du kennst Onkel Arthur nicht? Na, dann mach dich morgen auf ein einzigartiges Erlebnis gefaßt, mein junger Freund.«

»Die Drinks gehen auf mich«, sagte Chippingham. Und im Geist fügte er hinzu: *Ich habe euch alle hierhergebracht, um kleine Wunden zu heilen.*

Sie hatten sich alle bei *Sfuzzi* wiedergetroffen, einem Restaurant mit Bar im neorömischen Stil in der Nähe des Lincoln Center. Es war ein Stammlokal vieler Fernsehreporter. Obwohl das *Sfuzzi*, wie an jedem Samstagabend, restlos überfüllt war, schafften sie es doch, sich an einen Tisch zu zwängen, an den man einige zusätzliche Stühle gestellt hatte.

Chippingham hatte jeden eingeladen, der an der Konferenz teilgenommen hatte, doch Sloane hatte abgelehnt und es vorgezogen, mit Havelock, seiner FBI-Begleitung, nach Hause zu fahren. Dort würden sie wieder eine Nacht durchwachen, in der Hoffnung auf einen Anruf von den Entführern.

Als jeder mit Getränken versorgt und die Stimmung bereits etwas gelöst war, sagte Partridge: »Les, ich glaube, eins muß mal gesagt werden. Auch unter normalen Umständen möchte ich nicht mit dir tauschen. Aber vor allem in der augenblicklichen Situation zweifle ich daran, daß auch nur einer von uns mit den Problemen und den Leuten so umgehen kann wie du.«

Chippingham sah Partridge dankbar an und nickte. Für ihn war dieses Kompliment ein Zeichen des Verstehens von jemand, den er respektierte, und für die anderen ein Hinweis, daß nicht alles immer glattlief und nicht jede Entscheidung leicht zu treffen war.

»Harry«, sagte nun Chippingham. »Ich weiß, wie du arbeitest und daß du sehr schnell ein Gefühl für eine Situation entwickelst. Ist das bei dieser Geschichte auch schon passiert?«

»Ja, ich glaube schon.« Partridge warf Teddy Cooper einen flüchtigen Blick zu. »Teddy glaubt, daß diese Gauner das Land bereits verlassen haben, und ich bin zu dem gleichen Schluß gekommen. Aber mein Instinkt sagt mir auch, daß wir kurz vor einem Durchbruch stehen – entweder durch unser Zutun oder weil etwas passiert. Und dann wissen wir, wo und wer die Entführer sind.«

»Und dann?«

»Sobald wir das wissen«, sagte Partridge, »bin ich unterwegs. Gleichgültig, wohin die Spur führt, ich will so schnell wie möglich und vor allem als erster dort sein.«

»Das wirst du auch«, sagte Chippingham. »Und ich verspreche dir, du bekommst von mir jede Unterstützung, die du brauchst.«

Partridge lachte und sah sich am Tisch um. »Ihr habt das alle gehört. Vergeßt es nicht.«

»Auf keinen Fall«, sagte Jaeger. »Les, falls es nötig ist, werden wir dich an deine Worte erinnern.«

Chippingham schüttelte den Kopf. »Es wird nicht nötig sein.«

Während das Gespräch weiterging, schien Rita etwas in ihrer Tasche zu suchen. Doch in Wirklichkeit kritzelte sie eine Nachricht auf ein Stückchen Papier, das sie dann unter dem Tisch Chippingham verstohlen in die Hand drückte.

Er wartete, bis er einen Augenblick unbeobachtet war, und sah dann nach unten. Auf dem Papier stand: *Les, hast du Lust, mit mir zu schlafen? Laß uns von hier verschwinden.*

15

Sie fuhren in Ritas Wohnung an der West Seventy-second, nur wenige Taximinuten vom *Sfuzzi* entfernt. Chippingham wohnte etwas weiter nördlich, auf der Höhe Eightieth Street. Solange sein Scheidungsprozeß noch lief, mußte er sich mit einer kleinen, für New Yorker Verhältnisse billigen Wohnung begnügen, auf die er nicht gerade stolz war. Er vermißte die luxuriöse Eigentumswohnung am Sutton Place, die er zwanzig Jahre lang zusammen mit seiner Frau bewohnt hatte. Doch diese Wohnung war nun für ihn verbotenes Territorium, ein verlorenes Paradies. Dafür hatten Stasias Anwälte gesorgt.

Aber im Augenblick wollten er und Rita nur möglichst schnell allein sein. Schon im Taxi waren ihre Hände sehr beschäftigt, bis er zu Rita sagte: »Wenn du so weitermachst, explodiere ich wie der Vesuv, und dann kann's Monate dauern, bis der Vulkan wieder tätig wird.«

Lachend erwiderte sie: »Du doch nicht!« aber sie hörte dennoch auf.

Unterwegs ließ Chippingham den Taxifahrer an einem Zeitungskiosk anhalten. Er stieg aus und kehrte gleich darauf mit den Sonntagsausgaben der *New York Times*, der *Daily News* und der *Post* zurück.

»Wenigstens weiß ich jetzt, wie du deine Prioritäten setzt«, bemerkte Rita. »Ich hoffe nur, du willst sie nicht lesen, bevor wir ...«

»Später«, erwiderte er, »viel, viel später.«

Noch während er das sagte, fragte er sich, ob er, was Frauen betraf, je erwachsen würde. Wahrscheinlich nicht, oder zumindest erst dann, wenn seine Libido auf kleinerer Flamme brannte. Er wußte, daß ihn einige Männer um seine Manneskraft beneideten, die wenige Monate vor seinem fünfzigsten Geburtstag kaum schwächer war als vor fünfundzwanzig Jahren. Aber diese permanente Lust hatte auch ihre Schattenseiten.

Während Rita ihn nun erregte, wie sie es auch früher schon des öfteren getan hatte, und er wußte, daß Augenblicke des gemeinsamen Vergnügens vor ihnen lagen, wußte er doch auch, daß er sich in einer oder zwei Stunden fragen würde: *Ist das den ganzen Ärger wert?* Und ähnlich stellte er sich auch die Frage, ob seine sexuellen Exkursionen es wert waren, eine Frau zu verlieren, die er wirklich mochte, und gleichzeitig seine Karriere aufs Spiel zu setzen – eine Tatsache, die ihm Margot Lloyd-Mason bei ihrer letzten Unterredung allzu deutlich vor Augen geführt hatte.

Warum tat er es? Teilweise, weil er diesen Freuden, wenn sich die Gelegenheit dazu bot, einfach nicht widerstehen konnte, und solche Gelegenheiten gab es im Nachrichtengewerbe unzählige. Dazu gehörte auch das Vergnügen an der Jagd, das nie nachließ, und schließlich das Eindringen und die körperliche Erfüllung – das Nehmen und das Geben, die beide gleich wichtig waren.

Les Chippingham führte ein sorgsam verstecktes Tagebuch, in das er seine sexuellen Eroberungen eintrug – eine Liste von Namen in einem speziellen Code, den nur er entziffern konnte. Und all diese Namen bedeuteten Frauen, die er gemocht, und einige, die er, zumindest eine Zeitlang, wirklich geliebt hatte.

Ritas Namen, den er erst kürzlich in das Buch aufgenommen hatte, war der einhundertsiebenundzwanzigste Eintrag. Chippingham versuchte, die Liste nicht als Trefferkarte zu sehen, aber in gewisser Weise war sie es.

Leute, die ein ruhigeres und unschuldigeres Leben führen, finden diese Zahl vielleicht übertrieben, ja unglaubwürdig. Wer aber beim Fernsehen oder in anderen kreativen Bereichen, ob nun als Maler, Schauspieler oder Schriftsteller, arbeitet, wird diese Zahl ohne Zögern akzeptieren.

Chippingham bezweifelte, daß seine Frau auch nur eine ungefähre Vorstellung von der Anzahl seiner Seitensprünge hatte, und das brachte ihn auf eine Frage, die er sich schon oft gestellt hatte: Gab es eine Möglichkeit, ihre Ehe zu kitten und zu der Vertrautheit zurückzukehren, die er mit Stasia einmal erlebt hatte, obwohl sie von seinen Amouren wußte? Er wünschte sich, die Antwort könnte ja lauten, aber er wußte, daß es zu spät war. Stasias Verbitterung war zu stark, die Wunde saß zu tief. Vor einigen Wochen hatte er brieflich einen zaghaften Annäherungsversuch gemacht. Doch geantwortet hatte ihm Stasias Anwalt mit der Warnung, er, Chippingham, habe jede direkte Kontaktaufnahme mit seiner, des Anwalts, Klientin zu unterlassen.

Auch wenn dieses Spiel verloren war, so überlegte er nun, hinderte ihn doch nichts daran, das Vergnügen der nächsten Stunden mit Rita zu genießen.

Rita hatte sich ebenfalls Gedanken über Beziehungen gemacht, allerdings auf einer etwas einfacheren Ebene. Sie war unverheiratet geblieben, da sie bis jetzt noch keinen Mann kennengelernt hatte, an den sie sich auf Dauer hätte binden wollen. Sie wußte, daß auch diese Affäre mit Les keine Zukunft hatte. Sie kannte ihn lange genug, um zu wissen, daß er zur Treue nicht fähig war. Er wechselte die Frauen mit einer Beiläufigkeit wie andere die Wäsche. Was ihn so unwiderstehlich machte, war dieser große, starke Körper mit allem, was dazugehört, und wegen dieses Körpers wurde ein sexuelles Abenteuer mit ihm zu einem euphorischen, glücklichen, himmlischen Traum. Als sie vor ihrer Wohnung eintrafen und Les das Taxi bezahlte, träumte sie bereits von ihm.

Rita verriegelte die Wohnungstür, und einen Augenblick später lagen sie sich schon in den Armen. Rita ging voran ins Schlafzimmer, Les folgte ihr, und noch auf dem Weg warf er sein Sakko zu Boden, zog sich die Krawatte vom Hals und knöpfte sein Hemd auf.

Das Schlafzimmer war typisch für Rita, ordentlich und doch auf eine lässige Art gemütlich mit den pastellfarbenen Stoffbezügen und den überall herumliegenden Kissen. Mit einer schnellen Bewegung zog sie die Tagesdecke vom Bett, faltete sie flüchtig zusammen und schleuderte sie in einen Sessel. Dann zog sie sich schnell aus und warf ihre Kleider in alle Richtungen, die unbewußte Geste einer Liebenden, die damit auch ihre Hemmungen Stück für Stück ablegte. Dabei lächelte sie Les an, und er erwiderte ihren Blick, während er aus seiner Unterhose stieg und sie zu Ritas Slip und BH warf.

Wie schon zuvor, gefiel ihm, was er sah.

Rita, die von Natur aus brünett war, hatte Anfang der Dreißig, als sich erste graue Strähnchen zeigten, begonnen, sich die Haare zu färben. Doch nach ihrem Wechsel von der Korrespondenten- in die Produzentenlaufbahn, der ja auch eine Veränderung ihres Images bedeutete, hatte sie der Natur ihren Lauf gelassen, und nun zeigten ihre Haare eine interessante Mischung aus Dunkelbraun und Silber. Auch ihre Figur war reifer geworden. »Man könnte sagen«, hatte Rita leicht spöttisch bemerkt, als Les sie das erste Mal nackt sah, »aus der Aphrodite, die ich mal war, ist eine solide Venus geworden.«

»Mir gefällt die Venus«, hatte er geantwortet.

Denn mit ihren sanft gerundeten Hüften und dem festen, hohen Busen brauchte sich Rita wirklich nicht zu verstecken.

Als sie den Blick senkte, sah sie, daß Les schon mehr als bereit war. Und doch kam er langsam zu ihr, er beugte sich über sie und küßte sie auf die Stirn, die Lider und den Mund. Dann umfaßte er sanft ihre Brüste mit beiden Händen und nahm abwechselnd ihre Warzen in den Mund. Ein wohliger Schauder lief ihr über den Rücken, als sie spürte, wie sie hart wurden.

Sie atmete schwer, und während jede Bewegung ihres Körpers ihre Lust noch erhöhte, ließ sie ihre Hand langsam, zärtlich über Les' Lenden gleiten, und sie tastete nach ihm mit behutsamen, erfahrenen Fingern. Sie spürte, wie sich sein ganzer Körper anspannte, hörte, wie es ihm beinahe den Atem verschlug, und dann ein sanftes, leises Stöhnen der Lust.

Zärtlich drückte Chippingham sie aufs Bett, während er mit Fingern und Zunge die süße, feuchte Wärme ihres Körpers erkundete. Und als beide es nicht mehr aushielten, glitt er in sie. Rita schrie auf, und Augenblicke später durchströmte ihren Körper ein letztes, herrliches Hochgefühl der Lust.

Rita ließ sich treiben, sie genoß die wenigen trägen Augenblicke, bevor ihr immer aktiver Verstand sie mit Fragen bedrängte. Die Liebe mit Les war immer so perfekt und makellos, daß sie sich fragte, ob es für alle Frauen so war, die mit ihm ins Bett gingen. Sie nahm an, daß es so war. Er hatte eine Art, mit dem Körper einer Frau umzugehen, die Rita – und wahrscheinlich alle anderen – bis zur Ekstase trieb. Und Ritas Erregung erhöhte sicherlich die seine. Doch erst nach ihrem fantastischen Höhepunkt – wie schön, daß sie ihn nicht vorspielen oder mühsam darauf hinarbeiten mußte! – explodierte auch er in ihr.

Später lagen sie dann tief und gleichmäßig atmend nebeneinander, und der Schweiß ihrer feuchten Körper vermischte sich zum herbsüßen Aroma der Liebe.

»Leslie Chippingham«, sagte Rita. »Hat dir schon einmal jemand gesagt, daß du der perfekteste Liebhaber der Welt bist?«

Er lachte und küßte sie. »Liebe ist Poesie. Und die Poesie lebt aus der Inspiration. In diesem Augenblick bist du die meine.«

»Mit Worten bist du aber auch nicht schlecht«, erwiderte sie. »Vielleicht solltest du im Nachrichtengeschäft arbeiten.«

Nach einer Weile schliefen sie ein, und beim Aufwachen liebten sie sich wieder.

Doch schließlich und unausweichlich trat der Sex in den Hintergrund, und Rita und Les wandten sich dem Stapel Zeitungen zu, die Les unterwegs gekauft hatte. Er nahm sich zuerst die *Times* vor, Rita die *Post*.

Beide verschlangen die neuesten Meldungen über die Entführungsgeschichte, die sich fast ausschließlich auf die Explosion in White Plains und die entstandene Verwüstung konzentrierten. Von einem rein professionellen Standpunkt aus war Rita froh, als sie sah, daß die Berichterstattung von CBA News alle wichtigen Punkte abgedeckt hatte. Die Printmedien brachten zwar ausführlichere Berichte mit mehr Reaktionen, doch die Fakten waren im wesentlichen dieselben.

Danach wandten sich Rita und Les anderen wichtigen nationalen und internationalen Meldungen zu, denen sie in den letzten Tagen weniger Aufmerksamkeit als sonst geschenkt hatten. Doch keiner der beiden beachtete einen einspaltigen Bericht, der versteckt in den Innenseiten der *Post* stand:

UN-DIPLOMAT
TÖTET IN RASENDER EIFERSUCHT
GELIEBTE UND SICH SELBST

Ein Diplomat bei den Vereinten Nationen, José Antonio Salaverry, und seine Freundin Helga Efferen wurden am Samstag erschossen in Salaverrys Wohnung an der 48th St. aufgefunden. Nach Polizeiangaben handelte es sich bei der Tat um einen »Mord aus Eifersucht mit anschließendem Selbstmord«.

Salaverry war Mitglied der peruanischen Delegation bei den Vereinten Nationen. Helga Efferen, eine libanesische Immigrantin und jetzige amerikanische Staatsbürgerin, arbeitete in einer Filiale der American-Amazonas Bank an der Dag Hammerskjöld Plaza.

Die beiden Leichen wurden am frühen Samstagmorgen von einem Hausmeister entdeckt. Eine ärztliche Untersuchung ergab einen wahrscheinlichen Todeszeitpunkt zwischen 20 und 23 Uhr des vorangegangenen Tages. Die Polizei geht anhand der vorliegenden Indizien von der Vermutung aus, daß Salaverry, nachdem er entdeckt hatte, daß Helga Efferen seine Wohnung für sexuelle Eskapaden mit anderen

Männern benutzte, aus Wut und Eifersucht, zuerst sie und dann sich selbst erschoß.

16

Mit der Anmut einer Seemöwe schwebte der Learjet 55LR durch die Nacht. Die Turbinen waren gedrosselt, und die Maschine senkte die Nase auf zwei parallele Lichtbänder, die die Landebahn eins-acht des Opa Locka Airport markierten. Hinter dem Flughafen funkelten die unzähligen Lichter von Miami, deren Reflexion wie ein riesiger Heiligenschein über der Stadt lag.

Miguel in seinem Sitz in der Passagierkabine sah aus dem Fenster, er hoffte, daß die Lichter Amerikas und alles, was sie repräsentierten, bald hinter ihm lägen.

Er sah auf die Uhr. 23 Uhr 18. Der Flug von Teterboro hatte etwas mehr als zweieinviertel Stunden gedauert.

Rafael im Sitz hinter ihm hatte den Blick starr auf die näher kommenden Lichter gerichtet. Socorro neben ihm schien zu dösen.

Miguel drehte sich zu Baudelio um, der noch immer mit seinen externen Kontrollgeräten die drei Särge überwachte. Baudelio nickte, es war offensichtlich alles in Ordnung, und Miguel wandte sich wieder einem Problem zu, das eben erst aufgetreten war.

Wenige Minuten zuvor war er ins Cockpit gegangen und hatte gefragt: »Wie lange braucht ihr in Opa Locka, um alles Nötige zu erledigen und uns wieder in die Luft zu bringen?«

»Normalerweise nicht länger als eine halbe Stunde«, antwortete Underhill, der Pilot. »Wir müssen nur auftanken und unseren Flugplan durchgeben.« Er zögerte und fügte dann hinzu: »Aber wenn der Zoll sich unser Flugzeug genauer ansehen will, kann es länger dauern.«

»In Opa Locka gibt es keine Zollkontrollen«, zischte Miguel.

Der Pilot nickte. »Stimmt schon. Im Normalfall kümmern die sich nicht um hinausgehende Flüge. Aber ich habe gehört, daß sie in letzter Zeit Stichproben machen, und manchmal eben auch bei Nacht.« Obwohl er versuchte, gelassen zu klingen, verriet seine Stimme, daß er sich Sorgen machte.

Miguel erschrak über diese Information. Was er und das Medellín-Kartell über die Regeln und Gepflogenheiten des amerikanischen Zolls in Erfahrung gebracht hatten, war der Grund gewesen, warum sie sich für Opa Locka als Ausreiseflugplatz entschieden hatten.

Wie Teterboro wurde auch Opa Locka ausschließlich von Privatflugzeugen benutzt. Wegen der hereinkommenden Auslandsflüge gab es dort eine Zolldienststelle – ein kleines, provisorisches Büro in einem Anhänger mit entsprechend geringer Belegschaft. Verglichen mit den großen Dienststellen in wichtigen internationalen Flughäfen wie Miami, New York, Los Angeles oder San Francisco, war die in Opa Locka wie eine arme Verwandte, die nicht die Mittel für eine umfassende Kontrolle hatte. Für gewöhnlich taten nur zwei Beamte Dienst, und auch das nur werktags zwischen 11 Uhr und 19 Uhr und sonntags zwischen 10 Uhr und 16 Uhr. Bei der Planung des Flugs mit dem Learjet war man davon ausgegangen, daß zu einer so späten Stunde die Dienststelle geschlossen und das Personal längst zu Hause sei.

Underhill fügte nun hinzu: »Falls noch jemand in der Dienststelle sitzt und sein Funkgerät eingestellt hat, kann er unseren Sprechverkehr mit dem Tower hören. Danach wird sich zeigen, ob der Zoll Interesse an uns hat oder nicht.«

Miguel merkte, daß er nichts tun konnte, außer zu seinem Platz zurückzukehren und abzuwarten. Als er wieder saß, spielte er in Gedanken alle Möglichkeiten durch.

Falls sie wirklich noch mit dem Zoll zu tun bekamen, so unwahrscheinlich das auch schien, würden sie erneut ihre Tarngeschichte benutzen. Socorro, Rafael und Baudelio mußten ihre Rollen spielen und Miguel die seine. Die Kontrollgeräte an den Särgen konnte Baudelio sehr schnell verschwinden lassen. Nein, das Problem war weniger die Tarngeschichte und alles, was dazugehörte, sondern die Vorschriften, die ein Zollinspektor befolgen mußte, wenn eine Leiche außer Landes gebracht wurde.

Miguel hatte sich die offiziellen Vorschriften genau angesehen, er kannte sie auswendig. Für jede Leiche mußten gewisse Papiere vorliegen – ein Totenschein, eine Freigabe von einem Gesundheitsamt und eine Einfuhrerlaubnis des Ziellandes. Der Paß des Toten war nicht nötig, aber – und das war der kritische Punkt – der Sarg mußte geöffnet und, nachdem der Inhalt kontrolliert war, versiegelt werden.

Miguel hatte sich in weiser Voraussicht alle nötigen Unterlagen beschafft. Zusätzlich hatte er noch die Unfallfotos, auf denen zwar nichts Konkretes zu erkennen war, die aber zu der Geschichte paßten, sowie die gefälschten Zeitungsausschnitte mit der Behauptung, die Leichen seien bis zur Unkenntlichkeit verbrannt und verstümmelt.

Wenn also in Opa Locka der Zoll noch geöffnet war und ein Beamter sie kontrollieren wollte, dann waren ihre Papiere zwar in Ordnung, aber es stellte sich die Frage, ob der Beamte darauf bestehen würde, die Särge zu öffnen. Und weiter, wenn er erst einmal sämtliche Unterlagen und Berichte gelesen hatte, ob ihm dann überhaupt noch danach zumute war.

Wieder einmal spürte Miguel, wie die Spannung in ihm wuchs, während der Learjet glatt und problemlos landete und zum Hangar Eins rollte.

Der Zollinspektor Wally Amsler ging davon aus, daß sich irgendein fanatischer Schreibtischstratege in Washington diese Operation Egress ausgedacht haben mußte. Der (oder diejenige) lag inzwischen sicher schon schlafend im Bett, und genau dort wollte Wally nun auch sein, anstatt hier auf diesem gottverlassenen Opa Locka Airport herumzustehen, der weitab von allem lag und der nachts noch dazu verflucht einsam war. Es war eine halbe Stunde vor Mitternacht, und er und die beiden anderen Zollbeamten im Sondereinsatz mußten noch zwei Stunden absitzen, bevor sie die Operation Egress abhaken und nach Hause gehen konnten.

Die schlechte Laune war ungewöhnlich für Amsler, der im Grunde immer fröhlich und freundlich war, außer zu jenen, die das Gesetz brachen, das er vertrat. Dann konnte er kalt und hart sein und unerbittlich in seinem Pflichtgefühl. Eigentlich gefiel ihm seine Arbeit, nur die Nachtschichten mochte er nicht, und er vermied sie auch, sooft es ging. Erst vor einer Woche hatte er mit Grippe im Bett gelegen, und er fühlte sich noch immer nicht ganz gesund. Er hatte schon überlegt, ob er sich an diesem Abend krank melden sollte, dann aber beschlossen, es nicht zu tun. Und dann war da auch noch etwas anderes, das ihm in letzter Zeit Kummer machte – seine Stellung beim Zoll.

Obwohl er seit mehr als zwanzig Jahren gewissenhaft seine Arbeit tat, war er nicht so weit aufgestiegen, wie er es bei seinem Alter – er stand wenige Monate vor seinem fünfzigsten Geburtstag – eigentlich hätte erwarten können. Er war Inspektor, GS-9, und das war eigentlich nur ein Mannschaftsgrad, nicht mehr. Es gab genügend andere, die jünger waren als er und viel weniger Erfahrung hatten und trotzdem bereits zum Oberinspektor, GS-11, aufgestiegen waren. Von denen mußte er Befehle entgegennehmen.

Er hatte immer angenommen, daß man ihn eines Tages zum Oberinspektor befördern würde, aber inzwischen mußte er sich eingestehen, daß die Chancen dazu nicht eben günstig standen. War das gerecht? Er wußte es nicht. Seine Beurteilungen waren durchweg positiv, und er hatte seine Pflicht immer über alles andere gestellt, vor allem auch über seine privaten Interessen. Aber gleichzeitig hatte er sich nie besonders angestrengt, um in eine Führungsposition aufzusteigen, wie er auch keine spektakulären Leistungen oder Erfolge aufweisen konnte; vielleicht lag darin das Problem. Natürlich verdiente er auch als GS-9 nicht schlecht. Mit Überstunden und einer Sechs-Tage-Woche kam er auf etwa $ 50000 pro Jahr, und in fünfzehn Jahren würde er eine ansehnliche Pension erhalten.

Aber Gehalt und Pension waren nicht alles. Er brauchte etwas, um seinem Leben neuen Schwung zu geben, etwas, das ihn, wenn auch nur auf bescheidene Art, unvergeßlich machte. Er wünschte sich, daß so etwas passierte, und er meinte, es auch zu verdienen. Aber in Opa Locka, so spät in der Nacht und bei dieser Operation Egress, war das eher unwahrscheinlich.

Operation Egress war der Versuch einer stichprobenartigen Kontrolle von Flugzeugen, die das Land verließen. Natürlich konnten unmöglich alle überprüft werden, dazu fehlte dem Zoll das Personal. Deswegen schickte man unangekündigt und überfallartig ein Team von Inspektoren auf gewisse Flughäfen, die dann einige Stunden lang vorwiegend Privatmaschinen mit ausländischen Zielflughäfen kontrollierten. Häufig wurden solche Aktionen nachts abgewickelt.

Offiziell wollte man mit dem Programm dem illegalen Export von High-Tech-Geräten auf die Schliche kommen. Inoffiziell suchte der Zoll auch nach Geldbeträgen, die die festgesetzten Ausfuhrquoten überstiegen, vor allem nach Drogengeld. Inoffiziell deshalb, weil die amerikanische Zollgesetzgebung die Suche nach Geld nur dann zuließ, wenn ein »gerechtfertigter Grund« vorlag. Doch wenn bei der Suche nach etwas anderem große Geldbeträge entdeckt wurden, hatte der Zoll das Recht, sich damit zu beschäftigen.

Manchmal konnte Egress Erfolge vorweisen – gelegentlich sogar sensationelle. Aber so etwas passierte nie, wenn Amsler Dienst hatte, und das war ein Grund, warum er für dieses Programm nur wenig Begeisterung aufbringen konnte. Aber trotzdem war Egress dafür verantwortlich, daß er und zwei andere Inspektoren an diesem Abend in Opa Locka herumliefen, obwohl es bis jetzt weniger Auslandsflüge gegeben hatte als gewöhnlich und es unwahrscheinlich war, daß noch viele kamen.

Eins dieser wenigen Flugzeuge traf eben letzte Startvorbereitungen – ein Learjet aus Teterboro, der vor wenigen Minuten seinen Flugplan nach Bogotá in Kolumbien durchgegeben hatte. Amsler war nun auf dem Weg zum Hangar Eins, um sich die Maschine anzusehen.

Opa Locka war, im Gegensatz zum übrigen Südflorida, ein sehr unattraktiver Ort. Sein Name leitete sich aus einem Wort der Seminole-Indianer ab, *opatishawockalocka*, was »hoher, trockener Hügel bedeutete. Die Beschreibung paßte, wie auch die modernere des Schriftstellers T. D. Allman, der Opa Locka ein verarmtes »Ghetto« nannte, das aussah wie »ein seit langem verlassener und verwüsteter Vergnügungspark«. Der benachbarte Flugplatz hatte, trotz des regen Flugverkehrs, nur wenige Gebäude, und das trockene, flache Gelände auf der Spitze des natürlichen Hügels wirkte fast wie eine Wüste.

In dieser Wüste war der Hangar Eins eine Oase.

Er war untergebracht in einem modernen, attraktiven weißen Gebäude, das darüber hinaus noch einen Luxusterminal beherbergte, in dem die Privatmaschinen, ihre Passagiere und Piloten versorgt wurden.

Siebzig Leute arbeiteten in Hangar Eins, und ihre Pflichten reichten von Reinigungsarbeiten im Inneren der Flugzeuge über das Wiederauffüllen der Bordküchen mit Speisen und Getränken bis hin zu mechanischen Wartungsarbeiten – kleinere Reparaturen und gründliche Überholungen. Andere kümmerten sich um die VIP-Lounges, die Duschen und um einen Konferenzsaal, der mit audiovisuellen Geräten, Telex, Telefax und Kopierern ausgestattet war.

Auf der anderen Seite einer fast, aber doch nicht ganz unsichtbaren Linie gab es ähnliche Einrichtungen für die Piloten und zusätzlich einen mit allen technischen Hilfsmitteln ausgestatteten Flugplanungsbereich. In diesem Bereich ging nun Zollinspektor Wally Amsler auf Underhill, den Piloten des Learjet, zu, der gerade einen Ausdruck mit Wetterdaten studierte.

»Guten Abend, Captain. Soviel ich weiß, fliegen Sie nach Bogotá.«

Underhill sah hoch, und der Anblick der Uniform überraschte ihn nicht besonders. »Das stimmt.«

In Wirklichkeit entsprachen weder diese Antwort noch die Angaben im Flugplan der Wahrheit. Das eigentliche Ziel des Learjet war eine Staubpiste in den Anden in der Nähe von Sion in Peru, und es war beabsichtigt, nonstop dorthin zu fliegen. Aber die Instruktionen, die Underhill erhalten hatte und für deren Befolgung er äußerst großzügig entlohnt wurde, legten ausdrücklich fest, daß er Bogotá als Flugziel angeben mußte. Im Prinzip war die Sache ohne Bedeutung, denn sobald er, und das war kurz nach dem Start, den Bereich der amerikanischen Luftraumkontrolle verließ, konnte er fliegen, wohin er wollte, und niemand würde sich mehr für ihn interessieren oder ihn überprüfen.

»Wenn Sie nichts dagegen haben«, sagte Amsler höflich, »möchte ich gerne Ihre Maschine und Ihre Passagiere kontrollieren.«

Underhill hatte etwas dagegen, aber er wußte, daß es sinnlos war, es auch zu sagen. Er hoffte nur, daß seine Passagiere, dieses komische Quartett, den Zollbeamten zufriedenstellen konnten, damit er seine Starterlaubnis bekam und endlich abheben konnte. Doch was ihm eigentlich Sorgen machte, waren nicht die Passagiere, sondern seine mögliche Verwicklung in eine Sache, von der er ja gar nichts wußte.

Denis Underhill hatte den Verdacht, daß an den Särgen etwas

ungewöhnlich, vielleicht sogar illegal war. Er vermutete, daß sie entweder etwas anderes als Leichen enthielten, oder wenn Leichen, dann die von Opfern eines peruanisch-kolumbianischen Bandenkriegs, die außer Landes geschafft wurden, bevor die US-Behörden etwas merkten. Keinen Augenblick hatte er die Geschichte der Unfallopfer und der trauernden Familie geglaubt, die man ihm in Bogotá bei den Verhandlungen über diesen Charterflug erzählt hatte. Wenn die Geschichte stimmte, warum dann die ganze Heimlichtuerei? Underhill war sich auch ziemlich sicher, daß zumindest zwei der Leute an Bord bewaffnet waren. Warum also dieser offensichtliche Versuch, das zu vermeiden, was nun passierte – eine Kontrolle durch den amerikanischen Zoll?

Obwohl Underhill der Learjet nicht gehörte – der Besitzer war ein reicher Geschäftsmann aus Kolumbien, wo die Maschine auch registriert war –, arbeitete er doch fast in eigener Regie und erhielt neben seinem Gehalt plus Spesen noch eine großzügige Profitbeteiligung. Sein Arbeitgeber wußte, da war sich Underhill ziemlich sicher, daß Aufträge dieser Art manchmal die Grenze des Legalen überschritten, aber offensichtlich vertraute der Mann darauf, daß Underhill mit solchen Situationen umgehen konnte und sein Flugzeug nicht in Gefahr brachte.

Underhill dachte nun an dieses Vertrauen und auch an sein finanzielles Interesse, und er beschloß, das Märchen von den Unfallopfern zu benutzen, in der Hoffnung, damit sich selbst und das Flugzeug aus allem, was noch passieren mochte, heraushalten zu können.

»Es ist ein trauriger Anlaß«, sagte er dem Zollbeamten und erzählte die Geschichte, die er in Bogotá gehört hatte und die, ohne daß Underhill das wußte, von den Unterlagen in Miguels Besitz gestützt wurde.

Amsler hörte unverbindlich zu und erwiderte dann: »Gehen wir, Captain.«

Amsler kannte Typen wie Underhill und war nicht beeindruckt. Er hielt den Piloten für einen Glücksritter, der gegen entsprechende Bezahlung jede Fracht an jeden Ort flog und sich dann, falls Probleme auftauchten, als unschuldiges Opfer hinstellte, das von seinen Auftraggebern getäuscht wurde. In Amslers Augen waren

Leute wie dieser Pilot allzuoft Gesetzesbrecher, die meistens auch noch ungeschoren davonkamen.

Gemeinsam gingen sie vom Hauptgebäude des Hangar Eins zu dem unter einem Vordach abgestellten Learjet 55LR. Die Seitentür der Maschine war offen, und Underhill stieg dem Inspektor voraus die Stufen hinauf in die Passagierkabine. »Lady and Gentlemen«, verkündete er, »wir haben freundlichen Besuch vom amerikanischen Zoll.«

In den fünfzehn Minuten seit der Landung waren die Medellín-Leute auf Miguels Befehl hin an Bord geblieben. Nachdem die Turbinen abgeschaltet waren und die beiden Piloten das Flugzeug verlassen hatten – Underhill, um den Flugplan anzumelden, Faulkner, um das Auftanken zu überwachen –, setzte sich Miguel mit den drei anderen zu einem ernsten Gespräch zusammen.

Er warnte sie vor der Gefahr einer Zollinspektion und schärfte ihnen ein, sich strikt an die vereinbarten Rollen in ihrer Tarngeschichte zu halten. Eine gewisse Anspannung lag in der Luft, vielleicht sogar ein wenig Angst, aber alle signalisierten ihre Bereitschaft. Socorro steckte sich mit Hilfe des Spiegels in ihrem Schminkkoffer wieder Pfefferkörner unter die unteren Lider, und ihre Augen füllten sich fast augenblicklich mit Tränen. Rafael weigerte sich diesmal, doch Miguel ließ ihn gewähren. Baudelio hatte seine Kontrollgeräte bereits versteckt, jedoch nicht, ohne sich zuvor ein letztes Mal zu vergewissern, daß die drei Opfer noch immer in tiefer Betäubung lagen und sich in den nächsten ein oder zwei Stunden nicht rühren würden, falls er sie unbeaufsichtigt lassen mußte.

Miguel machte deutlich, daß vorwiegend er reden würde. Die anderen sollten nur auf sein Stichwort hin etwas sagen.

Nach diesen Vorbereitungen war es für keinen mehr ein besonderer Schock, als Underhill den Zoll ankündigte und hinter ihm ein Beamter erschien.

»Guten Abend, Leute.« Amsler gab sich ebenso freundlich wie zuvor schon bei Underhill. Doch gleichzeitig sah er sich um und registrierte die Särge, die auf der einen Seite der Kabine festgezurrt waren, und die Passagiere auf der anderen Seite, von denen drei saßen und einer, Miguel, stand.

Miguel antwortete: »Guten Abend, Officer.« Er hatte ein Bündel Papiere und vier Pässe in der Hand. Die Pässe hielt er dem Beamten als erstes entgegen.

Amsler nahm sie, sah sie aber nicht an, sondern fragte: »Wo fliegen Sie hin, und was ist der Anlaß für diesen Flug?«

Da Amsler den Flugplan gesehen hatte, kannte er das Flugziel bereits und von Underhills Bericht auch den Anlaß. Aber es war typisch für die Beamten von Zoll und Einwanderungsbehörde, daß sie die Leute gleich am Anfang zum Reden brachten; manchmal enthüllten ihre Art oder gewisse Anzeichen von Nervosität mehr als die eigentliche Antwort.

»Es ist eine tragische Reise, Officer, die Trauer hat diese früher so glückliche Familie überwältigt.«

»Und Sie, Sir? Wie heißen Sie?«

»Meine Name ist Pedro Palacios. Ich bin ein enger Freund der Familie und hierhergekommen, um den Trauernden in der Not beizustehen.« Miguel benutzte den neuen Decknamen, auf den sein kolumbianischer Paß lautete. Der Paß war echt, und das Bild wirklich von ihm, aber der Name und die anderen Einträge, darunter ein erst wenige Tage zuvor eingestempeltes US-Einreisevisum, waren geschickte Fälschungen. »Meine Freunde haben mich gebeten, für sie zu sprechen, da ihr Englisch leider nicht ausreichend ist.«

Amsler betrachtete die Pässe in seiner Hand, suchte Miguels heraus und verglich das Foto mit dem Gesicht des Mannes. »Ihr Englisch ist ausgezeichnet, Señor Palacios.«

Miguel überlegte nur kurz und antwortete dann selbstbewußt: »Ich habe einen Teil meiner Ausbildung in Berkeley absolviert. Dieses Land liebe ich sehr. Wenn es nicht ein so trauriger Anlaß wäre, würde ich mich glücklich schätzen, hier zu sein.«

Amsler schlug die anderen Pässe auf und verglich die Fotos mit den Anwesenden. Dann sprach er Socorro an: »Madam, haben Sie verstanden, worüber wir eben sprachen?«

Socorro hob ihr tränenüberströmtes Gesicht. Ihr Herz schlug schnell. Stockend, ihr für gewöhnlich flüssiges Englisch unterdrükkend, antwortete sie: »Ja ... ein wenig.«

Amsler nickte und wandte sich wieder an Miguel. »Erzählen Sie mir davon.« Er deutete auf die Särge.

»Ich habe alle notwendigen Papiere ...«

»Die sehe ich mir später an. Erzählen Sie erst einmal.«

Miguel gab seiner Stimme einen erstickten Klang. »Es war ein furchtbarer Unfall. Die Schwester dieser Dame, deren kleiner Sohn und ein älterer Herr, der ebenfalls zur Familie gehörte, waren hier auf Urlaub. Es passierte auf der Autobahn bei Philadelphia ... Ein außer Kontrolle geratener Lastwagen kam quer über die Autobahn geschossen ... stieß frontal mit dem Auto der Familie zusammen ... alle Insassen wurden getötet. Es herrschte starker Verkehr zu dieser Zeit ... weitere Autos kollidierten mit dem Wrack ... noch mehr Tote ... ein entsetzliches Feuer, das die Leichen – *Mein Gott, die Leichen!*«

Bei der Erwähnung der Leichen fing Socorro an zu jammern und zu schluchzen. Rafael hatte das Gesicht in den Händen vergraben, seine Schultern zuckten, und Miguel mußte zugeben, daß das noch wirkungsvoller war als Tränen. Baudelio sah einfach blaß und traurig aus.

Während er sprach, hatte Miguel den Zollinspektor sehr aufmerksam beobachtet. Aber der Mann zeigte keine Regung, er stand nur einfach da und hörte mit unergründlicher Miene zu. Nun streckte ihm Miguel die restlichen Unterlagen entgegen. »Es steht alles hier. Bitte, Officer, ich flehe Sie an – lesen Sie selbst.«

Diesmal nahm Amsler die Papiere und blätterte sie durch. Die Totenscheine schienen in Ordnung zu sein, und ebenso die behördliche Freigabe und die Einfuhrgenehmigung für Kolumbien. Dann las er die Zeitungsausschnitte, und bei den Worten » ... verbrannte und bis zur Unkenntlichkeit verstümmelte Leichen ...« drehte sich ihm der Magen um. Als nächstes kamen die Fotos. Ein flüchtiger Blick genügte, und er steckte sie wieder weg. Ihm fiel ein, daß er ja eigentlich daran gedacht hatte, sich krank zu melden. Warum zum Teufel hatte er das bloß nicht getan? Im Augenblick war ihm schon ganz übel, und der Gedanke an das, was er nun tun mußte, machte ihn noch kranker.

Miguel, der den Inspektor ansah, hatte keine Ahnung, daß Amsler sich genauso unbehaglich fühlte wie er selbst, wenn auch aus anderen Gründen.

Wally Amsler zweifelte nicht an dem, was er bis jetzt gehört und gesehen hatte. Die Papiere waren in Ordnung, Zeitungsausschnitte und Fotos bestätigten die Geschichte, und kein Mensch, so dachte er, konnte die Trauer, die er hier erlebte, nur vortäuschen. Amsler war selbst ein anständiger Familienvater, er hatte Mitleid mit diesen Leuten und wünschte sich, er könne sie einfach abfliegen lassen. Aber das war nicht möglich. Das Gesetz schrieb vor, daß die Särge geöffnet und inspiziert werden mußten, und genau das war der Grund für seinen Kummer.

Denn Wally hatte eine Schwäche. Er konnte den Anblick von Leichen nicht ertragen, und schon der Gedanke, die verstümmelten Überreste ansehen zu müssen, die Palacios selbst und danach der Zeitungsausschnitt erwähnt hatten, erfüllte ihn mit Entsetzen.

Angefangen hatte das Problem damit, daß man Wally als achtjährigen Jungen zwang, seine tote Großmutter, die bereits im Sarg lag, zu küssen. Bei der Erinnerung an das wächserne, leblose Fleisch, das er mit den Lippen berühren mußte, obwohl er protestierend und schreiend um sich schlug, lief ihm noch heute ein Schauer über den Rücken. Von da an wollte Wally nie mehr in seinem Leben eine Leiche sehen. Als Erwachsener erfuhr er dann, daß die Psychiatrie einen Namen für seine Abneigung hatte – Nekrophobie. Doch das half ihm auch nichts. Er wollte nur, daß man ihm die Leichen vom Hals hielt.

Nur ein einziges Mal hatte er in seinen vielen Jahren als Zollinspektor dienstlich mit einem Toten zu tun gehabt. Damals traf spätnachts die Leiche eines Amerikaners aus dem Ausland ein. Amsler arbeitete in dieser Nacht alleine. Im Paß des Verstorbenen war dessen Gewicht mit siebzig Kilo angegeben. Doch das Frachtgut wog über einhundertvierzig Kilo. Auch wenn man das Gewicht des Sargs und des Containers abrechnete, war der Unterschied noch sehr verdächtig, und Amsler ließ deshalb widerwillig den Sarg öffnen. Das Resultat war entsetzlich.

Der Tote im Sarg war fett, er hatte seit der Ausstellung des Passes enorm zugenommen. Doch schlimmer war noch, daß der Tod und eine verpfuschte Einbalsamierung die Leiche fürchterlich aufgebläht hatten; auch hatte die Verwesung bereits eingesetzt, was einen ekelerregenden Gestank verursachte. Als Amsler diesen abscheulichen Geruch einatmete, konnte er gerade noch mit einer verzweifelten Handbewegung andeuten, man solle den Sarg wieder schließen. Dann lief er hinaus und übergab sich. Noch Tage danach war ihm übel, der entsetzliche Gestank ging ihm nicht mehr aus der Nase; und nun kehrte die Erinnerung an diese Abscheulichkeiten zurück.

Doch stärker als diese Erinnerung und stärker als seine Ängste war sein unerbittliches Pflichtbewußtsein. Und deshalb sagte er zu Miguel: »Es tut mir aufrichtig leid, aber die Vorschriften verlangen eine Öffnung der Särge.«

Genau das hatte Miguel am meisten befürchtet. Er machte noch einen letzten Versuch, den Beamten mit einem Appell an den gesunden Menschenverstand zu überzeugen. »Officer, bitte! Ich flehe Sie an. Es ist doch so schon genug Schmerz, genug Leid. Wir sind Freunde Amerikas. Man wird doch um des Mitleids willen eine Ausnahme machen können.«

Er wandte sich in Spanisch an Socorro: *»El hombre quiere abrir los ataúdes.«*

Sie schrie entsetzt auf: *»Ay, no! Madre de Dios, no!«*

»Le suplicamos, señor. En el nombre de decencia, por favor, no!« flehte nun auch Rafael.

Baudelio flüsterte mit aschfahlem Gesicht: *»Por favor, no lo haga, señor! No lo haga!«*

Ohne die Sätze im einzelnen zu verstehen, begriff Amsler doch das Wesentliche von dem, was er eben gehört hatte. Er wandte sich an Miguel: »Bitte, sagen Sie Ihren Freunden, daß ich die Vorschriften nicht gemacht habe. Es macht mir nicht immer Spaß, sie auszuführen, aber es ist meine Arbeit und meine Pflicht.«

Miguel hatte bereits resigniert. Es war sinnlos, diese Farce weiterzuspielen. Der Augenblick der Entscheidung war gekommen.

Der Idiot vom Zoll plapperte weiter. »Ich schlage vor, die Särge aus dem Flugzeug zu nehmen und sie an einen ungestörten Ort zu bringen. Ihr Pilot kann das arrangieren. Er kann von Hangar Eins Hilfe anfordern.«

Miguel wußte, daß er das nicht zulassen durfte. Die Särge durften das Flugzeug auf keinen Fall verlassen. So blieb ihm nur noch ein Ausweg – Waffengewalt. Sie hatten es nicht bis hierher geschafft, um jetzt vor einem einzigen Zollbeamten, diesem *cabrón,* zu kapitulieren; er würde den Mann entweder töten oder ihn gefangennehmen und in Peru exekutieren. Die nächsten Sekunden würden das entscheiden. Man mußte auch die Piloten mit Waffengewalt in Schach halten, denn sonst könnten sie sich, aus Angst vor Konsequenzen, weigern zu starten. Miguel ließ die Hand unter die Jacke gleiten. Er spürte die Makarow 9 mm, die er bei sich trug, und entsicherte sie. Er warf Rafael einen flüchtigen Blick zu, der große Mann nickte. Socorro hatte die Hand bereits in ihrer Tasche.

»Nein«, sagte Miguel. »Die Särge bleiben, wo sie sind.« Er veränderte leicht seine Position, so daß er zwischen dem Beamten, den beiden Piloten und der offenen Tür stand. Seine Finger schlossen sich um die Pistole. Es war soweit. *Jetzt!*

In diesem Augenblick, eine fremde Stimme: »Echo eins-sieben-zwei. Sector.«

Die Stimme überraschte jeden außer Wally Amsler, der an die Meldungen aus dem Walkie-Talkie an seinem Gürtel gewöhnt war. »Sector, hier Echo eins-sieben-zwei.«

»Echo eins-sieben-zwei«, kam krächzend eine Männerstimme. »Verlassen Sie Ihren augenblicklichen Einsatzort, und melden Sie sich unverzüglich über Telefon bei Lima zwei-sechs-acht auf vier-sechs-sieben vierundzwanzig vierundzwanzig. Vermeiden Sie jeden Funkkontakt, wiederhole, kein Funkkontakt.«

»Sector. Zehn-vier. Echo eins-sieben-zwei verstanden und over.« Während Amsler seine Bestätigung durchgab, hatte er Mühe, sich seine Erleichterung nicht an der Stimme anmerken zu lassen. Im allerletzten Augenblick war die Rettung gekommen – ein deutlicher Befehl, den er befolgen mußte. Lima zwei-sechs-acht war der Code des Einsatzleiters für das Einzugsgebiet von Miami, und »unverzüglich« bedeutete in der Ausdrucksweise seines Vorgesetzten: »Setz deinen Arsch in Bewegung!« Amsler kannte auch die Telefonnummer, die man ihm durchgegeben hatte, es war die der Frachtabteilung von Miami International.

Die Nachricht bedeutete höchstwahrscheinlich, daß der Zoll einen Hinweis auf einen hereinkommenden Flug mit Schmuggelware erhalten hatte – die meisten Fahndungserfolge kamen auf diese Weise zustande – und daß man Amsler als Verstärkung benötigte. Und um diesen Hinweis geheimzuhalten, hatte er den Befehl, nicht sein Funkgerät, sondern ein Telefon zu benutzen. Nun mußte er so schnell wie möglich zum nächsten Apparat.

»Man hat mich abberufen, Señor Palacios«, sagte er. »Ich gebe Ihren Flug frei, Sie können starten.«

Während Amsler hastig die notwendigen Unterlagen ausfüllte, merkte er gar nicht, daß die Spannung in der Kabine plötzlich nachließ und sich nicht nur unter den Passagieren, sondern auch den Piloten Erleichterung ausbreitete. Underhill und Miguel wechselten Blicke. Dem Piloten waren die Vorbereitungen zum Waffeneinsatz nicht entgangen, und er fragte sich nun, ob er vor dem Abflug die Aushändigung der Pistolen verlangen sollte. Doch als er Miguels eisigem Blick begegnete, beschloß er, es lieber sein zu lassen. Verzögerungen und Komplikationen hatte es schon genug gegeben. Er zog es vor, so schnell wie möglich zu starten.

Als Amsler wenige Augenblicke später auf den Hangar Eins und das nächste Telefon zulief, hörte er, wie sich die Tür des Learjets schloß und die Turbinen angeworfen wurden. Er war froh, diese Episode hinter sich zu haben, und fragte sich schon, was ihn am Miami International erwartete. Vielleicht die große, entscheidende Sache, auf die er schon so lange hoffte?

Weit oben schwebte der Learjet 55LR durch die Nacht, der Luftraum der Vereinigten Staaten lag bereits hinter ihm, und er nahm Kurs auf Sion in Peru.

Dritter Teil

1

Arthur Nalesworth, der umgängliche, würdevolle Onkel Arthur, wie er inzwischen genannt wurde, war in seinen jüngeren Jahren bei CBA News ein wichtiger Mann gewesen. In den drei Jahrzehnten beim Sender hatte er sich zu einer ganzen Reihe von Spitzenpositionen hochgearbeitet. So war er unter anderem Vizepräsident der Abteilung Internationale Nachrichten, Studioleiter der National Evening News und sogar Vizedirektor der gesamten Nachrichtenabteilung. Dann verließ ihn das Glück, und er wurde, wie viele andere vor und nach ihm, mit achtundfünfzig Jahren auf ein Nebengleis abgeschoben. Man gab ihm zu verstehen, daß für ihn die Tage der Macht vorüber seien und daß er wählen könne zwischen einem frühen Ruhestand oder einer Stellung ohne Einfluß und Befugnisse.

Die meisten, die vor dieser Entscheidung standen, wählten aus Stolz den Ruhestand. Arthur Nalesworth, der wenig Eigendünkel, aber ein breitgestreutes philosophisches Wissen besaß, wollte weitermachen, ganz gleich in welcher Position. Da der Sender diese Entscheidung nicht erwartet hatte, mußte erst einmal eine Beschäftigung für ihn gefunden werden. Inzwischen gab man bekannt, daß er den Titel Vizepräsident behalten würde.

Wie Onkel Arthur selbst es später einmal treffend formulierte: »Hier bei uns gibt es drei Arten von Vizepräsidenten – solche, die arbeiten und ihr Geld wert sind, solche, die nichts tun, aber den Kopf für die hinhalten, die über ihnen stehen, und die ›gewesenen‹ Vizepräsidenten, die nur noch für Heftklammern verantwortlich sind, und ich bin einer von denen.«

Wenn man etwas nachbohrte, erzählte er weiter: »Es gibt eine Sache, auf die sich diejenigen von uns, die in diesem Geschäft Erfolg haben, vorbereiten sollten, es aber meistens nicht tun, und das ist der Tag, an dem wir aufhören, wichtig zu sein. Noch bevor wir den Gipfel erreichen, sollten wir daran denken, daß man uns, schneller als wir glauben, abstürzen läßt, vergißt und durch Jüngere und wahrscheinlich auch Bessere ersetzt. Natürlich« – und an dieser Stelle zitierte er gerne Tennysons *Ulysses* – »*Der Tod schließt alles ab. Doch manchem sei kurz vor dem Ende die letzte ehrenvolle Tat gewährt. ...*«

Es war für beide, den Sender und Onkel Arthur selbst, unerwartet und überraschend, daß er, nachdem er den Zenit seiner Karriere überschritten hatte, doch noch seine *ehrenvolle Tat* fand.

Sie hatte mit jungen Leuten zu tun, die Arbeit suchten.

Für viele, die beim Fernsehen Macht und Einfluß hatten, war es eine Last und oft auch ein Dilemma, wenn ihnen eine ganze Reihe von Leuten – Freunde, Verwandte, Geschäftskontakte, Politiker, Allgemeinärzte, Zahnärzte, Augenärzte, Börsenmakler, Partygäste und unzählige andere – immer die gleiche Frage stellten: »Können Sie meinem Sohn/ meiner Tochter/ meinem Neffen/ meiner Nichte/ meinem Patenkind/ Schüler/ Schützling helfen, beim Fernsehen Arbeit zu bekommen?«

Es gab Tage, vor allem kurz nach den Prüfungsterminen der Colleges, da mußte es denen, die bereits im Geschäft waren, so vorkommen, als wolle eine ganze Generation junger Leute die Türen einschlagen und die Sender stürmen.

Einige dieser Möchtegern-Sponsoren konnte man bedenkenlos abwimmeln, aber bei weitem nicht alle. Zu denen, die man nicht abwimmeln konnte, gehörten wichtige Werbekunden oder deren Agenturen, Mitglieder des Aufsichtsrats von CBA, Leute aus Washington mit guten Beziehungen zum Weißen Haus oder zum Capitol Hill, sonstige Politiker, die man nicht brüskieren durfte, wichtige Nachrichtenlieferanten und noch viele andere mehr.

Zu VOA-Zeiten – die Abkürzung stand für »Vor Onkel Arthur« – verbrachten die CBA-Manager mehr Zeit, als sie eigentlich sollten, damit, sich gegenseitig anzurufen, nach freien Stellen zu fragen und dann diejenigen zu besänftigen, deren Söhne, Töchter und so weiter nicht vermittelt werden konnten.

Doch inzwischen war das anders. In seiner neuen Stellung, die zunächst eher eine Verlegenheitslösung des CBA-Managements gewesen war, hatte Arthur Nalesworth dafür zu sorgen, daß seinen Kollegen diese Mühe erspart blieb.

Wenn nun eins der hohen Tiere im Sender vom Fürsprecher eines Fernsehaspiranten angesprochen wurde, konnte er antworten: »Natürlich kann ich Ihnen helfen. Wir haben hier einen Vizepräsidenten, der sich ausschließlich um intelligente junge Leute kümmert. Sagen Sie Ihrem Kandidaten, er soll diese Nummer anrufen und meinen Namen erwähnen. Er oder sie wird dann einen Termin für ein Gespräch bekommen.«

Zu einem solchen Gespräch kam es immer, weil Arthur Nalesworth, in dem winzigen, fensterlosen Büro, das man ihm zugewiesen hatte, mit wirklich jedem sprach. So viele Bewerbungsgespräche hatte es noch nie gegeben, und keins lief unter einer Stunde ab. Es entstand ein reges Frage- und Antwortspiel über weitgefächerte Themenbereiche, man vertraute sich einander an. Am Ende verließen die Leute den Sender mit einem guten Gefühl, wenn auch, wie es meistens der Fall war, ohne Arbeit, und Nalesworth hatte umfassende Einsichten in Persönlichkeit und Fähigkeiten des jungen Menschen gewonnen, der ihm eben gegenübergesessen hatte.

Zuerst lächelte man in der Nachrichtenabteilung nur über Anzahl und Dauer der Gespräche, man sprach von »Zeit totschlagen« und der »Schaffung einer Hausmacht«. Und weil Nalesworth jeden Bewerber freundlich ermutigte, bürgerte sich sehr bald auch der Spitzname »Onkel Arthur« ein.

Aber allmählich wich die Skepsis einem anfangs nur sehr widerwillig zugestandenem Respekt, der vor allem darauf beruhte, daß sich die auf Onkel Arthurs Betreiben eingestellten jungen Leute sehr schnell und sehr erfolgreich in die Nachrichtenabteilung eingliederten. Mit der Zeit wurde eine Empfehlung durch Onkel Arthur zu einer Auszeichnung, die fast so viel wert war wie ein Diplom.

Nun, da Onkel Arthur schon beinahe fünfundsechzig und nur noch fünf Monate vom normalen Pensionsalter entfernt war, überlegte man sich in der Führungsriege der Nachrichtenabteilung, ob man ihn nicht bitten sollte zu bleiben. Plötzlich und zur Überraschung aller war Arthur Nalesworth noch einmal wichtig geworden.

Und deshalb traf Onkel Arthur am Sonntagmorgen der dritten

Septemberwoche in der Zentrale von CBA News ein, um seinen Teil zur Suche nach Jessica, Nicholas und Angus Sloane beizutragen. Wie Les Chippingham ihm am Abend zuvor am Telefon aufgetragen hatte, ging er in den Konferenzraum der Spezialeinheit, wo Partridge, Rita und Teddy Cooper ihn begrüßten.

Der Mann, dem sie nun gegenüberstanden, war breitschultrig, untersetzt und kräftig, er hatte ein pausbackiges Gesicht und dichte, sorgfältig gekämmte und gescheitelte, silbergraue Haare. Er wirkte sehr selbstbewußt und gelöst. Da der Sonntag kein normaler Arbeitstag war, trug Onkel Arthur statt seines gewohnten dunklen Anzugs ein braunes Sakko aus Harris-Tweed, eine hellgraue Hose mit einer rasiermesserscharfen Bügelfalte, eine Fliege und auf Hochglanz polierte Straßenschuhe.

Onkel Arthurs Art zu reden erinnerte fast etwas an Churchill. Ein Kollege hatte einmal bemerkt, wenn Arthur Nalesworth seine Meinung ausdrücke, habe man den Eindruck, seine Worte in Stein gemeißelt vor sich zu sehen.

Nachdem er Partridge und Rita die Hand gegeben und man ihm Cooper vorgestellt hatte, sagte Onkel Arthur: »Ihr braucht also sechzig meiner intelligentesten und besten Leute – falls ich so viele in so kurzer Zeit überhaupt zusammentrommeln kann. Aber zuerst würde ich vorschlagen, daß ihr mir erzählt, worum es eigentlich geht.«

»Das macht Teddy«, sagte Partridge und deutete auf Cooper.

Onkel Arthur hörte aufmerksam zu, während der britische Rechercheur von ihren Versuchen, die Entführer zu identifizieren, und von der Sackgasse, in der sie im Augenblick steckten, erzählte. Cooper umriß dann in groben Zügen seinen Vorschlag, die Immobilienanzeigen sämtlicher in Frage kommender Zeitungen zu durchforsten und so vielleicht den Unterschlupf der Entführer aufzuspüren.

»Wir alle wissen, daß es eine unsichere Sache ist, Arthur«, fügte Partridge hinzu. »Aber im Augenblick haben wir nichts Besseres.«

»Ich weiß aus Erfahrung«, erwiderte Onkel Arthur, »daß man sich, wenn man sonst nichts hat, am besten an genau diese unsicheren Sachen hält.«

»Ich bin froh, daß Sie auch so denken, Sir.«

Onkel Arthur nickte. »Obwohl man dabei selten genau das findet, was man sucht, stolpert man oft über etwas anderes, das einem ebenso weiterhilft.« Dann fügte er, an Cooper gewandt, hinzu: »Sie werden feststellen, junger Mann, daß viele der jungen Leute, die ich jetzt gleich anrufen werde, ebenso beherzt an die Dinge herangehen wie Sie selbst.«

Cooper begleitete Onkel Arthur in dessen kleines Büro, wo der Ältere Akten und Karteikarten über den ganzen Tisch ausbreitete. Dann begann er zu telefonieren – eine lange Reihe von Anrufen, die alle nach ähnlichem Muster abliefen und doch irgendwie persönlich klangen, so als würde ein alter Freund anrufen.

»Also Ian, du wolltest doch jede, auch noch so kleine Chance wahrnehmen, um bei uns einzusteigen. Na, und diese Chance ist jetzt da.« – »Nein, Bernard, ich kann dir nicht garantieren, daß aus diesen vierzehn Tagen Arbeit etwas auf Dauer wird, aber versuch's doch einfach mal.« – »Du hast ja recht, Pamela, daß so ein Gelegenheitsjob für eine Diplomjournalistin nicht gerade viel ist. Aber vergiß nicht, daß einige der größten Namen im Fernsehen auch mal als Laufburschen angefangen haben.« – »Ja, Howard, ich weiß, daß fünf Dollar fünfzig kein Riesengeld sind. Aber wenn es dir nur darum geht, vergiß die Journalistenkarriere und geh an die Wall Street.« – »Felix, ich verstehe ja, daß es dir im Augenblick zeitlich schlecht paßt. Aber wenn du beim Fernsehen Karriere machen willst, mußt du bereit sein, notfalls sogar deine Frau an ihrem Geburtstag sitzenzulassen.« – »Du darfst nicht vergessen, Erskine, daß die Erwähnung eines Sonderauftrags für CBA in deinem Lebenslauf durchaus von Vorteil sein kann.«

Nach einer Stunde und zwölf Anrufen hatte Onkel Arthur sieben sichere Zusagen von Leuten, die gleich am nächsten Tag mit der Arbeit beginnen konnten, und ein »wahrscheinlich«. Er arbeitete sich weiter geduldig durch seine Listen.

Zwischendurch rief er seinen alten Freund und Dekan an der Columbia School of Journalism, Professor Kenneth K. Goldstein, an. Onkel Arthur erklärte ihm das Problem, und der Professor war sofort zur Mithilfe bereit.

Während beide Männer wußten, daß Studenten, die noch vor dem Examen standen, wegen des enormen Lernpensums nicht in

Frage kamen, schien es doch möglich, daß Graduierte, die gerade an ihrem Diplom arbeiteten, Interesse und Zeit hatten. Dasselbe galt für frisch Graduierte, die noch keine Beschäftigung gefunden hatten.

»Wir werden den Leuten hier erklären, daß es sich bei der Sache um einen Notfall handelt«, sagte der Professor. »Ich rufe dich später zurück und hoffe, dir dann schon ein paar Namen nennen zu können.«

»Lang lebe Columbia!« rief Onkel Arthur, verabschiedete sich und machte sich wieder an seine Liste.

Teddy Cooper kehrte unterdessen in den Konferenzraum zurück, um für die Hilfskräfte, die bereits am nächsten Tag eintreffen sollten, einen Einsatzplan auszuarbeiten. Seine beiden Assistenten halfen ihm dabei, und zu dritt brüteten sie über dem *Editor und Publisher International Year Book*, über Landkarten und Telefonbüchern; sie suchten Bibliotheken und Zeitungsredaktionen heraus und stellten Routen und Terminpläne zusammen.

Nebenbei skizzierte Cooper die Kriterien, nach denen die Rechercheure beim Durchsuchen von über einhundertsechzig Zeitungen vorgehen sollten. Und welche Kriterien waren das?

Neben der Grundbedingung, daß sich das Anwesen im Umkreis von fünfundzwanzig Meilen um Larchmont befinden mußte, notierte Cooper folgende Punkte:

– Ein relativ einsames Anwesen in einer wenig besiedelten Gegend, das den Entführern die Möglichkeit bietet, zu kommen und zu gehen, wann sie wollen, ohne Aufsehen zu erregen. Objekte in dichtbesiedelten Gebieten mit hohem Verkehrsaufkommen sind auszuschließen.

– Bei dem Objekt handelt es sich wahrscheinlich um eine kleine, ehemalige Fabrik, ein Lagerhaus oder ein großes Wohnhaus. Falls Wohnhaus, dann vermutlich ein altes, heruntergekommenes, für das wenig Nachfrage besteht. Wahrscheinlich mit Nebengebäuden, die groß genug sind, um sechs Fahrzeuge und eine Lackierwerkstatt unterzubringen. Möglicherweise auch ein verlassenes Farmhaus. Da auch andere, vergleichbare Objekte in Frage kommen, sind Eigeninitiative und Phantasie bei der Suche gefragt!

– Wohnraum für mindestens vier oder fünf Leute plus zusätzliche Unterbringungsmöglichkeiten. Da auf normale Wohnbedingungen vermutlich kein Wert gelegt wurde, muß der Wohnraum in der Anzeige nicht unbedingt erwähnt sein. (Mit den »zusätzlichen Unterbringungsmöglichkeiten« meinte Cooper Möglichkeiten zur Inhaftierung der Entführungsopfer, wollte es jedoch nicht so deutlich sagen.)

– Das Objekt kommt für Leute, die normalen Arbeits- oder Wohnraum suchen, wahrscheinlich nicht in Frage. Daher besonders auf Anzeigen achten, die länger inseriert waren und dann plötzlich verschwanden. Die Anzeigenwiederholung könnte ein Zeichen für mangelndes Interesse sein, das plötzliche Verschwinden könnte Anmietung bzw. Kauf für ungewöhnliche Zwecke bedeuten.

– Der Preis für Anmietung oder Kauf des Objekts ist nicht relevant. Man kann mit ziemlicher Sicherheit davon ausgehen, daß die gesuchten Personen Geld im Überfluß zur Verfügung hatten.

Das reicht, dachte Cooper. Er wollte zwar die allgemeine Richtung angeben, dabei aber die Eigeninitiative nicht allzusehr einschränken. Außerdem wollte er mit Onkel Arthurs Leuten reden, sobald sie am folgenden Morgen eintrafen, und er hatte Rita bereits gebeten, einen geeigneten Raum zu besorgen.

Zum Mittagessen traf Cooper sich mit Onkel Arthur in der Cafeteria von CBA News. Onkel Arthur entschied sich für ein Thunfischsandwich und Milch, Cooper für ein rechteckiges Stück Fleisch, das in klebriger Soße schwamm, einen kanariengelben Kuchen und – mit einem resignierten Blick – eine Tasse mit warmem Wasser und einem Teebeutel.

»Leider«, sagte Onkel Arthur entschuldigend, »ist das ›21‹ heute geschlossen. Ein andermal vielleicht.«

Da es Sonntag war, befanden sich nur wenige Leute im Haus, und sie hatten einen Tisch für sich allein. Sobald sie saßen, begann Cooper zu sprechen. »Ich möchte Sie gerne etwas fragen, Sir ...«

Mit einer Handbewegung brachte ihn Onkel Arthur zum Schweigen. »Dein britischer Respekt ist ja sehr erfrischend. Aber du bist jetzt im Land der großen Gleichmacherei, in dem das gemeine Volk Könige mit ›Joe‹ und ›He, du da‹ anspricht und nur noch wenige Leute ›Mr.‹ auf den Briefumschlag schreiben. Hier nennt mich die ganze Welt nur beim Vornamen.«

»Okay, Arthur«, erwiderte Cooper etwas verlegen. »Ich wollte Sie fragen, was Sie von den heutigen Fernsehnachrichten halten, verglichen mit ...«

»Verglichen mit der Zeit, als ich noch was zu sagen hatte? Meine Antwort wird dich überraschen. Sie sind viel besser. Auch die Korrespondenten und Produzenten sind heute besser als die zu meiner Zeit, mich eingeschlossen. Das kommt einfach daher, daß die Berichterstattung laufend besser wird. Das war schon immer so.«

Cooper hob die Augenbrauen. »Viele Leute denken da aber ganz anders.«

»Mein lieber Teddy, es gibt eben Leute, die an nostalgischer Verstopfung leiden. Was diese Leute brauchen, ist ein mentaler Einlauf. Eine Möglichkeit, den zu bekommen, ist ein Besuch im Museum of Broadcasting hier in New York. Ich war vor kurzem dort und habe mir ein paar alte Sendungen aus den Sechzigern angesehen. Verglichen mit den heutigen wirken die meisten schwach, ja amateurhaft, und ich meine damit nicht nur die technische Qualität, sondern auch die von Recherche und Berichterstattung.«

»Leute, die uns nicht mögen, behaupten, wir würden zu intensiv recherchieren und zu tief bohren.«

»Eine Kritik, die meistens von denen kommt, die etwas zu verbergen haben.«

Cooper lachte amüsiert auf, und Onkel Arthur fuhr fort: »Daß der Journalismus besser geworden ist, merkt man daran, daß weniger verborgen bleibt. Die meisten Betrügereien kommen ans Licht. Natürlich haben darunter auch integre Persönlichkeiten des öffentlichen Lebens zu leiden. Mit dem Verlust ihrer Intimsphäre zum Beispiel. Aber der Gesellschaft ist damit im Endeffekt besser gedient.«

»Dann glauben Sie also nicht, daß die Reporter von früher besser waren als die heutigen?«

»Sie waren nicht nur nicht besser, sondern ihnen fehlte es auch an der Unverfrorenheit, dem Biß und der Respektlosigkeit, die ein erstklassiger Journalist heute braucht. Natürlich waren auch die früheren Reporter nach den Maßstäben ihrer Zeit gut, einige sogar außergewöhnlich. Aber sogar denen wäre es peinlich, wenn sie sehen könnten, mit welchem Heiligenschein man sie heute umgibt.«

Cooper kniff verwundert die Augen zusammen. »Heiligenschein?«

»O ja. Weißt du denn nicht, daß wir Reporter unsere Berufung als Religion betrachten? Für uns sind Nachrichten doch ein ›geheiligtes Gut‹. Wir preisen das ›goldene Zeitalter des Fernsehens‹ – das vergangene natürlich – und sprechen unsere Starjournalisten heilig. Bei CBS gibt's inzwischen den heiligen Ed Murrow – der ja wirklich ganz hervorragend war, das will ich gar nicht bezweifeln. Und irgendwann wird es dann bei denen auch den heiligen Cronkite geben, ich fürchte nur, daß Walter da zuerst sterben muß. Ein lebender Mensch kann doch die Last einer solchen Würde gar nicht aushalten. Und da ist ja nicht nur CBS. Die anderen, die jüngeren Sender werden sich mit der Zeit ihre eigenen Heiligen schaffen – ABC zum Beispiel seinen heiligen Arledge. Schließlich hat Roone mehr als jeder andere die Nachrichten in ihrer heutigen Form geprägt.«

Onkel Arthur stand auf. »Mein lieber Teddy, es war höchst interessant, mit dir zu plaudern. Aber nun muß ich zum allgegenwärtigen Meister unseres Lebens zurückkehren, zum Telefon.«

Am Ende des Tages gab Onkel Arthur bekannt, daß sich achtundfünfzig seiner »Intelligentesten und Besten« am Montagmorgen zur Arbeit melden würden.

2

Früh am Sonntagmorgen flog der Learjet 55LR in den Luftraum der Provinz San Martin in Perus dünnbesiedelter Selva-Region ein.

Fünfeinviertel Stunden nach dem Start in Opa Locka näherte die Maschine sich nun ihrem Ziel – der Landepiste bei Sion in den Ausläufern der Anden. Die Zeit: 4 Uhr 15.

Die beiden Piloten im Cockpit saßen nach vorne gebeugt und spähten angestrengt in die Dunkelheit hinaus. Ihre Flughöhe betrug dreitausendfünfhundert Fuß über dem Meeresspiegel, aber nur tausend Fuß über dem Dschungelboden, der unter ihnen lag. Hohe Gebirgsketten ragten vor ihnen auf.

Vor achtzehn Minuten hatten sie den regulären Luftkorridor mit seinen verläßlichen Richtfunksignalen verlassen und zur Lokalisierug der Landepiste auf ein GNS-500 VLF-Navigationssystem umgeschaltet, das so präzise war, daß es »einen Pickel auf dem Hintern einer Fliege entdecken konnte«, wie manche Piloten meinten. Doch sobald sie in der Nähe oder über der Piste waren, mußten sie auf Signale vom Boden achten.

Sie hatten die Geschwindigkeit bereits beträchtlich reduziert, flogen aber immer noch mit mehr als dreihundert Knoten.

Faulkner, der Kopilot, war der erste, der das weiße Licht des Signalscheinwerfers am Boden entdeckte. Er leuchtete nur dreimal auf – lange genug für Faulkner, der im Augenblick das Flugzeug steuerte, um eine Kurve zu fliegen und Kurs auf die Lichtquelle zu nehmen.

Captain Underhill, der das Licht wenige Augenblicke später gesehen hatte, machte sich nun am Funkgerät zu schaffen. Er stellte eine besondere Frequenz ein und gab eine codierte Nachricht durch: *»Atención, amigos de Huallaga. Este es el avión ›La Dorada‹. Les traemos el embarque Pizarro.«*

Underhill hatte bei Abschluß der Charterverhandlungen die Instruktion erhalten, diese Codenachricht zu verwenden. Prompt kam die Antwort: *»Somos sus amigos de la tierra. Les estamos esperando. ›La Dorada‹ se puede aterrizar. No hay viento.«*

Die Landeerlaubnis war willkommen, aber die Nachricht, daß es keinen Bodenwind gab, der den schweren Jet hätte abbremsen können, weniger. Doch während Underhill seine Bestätigung durchgab, leuchtete der Signalscheinwerfer wieder auf und blinkte nun beständig. Augenblicke später sprangen entlang der Staubpiste drei weitere Scheinwerfer an. Underhill, der die Bahn schon zweimal angeflogen hatte, war sich ziemlich sicher, daß der Sprechverkehr über ein tragbares Funkgerät lief, das sich höchstwahrscheinlich in einem Lastwagen befand, auf dem auch der Suchscheinwerfer montiert war. Die raffinierte Ausrüstung überraschte Underhill nicht. Drogenkuriere landeten oft hier, und bei technischem Gerät sparten die Kartelle nicht am Geld.

»Ich lande«, sagte Underhill, und der Kopilot übergab ihm das Steuer.

In tausend Fuß Höhe überflog der Pilot das Gelände, prägte sich das wenige ein, was von der Landebahn zu sehen war, und berechnete seinen Anflug. Er wußte, daß sie jeden verfügbaren Meter Piste brauchen würden, und auch, daß Bäume und dichtes Buschwerk die Bahn zu beiden Seiten begrenzte; seine Landung mußte also perfekt sein. Er begann mit dem Anflug. Den Fallwind ausnutzend, flog er parallel zu der Piste und verlor dabei an Höhe.

Faulkner neben ihm traf letzte Landevorbereitungen. Bei »Fahrgestell ausgefahren« hörte man, wie die Räder sich rumpelnd senkten. Während sie in einer engen Linkskurve wieder auf die Piste zuflogen, blinkten die drei grünen Kontrollampen des Fahrwerks auf.

Beim endgültigen Anflug zerschnitten die beiden hellen Landescheinwerfer der Maschinen die Dunkelheit vor ihnen, und Underhill drosselte die Geschwindigkeit auf hundertzwanzig Knoten. Ihm wäre es lieber gewesen, wenn er bei Tageslicht hätte landen können, aber sie hatten nicht mehr genug Treibstoff, um bis zum Sonnenaufgang um sechs Uhr über der Piste zu kreisen. Während der Streifen nun immer näher kam, merkte Underhill plötzlich, daß sie zu hoch waren. Er drosselte die Triebwerke. Der Anfang der Piste war nur noch fünfzehn Meter entfernt. Schub weg und die Nase hochgezogen. Das war's! Etwas unsanft setzten sie auf der rauhen, unebenen Bahn auf. Das Steuer fest in der Hand, um auf einer geraden Linie zu bleiben, die Bäume am Rand nur Schatten im Licht der Landescheinwerfer. Gegenschub ... Bremsen! Das mittlere Signallicht lag bereits hinter ihnen, sie wurden langsamer. War es langsam genug? Das Ende der Piste war beunruhigend nahe, aber sie standen schon fast. Und dann hatten sie es geschafft – auf dem allerletzten Meter.

»Gut«, sagte Faulkner. Er mochte Underhill nicht besonders; sein Vorgesetzter war egoistisch, rücksichtslos und arrogant. Aber er war dennoch ein hervorragender Pilot.

Als Underhill den Lear wendete und zum Anfang der Piste

zurückrollte, waren flüchtig ein Lastwagen und einige huschende Gestalten zu sehen. Seitlich hinter dem Lastwagen standen eine kleine, grob zusammengezimmerte Hütte und daneben einige Metalltonnen.

»Das ist unser Treibstoff«, sagte Underhill und wies auf die Tonnen. »Die Kerle werden dir beim Auftanken helfen; aber beeil dich, weil ich mit dem ersten Sonnenstrahl von hier verschwinden will.« Bogotá in Kolumbien war ihr nächstes Ziel, dort endete der Auftrag. Waren sie erst einmal in der Luft, lag nur noch ein kurzer und einfacher Flug vor ihnen.

Underhill wußte, daß dieses Dschungelgebiet Niemandsland war, hart umkämpft vom Sendero Luminoso, der peruanischen Armee und manchmal auch der Antiterrorpolizei der Regierung. Da alle drei wegen ihrer Brutalität berüchtigt waren, hielt sich niemand gern lange in dieser Gegend auf. Aber die Passagiere des Learjet würden hier aussteigen, und auf ein Zeichen von Underhill griff Faulkner hinter sich und öffnete die Tür zwischen Cockpit und Kabine.

Miguel, Socorro, Rafael und Baudelio waren froh, nach dem Landeanflug in der Dunkelheit nun wieder festen Boden unter den Füßen zu haben. Aber mit der Erleichterung kam auch das Bewußtsein, daß nun ein neuer Abschnitt ihres Unternehmens begann. Das traf vor allem auf Baudelio zu. Hatte er während des Fluges die Särge mit seinen externen Instrumenten überwacht, so begann er nun, die Betäubungsdosis zu verringern, denn er wußte, daß man in Kürze die Särge öffnen und seine Patienten – so sah er sie noch immer – herausnehmen würde.

Augenblicke später blieb der Learjet stehen, die Turbinen wurden ausgeschaltet, und Faulkner verließ seinen Platz, um die Rumpftür zu öffnen. Im Gegensatz zur kontrollierten Temperatur im Innern der Kabine war die Luft draußen erstickend heiß und schwül.

Während die Passagiere ausstiegen, wurde deutlich, daß sich Aufmerksamkeit und Respekt der Leute, die sie am Boden erwarteten, vorwiegend auf Miguel und Socorro richteten. Bei Miguel war das offensichtlich seiner Rolle als Anführer zuzuschreiben, bei Socorro ihrer Verbindung zum Sendero Luminoso.

Acht Männer bildeten das Empfangskomitee. Trotz der Dunkelheit konnte man im Widerschein der Lampen erkennen, daß alle acht kleine, aber kräftige, typisch bäuerliche Gestalten mit wettergegerbten Gesichtern waren. Der offensichtlich Jüngste der Truppe trat vor und stellte sich als Gustavo vor. Zu Miguel sagte er: »*Tenemos ordenes de ayudarle cuando lo necesite, señor.*«

Nach dieser Bekundung seiner Bereitschaft, Befehle entgegenzunehmen, wandte er sich mit einer Verbeugung an Socorro: »*Señora, la destinación de sus prisioneros será Nueva Esperanza. El viaje será noventa kilometros, la mayor parte por el río. El barco está listo.*«

Underhill stieg gerade rechtzeitig aus dem Flugzeug, um den letzten Satz noch mitzubekommen. »Welche Gefangenen sollen neunzig Kilometer weit mit dem Boot transportiert werden?«

Miguel war es nicht recht, daß Underhill nun den Namen ihres Zielorts, Nueva Esperanza, kannte. Davon abgesehen, hatte er ohnehin mehr als genug von diesem unverschämten Piloten; das »Ihr seid aber verdammt spät dran« zur Begrüßung in Teterboro fiel ihm wieder ein und auch die anderen Anlässe während der Reise, bei denen der Pilot seine Feindseligkeit unverhüllt zum Ausdruck gebracht hatte. Und da Miguel nun wieder auf festem Boden stand, wo der andere keine Befehlsgewalt hatte, sagte er nur verächtlich: »Das geht Sie nichts an.«

»Alles, was in diesem Flugzeug passiert, geht mich etwas an«, fauchte Underhill ihn an. Dann warf er einen flüchtigen Blick auf die Särge. Ursprünglich hatte er so wenig wie möglich über deren Inhalt wissen wollen. Doch nun schien es ihm instinktiv besser, wenn er, als Absicherung für später, mehr darüber in Erfahrung brachte. »Was ist da drin?«

Doch Miguel ignorierte den Piloten und befahl Gustavo: »*Dígale a los hombres que descarguen los ataudes cuidadosamente sin moverlos demasiado, y que los lleven adentro de la choza.*«

»Nein!« Underhill stellte sich vor die Tür. »Sie werden diese Särge erst ausladen, wenn Sie meine Frage beantwortet haben!« Die Hitze zeigte bei ihm bereits Wirkung, der Schweiß lief ihm über das Gesicht und die kahle Stirn.

Miguel warf Gustavo einen flüchtigen Blick zu und nickte. Fast im gleichen Augenblick regte sich im Hintergrund etwas, metallisches Klicken war zu hören, und plötzlich sah Underhill in die Mündungen von sechs Kalaschnikows, die die Männer der Bodenmannschaft entsichert und mit um den Abzug gekrümmten Fingern auf ihn richteten.

Beim Anblick der MPs verließ Underhill der Mut. »Um Himmels willen, ist ja gut!« rief er. Dann sah er von den Waffen zu Miguel. »Sie haben sich deutlich genug ausgedrückt. Lassen Sie uns nur auftanken, und dann verschwinden wir von hier.«

Ohne die Bitte zu beachten, fauchte Miguel ihn an: »Weg von der Tür!« Underhill gehorchte, und Miguel nickte noch einmal. Die Waffen wurden wieder gesenkt, und vier der Männer kletterten in das Flugzeug. Der Kopilot begleitete sie und löste die Gurte von den Särgen, die nun, einer nach dem anderen, aus dem Flugzeug gehoben und zur Hütte getragen wurden. Baudelio und Socorro folgten.

Eineinhalb Stunden waren seit der Landung des Learjet vergangen. Inzwischen, wenige Minuten vor Sonnenaufgang, waren die Piste und ihre Umgebung deutlicher zu erkennen. Die Maschine war bereits für den Weiterflug nach Bogotá aufgetankt. Mit Hilfe einer tragbaren Pumpe hatten die Männer den Treibstoff aus den Tonnen in den Flugzeugtank eingefüllt. Underhill suchte nun Miguel, um ihn über den bevorstehenden Abflug zu informieren.

Miguel und die anderen seien in der provisorischen Hütte, gab Gustavo ihm mit einem Zeichen zu verstehen. Underhill ging darauf zu.

Die Tür war nur angelehnt, und da er von drinnen Stimmen hörte, stieß der Pilot sie auf. Im nächsten Augenblick blieb er wie erstarrt stehen, entsetzt über den Anblick, der sich ihm bot.

Auf dem Lehmboden der Hütte saßen, mit den Rücken zur Wand, drei Gestalten. Sie ließen die Köpfe hängen, die Münder standen offen, man sah, daß sie betäubt worden waren, aber noch lebten. Zwei der inzwischen leeren und geöffneten Särge standen zu beiden Seiten, um sie abzustützen. Eine einzige Öllampe beleuchtete die Szene.

Underhill wußte sofort, wer die drei waren. Es war unmöglich, es nicht zu wissen. Er hörte täglich die amerikanischen Nachrichten und las amerikanische Zeitungen, die er im Ausland in Flughäfen und Hotels kaufte. Aber auch die kolumbianische Presse berichtete über die Entführung der Familie des berühmten amerikanischen Nachrichtensprechers.

Angst, eiskalte Angst beschlich Denis Underhill. Er hatte schon oft in der Grauzone der Legalität gearbeit, bei Charterflügen von und nach Lateinamerika war das unausweichlich. Aber noch nie war er in ein solches Kapitalverbrechen verwickelt gewesen. Ohne lange darüber nachdenken zu müssen, wußte er, daß er, falls seine Beteiligung am Transport dieser Leute in den USA bekannt würde, mit einer lebenslangen Freiheitsstrafe rechnen mußte.

Er wußte auch, daß die anderen in der Hütte ihn beobachteten – die drei Männer und die Frau, die von Teterboro über Opa Locka nach Sion seine Passagiere gewesen waren. Auch sie schien sein Eintreten überrascht zu haben.

In diesem Augenblick rührte sich die halb bewußtlose Frau am Boden. Sie hob schwach den Kopf. Als sie Underhill sah, schien ihr Blick plötzlich klar zu werden, und sie bewegte die Lippen, brachte aber zunächst keinen Ton hervor. Schließlich stieß sie keuchend hervor: »Hilfe ... bitte helfen Sie ... sagen Sie jemand ...« Dann wurde ihr Blick wieder trüb, der Kopf sank ihr auf die Brust.

Aus der entfernten Ecke der Hütte kam nun hastig eine Gestalt auf Underhill zu. Es war Miguel. Er hatte eine Makarow 9 mm in der Hand und schrie: »Raus!«

Mit Miguel und dessen Pistole im Rücken, verließ Underhill die Hütte. Draußen sagte Miguel beiläufig zu ihm: »Ich könnte Sie jetzt töten. Niemand würde sich darum kümmern.«

Underhill fühlte sich wie betäubt. Er zuckte mit den Achseln. »Ich bin doch eh schon erledigt. Ihr Schweine seid schuld, daß ich in diese Entführungsgeschichte verwickelt bin, und egal wie es jetzt weitergeht, es macht für mich keinen allzu großen Unterschied mehr.« Er sah auf die Makarow hinunter, sie war entsichert. Irgendwann mußte es ja so weit kommen, dachte er. Er hatte schon mehrmals in brenzligen Situationen gesteckt, und nun sah es so aus, als würde er nicht mehr davonkommen. Er kannte Typen wie diesen Palacios, oder wie immer er hieß. Ein menschliches Leben bedeutet denen nichts, die töten, wie andere in den Staub spucken. Er hoffte nur, daß der Kerl gut zielte. So wäre es wenigstens kurz und schmerzlos ... *Warum hatte er es eigentlich nicht schon längst getan?* ... Plötzlich packte Underhill trotz all dieser Überlegungen eine verzweifelte Angst. Obwohl ihm der Schweiß in Strömen über den Körper lief, zitterte er. Er öffnete den Mund, um Miguel anzuflehen, aber es hatte sich bereits zu viel Speichel angesammelt, und er brachte keinen Ton heraus.

Und dann merkte er, daß der Mann, der mit der Pistole vor ihm stand, aus irgendeinem Grund zögerte.

Miguel dachte nach. Wenn er den Pilot tötete, mußte er den Kopiloten ebenfalls umbringen, und das hieß, daß der Learjet auf der Piste stehenbleiben würde – eine Komplikation, die er ganz und gar nicht brauchen konnte. Miguel wußte auch, daß der kolumbianische Besitzer des Flugzeugs Freunde im Medellín-Kartell hatte. Und der konnte Schwierigkeiten machen ...

Miguel sicherte die Pistole wieder und sagte drohend zu Underhill: »Vielleicht haben Sie sich nur eingebildet, etwas gesehen zu haben. Vielleicht haben Sie gar nichts gesehen. Vielleicht haben Sie auf dieser ganzen Reise nichts gesehen.«

Underhills Verstand registrierte die Botschaft. *Aus einem Grund, den ich nicht kenne, gibt er mir noch eine Chance.* »Das stimmt. Ich habe absolut nichts gesehen«, entgegnete er hastig und atemlos.

»Verschwinden Sie jetzt mit Ihrer verdammten Maschine«, knurrte Miguel. »Und danach halten Sie den Mund. Wenn Sie das nicht tun, verspreche ich Ihnen, daß man Sie finden und töten wird. Ist das klar?«

Zitternd vor Erleichterung, weil er wußte, daß er dem Tod noch nie so nahe gewesen und die Drohung zum Abschluß durchaus ernst gemeint war, nickte Underhill. »Ja, es ist klar.« Dann drehte er sich um und ging zur Piste.

Morgennebel und Wolkenfetzen hingen über dem Dschungel. Der Learjet brach daraus hervor. Die aufgehende Sonne war dunstverhangen, das erste Anzeichen eines schwülheißen Tages für die, die am Boden zurückblieben.

Doch Underhill, der seine Handgriffe ganz automatisch ausführte, dachte nur an das, was vor ihm lag.

Er nahm an, daß Faulkner, der jetzt neben ihm saß, die Gefangenen nicht gesehen hatte und auch nicht wußte, was vor wenigen Minuten passiert war. *Und so sollte es auch bleiben.* Es gab keinen Grund, Faulkner wissen zu lassen, daß sich in den Särgen Entführungsopfer, das heißt lebende Menschen, befunden hatten, und wenn der Kopilot nichts davon wußte, dann konnte er später schwören, daß auch Underhill selbst nichts davon gewußt hatte.

Denn falls es zu einer Untersuchung kam, und Underhill war überzeugt, daß es dazu kommen würde, war es für ihn lebenswichtig, sich darauf berufen zu können, daß er zu keinem Augenblick etwas von der Entführung der Sloanes gewußt habe.

Ob man ihm das glaubte? Und wenn nicht, dachte er mit wachsender Zuversicht, was machte es schon, solange ihm niemand das Gegenteil beweisen konnte.

Die Frau fiel ihm ein, die ihn angesprochen hatte. Jessica hieß sie, das wußte er aus den Nachrichten. Würde sie ihn wiedererkennen und bei einer Gegenüberstellung überführen? Bei dem Zustand, in dem er sie gesehen hatte, war das eher unwahrscheinlich. Und je länger er darüber nachdachte, desto unwahrscheinlicher schien es ihm auch, daß sie Peru je wieder lebend verlassen würde.

Er gab Faulkner mit einer Handbewegung zu verstehen, er solle das Steuer übernehmen. Während er sich zurücklehnte, huschte ein Lächeln über sein Gesicht. Zu keiner Zeit dachte er an eine mögliche Rettung der entführten Sloanes. Und es kam ihm auch nie in den Sinn, die Behörden über die Identität der Entführer und deren Aufenthaltsort zu informieren.

3

Nach weniger als drei Tagen Ermittlungen konnte die Spezialeinheit von CBA News bereits einen bedeutenden Erfolg vorweisen.

In Larchmont war der berüchtigte kolumbianische Terrorist Ulises Rodríguez eindeutig als einer der Entführer und mutmaßlicher Anführer der Bande identifiziert worden.

Am Sonntagmorgen traf, wie tags zuvor versprochen, in der Zentrale von CBA News die Kopie einer Kohleskizze von Rodríguez ein, die ein Kommilitone vor zwanzig Jahren von ihm gezeichnet hatte. Carl Owens, der über seine Kontakte in Bogotá und bei der amerikanischen Einwanderungsbehörde auf Rodríguez' Namen gestoßen war, nahm die Skizze persönlich in Empfang und fuhr etwas später damit nach Larchmont. Ein Kamerateam und ein in aller Eile herbeigerufener New Yorker Korrespondent begleiteten ihn.

Vor laufenden Kameras legte der Korrespondent Priscilla Rhea, der ehemaligen Lehrerin, die Augenzeugin der Entführung geworden war, sechs Fotos vor. Eins der Fotos zeigte die Zeichnung von Rodríguez, die anderen stammten aus dem Archiv und zeigten Männer mit ähnlichem Aussehen. Miss Rhea deutete ohne zu zögern auf Rodríguez' Bild.

»Das ist er. Der hat mir zugerufen, daß sie nur einen Film drehen. Auf dem Bild sieht er jünger aus, aber es ist der Mann.« Schließlich fügte sie noch hinzu: »Ich hatte den Eindruck, als sei er der Anführer der Bande.«

Zu diesem Zeitpunkt hatte CBA diese Information exklusiv.

Später am Abend sprachen bei einer informellen Zusammenkunft vier Mitglieder der Sonderheit – Harry Partridge, Rita Abrams, Karl Owens und Iris Everly – über diese Entdeckung. Owens, der sich über seinen Durchbruch freute, drängte darauf, die neue Entwicklung bereits in der Montagssendung der Abendnachrichten zu bringen.

Als Partridge zögerte, fuhr Owens schweres Geschütz auf.

»Hör zu, Harry, bis jetzt hat noch niemand sonst diese Information. Wir haben die Nase in dieser Sache vorn. Wenn wir damit morgen auf Sendung gehen, werden es alle anderen von uns übernehmen. Die ganze Bande muß dann unseren Namen erwähnen, einschließlich der *New York Times* und der *Washington Post*, denen das bestimmt nicht gefällt. Aber wenn wir die Sache zurückhalten und zu lange damit warten, sickert die Information über Rodríguez irgendwann durch, und wir verlieren unsere Exklusivstory. Die Leute reden eben, das weißt du so gut wie ich. Vielleicht erzählt diese Rhea es ihren Nachbarn, und die geben es weiter. Auch bei uns können einige Leute den Mund nicht halten, und deshalb besteht die Gefahr, daß auch andere Sender davon Wind bekommen.«

»Der Meinung bin ich auch«, sagte Iris Everly. »Du erwartest von mir doch für morgen einen Bericht. Ohne Rodríguez habe ich nichts Neues.«

»Ich weiß«, entgegnete Partridge. »Ich überlege mir auch, ob wir es bringen sollen, aber es gibt eben auch viele Gründe, damit zu warten. Ich werde mich hüten, vor morgen treffe ich eine Entscheidung.«

Die anderen mußten sich damit zufriedengeben.

Insgeheim hatte Partridge bereits entschieden, daß zuerst Crawford Sloane über diese Entdeckung informiert werden mußte. Denn Crawf litt so sehr, daß jede neue Entwicklung, auch eine, die keine direkten Folgen hatte, für ihn eine Erleichterung bedeutete. Trotz der vorgerückten Uhrzeit – kurz vor 22 Uhr – beschloß Partridge, Sloane zu Hause zu besuchen. Denn Telefonieren kam nicht in Frage. Alle Gespräche, die Sloane in Larchmont entgegennahm, wurden vom FBI abgehört, und Partridge wollte diese Information noch nicht dem FBI überlassen.

Von einem Telefon in seinem provisorischen Büro aus bestellte er für sofort ein Auto mit Fahrer zum Haupteingang der CBA-News-Zentrale.

»Ich bin dir dankbar, daß du zu mir herausgekommen bist«, sagte Sloane, nachdem Partridge ihm die Neuigkeit erzählt hatte. »Willst du damit morgen auf Sendung gehen?«

»Ich bin mir nicht sicher.« Partridge erklärte ihm, warum, und fügte dann hinzu: »Ich will erst mal darüber schlafen.«

Sie saßen mit Drinks im Wohnzimmer, wo, wie Sloane nun traurig dachte, er sich noch vier Abende zuvor mit Jessica und Nicholas unterhalten hatte.

Ein FBI-Agent hatte Partridge beim Betreten des Hauses neugierig gemustert. Er hatte Otis Havelock abgelöst, der an diesem Abend zu Hause bei seiner Familie war. Doch Sloane hatte die Verbindungstür zwischen Flur und Wohnzimmer fest verschlossen, und die beiden sprachen mit gedämpften Stimmen.

»Gleichgültig, wie du entscheidest«, sagte jetzt Sloane, »ich stehe hinter dir. Aber wäre denn diese Information für dich schon Grund genug, um nach Kolumbien zu fliegen?«

Partridge schüttelte den Kopf. »Nein, denn Rodríguez ist ein bezahlter Killer. Er hat in ganz Lateinamerika gearbeitet, und auch in Europa. Ich muß noch mehr wissen – vor allem, von wo diese Operation ausgeht. Morgen hänge ich mich wieder ans Telefon. Und die anderen auch.«

Partridge wollte vor allem den Anwalt mit den Verbindungen zum organisierten Verbrechen noch einmal anrufen, denn der hatte sich seit ihrem Gespräch am Freitag noch nicht gemeldet. Sein Instinkt sagte ihm, daß jemand, der in den Vereinigten Staaten auf eine Art operierte, wie Rodríguez es offensichtlich getan hatte, Verbindungen zum organisierten Verbrechen haben mußte.

Beim Abschied legte Sloane Partridge die Hand auf die Schulter. »Harry, mein Freund«, sagte er mit bewegter Stimme. »Inzwischen glaube ich, daß nur du mir Jessica, Nicky und meinen Vater zurückbringen kannst.« Er zögerte und fuhr dann fort: »Ich weiß, es hat Zeiten gegeben, in denen wir nicht gerade enge Freunde, ja nicht einmal Verbündete waren, und wenn ich daran schuld war, tut es mir leid. Aber abgesehen davon möchte ich dir einfach sagen, daß das Wichtigste, was ich im Leben habe, in deinen Händen liegt.«

Partridge versuchte, etwas zu erwidern, aber er fand nicht die richtigen Worte. Statt dessen nickte er nur, faßte dann Sloane ebenfalls an der Schulter und sagte: »Gute Nacht.«

»Wohin, Mr. Partridge?« fragte der Fahrer.

Es war bereits kurz vor Mitternacht, und Partridge antwortete müde: »Ins Inter-Continental, bitte.«

Während er sich in die Polster zurücklehnte und an Sloanes Abschiedsworte dachte, fiel ihm ein, daß auch er wußte, was es hieß, jemanden verloren zu haben oder Gefahr zu laufen, jemanden, den man liebte, zu verlieren. In seinem Fall war es, vor langer Zeit, zuerst Jessica gewesen, obwohl natürlich die Umstände damals in keiner Weise mit Crawfords verzweifelter Situation zu vergleichen waren. Und etwas später dann Gemma ...

Er unterbrach sich. *Nein!* Er wollte an diesem Abend nicht an

Gemma denken. Die Erinnerung an sie hatte ihn in letzter Zeit immer stärker und immer häufiger überfallen ... offensichtlich immer, wenn er müde war ... und mit der Erinnerung kam immer der Schmerz.

Statt dessen zwang er sich, wieder an Sloane zu denken, der ja nicht nur um Jessica, sondern auch um ein Kind, seinen Sohn, bangen mußte. Partridge wußte nicht, was es hieß, ein Kind zu haben. Aber dennoch wußte er, daß der Verlust eines Kindes unerträglich sein mußte, vielleicht die unerträglichste Last überhaupt. Er und Gemma hatten immer ein Kind gewollt ...

Er seufzte ... *Ach, liebste Gemma ...*

Dann gab er es auf. Er saß entspannt in dem Auto, das ihn nach Manhattan zurückbrachte, und ließ nun doch seinen Gedanken freien Lauf.

Seit jener standesamtlichen Trauung in Panama City, als er und Gemma vor dem juez *in seiner baumwollenen* guayabera *ihr schlichtes Gelübde abgelegt hatten, war Partridge überzeugt, daß aus einfachen Zeremonien bessere Ehen hervorgehen als aus spektakulären, pompösen Hochzeitsfeiern.*

Er gab zu, daß es ein Vorurteil war, das sich vor allem auf seine eigene Erfahrung gründete. Seine erste Ehe, in Kanada, hatte mit einer »weißen Hochzeit« begonnen, komplett mit Brautjungfern, mehreren hundert Gästen und kirchlichem Zeremoniell – die Mutter der Braut hatte darauf bestanden. Der ganze Ablauf war zuvor minuziös einstudiert worden, so daß die Hochzeit selbst zur Farce wurde. Danach wollte die Ehe einfach nicht funktionieren, was Partridge zur Hälfte sich selbst zuschrieb, und das rhetorische Gelübde »bis daß der Tod uns scheide« wurde – in gegenseitigem Einvernehmen und diesmal vor einem Richter – auf ein Jahr verkürzt.

Die Ehe mit Gemma dagegen hatte sich seit ihren unscheinbaren Anfängen an Bord des päpstlichen Flugzeugs in dem Maße gefestigt, in dem ihre Liebe wuchs. Zu keiner Zeit seines Lebens war Partridge glücklicher gewesen.

Er arbeitete weiter als CBA-Korrespondent in Rom, wo ausländische Journalisten – so ein Kollege von CBS – »wie Könige lebten«.

Schon kurz nach ihrer Rückkehr von der Papstreise fanden Partridge und Gemma eine Wohnung in einem Palazzo aus dem sechzehnten Jahrhundert. Sie lag zwischen der Spanischen Treppe und der Fontana di Trevi und hatte acht Zimmer und drei Balkone. Damals, als die großen Sender noch Geld ausgaben, als gäbe es kein Morgen, kümmerten sich die Korrespondenten noch selber um ihre Wohnungen und ließen sich die Kosten zurückerstatten. Doch seitdem die Budgets magerer und die Buchhalter entsprechend mißtrauischer geworden waren, wurden vom Sender weniger anspruchsvolle, billigere Wohnungen zur Verfügung gestellt.

Während Gemma sich in der Wohnung, die ihr erstes gemeinsames Zuhause werden sollte, umsah, sagte sie plötzlich: »Harry, mio amore, *hier fühle ich mich schon jetzt wie im Himmel. Aber für dich werde ich einen siebten Himmel daraus machen.« Und sie tat es.*

Gemma hatte die Gabe, mit ihrem Lachen, ihrem Frohsinn und ihrer Liebe zum Leben ihre Umgebung zu verzaubern. Außerdem wußte sie, wie man ein Haus führte, und sie war eine hervorragende Köchin. Doch beim Umgang mit Geld oder Schecks tat sie sich, wie Harry schnell herausfand, eher schwer. Wenn Gemma mit Schecks bezahlte, vergaß sie häufig, den Kontrollabschnitt auszufüllen, so daß auf ihrem Konto immer weniger Geld war, als sie glaubte. Und selbst wenn sie an den Kontrollabschnitt dachte, verrechnete sie sich häufig, weil sie addierte, anstatt abzuziehen, und hatte so ständig Probleme mit der Bank. »Harry, tesoro*«, klagte sie nach einem wenig erfreulichen Gespräch mit dem Zweigstellenleiter, »Bankleute sind so lieblos. Sie sind ... wie heißt das englische Wort?«*

Schmunzelnd sagte er: »Wie wär's mit pragmatisch?«

»Oh, Harry, du bist so ein kluger Kopf! Ja«, sagte Gemma entschieden, »Bankleute sind zu pragmatisch.«

Partridge fand schnell eine Lösung. Er nahm die finanziellen Dinge nun selbst in die Hand – ein relativ kleiner Beitrag, wie er fand, zu einem Leben, das jetzt so viele angenehme Seiten für ihn bereithielt.

Ein anderes Problem mit Gemma erforderte mehr Behutsamkeit. Sie war vernarrt in Autos, besaß einen klapprigen Alfa Romeo und fuhr, ganz im Stil ihrer Landsleute, wie eine Wahnsinnige. Wenn er in ihrem Alfa oder seinem BMW, den sie ebenso gerne fuhr, neben ihr saß, gab es Situationen, in denen er die Augen schloß, weil er glaubte, seine letzte Stunde habe geschlagen. Jedesmal, wenn sie davongekommen waren, verglich er sich mit einer Katze, die gerade wieder eins ihrer neun Leben verloren hatte.

Vier waren ihm noch verblieben, als er den Mut aufbrachte, Gemma zu fragen, ob sie bereit sei, mit dem Fahren aufzuhören. »Es ist doch nur, weil ich dich über alles liebe«, versicherte er ihr. »Wenn ich nicht da bin, habe ich Alpträume, weil ich fürchte, du könntest in einen Unfall verwickelt und verletzt werden.«

»Aber Harry«, protestierte Gemma verständnislos, »ich bin eine gute und vorsichtige *Fahrerin.«*

Für den Augenblick beließ es Partridge dabei, brachte aber das Thema von Zeit zu Zeit wieder zur Sprache. Er änderte lediglich seine Taktik, indem er Gemma zugestand, daß sie in der Tat eine gute Fahrerin sei, er dagegen krankhaft nervös. Mehr als ein bedingtes Versprechen konnte er ihr allerdings nicht abringen.

*»*Mio amore, *sobald ich schwanger bin, höre ich auf zu fahren. Das schwöre ich dir.«*

Es war eine Erinnerung an ihren gemeinsamen Wunsch, Kinder zu haben. »Mindestens drei«, hatte Gemma kurz nach ihrer Heirat verkündet, und Harry hatte nichts dagegen.

In der Zwischenzeit machten seine Einsätze für CBA gelegentliche Reisen notwendig, und Gemma arbeitete zunächst weiter als Stewardess. Sehr schnell jedoch merkten sie, daß sie sich auf diese Weise wenig sehen würden, denn wenn Partridge von einer Reise zurückkehrte, war Gemma häufig unterwegs, und ebenso oft war es umgekehrt. So war es Gemma, die sich entschloß, mit der Fliegerei aufzuhören, um ihr Leben mit dem Harrys in Einklang zu bringen.

Glücklicherweise bot man ihr, nachdem sie Alitalia ihren Entschluß mitgeteilt hatte, eine Stelle beim Bodenpersonal mit Rom als festem Standort an. Gemma und Partridge waren froh darüber, denn von nun an würden sie viel mehr Zeit füreinander haben.

Sie nutzten ihre freien Stunden, um Rom zu genießen und in die Jahrtausende alte Geschichte der Stadt einzutauchen, wobei sich

Gemmas Gedächtnis, wie Partridge feststellte, als wahre Schatzkammer entpuppte.

»Kaiser Augustus, Harry – er war Julius Cäsars Stiefsohn –, gründete eine Feuerwehr mit Sklaven als Feuerwehrmännern. Doch als sie bei einem großen Brand sich weigerten, das Feuer zu löschen, ersetzte er sie durch freie Bürger, die vigiles, *die effektiver waren. Denn freie Menschen wollen Feuer löschen.«*

Partridge fragte skeptisch: »Ist diese Geschichte auch wahr?« Gemma lächelte nur, doch er erfuhr später, daß sie recht hatte und daß der Wechsel von Sklaven zu freien Bürgern im Jahr 6 n. Chr. stattgefunden hatte. Als er später einmal über ein Freiheitssymposium der Vereinten Nationen in Rom berichten mußte, arbeitete er diese Geschichte geschickt in sein Manuskript für CBA News ein.

Bei einer anderen Gelegenheit: »Die Sixtinische Kapelle, Harry, in der die neuen Päpste gewählt werden, ist benannt nach Papst Sixtus IV. Er legalisierte Bordelle in Rom und hatte Söhne, einen sogar von seiner eigenen Schwester. Drei von seinen Söhnen machte er zu Kardinälen.«

Oder: »Unsere berühmte Scala di Spagna, *die Spanische Treppe, trägt diesen Namen zu Unrecht. Eigentlich müßte sie* Scala di Francia *heißen. Die Franzosen gaben die Anregung für den Bau der Treppe, und ein Franzose war es, der in seinem Testament das Geld dafür bereitstellte. Die Spanische Botschaft – pff! – war zufällig daneben. Spanien hat nichts,* überhaupt nichts, Harry, *mit der Treppe zu tun.«*

Wenn es ihre Arbeit und die Zeit erlaubten, reisten Partridge und Gemma auch nach Florenz, Venedig oder Pisa. Es war im Zug, auf der Rückreise von Florenz, als Gemma, die die ganze Zeit sehr bleich gewirkt hatte, sich mehrmals entschuldigte, um zur Toilette zu gehen. Partridge machte sich Sorgen, aber sie winkte nur ab. »Wahrscheinlich habe ich mir den Magen verdorben. Geht schon vorbei.«

Zurück in Rom, schien Gemma wieder völlig in Ordnung zu sein, und am nächsten Tag ging Partridge wie gewohnt in die Redaktion. Doch als er am Abend nach Hause kam, fand er zu seiner Überraschung an seinem Platz am Eßtisch einen zusätzlichen, kleinen Teller und darauf die Schlüssel von Gemmas Alfa Romeo. Als er sie danach fragte, antwortete Gemma mit einem schwachen Lächeln: »Ein Versprechen ist ein Versprechen.«

Einen Augenblick lang war er verwirrt, doch dann fiel ihm Gemmas »Sobald ich schwanger werde, höre ich auf zu fahren« wieder ein, und mit einem Freudenschrei nahm er sie überglücklich in die Arme.

Gemma hatte Tränen in den Augen, während sie sich küßten und eng umschlungen hielten.

Eine Woche später erfuhr Partridge von CBA News, daß er nicht länger Korrespondent in Rom sein würde und daß auf ihn eine größere Aufgabe wartete – als Chefkorrespondent in London.

Sofort dachte er an Gemma und fragte sich besorgt, wie sie darauf reagieren würde. Doch seine Sorge war unbegründet.

»Das ist eine wundervolle Nachricht, Harry caro*«, sagte sie zu ihm. »Ich liebe London, mit Alitalia war ich oft dort. Wir werden ein schönes Leben zusammen haben.«*

»Wir sind da, Mr. Partridge.«

Partridge, der geglaubt hatte, nur wenige Augenblicke lang die Augen geschlossen zu haben, öffnete sie nun wieder und mußte feststellen, daß sie Manhattan bereits erreicht hatten und in der Forty-eighth Street vor dem Inter-Continental standen. Er dankte dem Fahrer, wünschte ihm eine gute Nacht und ging hinein.

Im Aufzug auf dem Weg zu seinem Zimmer wurde ihm klar, daß es inzwischen Montag geworden war – der Beginn einer, wie sich zeigen sollte, sehr wichtigen Woche.

4

Jessica versuchte verzweifelt, wach zu bleiben und ihren Verstand zum Arbeiten zu bringen, damit sie begriff, was um sie herum vor sich ging, aber meistens schaffte sie es nicht. Sie hatte Augenblicke der Klarheit, in denen sie andere Leute sah und ihren eigenen Körper spürte – die Unbequemlichkeit und den Schmerz, die Übelkeit und den entsetzlichen Durst. Doch auch während sie all dies spürte, konnte sie in panischer Angst nur einen Gedanken fassen: *Nicky! Wo bist du? Was ist passiert?* Dann verschwamm alles wieder, und sie versank in einem Nebel von Bildern, in dem ihr Verstand nichts begreifen konnte, nicht einmal, wer sie selber war. Während dieser Ausfälle schien sie in einer klebrigen, milchigen Flüssigkeit zu schwimmen.

Doch während sie so am Rande des Bewußtseins dahindämmerte, gelang es ihr, die Erinnerung an das in den kurzen wachen Augenblicken Erlebte festzuhalten. Sie wußte, daß etwas, das in ihrem Arm gesteckt hatte, nun entfernt war und ein pulsierender Schmerz an dessen Stelle getreten war. Sie war sich bewußt, daß man ihr von irgendeinem Ruheplatz aufgeholfen und sie halb führend, halb tragend dorthin gebracht hatte, wo sie jetzt saß, ein Fleck, der – wiederum in den kurzen Augenblicken des Bewußtseins – eine glatte, flache Oberfläche zu haben schien. Im Rücken glaubte sie, ohne sich dessen sicher zu sein, etwas Festes zu spüren.

Wenn zwischen solchen Gedanken plötzlich Angst und Panik zurückkehrten, versuchte sie sich das einzuimpfen, von dem sie wußte, daß es wichtig war: *Nicht die Nerven verlieren!*

An etwas erinnerte sie sich ganz sicher, an einen Mann nämlich, der plötzlich vor ihr aufgetaucht war. Sein Bild war klar und deutlich. Er war groß, mit sehr schütterem Haar und aufrechter Haltung, und er machte den Eindruck, als hätte er etwas zu sagen. Und ebendieser Eindruck veranlaßte sie, ihn anzusprechen und um Hilfe zu bitten. Sie wußte, daß ihre Stimme ihn erschreckt hatte; auch diese Reaktion hatte sich ihr deutlich eingeprägt, während ihr Bewußtsein über die wirkliche Anwesenheit des Mannes schon wieder verschwamm. Aber hatte er ihre Bitte auch verstanden? Würde er Hilfe bringen? ... *O Gott, wer konnte das wissen?*

Wieder flackerte ihr Bewußtsein auf. Da war plötzlich ein anderer Mann, er beugte sich über sie ... *Moment mal!* Den hatte sie schon einmal gesehen, sie erkannte sein leichenblasses Gesicht ... *Ja.* Erst vor wenigen Minuten hatte sie doch verzweifelt mit einem Messer oder etwas ähnlichem gekämpft und ihm dabei das Gesicht zerschnitten. Sie hatte gesehen, wie das Blut herausspritzte ... *Aber warum blutete er jetzt nicht? Warum war sein Gesicht so plötzlich bandagiert?*

In Jessicas Bewußtsein existierte die lange Periode der Bewußtlosigkeit nicht ...

Dieser Mann ist ein Feind, sagte sie sich, und dann fiel es ihr plötzlich wieder ein: *Er hat etwas mit Nicky angestellt. Ich könnte ihn umbringen, diesen Kerl!* ... Der Zorn brachte ihren Kreislauf in Schwung und neues Leben in ihre Glieder. Sie griff nach dem Pflaster auf diesem Gesicht und riß es herunter. Und dann gruben sich ihre Nägel in Fleisch und Wundschorf.

Mit einem überraschten Aufschrei sprang Baudelio zurück. Er griff sich mit der Hand an die Wange, und als er sie ansah, war sie rot vor Blut ... *Diese gottverdammte Frau!* Jetzt hatte sie ihm schon wieder das Gesicht zerschunden, ihm, der sich bislang, trotz allem, immer für seine Patientin verantwortlich gefühlt hatte. Doch nun schlug seine Stimmung um. Wütend ballte er die Hand zur Faust, beugte sich vor und schlug ihr mit aller Kraft ins Gesicht.

Einen Augenblick später bereute er es – aus medizinischen Gründen. Er hatte sehen wollen, wie weit die drei Gefangenen bereits das Bewußtsein wiedererlangt hatten, und bis zu diesem Zeitpunkt war die Aufwachphase zufriedenstellend verlaufen, waren Puls und Atmung normal. Die Frau schien schon etwas weiter gewesen zu sein. Das hatte sie ja eben bewiesen, dachte er verärgert.

Sie würden natürlich alle unter gewissen Nachwirkungen zu leiden haben. Baudelio kannte das aus seiner langen Erfahrung als Narkosearzt. Eine gewisse Verwirrung, meist gefolgt von Depressionen, dazu heftige Kopfschmerzen und Übelkeit – die Nachwirkungen einer Betäubung glichen dem Kater eines Betrunkenen. Man mußte ihnen möglichst bald Wasser geben; er würde sich darum kümmern. Aber keine Nahrung, zumindest nicht, bis sie ihr nächstes Ziel erreicht hatten. Das Höllenlager, dachte Baudelio.

Socorro kam nun zu ihm, und er schickte sie nach Wasser. Sie nickte und ging hinaus, um etwas davon aufzutreiben. Baudelio wußte, daß in diesem feuchten, kaum besiedelten Dschungel paradoxerweise gerade Trinkwasser ein Problem war. Es gab zwar genügend Flüsse und Bäche, doch die waren verseucht mit Schwefelsäure, Kerosin und anderen Nebenprodukten, die von den Drogenhändlern zur Herstellung der Kokapaste benutzt wurden. Darüber hinaus bestand immer die Gefahr einer Malaria- oder Typhusinfektion, so daß auch die verarmten Bauern Limonaden, Bier und, wenn möglich, abgekochtes Wasser tranken.

Miguel hatte rechtzeitig die Hütte betreten, um den Vorfall zwischen Jessica und Baudelio und dessen Anordnung an Socorro mitzubekommen. Jetzt rief er ihr nach: »Besorg dir etwas, womit du diesen Idioten die Hände fesseln kannst, aber vergiß nicht – hinter dem Rücken.«

Dann wandte er sich an Baudelio: »Mach die Gefangenen fertig zur Abreise. Zuerst fahren wir mit dem Lastwagen. Aber dann geht's zu Fuß weiter.«

Jessica, die ihre Bewußtlosigkeit nur noch vortäuschte, hörte alles mit.

Mit dem Schlag hatte Baudelio ihr in gewisser Weise sogar einen Gefallen getan, denn der Schock hatte sie vollständig ins Bewußtsein zurückgebracht. Sie wußte wieder, wer sie war, ihr Erinnerungsvermögen kehrte zurück. Aber der Instinkt sagte ihr, daß sie das für den Augenblick noch geheimhalten sollte.

Sie wußte, daß sie noch vor wenigen Augenblicken panische Angst gehabt hatte, daß sie aber jetzt versuchen mußte, sachlich zu denken. *Wo bin ich? Wie bin ich hierhergekommen?*

Dann stürmten die Erinnerungen auf sie ein: Der Grand Union Supermarkt und die Geschichte von Crawfords Unfall – offensichtlich eine Lüge. Dann auf dem Parkplatz der brutale Überfall auf sie, Nicky und ..

Nicky! Hat man ihm etwas getan? Wo ist er jetzt?

Während sie weiter versuchte, nicht die Nerven zu verlieren, fiel ihr ein, daß sie Nicky kurz auf einer Art Bett festgeschnallt gesehen hatte ... und Angus auch. *Ach, der arme Angus!* Sie hatte ihn gesehen, während sie mit dem Mann kämpfte und sein Gesicht zerschnitt ... War sie eigentlich noch am gleichen Ort? Es kam ihr nicht so vor. Aber wichtiger, war Nicky bei ihr? Sie hielt den Kopf gesenkt, drehte ihn fast unmerklich und öffnete die Augen einen Spalt. *Gott sei Dank! Nicky sitzt neben mir!* Seine Lider flatterten, er gähnte. Und Angus? *Ja!* Angus saß neben Nicky, er hatte die Augen geschlossen, atmete aber.

Das warf die Frage auf: *Warum hatte man sie gefangengenommen?* Sie beschloß, die Antwort darauf später zu suchen.

Was im Augenblick wichtiger war: *Wo sind wir?* Sie hatte bereits einen kleinen, halbdunklen, nur von einer einzigen Öllampe erhellten Raum erkannt. *Warum kein Strom?* Sie und die anderen saßen offenbar auf einem Lehmboden, und sie konnte Insekten spüren, obwohl sie versuchte, nicht daran zu denken. Es war unglaublich heiß und stickig in diesem Raum, und das verwirrte sie, weil der September in diesem Jahr ungewöhnlich kühl war und der Wetterbericht keine Änderung gemeldet hatte.

Wenn sie also nicht mehr in dem Raum waren, in dem sie Nicky und Angus gefesselt gesehen hatte, wie waren sie dann hierhergekommen? Hatte man sie betäubt? Bei diesen Gedanken fiel ihr etwas anderes ein: die Kompresse, die man ihr in dem Bus auf dem Parkplatz auf Mund und Nase gedrückt hatte.

Sie konnte sich nicht erinnern, was sonst noch in dem Bus passiert war; also hatte man sie wirklich betäubt, und die anderen wahrscheinlich auch. Für wie lange? Eine halbe Stunde, schätzte sie, eine Stunde im Höchstfall. Länger konnte es nicht gewesen sein, denn die Erinnerung an den Überfall auf dem Parkplatz war noch zu frisch.

So waren sie vermutlich noch in der Umgebung von Larchmont, und das hieß, irgendwo in New York State, New Jersey oder Connecticut. Jessica dachte auch kurz an Massachusetts und Pennsylvania, aber das konnte nicht sein. Beide Staaten waren zu weit entfernt ... Stimmen unterbrachen sie ...

»Das Miststück tut nur so«, sagte Miguel.

»Ich weiß«, erwiderte Baudelio. »Sie ist voll wach und glaubt, sie kann uns hinters Licht führen. Die hört alles, was wir reden.«

Miguel streckte den rechten Fuß aus und stieß Jessica die Schuhspitze brutal in die Rippen. »Steh auf, du Miststück! Wir müssen los.«

Jessica zuckte vor Schmerz zusammen, und da ihr die Verstellung nun offensichtlich nichts mehr nutzte, hob sie den Kopf und öffnete die Augen. Sie kannte die beiden Männer, die auf sie heruntersahen – dem einen hatte sie das Gesicht zerschnitten und den anderen kurz im Bus gesehen. Ihr Mund war trocken und ihre Stimme heiser, aber es gelang ihr zu krächzen: »Das wird Ihnen noch leid tun. Man wird Sie fassen und bestrafen.«

»Schweig!« Miguel hatte wieder den Fuß gehoben, diesmal trat er sie in den Bauch. »Von jetzt ab sprichst du nur, wenn man dich etwas fragt.«

Sie hörte, wie Nicky neben ihr sich rührte. »Was ist passiert? Wo sind wir?« fragte er. Sie spürte die gleiche Panik in seiner Stimme, die sie selbst erlebt hatte.

Angus war es, der leise antwortete: »Sieht so aus, mein Junge, als hätten uns einige ziemlich gemeine Leute entführt. Aber bleib ganz ruhig! Sei stark! Dein Dad wird uns schon finden.«

Jessica, die sich nach dem brutalen Tritt noch immer vor Schmerzen krümmte, spürte plötzlich eine Hand auf ihrem Arm und hörte Nicky zärtlich fragen: »Mom, bist du in Ordnung?«

Tränen traten ihr in die Augen, als sie merkte, daß Nicky sich um sie Sorgen machte. Sie drehte den Kopf und versuchte, bestätigend zu nicken, mußte aber zusehen, wie auch Nicky brutal getreten wurde. Warum das alles? dachte sie voller Entsetzen.

»Das Redeverbot gilt auch für dich, du kleiner Trottel!« schrie Miguel. »Vergiß das nicht!«

»O nein, der wird das nicht vergessen«, sagte Angus, dessen Stimme trocken und spröde klang, der es aber trotzdem schaffte, Verachtung mitschwingen zu lassen. »Wer wird denn ein Stück menschlichen Abschaums vergessen, das gerade Mut genug hat, um eine hilflose Frau und einen kleinen Jungen zu treten?« Der alte Mann versuchte aufzustehen.

»Angus, nicht!« flüsterte Jessica. Sie wußte, daß kühne Worte ihre Lage nur verschlimmern würden.

Unter Schwierigkeiten fand Angus sein Gleichgewicht und kam auf die Füße. Miguel sah sich unterdessen um und hob einen Ast vom Boden auf. Er ging zu Angus und schlug ihm mit aller Kraft auf Kopf und Schultern. Der alte Mann fiel auf den Rücken und stöhnte vor Schmerzen. Das eine Auge, wo das Holz ihn getroffen hatte, war geschlossen.

»Ich hoffe, das ist eine Lektion für euch alle«, bellte Miguel. »Haltet endlich das Maul!« Dann wandte er sich an Baudelio. »Mach sie endlich fertig zum Aufbruch.«

Socorro war mit einem Wasserkrug in einer Korbhülle und einem Stück groben Seils zurückgekehrt.

»Wir sollten ihnen zuerst Wasser geben«, sagte Baudelio und

fügte dann leicht gereizt hinzu: »Das heißt, wenn du sie am Leben halten willst.«

»Zuerst werden sie gefesselt«, befahl Miguel. »Ich will jetzt keine Schwierigkeiten mehr.«

Dann verließ er mit finsterer Miene die Hütte. Draußen, unter der immer höher steigenden Sonne, war die Hitze bereits unerträglich geworden.

Jessica wurde immer verwirrter, was ihren Aufenthaltsort betraf.

Vor wenigen Minuten hatte man sie, Nicky und Angus aus einer, wie Jessica nun sah, grob zusammengezimmerten Hütte gezerrt, und jetzt saßen sie auf der Ladefläche eines verdreckten Lastwagens zwischen Kisten, Schachteln und Säcken. Nachdem man sie mit auf dem Rücken gefesselten Händen aus der Hütte geführt hatte, schoben und zerrten sie verschiedene Hände unsanft über die Bordkante des Transporters. Dann sprang ein halbes Dutzend bunt gekleideter Männer, die bis auf ihre Waffen hätten Landarbeiter sein können, ebenfalls auf den Wagen, gefolgt von dem Mann, den Jessica wegen seiner Schnittwunde insgeheim »Narbengesicht« nannte, und dem anderen, den Jessica noch aus dem Kleinbus kannte. Danach wurde die Ladeklappe hochgezogen und befestigt.

Jessica hatte die ganze Zeit versucht, sich auf ihre Umgebung zu konzentrieren und sich alles einzuprägen, aber da war nichts. Es gab keine anderen Gebäude, nur dichten Wald, und den Lehmpfad, der zur Hütte führte, konnte man kaum eine Straße nennen. Sie versuchte, das Nummernschild des Lastwagens zu sehen, aber wenn der überhaupt eins hatte, dann war es von der heruntergelassenen Ladeklappe verdeckt.

Körperlich fühlte Jessica sich besser, weil sie Wasser getrunken hatte. Kurz vor Verlassen der Hütte hatten auch Nicky und Angus Wasser bekommen, von einer Frau mit mürrischem Gesicht, die Jessica ebenfalls schon einmal gesehen hatte, und zwar, wie sie sich nun erinnerte, während ihres ersten Kampfes mit Narbengesicht.

Jessica hatte versucht, ihr gegenüber einen weichen Ton zu finden, und ihr, während sie von ihr aus einer zerbeulten Blechtasse Wasser erhielt, zugeflüstert: »Vielen Dank für das Wasser. Bitte! – Können Sie mir sagen, wo wir sind und warum?«

Die Reaktion der Frau war grob und unerwartet. Sie stellte die Tasse weg und schlug Jessica zweimal so fest ins Gesicht, daß sie jedesmal zur Seite taumelte. »Du hast den Befehl doch gehört!« zischte die Frau. »*Silencio!* Wenn du noch einmal den Mund aufmachst, gibt's den ganzen Tag kein Wasser mehr.«

Danach schwieg Jessica. Und Nicky und Angus ebenfalls.

Die Frau saß nun im Führerhaus des Lastwagens neben dem Fahrer, der eben den Motor angelassen hatte. Der Mann, der Jessica und Nicky getreten und Angus geschlagen hatte, saß ebenfalls vorn. Jessica hatte gehört, daß die anderen ihn Miguel nannten; er war offensichtlich der Anführer. Der Lastwagen fuhr an und holperte über den unebenen Pfad.

Die Hitze auf dem Lastwagen war noch schlimmer als in der Hütte. Allen lief der Schweiß über das Gesicht. *Wo sind wir nur?* Jessicas anfängliche Vermutung, daß sie sich noch irgendwo in der Gegend um New York State aufhielten, wurde von Minute zu Minute unwahrscheinlicher. Sie kannte keinen Ort, an dem es zu dieser Jahreszeit so heiß war. Außer ...

War es möglich, fragte sich Jessica , daß sie und die anderen viel länger bewußtlos gewesen waren, als sie ursprünglich angenommen hatte? Und falls das so war, hatte man sie dann vielleicht irgendwohin weiter weggebracht, weiter in den Süden, vielleicht nach Georgia oder Arkansas? Je länger sie über die Landschaft nachdachte, in der sie sich befanden, desto mehr fühlte sie sich an die abgelegeneren Regionen dieser Staaten erinnert, zumal es dort auch heiß war. Der Gedanke machte sie traurig, denn so gab es nur wenig Hoffnung auf eine baldige Rettung.

Weiter auf der Suche nach Hinweisen, begann sie nun, dem Gespräch der bewaffneten Männer zuzuhören. Sie erkannte die Sprache, es war Spanisch, und obgleich sie es selber nicht sprach, verstand sie doch einige Worte.

... »*Maldito camión! Me hace daño en la espalda.*« ... »*Porqué no te acuestas encima de la mujer? Elle es una buena almohada.*« ... Lachen. ... »*No, esperaré hasta que termine el viaje. Entonces, ella debe tener cuidado!*« ... »*Los Sinchis, esos cabrónes, torturaron a mi hermano antes de matarlo.*« ... »*El río no puede llegar tan pronto como yo desearía que llegara. La Selva ve y oye todo.*« ...

Jessica nahm an, daß es sich um Immigranten handelte; es strömten ja genug Hispanos in die Vereinigten Staaten. Dann fiel ihr der Mann ein, der sie im Supermarkt in Larchmont angesprochen hatte. Sein Englisch hatte einen spanischen Akzent gehabt. Gab es da irgendwo eine Verbindung? Sie konnte sich aber nicht vorstellen, welche.

Doch der Gedanke an Larchmont erinnerte sie an Crawf. Welche Qualen er durchzustehen hatte! Ihr fiel der Satz ein, mit dem Angus in der Hütte Nicky getröstet hatte. *»Dein Dad wird uns schon finden.«* Crawf setzte inzwischen mit Sicherheit Himmel und Erde in Bewegung, um sie aufzuspüren. Er hatte viel Einfluß und ebenso viele einflußreiche Freunde, die ihm helfen konnten. *Aber hatten sie überhaupt eine Vorstellung davon, wo sie suchen mußten?* Jessica mußte irgendwie herausfinden, wo sie waren, und sich dann überlegen, wie sie es Crawf wissen lassen konnte.

Angus hatte außerdem zu Nicky gesagt, daß sie entführt worden seien. Daran hatte Jessica zuvor noch gar nicht gedacht – *wann denn auch!* –, aber nun ging sie davon aus, daß Angus recht hatte. Doch warum entführt? Wegen Geld? War das nicht der übliche Grund? Sicher, die Sloanes hatten Geld, aber nicht im Überfluß, nicht so viel wie die »Bonzen aus Industrie und Wall Street«, von denen Crawf manchmal sprach.

Eigentlich war es unglaublich, dachte Jessica, daß Crawf erst am Abend zuvor – falls ihr Zeitgefühl sie nicht täuschte – von der Gefahr gesprochen hatte, selbst entführt zu werden ...

Der Anblick Nickys lenkte sie von ihren Gedanken ab. Seit Beginn der Fahrt hatte Nicky Schwierigkeiten, sich aufrecht zu halten, weil er sich mit den gefesselten Händen nicht abstützen konnte, und nun lag er flach auf der Seite, so daß sein Kopf bei jeder Unebenheit auf dem Boden aufschlug.

Jessica, die ihm verzweifelt helfen wollte, aber nicht konnte, wollte schon das Schweigen brechen und Narbengesicht um Hilfe bitten, als sie sah, daß einer der Bewaffneten auf Nickys Notlage aufmerksam wurde und sich auf ihn zubewegte. Der Mann hob Nicky auf und lehnte ihn so gegen einen Sack, daß er sich mit den Füßen an einer Kiste abstützen und nicht mehr wegrutschen konnte. Jessica versuchte, dem Mann mit den Augen und einem schwachen Lächeln zu danken. Als Antwort nickte er kaum merklich. Es war nur ein schwacher Trost, dachte sie, aber wenigstens gab es unter diesen brutalen Leuten jemanden, der ein Herz hatte.

Der Mann saß jetzt neben Nicky. Er flüsterte etwas, das Nicky, der in der Schule seit kurzem Spanisch lernte, zu verstehen schien. Im Verlauf der Reise kam es noch zu zwei weiteren Wortwechseln zwischen dem Mann und dem Jungen.

Nach etwa zwanzig Minuten blieb der Lastwagen an einer Stelle, wo der Pfad im dichten Gebüsch verschwand, stehen. Mit vereinten Kräften hoben und schoben die Männer Jessica, Nicky und Angus vom Lastwagen. Als sie standen, kam Miguel aus der Fahrerkabine und verkündete knapp: »Von hier aus gehen wir zu Fuß weiter.«

Gustavo und die anderen Bewaffneten führten sie durch dichtes Buschwerk über einen unebenen, kaum erkennbaren Pfad. Von beiden Seiten bedrängten sie Äste und Blätter, und obwohl die Baumkronen über ihnen etwas Schatten gaben, war die Hitze ebenso unerträglich wie das unablässige Summen der Insekten.

Manchmal waren die drei Gefangenen eng beieinander. Bei einer Gelegenheit flüsterte Nicky Jessica zu: »Der Weg führt zu einem Fluß, Mom. Von dort fahren wir mit dem Boot weiter.«

»Hat der Mann dir das erzählt?« fragte Jessica ebenso leise.

»Ja.«

Wenig später hörte Jessica Angus murmeln: »Ich bin stolz auf dich, Nicky. Du bist sehr tapfer.«

Es war das erste Mal, daß Jessica seit Verlassen der Hütte Angus' Stimme hörte. Sie war froh, daß der alte Mann sich so gut hielt, aber sie fürchtete die Nachwirkungen dieses entsetzlichen Erlebnisses auf ihn und auch auf Nicky. Jessica hoffte noch immer auf Rettung. Wie standen ihre Chancen? Wann und in welcher Form würde Hilfe eintreffen?

Nicky wartete den richtigen Augenblick ab und antwortete dann seinem Großvater leise: »Ich mache es so, wie du es mir gesagt hast. Daß man nämlich nicht den Kopf verlieren darf, wenn man Angst hat.«

Jessica erinnerte sich plötzlich gerührt an die Unterhaltung am Frühstückstisch, als sie alle vier, Crawf eingeschlossen, über den Bombenangriff auf diese Stadt in Deutschland – Schweinfurt? –

sprachen. Nicky hatte eben fast wörtlich wiederholt, was Angus ihm damals erzählt hatte. Und wie lange war dieses Frühstück her? ... Heute, gestern, vorgestern? ... Wieder mußte sie erkennen, daß sie ihr Zeitgefühl verloren hatte.

Etwas später fragte Nicky: »Gramps, wie geht's dir?«

»Es steckt schon noch Leben in dieser alten Haut.« Eine Pause und dann die geflüsterte Frage: »Jessica, was ist mir dir?«

Bei der nächsten Gelegenheit sagte sie: »Ich habe versucht zu erraten, wo wir sind. Georgia? Arkansas? Wo nur?«

Nicky war es, der mit einer Antwort dienen konnte. »Sie haben uns aus Amerika herausgebracht, Mom. Das weiß ich von dem Mann. Wir sind in Peru.«

5

»Noch heute morgen«, sagte Teddy zu den aufmerksamen jungen Gesichtern, die vor ihm saßen, »hatte ich vor, euch ein Märchen aufzutischen, warum ihr hier seid und was man von euch verlangt. Wie ein richtiger Klugscheißer hatte ich mir eine schöne, überzeugende Geschichte zurechtgelegt. Aber nachdem ich jetzt mit ein paar von euch gesprochen habe, weiß ich, daß ihr alle viel zu intelligent seid, um euch von irgendwelchem Gerede einwickeln zu lassen. Also keine Märchen. Ich glaube auch, daß ihr euch mit mehr Begeisterung in die Arbeit stürzt, wenn ihr wißt, was wirklich Sache ist, und daß ich mich auf eure Verschwiegenheit verlassen kann. Also setzt euch aufrecht hin, Kinder. Man wird euch jetzt gleich die Wahrheit anvertrauen.«

Coopers Eröffnung wurde mit Lächeln und ungeteilter Aufmerksamkeit belohnt.

Es war Montag morgen, 9 Uhr 30. In der letzten halben Stunde hatten sich genau sechzig junge Männer und Frauen, wobei beide Geschlechter fast gleich stark vertreten waren, in der Zentrale von CBA News zur Arbeit gemeldet, denn Onkel Arthur hatte am Abend zuvor den Telefonhörer erst aus der Hand gelegt, als die Truppe wirklich komplett war. Nun saßen alle in dem Nebengebäude, das am vergangenen Donnerstag für Crawford Sloanes Pressekonferenz benutzt worden war. Auch diesmal hatte man wieder Stühle und eine Rednertribüne aufgestellt.

Die meisten der Freiwilligen waren etwa zweiundzwanzig Jahre alt und hatten vor kurzem die Universität mit guten Zeugnissen verlassen. Und alle waren sie redegewandt, ehrgeizig und sehr begierig, endlich Fernsehluft zu schnuppern.

Etwa ein Drittel der Gruppe waren Schwarze, und auf einen von ihnen hatte Onkel Arthur Cooper besonders hingewiesen – Jonathan Mony. »Nimm dir Jonathan als Koordinator«, hatte ihm der alte Mann geraten. »Er hat ein Diplom von der Columbia School of Journalism, arbeitet aber zur Zeit als Kellner, weil er Geld braucht. Wenn du von ihm ebenso beeindruckt bist wie ich, können wir ihn nach dieser Sache vielleicht bei CBA unterbringen.«

Mony, der sich an diesem Morgen als erster gemeldet hatte, besaß die Statur und die Beweglichkeit eines professionellen Basketballspielers. Er hatte feingeschnittene Gesichtszüge und unwiderstehliche, selbstsicher blickende Augen. Seine Stimme war ein heller Bariton, und er sprach in knappen, präzisen Sätzen ohne jeden Jargon. Gleich nachdem er sich Cooper vorgestellt hatte, fragte er: »Kann ich helfen?«

Cooper, der Mony vom ersten Augenblick an mochte, antwortete: »Klar doch«, und gab ihm einen Stapel Formulare, die alle, die sich gemeldet hatten, ausfüllen mußten. Wenige Minuten später führte er bereits Neuankömmlinge zu ihren Plätzen und erklärte ihnen die Formulare, die er zuvor selbst nur überflogen hatte.

Bald darauf bat Cooper Mony, er möge telefonisch zwei Anfragen durchgeben. Mony stellte keine Fragen, sondern nickte nur und verschwand. Einige Minuten später kehrte er zurück und meldete: »Alles in Ordnung, Mr. Cooper. Beide Antworten lauten ja.«

Das war vor zehn Minuten gewesen. Nun fuhr Teddy Cooper in seiner Einführung fort, nachdem er nach seiner Ankündigung, er werde seinen Zuhörern »die Wahrheit anvertrauen«, der Wirkung halber eine Pause eingelegt hatte.

»Worum es hier eigentlich geht, ist die Entführung von Mrs. Crawford Sloane, dem kleinen Nicholas Sloane und Mr. Angus Sloane – von der ihr natürlich alle schon gehört habt. Was ihr nun tun werdet, soll den Entführungsopfern helfen und ist von allerhöchster Wichtigkeit. Wir schicken euch in Lokalredaktionen und in Bibliotheken, wo ihr euch die Zeitungsausgaben der letzten drei Monate ansehen sollt. Aber das heißt nicht nur lesen, sondern richtig Sherlock Holmes spielen und die Zeitungen nach Hinweisen durchforsten, über die ich euch gleich noch Genaueres sagen werde und die uns vielleicht auf die Spur dieser Kidnapper bringen.«

Das Interesse auf den Gesichtern vor ihm war nun noch deutlicher sichtbar als zuvor, und das leise Summen der Gespräche verstummte auch sofort wieder, als Cooper fortfuhr: »Sobald ich mit meiner Geschichte hier oben durch bin, wird man euch in Gruppen aufteilen und euch erklären, wohin ihr fahren müßt und was ihr zu tun habt, wenn ihr dort seid. Einige der Redaktionen wurden von uns bereits informiert, sie sind zur Kooperation bereit und erwarten euch. Bei anderen müßt ihr euch selber vorstellen. Sagt einfach, ihr kommt von CBA. Bevor ihr geht, bekommt jeder noch einen CBA-Presseausweis. Hebt ihn auf – als Andenken für eure Enkel.

Noch was zu den Transportmöglichkeiten: Wir haben einige Autos, die ein paar der Gruppen jeden Tag zu ihren Einsatzorten bringen. Von dort müßt ihr euch dann selbst durchschlagen. Schließlich habt ihr alle genug Eigeninitiative, und die könnt ihr hier mal richtig unter Beweis stellen. Einige werden mit dem Bus oder Zug fahren müssen. Die Reisespesen gehen natürlich in jedem Fall auf CBA.

Wenn ihr abends fertig seid, braucht ihr nicht hierher zurückzukehren, aber ihr müßt euch unbedingt telefonisch melden – die Nummer bekommt ihr noch –, und ihr müßt auch sofort anrufen, wenn ihr etwas Wichtiges entdeckt.«

Die Punkte, die Teddy Cooper hier vortrug, hatte er während des Sonntags und noch früh an diesem Morgen mit seinen beiden Assistenten und einer von der Nachrichtenredaktion ausgeliehenen Sekretärin ausgearbeitet. Einige vorbereitende Arbeiten, Anrufe bei den Lokalzeitungen etwa, waren auch jetzt noch im Gange.

»Soweit die Vorspeise«, verkündete Cooper. »Und jetzt wollen wir uns mal dem Hauptgang zuwenden. Ihr werdet jetzt gleich einen ganzen Stapel Infomaterial bekommen ... Ach, da ist es ja schon.«

Der vor Eifer fast überströmende Jonathan Mony hatte sich mit

Coopers Assistenten unterhalten, die an einem Tisch am anderen Ende des Saales beschäftigt waren. Nun kehrte er mit einem Stapel Papier im Arm zurück – Kopien des Arbeitsplans und der Richtlinien, die Cooper am Tag zuvor ausgearbeitet und über Nacht ausgedruckt hatte. Mony verteilte die Kopien an seine neuen Kollegen.

»Wenn ihr in diese Lokalredaktionen kommt«, sagte Cooper, »laßt ihr euch zuerst die Ausgaben der letzten drei Monate geben, also ab dem 14. Juli. Bei jeder geht ihr dann die Immobilienanzeigen durch und sucht euch die heraus, in denen eine kleine Fabrik, ein Lagerhaus oder ein großes, altes Mietshaus angeboten werden – aber nicht jedes beliebige Objekt in dieser Richtung, sondern ... die genauen Angaben stehen auf Seite eins der Unterlagen, die ihr gerade bekommen habt.«

Während Teddy Cooper seine Überlegungen und Pläne erläuterte, war er froh, daß er sich entschlossen hatte, die Wahrheit zu sagen. Wie viel oder wie wenig er diesen Hilfskräften sagte, lag allein in seinem Ermessen, und daß er den Leuten kein Märchen aufgetischt hatte, machte alles viel einfacher. Natürlich war auch ein gewisses Risiko dabei. Zum einen bestand nun die Gefahr, daß ein Konkurrent, ein anderer Sender vielleicht, erfuhr, was CBA plante, und das dann entweder an die Öffentlichkeit trug oder selbst ein ähnliches Projekt startete. Cooper wollte die jungen Leute davor warnen, Einzelheiten über diese verdeckte CBA-Operation preiszugeben. Und während er nun seine aufmerksamen, eifrig mitschreibenden Helfer betrachtete, kam er zu der Überzeugung, daß sie sein Vertrauen nicht mißbrauchen würden.

Zwischendurch sah Cooper immer wieder zur Tür. Die beiden Anrufe, um die er Jonathan Mony gebeten hatte, galten Harry Partridge und Crawford Sloane; er hatte sie fragen lassen, ob sie nicht kurz vorbeischauen könnten. Daß beide zugestimmt hatten, kam ihm sehr gelegen.

Sie trafen gemeinsam ein. Cooper unterbrach sich mitten im Satz und wies zur Tür. Alle drehten die Köpfe, und trotz der weltklugen Abgeklärtheit der jungen Leute ging ein unüberhörbares Raunen durch die Gruppe, als Sloane und Partridge den Saal betraten.

Cooper verließ ehrerbietig die Rednertribüne. Den Chefsprecher der National Evening News vorstellen zu wollen, wäre eine Anmaßung gewesen; er machte ihm einfach Platz.

»Hallo, Teddy«, sagte Sloane. »Was willst du denn von mir?«

»Vor allem, Sir, glaube ich, daß jeder hier Sie gern persönlich kennenlernen möchte.«

Sloane flüsterte mit Cooper. »Sag mal, wieviel hast du den Leuten denn schon erzählt?«

Partridge stand neben den beiden an der Tribüne und hörte zu.

»So ziemlich alles. Ich dachte mir, daß sie so mehr Begeisterung zeigen und daß wir ihnen trauen sollten.«

»Ganz meine Meinung«, sagte Partridge.

Sloane nickte. »Ist mir auch recht.« Er beachtete die Rednertribüne gar nicht, sondern ging auf die erste Stuhlreihe zu. Sein Gesicht war ernst; es erwartete auch niemand, daß er an einem Tag wie diesem froh und glücklich war, und als er sprach, paßte seine Stimme zu seiner ernsten Miene.

»Meine Damen und Herren, was Sie oder einige von Ihnen in den nächsten Tagen tun werden, kann unter Umständen direkt dazu beitragen, daß meine Frau, mein Sohn und mein Vater unversehrt zurückkehren. Falls wir wirklich dieses große Glück haben sollten, können Sie sicher sein, daß ich mich persönlich bei Ihnen bedanken werde. In der Zwischenzeit möchte ich Ihnen nur sagen, wie froh ich bin, daß Sie hier sind, und Ihnen alle Gute wünschen. Viel Glück für uns alle.«

Viele der jungen Leute standen nun auf und kamen vor, um Sloane die Hand zu schütteln und ihm ihr aufrichtiges Mitgefühl auszudrücken; und Teddy Cooper entdeckte unter ihnen einige mit tränenfeuchten Augen. Nach einer Weile verabschiedete sich Sloane und ging so unauffällig, wie er gekommen war. Partridge, der ebenfalls Hände geschüttelt und mit einigen Hilfskräften gesprochen hatte, begleitete ihn.

Danach nahm Cooper seine Einführung wieder auf. Als er die Gruppe zu Fragen ermunterte, schnellten sofort einige Hände hoch.

Ein junger Mann in einem Sweatshirt der New York University war der erste. »Angenommen, einer von uns findet eine Anzeige, die diesen Kriterien entspricht, und es ist vielleicht das Objekt, das wir suchen. Was passiert dann?«

»Zuerst«, antwortete Cooper, »finden wir heraus, wer die Anzeige aufgegeben hat. Normalerweise steht ein Name bei der Anzeige, den gebt ihr uns dann einfach durch. Wenn kein Name angegeben ist, sondern nur eine Chiffrenummer, müßt ihr versuchen, in der Redaktion Näheres zu erfahren. Falls die nicht mit dem Namen herausrücken wollen, werden wir uns darum kümmern.«

»Und danach?«

»Wenn es möglich ist, rufen wir den Auftraggeber an und stellen ihm einige Fragen. Wenn nicht, besuchen wir ihn. Und wenn dann die Spur immer noch heiß ist, sehen wir uns das Objekt an – natürlich mit der gebotenen Vorsicht.«

»Sie reden immer von ›wir‹.« Eine attraktive junge Frau in einem modischen beigen Kostüm war nun an der Reihe. »Heißt das Sie und die anderen hohen Tiere, oder sind ein paar von uns auch mit dabei, wenn die Sache wirklich interessant wird?«

In das entstehende Gelächter stimmte Teddy Cooper mit ein.

»Zunächst einmal«, erwiderte er, »bin ich nur ein kleines Tier, schreibt euch das mal hinter die Ohren.« (Noch mehr Lachen.) »Aber eins kann ich euch versprechen: Soweit wir das können, beziehen wir euch in alle neuen Entwicklungen mit ein, vor allem diejenigen, die mit ihrer Entdeckung dazu beigetragen haben. Nicht zuletzt deshalb, weil wir euch brauchen. Wir sind etwas knapp an Leuten, und wenn wir wirklich eine Spur haben, ist es durchaus wahrscheinlich, daß auch einige von euch darauf angesetzt werden.«

»Und wenn's soweit ist«, wollte eine hübsche Rothaarige wissen, »sind dann auch Kamerateams mit dabei?«

»Sie meinen, ob Sie dann auch vor der Kamera stehen dürfen?«

Sie lächelte. »So was in der Richtung.«

»Das ist nicht meine Entscheidung, aber ich würde sagen, es ist durchaus möglich.«

Als keine Fragen mehr kamen, schloß Cooper noch einige Überlegungen an, die ihn in der vergangenen Nacht beschäftigt hatten, über die er aber noch mit niemandem gesprochen hatte.

»Neben dieser Suche nach der Anzeige möchte ich noch etwas anderes von euch: Wenn ihr schon die Ausgaben der letzten drei Monate vor euch liegen habt, könnt ihr sie auch gleich ganz duchblättern und auf alles Ungewöhnliche achten.

Fragt mich nicht, was das sein könnte, denn ich habe selber keine Ahnung. Aber vergeßt eins nicht: Diese Entführer, die wir suchen, waren mindestens einen, vielleicht sogar zwei Monate in dieser Gegend. In dieser Zeit haben sie trotz äußerster Vorsicht bestimmt irgendwelche Spuren hinterlassen. Und vielleicht ist eine solche Kleinigkeit irgendwie an die Presse gelangt.«

»Klingt aber ziemlich unwahrscheinlich«, meinte jemand.

Teddy Cooper nickte zustimmend. »Ich würde sagen, die Chancen stehen eins zu zehntausend, daß irgendwas in die Zeitung gekommen ist, und daß einer von euch die Information dann auch wirklich findet, ist ähnlich unwahrscheinlich. Es stimmt schon, eine große Chance haben wir nicht. Aber vergeßt nicht, daß es beim Lotto auch immer einen Gewinner gibt, und da stehen die Chancen eins zu ein paar Millionen.

Ich kann euch nur eins sagen: *Denken, denken, denken!* Nicht nur gründlich suchen, sondern auch mit Verstand. Benutzt eure Phantasie. Wir haben euch geholt, weil wir euch für kluge Köpfe halten, also enttäuscht uns nicht. Natürlich ist diese Anzeige unser erstes Ziel, aber haltet auch nach allem anderen die Augen offen.«

Cooper war nicht wenig überrascht, als die jungen Leute nach seiner Ansprache aufstanden und klatschten.

Schon früher an diesem Morgen, gleich mit Beginn der Geschäftszeit, hatte Harry Partridge einen seiner Kontaktmänner, nämlich den Anwalt, angerufen. Die Reaktion des Mannes war nicht eben herzlich. »Ach, Sie sind es. Ich habe Ihnen doch am Freitag gesagt, daß ich mich diskret umhören werde. Das habe ich auch bereits zweimal getan, aber ohne jedes Ergebnis. Ich kann es ganz und gar nicht gebrauchen, daß Sie mir dauernd im Nacken sitzen.«

»Es tut mir leid, wenn ich ...«, begann Partridge, doch der andere hörte nicht zu.

»Ist euch Journalistenschnüfflern eigentlich nie bewußt, daß ich bei so einer Sache Kopf und Kragen riskiere? Die Leute, mit denen ich es zu tun habe, meine Klienten, vertrauen mir, und ich will, daß das auch so bleibt. Und ich weiß auch, daß diese Leute sich einen Dreck um die Probleme anderer kümmern, und dazu gehört auch Ihres und Crawford Sloanes, egal für wie schlimm Sie es halten.«

»Das verstehe ich ja«, entgegnete Partridge. »Aber hier geht es um eine Entführung, und ...«

»Schweigen Sie und hören Sie zu. Wie ich Ihnen schon gesagt habe, bin ich sicher, daß keiner der Leute, die ich vertrete, in irgendeiner Form in die Entführung verwickelt ist. Ich habe zugegeben, daß ich Ihnen etwas schuldig bin, und versprochen, mein möglichstes zu tun, um etwas herauszufinden. Aber erstens laufe ich bei dieser Sache über ein Minenfeld und zweitens muß ich die Leute davon überzeugen, daß es für sie von Vorteil ist, wenn sie mir erzählen, was sie wissen oder gehört haben.«

»Hören Sie, ich sagte doch, daß es mir leid tut, wenn ...«

Doch der Anwalt ließ sich nicht unterbrechen. »So was kann man nicht übers Knie brechen. Verstanden?«

Partridge seufzte innerlich und sagte: »Verstanden.«

Der Anwalt mäßigte seinen Ton ein wenig. »Geben Sie mir noch ein paar Tage. Aber rufen Sie mich nicht an, ich rufe Sie an.«

Beim Auflegen dachte Partridge, daß man Kontaktleute, auch wenn sie einem nützlich sein konnten, nicht unbedingt mögen mußte.

Vor seiner Ankunft in der Zentrale von CBA News an diesem Morgen hatte Partridge in der Frage, ob er die Beteiligung des kolumbianischen Terroristen an der Sloane-Entführung in den Abendnachrichten bringen sollte oder nicht, eine Entscheidung getroffen.

Er hatte beschlossen, die Information für den Augenblick noch zurückzuhalten.

Nach seinem Besuch bei Coopers Truppe machte er sich auf die Suche nach seinen Kollegen von der Spezialeinheit, um sie zu informieren. Im Konferenzraum fand er Owens und Iris Everly und erläuterte ihnen seine Entscheidung.

»Seht mal, im Augenblick ist Rodríguez die einzige Spur, die wir haben, und er weiß nicht, daß wir sie haben. Wenn wir damit auf Sendung gehen, besteht die Gefahr, daß auch Rodríguez davon erfährt, und dann haben wir einen Trumpf aus der Hand gegeben.«

»Ist das wirklich so wichtig?« fragte Owens zweifelnd.

»Ich glaube schon. Alles deutet darauf hin, daß Rodríguez verdeckt agiert, und wir würden ihn mit einer Veröffentlichung nur noch weiter in die Deckung treiben. Ich brauch' euch wohl nicht zu sagen, was das für unsere Chancen, ihn und damit die Sloanes zu finden, bedeuten würde.«

»Das sehe ich ja alles ein«, gab Iris zu. »Aber glaubst du wirklich, Harry, daß eine brandheiße Nachricht wie diese, die schon mindestens ein Dutzend Leute kennen, so lange geheim bleibt, wie es uns paßt? Vergiß nicht, daß jeder Sender, jede Zeitung und jede Presseagentur ihre besten Leute auf diese Geschichte angesetzt hat. Ich geb'dir höchstens vierundzwanzig Stunden, und dann weiß es die ganze Welt.«

Rita Abrams und Norman Jaeger waren nun ebenfalls dazugekommen und hörten zu.

»Vielleicht behältst du recht«, sagte Partridge zu Iris, »aber ich glaube, wir sollten dieses Risiko eingehen.« Dann fügte er hinzu: »Ich will ja nicht sentimental werden, aber ich glaube, wir sollten ab und zu daran denken, daß die Nachrichten, die wir produzieren, nicht ein und alles sind. Wenn Berichterstattung Leben und Freiheit von Menschen gefährdet, dann müssen die Nachrichten zurückstehen.«

»Auch ich spiel' nicht gern den Moralapostel«, warf Jaeger ein. »Aber in dem Punkt stimme ich mit Harry überein.«

»Da ist noch etwas anderes«, bemerkte Owens, »und zwar das FBI. Wenn wir denen diese Information vorenthalten, kriegen wir Schwierigkeiten.«

»Daran habe ich auch schon gedacht«, gab Partridge zu. »Aber ich habe beschlossen, es zu riskieren. Falls sich deswegen jemand Kopfzerbrechen macht, möchte ich daran erinnern, daß ich hier die Verantwortung trage. Die Sache ist doch die: Wenn wir es dem FBI erzählen, dann können wir mit ziemlicher Sicherheit davon ausgehen, daß die auch mit anderen Journalisten darüber reden, und dann ist unsere Exklusivstory auch zum Teufel.«

»Um zum Wesentlichen zurückzukommen«, sagte Rita, »es gibt einen Präzedenzfall für dieses Problem. Ich erinnere mich da an eine Sache bei ABC.«

»Erzähl«, forderte Iris sie auf.

»Ihr erinnert euch doch noch an die Entführung dieser TWA-Maschine – Beirut, 1985?«

Die anderen nickten. Sie wußten, daß Rita Mitte der achtziger Jahre für ABC News gearbeitet hatte und daß diese Entführung ebenfalls auf das Konto von Terroristen ging, die damit die Welt zwei Wochen lang in Atem gehalten hatten. Einer der Passagiere dieses TWA-Fluges 847, ein Taucher der US Navy, war damals brutal ermordet worden.

»Wir bei ABC«, erzählte nun Rita, »wußten fast von Anfang an, daß drei amerikanische Soldaten in Zivil an Bord der Maschine waren, und wir glaubten, diese Information exklusiv zu besitzen. Auch wir stellten uns damals die Frage, ob wir damit auf Sendung gehen sollten. Wir taten es nicht, weil wir dachten, daß es auch die Entführer erfahren würden, und das wäre das Ende für die drei Soldaten gewesen. Die Entführer fanden es schließlich selbst heraus, aber indem wir unsere Interessen zurückstellten, hatten wir möglicherweise zwei der drei Soldaten das Leben gerettet.«

»Okay«, erwiderte Iris. »Ich glaube, das kann man akzeptieren. Aber wenn bis morgen abend kein anderer die Story gebracht hat, würde ich vorschlagen, daß wir noch mal drüber reden.«

»Einverstanden«, sagte Owens, und damit war die Diskussion beendet.

Aber wegen der Bedeutung der Information beschloß Partridge, seine Entscheidung auch Les Chippingham und Chuck Insen mitzuteilen.

Der Präsident von CBA News, der Partridge in seinem holzgetäfelten Büro empfing, nickte nur, als er es erfuhr. »Du bist derjenige, der in der Spezialeinheit die Entscheidungen trifft, Harry. Wenn wir deinem Urteil nicht trauen würden, hätten wir dir diese Aufgabe ja nicht übertragen. Aber trotzdem danke, daß du es mir gesagt hast.«

Der Studioleiter der National Evening News saß in seinem Chefsessel am Hufeisen. Beim Zuhören leuchteten Insens Augen auf. Am Ende nickte er. »Sehr interessant, Harry. Ausgezeichnete Arbeit. Sobald du es uns gibst, bringen wir es als Aufmacher. Auf keinen Fall vorher.«

Partridge hatte nun wieder Zeit, seine Telefonaktion fortzusetzen, und er ging dazu in sein provisorisches Büro.

Wieder nahm er sich das blaue Buch mit den Namen und

Telefonnummern vor, aber im Gegensatz zur Woche zuvor, als er vorwiegend innerhalb der Vereinigten Staaten herumtelefonierte, versuchte er nun, seine Kontakte in Kolumbien und den Nachbarstaaten – Venezuela, Brasilien, Ecuador, Panama und Peru – sowie in Nicaragua zu erreichen. In all diesen Ländern, aus denen er schon häufig für CBA News berichtet hatte, kannte er Leute, die ihm weiterhelfen konnten.

Im Gegensatz zur Vorwoche hatte er nun auch eine konkrete Spur, und aus der ergab sich eine zweiteilige Frage: *Kennen Sie einen Terroristen namens Ulises Rodríguez, und wenn ja, wissen Sie, wo er sich aufhält oder was er tut?*

Obwohl am Freitag bereits Owen mit Partnern in Lateinamerika telefoniert hatte, gab es, soweit Partridge wußte, keine Überschneidungen – was auch gar nicht überraschend war, da Produzenten und Korrespondenten jeweils ihre eigenen Kontakte pflegten und sie für sich behielten.

Die Anworten, die Partridge auf seine Fragen erhielt, lauteten bei der ersten fast durchgehend »ja«, und bei der zweiten »nein«. Wie auch Owen schon berichtet hatte, war Rodríguez offensichtlich vor drei Monaten verschwunden, und seitdem fehlte von ihm jede Spur. Ein interessanter Aspekt ergab sich jedoch aus Partridges Unterhaltung mit einem alten Freund in Kolumbien, einem Radioreporter aus Bogotá.

»Wo er auch ist«, sagte der Reporter, »ich würde meine Hand dafür ins Feuer legen, daß er sich nicht in Kolumbien aufhält. Immerhin ist er Kolumbianer, und obwohl die Behörden ihn nicht zu fassen kriegen, ist er zu gut bekannt, um sich länger hier aufhalten zu können, ohne bemerkt zu werden. Ich möchte wetten, daß er nicht hier ist.« Die Schlußfolgerung klang durchaus sinnvoll.

Ein Land, das Partridge politisch suspekt war, war Nicaragua, wo die Sandinisten trotz ihrer Wahlniederlage noch immer großen Einfluß hatten und den Vereinigten Staaten feindlich gegenüberstanden. Konnten die Sandinisten in irgendeiner Form mit dieser Entführung zu tun haben, weil sie hofften, damit Vorteile zu gewinnen? Die Frage ergab keinen rechten Sinn, wie so vieles bei dieser Geschichte. Doch nach einem halben Dutzend Anrufen nach Managua, der Hauptstadt des Landes, hatte Partridge Gewißheit:

Seine Kontakte bestätigten übereinstimmend, daß Ulises Rodríguez sich nicht in Nicaragua aufhielt und auch in der Vergangenheit nicht dort gewesen war.

Als nächstes kam Peru an die Reihe. Partridge führte verschiedene Gespräche, von denen ihn eins besonders beschäftigte.

Er hatte mit seinem alten Bekannten Manuel León Seminario gesprochen, dem Besitzer und Herausgeber des in Lima erscheinenden Wochenmagazins *Escena*.

Nachdem Partridge seinen Namen genannt hatte, kam Seminario sofort ans Telefon. Er begrüßte ihn in perfektem Englisch, und Partridge sah seinen Gesprächspartner im Geiste vor sich: schlank und elegant, in einem modischen, makellosen Anzug. »Aber mein lieber Harry! Wie schön, von dir zu hören. Wo bist du denn? Ich hoffe doch, in Lima.«

Als Seminario erfuhr, daß der Anruf aus New York kam, klang er enttäuscht. »Einen Augenblick lang habe ich gehofft, wir beide könnten uns morgen im La Pizzeria zum Mittagessen treffen. Ich versichere dir, das Essen dort ist so gut wie eh und je. Warum setzt du dich nicht einfach in ein Flugzeug und kommst rüber?«

»Ich würde ja gern, Manuel. Aber leider stecke ich bis zu den Ohren in einer sehr wichtigen Arbeit.« Partridge erzählte ihm von der Spezialeinheit, die sich mit der Sloane-Entführung beschäftigte.

»Mein Gott! Ich hätte wissen müssen, daß du damit zu tun hast. Eine entsetzliche Sache. Wir haben die Geschichte sehr genau verfolgt und bringen nächste Woche eine ganze Seite darüber. Gibt es etwas Neues, das wir noch hinzufügen sollten?«

»Es gibt wirklich etwas Neues«, antwortete Partridge, »und das ist der Grund meines Anrufs. Aber wir halten es im Augenblick noch geheim, und ich wäre dir dankbar, wenn du unser Gespräch vertraulich behandelst.«

»Nun gut ...«, die Antwort war vorsichtig formuliert, »solange es keine Information ist, die wir schon besitzen.«

»Wenn es das nicht ist, Manuel, kann ich mich dann auf dich verlassen ?«

»Ja.«

»Wir haben Grund zu der Annahme, daß Ulises Rodríguez in die Sache verwickelt ist.«

Es entstand ein kurzes Schweigen, bevor Seminario antwortete. »Du sprichst von sehr schlechter Gesellschaft. Dieser Mann ist bei uns absolut gefürchtet.«

»Warum gefürchtet?«

»Er steht im Verdacht, der Drahtzieher hinter all den Entführungen zu sein, die es bei uns gegeben hat. Angeblich pendelt er für seine verschiedenen Auftraggeber hier bei uns zwischen Peru und Kolumbien hin und her. Unsere kriminell-revolutionären Elemente bedienen sich häufig solcher Mittel. Du weißt sicher, daß Entführungen in Peru an der Tagesordnung sind. Wohlhabende Geschäftsleute und ihre Familien sind bevorzugte Ziele. Viele von ihnen beschäftigen Leibwächter und fahren gepanzerte Autos, weil sie hoffen, sich auf diese Weise schützen zu können.«

»Ich habe schon davon gehört«, erwiderte Partridge, »aber ich hatte es, ehrlich gesagt, vergessen.«

Seminario seufzte hörbar. »Da bist du nicht allein, mein Freund. Die westliche Presse beschäftigt sich, höflich ausgedrückt, nur sehr sporadisch mit Peru. Und was deine Fernsehnachrichten betrifft, für die existieren wir praktisch gar nicht.«

Partridge mußte ihm recht geben. Er wußte nicht, warum, aber die Amerikaner schienen an Peru weniger Interesse zu haben als an anderen Ländern. Laut sagte er schließlich: »Hast du etwas gehört, ob Rodriguez sich im Augenblick in Peru aufhält oder ob er in letzter Zeit für peruanische Auftraggeber gearbeitet hat?«

»Hm ... nein.«

»Hab' ich da ein Zögern gehört?«

»Nicht wegen Rodríguez. Ich habe nichts gehört, Harry. Sonst würde ich es dir sagen.«

»Was dann?«

»In den letzten Wochen war es an der ganzen kriminell-revolutionären Front, wie ich es nenne, verdächtig ruhig. Es ist kaum etwas passiert. Jedenfalls nichts von Bedeutung.«

»Und?«

»Ich kenne die Anzeichen, und ich glaube, daß sie typisch sind für Peru. Wenn es am ruhigsten ist, heißt das oft, daß irgendeine große Sache bevorsteht. Für gewöhnlich etwas Unangenehmes und äußerst Unerwartetes.«

Seminarios Stimme wechselte das Tempo, sie wurde geschäftsmäßiger: »Mein lieber Harry, es war ein Vergnügen, mit dir zu reden, und ich habe mich gefreut, daß du angerufen hast. Aber *Escena* erscheint nicht von selbst, ich muß wieder an die Arbeit. Besuch mich doch bald einmal in Lima und vergiß nicht: Mittagessen im La Pizzeria – die Einladung steht.«

Den ganzen Tag über ging Partridge der eine Satz nicht mehr aus dem Kopf: »*Wenn es am ruhigsten ist, heißt das oft, daß irgendeine große Sache bevorsteht.*«

6

Zufällig war am gleichen Tag, als Harry Partridge mit dem Besitzer und Herausgeber von *Escena* telefonierte, Peru auch Thema einer sehr privaten Zusammenkunft der Führungsspitze von Globanic Industries Inc., der Konzernmutter von CBA. Dieses Treffen war einer der zweimal jährlich stattfindenden dreitägigen »Strategie-Workshops« unter der Leitung des Aufsichtsratsvorsitzenden und Chief Executive Officers Theodore Elliott. Teilnehmer dieser Treffen waren ausschließlich Vorstände – die der neun Tochtergesellschaften, alles selbst bedeutende Firmen mit eigenen Ablegern.

Bei solchen Treffen wurden vertrauliche Informationen ausgetauscht und geheime Pläne besprochen, von denen einige das Wohl und Wehe von Konkurrenten, Investoren und Märkten auf der ganzen Welt beeinflussen konnten. Doch von keiner dieser halbjährlichen Zusammenkünfte gab es Protokolle oder andere schriftliche Unterlagen. Man achtete auf ein Höchstmaß an Sicherheit, jeden Morgen vor Beginn der Sitzung wurde der Konferenzraum elektronisch nach Wanzen abgesucht.

Vor den verschlossenen Türen wartete eine ganze Reihe Assistenten darauf, ihren jeweiligen Chefs mit Daten und Detailinformationen behilflich sein zu können. Bei den Konferenzen selbst war keiner dieser Assistenten anwesend.

Der Ort, an dem diese Konferenzen stattfanden, war fast immer derselbe: Der Fordly Cay Club in Nassau auf den Bahamas.

Fordly Cay, einer der exklusivsten Privatclubs der Welt mit

eigenem Yachthafen, Golfkurs, Tennisplätzen und schneeweißem Sandstrand, gestattete gelegentlich ausgesuchten VIP-Gruppen die teure Benutzung seiner Einrichtungen. Größere Kongresse waren unerwünscht, Verkaufsgespräche durften in den heiligen Hallen des Clubs nicht geführt werden.

Die Mitgliedschaft in diesem Club war schwer zu erreichen, es existierten lange Wartelisten, und einige Aspiranten warteten viele Jahre vergebens. Auch Theodore Elliott war erst seit kurzem Mitglied. Bei ihm hatte es zwei Jahre gedauert, bis sein Aufnahmeantrag angenommen worden war.

Am Tag zuvor, bei der Ankunft der Konferenzteilnehmer, hatte Elliott den Gastgeber gespielt und vor allem die jeweiligen Gattinnen recht herzlich begrüßt, die nur in den Konferenzpausen, beim Tennis, Golf, Segeln oder anderen gesellschaftlichen Ereignissen, in Erscheinung traten. Nun hatte man sich zur ersten Konferenzrunde an diesem Morgen in eine kleine, komfortable Bibliothek mit tiefen, beigen Ledersesseln auf teuren Teppichen zurückgezogen. Zwischen den Bücherregalen prangten in sanft erleuchteten Vitrinen silberne Sporttrophäen. Von einem Bild über dem selten benutzten, offenen Kamin strahlte der Gründer des Clubs auf die erlauchte Runde herab.

Elliott trug, der Umgebung angemessen, eine weiße Freizeithose und ein hellblaues Polohemd mit dem Clubemblem – einem viergeteilten Schild mit Palmenornamenten, überkreuzten Tennisschlägern, Golfschlägern und einer Yacht, und das ganze über Meereswellen. Auch ohne diese Accessoires war Elliot ein im klassischen Sinne attraktiver Mann, groß und schlank, mit breiten Schultern, einem kräftigen Kinn und dichten, inzwischen beinahe weißen Haaren. Die Haarfarbe erinnerte daran, daß der Aufsichtsratsvorsitzende in zwei Jahren das Ruhestandsalter erreichte und mit ziemlicher Sicherheit einer der Anwesenden seine Stelle einnehmen würde.

Wenn man davon ausging, daß einige der Firmenvorstände zu alt waren, um für diesen Posten in Frage zu kommen, gab es drei aussichtsreiche Kandidaten. Margot Lloyd-Mason gehörte dazu.

Margot war sich dessen wohl bewußt, als sie gleich zu Beginn der Sitzung über die Lage von CBA berichtete.

In knappen, präzisen Sätzen erklärte sie, daß seit der Übernahme von CBA durch Globanic Industries strikte finanzielle Kontrollen eingeführt, Budgets gekürzt und überflüssiges Personal entlassen worden sei. Als Folge davon seien die Gewinne im Vergleich zum Vorjahr, also vor der Übernahme durch Globanic, um zweiundzwanzig Prozent gestiegen.

»Ein netter Einstieg«, bemerkte Theodore Elliott, »obwohl wir für die Zukunft noch Besseres erwarten.« Die anderen nickten bestätigend.

Margot hatte sich an diesem Morgen sehr überlegt angezogen, denn sie wollte weder zu feminin wirken, noch auf die Vorteile verzichten, die ihr Geschlecht ihr bot. Zunächst dachte sie an ein maßgeschneidertes Kostüm, wie sie es häufig in ihrem Büro in Stonehenge trug, sah aber dann ein, daß es für die Subtropen unangebracht war. Schließlich entschied sie sich für eine leichte, beige Leinenhose und einen Baumwollpullover in einem sanften Pfirsichton. Das Ensemble betonte ihre gut proportionierte Figur, und das merkte sie auch an den Blicken der Männer.

Während sie nun mit ihrem Bericht fortfuhr, erwähnte sie auch die Entführung der Familie Crawford Sloanes.

Der Direktor von International Forest Products, ein skrupelloser Oregoner namens DeWitt, warf ein: »Das ist ja furchtbar, und wir alle hoffen, daß man diese Gangster bald faßt. Aber gleichzeitig erhält CBA wegen dieser Sache eine Menge Aufmerksamkeit.«

»Und zwar so viel Aufmerksamkeit«, ergänzte Margot, »daß die Einschaltquoten der National Evening News in den letzten fünf Tagen von 9,2 auf 12,1 gestiegen sind. Das sind sechs Millionen Zuschauer zusätzlich, und damit sind wir eindeutig die Nummer eins. Gleichzeitig sind auch die Quoten für unsere tägliche Show gestiegen, die unsere fünf Tochterstationen direkt nach den Nachrichten bringen. Dasselbe gilt für unsere Shows in der Hauptsendezeit, vor allem die Ben Largo Show am Freitag, die von 22,5 auf 25,9 stieg. Unsere Werbekunden sind hoch erfreut; und wir können bei der nächsten Verhandlungsrunde mit ihnen Dampf machen.«

»Bedeuten diese hohen Einschaltquoten über mehrere Sendungen hinweg, daß viele Leute nicht umschalten?« wollte jemand wissen. Die Frage zeigte Margot, daß sich auch diese abgebrühten Männer der Faszination der Fernsehwelt nicht entziehen konnten.

»Es ist ein Erfahrungswert, daß die Mehrzahl der Zuschauer, die die Nachrichten einschalten, in den nächsten neunzig Minuten und manchmal noch länger bei diesem Sender bleiben. Und gleichzeitig kommen andere mit dazu.«

»Dann ist's der böse Wind, der gute Nachricht bringt, wie das alte Sprichwort sagt«, bemerkte der Direktor von Forest Products lächelnd.

Margot lächelte zurück. »Da wir hier unter uns sind, stimme ich zu, aber ich möchte damit nicht zitiert werden.«

»Hier zitiert niemand den anderen«, sagte Elliott. »Diese Treffen sind ja dazu da, daß wir offen und ungestört reden können.«

»Weil wir gerade von Anzeigenkunden reden, Margot.« Es war Leon Ironwood von West World Aviation, ein gebräunter, athletischer Kalifornier und einer der drei Kandidaten für Elliotts Posten. Das Unternehmen, dem Ironwood vorstand, war ein erfolgreicher Rüstungsbetrieb, der vor allem Kampfflugzeuge herstellte.

»Wie sieht es eigentlich mit dem Problem der Videorecorder aus? Wie viele Haushalte haben inzwischen einen?«

»Ungefähr fünfzig Prozent«, antwortete Margot, »und es ist in der Tat ein Problem. Fast alle, die Programme aufnehmen, drücken bei den Werbespots, ohne hinzusehen, auf den Schnellvorlauf und vermindern damit unsere Werbewirksamkeit.«

Ironwood nickte. »Das ist vor allem schlimm, weil die Besitzer von Videorecordern eine kaufkräftige Bevölkerungsschicht darstellen. Ich sehe auch so fern.«

»Man darf auch die Stummschaltmöglichkeit, diese MUTE-Knöpfe, nicht vergessen. Ich benutze meine bei jedem Spot.«

»Es ist nicht zu leugnen«, sagte Margot, »daß das Problem der Videorecorder und der MUTE-Knöpfe wie eine Gewitterwolke über uns hängt, und deshalb haben sich die Sender auch endlich dazu durchgerungen, die Auswirkungen zu untersuchen. Eigentlich könnten wir schon längst präzise Meßtechniken haben, aber so genau wollen wir die schlechte Nachricht ja gar nicht kennen. Da stehen wir im übrigen nicht allein, denn auch die Werbeagenturen müssen fürchten, daß dieses Wissen ihre Großkunden abschreckt, was für sie, die Agenturen, enorme Verluste bedeuten würde.«

»Ich bin sicher«, meinte nun Elliott, »daß Sie das bei Ihrer Finanzplanung berücksichtigt haben.«

»Natürlich, Theo. Da wir davon ausgehen, daß die Werbeeinnahmen in Zukunft zurückgehen, haben wir uns nach zusätzlichen Einnahmequellen umgesehen. So haben wir angefangen, in aller Stille Kabelsender aufzukaufen, und das werden wir auch weiter tun. Die großen Sender haben genug Kapital, und die Kabelanbieter werden eines Tages aufwachen und merken, daß sie fast alle den großen, überregionalen Sendern gehören. Und gleichzeitig verhandeln wir mit den Telefongesellschaften über Joint-Ventures.«

»Joint-Ventures?« fragte Ironwood.

»Ich werde es gleich erklären. Man muß zunächst davon ausgehen, daß das terrestrische Fernsehen – also das mit einer herkömmlichen Antenne – keine Zukunft mehr hat. In zehn bis fünfzehn Jahren wird man eine altmodische Fernsehantenne höchstens noch im Smithsonian Institute finden, und die Programmanbieter werden auch keine terrestrischen Sendungen mehr ausstrahlen, weil es unökonomisch ist.«

»Das heißt, Kabel und Parabolantennen anstelle der herkömmlichen Antennen?«

»Zum Teil, aber nicht vollständig.« Margot lächelte. Sie sprach über ein vertrautes Thema und hoffte, damit gleichzeitig ihren Weitblick zu demonstrieren.

»Man muß nun weiter wissen«, fuhr sie fort, »daß reine Kabelanbieter in diesem Geschäft keine Zukunft haben. Um zu überleben, müssen sie sich, wie wir es auch tun werden, mit den Telefongesellschaften zusammenschließen, weil deren Leitungen bereits in jeden Haushalt führen.«

Einige nickten zustimmend, während Margot fortfuhr. »Die Technologie für eine Kombination von Telefon- und Fernsehleitungen ist mit dem Glasfaserkabel inzwischen verfügbar. Jetzt geht es nur noch darum, das theoretisch Machbare in die Tat umzusetzen, und dazu gehört auch, daß Sender wie wir spezielle Kabelprogramme entwickeln. Die Profitmöglichkeiten sind enorm.«

»Aber gibt es denn keine staatlichen Beschränkungen hinsichtlich des Engagements der Telefongesellschaften bei Radio und Fernsehen?« wollte Ironwood wissen.

»Beschränkungen, die der Kongreß aufheben wird. Wir arbeiten daran, es gibt sogar schon eine entsprechende Gesetzesvorlage.«

»Und Sie sind überzeugt, daß der Kongreß mitspielt?«

Elliott lachte. »Wenn er es tut, dann nicht von ungefähr. Die meisten von uns hier kennen doch sicher das Buch *The Best Congress Money Can Buy*. Eine absolute Pflichtlektüre ... Wie heißt der Autor gleich wieder?«

»Philip Stern«, sagte Margot.

»Richtig. Und genauso wie Stern es beschreibt, unterstützt Globanic Industries mit ansehnlichen Beträgen jedes politische Aktionskomitee, das sich um Belange kümmert, die uns angehen. Das heißt, Kongreßstimmen sind gekauft und stehen zur Verfügung, wenn wir sie brauchen. Wenn Margot will, daß diese Beschränkungen fallen, dann kann sie es mich wissen lassen, und ich werde mich darum kümmern.«

Man unterhielt sich auch weiterhin auf diese unverblümte, offene Art. Die Sloane-Entführung wurde jedoch nicht mehr erwähnt.

Etwas später war K. Phocis (»Fossie«) Xenos von Globanic Financial Services mit seinem Bericht an der Reihe.

Noch vor drei Jahren war Tri-Trade Financial Services, wie es damals hieß, ein kleines Unternehmen, das mit Verbraucherkrediten an Mittelschichtsamerikaner Umsatz machte und zusätzlich Lebens- und Unfallversicherungen verkaufte. Globanic übernahm Tri-Trade, denn Elliott betrachtete die Firma als hervorragende Basis für ein größeres Unternehmen, mit dem er internationale Investoren auf der Suche nach dem größeren Ruhm des größeren unternehmerischen Risikos anziehen wollte. Die Leitung dieses Unternehmens übertrug er Fossie Xenos, einem jungen Amerikaner griechischer Abstammung und Absolventen der Wharton Business School, der mit einigen geschickten Investmentbankmanövern Elliotts Aufmerksamkeit erregt hatte.

Gleich zu Beginn seiner Karriere bei den Financial Services entledigte sich Xenos des Verbraucherkreditgeschäfts, das nur bescheidene Gewinne abwarf, und schloß die kleinen Ladenfilialen der Bank. Bald darauf stellte er auch den Versicherungsverkauf ein, da der in seinen Augen eine »fade Freizeitbeschäftigung für Spatzenhirne« darstellte. Was ihn viel mehr interessierte, war eine noch junge und aufregende Entwicklung auf dem Geldmarkt – Firmenaufkäufe mit Fremdkapital, sogenannte Leveraged Buyouts oder LBOs, die mit Junk-Bonds finanziert wurden.

Seit dieser Zeit arbeitete Fossie Xenos mit allem, was in der Finanzszene gerade »heiß« war, und schuf so für Globanic Financial glänzende Gewinne und für sich selbst den Ruf außergewöhnlicher unternehmerischer Dynamik. Vor allem deshalb sah Margot Lloyd-Mason in Fossie, dem dritten Kandidaten für Elliotts Stuhl, ihren schärfsten Rivalen.

Trotz seiner manipulativen Fähigkeiten und Erfolge hatte sich Fossie eine jungenhafte Art bewahrt, die ihn mit seinen einundvierzig Jahren wirken ließ wie einen Mittdreißiger. Er war meistens sehr lässig gekleidet, und seine Frisur war dauernd in Unordnung, weil er sich mit den Fingern ständig durch die Haare fuhr, während er redete wie ein Schnellfeuergewehr. Die verbindliche, überzeugende Art seiner Gesprächsführung und das freundliche Lächeln, das er jedem schenkte, waren seine persönlichen Stärken.

Nun berichtete Fossie Xenos von einem komplexen, heiklen und zum Großteil geheimen Projekt, das sich noch im Anfangsstadium befand, aber eine milliardenschwere Goldgrube für Globanic zu werden versprach. Es ging dabei um sogenannte Debt-to-Equity Swaps, komplexe Umschuldungsstrategien, und um einen riesigen Immobilien-Investmentfonds, und beides betraf Peru, mit dessen Regierung Globanic Hand in Hand arbeitete.

Fossie erläuterte dann seinen Kollegen die einzelnen Schritte und Bedingungen dieses Projekts:

– Im Augenblick hatte Peru mehr als 16 Milliarden Dollar Auslandsschulden, die es nicht zurückzahlen konnte. Das bedeutete gleichzeitig, daß die internationale Finanzwelt nicht mehr bereit war, dem Land weiteres Geld zu leihen. Doch Peru litt im Augenblick unter einer bedrückenden ökonomischen Krise und mußte dringend wieder in den Ruf eines soliden Schuldners kommen, um neues Geld aufnehmen zu können.

– Globanic hatte heimlich 4,5 Milliarden der peruanischen Schulden aufgekauft, mehr als ein Viertel also, und dafür pro Dollar durchschnittlich fünf Cents bezahlt, was eine Vorabinvestition von 225 Millionen Dollar bedeutete. Die ursprünglichen Geldgeber, vorwiegend amerikanische Banken, waren sogar über den Verkauf zu einem so niedrigen Preis hoch erfreut, da sie ursprünglich damit gerechnet hatten, überhaupt nichts zurückzubekommen. Globanic »versicherte« nun diese peruanischen Schulden, das heißt, sie wandelte sie in verkehrsfähige Papiere um.

– Der Regierung von Peru, genauer den Ministern für Finanzen, Tourismus und öffentliche Arbeiten, wurde ein verlockendes Angebot unterbreitet: Sie könne die 4,5 Milliarden Dollar Schulden auf einen Schlag loswerden, wenn sie Globanic diese »versicherten« Schuldpapiere für zehn Cents pro Dollar abkaufe, wobei sie sämtliche anfallenden Verwaltungskosten in ihrer eigenen, schwachen Währung, dem Inti, bezahlen dürfe. Letzeres war ein von Fossie sehr geschickt ausgelegter Köder, da so Perus kleiner, aber kostbarer Vorrat an starken Fremdwährungen, vorwiegend Dollars, im Land bleiben würde.

– Drei kritische Bedingungen waren mit Globanics Bereitschaft zur Anerkennung der peruanischen Währung verknüpft. Globanic wollte für die Schuldpapiere kein Geld, sondern verlangte statt dessen von der peruanischen Regierung im Rahmen dieses Debt-to-Equity Swaps die Übereignung von zwei spektakulär gelegenen Erholungsgebieten. Globanic wollte diese Gebiete erschließen und zu Touristenzentren ausbauen, da man vom Potential dieser Landstriche als erstklassige Urlaubsziele überzeugt war. Geplant war zum einen ein Erholungszentrum an der Küste, dem man jetzt schon den Namen »Punta del Este des Pazifiks« gab, und zum anderen die Erschließung eines Gebiets in den Anden, das als Ausgangspunkt für Exkursionen zum Machu Picchu und zum Cuzco, zwei weltberühmten Touristenattraktionen, dienen sollte.

– Die peruanische Regierung mußte darüber hinaus garantieren, daß Globanic die Erschließung völlig unabhängig und nach eigenen Vorstellungen vorantreiben konnte. Globanic dagegen würde zur Finanzierung der Erschließung harte Währung ins Land bringen und außerdem vor Ort eine große Anzahl von Arbeitsplätzen schaffen, was beides Peru zugute kam.

– Als letzte, zwischen Konzern und Regierung geheimzuhaltende

Bedingung verlangte Globanic, daß als Preis für die beiden Gebiete nur drei Viertel des wahren Werts berechnet werden dürfe.

– Globanic profitierte in verschiedener Hinsicht von diesem Projekt: Zunächst konnte sie die Schuldverschreibungen für das Doppelte des Einkaufspreises weiterverkaufen – ein unmittelbarer Gewinn von 225 Millionen Dollar. Zum zweiten der Preisnachlaß von fünfundzwanzig Prozent auf zwei großartige Erholungsgebiete. Zum dritten würde die Erschließung der Gebiete Investoren aus aller Welt anziehen, und die fertiggestellten Touristenzentren würden schließlich gigantische Gewinne abwerfen.

Fossie schloß mit dem Hinweis, daß es vor wenigen Tagen nach langen und behutsamen Verhandlungen zu einer Einigung zwischen der peruanischen Regierung und Globanic Financial gekommen sei, wobei Peru alle Bedingungen akzeptiert habe.

Als K.Phocis Xenos sich setzte, applaudierte ihm sein kleines, aber ausgesprochen mächtiges Publikum spontan.

Ein strahlender Elliott fragte in die Runde: »Noch Fragen?«

»Was diese Minister angeht, die Sie erwähnt haben«, sagte Warren Graydon von Empire Chemical, »gibt es da irgendwelche Sicherheiten, daß die auch ihr Wort halten?«

»Darauf kann ich antworten«, entgegnete Elliott. »Ja, wir haben Vorkehrungen getroffen. Aber ich glaube, wir brauchen dabei auch in unserem Kreis nicht ins Detail zu gehen.«

Die anderen lächelten hintersinnig, denn die Antwort deutete darauf hin, daß Bestechung mit im Spiel war. Und tatsächlich erhielt jeder der drei Minister nach Unterzeichnung des Vertrags eineinhalb Millionen Dollar, die in seinem Namen auf einem Schweizer Konto deponiert waren. Darüber hinaus standen ihnen in London, Paris und Genf Luxuswohnungen zur freien Verfügung, einschließlich gewisser Annehmlichkeiten am Rande. Internationale Konzerne wie Globanic trafen für ihre politischen Freunde häufig solche Arrangements.

Nun meldete sich Margot. »Wie sieht es denn mit der politischen Stabilität in Peru aus, Fossie? In letzter Zeit kam es dort doch verstärkt zu revolutionären Aktivitäten, und nicht nur wie früher in den Anden, sondern auch in Lima und anderen Städten. Sind diese

Touristenzentren unter solchen Umständen überhaupt sinnvoll? Werden die Urlauber davon nicht abgeschreckt?«

Margot wußte, daß sie mit diesen Fragen einen Drahtseilakt vollführte. Auf der einen Seite konnte sie es sich wegen der Rivalität zu Fossie Xenos nicht leisten, dessen Bericht ohne jede kritische Anmerkung zu akzeptieren; und für den Fall, daß es mit dem Touristikprojekt später Schwierigkeiten gab, wollte sie sicherstellen, daß man sich an ihre anfänglichen Zweifel erinnerte. Andererseits brauchte sie, falls sie wirklich die neue Vorsitzende von Globanic Industries werden sollte, Fossies Freundschaft und seinen eindrucksvollen Beitrag zu den Einkünften des Konzerns. Deshalb versuchte sie, ihre Fragen möglichst neutral und sachlich klingen zu lassen.

Wenn Fossie dieses taktische Spiel durchschaute, ließ er es sich nicht anmerken, denn er antwortete fröhlich: »Nach meinen Informationen sind diese revolutionären Ausbrüche nur eine vorübergehende Erscheinung, und Peru wird langfristig als solide, gesetzestreue Demokratie überleben, die einem expandierenden Tourismus wohlwollend gegenübersteht. Außerdem hat das Land eine lange demokratische Tradition.«

Margot beließ es dabei, registrierte aber, daß Fossie eine Schwäche gezeigt hatte, die sie vielleicht eines Tages ausnutzen konnte. Sie hatte dieses Phänomen auch schon bei anderen beobachtet, vor allem bei Immobilienmaklern, deren normalerweise gesundes Urteilsvermögen von allzu glänzenden Zielen außer Kraft gesetzt wurde. Psychologen nannten das Wirklichkeitsverlust, und genau daran litt in Margots Augen jeder, der glaubte, daß ein Ende der bewaffneten Aufstände in Peru in Sicht sei.

Natürlich, so überlegte sie, konnten die Touristenzentren trotzdem gebaut werden, man mußte sie eben schützen. Schließlich lagen in immer mehr Ländern der Welt Urlaubsvergnügen und Gefahr dicht nebeneinander. Aber in Perus Fall würde eine endgültige Lösung des Problems viel Zeit und noch mehr Geld kosten.

Elliott teilte Margots Zweifel ganz offensichtlich nicht. »Wenn es keine Fragen mehr gibt«, verkündete er nun, »dann möchte ich nur noch eins sagen: Ich weiß schon seit längerer Zeit über Fossies Projekt Bescheid und habe es heute aus zwei guten

Gründen auf die Tagesordnung gesetzt. Zum einen weiß ich, daß wir alle ein Geheimnis für uns behalten können und daß es für uns von Vorteil ist, wenn wir gerade dieses für uns behalten. Zum anderen will ich nicht, daß irgend etwas unserer noch immer anfälligen Beziehung zur peruanischen Regierung schadet und dadurch ein Projekt verhindert, das zum Geschäft des Jahrhunderts werden könnte.« Der Vorsitzende stand auf. »Da das nun geklärt ist, laßt uns zum Mittagessen gehen.«

7

Jessica brauchte einige Minuten, bis sie begriff, daß an dem, was Nicky eben gesagt hatte, etwas Wahres sein konnte, und daß sie möglicherweise wirklich in Peru waren.

Das kann doch nicht sein! Dazu war doch gar keine Zeit! Doch allmählich wurden ihre Erinnerungen klarer, sie mußte einige ihrer früheren Annahmen revidieren, und es wurde immer wahrscheinlicher, daß Nicky recht hatte. War es möglich, überlegte sie, daß sie, Nicky und Angus länger bewußtlos waren, als sie angenommen hatte? Offensichtlich ja.

Aber wenn sie nun in Peru waren, wie hatte man sie hierhergebracht? Es war doch sicher nicht einfach, drei Bewußtlose ...

Plötzlich durchzuckte sie die Erinnerung wie ein Blitz. Das Bild stand wieder klar und deutlich vor ihr, sie hatte es nur bis zu diesem Augenblick total vergessen.

Während ihres kurzen Handgemenges mit Narbengesicht ... in diesen verzweifelten Augenblicken hatte sie zwei leere Särge bemerkt, der eine kleiner als der andere. Der entsetzliche Anblick hatte sie überzeugt, daß man sie und Nicky töten würde.

Doch jetzt erkannte Jessica erschaudernd, daß man sie anscheinend in diesen Särgen ins Land gebracht hatte – wie Tote! Die Vorstellung war so entsetzlich, daß sie nicht daran denken wollte, ja es nicht konnte. Statt dessen konzentrierte sie sich wieder auf die Gegenwart, so grausam und schmerzlich sie auch war.

Jessica, Nicky und Angus taumelten mit gefesselten Händen weiter über den schmalen, von dichtem Buschwerk eingesäumten

Pfad. Einige der Bewaffneten gingen voraus, die anderen folgten. Sooft die Gefangenen langsamer wurden, riefen die Männer hinter ihnen: *»Andale! Apúrense!«*, und trieben sie mit ihren Gewehren vorwärts.

Es war heiß. Unglaublich heiß. Ihnen allen lief der Schweiß übers Gesicht.

Jessica machte sich Sorgen um die beiden anderen. Sie selbst litt unter entsetzlichen Kopfschmerzen, Übelkeit und den unzähligen umherschwirrenden Insekten, die sie nicht verjagen konnte. *Wie lange denn noch?* Von Nicky wußte sie, daß sie zu einem Fluß gingen. *Es ist bestimmt nicht mehr weit.*

Nickys Informant hatte offensichtlich doch recht. Sie waren wirklich in Peru, und als Jessica nun bewußt wurde, wie weit sie von zu Hause weg und wie gering die Chancen einer Rettung waren, hätte sie am liebsten geweint.

Der Boden unter ihren Füßen war aufgeweicht, was das Gehen immer schwieriger machte. Plötzlich hörte Jessica einen Aufschrei und dann einen dumpfen Schlag. Als sie sich umdrehte, sah sie, daß Angus hingefallen war. Er lag mit dem Gesicht im Schlamm.

Müde versuchte der alte Mann aufzustehen, schaffte es aber wegen der gefesselten Hände nicht. Die Bewaffneten hinter ihm lachten. Einer von ihnen sprang vor und wollte Angus den Lauf seines Gewehrs in den Rücken stoßen.

Jessica schrie den Mann an. »Nein, nein, nein!«

Der Mann sah überrascht hoch, und in diesem kurzen Augenblick der Unaufmerksamkeit lief Jessica zu Angus und fiel neben ihm auf die Knie. Trotz der Fesseln schaffte sie es, ihren Oberkörper aufrecht zu halten, aber Angus helfen konnte sie nicht. Der Mann mit dem Gewehr ging wütend auf sie los, doch Miguels scharfe Stimme stoppte ihn. Von der Spitze des Zugs kam Miguel auf sie zu, Socorro und Baudelio folgten.

Bevor ein anderer etwas sagen konnte, erhob Jessica die Stimme. »Ja, wir sind Ihre Gefangenen«, sagte sie laut und leidenschaftlich. »Wir wissen zwar nicht, warum, aber wir wissen, daß wir nicht fliehen können, und das wissen Sie auch. Warum fesseln Sie uns dann? Wir wollen uns doch nur selbst helfen, damit wir nicht fallen. Sie sehen doch, was passiert, wenn wir es nicht können. Bitte, bitte, haben Sie doch Mitleid! Ich flehe Sie an, nehmen Sie uns die Fesseln ab!«

Zum ersten Mal zögerte Miguel, vor allem, da Socorro leise zu ihm sagte: »Wenn sich einer von denen einen Arm oder ein Bein bricht oder sich auch nur schneidet, kann es zu einer Infektion kommen. Und in Nueva Esperanza haben wir keine Möglichkeit, Infektionen zu behandeln.«

Baudelio, der neben ihr stand, war derselben Meinung. »Sie hat recht.«

Miguel machte eine unwirsche Handbewegung und bellte auf Spanisch einen Befehl. Einer der Bewaffneten trat vor, es war derselbe, der Nicky im Lastwagen geholfen hatte. Er zog ein Messer aus der Scheide an seinem Gürtel und trat hinter Jessica. Sie spürte, wie sich das Seil an ihren Gelenken lockerte und zu Boden fiel. Nicky war der nächste. Angus wurde gestützt, während man auch ihm die Fesseln löste, und dann halfen Jessica und Nicky ihm beim Aufstehen.

Auf einen barschen Befehl hin setzte sich der Zug wieder in Bewegung.

In diesen wenigen Minuten hatte Jessica trotz ihrer Verzweiflung einiges erfahren. So wußte sie jetzt, daß ihr Ziel Nueva Esperanza hieß, obwohl ihr das im Augenblick nichts sagte. Auch den Namen des Mannes, mit dem Nicky sich angefreundet hatte, kannte sie – jemand hatte ihn Vincente genannt, als er die Fesseln aufschnitt. Und schließlich hatte sie gemerkt, daß die Frau, die mit Miguel getuschelt und die ihr in der Hütte den Schlag versetzt hatte, medizinisches Wissen besaß. Narbengesicht ebenso. Vermutlich war einer der beiden ein Arzt, vielleicht auch beide.

Sie prägte sich diese Informationsbruchstücke ein, denn ihr Instinkt sagte ihr, daß alles, was sie erfuhr, später einmal nützlich sein konnte.

Wenige Augenblicke später tauchte nach einer Biegung im Pfad ein breiter Fluß vor ihnen auf.

Miguel erinnerte sich daran, in seinen frühen Tagen gelesen zu haben, ein erfolgreicher Terrorist müsse alle konventionellen menschlichen Empfindungen ablegen und erreiche seine Ziele nur, wenn er denjenigen, die sich seinen Wünschen widersetzen, Angst und Entsetzen einflößt. Sogar der Haß, der bis zu einem gewissen Grad durchaus stimulierend wirkt, kann im Übermaß schaden, da er dann das Urteilsvermögen beeinträchtigt.

In seiner Terroristenkarriere hatte Miguel diese Grundsätze immer gewissenhaft befolgt und ihnen noch einen weiteren hinzugefügt: Ein Terrorist braucht die stimulierende Wirkung von Aktion und Gefahr. Er selbst war darauf angewiesen wie ein Drogensüchtiger auf seinen Stoff.

Und das war auch der Grund, warum er sich über das Bevorstehende wenig Illusionen machte.

Seit vier Monaten, seit seinem Flug nach London und der illegalen Paßbeschaffung, wurde er angetrieben von der allgegenwärtigen Gefahr, der Lebensnotwendigkeit sorgfältigster Planung und ständiger Wachsamkeit und in den letzten Tagen schließlich von dem berauschenden Gefühl des Erfolgs.

Doch nun, im Dschungel des peruanischen Hinterlands, war die Gefahr nicht mehr so groß. Man mußte zwar immer damit rechnen, daß plötzlich Regierungstruppen auftauchten, die zuerst ihre Maschinenpistolen sprechen ließen und dann Fragen stellten, aber ansonsten war kaum etwas zu befürchten. Und hier, oder genauer in Nueva Esperanza, das sie in wenigen Stunden erreichten, mußte Miguel auf zunächst unbestimmte Dauer bleiben, denn der Sendero Luminoso wollte es so. Warum, wußte er nicht.

Auch wußte er nicht genau, wozu man die Gefangenen brauchte und was jetzt mit ihnen passieren würde. Er wußte nur, daß sie streng bewacht werden mußten. Vermutlich hatte man deshalb auf seiner Anwesenheit bestanden, da er für seine Verläßlichkeit bekannt war. Alles andere lag höchstwahrscheinlich in den Händen von Abimael Guzmán, dem Gründer von Sendero Luminoso, der sich selbst für den unbefleckten maoistischen Jesus hielt, für Miguel aber inzwischen nur noch ein rasender Irrer war. Natürlich nur, wenn Guzmán noch lebte, denn Gerüchte über seinen Tod kamen mit der Beständigkeit – und der Unzuverlässigkeit – des Dschungelregens.

Miguel haßte den Dschungel, die Selva, wie die Peruaner ihn nannten. Er haßte die allgegenwärtige Feuchtigkeit, die Fäulnis und den Zerfall, das Gefühl des Eingeschlossenseins in diesem schnell wachsenden, undurchdringlichen Dickicht, das unaufhörliche, dissonante Summen der Insekten, bei dem die Sehnsucht nach wenigen Minuten der Stille und der Erholung immer stärker wurde, die unzähligen, lautlos dahinhuschenden Schlangen. Und dieser Dschungel war riesig, fast doppelt so groß wie Kalifornien; er bedeckte drei Fünftel der Fläche Perus, während sich nur fünf Prozent der Bevölkerung in ihm verloren.

Die Peruaner sprechen gerne von drei verschiedenen Perus: die tausend Meilen lange, dichtbevölkerte Küstenregion mit ihren Städten, dem regen Handel und den belebten Stränden, die Berge der südlichen Anden, die in ihrer Großartigkeit denen des Himalaja in nichts nachstanden und in denen sich die Spuren uralter Inkakulturen fanden, und schließlich der Dschungel, die Amazonas-Selva – das undurchdringliche Reich der Indianer. Miguel mochte das erste und das zweite Peru. Doch nichts konnte seine Abneigung gegen das dritte mindern. Der Dschungel war *asquerosa*.

Seine Gedanken kehrten zum Sendero Luminoso zurück, zum »Leuchtenden Pfad« der Revolution, ein Name, der aus den Schriften des verstorbenen peruanischen Marxisten und Philosophen José Carlos Mariátegui stammte. 1980 trat Abimael Guzmán in dessen Fußstapfen und erklärte sich bald danach zum »vierten Schwert der Weltrevolution«, zum Nachfolger von Marx, Lenin und Mao Tsetung. Alle anderen Revolutionäre, auch Lenins Nachfolger in der Sowjetunion und Kubas Castro, tat Guzmán verächtlich als farblose Scharlatane ab.

Die Guerillas des Sendero Luminoso waren überzeugt, die existierende Regierung stürzen und das ganze Land beherrschen zu können. Aber nicht von heute auf morgen. Die Bewegung behauptete sogar, sie zähle die Zeit nicht in Jahren, sondern in Jahrzehnten. Bereits jetzt war der Sendero groß und stark, seine Macht und seine Führungskader wuchsen beständig, und Miguel erwartete den Umsturz noch zu seinen Lebzeiten. Aber nicht aus diesem *odiosa* Dschungel heraus.

Doch im Augenblick wartete Miguel auf Anweisungen, was mit den Gefangenen geschehen sollte, Anweisungen, die wahrscheinlich aus Ayacucho kamen, einer historischen Stadt in den Ausläufern der

Anden, wo der Sendero fast unumschränkt herrschte. Miguel war es gleich, wer die Befehle gab, solange sie nur schnell kamen und ihm die Möglichkeit zum Handeln gaben.

Der Huallaga lag direkt vor ihnen – eine unerwartete Öffnung in der beklemmenden Enge des Urwalds. Miguel blieb stehen und betrachtete den Fluß.

Breit und schlammig rotbraun vom Schlick der Anden, strömte der Huallaga träge auf den dreihundert Meilen entfernten Zusammenfluß mit dem Marañón zu, der sich wiederum bald darauf mit dem mächtigen Amazonas vereinigte. Vor Jahrhunderten hatten die portugiesischen Eroberer das gesamte Amazonasgebiet *O Rio Mar* getauft, »das Flußmeer«.

Beim Näherkommen bemerkte Miguel zwei hölzerne Kähne, jeder knapp zwölf Meter lang und mit doppelten Außenbordmotoren ausgestattet, die nahe am Ufer vertäut lagen. Gustavo, der Anführer der kleinen Truppe, die sie an der Landepiste erwartet hatte, überwachte das Verladen der Vorräte, die seine Männer mitgebracht hatten, und legte dann fest, wer in welchem Kahn fahren sollte. Die Gefangenen kamen in den ersten. Miguel bemerkte beifällig, daß Gustavo während des Beladens als Vorsichtsmaßnahme gegen ein plötzliches Auftauchen von Regierungstruppen zwei bewaffnete Posten aufgestellt hatte.

Da er mit dem Ablauf zufrieden war, sah er keinen Grund zum Eingreifen. Erst in Nueva Esperanza wollte er dann wieder das Kommando übernehmen.

Für Jessica verstärkte der Fluß noch das Gefühl der Isolation. Für sie war er das triste Tor zu einer unbekannten Welt, die nichts mit der zu tun hatte, die sie verlassen hatte. Mit vorgehaltenem Gewehr trieb man sie, Nicky und Angus durch das knietiefe Wasser zu einem der Kähne. Sie mußten hineinklettern und sich auf den feuchten Boden setzen, eine ebene Fläche aus Brettern, die längs über dem Kiel verliefen. Wenn sie wollten, konnten sie sich an ein einzelnes Brett lehnen, das im Bug des Kahns die Bordwände überspannte, aber das bedeutete nur die Wahl zwischen zwei ähnlich unbequemen Positionen, die beide nicht lange auszuhalten waren.

Jessica merkte, daß Nicky blaß geworden war, ein heftiger Brechreiz schüttelte ihn. Obwohl nichts kam außer ein bißchen Schleim, hob und senkte sich sein Brustkorb. Jessica rutschte zu ihm, nahm ihn in den Arm und sah sich verzweifelt nach Hilfe um.

Sie entdeckte Narbengesicht, der vom Ufer zum Boot gewatet kam. Noch bevor Jessica etwas sagen konnte, tauchte die Frau auf, die Jessica schon öfter beobachtet hatte, und Narbengesicht befahl ihr: »Gib allen Wasser, dem Jungen zuerst.«

Socorro füllte eine Blechtasse mit Wasser und gab sie Nicky, der gierig trank. Sein Körper beruhigte sich wieder. Dann sagte er mit schwacher Stimme: »Ich habe Hunger.«

»Wir haben hier nichts zu essen«, erwiderte Baudelio. »Du mußt warten.«

»Aber irgend etwas muß doch da sein, das Sie ihm geben können«, rief Jessica entrüstet.

Narbengesicht antwortete nicht, aber sein Befehl, den Gefangenen Wasser zu geben, hatte deutlich gemacht, welche Funktion er hatte, und Jessica ergänzte deshalb vorwurfsvoll: »Sie sind doch Arzt!«

»Das tut hier nichts zur Sache.«

»Außerdem ist er Amerikaner«, fügte Angus hinzu. »Hör dir nur seinen Akzent an.« Das Wasser schien Angus wieder Kraft gegeben zu haben, denn er wandte sich an Baudelio: »Nicht wahr, Sie Ungeheuer? Schämen Sie sich denn nicht?«

Doch Baudelio drehte sich einfach um und kletterte in das zweite Boot.

»Bitte, ich habe Hunger«, wiederholte Nicky. Und an Jessica gewandt: »Mom, ich habe Angst.«

Jessica drückte ihn an sich und entgegnete: »Ich auch, mein Liebling.«

Socorro, die alles gehört hatte, schien zu zögern. Dann griff sie in ihren Rucksack und zog eine große Tafel Cadbury-Schokolade heraus. Schweigend riß sie die Verpackung auf, brach einige Riegel ab und verteilte sie an die Gefangenen. Angus war der letzte, doch er schüttelte den Kopf. »Geben Sie meine dem Jungen.«

Verärgert murmelte Socorro etwas vor sich hin und warf dann

aus einem Impuls heraus die ganze Tafel ins Boot. Sie fiel Jessica vor die Füße. Socorro wandte sich ab und stieg in den zweiten Kahn.

Einige der Bewaffneten, die sie im Lastwagen und auf dem Dschungelpfad bewacht hatten, kletterten nun zu den Gefangenen, und beide Kähne setzten sich in Bewegung. Jessica bemerkte, daß auch die anderen Männer, die die Boote bewacht hatten, bewaffnet waren. Sogar die Steuermänner, die vor den beiden Außenbordmotoren saßen, hatten Gewehre auf den Knien und sahen aus, als wollten sie sie auch benutzen. Die Chancen für eine Flucht, wenn auch nur eine ohne Ziel, schienen gleich Null.

Während die Kähne stromaufwärts fuhren, machte sich Socorro Vorwürfe wegen dem, was sie eben getan hatte. Sie hoffte, daß es niemand gesehen hatte, denn die Tatsache, daß sie den Gefangenen die gute Schokolade, die man in Peru nicht kaufen konnte, gegeben hatte, war ein Zeichen von Schwäche, von törichtem Mitleid. Und das war für eine Revolutionärin eine verabscheuungswürdige Empfindung.

Aber Socorro war nicht so gefestigt, wie sie es gerne gewesen wäre, sie schwankte innerlich.

Erst vor knapp einer Woche hatte sie sich wieder einmal ins Gedächtnis gerufen, daß sie sich gegen solch banale Gefühle wappnen müsse. Es war der Abend nach der Entführung gewesen, als die Frau, der Junge und der alte Mann bewußtlos in dem provisorischen Sanitätszimmer in ihrem Unterschlupf in Hackensack lagen. Damals hatte Socorro sich wirklich bemüht, die Gefangenen zu hassen – *reicher bourgeoiser Abschaum,* hatte sie die drei damals genannt, und das waren sie für sie auch jetzt noch. Aber der Haß war damals erzwungen gewesen, und daran hatte sich, wie sie zu ihrer Schande gestehen mußte, nichts geändert.

Als die Frau sie an diesem Morgen in der Hütte etwas fragte, obwohl Miguel Schweigen befohlen hatte, schlug Socorro bewußt so hart zu, daß es die Frau zur Seite schleuderte. Da sie glaubte, Miguel sehe zu, wollte sie ihm einfach zeigen, daß sie seine Maßnahmen unterstützte. Doch schon Augenblicke später schämte sie sich dessen. *Scham!* So etwas durfte sie nicht empfinden.

Sie mußte, sagte sie sich, nun endgültig und ein für allemal all das aus ihrem Gedächtnis löschen, was sie einmal gemocht hatte – nein, alles, was sie geglaubt hatte zu mögen – in ihren drei Jahren in den Vereinigten Staaten. Sie mußte Amerika hassen, hassen, hassen. Und diese Gefangenen ebenfalls.

Über diesen Gedanken schlief Socorro ein, während der Fluß und die dichtbewachsenen, unbewohnten Ufer an den Booten vorbeizogen. Etwa drei Stunden nach der Abfahrt wurden die Kähne schließlich langsamer und bogen in einen schmaleren Nebenfluß ein, dessen steile, hohe Ufer heranrückten. Sie näherten sich Nueva Esperanza, dachte Socorro, und dort würde sie wieder stärker werden und ihr revolutionäres Feuer neu entfachen.

Als Baudelio sah, daß das vordere Boot in einen Nebenarm einbog, wußte er, daß die Reise nun fast zu Ende war. Er war froh darüber, denn auch das Ende seiner Beteiligung an diesem Projekt war nun in Sicht, und er würde bald wieder in Lima sein. Man hatte ihm versprochen, er dürfe gehen, sobald er die Gefangenen gesund und wohlbehalten abgeliefert hatte.

Und gesund waren sie ja, trotz dieser entsetzlichen, feuchten Hitze.

So als hätte der Gedanke an die Feuchtigkeit Schleusen geöffnet, zog sich der Himmel plötzlich zusammen, und ein Wolkenbruch wühlte den Fluß auf. In der Entfernung war zwar bereits ein Landungssteg mit vertäuten Booten zu sehen, aber noch lagen einige Minuten Fahrt vor ihnen, und den Gefangenen und ihren Bewachern blieb nichts anderes übrig, als sich naß regnen zu lassen.

Baudelio war der Regen gleichgültig, wie fast alles, was ihm widerfuhr, so auch die Beleidigungen, die ihm der alte Mann und die Frau an den Kopf geworfen hatten. Über so etwas machte er sich schon seit langem keine Gedanken mehr, und jegliches menschliche Gefühl gegenüber denen, die er behandelte, hatte er schon vor Jahren abgelegt.

Das einzige, wonach er sich in diesem Augenblick wirklich sehnte, war ein Drink, am besten gleich mehrere, denn Baudelio wollte sich so schnell wie möglich vollaufen lassen. Während er auch weiterhin die Antabusepillen nahm, die es ihm unmöglich machten zu trinken, ohne daß ihm entsetzlich schlecht würde –

Miguel bestand noch immer darauf, daß der alkoholsüchtige Arzt in seiner Gegenwart täglich eine Pille schluckte –, hatte er vor, damit aufzuhören, sobald er sich von Miguel trennte, was in seinen Augen gar nicht früh genug passieren konnte.

Es gab noch etwas, wonach Baudelio sich sehnte, nach seiner Frau in Lima. Er wußte, daß sie eine Schlampe war, eine ehemalige Prostituierte, und daß sie ebensoviel trank wie er; aber in den Ruinen seines zerstörten Lebens war sie alles, was er noch hatte, und er vermißte sie. Seine abgrundtiefe Einsamkeit war der Grund gewesen, warum er vor einer Woche trotz des Verbots über eins der Funktelefone diese Frau angerufen hatte. Seitdem hatte er ständig in der Angst gelebt, Miguel könnte es herausfinden. Doch offensichtlich hatte der von dem Anruf nichts gemerkt, und Baudelio war deswegen sehr erleichtert.

O Mann, einen Drink hatte er jetzt wirklich nötig!

Die Schokolade war zwar kein dauerhafter Ersatz für anständige Nahrung, aber sie half über den ersten Hunger hinweg.

Jessica wollte keinen Gedanken daran verschwenden, warum die Frau mit dem mürrischen Gesicht ihnen spontan die Schokolade dagelassen hatte; sie war wahrscheinlich sehr launisch. So versteckte Jessica die Schokolade einfach in einer Tasche ihres Kleides, damit die Männer im Boot sie nicht entdeckten.

Während der Fahrt stromaufwärts gab sie Nicky den größten Teil davon, aß aber selbst auch etwas und bestand darauf, daß auch Angus sich etwas nahm. Es sei wichtig, sagte sie ihm leise, daß sie wieder zu Kräften kamen, denn nach der Fahrt in dem offenen Lastwagen, dem anstrengenden Dschungelmarsch und den Stunden im Boot waren sie alle sehr geschwächt.

Jessica merkte plötzlich, daß sie an der Länge von Angus' Bart die Dauer ihrer Bewußtlosigkeit ablesen konnte. Es war ihr vorher gar nicht aufgefallen, doch die grauen Stoppeln in seinem Gesicht waren überraschend lang. Als sie Angus dies sagte, griff er sich ans Kinn und schätzte, daß die letzte Rasur vier oder fünf Tage her sein müsse.

Vielleicht war das im Augenblick gar nicht wichtig, aber Jessica versuchte noch immer, so viele Informationen zu bekommen wie möglich, und deshalb blieb sie während der Bootsfahrt auch wach.

Viel zu sehen gab es nicht, außer dem dichten Blätterwerk an den Ufern und den vielfachen Windungen des Flußes, der fast nie in einer geraden Linie zu verlaufen schien. Manchmal tauchten in der Entfernung Kanus auf, doch keines näherte sich ihnen.

Während der ganzen Reise plagte Jessica ein ständiger Juckreiz. Das erste, was sie nach dem Aufwachen in der Hütte gespürt hatte, waren die Insekten, die über ihren Körper krabbelten. Nun merkte sie, daß es Flöhe waren, die sich an ihr festgesetzt hatten und sie unaufhörlich bissen. Doch loswerden konnte sie die Insekten nur, wenn sie sich auszog. Sie hoffte, daß es an dem Ort, zu dem man sie und die anderen brachte, genug Wasser gab, um die Flöhe abzuspülen.

Wie alle anderen wurden auch Jessica, Nicky und Angus von dem Wolkenbruch kurz vor der Landung in Nueva Esperanza bis auf die Haut durchnäßt. Als ihr Boot dann an dem hölzernen Landungssteg festmachte, hörte der Regen so plötzlich auf, wie er begonnen hatte, und im gleichen Augenblick verließ alle drei der Mut, als sie sahen, was für ein entsetzlicher Ort da vor ihnen lag.

Vom Ufer führte ein morastiger Pfad zu einer Gruppe von heruntergekommenen Häusern, insgesamt etwa zwei Dutzend, von denen einige nur provisorische, aus Kistenbrettern und Wellblech zusammengenagelte Hütten waren. Die meisten Häuser waren fensterlos, nur bei zweien war an der Vorderseite eine Art Ladenfront erkennbar. Die Strohdächer waren verwahrlost, in einigen klafften riesige Löcher. Leere Dosen und anderer Abfall lagen in der Umgebung verstreut. Einige magere Hühner liefen frei herum. Etwas abseits lag ein toter Hund, auf dem Geier herumpickten.

Sah es weiter entfernt vielleicht besser aus? Als traurige Antwort kam eine unebene, vom Regen aufgeweichte Straße in Sicht, die aus dem Dorf hinaus auf einen Hügel führte und hinter dessen Gipfel verschwand. Dichte Dschungelwände begrenzten die Straße zu beiden Seiten, Gebäude waren keine mehr zu entdecken.

Später sollten Jessica und die anderen erfahren, daß Nueva Esperanza eigentlich ein Fischerdorf war, das der Sendero Luminoso hin und wieder für Zwecke benutzte, die die Organisation geheimhalten wollte.

»*Váyanse a tierra! Muévanse! Apúrense!*« schrie Gustavo die Gefangenen an und gab ihnen mit Gesten zu verstehen, sie sollten sich bewegen. Niedergeschlagen folgten Jessica und die anderen dem Befehl, sie wagten gar nicht daran zu denken, was ihnen noch bevorstand.

Was Augenblicke später geschah, übertraf ihre schlimmsten Befürchtungen.

Gustavo und vier weitere Männer führten sie über den morastigen Weg zu der Hütte, die am weitesten vom Fluß entfernt stand. Im Inneren dauerte es dann einige Minuten, bis sich ihre Augen an das Halbdunkel gewöhnt hatten. Doch als Jessica dann etwas erkennen konnte, schrie sie entsetzt auf.

»O mein Gott, nein! Sie können uns doch nicht da hineinsperren. Doch nicht in Käfige, wie wilde Tiere. *Bitte! Bitte nicht!*«

Was sie im Hintergrund der Hütte entdeckt hatte, waren drei abgeteilte Zellen von je knapp drei Metern im Quadrat. Dünne, aber kräftige, fest miteinander verknotete Bambusstäbe ersetzten die Eisengitter. Zusätzlich war an die Trenngitter der einzelnen Zellen Maschendraht genagelt worden, um Körperkontakt zwischen den Gefangenen oder einen Austausch von Gegenständen unmöglich zu machen. An der Vorderseite jeder Zelle befand sich eine Tür, die sich mit einer Stange und einem schweren Vorhängeschloß verriegeln ließ.

Die Einrichtung der Zellen bestand aus einer Holzpritsche mit einer dünnen, fleckigen Matratze und einem verzinkten Blechkübel neben der Pritsche, der vermutlich als Toilette dienen mußte. In der Hütte stank es entsetzlich.

Während Jessica noch flehte und protestierte, wurde sie von Gustavo gepackt. Sie wehrte sich, doch seine Hände waren wie Stahl. Er stieß sie vorwärts und befahl: »*Vete para adentro!*« Dann wiederholte er in gebrochenem Englisch: »Du da rein!«

»Da rein« hieß in die Zelle, die am weitesten von der Hüttentür entfernt war, und Gustavo warf Jessica mit einem brutalen Stoß gegen die hintere Wand. Während sie dagegenfiel, wurde die Zellentür geschlossen, sie hörte das metallische Klicken des Vorhängeschlosses. Am anderen Ende der Hütte hörte sie nun Angus schreien und kämpfen, doch auch er wurde überwältigt und in die Zelle gestoßen; das Schloß schnappte ein. In der Zelle neben sich hörte sie Nicky weinen.

Tränen der Wut, der Enttäuschung und der Verzweiflung liefen ihr über die Wangen.

8

Eineinhalb Wochen waren vergangen, seitdem CBA News die sechzig Hilfskräfte losgeschickt hatte, um in den Lokalzeitungen der Gegend nach möglichen Hinweisen auf den Unterschlupf der Entführer zu suchen. Doch bis jetzt hatte man noch nichts erreicht, und auch sonst gab es keine Fortschritte.

Das FBI gab zwar nicht offen zu, daß es in einer Sackgasse steckte, hatte aber auch nichts Neues zu berichten. Und die CIA, die angeblich ebenfalls an dem Fall arbeitete, gab sowieso keine öffentlichen Erklärungen ab.

Jeder schien auf ein Zeichen von den Kidnappern zu warten, darauf, daß sie Forderungen stellten, doch das war bis jetzt noch nicht geschehen.

Die Entführungsgeschichte war noch immer gut für eine Nachrichtenmeldung, aber im Fernsehen stand sie nicht mehr an erster Stelle, und auch die Zeitungen brachten sie nur noch auf den Innenseiten.

Trotz des offensichtlich nachlassenden Interesses der Öffentlichkeit, blühten auch weiterhin die Spekulationen. Die öffentliche Meinung tendierte immer mehr zu der Annahme, die Entführungsopfer seien heimlich außer Landes gebracht worden. Die Spekulationen über die Frage wohin konzentrierten sich auf den Nahen Osten.

Nur bei CBA News gab es Hinweise in eine ganz andere Richtung. Da die Spezialeinheit den kolumbianischen Terroristen Ulises Rodríguez als Mitglied und wahrscheinlichen Anführer der Bande identifiziert hatte, konzentrierte sich dort die ganze Aufmerksamkeit auf Lateinamerika. Doch leider hatte man noch nicht feststellen können, welches Land den Entführern als Basis diente.

Zur Überraschung aller Beteiligten blieb das Wissen um Rodríguez' Beteiligung exklusiv auf CBA beschränkt. Man hatte erwartet, daß andere Sender und die Zeitungen von der Entdeckung erfahren und sie in der Öffentlichkeit verbreiten würden, doch das war bis jetzt nicht geschehen. Eine Garantie für die Zukunft war das allerdings nicht. Und einigen bei CBA war auch nicht eben wohl bei dem Gedanken, daß die Nachrichtenabteilung dem FBI die Information über Rodríguez vorenthielt.

In der Zwischenzeit hielt CBA die Entführungsgeschichte mehr als andere Sender am Leben, und zwar auf eine aggressive Art, die sie beim Rivalen CBS abgeschaut hatten. Während der Geiselkrise im Iran zwischen 1979 und 1981 hatte Walter Cronkite, der Moderator der CBS Evening News, jede Sendung mit dem Satz beendet: »Soweit die Nachrichten vom (Datum), dem –ten Tag der Gefangenschaft der amerikanischen Geiseln im Iran.« (Am Ende waren es 444 Tage.)

Barbara Matusow, Historikerin und moralische Instanz des Fernsehens, schrieb darüber in ihrem Buch *The Evening Stars*, Cronkite sei »zu dem Entschluß gekommen, ... die Geiseln seien so wichtig, daß man sie jeden Abend aufs neue ins Bewußtsein der Öffentlichkeit bringen müsse«.

Ähnlich begann auch Harry Partridge, der als zweiter Sprecher noch immer alles moderierte, was die Entführung betraf, seine Meldungen: »Heute, am (soundsovielten) Tag seit der brutalen Entführung der Familie des Chefsprechers von CBA News, Crawford Sloane ...« Danach folgte der eigentliche Bericht.

Nach Absprache mit Les Chippingham und Chuck Insen brachte man in jeder Ausgabe der National Evening News eine Erwähnung der Entführung, auch wenn man nur berichten konnte, daß es noch keine neuen Entwicklungen gab.

Doch am Mittwochmorgen, zehn Tage nach Beginn der Zeitungsaktion, ereignete sich etwas, das die gesamte Nachrichtenabteilung wieder auf Hochtouren brachte. Es bedeutete gleichzeitig das Ende der Tatenlosigkeit, die schwer auf den Mitgliedern der Spezialeinheit lastete.

Zu der Zeit saß Harry Partridge in seinem Büro. Plötzlich standen Teddy Cooper und Jonathan Mony, der junge, vielversprechende Schwarze, in seiner Tür.

»Vielleicht haben wir etwas, Harry«, sagte Cooper.

Partridge winkte die beiden in sein Zimmer.

»Jonathan wird es dir erzählen«, sagte Cooper. »Schieß los.«

»Ich war gestern bei einem Lokalblatt in Astoria, Mr. Partridge«, begann Mony selbstbewußt. »Das ist in Queens, in der Nähe von Jackson Heights. Ich konnte dort zwar nichts finden, aber als ich wieder draußen war, fiel mir das Büro einer spanischen Zeitung mit dem Namen *Semana* auf. Ich bin dann einfach reingegangen, obwohl die nicht auf der Liste war.«

»Sie sprechen Spanisch?«

Mony nickte. »Ziemlich gut. Ich hab' mich dann erkundigt, ob ich die Ausgaben der letzten drei Monate einsehen dürfte, und sie hatten nichts dagegen. Es war zwar auch Fehlanzeige, aber beim Gehen drückten die mir noch ihre letzte Ausgabe in die Hand. Ich habe sie mit nach Hause genommen und gestern abend gelesen.«

»Und heute morgen hat er sie mir gezeigt«, ergänzte Cooper. Er zog ein Boulevardblättchen aus der Tasche und breitete es vor Partridge aus. »Da ist ein Artikel, von dem wir glauben, daß er dich interessiert, und das ist Jonathans Übersetzung.«

Partridge warf einen flüchtigen Blick auf die Zeitung und las dann die Übersetzung.

Hallo Leute, es ist zwar kaum zu glauben, aber es gibt wirklich Spinner, die sich Särge kaufen wie andere Käse im Supermarkt. Ist wirklich passiert, ihr braucht nur Alberto Godoy von Godoys Bestattungsinstitut zu fragen.

Kam also dieser Kerl einfach in den Laden und kaufte sich zwei Särge von der Stange – einen normalen und einen kleinen. Meinte, er wolle sie seiner Mom und seinem Dad bringen, den kleinen für seine Mom. Ein hübscher Wink mit dem Zaunpfahl für die Alten, was? »Macht 'ne Kurve, meine Lieben, die Party ist aus!«

Aber es kommt noch viel besser. Letzte Woche, das heißt also sechs Wochen später, kommt derselbe Kerl noch mal und will noch einen Sarg, 'nen normalen. Hat bar bezahlt und ihn gleich mitgenommen, wie beim ersten Mal. Für wen er den brauchte, hat er aber nicht gesagt. Na, vielleicht hat ihn seine Frau betrogen.

Unserem Albert Godoy ist das eigentlich ziemlich schnup-

pe. Der meint, von solchen Geschäften kann es gar nicht genug geben.

»Da ist noch etwas, Harry«, sagte Cooper. »Wir haben eben in der Redaktion der *Semana* angerufen. Wir hatten Glück, der Kerl, von dem die Kolumne stammt, war da. Jonathan hat mit ihm gesprochen.«

»Der hat mir erzählt«, ergänzte Mony, »daß er den Artikel am vorletzten Freitag geschrieben hat. Am selben Tag hatte er Godoy in einer Bar gesehen, und der hatte kurz zuvor den dritten Sarg verkauft.«

»Und das«, warf Cooper dazwischen, »war zufällig gleich nach der Entführung, am nächsten Tag.«

»Moment mal«, sagte Partridge. »Laßt mich mal überlegen.«

Die beiden anderen verstummten.

Ganz ruhig, sagte sich Partridge. *Jetzt nur keine voreiligen Schlüsse.* Aber die Indizien waren unmißverständlich: Die ersten beiden Särge, die sechs Wochen vor der Entführung gekauft wurden, also knapp vor dem geschätzten Beginn der einmonatigen Überwachung der Sloanes und innerhalb der drei Monate, die die Spezialeinheit als maximale Operationsdauer annahm. Dann die Größe der beiden Särge: ein normaler, ein kleiner, und der zweite angeblich für eine kleine alte Frau, höchstwahrscheinlich aber für einen elfjährigen Jungen.

Dann der dritte Sarg – der Zeitung zufolge ein normaler. Eins war klar: Angus, Crawfs Vater, war praktisch unerwartet aufgetaucht, da er sich erst am Tag zuvor angekündigt hatte. Wenn also die Familie ihn nicht erwartet hatte, dann die Entführer ebensowenig. Und doch nahmen sie ihn mit. Also drei Gefangene anstatt zwei.

Frage: Hatten die Entführer bereits zwei Särge? Brauchten sie wegen des alten Mannes einen dritten? Wurde für ihn der dritte Sarg bei Godoys Bestattungsinstitut gekauft, gleich am ersten Tag nach der Entführung? Oder war die ganze Sache nur ein unglaublicher Zufall? Vielleicht. Vielleicht auch nicht.

Partridge sah die anderen an, die ihn aufmerksam betrachteten.

»Wirft ein paar Fragen auf, was?« fragte Cooper.

»Glaubst du ...«

»Was ich glaube, ist, daß wir jetzt möglicherweise wissen, wie Mrs. Sloane und die anderen aus dem Land geschafft wurden.«

»In Särgen? Glaubst du, daß sie da bereits tot waren?«

Cooper schüttelte den Kopf. »Betäubt. Das wäre nicht das erste Mal, daß so was passiert.«

Coopers These bestätigte nur, was Partridge selbst schon gedacht hatte.

»Und wie geht's jetzt weiter, Mr. Partridge?« Die Frage kam von Mony.

»Wir werden uns so schnell wie möglich diesen Leichenbestatter vornehmen ...« Partridge warf einen flüchtigen Blick auf die Übersetzung, auf der sich Mony auch die Adresse des Bestattungsinstituts notiert hatte. »Ja, Godoy. Um den werde ich mich selber kümmern.«

»Ich würde gern mitkommen.«

»Ich glaube, er hat es verdient, Harry«, meinte Cooper.

»Ich auch.« Er lächelte Mony zu. »Gute Arbeit, Jonathan.«

Der junge Rechercheur strahlte.

Sie würden sich, zusammen mit einem Kameramann, sofort auf den Weg machen, beschloß Partridge. »Teddy, ich glaube, Minh Van Canh ist im Konferenzraum. Sag ihm, er soll sein Zeug zusammenpacken und kommen.«

Während Cooper hinauseilte, griff Partridge zum Telefon und bestellte einen Wagen.

Auf dem Weg nach draußen stießen Partridge und Mony im Redaktionssaal auf Don Kettering, den Wirtschaftskorrespondenten. Kettering war es gewesen, der gleich nach Bekanntwerden der Entführung die Sondermeldung verlesen hatte.

Jetzt fragte er: »Gibt's was Neues, Harry?« In seinem makellosen braunen Maßanzug und mit dem dünnen, ordentlich gestutzten Schnurrbart sah Kettering auch heute wieder wie ein erfolgreicher Geschäftsmann aus.

Partridge wollte ihm schon eine ausweichende Antwort geben und weitereilen, doch dann zögerte er. Er respektierte Kettering nicht nur als Spezialisten, sondern auch als erstklassigen Reporter. Möglicherweise war Kettering in der Sache, die nun auf sie zukam, sogar kompetenter als er selbst.

»Es gibt wirklich was Neues, Don. Was tust du im Augenblick?«

»Nicht viel. Wall Street ist heute sehr ruhig. Braucht ihr Hilfe?«

»Schon möglich. Komm mit uns. Ich erkläre es dir unterwegs.«

»Ich will nur das Hufeisen informieren.« Kettering griff zum nächsten Telefon. »Ich komme gleich nach.«

Kaum eine Minute nachdem Partridge, Mony und Minh Van Canh auf die Straße getreten waren, fuhr ein Jeep Wagoneer des Senders vor. Der Kameramann kletterte mit seiner Ausrüstung auf den Rücksitz, Mony half ihm dabei. Partridge setzte sich neben den Fahrer. Als er die Beifahrertür zuschlug, erschien auch Don Kettering und zwängte sich noch auf den Rücksitz.

»Wir fahren nach Queens«, sagte Partridge zum Fahrer. Er hatte die Zeitung und Monys Übersetzung dabei und las die Adresse von Godoys Bestattungsinstitut laut vor.

Der Fahrer wendete und fuhr Richtung Osten auf die Queensboro Bridge zu.

»Don«, sagte Partridge und drehte sich um. »Folgendes ...«

Zwanzig Minuten später standen Harry Partridge, Don Kettering und Jonathan Mony einem fetten, glatzköpfigen Alberto Godoy in dessen engem, verrauchtem Büro gegenüber. Das Trio war einfach eingedrungen, ohne auf die Fragen der Empfangsdame zu reagieren.

Partridge hatte Minh Van Canh aufgetragen, im Jeep Wagoneer zu warten. Falls man Filmmaterial brauchte, wollte man ihn hereinrufen. In der Zwischenzeit filmte Van Canh heimlich aus dem Jeep heraus das Gebäude.

Der Leichenbestatter sah seine Besucher mit der gewohnten Zigarette zwischen den Lippen mißtrauisch an. Sie dagegen hatten bereits die Schäbigkeit des Instituts, Godoys aufgeschwemmte Gesichtszüge, die auf übermäßigen Alkoholgenuß hindeuteten, und die Speiseflecken auf seinem schwarzen Frack und den grau gestreiften Hosen registriert. Das war kein erstklassiges Institut und vermutlich auch kein sonderlich seriöses.

»Mr. Godoy«, sagte Partridge, »wie ich Ihrer Dame am Empfang bereits gesagt habe, sind wir von CBA.«

Godoy machte plötzlich ein erstauntes Gesicht. »Habe ich Sie nicht schon im Fernsehen gesehen? Aus dem Weißen Haus?«

»Das ist John Cochran; man verwechselt uns manchmal. Er arbeitet für NBC. Mein Name ist Harry Partridge.«

Godoy schlug sich auf die Schenkel. »Sie haben diese ganze Entführungsgeschichte gemacht.«

»Ja, das stimmt, und in gewisser Weise sind wir genau deswegen hier. Dürfen wir uns setzen?«

Godoy deutete auf einige Stühle. Partridge und die anderen setzten sich ihm gegenüber.

Partridge zog die *Semana* aus der Tasche und fragte: »Darf ich Sie fragen, ob Sie das kennen?«

Godoys Miene verdüsterte sich. »Dieser gottverdammte Hurensohn von einem Schnüffler! Er hat nicht das Recht, etwas zu drucken, das er nur zufällig mitgehört hat, etwas, das ich ihm nicht persönlich erzählt habe.«

»Dann kennen Sie also das Blatt und wissen, was drin steht.«

»Klar doch. Und?«

»Wir würden uns freuen, wenn Sie uns einige Fragen beantworten könnten, Mr. Godoy. Zuerst, wie hieß der Mann, der diese Särge kaufte? Wie sah er aus? Können Sie ihn beschreiben?«

Der Leichenbestatter schüttelte den Kopf. »Das ist meine Privatangelegenheit.«

»Aber es ist sehr wichtig.« Partridge bemühte sich bewußt um einen höflichen Ton. »Es ist sogar möglich, daß eine Verbindung besteht zu etwas, das Sie eben erwähnt haben – zur Entführung der Sloanes.«

»Kann ich mir nicht vorstellen.« Dann fügte Godoy dickköpfig hinzu: »Wie gesagt, das ist meine Privatangelegenheit, das geht Sie nichts an. Außerdem, wenn es Ihnen nichts ausmacht, ich habe zu arbeiten.«

Nun sprach Don Kettering zum ersten Mal: »Wieviel haben Sie für diese Särge verlangt, Godoy? Wollen Sie uns das nicht sagen?«

Der Leichenbestatter wurde rot. »Wie oft muß ich das euch Leuten denn noch sagen. Ich kümmere mich um meine Angelegenheiten. Kümmert ihr euch um eure.«

»Das tun wir durchaus«, erwiderte Kettering. »Und es wird uns ein besonderes Anliegen sein, von hier direkt zum New Yorker Finanzamt zu fahren. Obwohl es hier in diesem Artikel heißt« – er klopfte auf die *Semana* –, »daß Sie für alle drei Särge bar bezahlt wurden, bin ich sicher, daß Sie die Verkaufssteuer verlangt, angegeben und abgeführt haben, und das wird ja, zusammen mit dem Namen des Käufers, bei der Behörde vermerkt sein.« Kettering wandte sich an Partridge. »Harry, warum lassen wir diesen wenig hilfsbereiten Menschen nicht in Ruhe und wenden uns direkt an das Finanzamt?«

Godoy war blaß geworden und stotterte los: »Heh, Moment mal. Einen Augenblick.«

Kettering drehte sich um und sah Godoy unschuldig an: »Ja?«

»Vielleicht kann ich ...«

»Vielleicht haben Sie die Verkaufssteuer doch nicht abgeführt und auch nicht angegeben, obwohl ich wetten würde, daß Sie sie verlangt haben.« Ketterings Stimme klang plötzlich barsch, die frühere Freundlichkeit war verschwunden, und er beugte sich über den Tisch des Leichenbestatters. Partridge, der den Wirtschaftskorrespondenten so noch nie gesehen hatte, war froh, ihn mitgenommen zu haben.

»Hören Sie mir gut zu, Godoy«, fuhr Kettering fort. »Ein Sender wie der unsere hat jede Menge Beziehungen, und wenn nötig, machen wir davon auch Gebrauch, vor allem jetzt, da wir für einen von uns kämpfen – und gegen ein abscheuliches Verbrechen, die Entführung seiner Familie. Wir wollen Antworten auf unsere Fragen, und zwar schnell. Wenn Sie uns helfen, werden wir versuchen, Ihnen zu helfen, indem wir dem Finanzamt nicht melden, was für uns unwichtig ist, Ihren Steuerbetrug zum Beispiel. Aber wenn wir keine ehrlichen Antworten bekommen, stehen noch heute das FBI, die New Yorker Polizei und die Leute von der Steuerfahndung vor Ihrer Tür. Natürlich auch die von der Einkommenssteuer, denn die haben Sie ja sicher auch nicht bezahlt. Sie haben die Wahl. Entweder antworten Sie uns oder denen.«

Godoy leckte sich die Lippen. »Also gut, ich werde Ihre Fragen beantworten.« Seine Stimme klang gequält.

Kettering nickte. »Du bist dran, Harry.«

»Mr. Godoy«, fragte Partridge, »wer hat diese Särge gekauft?«

»Er stellte sich als Novack vor. Hab' ich ihm nicht abgenommen.«

»Da hatten Sie wahrscheinlich recht. Wissen Sie sonst noch etwas über ihn?«

»Nein.«

Partridge griff in seine Tasche. »Ich zeige Ihnen jetzt ein Foto. Ich will nur wissen, ob Ihnen das irgendwas sagt.« Er zeigte ihm die Kopie der zwanzig Jahre alten Zeichnung von Ulises Rodríguez.

Godoy antwortete ohne zu zögern: »Das ist er. Das ist Novack. Er ist älter als auf dem Bild ...«

»Ja, das wissen wir. Sind Sie sich absolut sicher?«

Zum ersten Mal an diesem Tag spürte Partridge so etwas wie Befriedigung. Wieder einmal hatte die Spezialeinheit einen Durchbruch geschafft. Zwischen den Särgen und der Entführung war eine eindeutige Beziehung hergestellt. Er warf Kettering und Mony einen kurzen Blick zu und sah, daß sie dasselbe dachten.

»Erzählen Sie uns doch von Ihrem Gespräch mit diesem Novack«, forderte er Alberto Godoy auf. »Von Anfang an.«

In dem folgenden Frage- und Antwortspiel holte Partridge so viel aus dem Leichenbestatter heraus, wie er nur konnte. Doch viel war es nicht, es wurde nur deutlich, daß Rodríguez sich Mühe gegeben hatte, keine Spuren zu hinterlassen.

Partridge wandte sich an Kettering. »Hast du noch Fragen, Don?«

»Eine oder zwei.«

»Das Geld, das Novack Ihnen gegeben hat«, sagte Kettering zu Godoy. »Sie sagten doch, es wären insgesamt fast zehntausend Dollar gewesen, vorwiegend Hunderter. Stimmt das?«

»Ja.«

»War an den Scheinen irgendwas Besonderes?«

Godoy schüttelte den Kopf. »Was soll denn an Geld besonderes sein, außer daß es Geld ist?«

»Waren es neue Scheine?«

Der Leichenbestatter dachte nach. »Ein paar vielleicht, aber die meisten nicht.«

»Was ist mit dem ganzen Geld passiert?«

»Alles weg. Ich habe es ausgegeben, ein paar Rechnungen bezahlt.« Godoy zuckte mit den Achseln. »Heutzutage ist Geld doch gleich wieder fort.«

Jonathan Mony hatte den Leichenbestatter während der ganzen

Befragung genau beobachtet. Und er war sicher, an Godoy Zeichen von Nervosität bemerkt zu haben, als zuvor das Geld zur Sprache kam. Jetzt hatte er das gleiche Gefühl. Er kritzelte etwas auf einen Zettel und gab ihn Kettering. *Er lügt. Er hat noch was von dem Geld. Er will es uns nur nicht sagen, weil er noch Angst vor der Steuer hat – Verkaufs- und Einkommenssteuer,* stand darauf.

Der Wirtschaftskorrespondent las die Notiz, nickte unmerklich und gab sie zurück. Er stand auf, als wolle er gehen, und fragte Godoy höflich: »Können Sie sich sonst noch an etwas erinnern oder haben Sie etwas, das uns vielleicht weiterhelfen würde?« Dann wandte er sich zur Tür.

Godoy, der nun wieder entspannt und offensichtlich froh war, daß die Sache ausgestanden war, antwortete: »Nein, absolut nichts.«

Kettering wirbelte auf dem Absatz herum. Sein Gesicht war verzerrt und rot vor Wut, er machte eine Satz zum Tisch, beugte sich darüber und packte den Leichenbestatter bei den Schultern. Er zog ihn zu sich, bis dessen Gesicht knapp vor seinem war, und zischte ihn an: »Sie sind ein verdammter Lügner, Godoy. Sie haben noch was von dem Geld. Und da Sie es uns nicht zeigen wollen, werden wir dafür sorgen, daß das Finanzamt es zu sehen bekommt. Ich sagte Ihnen, wir würden Sie nicht anzeigen, wenn Sie uns helfen. Das können Sie jetzt vergessen.«

Kettering stieß Godoy in seinen Stuhl, zog ein dünnes Adreßbuch aus der Tasche und griff nach dem Telefon.

»Nein«, rief Godoy. Er riß Kettering das Telefon aus der Hand und stöhnte verärgert. »Sie Schwein. Also gut, ich zeig' es Ihnen.«

»Das ist absolut das letzte Mal«, entgegnete Kettering, »daß Sie uns zum Narren gehalten haben. Beim nächsten Mal ...«

Aber Godoy stand bereits vor einem gerahmten Einbalsamierungszertifikat an der Wand hinter seinem Schreibtisch. Ein Safe kam zum Vorschein. Der Leichenbestatter drehte an dem Zahlenschloß.

Wenige Minuten später untersuchte Kettering unter den interessierten Blicken der anderen sorgfältig das Geld, das Godoy aus dem Safe geholt hatte – fast viertausend Dollar. Der Wirtschaftskorrespondent sah sich jede Seite der Scheine genau an und trennte sie in drei Stapel, zwei kleinere und einen größeren. Dann schob er Godoy den größeren Stapel wieder zu und deutete auf die beiden kleineren.

»Wir müssen uns die ausleihen. Sie bekommen dafür auch eine ordentliche Quittung von CBA News. Sie können sich die Seriennummern aufschreiben, wenn Sie wollen, und Mr. Partridge und ich werden die Quittung unterschreiben. Ich garantiere Ihnen persönlich, daß Sie das Geld in achtundvierzig Stunden zurückerhalten und daß es keine weiteren Fragen geben wird.«

»Wenn es sein muß«, murmelte Godoy mißmutig.

Kettering winkte Partridge und Mony näher an die Stapel heran. Es waren lauter Hundertdollarscheine.

»Viele Geschäftsleute sind bei Hundertern vorsichtig«, sagte er, »weil sie Angst haben, sie könnten gefälscht sein. Deshalb machen sie sich oft Notizen auf die Scheine, damit sie sie später zurückverfolgen können. Wenn du bei Hertz zum Beispiel ein Auto mietest und bei der Rückgabe mit Hunderterscheinen zahlst, schreiben sie die Nummer des Mietvertrags auf jeden Schein, und das heißt, daß sie dich aufspüren können, wenn der Schein eine Blüte ist. Aus dem gleichen Grund notieren sich die Kassierer von Banken die Kontonummer oder den Namen des Einzahlers, wenn er ihnen Hunderter bringt.«

»Ich hab' das schon manchmal auf Hundertern gesehen«, sagte Partridge, »und mich immer gefragt, wozu das dient.«

»Ich nicht«, warf Mony dazwischen. »Solche Scheine kriege ich nie in die Hand.«

Kettering lächelte. »Bleib beim Fernsehen, Junge. Dann kommen die auch zu dir.«

Dann fuhr er fort. »Diese Markierungen sind natürlich unzulässig. Sie gelten als Beschädigung von Banknoten und sind daher strafbar, obwohl das praktisch nie verfolgt wird. Auf jeden Fall stehen auf den Scheinen im ersten Stapel Nummern, auf denen im zweiten Namen. Wenn du willst, Harry, zeige ich die mit den Nummern meinen Freunden bei den Banken, die sie durch ihre Computer laufen lassen und möglicherweise feststellen können, wer sie benutzt hat. Wer die Scheine mit den Namen in der Tasche gehabt hat, bekomme ich vielleicht raus, wenn ich einfach im Telefonbuch nachschlage.«

»Ich glaube, ich weiß, worauf du hinauswillst«, sagte Partridge. »Aber erzähl weiter, Don, wonach du genau suchst.«

»Wir suchen bestimmte Banken, und die Informationen, die wir bekommen, werden uns helfen, die Banken zu finden, die diese Scheine irgendwann gehabt haben; vielleicht hat jemand in einer Bank diese Nummern und Namen auf die Scheine geschrieben. Und wenn wir Glück haben, stoßen wir dabei auch auf die Bank, die das ganze Geld ausgezahlt hat.«

»Hab' schon verstanden«, sagte Mony. »Ausgezahlt an die Entführer, die damit die Särge von Mr. Godoy gekauft haben.«

Kettering nickte. »Genau. Die Sache ist natürlich ziemlich unsicher, aber falls es funktioniert, kennen wir die Bank, die unsere Entführer benutzten und bei der sie wahrscheinlich ein Konto hatten.« Der Wirtschaftskorrespondent hob die Schultern. »Sobald wir das wissen, Harry, kannst du von da aus weitermachen.«

»Großartig, Don«, sagte Partridge. »Bis jetzt hatten wir nichts als unsichere Sachen.« Sein Blick fiel auf die *Semana*, die sie überhaupt erst hierhergebracht hatte, und er erinnerte sich an Onkel Arthurs Ausspruch zu Beginn der Zeitungsaktion: *»Obwohl man dabei selten genau das findet, was man sucht, stolpert man oft über etwas anderes, das einem ebenso weiterhilft.«*

9

Die Stimmung in Alberto Godoys Büro wurde ein wenig gelöster.

Da seine Besucher vom Fernsehen offensichtlich zufrieden waren und er sich nun nicht mehr bedroht fühlte, entspannte sich der Leichenbestatter. Schließlich, dachte Godoy, hatte er ja nichts Verbotenes getan, als er Novack, oder wie der Kerl auch immer hieß, die drei Särge verkaufte. Wie sollte er wissen, daß diese verdammten Särge zu kriminellen Zwecken dienten. Sicher, dieser Novack war ihm bei den Besuchen verdächtig vorgekommen, und er hatte ihm kein Wort seiner Geschichte geglaubt. Aber das konnte ihm kein Mensch beweisen.

Am Anfang der Fragerei hatte er es mit der Angst zu tun bekommen, weil er die Verkaufssteuer, die er für die ersten zwei Särge verlangt hatte, nicht abgeführt und weil er seine Bücher gefälscht hatte, so daß die zehn Riesen überhaupt nicht als Einnahmen auftauchten. Wenn das Finanzamt davon Wind bekäme, würden sie ihm die Hölle heiß machen. Jetzt hatten die Typen vom Fernsehen aber versprochen, daß sie den Mund halten würden, und er glaubte ihnen. Soweit er wußte, gingen Reporter öfter solche Abmachungen ein, um an Informationen zu kommen. Und jetzt, da es vorbei war, mußte er zugeben, daß es schon faszinierend war zu sehen, wie sie arbeiteten. Aber er würde kein Wort von dem erzählen, was ihm eben passiert war, wenn dieser verdammte Schnüffler von dem Schmierblättchen *Semana* in der Nähe war.

»Wenn Sie mir ein Blatt Papier geben«, sagte Kettering und wies auf die zwei Stapel, die noch immer auf dem Tisch lagen, »dann schreibe ich Ihnen eine Quittung für das Geld aus.«

Godoy zog eine Schublade auf, in der er seinen ganzen Kleinkram aufbewahrte, und nahm ein Blatt liniertes Papier heraus. Beim Zuschieben fiel sein Blick auf einen Zettel mit seiner Handschrift. Er hatte den Fetzen vor mehr als einer Woche in die Schublade gesteckt und ihn vollkommen vergessen.

»Heh, da ist noch was! Als dieser Novack zum zweiten Mal ...«

»Zum zweiten Mal was?« fragte Partridge scharf.

»Ich habe Ihnen doch gesagt, daß er einen Cadillac-Leichenwagen hatte, mit einem anderen Kerl am Steuer. Sie haben den Sarg damit abtransportiert.«

»Und?«

Godoy streckte ihnen den Notizzettel entgegen. »Das ist die Autonummer des Leichenwagens. Ich habe sie mir aufgeschrieben, den Zettel da hineingesteckt und ihn total vergessen.«

»Warum haben Sie das getan?« fragte Kettering.

»Wahrscheinlich aus 'nem unbestimmten Gefühl heraus.« Godoy zuckte mit den Achseln. »Ist das wichtig?«

»Nein«, antwortete Partridge, »ist es nicht. Aber auf jeden Fall danke. Wir werden die Nummer überprüfen.« Er faltete den Zettel zusammen und steckte ihn in die Tasche, obwohl er wenig Hoffnung hatte, daß bei der Überprüfung etwas herauskommen würde.

Schließlich waren auch die Nummernschilder des Nissan, der in White Plains explodiert war, gefälscht gewesen und hatten zu nichts geführt. Aber man mußte jeder Spur nachgehen und durfte nichts als selbstverständlich hinnehmen.

Doch dann fiel Partridge etwas ganz anderes ein. Er wußte, daß sie mit einigen oder den meisten Informationen, darunter auch die über Rodríguez, bald auf Sendung gehen mußten, mit ziemlicher Sicherheit in den nächsten ein oder zwei Tagen. Man konnte bei CBA nicht unbegrenzt Informationen zurückhalten, ohne daß sie durchsickerten; sie hatten zwar bis jetzt Glück gehabt, aber das konnte sich jeden Augenblick ändern. Und schließlich waren sie ja in erster Linie Journalisten. Partridge wurde richtig aufgeregt bei dem Gedanken, über diese Fortschritte berichten zu können, und er beschloß, jetzt gleich für eine angemessene Art der Präsentation zu sorgen.

»Mr. Godoy«, sagte er, »wir haben es am Anfang vielleicht nicht ganz richtig angefaßt, aber Sie waren sehr hilfreich. Hätten Sie etwas dagegen, einen Großteil Ihrer Aussagen vor einer Kamera zu wiederholen?«

Godoy gefiel natürlich die Vorstellung, im Fernsehen zu erscheinen, und dazu noch bei einem so bekannten Sender. Aber dann erkannte er, daß er sich nach dieser Publicity wahrscheinlich unangenehmen Fragen aussetzen mußte, und eben auch solchen nach der Steuer. Er schüttelte den Kopf. »Nein, danke.«

Als könne er Gedanken lesen, sagte nun Partridge: »Wir brauchen Ihren Namen nicht zu nennen und auch Ihr Gesicht nicht zu zeigen. Wir können ein sogenanntes Silhouetteninterview machen, mit Scheinwerfern, die so positioniert werden, daß man von Ihnen nur einen Schattenriß sieht. Und wir können sogar Ihre Stimme unkenntlich machen.«

»Die klingt dann so, als würde sie aus einer Kaffeemühle kommen«, ergänzte Kettering. »Die würde nicht mal Ihre Frau erkennen. Also los, Godoy, was haben Sie schon zu verlieren? Draußen im Auto haben wir einen Kameramann, der in solchen Sachen ein richtiger Experte ist, und Sie würden uns helfen, die Entführungsopfer wiederzufinden.«

»Hm ...« Der Leichenbestatter zögerte. »Aber Sie versprechen mir, die Sache vertraulich zu behandeln und nichts weiterzuerzählen?«

»Das verspreche ich Ihnen«, entgegnete Partridge. »Ich auch«, pflichtete Kettering ihm bei.

»Und ich ebenfalls«, ergänzte Mony.

Kettering und Partridge wechselten einen flüchtigen Blick, denn sie wußten, daß dieses Versprechen, das sie Godoy gegeben hatten und das sie auch halten würden – für seriöse Journalisten Ehrensache –, ihnen später Probleme bereiten konnte. Das FBI und andere waren vielleicht mit der Geheimhaltung nicht einverstanden und würden wissen wollen, wer diese Silhouette war. Aber darum sollten sich die Anwälte des Senders kümmern; Probleme dieser Art hatte es schon mehrfach gegeben.

Partridge erinnerte sich an einen Fall aus dem Jahr 1986, als NBC ein spektakuläres, wenn auch sehr kontroverses Interview mit dem palästinensischen Terroristen Mohammed Abul Abbas zustande brachte. Danach stand NBC im Kreuzfeuer der Kritik, nicht nur wegen des Interviews selbst, sondern auch wegen der zuvor getroffenen Abmachung – an die der Sender sich hielt –, den Ort des Treffens nicht preiszugeben. Unter den Kritikern waren auch einige Journalisten, doch bei denen war offensichtlich beruflicher Neid im Spiel. Ein Vertreter des Außenministeriums schäumte vor Wut, und das Justizministerium drohte mit Vorladung und Verhör des verantwortlichen Fernsehteams, doch im Endeffekt passierte nichts. (Der damalige Außenminister George Shultz antwortete auf eine entsprechende Frage lediglich: »Ich glaube an die Freiheit der Presse.«)

Es war eine allgemein bekannte Tatsache, daß für Nachrichtensender in vielfacher Hinsicht gewissermaßen eigene Gesetze galten. Zum einen wollte sich keine Regierungsbehörde juristisch mit ihnen anlegen. Zum anderen stand der Journalismus der freien Welt für Wahrheit, Freiheit und Integrität. Natürlich wurde man diesen Maßstäben nicht immer gerecht, weil Journalisten eben auch nur Menschen waren. Wenn man aber als unbelehrbarer Gegner dieses freien Journalismus auftrat, lief man Gefahr, nicht der »sauberen«, sondern der »schmutzigen« Seite zugerechnet zu werden.

Während Harry Partridge über diese Grundlagen seines Berufs nachdachte, baute Minh Van Canh seine Ausrüstung für das Interview auf, das Don Kettering mit Alberto Godoy führen würde.

Partridge hatte vorgeschlagen, daß Kettering das Interview übernehmen solle, nicht zuletzt deshalb, weil der Wirtschaftskorrespondent ganz offensichtlich auch weiterhin an den Ermittlungen beteiligt sein wollte. Schließlich lag dieses Thema der ganzen Nachrichtenabteilung sehr am Herzen. Außerdem hatte Partridge für sich selbst bereits andere Pläne.

Er hatte beschlossen, sobald wie möglich nach Bogotá zu fliegen. Obwohl er die Meinung seines kolumbianischen Kollegen teilte, daß Ulises Rodríguez nicht im Land sei, hielt er nun die Zeit für gekommen, um die Suche in Lateinamerika zu beginnen, und dazu war Kolumbien der geeignete Ausgangspunkt.

Minh Van Canh meldete, daß er bereit sei.

Als man ihn wenige Minuten zuvor hereinrief, hatte er sich in dem Bestattungsinstitut umgesehen und beschlossen, das Interview im Keller, wo die Särge aufbewahrt wurden, zu filmen. Wegen der speziellen Beleuchtung war zwar von dem Raum selbst nicht viel zu sehen; nur die Wand, vor der Godoy saß, war angestrahlt, der Interviewte selbst saß im Schatten. Aber neben Godoys Silhouette war der Umriß eines Sargs zu erkennen, und das schuf einen makabren Effekt. Die Stimme des Leichenbestatters würde erst später in der Zentrale von CBA News verfremdet.

Da Minh keinen Tontechniker zur Unterstützung hatte, benutzte er eine Ein-Mann-Ausrüstung, eine Betacam mit Halbzollband, die Bild und Ton gleichzeitig aufnahm. Er hatte auch einen kleinen Kontrollmonitor mitgebracht und stellte ihn so, daß Godoy von seinem Stuhl aus genau das sehen konnte, was die Kamera sah. In solch speziellen Situationen wurde dieser Kunstgriff häufig angewendet, um den Interviewpartner entspannter zu machen.

Doch Godoy war nicht nur entspannt, sondern auch amüsiert. »Heh«, sagte er zu Kettering, der etwas abseits, außerhalb des Blickfeldes der Kamera saß, »ihr seid ja echt raffiniert.«

Kettering, der seine eigenen Vorstellungen über den Verlauf dieses Interviews hatte, sah von seinen flüchtig zusammengeschriebenen Notizen hoch und lächelte ihn dünn an. Auf ein Nicken von

Minh schwieg er zunächst einige Sekunden, um Platz zu lassen für eine Einführung, die erst später aufgenommen würde, und begann dann.

»Als Sie diesen Mann, von dem Sie jetzt wissen, daß es sich um den Terroristen Ulises Rodríguez handelte, zum ersten Mal sahen, welchen Eindruck hatten Sie da?«

»Eigentlich keinen besonderen. Der Mann wirkte auf mich ganz gewöhnlich.« Godoy hatte die Absicht, trotz seiner Tarnung nichts von seinem anfänglichen Verdacht preiszugeben.

»Sie waren also in keiner Weise beunruhigt, als der Mann zuerst zwei und später dann noch einen Sarg bei Ihnen kaufte?«

Die Silhouette zuckte mit den Achseln. »Warum sollte ich? Das ist schließlich mein Geschäft.«

»Sie sagen: ›Warum sollte ich?‹« Indem Kettering Godoys Worte wiederholte, brachte er seine Skepsis zum Ausdruck. »Aber ist denn diese Art von Verkauf nicht sehr ungewöhnlich?«

»Vielleicht ... Irgendwie schon.«

»Als Leichenbestatter verkaufen Sie doch gewöhnlich sogenannte Leistungspakete – also komplette Bestattungen?«

»Ja. Meistens schon.«

»Und wahrscheinlich haben Sie doch vor diesem Geschäft mit dem Terroristen Rodriguez noch kein einziges Mal Särge auf diese Art verkauft, oder?«

»Ich glaube nicht«, murmelte Godoy. Das Interview lief ganz und gar nicht so, wie er es erwartet hatte. Er warf Kettering, der im Halbdunkel saß, einen wütenden Blick zu, doch der drängte weiter.

»Mit anderen Worten, es war das erste Mal.«

Der Leichenbestatter hob die Stimme. »Ich dachte mir, es geht mich nichts an, wozu er die braucht.«

»Dachten Sie denn nie daran, zur Polizei zu gehen und den Beamten zu sagen: ›Hören Sie, man ist da mit einer sehr eigenartigen Bitte an mich herangetreten, etwas, das noch niemand von mir verlangt hat, und ich frage mich, ob Sie vielleicht diese Person überprüfen wollen.‹ Haben Sie sich das nicht überlegt?«

»Nein. Es gab ja keinen Grund dazu.«

»Weil Sie keinen Verdacht hatten?«

»Genau.« Kettering bohrte nach. »Wenn Sie also keinen Verdacht hatten, warum haben Sie sich dann bei Rodríguez' zweitem Besuch heimlich die Nummer des Leichenwagens, mit dem der Sarg abtransportiert wurde, aufgeschrieben und den Zettel bis heute versteckt?«

Nun brüllte Godoy wütend auf. »Hören Sie mal! Nur weil ich Ihnen etwas Vertrauliches erzählt habe, heißt das noch nicht ...«

»Verzeihung, Herr Leichenbestatter! Sie haben mit keinem Wort erwähnt, daß das vertraulich ist.«

»Wollte ich aber.«

»Das ist etwas anderes. Und übrigens, Sie haben auch nicht gesagt, daß es vertraulich sei, als Sie uns vor diesem Interview erzählten, Sie hätten für diese drei Särge fast zehntausend Dollar verlangt. Ist das nicht etwas viel für die Art von Särgen, wie Sie sie beschrieben haben?«

»Der Kerl, der sie gekauft hat, hat sich nicht beklagt. Also warum Sie?«

»Vielleicht hatte er seine Gründe dafür.« Ketterings Stimme wurde eisig und anklagend. »Sie haben diesen übertrieben hohen Preis doch nur verlangt, weil Sie wußten, daß der Mann ihn zahlen würde, weil Sie die ganze Zeit wußten, daß an der Sache etwas verdächtig war, und weil Sie so einen Vorteil aus der Situation schlagen und etwas Geld nebenbei verdienen konnten ...«

»Moment mal! Ich werde mir diesen Unsinn nicht länger mit anhören. Vergessen Sie die Sache! Ich steige aus.« Wütend stand Godoy auf und verließ seinen Platz, wobei er mit den Füßen ein Mikrofonkabel aus der Buchse zog. Er näherte sich der Kamera, und Minh, der aus einem Reflex heraus mitschwang, fing sein Gesicht frontal und in voller Beleuchtung ein. Godoy hatte damit seine Tarnung selbst durchbrochen. Später würde es Diskussionen geben, ob man diese Bilder bringen sollte oder nicht.

»Mistkerl!« schrie Godoy Kettering an.

»Ich mag Sie auch nicht«, erwiderte der Wirtschaftskorrespondent.

»Hören Sie«, sagte Godoy zu Partridge. »Aus der Abmachung wird nichts.« Er wies auf die Kamera. »Und das werden Sie nicht verwenden. Verstanden?«

»Ich verstehe Sie schon«, erwiderte Partridge. »Aber ich kann

Ihnen nicht garantieren, daß wir es nicht verwenden. Das ist Sache des Senders.«

»Verschwinden Sie von hier!« Mit wütender Miene sah Godoy zu, wie die Ausrüstung abgebaut wurde und das Team von CBA News sein Institut verließ.

Während der Rückfahrt von Queens verkündete Kettering: »Ich möchte aussteigen, sobald wir in Manhattan sind. Ich will mich sofort um diese markierten Geldscheine kümmern, und an der Lex kenne ich ein Maklerbüro, wo ich telefonieren kann.«

»Kann ich vielleicht mitkommen?« fragte Jonathan Mony. »Ich möchte gern sehen, was sich aus unseren Entdeckungen entwikkelt.«

»Von mir aus gern«, antwortete Kettering. »Wenn Harry einverstanden ist, zeige ich Ihnen, was praxisbezogener Journalismus heißt.«

Partridge stimmte zu, und man trennte sich nach der Queensboro Bridge. Während der Jeep Wagoneer zur CBA-News-Zentrale weiterfuhr, nahmen Kettering und Mony ein Taxi zum Büro eines Börsenmaklers in einer Nebenstraße der Lexington Avenue in der Nähe des Summit Hotels.

Sie betraten einen großen Raum, in dem etwa zwei Dutzend Leute, einige sitzend, die anderen stehend, auf einen von der Decke hängenden Monitor mit schnell wechselnden Börsennotierungen sahen. Der dunkelgrüne Teppichboden bildete einen angenehmen Kontrast zu den hellgrünen Wänden, bequeme, mit grünem und orangefarbenem Tweed bezogene Sessel waren in Reihen auf dem Boden befestigt. Einige der Börsenbeobachter hielten gespannt Papier und Bleistift in der Hand, andere schienen weniger interessiert. Ein junger Orientale studierte eine Partitur, andere lasen Zeitungen, und einige schliefen.

An der einen Wand befanden sich eine Reihe von Computern und einige Telefone. Auf einem Schild über den Apparaten stand: FÜR GESPRÄCHE IN DIE BÖRSE BITTE HÖRER ABHEBEN. Von mehreren Apparaten wurde gesprochen. Trotz der geflüsterten Gespräche konnte man einige Bruchstücke verstehen: »Sie haben zweitausend gekauft? Verkaufen.« – »Können Sie fünfhundert zu achtzehn kriegen? Dann tun Sie es.« – »Okay, bei fünfzehneinviertel aussteigen.«

Eine Rezeptionistin auf der anderen Seite des Saals sah die beiden Journalisten hereinkommen, begrüßte Kettering mit einem Lächeln und griff zum Telefon. Hinter ihr waren einige, teils geöffnete Türen, die zu Büros im Inneren des Gebäudes führten.

»Sehen Sie sich gut um«, sagte Kettering zu Mony. »Diese Art von Aktienumschlagplatz gehört bald der Vergangenheit an. Der hier ist einer der letzten. Die meisten anderen sind verschwunden wie die Flüsterkneipen nach der Prohibition.«

»Aber der Aktienhandel geht doch weiter.«

»Klar. Aber die Broker haben sich ihre Unkosten angesehen und gemerkt, daß sich Verkaufsräume wie dieser nicht mehr rentieren. Es kommen zu viele Leute, die sich hier ausruhen wollen oder einfach nur neugierig sind. Und dann die Obdachlosen – im Winter gibt es für die keinen besseren Ort, wenn sie einen angenehmen Tag im Warmen verbringen wollen. Nur bringen Obdachlose keine Provisionen.«

»Vielleicht sollten Sie was darüber bringen«, meinte Mony. »Einen schönen, nostalgischen Bericht, bevor, wie Sie eben sagten, der letzte verschwunden ist.«

Kettering sah ihn eindringlich an. »Das ist eine ganz hervorragende Idee, junger Mann. Warum bin ich da eigentlich nicht selber draufgekommen? Ich werde es nächste Woche am Hufeisen zur Sprache bringen.«

Eine Tür hinter der Empfangsdame öffnete sich, und ein stämmiger Mann mit buschigen Augenbrauen kam heraus, der Kettering herzlich begrüßte. »Schön, dich zu sehen, Don. Du warst ja schon länger nicht mehr bei uns, aber wir verfolgen deine Berichte immer sehr aufmerksam. Kann ich etwas für dich tun?«

»Danke, Kevin.« Kettering deutete auf Mony. »Mein junger Kollege Jonathan hier möchte wissen, mit welchen Aktien er sein Geld bis morgen vervierfachen kann. Außerdem hätte ich gerne für eine halbe Stunde einen Schreibtisch und ein Telefon.«

»Schreibtisch und Telefon sind kein Problem. Ihr kommt am besten in mein Büro, da seid ihr ungestört. Aber was das andere angeht – tut mir leid, Jonathan, unsere Kristallkugel ist gerade in

Reparatur. Falls sie zurückkommt, solange Sie noch da sind, werde ich es Sie wissen lassen.«

Man führte sie in ein kleines, gemütliches Büro mit einem Mahagonischreibtisch, zwei Ledersesseln, dem unvermeidlichen Computer und einem Telefon. An der Tür stand der Name: Kevin Fane.

»Fühlt euch wie zu Hause«, sagte Fane. »Ich werde Kaffee und Sandwiches bringen lassen.«

Als sie allein waren, sagte Kettering zu Mony: »Kevin und ich waren zusammen auf dem College. In den Sommerferien haben wir als Laufburschen in der New Yorker Börse gearbeitet und sind seitdem in Kontakt geblieben. Wollen Sie einen beruflichen Rat?«

Mony nickte. »Klar.«

»Als Korrespondent, und es sieht ja ganz so aus, als könnten Sie einer werden, sollten Sie so viele Kontakte wie möglich pflegen, nicht nur in den Führungsetagen, sondern auch weiter unten, und Sie dürfen sie nicht einschlafen lassen, sondern müssen sich immer wieder mal bei den Leuten melden, so wie wir es jetzt tun. Und vergessen Sie nicht, die Leute helfen Fernsehjournalisten gern; sie fühlen sich wichtig, auch wenn sie einen nur das Telefon benutzen lassen, und irgendwie sind sie dankbar dafür.«

Während er noch sprach, zog Kettering die Hundertdollarscheine, die er sich von Godoy ausgeborgt hatte, aus einer Innentasche seines Anzugs und breitete sie auf dem Schreibtisch aus. Er öffnete eine Schublade und nahm ein Blatt Papier heraus.

»Zuerst versuchen wir unser Glück mit den Scheinen, auf denen die Namen stehen. Falls uns das nicht weiterbringt, kümmern wir uns um die mit den Kontonummern.« Er nahm einen Schein in die Hand, las laut »James W. Mortell« und fügte hinzu: »Der hat diesen Hunderter irgendwann in der Hand gehabt. Sehen Sie mal nach, ob Sie ihn im Telefonbuch von Manhattan finden, Jonathan.«

Wenige Minuten später verkündete Mony: »Hier ist er.« Er las die Nummer vor, und Kettering tippte gleichzeitig auf die Tasten des Telefons. Es klingelte zweimal, dann meldete sich eine angenehme Frauenstimme: »Mortell Installationen.«

»Guten Morgen. Könnte ich bitte Mr. Mortell sprechen?«

»Er ist unterwegs. Ich bin seine Frau. Kann ich Ihnen helfen?« Nicht nur angenehm, sondern auch jung und charmant, dachte Kettering.

»Vielen Dank, Mrs. Mortell. Mein Name ist Don Kettering. Ich bin der Wirtschaftskorrespondent von CBA News.«

Eine Pause, dann eine zweifelnde Erwiderung: »Soll das ein Witz sein?«

»Das soll kein Witz sein, Madam.« Kettering klang gelöst und freundlich. »Ich dachte, daß Mr. Mortell mir vielleicht bei einer Ermittlung weiterhelfen kann. Aber in seiner Abwesenheit können Sie es eventuell.«

»Sie sind ja wirklich Don Kettering. Ich kenne Ihre Stimme. Aber wie sollen denn gerade wir Ihnen helfen können?« Ein leises Lachen. »Außer Sie haben irgendwo eine undichte Leitung.«

»Soviel ich weiß, nicht, aber falls mir etwas in dieser Richtung zu Ohren kommen sollte, werde ich an Sie denken. Aber eigentlich geht es mir um einen Hundertdollarschein, auf dem der Name Ihres Mannes steht.«

»Ich hoffe doch, wir haben nichts Ungesetzliches getan.«

»Aber nein, Mrs. Mortell. Es sieht nur so aus, als hätte Ihr Mann den Schein irgendwann in der Hand gehabt, und ich möchte herausfinden, welchen Weg er genommen hat.«

Die Antwort der Frau klang nachdenklich: »Nun, wir haben Kunden, die bar bezahlen, und einige auch mit Hundertdollarscheinen. Aber wir stellen keine Fragen.«

»Dazu haben Sie auch keinen Grund.«

»Wenn wir dann diese großen Scheine bei der Bank einzahlen, schreibt der Kassierer manchmal unseren Namen drauf. Ich glaube, das dürfen sie eigentlich nicht, aber sie tun es trotzdem.« Sie machte eine Pause und fuhr dann fort: »Ich habe einen Kassierer einmal gefragt, warum er das tut. Und er hat mir geantwortet, es sei eine Vorsichtsmaßnahme, weil es so viele gefälschte Hunderter gibt.«

»Genau das habe ich mir auch gedacht, und das ist vermutlich auch der Grund, warum auf dem Schein, den ich vor mir habe, Ihr Name steht.« Während Kettering sprach, streckte er Mony den hochgereckten Daumen entgegen. »Mrs. Mortell, hätten Sie etwas dagegen, mir den Namen Ihrer Bank zu nennen?«

»Warum eigentlich nicht? Es ist die Citibank.« Sie nannte den Namen einer Filiale im Norden.

»Vielen Dank, Mrs. Mortell. Mehr wollte ich gar nicht wissen.«

»Einen Augenblick noch, Mr. Kettering. Darf ich Ihnen eine Frage stellen?«

»Natürlich.«

»Kommt über die Sache was in den Nachrichten? Und falls etwas kommt, wie kann ich sicher sein, daß ich es nicht verpasse?«

»Das ist ganz einfach, Mrs. Mortell. Sie haben mir so viel geholfen, daß ich Ihnen verspreche, ich werde Sie persönlich anrufen und Ihnen sagen, wann es kommt.«

Als Kettering auflegte, sagte Jonathan Mony: »Ich dachte mir, daß ich heute etwas lernen würde. Und das habe ich eben getan.«

»Und was?«

»Wie man sich Freunde schafft.«

Kettering lächelte. Diese Mrs. Mortell hatte so charmant und fast etwas einladend geklungen, daß er beschloß, sie persönlich zu besuchen. Er notierte sich die Adresse, sie lag im Norden, gar nicht weit weg. Natürlich konnte er auch eine Enttäuschung erleben. Stimmen waren manchmal trügerisch, vielleicht war die Frau älter, als sie klang, und sah aus wie das Heck eines Busses. Aber sein Instinkt war anderer Meinung. Auch Jonathan würde zweifellos irgendwann lernen, daß die Arbeit beim Fernsehen am Rande auch noch den Vorteil häufiger romantischer Begegnungen hatte, aus denen sich angenehme Exkursionen entwickeln konnten.

Er nahm sich einen anderen Schein vor. »Versuchen wir den mal«, sagte er zu Mony und deutete auf das Telefonbuch. »Der Name ist Nicolini Brothers.«

Es war eine Bäckerei an der Third Avenue. Der Mann, der den Anruf entgegennahm, war argwöhnisch und schien nach den ersten Fragen gleich wieder auflegen zu wollen. Doch Kettering blieb auf seine Art beharrlich und brachte ihn dazu, es nicht zu tun. Schließlich nannte der Mann den Namen der Bank, bei der die Geschäftseinnahmen eingezahlt wurden. Es war die American-Amazonas Bank an der Dag Hammarskjöld Plaza.

Die Namen auf den nächsten beiden Scheinen waren nicht im Telefonbuch von Manhattan zu finden.

Der nächste Schein führte zu einem sehr hilfsbereiten Geschäftsführer eines Herrenbekleidungsgeschäfts. Das Geschäft, so gab er an, habe ein Konto bei der Bank Leumi, in der Filiale an der Third Avenue Ecke Sixty-seventh Street.

Dann gab es wieder einen Namen, der nicht im Telefonbuch stand, und beim nächsten hatte Kettering eine mißtrauische und unverschämte Frau am Apparat, bei der er nichts ausrichten konnte und schließlich aufgab.

Der fünfte Anruf erreichte einen sechsundachtzigjährigen Mann in der East End Avenue. Er war zu schwach, um den Hörer selbst zu halten, eine Pflegerin übernahm das für ihn. Doch mit seinem Verstand war offensichtlich noch alles in Ordnung, denn man hörte ihn fröhlich flüstern, daß sein Sohn, der mehrere Nachtclubs besitze, ihn oft besuche und ihm dabei Hundertdollarscheine zustecke, die er auf ein Konto einzahle. Als Reserve fürs Alter, wie der Sechsundachtzigjährige mit einem schwachen Kichern meinte. Ja, und das Konto sei bei der American-Amazonas Bank an der Dag Hammarskjöld Plaza.

Ketterings nächster Anruf ging an ein Fischrestaurant. Er sprach mit fünf verschiedenen Leuten, doch niemand wollte die Verantwortung auf sich nehmen und etwas so Wichtiges wie die Bankverbindung preisgeben. Doch schließlich bekam er den Restaurantbesitzer an den Apparat, der nur unwirsch meinte: »Was soll's schon. Natürlich können Sie den Namen meiner Bank erfahren. Ich hoffe nur, daß Sie unser Restaurant dann in den Nachrichten erwähnen. Also, die Bank ist an diesem verdammten Platz, den ich nie richtig schreiben kann – Dag Hammarskjöld – na, jedenfalls die American-Amazonas.«

Nach dem Auflegen schob Kettering die Hunderter zusammen und sagte zu Mony: »Wir haben ins Schwarze getroffen. Keine Anrufe mehr. Wir haben die Lösung.«

Als Antwort auf Monys fragenden Blick ergänzte er: »Überlegen Sie sich folgendes: Daß drei von fünf Leuten dieselbe Bank nennen, kann kein Zufall mehr sein. Also wurden die beiden Namen auf den anderen Scheinen, die durch Citibank und Leumi liefen, früher aufgeschrieben, die Scheine kamen wieder in Umlauf und wurden wahrscheinlich ebenfalls von der American-Amazonas ausgegeben.

»Von dort kam also das Geld, mit dem Novack-Rodríguez Godoy die Särge bezahlte.«

»Genau!« Ketterings Stimme wurde hart. »Und ich schätze, daß diese verdammten Entführer ihr ganzes Geld von dieser Bank bezogen und dort auch ein Konto hatten – oder vielleicht immer noch haben.«

»Also ab zur Dag Hammarskjöld Plaza?« fragte Mony.

Kettering schob den Stuhl zurück und stand auf. »Natürlich. Wohin denn sonst? Gehen wir!«

10

Don Kettering wurde beim Betreten der American-Amazonas Bank sofort erkannt, und er hatte den Eindruck, als sei sein Besuch für die Angestellten keine Überraschung.

Als er eine etwas hausmütterliche Sekretärin fragte, ob er den Direktor sprechen könne, sagte sie ihm: »Er hat im Augenblick Besuch, Mr. Kettering, aber ich werde hineingehen und ihm sagen, daß Sie hier sind.« Sie sah Jonathan Mony an. »Ich bin sicher, daß er die Gentlemen nicht lange wird warten lassen.«

In der Zwischenzeit sah Kettering sich in der Filiale um. Sie lag im Erdgeschoß eines bejahrten Backsteinbaus am Nordende des Platzes. Von außen betrachtet war der schiefergraue Eingang eher unauffällig. Der für New Yorker Verhältnisse kleine Innenraum war dagegen attraktiv und farbenfroh. Statt der üblichen Fliesen bedeckte ein gedämpft kirschroter Teppich mit hellroten und orangefarbenen Mustern den Boden des gesamten Geschäftsbereichs; auf einem kleinen Schild war in Goldschrift zu lesen, daß er aus der Amazonasregion in Brasilien stammte.

Die Einrichtung entsprach dem üblichen Standard, eine Reihe von Kassenschaltern auf der einen, drei Schreibtische auf der anderen Seite, doch die Holzvertäfelung war von allererster Qualität. Ins Auge sprang ein außergewöhnliches, riesiges Wandgemälde – eine Revolutionsszene mit fliehenden Pferden und uniformierten Soldaten.

Kettering betrachtete eben das Gemälde, als die Sekretärin meldete: »Mr. Armando hat jetzt Zeit für Sie. Wenn Sie bitte hereinkommen wollen.«

Sie betraten ein Büro, das nur durch eine Glaswand vom Kundenbereich getrennt war. Der Direktor kam ihnen mit ausgestreckter Hand entgegen. Ein Schild auf dem Tisch wies ihn als Emiliano W. Armando, Jr. aus.

»Mr. Kettering, es ist mir ein Vergnügen, Ihre Bekanntschaft zu machen. Ich sehe Sie oft im Fernsehen und bewundere Ihre Reportagen. Aber das hören Sie wahrscheinlich die ganze Zeit.«

»Ich weiß es aber trotzdem zu schätzen.« Der Wirtschaftskorrespondent stellte Mony vor. Armando wies auf die Sessel, und seine Besucher plazierten sich so, daß sie einen Wandteppich in leuchtenden Blau- und Gelbtönen im Blick hatten, der das dekorative Thema der Schalterhalle wiederaufnahm.

Kettering beobachtete den Direktor, eine kleine Gestalt mit einem faltigen, leicht müde wirkenden Gesicht, schütteren weißen Haaren und buschigen Augenbrauen. Armando bewegte sich schnell und fahrig, sein Gesicht wirkte besorgt, und er machte auf Kettering den Eindruck eines alternden Terriers, der mit seiner sich verändernden Umwelt unzufrieden ist. Doch instinktiv mochte er den Mann, ganz im Gegensatz zu Alberto Godoy.

Der Banker lehnte sich in seinem Drehstuhl zurück und seufzte: »Ich habe mir schon gedacht, daß Sie oder einer Ihrer Kollegen bald hier aufkreuzen würden. Wir sind alle nicht sehr glücklich über die verwirrenden Ereignisse der letzten Zeit, wie Sie sicher verstehen werden.«

Kettering beugte sich vor. Der Direktor nahm an, daß sein Gesprächspartner etwas wußte, von dem er in Wirklichkeit keine Ahnung hatte. Deshalb stimmte er ihm vorsichtig zu. »Doch ja, aber so ist das nun einmal.«

»Mich würde interessieren, wie Sie davon erfahren haben.«

Der Wirtschaftskorrespondent stand auf und fragte lächelnd: »Wie erfahren? Wir beim Fernsehen haben Informationsquellen, die wir manchmal nicht preisgeben dürfen.« Er bemerkte, daß Mony der Unterhaltung aufmerksam, aber mit ausdruckslosem Gesicht folgte. Für den ehrgeizigen jungen Mann war dieser Tag ein Intensivkurs in Sachen Journalismus.

»Ich habe mir schon überlegt, ob es der Artikel in der *Post* war«, sagte Armando. »Der ließ ja viele Fragen offen.«

Kettering runzelte die Stirn. »Vielleicht habe ich den gelesen. Haben Sie zufällig ein Exemplar da?«

»Natürlich.« Armando zog eine Schreibtischschublade auf und holte einen Zeitungsausschnitt in einer Plastikhülle heraus. Die Überschrift lautete:

UN-DIPLOMAT
TÖTET IN RASENDER EIFERSUCHT
GELIEBTE UND SICH SELBST

Kettering überflog den Bericht und bemerkte dabei, daß er aus einer zehn Tage alten Zeitung stammte, deren Erscheinungsdatum auf den vorletzten Sonntag lautete. Als er Namen und Berufsbezeichnungen der beiden Opfer las – Helga Efferen von der American-Amazonas Bank und José Antonio Salaverry, Mitglied der peruanischen Delegation bei den Vereinten Nationen –, wurde ihm klar, worüber sich der Direktor Sorgen machte. Noch unklar war ihm jedoch, ob eine Verbindung bestand zwischen diesem Vorfall und dem Problem, das ihn und Mony hierhergeführt hatte.

Kettering gab Mony den Bericht und wandte sich wieder Armando zu: »Sie sagten etwas von offenen Fragen, wenn ich mich recht erinnere.«

Der Direktor nickte. »Die Zeitung gibt nur die Verlautbarungen der Polizei wieder. Ich persönlich glaube nicht daran.«

Kettering, der immer noch nach einer möglichen Verbindung suchte, bohrte weiter. »Wollen Sie mir Ihren Grund dafür nennen?«

»Die ganze Sache ist viel zu komplex für eine so einfache Erklärung.«

»Die Frau war Ihnen ja sicher bekannt, sie arbeitete ja hier. Kannten Sie auch den Mann, Salaverry?«

»Ja. Leider – wie ich inzwischen sagen muß.«

»Würden Sie mir das bitte erklären?«

Armando zögerte, bevor er antwortete. »Ich möchte ganz offen mit Ihnen sprechen, Mr. Kettering, vor allem weil ich glaube, daß das, was wir in den letzten zehn Tagen hier in der Bank entdeckt haben, irgendwann sowieso an die Öffentlichkeit dringen wird, und weil ich weiß, daß Sie in Ihrer Berichterstattung fair sind. Aber ich habe auch eine Verpflichtung der Bank gegenüber. Wir sind in Lateinamerika ein bedeutendes und renommiertes Institut und haben neben dieser Filiale noch andere in den Vereinigten Staaten. Könnten Sie vielleicht ein oder zwei Tage warten, damit ich mich mit der Geschäftsleitung außerhalb der Zentrale absprechen kann?«

Es muß eine Verbindung geben, dachte Kettering und schüttelte entschieden den Kopf. »Ich kann leider nicht warten. Es handelt sich um eine kritische Situation, die Sicherheit und das Leben von Menschen stehen auf dem Spiel.« Nun war es an der Zeit, daß auch er einige Informationen preisgab.

»Mr. Armando, wir bei CBA haben Grund zu der Annahme, daß Ihre Bank in die Entführung der Familie von Mr. Crawford Sloane verwickelt ist. Sie haben sicher schon davon gehört. Nun stellt sich die Frage, ob dieser andere Vorfall – der Tod von Helga Efferen und Salaverry – etwas mit der Entführung zu tun hat.«

Hatte man Armando schon zuvor seine Sorgen angesehen, so wirkte Ketterings Enthüllung nun wie ein Blitzschlag auf ihn. Er stützte die Ellbogen auf den Tisch und legte den Kopf in die Hände. Nach ein paar Sekunden hob er die Augen.

»Ja, das ist durchaus möglich«, sagte er, und seine Stimme war nur noch ein Flüstern. »Jetzt wird mir einiges klar. Es ist nicht nur möglich, es ist sogar wahrscheinlich.« In seinen Gesten lag Überdruß und Erschöpfung. »Ich weiß, es klingt vielleicht egoistisch, aber ich habe nur noch wenige Monate bis zur Pensionierung, und ich frage mich, warum diese ganze Sache nicht warten konnte, bis ich nicht mehr hier bin.«

»Ich kann Sie gut verstehen.« Kettering versuchte, seine Ungeduld zu zügeln. »Aber Sie und ich sind nun einmal hier, und wir sind beide von der Sache betroffen. Ganz offensichtlich besitzen wir unterschiedliche Informationen, und es ist ebenso offensichtlich, daß es uns beiden weiterhilft, wenn wir sie austauschen.«

»Da stimme ich Ihnen zu«, erwiderte Armando. »Wo sollen wir anfangen?«

»Lassen Sie mich anfangen. Wir wissen, daß ein großer Geldbetrag, mindestens zehntausend Dollar, wahrscheinlich aber mehr, über Ihre Bank den Entführern zugeflossen ist.«

Der Direktor nickte ernst. »Wenn ich zusammennehme, was Sie wissen und was ich weiß, muß ich sagen, daß es mit Sicherheit sehr, sehr viel mehr ist.« Er hielt inne. »Wenn ich Ihnen mit Details weiterhelfe, ist es dann notwendig, daß Sie mich namentlich erwähnen?«

Kettering überlegte einen Augenblick. »Wahrscheinlich nicht. Es gibt bei uns ein Arrangement, das wir als ›anonyme Hintergrundinformation‹ bezeichnen. Wenn Sie wollen, können wir auf dieser Basis weiterreden.«

»Es wäre mir lieber.« Armando machte eine Pause, um sich zu sammeln. »Wir führen in dieser Bank Konten von einigen UN-Delegationen. Ich will da nicht zu weit ausholen, sondern nur soviel sagen, daß unsere Bank enge Beziehungen zu gewissen Ländern hat, und deshalb liegt diese Filiale auch so nahe an den Vereinten Nationen. Verschiedene Delegationsmitglieder haben Vollmachten für diese Konten, und eins davon wurde von diesem Mr. Salaverry kontrolliert.«

»Ein Konto, das der peruanischen Delegation gehörte?«

»Das in Zusammenhang mit der peruanischen Delegation stand – ja. Aber ich bin nicht sicher, wie viele Leute außer Salaverry, der zeichnungs- und nutzungsberechtigt war, von diesem Konto überhaupt wußten. Sie müssen wissen, daß jede UN-Delegation eine ganze Reihe von Konten besitzt, und einige davon für besondere Zwecke.«

»Okay, aber wir sollten uns besser auf das konzentrieren, was für uns wichtig ist.«

»Nun gut. In den letzten Monaten liefen größere Geldbeträge über dieses Konto – alles ganz legal, auch von seiten der Bank, bis auf eins, das ungewöhnlich war.«

»Und das war?«

»Miss Efferen, die als eine der stellvertretenden Direktoren beträchtlichen Einfluß hatte, tat alles, um das Konto selbst verwalten zu können, ohne daß ich oder andere über dessen Existenz und die einzelnen Geldbewegungen Genaueres erfuhren.«

»Mit anderen Worten, die Herkunft und die Empfänger des Geldes wurden geheimgehalten.«

Armando nickte. »Genau so war es.«

»Und an wen wurde das Geld ausbezahlt?«

»Immer nur an José Antonio Salaverry. In den Unterlagen taucht nie eine andere Unterschrift auf, und es wurde immer bar ausbezahlt.«

»Kehren wir noch einmal zu einem früheren Punkt zurück«, sagte Kettering. »Sie haben uns gesagt, daß Sie diese Schlußfolgerungen der Polizei über die Todesart von Efferen und Salaverry nicht teilen. Warum?«

»Als ich letzte Woche die Sache mit dem Konto entdeckte und dann noch von diesem doppelten Todesfall erfuhr, kam mir der Gedanke, daß diejenigen, die Geld über dieses Konto laufen ließen und dabei, meiner Meinung nach, Salaverry als Vermittler benutzten, auch für diese Todesfälle verantwortlich sein könnten. Und das würde bedeuten, daß es sich um einen Doppelmord handelt, der nur so aussehen sollte wie ein Mord mit anschließendem Selbstmord. Und da Sie mir nun erzählen, daß in dieser Sache eine Verbindung zu den Entführern der Sloanes besteht, ist es durchaus wahrscheinlich, daß die dafür verantwortlich sind.«

Kettering konnte nicht umhin, die Logik des Älteren zu bewundern, der trotz des Drucks, unter dem er stand, zu brillanten Schlußfolgerungen kam. Dann bemerkte er, daß Mony unruhig wurde, und meinte: »Jonathan, wenn Sie irgendwelche Fragen haben, stellen Sie sie ruhig.«

Mony legte seine Notizen weg und setzte sich auf. »Mr. Armando, nehmen wir einmal an, es stimmt alles, was Sie sagen. Haben Sie dann nicht auch einen Verdacht, warum diese Leute umgebracht wurden?«

Der Direktor zuckte mit den Achseln. »Meiner Meinung nach wußten die einfach zuviel.«

»Die Namen der Entführer zum Beispiel?«

»Wenn man davon ausgeht, was Mr. Kettering mir gesagt hat, scheint mir das eine Möglichkeit zu sein.«

»Und was ist mit der Herkunft des Geldes, das dieser Salaverry kontrollierte? Wissen Sie, woher das kam?«

Nun zögerte der Direktor zum ersten Mal. »Seit Montag stehe ich mit Angehörigen der peruanischen Delegation in Verbindung – die führen nämlich eigene Untersuchungen durch. Aber was sie bis jetzt entdeckt und mir mitgeteilt haben, ist vertraulich ...«

Kettering mischte sich ein. »Wir haben doch bereits vereinbart, daß wir Ihren Namen nicht erwähnen. Also los – erzählen Sie! Woher stammt das Geld?«

Armando seufzte. »Ich möchte Sie etwas fragen, Mr. Kettering. Haben Sie je von einer Organisation mit dem Namen ›Sendero Luminoso‹ oder ...«

Mony beendete den Satz für ihn. »Der Leuchtende Pfad?«

Mit verbissenem Gesicht antwortete Kettering: »Ja, ich habe davon gehört.«

»Wir sind noch nicht ganz sicher«, sagte der Direktor, »aber es besteht die Möglichkeit, daß das Geld von denen stammt.«

Nachdem sie Kettering und Mony hinter der Queensboro Bridge abgesetzt hatten, beschlossen Harry Partridge und Minh Van Canh, sich bei Wolf's Delicatessen an der Ecke West Fifthy-seventh und Sixth Avenue ein frühes Mittagessen zu genehmigen. Während sie über ihren riesigen, warmen Pastrami-Sandwiches saßen, betrachtete Partridge Minh, der an diesem Tag sehr nachdenklich und beinahe abwesend wirkte, was aber seine Arbeit in Godoys Bestattungsinstitut nicht beeinträchtigt hatte. Minhs kantiges, pockennarbiges Gesicht wirkte so undurchdringlich wie immer; zwischen zwei Bissen erwiderte er Partridges Blick.

»Was geht dir denn im Kopf herum, mein Freund?« fragte Partridge.

»Einiges.« Die Antwort war typisch für Van Canh, und Partridge wußte, daß es keinen Sinn hatte weiterzubohren. Wenn Minh die Zeit für gekommen hielt, würde er ihm auf seine Art Genaueres mitteilen.

Partridge erzählte Minh nun von seiner Absicht, nach Kolumbien zu fliegen. Er fügte hinzu, daß er nicht sicher sei, ob ihn überhaupt jemand begleiten sollte; er werde das mit Rita besprechen. Aber falls er einen Kameramann brauche, ob nun gleich für den folgenden Tag oder später, dann wolle er ihn.

Van Canh überlegte eine Weile. Dann nickte er. »Okay, Harry, ich tu' es für dich und für Crawf. Aber es ist das letzte Mal, das letzte Abenteuer.«

Partridge war überrascht. »Soll das heißen, du willst aufhören?«

»Ich habe es meiner Familie versprochen; wir haben gestern abend darüber geredet. Meine Frau will, daß ich mehr zu Hause bin. Unsere Kinder brauchen mich, und das Geschäft auch. Sobald wir aus Kolumbien zurück sind, kündige ich.«

»Das kommt aber verdammt plötzlich.«

Van Canh lächelte, was er nur sehr selten tat. »So plötzlich wie ein Befehl, um drei Uhr morgens nach Sri Lanka oder Gdansk aufzubrechen?«

»Ich weiß, was du meinst. Aber ich werde dich sehr vermissen, ohne dich ist es einfach nicht dasselbe.« Partridge schüttelte traurig den Kopf, doch eigentlich überraschte die Entscheidung ihn nicht. Minh hatte sich bei seiner Arbeit für CBA News in Vietnam ständig den allergrößten Gefahren ausgesetzt und es gegen Ende geschafft, mit seiner Frau und seinen zwei Kindern aus seinem Heimatland fliehen zu können.

In den folgenden Jahren lebten sich die Van Canhs gut in Amerika ein. Die Kinder waren, wie die vieler vietnamesischer Immigranten, sehr fleißig und erhielten in der Schule und nun auch auf dem College hervorragende Zeugnisse. Partridge kannte sie gut und bewunderte ihren Zusammenhalt; manchmal beneidete er sie sogar darum. Die Familie lebte sehr bescheiden, denn Minh sparte und investierte einen Großteil seines nicht eben geringen Gehalts von CBA. Diese Sparsamkeit war so offensichtlich, daß unter Kollegen inzwischen das Gerücht ging, Minh sei Millionär.

Partridge hielt das für durchaus möglich, denn Minh hatte in den vergangenen fünf Jahren einige kleine Fotogeschäfte in den Außenbezirken von New York gekauft und sie mit Unterstützung seiner Frau Thanh zu einer Kette ausgebaut.

So war es nur vernünftig, daß Minh an diesem Punkt seines Lebens zu der Entscheidung kam, er habe nun genug von den Reisen und den langen Zeiten der Abwesenheit und auch von den Risiken, die er, nicht zuletzt bei gefährlichen Einsätzen mit Harry Partridge, auf sich nahm.

»Weil wir gerade von deinem Geschäft reden, wie läuft es denn?«

»Sehr gut.« Mit dem Anflug eines Lächelns fügte er hinzu: »Aber Thanh schafft es nicht mehr alleine, wenn ich unterwegs bin.«

»Ich freue mich für dich«, sagte Partridge, »weil es keiner so verdient hat wie du. Ich hoffe nur, daß wir uns ab und zu sehen werden.«

»Worauf du dich verlassen kannst. In unserem Haus stehst du ganz oben auf der Liste der Ehrengäste.«

Nach dem Essen trennte sich Partridge von Van Canh und ging in ein Sportgeschäft, wo er sich einige Paar dicke Socken, Wanderstiefel und eine robuste Taschenlampe kaufte. Denn er ging davon aus, daß er dies alles sehr bald brauchen würde. Als er in die CBA-News-Zentrale zurückkehrte, war es bereits Nachmittag.

Im Konferenzraum der Spezialeinheit winkte Rita Abrams ihn zu sich. »Ein Mann hat versucht, dich zu erreichen. Er hat seit heute vormittag schon dreimal angerufen. Wollte seinen Namen nicht nennen, muß dich aber unbedingt heute noch sprechen. Ich hab' ihm gesagt, daß du irgendwann zurückkommst.«

»Danke. Ich muß dir übrigens auch etwas sagen. Ich habe beschlossen, nach Bogotá zu fliegen ...«

Partridge hielt inne, und beide sahen auf, als sie hinter sich schnell näher kommende Schritte hörten. Einen Augenblick später trat Don Kettering ins Zimmer, dicht gefolgt von Jonathan Mony.

»Harry! Rita!« rief Kettering, und seine Stimme klang atemlos vom Laufen. »Ich glaube, wir haben die Nuß geknackt!«

Rita sah sich ängstlich um, weil sich noch andere im Zimmer befanden. »Sprechen wir in meinem Büro«, sagte sie und ging voraus.

In den nächsten zwanzig Minuten erzählte Kettering, mit gelegentlicher Unterstützung von Mony, alles, was sie erfahren hatten. Kettering zog eine Kopie des *Post*-Artikels über den angeblichen Mord mit anschließendem Selbstsmord aus der Tasche. Die beiden Korrespondenten und Rita wußten, daß nach ihrer Besprechung die Recherchenabteilung von CBA routinemäßig alles verfügbare Material über den Fall beschaffen würde.

Rita überflog den Zeitungsausschnitt und fragte dann Kettering: »Glaubst du, daß wir diesen Todesfällen weiter nachgehen sollten?«

»So am Rande vielleicht, aber die Sache ist eigentlich nicht mehr relevant. Was relevant ist, ist diese Verbindung nach Peru.«

»Das glaube ich auch«, sagte Partridge. »Der Name Peru ist ja schon einmal gefallen.« Er dachte an sein Gespräch mit Manuel León Seminario, dem Besitzer und Herausgeber von *Escana*, der erwähnt hatte, daß Entführungen in Peru inzwischen an der Tagesordnung seien.

»Auch wenn wir jetzt diese Spur nach Peru haben«, gab Rita zu bedenken, »dürfen wir nicht vergessen, daß wir noch gar nicht sicher wissen, ob die Entführungsopfer überhaupt außer Landes gebracht wurden.«

»Das vergesse ich nicht«, sagte Partridge. »Don, hast du sonst noch etwas?«

Kettering nickte. »Ja. Ich habe mir von dem Bankdirektor die Zustimmung zu einem Interview vor der Kamera geben lassen, das wir vielleicht sogar noch heute machen. Er weiß zwar, daß er damit Kopf und Kragen riskiert, aber er ist ein guter alter Kerl mit viel Verantwortungsgefühl, und er meint, er werde es riskieren. Harry, wenn du willst, übernehme ich das.«

»Ist mir recht. Es ist sowieso deine Geschichte.« Dann wandte Partridge sich an Rita: »Vergiß die Sache mit Bogotá. Ich fliege nach Lima. Gleich morgen früh will ich dort sein.«

»Und mit wieviel Material gehen wir auf Sendung, und wann?«

»Mit allem, und zwar bald. Wir werden mit Les und Chuck besprechen, wann genau, aber ich hätte in Peru gern vierundzwanzig Stunden Zeit, bevor die Reporterhorden über das Land hereinbrechen. Denn das wird passieren, sobald wir mit unseren Informationen an die Öffentlichkeit gehen.«

Nach kurzem Schweigen fuhr er fort. »Wir fangen jetzt sofort an, die ganze Geschichte zusammenzustellen, und arbeiten die Nacht durch. Ruf alle von der Spezialeinheit zu einer Konferenz zusammen« – er sah auf die Uhr: 15 Uhr 15 – »um fünf.«

»Jawohl, Sir!« Rita lächelte, sie war froh, daß endlich etwas passierte.

Im selben Augenblick klingelte das Telefon. Rita meldete sich, legte dann die Hand über den Hörer und sagte zu Partridge: »Es ist wieder dieser Mann, der schon den ganzen Tag versucht, dich zu erreichen.«

Harry nahm den Hörer. »Partridge.«

»Nennen Sie während dieses Gesprächs nie meinen Namen. Ist das klar?« Die Worte klangen gedämpft, vielleicht beabsichtigt, aber Partridge erkannte die Stimme des Anwalts sofort.

»Ja, ist klar.«

»Sie wissen, wer ich bin?«

»Ja.«

»Ich rufe aus einer Telefonzelle an, der Anruf kann also nicht zurückverfolgt werden. Und noch etwas: Sollten Sie mich je öffentlich mit dem, was ich Ihnen jetzt sage, in Verbindung bringen, werde ich schwören, daß Sie die Unwahrheit sagen, und alles leugnen. Ist auch das klar?«

»Ja.«

»Ich bin ein großes Risiko eingegangen, um das herauszubekommen, was ich jetzt weiß, und falls gewisse Leute von unserer Unterhaltung erfahren, könnte es mich das Leben kosten. Verstanden?«

»Voll und ganz.«

Die anderen drei in dem kleinen Büro schwiegen und sahen Partridge an, während die gedämpfte Stimme, die sie alle hören konnten, fortfuhr.

»Einige meiner Klienten haben Verbindungen nach Lateinamerika.« *Verbindungen zum Kokainhandel*, dachte Partridge, sagte es aber nicht.

»Wie ich Ihnen bereits gesagt habe, lassen diese Leute die Finger von Geschichten wie der Ihren, aber es kommen ihnen gewisse Sachen zu Ohren.«

»Ich verstehe«, sagte Partridge.

»Also, was ich Ihnen jetzt sage, stammt aus absolut zuverlässiger Quelle, dafür kann ich garantieren. Die Leute, die Sie suchen, wurden letzten Samstag aus Amerika herausgeflogen und werden jetzt in Peru gefangengehalten. Verstanden?«

»Ja«, antwortete Partridge. »Darf ich Sie etwas fragen?«

»Nein.«

»Ich brauche einen Namen«, bat Partridge. »Wer steckt dahinter? Wer hält sie gefangen?«

»Auf Wiederhören.«

»Warten Sie, bitte warten Sie. Also gut, ich werde Sie nicht bitten, einen Namen zu nennen, sondern ich werde Ihnen einen nennen, und wenn ich mich täusche, geben Sie mir das irgendwie zu verstehen. Wenn ich recht habe, sagen Sie gar nichts.«

Eine Pause und dann: »Aber schnell.«

Partridge holte Atem, bevor er flüsterte: »Sendero Luminoso.«

Am anderen Ende herrschte Schweigen. Dann kam ein Klicken, als der Anrufer auflegte.

11

Jessica hatte sehr bald nach dem Aufwachen in dieser dunklen Hütte in Sion gemerkt, daß sie in der Not die Führung dieses Trios übernehmen und ihre Leidensgenossen trösten und ermutigen mußte. Denn beides, eine gewisse Führung und die Ermutigung waren für alle drei überlebensnotwendig, während sie auf Rettung warteten und hofften. Die Alternative war abgrundtiefe Verzweiflung, die schließlich zu einer emotionalen Unterwerfung führte, die sie alle zerstören konnte.

Angus war mutig, aber zu schwach und zu alt, um die Führung übernehmen zu können, und würde letztlich immer auf Jessicas Stärke angewiesen sein. Doch Jessicas erste Sorge galt, wie immer, Nicky.

Wenn sie diesen Alptraum heil überstanden, und Jessica weigerte sich, an etwas anderes zu denken, bestand doch die Gefahr, daß bei ihm seelische Narben zurückblieben. Jessica wollte dafür sorgen, daß dies nicht geschah, gleichgültig, welche Qualen und welche Entbehrungen noch vor ihnen liegen sollten. Sie wollte Nicky, und, wenn nötig, auch Angus zeigen, wie man vor allem seine Würde und Selbstachtung bewahrte.

Sie wußte auch, wie. Schließlich hatte sie einen Kurs besucht, was manche ihrer Freundinnen als Schrulle abgetan hatten. Dabei hatte sie es nur getan, weil Crawford, der den Kurs eigentlich hätte besuchen sollen, keine Zeit hatte, denn sie hatte das Gefühl, daß wenigstens einer in der Familie es tun sollte.

Vielen Dank und Gottes Segen für Sie, Brigadier Wade! Als ich Ihre Trainingsstunden und Ihre Vorlesungen besuchte, hätte ich mir nie träumen lassen, daß ich das, was Sie mir beibrachten, einmal brauchen und anwenden würde.

Brigadier Cedric Wade, MC, DMC, war im Koreakrieg Sergeant der britischen Armee und später Offizier der Elitetruppe SAS. Seit seiner Pensionierung lebte er in New York, wo er für kleine Gruppen von Interessenten Antiterror-Kurse veranstaltete. Sein Ruf war so gut, daß sogar die amerikanische Armee ihm manchmal Schüler schickte.

Im Jahr 1951 wurde Sergeant Wade von den Streitkräften Nordkoreas gefangengenommen und neuneinhalb Monate in einem Erdloch von etwa drei Metern im Quadrat in Einzelhaft gehalten. Über seinem Kopf hatte er nur ein fest verankertes Gitter, das weder Schutz gegen die Sonne noch gegen den Regen bot. Während seiner ganzen Gefangenschaft durfte er dieses Loch kein einziges Mal verlassen. Unterhalten konnte er sich, wenn überhaupt, nur mit seinen Bewachern, er hatte nichts zu lesen und sah nichts als den Himmel über sich.

Bei einer seiner Vorlesungen erzählte er von dieser Erfahrung mit ruhigen Worten, an die sich Jessica noch ganz genau erinnerte: »*Ich wußte von Anfang an, daß sie meinen Willen brechen wollten. Aber ich war fest entschlossen, das nicht zuzulassen und meine Selbstachtung unter allen Umständen zu bewahren, auch wenn ich in diesem Loch hätte sterben müssen.*«

Er habe sich die Selbstachtung bewahrt, erzählte Brigadier Wade seinen Schülern, indem er sich selbst ein Mindestmaß an Normalität und Ordnung auferlegte. Zunächst wies er jeder Ecke seiner Zelle eine andere Funktion zu. Als erstes die unangenehmste: Er hatte keine andere Wahl, als sich in seiner Zelle zu entleeren. Also reservierte er eine Ecke für diesen Zweck und achtete streng darauf, daß er keine andere beschmutzte. »*Am Anfang war der Gestank entsetzlich und ekelerregend. Aber nach einer Weile gewöhnte ich mich daran, weil ich wußte, daß mir nichts anderes übrigblieb.*«

In der gegenüberliegenden Ecke aß er die karge Nahrung, die man ihm hinunterreichte. In der dritten Ecke schlief und in der vierten meditierte er. Die Mitte der Zelle war für gymnastische Übungen wie etwa Laufen auf der Stelle vorbehalten, die er dreimal täglich absolvierte. »*Für mich war auch dieses körperliche Training eine Möglichkeit, meine Würde und Selbstachtung zu bewahren.*«

Täglich erhielt er eine Ration Trinkwasser, jedoch keins zum Waschen. Deshalb behielt er von dem Trinkwasser immer ein wenig zurück, um sich damit zu waschen. »*Es war nicht einfach, und ich kam mehr als einmal in Versuchung, alles zu trinken. Aber ich tat es nicht und war so immer sauber, denn auch das ist für das Selbstwertgefühl sehr wichtig.*«

Nach neun Monaten nutzte Sergeant Wade die Unaufmerksamkeit seiner Wachen aus und floh. Drei Tage später wurde er wieder eingefangen und in seine Zelle zurückgebracht, aber nach weniger als zwei Wochen nahmen die amerikanischen Streitkräfte den nordkoreanischen Stützpunkt ein und befreiten ihn. Er schloß damals Freundschaften, die ihn viel später, nach der Pensionierung, zu seiner Übersiedlung in die Vereinigten Staaten bewegten.

Doch Brigadier Wade hatte Jessica noch etwas anderes beigebracht: CQB, diese spezielle Technik des waffenlosen Nahkampfs, mit der auch schwache, leichtgewichtige Personen einen bewaffneten Angreifer entwaffnen und ihn entweder blenden oder ihm einen Arm, ein Bein und, wenn nötig, auch das Genick brechen konnten. Jessica war damals eine geschickte, schnell lernende Schülerin gewesen.

Seit ihrer Ankunft als Gefangene in Peru hatten sich ihr schon mehrfach Gelegenheiten zur Anwendung dieser CQB-Technik geboten, doch hatte sie sich bis jetzt zurückgehalten, da sie wußte, daß sie bei einem zu überstürzten Handeln nur verlieren konnte. Sie wollte diese Kunst lieber geheimhalten bis zu dem Augenblick – falls der je eintrat – , da es für sie entscheidend werden konnte.

Doch eine solche Gelegenheit hatte es in Nueva Esperanza noch nicht gegeben. Es war auch nicht sehr wahrscheinlich, daß es eine geben würde.

Diese entsetzlichen ersten Minuten, nachdem sie alle drei in getrennte Käfige geworfen wurden und Jessica die Tränen in die Augen schossen, weil sie Nicky weinen hörte, waren eine Zeit der Verzweiflung und des Leids, gegen die man auch mit den besten Absichten nichts ausrichten konnte. Jessica hatte, wie die anderen, dieser Verzweiflung nachgegeben.

Aber nicht lange.

Nach etwa zehn Minuten rief Jessica leise: »Nicky, kannst du mich hören?«

Bald kam gedämpft die Antwort: »Ja, Mom.« Dann hörte Jessica, wie Nicky sich dem Gitternetz zwischen ihren Zellen näherte. Ihre Augen hatten sich an das Halbdunkel gewöhnt, sie konnten sich sehen, aber nicht berühren.

»Bist du in Ordnung?« fragte Jessica.

»Ich glaube schon.« Dann, mit zitternder Stimme: »Aber ich mag nicht hiersein.«

»Ach, Liebling, ich auch nicht. Aber wir müssen durchhalten, bis wir etwas tun können. Denk immer daran, daß dein Vater und viele andere nach dir suchen.« Jessica hoffte, daß ihre Stimme aufmunternd klang.

»Ich kann dich hören, Jessie. Und dich auch, Nicky.« Es war Angus, der aus der Zelle hinter der Nickys sprach, doch seine Stimme klang schwach. »Du mußt nur immer daran glauben, daß wir alle von hier wegkommen. Und wir werden wegkommen.«

»Versuche, etwas zu schlafen, Angus.« Jessica dachte an die Prügel, die ihr Schwiegervater in der Hütte in Sion von Miguel bezogen hatte, an den zermürbenden Marsch durch den Dschungel, an Angus' Sturz, die lange Bootsfahrt und schließlich seinen Kampf hier.

Während sie sprach, war plötzlich ein Scharren von Füßen zu hören, und eine Gestalt kam aus dem Schatten auf die Zellen zu. Es war einer der Bewaffneten, die sie auf dem Marsch begleitet hatten, ein kräftiger Mann mit einem Schnurrbart, Ramón, wie sie später erfahren sollten.

Er zielte mit seiner Kalaschnikow auf Jessica und befahl: »*Silencio!*«

Jessica wollte protestieren, hörte aber dann Angus' leise Stimme: »Nicht, Jessica!« Sie beherrschte sich, und alle schwiegen. Nach einer Weile senkte der Mann die Waffe und kehrte zu seinem Stuhl zurück.

Es war ihr erstes Erlebnis mit einem der bewaffneten Wärter, die sich von nun an ständig in der Hütte aufhielten und sich im Vierstundenrhythmus abwechselten.

Sie fanden sehr schnell heraus, daß die Wachen nicht alle gleich streng waren. Der freundlichste war Vincente, der Mann, der Nicky auf dem Lastwagen geholfen und ihnen, auf Miguels Befehl, die Fesseln durchschnitten hatte. Er ließ sie reden, so viel sie wollten, solange sie es nur leise taten. Ramón war der strengste, er verbot jede Unterhaltung, und die anderen Wärter standen zwischen den beiden Extremen.

Wenn sie reden konnten, erzählte Jessica Nicky und Angus, was sie in dem Antiterror-Kurs gelernt hatte. Ausführlich berichtete sie von Brigadier Wades' Gefangenschaft und den Regeln, die er aufgestellt hatte. Nicky schien fasziniert von der Geschichte, wahrscheinlich lenkte sie ihn von der Monotonie und der Enge ab. Es war eine grausame Einschränkung für einen aktiven und hochintelligenten Elfjährigen, und er fragte immer wieder: »Mom, was glaubst du, was Dad gerade macht, um uns hier rauszuholen?«

Jessica versuchte immer, sehr phantasievoll zu antworten. Einmal sagte sie: »Dein Vater kennt so viele Leute, und er wird sie sicher alle um Hilfe bitten. Er hat ganz bestimmt schon mit dem Präsidenten gesprochen, der viele Leute mobilisieren kann, um uns zu suchen.«

Auch wenn das stimmte, war es doch ein Ausdruck der Eitelkeit, der Jessica unter normalen Umständen nie über die Lippen gekommen wäre. Doch solange es Nicky wieder Hoffnung gab, war das gleichgültig.

Jessica spornte die anderen an, Brigadier Wades Regeln zu befolgen, so gut es eben ging. Bei der Benutzung der provisorischen Toiletten respektierten sie jeweils die Intimsphäre des anderen, indem sie sich abwandten, wenn einer sie benutzte. Am zweiten Tag begannen sie, unter Jessicas Anleitung, mit gymnastischen Übungen.

Während der folgenden Tage entstand so ein zwar elendes, aber regelmäßiges Lebensmuster. Dreimal täglich erhielten sie eine unappetitliche, fettige Mahlzeit, vorwiegend Cassava, Reis und

Nudeln. Am ersten Tag konnte Nicky das säuerlich schmeckende Fett nur mühsam hinunterwürgen, und auch Jessica hätte sich beinahe übergeben. Jeden zweiten Tag wurden die stinkenden Toilettenkübel von einer Indianerin geleert. Wenn sie überhaupt ausgewaschen wurden, dann nur oberflächlich, denn wenn die Frau sie zurückbrachte, stanken sie fast genauso schlimm wie zuvor. Trinkwasser erhielten sie in gebrauchten Limonadenflaschen, und manchmal gab es auch Schüsseln und Waschwasser. Mit Handzeichen warnten die Wachen sie davor, das schlammig braune Waschwasser zu trinken.

Nickys Stimmung war zwar nicht die beste, blieb aber zumindest stabil, und das war Jessica sehr wichtig. Nachdem er den ersten Schock überwunden hatte, zeigte er sich erstaunlich widerstandsfähig. Jessica, die in New York im freiwilligen Sozialdienst für bedürftige Familien arbeitete, hatte festgestellt, daß Kinder mit dem Elend oft besser fertig wurden als Erwachsene. Wahrscheinlich, so dachte sie, weil Kinder weniger kompliziert und ehrlicher dachten, oder vielleicht, weil Kinder geistig erwachsen wurden, wenn sie in Not gerieten. Nicky auf jeden Fall wurde, aus welchem Grund auch immer, ganz offensichtlich mit der Situation fertig.

Er versuchte, sich mit den Wachen zu unterhalten. Nickys Spanisch war zwar nur sehr rudimentär, doch wenn seine Gesprächspartner Geduld und Bereitschaft zeigten, gelang es ihm, einiges zu erfahren. Vincente war ihm besonders zugewandt.

Von Vincente erfuhren sie auch von der bevorstehenden Abreise des »Doktors«, also vermutlich des Mannes, den Jessica Narbengesicht nannte. Er gehe »heim nach Lima«, erzählte Vincente. Doch die »Krankenschwester« bleibe, und damit meinte er die Frau mit dem mürrischen Gesicht, die sie unter dem Namen Socorro kannten.

Sie unterhielten sich darüber, warum Vincente anders und offenbar freundlicher war als die restlichen Wachen. Doch Jessica warnte Nicky und Angus vor zuviel Zutrauen. »So anders ist der gar nicht. Vincente ist immer noch einer von denen, die uns hierhergebracht haben und uns gefangenhalten – das dürfen wir nie vergessen. Aber er ist nicht so gemein und rücksichtslos wie die anderen, und deshalb wirkt er im Vergleich freundlicher.«

Es gab noch einige andere Aspekte dieses Themas, über die Jessica gern gesprochen hätte, aber sie beschloß, sich das für später aufzuheben. Im Augenblick fügte sie nur hinzu: »Aber weil Vincente nun mal so ist, sollten wir es zu unserem Vorteil ausnutzen.«

Auf Jessicas Anregung fragte Nicky Vincente, ob die Gefangenen ihre Zellen verlassen und an die Luft gehen dürften. Vincente schüttelte nur den Kopf, doch es war nicht klar, ob das nein hieß oder ob er die Frage nicht verstanden hatte. Jessica blieb beharrlich und ließ Nicky fragen, ob Vincente Socorro die Nachricht überbringen könne, daß die Gefangenen sie sehen wollten. Nicky tat sein möglichstes, doch ein erneutes Kopfschütteln ließ wenig Hoffnung, daß die Nachricht überbracht würde.

Nickys relativer Erfolg mit der Sprache überraschte Jessica, da er erst seit wenigen Wochen in der Schule Spanischunterricht hatte. Als sie es erwähnte, erzählte Nicky, daß zwei seiner Freunde kubanische Immigranten seien, die im Pausenhof immer Spanisch redeten. »Ein paar von uns hören zu, und wir schnappen einiges auf ...« Nicky unterbrach sich und kicherte. »Das wird dir zwar gar nicht gefallen, Mom, aber die kennen alle schmutzigen Wörter. Und die haben sie uns beigebracht.«

Angus, der zugehört hatte, fragte nun: »Hast du auch ein paar richtig gemeine Schimpfwörter gelernt?«

»Aber klar doch, Gramps.«

»Bringst du sie mir bei? Damit ich sie den Kerlen hier an den Kopf werfen kann, wenn's nötig ist.«

»Ich glaube, Mom hat da etwas dagegen.«

»Mach nur«, sagte Jessica. »Ich hab' nichts dagegen.« Nickys Lachen war wunderbar gewesen.

»Also gut, Gramps. Wenn du zu jemand so richtig gemein sein willst, sagst du ...« Nicky ging zur gegenüberliegenden Zellenwand und tuschelte durch das Maschengitter hindurch mit seinem Großvater.

Auf diese Weise hatten sie einen neuen Zeitvertreib gefunden, dachte Jessica.

Später an diesem Tag kam Socorro, sie hatte die Nachricht also doch erhalten.

Ihr schlanker, geschmeidiger Körper zeichnete sich als Silhouette unter der Tür ab. Sie musterte die drei Zellen und rümpfte über den durchdringenden Gestank die Nase.

Ohne langes Zögern sprach Jessica sie an. »Socorro, wir wissen, daß Sie Krankenschwester sind. Deshalb haben Sie uns die Fesseln abnehmen lassen und uns die Schokolade gegeben.«

»Keine Krankenschwester, nur Schwesternhelferin«, erwiderte Socorro mürrisch. Mit verkniffenen Lippen näherte sie sich den Zellen.

»Das ist gleichgültig, zumindest hier«, sagte Jessica. »Da der Doktor geht, sind Sie die einzige, die über Medizin Bescheid weiß.«

»Kommen Sie mir bloß nicht so, ich werde Ihnen nicht helfen. Sie wollten mich sehen. Warum?«

»Weil Sie schon einmal gezeigt haben, daß Sie um unser Leben und unsere Gesundheit besorgt sind. Aber wenn wir nicht einmal an die Luft kommen, werden wir alle krank.«

»Ihr müßt in der Hütte bleiben. Sie wollen nicht, daß man euch sieht.«

»Warum nicht? Und wer ist ›sie‹?«

»Das geht Sie nichts an, Sie haben nicht das Recht, Fragen zu stellen.«

»Ich habe das Recht einer Mutter, mich um meinen Sohn zu kümmern«, fuhr Jessica sie an. »Und mein Schwiegervater ist alt und wurde sehr brutal behandelt.«

»Das geschah ihm recht. Er redet zu viel. Und Sie auch.«

Jessica spürte, daß Socorros Feindseligkeit über weite Strecken nur aufgesetzt war. Sie versuchte es mit einem Kompliment. »Ihr Englisch ist hervorragend. Sie müssen lange in Amerika gelebt haben.«

»Das geht Sie ...« Socorro unterbrach sich und zuckte mit den Schultern. »Drei Jahre. Ich hasse Amerika. Es ist ein ekelhaftes, korruptes Land.«

»Ich glaube nicht, daß Sie das wirklich denken«, erwiderte Jessica leise. »Ich glaube, man hat Sie gut behandelt, und jetzt haben Sie Schwierigkeiten, uns zu hassen.«

»Glauben Sie doch, was Sie wollen«, fauchte Socorro und ging weg. In der Tür drehte sie sich noch einmal um. »Ich werde versuchen, hier etwas zu lüften.« Ihre Lippen zuckten, es sah beinahe aus wie ein Lächeln. »Es ist gesünder für die Wachen.«

Am nächsten Tag kamen zwei Männer mit Werkzeugen. Sie schnitten Fenster aus der Wand gegenüber den Zellen. Das Halbdunkel wich dem Tageslicht, und nun konnten sich die drei Gefangenen untereinander und auch die Wächter klar sehen. Es entstand auch ein Luftzug, der den Gestank zwar nicht ganz vertrieb, aber doch beträchtlich minderte.

Diese Fenster waren ein Sieg für Jessica und auch, dachte sie, ein Hinweis darauf, daß Socorro unter der Oberfläche gar nicht so feindselig war, wie sie wirkte – eine Schwäche, die man später vielleicht noch nachhaltiger ausnutzen konnte.

Aber dieser Licht-und-Luft-Erfolg war nur ein kleiner Sieg, und es sollte sich zeigen, daß sie noch viel schlimmere Qualen würden ertragen müssen. Eine davon wurde bereits vorbereitet, ohne daß Jessica es ahnte.

12

Sechs Tage nach der Ankunft in Nueva Esperanza erhielt Miguel eine Reihe von schriftlichen Befehlen vom Sendero Luminoso aus Ayacucho. Überbracht wurden sie von einem Boten in einem Lastwagen, der für die fünfhundert Meilen zwei Tage brauchte und eine mörderische Fahrt über gefährliche Bergpässe und sumpfige Dschungelpisten hinter sich hatte. Neben den Befehlen brachte er auch einige spezielle Geräte.

Die wichtigste Instruktion betraf die Aufnahme einer Videokassette mit der gefangenen Frau. Der Text, den sie sprechen sollte, wurde mitgeliefert. Abweichungen oder Änderungen waren verboten. Miguel selbst sollte die Aufnahme überwachen.

Eine weitere Instruktion bestätigte den Abschluß von Baudelios Einsatz. Er sollte mit dem Boten im Lastwagen nach Ayacucho fahren und von dort nach Lima weiterfliegen. Einige Tage später würde der Lastwagen mit weiterem Nachschub nach Nueva Esperanza zurückkehren und die Videokassette abholen.

Die Nachricht, daß Baudelio nach Lima zurückkehren konnte,

kam zwar nicht unerwartet, war Miguel aber dennoch nicht recht. Zum einen wußte der Arzt zu viel. Zum anderen würde er sicher wieder anfangen zu trinken, und Schnaps lockerte die Zunge. Wenn also Baudelio frei herumlief, war das eine Gefahr nicht nur für die Sicherheit ihrer kleinen Garnison, sondern auch, was Miguel wichtiger war, für seine eigene.

Unter anderen Umständen hätte Miguel Baudelio zu einem Dschungelspaziergang gezwungen, von dem nur er allein zurückkehren würde. Doch so skrupellos der Sendero Luminoso in vieler Hinsicht war, wenn ein Außenseiter die eigenen Leute tötete, konnte man sehr ungehalten werden.

Miguel gab deshalb dem Boten eine eindringlich formulierte Nachricht mit, in der er vor der Gefahr, die Baudelio darstellte, warnte. Die Organisation sollte dann ihre eigene Entscheidung treffen. Miguel war sich ziemlich sicher, wie sie ausfallen würde.

Über einen Befehl freute er sich besonders. Es war der Auftrag, »die drei Geiseln bei guter Gesundheit zu halten, bis neue Befehle eintreffen«. Der Hinweis auf die »drei Geiseln« bedeutete, daß der Führungsstab vom Sendero Luminoso Miguels Entscheidung, den alten Mann mitzunehmen, nachträglich abgesegnet hatte, obwohl das ursprünglich nicht geplant gewesen war.

Miguel wandte sich nun der Videoausrüstung zu, die er aus Ayacucho bekommen hatte. Sie bestand aus einem Sony Camcorder mit Kassetten, einem Stativ, einem Scheinwerfer und einem tragbaren 110-Volt-Generator mit Benzinmotor. Die Geräte waren für Miguel kein Problem, denn er hatte schon öfter Videoaufnahmen von Entführungsopfern gemacht.

Er ahnte aber, daß er Hilfe und einige strenge Maßnahmen benötigte, um die Frau gefügig zu machen, denn er befürchtete, daß sie ihm Schwierigkeiten bereiten würde. Miguel entschied sich schließlich für Gustavo und Ramón als Hilfskräfte, weil er wußte, daß sie hart mit den Gefangenen umsprangen und sich nicht zierten, wenn er von ihnen Brutalitäten verlangte.

Miguel hatte vor, gleich am nächsten Morgen mit der Aufnahme zu beginnen.

Sobald Jessica genug Tageslicht hatte, machte sie sich an die Arbeit.

Bald nach dem Aufwachen in Peru hatten sie alle drei bemerkt, daß man ihnen die Taschen geleert und fast alles weggenommen hatte, auch das Geld, das sie bei sich trugen. Jessicas Handtasche war ebenfalls verschwunden. Zu den wenigen Dingen, die man ihnen gelassen hatte, gehörten einige Büroklammern, Jessicas Kamm und ein kleines Notizbuch aus Angus' Gesäßtasche, das man offensichtlich übersehen hatte. Im Futter von Nickys Jacke fand sich noch ein Kugelschreiber, der durch ein Loch in der Innentasche gerutscht und deshalb nicht entdeckt worden war.

Auf Jessicas Betreiben wurden Notizbuch und Kugelschreiber sorgfältig versteckt und nur benutzt, wenn die weniger strengen Wachen Dienst hatten.

Am Tag zuvor hatte Jessica sich Angus' Notizbuch und Nickys Kugelschreiber ausgeliehen. Da die beiden wegen der Gitternetze die Sachen nicht selber in Jessicas Zelle hinüberreichen konnten, hatte Vincente, der zu dieser Zeit Dienst hatte, sie freundlicherweise eingesammelt und ihr gegeben.

Jessica hatte vor, von allen an der Entführung Beteiligten Skizzen zu machen, solange sie deren Gesichter noch deutlich in Erinnerung hatte. Sie war zwar keine perfekte Künstlerin, aber doch ein geschickter Amateur, und sie war sicher, daß die Gesichter auf den Zeichnungen wiedererkennbar sein würden, falls sie sie später zur Identifizierung der Verbrecher brauchen sollte.

Die erste Zeichnung, die sie am Tag zuvor begonnen hatte und an der sie auch jetzt noch arbeitete, zeigte den großen Mann mit den schütteren Haaren und dem bestimmten Auftreten, den sie gleich nach dem Aufwachen in der dunklen Hütte bemerkt hatte. Trotz ihrer Benommenheit zu diesem Zeitpunkt konnte sie sich an ihr verzweifeltes Flehen um Hilfe noch gut erinnern. Und es war ihr auch noch klar und deutlich im Gedächtnis, daß der Mann sehr überrascht auf ihre Bitte reagiert hatte. Unternommen hatte er jedoch nichts, das war inzwischen klar.

Wer war er? Was hatte er in dieser Hütte zu suchen? Irgendwie mußte er in die Entführung verwickelt sein. Jessica hielt ihn für einen Amerikaner. Aber auch wenn er es nicht war, hoffte sie doch, daß ihre Zeichnung die Fahndung nach ihm erleichtern würde.

Als Jessica schließlich den Stift weglegte, hatte sie ein recht brauchbares Porträt des Learjetpiloten Captain Denis Underhill gezeichnet.

Bei dem Geräusch von Schritten vor der Tür faltete Jessica die Zeichnung hastig zusammen und stopfte sie sich in den BH, das erste Versteck, das ihr spontan einfiel. Notizbuch und Kugelschreiber schob sie unter die dünne Matratze ihres Betts.

Im nächsten Augenblick standen Miguel, Gustavo und Ramón in der Hütte. Sie trugen Geräte, die Jessica sofort erkannte. »O nein«, rief sie Miguel zu. »Das brauchen Sie gar nicht aufzubauen. Wir werden uns nicht filmen lassen.«

Miguel achtete nicht auf sie. Bedächtig schraubte er den Camcorder auf das Stativ, stellte den Scheinwerfer auf und schloß ihn an ein Verlängerungskabel an. Das Kabel lief nach draußen, von wo nun auch das Geräusch des startenden Generators kam. Augenblicke später war die Mitte der Zelle, wo vor der Kamera ein leerer Stuhl stand, hell erleuchtet.

Miguel kam seelenruhig auf Jessicas Käfig zu. Seine Stimme klang kalt und hart. »Du Schlampe wirst genau das tun, was ich dir sage, und wann ich es sage.« Er gab ihr drei Seiten mit handschriftlichem Text. »Du wirst das aufsagen – genau das und nicht mehr, und ohne ein Wort zu ändern.«

Jessica nahm die Seiten, überflog sie und zerriß sie in kleine Fetzen, die sie durch die Gitterstäbe hinauswarf. »Ich habe doch gesagt, daß ich es nicht tue, und daran hat sich nichts geändert.«

Miguel reagierte nicht auf sie, sondern sah nur Gustavo an, der in der Nähe wartete. »Hol dir den Jungen.«

Trotz der Entschlossenheit, die Jessica eben noch gezeigt hatte, lief ihr nun ein Schauer der Angst über den Rücken.

Sie mußte zusehen, wie Gustavo das Vorhängeschloß an Nickys Zelle öffnete und hineinging. Er packte Nicky an Schulter und Arm, drehte ihm den Arm auf den Rücken und warf ihn aus der Zelle.

Jessica war außer sich vor Angst, der Schweiß stand ihr auf der Stirn. »Was macht ihr mit ihm?« fragte sie die Männer.

Doch keiner antwortete.

Statt dessen brachte Ramón nun aus einer anderen Ecke der Hütte den Stuhl, auf dem sonst die Wachen saßen. Gustavo stieß Nicky auf den Stuhl, und die beiden Männer fesselten ihn. Bevor Gustavo Nickys Arme am Stuhl festband, knöpfte er ihm das Hemd auf und entblößte seine schmale Brust. Ramón zündete sich unterdessen eine Zigarette an.

Jessica, die sich nur zu gut vorstellen konnte, was nun kommen würde, rief Miguel zu: »Warten Sie! Vielleicht war ich zu voreilig. Bitte warten Sie! Wir können doch darüber reden!«

Miguel antwortete nicht. Er bückte sich und hob einige der Fetzen auf, die Jessica auf den Boden geworfen hatte. »Das waren drei Seiten«, sagte er. »Ich habe mir schon gedacht, daß so etwas passieren würde und dir deshalb nur eine Kopie gegeben. Aber die Zahl drei hast du uns damit vorgegeben.«

Er sah Ramón an und hielt drei Finger in die Höhe. *»Quémelo bien ... tres veces.«*

Ramón zog an der Zigarette, bis das Ende rot aufglühte. Dann nahm er sie entschlossen und mit einer schnellen Bewegung aus dem Mund und drückte die Glut Nicky auf die Brust. Im ersten Augenblick war der Junge so überrascht, daß er keinen Ton über die Lippen brachte. Doch als er den entsetzlichen, brennenden Schmerz spürte, schrie er auf.

Auch Jessica schrie – wild und unzusammenhängend brach es aus ihr heraus, sie flehte Miguel unter Tränen an, er solle mit der Quälerei aufhören, denn sie werde alles tun, was er von ihr verlange. »Alles! Alles! Egal was. Sagen Sie mir nur, was Sie wollen. Aber hören Sie auf. Bitte, hören Sie auf!«

Angus trommelte mit den Fäusten gegen das Maschengitter seiner Zelle und schrie ebenfalls. Das meiste ging in dem übrigen Lärm unter, doch ein paar seiner Worte waren zu verstehen. »Ihr elenden Schweine! Feiglinge! Ihr seid Tiere, keine Menschen!«

Ramón sah und hörte zu, ein dünnes Lächeln umspielte seine Lippen. Dann steckte er sich die Zigarette wieder in den Mund und zog fest daran, bis die Glut wieder aufleuchtete. Schließlich drückte er das rote Ende ein zweites Mal auf Nickys Brust. Nicky schrie immer lauter, während Ramón ein drittes Mal an der Zigarette zog und die Tortur wiederholte. Nun begleitete der Geruch von versengter Haut die Schreie und das verzweifelte Weinen des Jungen.

Miguel blieb kühl und gelassen, als wäre ihm die ganze Sache vollkommen gleichgültig.

Nach dem dritten Mal wartete er, bis sich der Lärm etwas gelegt hatte, und sagte dann zu Jessica: »Du setzt dich jetzt vor die Kamera und fängst an zu reden, wenn ich es dir sage. Ich habe den Text auf Kartons geschrieben. Es ist der gleiche wie der, den du gelesen hast. Die Kartons werden hochgehalten, und du liest Wort für Wort ab. Verstanden?«

»Ja«, erwiderte Jessica wie betäubt. »Ich habe verstanden.«

Als Miguel hörte, wie brüchig und trocken ihre Stimme klang, befahl er Gustavo: »Gib ihr Wasser.«

»Ich brauche keins«, protestierte Jessica. »Um Nicky muß man sich kümmern – er braucht etwas für die Brandwunden. Socorro weiß ...«

»Halt den Mund!« fauchte Miguel. »Wenn du weiter Schwierigkeiten machst, wird der Junge wieder leiden. Er bleibt, wo er ist. Und du wirst jetzt gehorchen!« Er warf dem wimmernden Nicky einen bösen Blick zu. »Und du halt auch den Rand!« Miguel wandte sich um. »Ramón, halt den Stengel bereit!«

Ramón nickte. »*Si, jefe.*« Er zog an der Zigarette, bis sie wieder glühte.

Jessica schloß die Augen. Ihre Halsstarrigkeit war schuld, daß es so weit gekommen war. Vielleicht würde Nicky ihr das nie verzeihen. Um ihn wenigstens jetzt zu schützen, mußte sie sich auf das konzentrieren, was zu tun war, sie mußte es ohne Fehler zu Ende bringen.

Zu Hause in Larchmont, an dem Abend vor der Entführung, hatte Crawf ihr noch von bestimmten Signalen erzählt, die eine Geisel heimlich bei einer Videoaufzeichnung übermitteln konnte. Wichtig war nur, daß jemand diese Signale kannte und sie interpretieren konnte. Crawf war davon ausgegangen, daß man ihn eines Tages entführen und zu einer solchen Videoaufnahme zwingen könnte. Doch nun war Jessica in dieser Lage – daran hätten die beiden nicht im Traum gedacht –, und sie versuchte, sich an die

Signale zu erinnern, da sie wußte, daß Crawf die Aufzeichnung mit Sicherheit sehen würde ... Wie waren die Zeichen gleich wieder?

Sie rief sich das Gespräch in Erinnerung ... Sie hatte schon immer ein gutes Gedächtnis besessen ... Crawf hatte gesagt: *»Wenn ich mir mit der Zunge über die Lippen lecke, was man ja leicht unbeobachtet tun kann, heißt das: ›Ich mache das gegen meinen Willen. Glaubt kein Wort von dem, was ich sage.‹ Wenn ich mich am rechten Ohr kratze, heißt das: ›Meine Entführer sind gut organisiert und schwer bewaffnet.‹ Wenn es das linke Ohr ist, heißt es: ›Die Bewachung hier ist eher nachlässig. Ein Angriff von außen könnte Erfolg haben.‹«* ... Es gäbe noch andere Signale, hatte Crawf gesagt, aber sie nicht näher beschrieben. Also mußten diese drei – oder genauer zwei, da sie ja nur ein Ohrläppchensignal benutzen konnte – genügen.

Gustavo öffnete Jessicas Zelle und winkte sie heraus.

Sie wollte sofort zu Nicky laufen, doch Miguel warf ihr einen finsteren Blick zu, und Ramón, der sie ebenfalls beobachtete, hatte sich eine neue Zigarette angezündet. Jessica blieb stehen, wechselte einen Blick mit Nicky und wußte, daß er verstand. Dann ließ sie sich von Gustavo zu dem Stuhl vor der Kamera führen. Gehorsam trank sie das Wasser, das er ihr gab.

Die Erklärung, die sie lesen sollte, stand in großen Buchstaben auf zwei Kartons, die Gustavo nun hochhielt. Miguel stand hinter dem Camcorder und hatte das Auge am Sucher. »Fang an, wenn ich die Hand sinken lasse!« befahl er.

Auf das Signal hin begann Jessica. Sie versuchte, ihre Stimme neutral klingen zu lassen. »Wir werden hier gut behandelt. Man hat uns erklärt, warum wir entführt wurden, und wir verstehen nun, daß es notwendig war. Wir wissen auch, daß die Bedingungen, die für unsere sichere Rückkehr gestellt werden, von unseren amerikanischen Freunden sehr leicht zu erfüllen sind. Als Gegenleistung für unsere Freilassung ...«

»Stop!«

Miguels Gesicht war rot vor Wut.

»Du Miststück! Du liest das ab wie einen Einkaufszettel – ohne jeden Ausdruck. Du willst mich übers Ohr hauen und es unglaubwürdig klingen lassen, so als hätte man dich dazu gezwungen ...«

»Aber Sie zwingen mich doch!« Einen Augenblick später bereute Jessica diese Trotzigkeit.

Auf ein Zeichen von Miguel hielt Ramón Nicky erneut die brennende Zigarette an die Brust. Nicky schrie wieder auf.

Jessica wurde fast wahnsinnig bei dem Schrei; sie sprang auf und flehte: »Nein! Nicht mehr! Ich mach' es besser! ... So wie Sie wollen! ... Ich verspreche es!«

Zu ihrer Erleichterung beließ es Ramón bei dem einen Mal. Miguel legte eine neue Kassette ein und winkte Jessica in den Stuhl zurück. Wieder gab Gustavo ihr Wasser. Augenblicke später begann sie von neuem.

Sie nahm sich zusammen und versuchte, die Einleitungssätze so überzeugend wie möglich klingen zu lassen. Dann fuhr sie fort: »Als Gegenleistung für unsere Freilassung sind die Anweisungen, die dieser Aufnahme beiliegen, schnell und Punkt für Punkt zu befolgen ...«

Gleich nach dem Wort »befolgen« befeuchtete Jessica sich die Lippen mit der Zunge. Sie wußte, daß es ein Risiko war, nicht nur für sie selbst, sondern auch für Nicky, aber sie hoffte, daß es natürlich aussehen und so von keinem bemerkt würde. Daß niemand etwas sagte, schien ihr recht zu geben, und sie hatte nun Crawf und den anderen mitgeteilt, daß sie die Botschaft gegen ihren Willen vortrug. Trotz allem, was geschehen war, spürte sie eine gewisse Befriedigung, während sie weiter von den Kartons ablas, die Gustavo hochhielt.

» ... aber seid euch über eines im klaren: Wenn ihr diese Instruktionen nicht befolgt, werdet ihr keinen von uns je wiedersehen. Wir flehen euch an, laßt das nicht geschehen ...«

Wie lauteten diese Instruktionen? Wie sahen die Gegenleistungen aus, die die Entführer für ihre Freilassung verlangten? Jessica hütete sich, diese Fragen laut zu stellen. Sie hatte nur noch wenig Zeit und mußte sich überlegen, welches zweite Signal sie verwenden sollte. Das linke Ohrläppchen oder das rechte? Welches?

Die Leute hier waren zwar bewaffnet und wahrscheinlich gut organisiert, aber die Bewachung wurde manchmal trotzdem vernachlässigt. Nachts schliefen die Wachen oft ein, man konnte sie schnarchen hören ... Jessica traf eine Entscheidung und kratzte sich beiläufig am linken Ohr. Geschafft! Keiner hatte es bemerkt! Erleichtert las sie den Text zu Ende.

»Wir warten, wir zählen auf euch und hoffen verzweifelt, daß ihr die richtige Entscheidung trefft und ...«

Augenblicke später war es vorbei. Während Jessica beruhigt die Augen schloß, schaltete Miguel den Schweinwerfer aus und lächelte zufrieden.

Es dauerte eine ganze Stunde, bis Socorro endlich kam, eine Stunde des Schmerzes für Nicky und der Angst für Jessica, die Nicky auf seiner Pritsche leise stöhnen hörte, aber nicht zu ihm konnte. Mit Worten und mit Gesten hatte sie die diensthabende Wache angefleht, sie zu Nicky in die Zelle zu lassen, und es war deutlich, daß der Mann, obwohl er kein Englisch sprach, sehr wohl verstand, was sie wollte. Aber er hatte nur den Kopf geschüttelt und immer wieder gesagt: *»No se permite.«*

Entsetzliche Schuldgefühle überfielen Jessica. Durch das Maschengitter sagte sie zu Nicky: »Ach Liebling, es tut mir so furchtbar leid. Wenn ich gewußt hätte, was sie dir antun, hätte ich diese Aufnahme sofort gemacht. Ich hätte nie geglaubt ...«

»Mach dir keine Sorgen, Mom.« Trotz seiner Schmerzen versuchte Nicky, sie zu beruhigen. »Du konntest ja nichts dafür.«

»Das hätte keiner geglaubt, daß diese Wilden zu so etwas fähig wären«, kam Angus' Stimme aus der hinteren Zelle. »Tut's noch sehr weh, alter Junge?«

»Ziemlich.«

Wieder flehte Jessica die Wache an: »Holen Sie Socorro! Die Krankenschwester! Sie verstehen? Socorro!«

Doch der Mann reagierte nicht. Er saß auf seinem Stuhl, las ein Comic-Heft und sah nicht auf. Schließlich kam Socorro doch, wie es schien, aus eigener Entscheidung.

»Bitte helfen Sie Nicky«, bat Jessica. »Ihre Freunde haben ihm Brandwunden zugefügt.«

»Er hat es wahrscheinlich verdient.« Socorro ließ sich von der Wache Nickys Zelle aufschließen und ging hinein. Als sie die vier versengten Stellen sah, schnalzte sie leise mit der Zunge, drehte sich um und verließ die Zelle. Die Wache sah ihr nach.

»Kommen Sie wieder?« rief Jessica ihr nach.

Einen Augenblick sah es so aus, als wollte Socorro wieder nur eine barsche Antwort geben. Doch dann nickte sie knapp und ging. Wenige Minuten später kehrte sie mit einer Schüssel, einem Krug Wasser und gefalteten Tüchern und Kompressen zurück.

Jessica sah durch das Maschengitter zu, wie Socorro vorsichtig die Wunden mit Wasser auswusch. Nicky zuckte dabei zusammen, doch er schrie nicht. Socorro trocknete die Stellen mit einem Tuch und legte Kompressen darüber, die sie mit Heftpflaster befestigte.

»Danke«, sagte Jessica erschöpft. »Sie machen das sehr gut. Darf ich fragen ...«

»Es sind Verbrennungen zweiten Grades, sie werden heilen. In ein paar Tagen nehme ich den Verband wieder ab.«

»Können Sie etwas gegen die Schmerzen tun?«

»Das hier ist kein Krankenhaus. Er muß sie ertragen.« Socorro wandte sich Nicky zu, ihre Stimme klang gereizt, sie lächelte nicht. »Heute mußt du still liegenbleiben, Junge. Morgen tut's dann schon nicht mehr so weh.«

Jessica versuchte es mit einer letzten Bitte. »Darf ich zu ihm, bitte? Er ist doch erst elf, und ich bin seine Mutter. Können wir denn nicht zusammensein, wenigstens die nächsten paar Stunden?«

»Ich habe Miguel gefragt. Aber er sagt nein.« Sekunden später war Socorro verschwunden.

Nach einer Weile sagte Angus leise. »Wenn ich nur etwas für dich tun könnte, Nicky. Das Leben ist ungerecht. Du hast das alles nicht verdient.«

Eine Pause. Und dann: »Gramps?«

»Ja, mein Sohn?«

»Es gibt schon etwas.«

»Das ich tun kann? Was denn?«

»Erzähl mir von diesen alten Liedern. Und sing mir eins vor.«

Angus traten die Tränen in die Augen. Für diese Bitte brauchte es keine Erklärung.

Alles, was mit Liedern und Musik zu tun hatte, faszinierte Nicky, und an manchen Sommerabenden in dem Haus am See, das die Sloanes in der Nähe von Johnstown in Upstate New York besaßen, saßen Großvater und Enkel beieinander und hörten Lieder aus dem

Zweiten Weltkrieg, die damals Angus und anderen seiner Generation in schwierigen Zeiten Trost gespendet hatten. Nicky konnte nie genug davon bekommen, und Angus versuchte nun, sich Worte und Sätze ins Gedächtnis zu rufen, die er früher schon zu Nicky gesagt hatte. »Wir Flieger hüteten unsere achtundsiebziger Platten wie unseren Augapfel ... Diese Achtundsiebziger gibt's schon lange nicht mehr ... Ich wette, du hast noch nie eine gesehen ...«

»Einmal schon. Der Vater von einem Freund von mir hat welche.«

Angus lächelte. Beide wußten, daß ein ähnlicher Dialog schon vor einigen Monaten stattgefunden hatte.

»Na, auf jeden Fall nahmen wir diese Platten von Stützpunkt zu Stützpunkt mit, und weil sie so zerbrechlich waren, vertraute keiner sie einem anderen an. Aus jedem BOQ – so hießen die Quartiere für die ledigen Offiziere – drang die Musik der Bigbands: Benny Goodman, Tommy Dorsey, Glenn Miller. Und die Sänger waren der junge Frank Sinatra, Ray Eberle, Dick Haymes. Wir haben deren Lieder gehört und sie unter der Dusche nachgesungen.«

»Sing' eins, Gramps.«

»Mein Gott, ich weiß nicht, ob ich das noch kann. Meine Stimme wird langsam alt.«

»Versuch's, Angus!« drängte ihn Jessica. »Wenn ich kann, sing' ich mit.«

Er suchte in seiner Erinnerung. Welches Lied hatte Nicky immer ganz besonders gemocht? Dann fiel es ihm ein – ja, das war es. Er holte Atem und begann, doch nicht ohne zuvor der Wache einen flüchtigen Blick zuzuwerfen, weil er sich fragte, ob der Mann auf dem Schweigegebot bestehen würde.

Früher hatte Angus eine gute Singstimme besessen, doch nun war sie abgenutzt und zittrig wie er selber auch. Aber den Text hatte er noch deutlich in Erinnerung ...

I'll be seeing you In all the old familiar places That this heart of mine embraces all day thru ...

Jessica stimmte mit ein, die Worte tauchten plötzlich in ihrem Gedächtnis auf. Einen Augenblick später kam auch Nickys junger Tenor mit dazu.

In a small café, The park across the way, The children's carousel, The chestnut trees, the wishing well. I'll be seeing you In ev'ry lovely summer's day, In everything that's light and gay, I'll always think of you that way I'll find you in the morning sun; And when the night is new, I'll be looking at the moon But I'll be seeing you!

Die Jahre fielen von Angus ab. Jessica faßte wieder Mut. Und Nicky vergaß seine Schmerzen.

13

Als Harry Partridge am Mittwochnachmittag seine Entscheidung, gleich am nächsten Morgen nach Peru zu fliegen, bekanntgab, verfiel die Spezialeinheit von CBA News in hektische Betriebsamkeit.

Partridges zweite Entscheidung – sechsunddreißig Stunden nach seinem Abflug mit sämtlichen Informationen an die Öffentlichkeit zu gehen – hatte eine ganze Reihe von Konferenzen und Beratungen zur Folge, in denen ein Prioritätenprogramm für die nächsten drei Tage aufgestellt wurde.

Zuallererst mußte noch in dieser Nacht ein Bericht für die Freitagssendung der National Evening News geschrieben und teilweise auch aufgenommen werden, ein Bericht, den Partridge noch selbst moderieren wollte. Er sollte alles enthalten, was bis jetzt über die Sloane-Entführung bekannt war, also auch die letzten Informationen über Peru und den Sendero Luminoso; über die Rolle des Terroristen Ulises Rodríguez als vermutlichen Anführer; über die Särge und den Leichenbestatter Alberto Godoy; über die American-Amazonas Bank und den mysteriösen Tod von Helga Efferen und José Antonio Salaverry.

Doch vor Beginn all dieser Vorbereitungen suchte Harry Partridge Crawford Sloane in dessen Büro im dritten Stock auf. Denn Partridge war noch immer der Überzeugung, daß Sloane einer der ersten sein sollte, die von neuen Entwicklungen oder Plänen erfuhren.

Seit der Entführung vor dreizehn Tagen hatte Crawford Sloane weitergearbeitet, obwohl man manchmal den Eindruck hatte, er würde nur die Zeit absitzen, ohne mit Herz und Verstand bei der Arbeit zu sein. An diesem Tag sah er noch eingefallener aus als sonst, seine Augen wirkten müde und die Falten in seinem Gesicht noch tiefer als vor ein paar Tagen. Er unterhielt sich gerade mit einer Texterin und einem Produzenten und blickte auf, als Partridge erschien. »Du willst mit mir reden, Harry?«

Als Partridge nickte, bat Sloane die anderen beiden: »Laßt uns doch bitte alleine. Wir besprechen das dann später.«

Sloane winkte Partridge zu einem Stuhl. »Du machst ein ernstes Gesicht. Schlechte Nachrichten?«

»Ich fürchte ja. Wir haben herausgefunden, daß deine Familie nicht mehr im Land ist. Sie werden in Peru gefangengehalten.«

Sloane beugte sich vor, er stützte die Ellbogen auf den Tisch und strich sich mit den Händen über das Gesicht, bevor er erwiderte: »Ich habe so etwas schon erwartet – genauer gesagt, befürchtet. Weißt du, wer sie gefangenhält?«

»Wir glauben der Sendero Luminoso.«

»O Gott! Nicht diese Fanatiker!«

»Ich fliege morgen nach Lima, Crawf.«

»Ich komme mit!«

Partridge schüttelte den Kopf. »Wir wissen beide, daß das nicht geht; es würde nicht funktionieren. Außerdem würde es der Sender nie erlauben.«

Sloane seufzte, sagte aber nichts dagegen. Dann fragte er: »Haben wir schon irgendeine Vorstellung, was diese Gangster verlangen?«

»Noch nicht. Aber ich bin sicher, daß wir bald von ihnen hören werden.« Nach kurzem Schweigen sagte Partridge: »Ich habe für fünf Uhr eine Konferenz der Spezialeinheit angesetzt. Ich dachte mir, daß du vielleicht gern dabei wärst. Danach werden die meisten von uns die Nacht durcharbeiten.« Er berichtete nun von den Entwicklungen des Tages und von der Entscheidung, am Freitag mit sämtlichen Informationen an die Öffentlichkeit zu gehen.

»Ich komme zu der Konferenz«, sagte Sloane. »Und vielen Dank.« Und als Partridge aufstand: »Mußt du gleich wieder gehen?«

Partridge zögerte. Er hatte viel zu tun und nur sehr wenig Zeit, aber er spürte, daß Crawf gern mit ihm gesprochen hätte. Er zuckte die Achseln: »Na, ein paar Minuten machen wahrscheinlich auch nichts aus.«

Nach einer Pause begann Sloane verlegen: »Ich weiß nicht recht, wie ich es sagen soll und ob ich es überhaupt sagen sollte. Aber in einer solchen Zeit denkt man über eine Menge Dinge nach.« Partridge wartete und fragte sich, worauf Sloane hinauswollte. »Und da habe ich mir eben überlegt, was du für Jessica noch empfinden magst. Schließlich habt ihr euch vor Jahren ja sehr nahegestanden.«

Das war es also: Ein heimlicher Gedanke, der nun endlich zur Sprache kam. Partridge überlegte sich genau, was er sagte, denn er wußte, daß dies ein entscheidender Augenblick war. »Ja, ich mag sie sehr gern, zum Teil auch, weil wir – wie du es nennst – uns vor Jahren sehr nahegestanden haben. Aber vor allem mag ich sie, weil sie deine Frau und du mein Freund bist. Was je zwischen Jessica und mir existierte, war an dem Tag zu Ende, als sie dich heiratete.«

»Wahrscheinlich sage ich das jetzt nur, weil diese furchtbare Sache passiert ist, aber Gedanken darüber habe ich mir schon oft gemacht.«

»Das weiß ich, Crawf, und es gab Zeiten, da wollte ich dir das schon sagen, was ich dir erst jetzt gesagt habe, und auch, daß ich dir nie böse war, weder wegen Jessica noch wegen deiner Karriere als Moderator. Es gab keinen Grund dafür. Aber ich hatte immer das Gefühl, du würdest es mir nicht glauben, wenn ich es dir sage.«

»Da hast du wahrscheinlich recht.« Sloane hielt inne und überlegte. »Aber falls es dich interessiert, Harry, jetzt glaube ich dir.«

Partridge nickte. Er mußte gehen. An der Tür drehte er sich noch einmal um. »Ich werde in Lima Himmel und Hölle in Bewegung setzen. Das ist mein Ernst, Crawf.«

Partridge hatte vor Sloanes Büro den FBI-Agenten Otis Havelock vermißt, dessen Anwesenheit in der ersten Woche nach der Entführung so überdeutlich zu spüren gewesen war. Als er nun Chuck Insen am Hufeisen über die Konferenz der Spezialeinheit informierte, fragte er auch nach dem FBI-Mann.

»Er zeigt sich immer noch ziemlich häufig«, sagte der Studioleiter, »aber ich glaube, er verfolgt inzwischen auch andere Spuren.«

»Weiß du, ob er heute noch einmal kommt?«

»Keine Ahnung.«

Partridge ertappte sich bei dem Wunsch, der FBI-Mann möge für den Rest des Tages weiter tun, was er im Augenblick tat. Dann wäre es leichter, die Nachtarbeit und seine Abreise morgen früh geheimzuhalten. Für den Fall, daß am Freitag im voraus bekannt wurde, daß CBA News für die Abendsendung größere Enthüllungen plante, würden natürlich die Leute vom FBI wissen wollen, was eigentlich los sei, und man würde sie bis zu den Nachrichten vertrösten müssen. Doch zu diesem Zeitpunkt war Partridge bereits in Peru, und ein anderer trug die Verantwortung.

Trotzdem wußte Partridge, daß man bei der Planung der nächsten beiden Tage auch das FBI in Betracht ziehen mußte.

Die Fünf-Uhr-Konferenz der Spezialeinheit war gut besucht. Les Chippingham und Crawford Sloane waren anwesend. Chuck Insen ging nach fünfzehn Minuten wieder, weil die ersten Abendnachrichten vorbereitet werden mußten; ein anderer Produzent vom Hufeisen nahm seinen Platz ein. Partridge saß am Kopfende des langen Konferenztisches, Rita Abrams neben ihm. Iris Everly, die den Entführungsbericht für die Abendsendung produziert hatte – er enthielt noch nichts von den neuen Entwicklungen –, kam ein paar Minuten zu spät. Teddy Cooper war anwesend, nachdem er den Tag mit den Rechercheuren verbracht hatte, die noch immer mit den Lokalzeitungen beschäftigt waren – bisher ohne Ergebnis. Minh Van Canh kam dazu sowie die beiden Producer Norman Jaeger und Karl Owens. Don Kettering war ein neues Gesicht am Tisch. Jonathan Mony war ebenfalls dabei und wurde der Runde vorgestellt. Im Hintergrund warteten die Assistenten auf Anweisungen.

Partridge begann mit einer Zusammenfassung der Ereignisse des Tages, berichtete dann von seiner Absicht, am nächsten Morgen nach Peru zu fliegen, und von der Entscheidung, mit dem gesamten neuen Material am Freitag an die Öffentlichkeit zu gehen.

Les Chippingham meldete sich. »Ich stimme dir in allem zu, was du sagst, Harry, und ich gehe sogar noch einen Schritt weiter und schlage für den Freitag eine einstündige Sondersendung vor, in der wir ausführlich über die ganze Geschichte berichten.«

Von allen Seiten kam zustimmendes Gemurmel, während Chippingham fortfuhr. »Ich möchte euch nur daran erinnern, daß für die Hauptsendezeit um neun Uhr sowieso eine Nachrichtensendung geplant ist, die wir dafür herausnehmen können. Und es sieht ja ganz so aus, als hättet ihr genug, um die Stunde vollzumachen.«

»Mehr als genug«, bestätigte Rita Abrams. Kurz zuvor hatte sie sich das Interview mit Alberto Godoy und Don Ketterings Gespräch mit dem Direktor der American-Amazonas Bank, Emiliano Armando, das eben hereingekommen war, angesehen. Sie war von beidem begeistert.

Danach hatte sie mit Partridge und Kettering diskutiert, ob man die Identität des Leichenbestatters überhaupt noch geheimhalten sollte, da er bei der aggressiven Beendigung des Interviews selbst sein Gesicht ins Licht und vor die Kamera gesteckt hatte. Man war versucht, dieses Versehen auszunutzen, da die Geheimhaltung der Identität dem Sender Probleme bereiten konnte. Wegen der ursprünglichen Abmachung mit Godoy lagen die Dinge aber etwas komplizierter.

Man kam schließlich zu dem Entschluß, sich an die Abmachung zu halten, da Godoy gar nicht wußte, was seine abrupte Bewegung aufnahmetechnisch bedeutet hatte. Um sicherzustellen, daß die Entscheidung auch in die Tat umgesetzt wurde, löschte Partridge die Sequenz mit Godoys Gesicht, damit man nicht später doch noch darauf zurückgreifen konnte. Zu diesem Zeitpunkt war das Löschen noch legal, illegal wurde es erst nach Beginn der offiziellen Ermittlungen.

Jeder am Konferenztisch wußte, daß die Entscheidung für eine einstündige Sondersendung relativ leicht durchzusetzen war, weil die dafür benötigte Stunde in der Hauptsendezeit sowieso der Nachrichtenabteilung gehörte und man sich folglich nicht lange mit der Sendeleitung abzusprechen brauchte. Ursprünglich war für Freitagabend, 21 Uhr, das Nachrichtenmagazin »Hinter den Schlagzeilen« geplant, bei dem Norman Jaeger sonst als Produzent arbeitete und zu dem er nach diesem Sondereinsatz auch wieder zurückkehren würde. Chippingham beschloß insgeheim, Margot Lloyd-Mason nicht sofort von der Programmänderung zu unterrichten, sondern es ihr erst im Laufe des Freitags mitzuteilen.

Nun folgte eine ganze Reihe weiterführender Entscheidungen.

Partridge gab bekannt, daß er Minh Van Canh und Ken O'Hara, den Tontechniker, der auch bei der Flugzeugtragödie in Dallas-Fort Worth dabeigewesen war, nach Peru mitnehmen wolle.

Rita warf Chippingham einen flüchtigen Blick zu und ergänzte: »Les, wir haben für Harry und die anderen einen Learjet gechartert, der morgen früh um sechs von Teterboro abfliegen wird. Ich brauche noch deine Genehmigung.«

»Bist du sicher ...« Chippingham, der an die Mehrkosten dachte, wollte schon sagen: *... daß es ein Linienflug nicht auch tut?*, als er aber Crawfords stahlharten Blick auf sich gerichtet sah, vollendete er nur knapp: »Genehmigt.«

Rita, so wurde beschlossen, sollte vorerst in New York bleiben und die Produktion des Berichts für die Abendnachrichten und der einstündigen Sondersendung überwachen. Zum Produzenten für den Bericht wurde Iris Everly bestimmt, für die Sondersendung Norm Jaeger und Karl Owens. Freitagnacht sollte Rita dann Partridge und den anderen nach Lima folgen und Jaeger die Funktion des Chefproduzenten in New York übernehmen.

Partridge, der die Sache zuvor schon mit Chippingham abgesprochen hatte, berichtete, daß nach seiner Abreise Don Kettering die Leitung der Sondereinheit in New York übernehmen werde. Ein Assistent sollte in dieser Zeit Ketterings Aufgaben als Wirtschaftskorrespondent übernehmen.

Dann erinnerte Partridge die Runde daran, daß weder der Bericht in den Nachrichten noch die Sondersendung – er trat in beiden als Korrespondent auf – einen Hinweis darauf enthalten durften, daß er bereits nach Peru abgereist war. Falls man, ohne allerdings auf wirkliche Täuschungsmanöver zurückgreifen zu müssen, den Sendungen den Anschein geben könnte, als würde er live berichten, wäre das um so besser.

Es war zwar nicht sehr wahrscheinlich, daß sich die anderen Sender und die Printmedien davon täuschen ließen, aber alles, was die Entsendung von Reporterteams nach Peru verzögerte, war für Partridge von Vorteil. Dabei ging es weniger um unerwünschte Konkurrenz, sondern mehr um die Tatsache, daß Partridge als einzelner in seinen Nachforschungen besser vorankommen würde als inmitten eines Rudels von Reportern.

Und dies warf die Frage der Sicherheit auf.

Les Chippingham erklärte, daß alles, was in der folgenden Nacht und den nächsten beiden Tagen passieren würde, weder mit anderen aus der Nachrichtenabteilung, die mit dem Fall nichts zu tun hatten, noch mit irgend jemandem draußen, und das hieß auch Familien, besprochen werden dürfe. Absolute Vertraulichkeit, hieß die Devise. »Und das ist keine Bitte, sondern ein Befehl.«

Der Präsident von CBA News sah sich in der Runde um und fuhr dann fort. »Wir dürfen absolut nichts tun oder sagen, was die Informationen vorzeitig ans Licht bringen und damit Harrys Vierundzwanzigstundenvorsprung, den er so dringend braucht, zunichte machen würde. Schließlich geht es hier um Menschenleben« – er sah Crawford Sloane an –, »um das Leben von ganz besonderen Menschen, die uns allen am Herzen liegen.«

Es wurden noch weitere Sicherheitsvorkehrungen getroffen.

In den nächsten beiden Tagen sollten vor dem Studio und dem Regieraum, in denen die einstündige Sondersendung produziert werden sollte, Wachen aufgestellt werden, die nur die Leute durchließen, die auf einer von Rita zusammengestellten Liste standen. Auch wollte man alle vom Studio und vom Regieraum nach draußen führenden Leitungen unterbrechen, damit niemand auf einem Außenmonitor verfolgen konnte, was drinnen passierte.

Man einigte sich schließlich darauf, ab Freitag vormittag die Sicherheitsvorkehrungen etwas zu lockern und während des Tages Ankündigungen der Sondersendung auszustrahlen, damit das Publikum auch erfuhr, daß CBA News wichtige Neuigkeiten über die Entführung besaß. Als Zeichen des kollegialen Anstands wollte man auch die anderen Sender, die Presseagenturen und die Printmedien informieren.

Am Ende fragte Partridge: »Ist sonst noch etwas, oder können wir uns an die Arbeit machen?«

»Nur noch eins.« Es war Rita, und in ihrer Stimme lag ein

gewisser Schalk. »Les, ich brauche deine Genehmigung für einen zweiten Learjet für Freitagnacht, wenn ich nach Peru fliege. Ich will einen Cutter – Bob Watson – und einen Editpak mitnehmen. Außerdem brauche ich genug Geld.«

Die am Tisch kicherten, und sogar von Crawford Sloane kam eine dünnes Lächeln. Indem Rita einen Cutter und einen Editpak, das heißt eine ziemlich sperrige und umfangreiche Schneideausrüstung, die sonst kaum zu tranportieren wäre, mitnahm, erhöhten sich ihre Chancen auf ein Privatflugzeug. Darüber hinaus wäre es unklug, mit einem hohen Geldbetrag in einem Linienflugzeug zu reisen. Rita hatte zwar noch keine konkrete Summe genannt, aber es würde sich bei dem Betrag um etwa 50000 Dollar handeln. Denn harte Währung war notwendig in einem Land wie Peru, in dem die Landeswährung so gut wie nichts wert war, wo man aber für Dollars alles kaufen konnte, nicht zuletzt auch gewisse Privilegien, die sie sicher brauchten.

Innerlich seufzte Chippingham. Trotz ihrer Liebesbeziehung hatte Rita ihn ziemlich rücksichtslos in die Enge getrieben.

»Schon gut«, sagte er. »Du kannst buchen.«

Wenige Minuten nach dem Ende der Sitzung saß Partridge bereits an einem Computer und arbeitete an seiner Einleitung für die Freitagssendung der National Evening News. Er schrieb:

Sie alle wissen von der Entführung der Frau, des Sohnes und des Vaters unseres Nachrichtenmoderators Crawford Sloane, die jetzt bereits fünfzehn Tage zurückliegt. Nun gibt es überraschende neue Entwicklungen. Nachforschungen eines CBA-Reporterteams haben ergeben, daß die drei Entführungsopfer nach Peru verschleppt wurden, wo sie von der maoistischen Guerillaorganisation Sendero Luminoso oder Leuchtender Pfad gefangengehalten werden. Seit Jahren schon terrorisiert diese Gruppe große Teile Perus.

Ein Motiv für die Entführung ist bis jetzt noch nicht bekannt.

Bekannt ist allerdings, daß ein Diplomat bei den Vereinten Nationen die Entführer über ein Konto in New York mit Geld versorgte, was diese Entführung, wie auch andere terroristische Akte, überhaupt erst möglich machte.

Unser ausführlicher Bericht beginnt, wie bei so vielen Verbrechen, beim Geld. Hören Sie dazu unseren Wirtschaftskorrespondenten Don Kettering.

Das war nur die erste von vielen, ähnlichen Einleitungen, die er vor seiner Abreise am nächsten Morgen um fünf Uhr schreiben mußte, überlegte Partridge, während er sich den Text noch einmal durchlas.

Vierter Teil

1

Es war noch dunkel, und es regnete, als ein Learjet 36A wenige Minuten vor sechs Uhr morgens östlicher Sommerzeit von Teterboro Airport in New Jersey nach Bogotá abflog. An Bord der Maschine waren Harry Partridge, Minh Van Canh und Ken O'Hara.

Die 36A besaß nicht genug Reichweite für einen Nonstopflug nach Lima. Da man in Bogotá aber nur auftanken wollte, hofften die drei, Lima um 13 Uhr 30 östlicher Standardzeit zu erreichen, die in Peru das ganze Jahr galt.

Partridge und die beiden anderen waren in einem Dienstwagen direkt von der CBA-News-Zentrale zum Flugplatz gefahren. Während der hektischen Nacht hatte Partridge gerade eine halbe Stunde erübrigen können, um im Inter-Continental seinen Koffer zu pakken. Er hatte keine Zeit damit vergeudet, auszuchecken; jemand vom Sender würde das für ihn erledigen.

Einen Disponenten von CBA News hatte er gebeten, im Learjet für eine Schlafmöglichkeit zu sorgen, und er war sehr froh, als er in der Maschine auch wirklich eine vorfand. An der rechten Seite der Passagierkabine hatte man zwei Sitze umgeklappt und so zusammengestellt, daß sie ein Bett bildeten. Kissen und Bettzeug waren ebenfalls vorhanden. Auf der linken Seite konnte man auf die gleiche Art einen zweiten Schlafplatz herrichten, aber um den müßten sich Minh und O'Hara streiten. Partridge glaubte jedoch nicht, daß sie eine ähnlich anstrengende Nacht gehabt hatten wie er.

Bald nach dem Start schlief Partridge ein. Nach drei erholsamen Stunden wachte er wieder auf und bemerkte, daß die Kabine im Halbdunkel lag. Jemand war so rücksichtsvoll gewesen, die Sichtblenden herunterzulassen. Nur an den Rändern drang helles Sonnenlicht herein, genug, um sich in der Kabine umsehen zu können.

Minh saß an der gegenüberliegenden Seite zusammengerollt auf einem Sitz und schlief. O'Hara saß hinter ihm und schlief ebenfalls.

Partridge sah auf die Uhr: Neun Uhr New Yorker Zeit, erst acht Uhr in Lima. Er griff nach dem Flugplan, den der Kopilot vor dem Start in die Kabine gebracht hatte, und sah, daß es noch zwei Stunden bis zur Zwischenlandung in Bogotá waren. Von draußen kam das beständige, leise Brummen der Turbinen, Turbulenzen waren keine zu spüren. *Ein seidenweicher Flug*, dachte Partridge. Er genoß den Luxus, legte sich wieder hin und schloß die Augen.

Doch er schlief nicht mehr ein. Vielleicht waren die drei Stunden bereits genug gewesen. Vielleicht war auch zu viel in zu kurzer Zeit passiert, um ihn länger zur Ruhe kommen zu lassen. Er wußte noch von früheren Aufträgen, daß er in Zeiten der Belastung und des kurz entschlossenen Handelns wenig Schlaf brauchte. Ja, jetzt war wieder die Zeit des Handelns gekommen, er zog in die Schlacht, höchstwahrscheinlich sogar in eine sehr reale, und er spürte, wie der Gedanke daran seine Lebensgeister weckte.

Vermutlich hatte dieses Gefühl schon immer in ihm geschlummert, Vietnam hatte es nur geweckt, und danach hatten andere Kriege an anderen Orten sein Bedürfnis befriedigt. Und ebendieses Gefühl machte ihn zu einem sogenannten »Pängpäng«-Korrespondenten, eine Bezeichnung, die ihn früher geärgert hatte, aber nun nicht mehr.

Warum nicht? Weil es Zeiten gab, in denen ein »Pängpäng« wie er gebraucht wurden, so wie in jedem Krieg Soldaten gebraucht wurden, die inmitten des Schlachtgetümmels tapfer ihre Pflicht erfüllten. Er lächelte über seinen pathetischen Vergleich.

Es war nicht immer so gewesen. In der Zeit mit Gemma hatte er Kriege und Gefahren ganz bewußt gemieden, weil das Leben zu schön und zu glücklich war, um ein plötzliches Ende zu riskieren. Er wußte, daß es zu dieser Zeit im Sender eine stillschweigende Übereinkunft gab, die ihn betraf: *Gebt Harry ungefährliche Aufträge; er hat sie verdient. Sollen sich doch die jüngeren Reporter eine Zeitlang die Kugeln um die Ohren pfeifen lassen.*

Später änderte sich das natürlich wieder. Als Gemma dann nicht mehr da war, verlor er diesen Schutz; man schickte ihn wieder zu den Kriegsschauplätzen, zum Teil, weil er diese Berichterstattung so hervorragend beherrschte, zum Teil aber auch, weil er zu erkennen gab, daß es ihm gleichgültig war, welches Risiko er einging. Und letzteres war wohl mit ein Grund, so überlegte er, warum er jetzt diese Reise machte.

Es war schon eigenartig, daß er seit Beginn dieser Geschichte seine Zeit mit Gemma im Geiste noch einmal durchlebt hatte. Auf dem Flug von Toronto direkt nach der Entführung hatte er sich die Reise in der DC-10 des Papstes in Erinnerung gerufen ... seine Unterhaltung mit dem Papst und wie er das Problem mit der Slawen/Sklaven-Verwechslung löste ... und schließlich Gemma, die ihm sein Frühstück mit einer Rose servierte.

Einen oder zwei Tage später dann die nächtlichen Erinnerungen in seinem Hotelzimmer ... wie er sich in Gemma verliebte und ihr noch während der Papstreise einen Heiratsantrag machte ... der kurze Aufenthalt in Panama, ihre Taxifahrt in die Altstadt und der *juez*, der ihn und Gemma zu Mann und Frau erklärte.

Und schließlich vor knapp einer Woche, auf der Rückfahrt von Larchmont nach dem Besuch bei Crawford Sloane, die idyllischen, glücklichen Bilder ihres gemeinsamen Lebens in Rom, wo ihre Liebe erst richtig wuchs ... Gemmas glockenhelles, fröhliches Lachen, ihre ständigen Probleme mit der Bank, ihr halsbrecherischer Fahrstil, der ihn immer in Angst und Schrecken versetzte ... bis sie ihm die Schlüssel aushändigte, als sie erfuhr, daß sie schwanger war ... und danach der Umzug von Rom nach London ...

Nun lag er hier in diesem Flugzeug, alles war still um ihn, und die Erinnerung an Gemma kehrte zurück. Diesmal wehrte er sich nicht dagegen, sondern gab sich ganz den Gedanken hin.

Ihr Leben in London war unglaublich schön.

Sie übernahmen von Partridges Vorgänger eine hübsche möblierte Wohnung in St. John's Wood, die Gemma schnell mit eigenen stilistischen und farblichen Akzenten versah. Frische Blumen standen in jedem Zimmer. Sie hängte Bilder auf, die sie aus Rom mitgebracht hatten, kaufte Porzellan und Tischwäsche in Kensington sowie eine bemerkenswerte Bronzeskulptur von einem jungen Künstler aus einer Galerie in der Cork Street.

Auch Partridges Arbeit für das Londoner Büro von CBA News lief gut. Er berichtete teils aus Großbritannien, teils vom Kontinent – aus Frankreich, den Niederlanden, Dänemark und Schweden –, war aber nie allzulang von zu Hause fort. Wenn er nicht arbeitete, unternahmen Gemma und er Streifzüge durch London, sie entdeckten gemeinsam die glanzvolle Geschichte dieser Stadt mit ihren Sehenswürdigkeiten und Kuriositäten, schlenderten durch geheimnisvolle, enge Straßen mit verwinkelten Ecken, die aussahen wie aus einem Dickensschen Roman.

Gemma fand sich nur schwer zurecht in dem unüberschaubaren Straßengewirr und verlief sich häufig. Als Partridge meinte, daß es in Rom ähnlich schwierig sei, sich zu orientieren, schüttelte Gemma den Kopf und widersprach. »Man nennt Rom nicht umsonst ›die Ewige Stadt‹, Harry caro. *In Rom bewegt man sich beständig vorwärts, man hat einfach ein Gefühl für die Stadt. London spielt mit dir Katz und Maus; links, rechts, vorwärts, rückwärts – man weiß nie, in welche Richtung man läuft. Aber ich finde es wunderbar; es ist wirklich wie ein Spiel.*

Auch der Verkehr brachte Gemma durcheinander. Als sie mit Partridge einmal auf den Stufen der National Gallery stand und den nie abreißenden Strom von Autos, Taxis und Doppeldeckerbussen auf dem Trafalgar Square beobachtete, sagte sie zu ihm: »Es ist so gefährlich, Liebling. Sie fahren alle falsch herum.« Daß Gemma sich nicht einmal in ihrer Vorstellung an den Linksverkehr gewöhnen konnte, war ein Glück, denn so hatte sie nie das geringste Bedürfnis, den Wagen zu benutzen, und wenn Partridge sie nicht fahren konnte, ging sie entweder zu Fuß oder fuhr mit der U-Bahn oder dem Taxi.

Neben der National Gallery besuchten sie noch viele andere Museen. Sie ließen weder die klassischen Touristenattraktionen wie den Wachwechsel am Buckingham Palace aus noch die obskureren Sehenswürdigkeiten wie die zugemauerten Fenster an alten Gebäuden, ein Überbleibsel aus dem beginnenden 19. Jahrhundert, als Fenster zur Finanzierung der napoleonischen Kriege besteuert wurden.

Ein Fremdenführer, den sie für einen Tag engagierten, zeigte ihnen eine Statue von Queen Anne und erzählte ihnen, daß die

Königin neunzehn Schwangerschaften gehabt habe und in einem Sarg von einem Meter vierzig im Quadrat beerdigt worden sei. Und am New Zealand House, dem ehemaligen Hotel Carlton, erfuhren sie, daß Ho Chi Minh dort früher als Küchenhilfe gearbeitet hatte. Gemma liebte diese Art von Geschichten und schrieb in ihrem immer dicker werdenden Notizbuch eifrig mit.

An Sonntagen gingen sie am liebsten zur Speakers' Corner beim Marble Arch, wo, wie Partridge erklärte, »Propheten, Großmäuler und Spinner gleiche Redezeit haben«.

»Was ist eigentlich daran so anders, Harry?« fragte Gemma einmal, nachdem sie eine Rede gehört hatte. »Einige der Reden, die euer seriöses Fernsehen bringt, sind keineswegs besser. Du solltest für eure Nachrichten einen Bericht über die Speakers' Corner machen.«

Bald darauf unterbreitete Harry den Vorschlag der Zentrale in New York, und nachdem er vom Hufeisen grünes Licht bekommen hatte, machte er seinen Bericht, der wenig später, an einem Freitag, als humoristisches »Schlußstück« der Abendnachrichten gesendet und mit viel Beifall bedacht wurde.

Ein weiterer Höhepunkt war ein Besuch des von Lord Byrons Butler gegründeten Brown's Hotel zum Tee – diesem höchsten Ausdruck englischer Lebensart, mit exzellentem Service, köstlichen Sandwiches, feinem Teegebäck, Erdbeermarmelade und dikker Sahne aus Devonshire. »Es ist ein geheiligtes Ritual, mio amore*«, erklärte Gemma. »Wie die Kommunion, nur schmackhafter.«*

Für sie beide gab es nichts Schöneres als diese gemeinsamen Unternehmungen. Und gleichzeitig schritt Gemmas Schwangerschaft voran und versprach zusätzliches Glück.

Sie war im siebten Monat, als Partridge für einen Tag zur Berichterstattung nach Paris mußte. Die unter Personalmangel leidende Pariser Redaktion von CBA News brauchte jemanden, um über Vorwürfe gegen einen amerikanischen Film zu berichten, der sich kritisch – zu unrecht, wie man behauptete – mit der Rolle der französischen Résistance im Zweiten Weltkrieg auseinandersetzte. Partridge machte seinen Bericht, der über Satellit via London nach New York überspielt wurde, obwohl er Zweifel hatte, daß er für die

National Evening News wichtig genug sein würde – Zweifel, die sich letztlich bestätigten.

Dann, im Pariser Büro und kurz vor seinem Rückflug nach London, rief man ihn ans Telefon. »Es ist Zeke aus London.«

Zeke war Ezekiel Thomson, der Leiter des Londoner Büros – riesig, hartgesotten, eigensinnig und schwarz; für die, die mit ihm arbeiteten, schien er ein Mann ohne Gefühle. Das erste, was Partridge auffiel, war, daß Zekes Stimme gebrochen, fast erstickt klang.

»Harry, es ist das erste Mal, daß ich so etwas tun muß ... Ich weiß nicht, wie ... aber ich muß dir sagen ... «, stammelte er.

Irgendwie gelang es ihm, den Rest zu erzählen.

Gemma war tot. Sie wollte an einer belebten Kreuzung in Knightsbridge eine Straße überqueren, und Zeugen berichteten, daß sie nach links anstatt nach rechts geschaut hatte ... Oh, Gemma! Liebste, wunderbare, naive Gemma, du hast ja immer geglaubt, daß die Autos in Großbritannien auf der falschen Seite fahren, und du hast nie gewußt, in welche Richtung du als Fußgänger zuerst schauen mußt, ...*Sie war in einen von rechts kommenden Lastwagen gelaufen und überfahren worden. Zeugen des Unfalls meinten, man könne dem Lastwagenfahrer keinen Vorwurf machen, er hatte keine Chance ...*

Ihr Baby – ein Junge, wie Partridge später erfuhr – starb mit ihr.

Partridge kehrte nach London zurück, und als er sich nach Erledigung der Formalitäten in ihrer gemeinsamen Wohnung wiederfand, begann er zu weinen. Er blieb tagelang allein und wollte niemanden sehen, während seine Tränen flossen – nicht nur die für Gemma, sondern all die Tränen, die er in den vielen Jahren nicht vergossen hatte.

Endlich weinte er auch für die toten walisischen Kinder aus Aberfan, jene jammervollen kleinen Gestalten, die man aus dem Schlamm gezogen hatte. Er weinte für die Hungernden in Afrika, von denen einige gestorben waren, während die Kameras liefen und er, nach außen ungerührt, an seinem Manuskript arbeitete. Er weinte für all die Toten an vielen tragischen Orten der Welt, wo er bei den Hinterbliebenen stand, ihr Wehklagen hörte und doch nur ein Chronist des Leidens war, ein Journalist, der seine Arbeit tat und nicht mehr.

Irgendwann in dieser Zeit fielen ihm die Worte der Psychiaterin ein, die ihm einmal gesagt hatte: »Du nimmst immer nur alles in dich auf und drängst deine Emotionen in irgendeine Ecke deiner Seele ab. Eines Tages werden die Dämme brechen und die Tränen fließen. Und wie sie fließen werden!«

Danach versuchte er, so gut es ging, sein Leben wieder in den Griff zu bekommen. Bei CBA News glaubte man, ihm am besten helfen zu können, wenn man ihn ständig beschäftigte und ihm keine Zeit zum Grübeln ließ. So schickte man ihn, kaum daß ein Auftrag beendet war, gleich zum nächsten. Wo immer auf der Welt es gefährliche Konflikte gab, war Harry Partridge am Ort des Geschehens. Er riskierte viel und kam immer unbeschadet davon, bis es ihm und den anderen so schien, als könne er dem Leben wieder etwas abgewinnen. So vergingen die Monate und schließlich die Jahre.

Inzwischen war Harry soweit, daß er bisweilen zumindest für längere Zeit nicht an Gemma denken mußte, wenn er sie schon nicht vergessen konnte. Dann gab es wieder Zeiten – wie die beiden Wochen nach der Entführung der Sloanes –, in denen der Gedanke an sie alles andere beherrschte.

Doch hatte er seit jenen verzweifelten Tagen nach Gemmas Tod nicht mehr geweint.

Der Learjet war noch ein Stunde von Bogotá entfernt, und Harry Partridge sank langsam wieder in den Schlaf. Vergangenheit und Gegenwart vermischten sich ... Gemma und Jessica wurden eins ... Gemma-Jessica ... Jessica-Gemma ... Auch wenn es fast unmöglich schien, er würde sie finden und sie zurückbringen ... Irgendwie würde er sie retten.

Er schlief ein.

Als er wieder aufwachte, befand sich der Lear bereits auf dem Landeanflug nach Bogotá.

2

Die Kontraste, die Lima bot, dachte Harry Partridge, waren so kraß und so erschreckend deutlich wie die politischen und ökonomischen Krisen und Konflikte, die ganz Peru auf eine schmerzliche, oft grausame Weise zerrissen.

Die trockene, riesig wuchernde Hauptstadt zerfällt in verschiedene Teile, von protzigem Reichtum die einen, von erbärmlichster Armut die anderen, und zwischen beiden Extremen fliegt der Haß hin und her wie vergiftete Pfeile. Im Gegensatz zu fast allen anderen Städten, die Partridge kannte, gab es in Lima keinen neutralen Boden. Die reichen Viertel mit ihren grandiosen Palästen und ihren gepflegten Gärten lagen direkt neben den Elendsvierteln, den sogenannten *barriadas*.

Den meisten der in Verschlägen aus Karton zusammengepferchten »Habenichtse« stand das Elend deutlich im Gesicht geschrieben, und ihre stumpfen Augen blickten so voller Haß, daß Partridge bei früheren Besuchen das Gefühl gehabt hatte, hier gärt eine Revolution. Und alles, was er jetzt, an seinem ersten Tag in der Stadt, sah, schien darauf hinzudeuten, daß es jeden Augenblick zu irgendeiner Form von Aufstand kommen konnte.

Um 12 Uhr 40 waren Partridge, Minh Van Canh und Ken O'Hara auf dem Jorge Chávez Airport in Lima gelandet. Fernández Pabur, der Kontaktmann von CBA in Peru, hatte sie vom Flughafen abgeholt.

Er hatte sie an den anderen Passagieren vorbei durch die Zoll- und Paßkontrolle geschleust – offensichtlich hatten zuvor gewisse Geldbeträge den Besitzer gewechselt – und sie anschließend zu einem Ford Kombi mit Fahrer begleitet.

Fernández war kräftig und schwarzhaarig, von dunkler Gesichtsfarbe und mit seinen etwa fünfunddreißig Jahren ein Energiebündel. Seine vorstehenden Zähne unter den wulstigen Lippen hatte er ständig gebleckt, was er wohl für ein strahlendes Lächeln hielt. Es wirkte zwar falsch und aufgesetzt, aber Partridge war das gleichgültig. Er mochte Fernández, den er noch von früher kannte, denn der wußte stets, was nötig war, und er konnte es auch beschaffen.

So hatte er zum Beispiel für Partridge eine Suite in dem eleganten Fünf-Sterne-Hotel Caesar's in Miraflores und auch für die anderen beiden gute Zimmer besorgt.

Während Partridge sich wusch und ein frisches Hemd anzog, telefonierte Fernández in der Hotelhalle, um auf Partridges Bitte ein erstes Treffen zu vereinbaren. Der Gesprächspartner war ein alter Bekannter, Sergio Hurtado, Nachrichtenredakteur und Sprecher von Radio Anden.

Eine Stunde später saßen der Radioreporter und Partridge in einem kleinen Sendestudio, das auch als Büro diente.

»Harry, mein Freund, ich habe leider nur schlimme Nachrichten«, sagte Sergio auf eine Frage von Partridge. »In unserem Land ist das Gesetz außer Kraft. Die Demokratie ist nicht einmal mehr eine Fassade, nein, sie existiert nicht mehr. Wir sind in jeder Hinsicht bankrott. Politisch motivierte Massaker sind an der Tagesordnung. Da sind diese privaten Todesschwadronen der Präsidentenpartei; Leute verschwinden einfach. Wir sind einem Blutbad näher als je zuvor in der Geschichte Perus. Ich wünschte mir, daß das alles nicht wahr wäre. Aber leider ist es so!«

Obwohl sie aus einem grotesk verfetteten Körper kam, war die tiefe, wohlklingende Stimme so unwiderstehlich und überzeugend wie immer, bemerkte Partridge. So war es auch gar nicht verwunderlich, daß Sergio das größte Publikum des Landes hatte, denn das Radio war noch immer das am meisten verbreitete Nachrichtenmedium, wichtiger und einflußreicher als das Fernsehen. Fernsehpublikum gab es nur unter den Wohlhabenden in den größeren Städten.

Sergios Stuhl ächzte, als er seine Fleischmassen bewegte. Die Fettwülste an Wangen und Kinn wirkten wie riesige Würste. Die Augen, die über die Jahre immer weiter zurücktraten, während das Gesicht aufschwemmte, waren nun nur noch Schweinsäuglein. Aber mit seinem Verstand war alles in Ordnung, und auch seine hervorragende amerikanische Ausbildung, inklusive Harvard, hatte nicht gelitten. Sergio hatte es, wie viele lateinamerikanische Kollegen, gern, wenn Reporter aus den Vereintigten Staaten ihn besuchten, denn er legte Wert auf ihre umfassenden Informationen und ihre fundierten Meinungen.

Nachdem die beiden vereinbart hatten, daß ihre Unterhaltung bis zum folgenden Abend vertraulich behandelt würde, berichtete Partridge über die bisherigen Entwicklungen in der Entführungsgeschichte und fragte dann: »Hast du Informationen für mich? Hast du irgend etwas gehört, das mir weiterhelfen könnte?«

Der Radioreporter schüttelte den Kopf. »Ich habe nichts gehört, aber das ist auch nicht überraschend. Über den Sendero erfährt man kaum etwas, vor allem, weil sie alle umbringen, die plaudern; wer am Leben bleiben will, hält deshalb den Mund. Aber ich will dir helfen, soweit ich das kann, indem ich meine Fühler ausstrecke. Ich habe meine Quellen überall.«

»Danke.«

»Und was eure Nachrichtensendung morgen abend angeht, ich werde mir via Satellit ein Band besorgen und es für meine Zwecke umarbeiten. Aber wir haben ja auch selber genügend Schreckensmeldungen. Dieses Land geht in politischer und finanzieller, überhaupt in jeder Hinsicht, den Bach hinunter.«

»Über den Sendero Luminoso dringen sehr unterschiedliche Nachrichten zu uns. Werden sie wirklich stärker?«

»Die Antwort ist ja – sie werden nicht nur jeden Tag stärker, sondern kontrollieren auch immer größere Teile des Landes, und deshalb ist deine Aufgabe sehr schwierig, um nicht zu sagen unmöglich. Angenommen, deine Entführungsopfer sind wirklich hier, dann gibt es tausend abgelegene Flecken, wo sie versteckt sein könnten. Aber ich bin froh, daß du zuerst zu mir gekommen bist, weil ich dir einen Rat geben kann.«

»Und zwar?«

»Wende dich nicht an offizielle Stellen, das heißt, an die peruanische Armee oder an die Polizei. Vermeide am besten jeden Kontakt mit ihnen, weil man sich nicht mehr auf sie verlassen kann, falls man das je konnte. Was Mord und Verwüstungen angeht, sind die nicht besser als der Sendero und mit Sicherheit genauso skrupellos.«

»Gibt es dafür Beispiele aus der letzten Zeit?«

»Genügend. Ich kann dir einige nennen, wenn du willst.«

Partridge dachte bereits an die Berichte, die er für die National

Evening News nach New York schicken wollte. Mit Rita Abrams und dem Cutter Bob Watson hatte er vereinbart, daß sie nach ihrer Ankunft am Samstag eine Meldung für die Montagssendung zusammenstellen würden. Partridge hoffte nun, Sergio Hurtado und andere für Interviews gewinnen zu können.

»Du hast gesagt, Demokratie gibt es bei euch nicht mehr«, fuhr er fort. »War das nur rhetorisch gemeint oder stimmt das wirklich?«

»Es stimmt. Und für viele Menschen in unserem Land macht es in ihrem Leben auch keinen Unterschied, ob die Demokratie existiert oder nicht.«

»Ein hartes Wort, Sergio.«

»Nur aus deinem beschränkten Blickwinkel heraus, Harry. Amerikaner sehen die Demokratie als Heilmittel für alle Krankheiten – wie eine Medizin dreimal täglich einzunehmen. Da es für sie funktioniert, denken sie, es müßte auch für den Rest der Welt so sein. Was die Amerikaner aber in ihrer naiven Weltsicht vergessen, ist die wesentliche Voraussetzung für das Funktionieren von Demokratie, nämlich, daß der Großteil der Bevölkerung persönlichen Besitz haben muß, den er erhalten will. Doch die meisten Lateinamerikaner besitzen nichts. Was natürlich sofort die Frage aufwirft, warum?«

»Soweit akzeptiert. Also warum?«

»In den Teilen der Welt, die am tiefsten in Schwierigkeiten stecken, und eben auch bei uns, gibt es im wesentlichen zwei Bevölkerungsschichten: auf der einen Seite die Gebildeten und Wohlhabenden, auf der anderen die Unwissenden und hoffnungslos Armen, die auf dem Arbeitsmarkt praktisch nicht vermittelbar sind. Die erste Gruppe pflanzt sich nur sehr mäßig fort, die zweite dagegen vermehrt sich wie die Fliegen, sie wird zwangsläufig immer größer – eine menschliche Zeitbombe, die die erste Gruppe zerstören wird.« Sergio deutete mit der Hand hinter sich. »Du brauchst bloß rauszugehen und dich umzusehen.«

»Und hast du eine Lösung?«

»Amerika könnte eine haben. Nicht indem es Waffen oder Geld verteilt, sondern indem es die Welt mit Ärzteteams überschwemmt, die die Armen in Geburtenkontrolle unterrichten, so wie Kennedy seine Friedenscorps ausgeschickt hat. Natürlich würde es Generationen dauern, aber eine Beschränkung des Bevölkerungswachstums könnte die Welt retten.«

»Aber vergißt du da nicht etwas?« wollte Partridge wissen.

»Wenn du die katholische Kirche meinst, möchte ich dich daran erinnern, daß ich selbst Katholik bin. Ich habe auch viele katholische Freunde, bedeutende, gebildete und reiche Leute. Eigenartigerweise haben sie alle nur kleine Familien. Ich habe mich gefragt: Unterdrücken die alle ihren Sexualtrieb? Da ich die Männer und die Frauen kenne, bin ich sicher, daß sie es nicht tun. Und einige bekennen auch ganz offen, daß sie sich nicht an das kirchliche Dogma zur Geburtenkontrolle halten, ein Dogma, das übrigens von Menschen geschaffen ist.« Nach einer kurzen Pause fügte er hinzu: »Wenn sich Amerika hier an die Spitze stellt, könnte die Opposition gegen dieses Dogma immer stärker werden.«

»Weil du gerade von offenem Bekennen sprichst«, sagte Partridge. »Wärst du bereit, einen Großteil des eben Gesagten vor einer Kamera zu wiederholen?«

Sergio warf die Hände in die Luft. »Aber warum denn nicht, mein lieber Harry? Was mir Amerika vor allem beigebracht hat, ist das leidenschaftliche Eintreten für die freie Meinung. Ich sage im Radio offen, was ich denke, obwohl ich mich manchmal frage, wie lang sie mich das noch tun lassen. Weder die Regierung noch dem Sendero gefällt, was ich sage, und beide haben Kugeln und Gewehre. Aber man kann ja nicht ewig leben, und deshalb, Harry, werde ich das für dich tun.«

Partridge mußte sich eingestehen, daß hinter diesem unförmigen Fleischberg ein Mensch mit Prinzipien und großem Mut steckte.

Schon vor seiner Ankunft in Peru war Partridge zu der Überzeugung gekommen, daß es für ihn nur eine Möglichkeit gab, die Entführungsopfer zu finden. Er mußte genau das tun, was ein Fernsehkorrespondent unter normalen Umständen immer tat – sich mit bekannten Kontaktpersonen treffen, neue aufspüren, nach Informationen suchen, herumreisen, fragen und immer wieder fragen und dabei hoffen, daß irgendwann ein Informationsbruchstück, ein Hinweis auftauchte, der ihn auf die Spur der Entführten brachte.

Das größte Problem kam natürlich erst danach, die Frage nämlich, wie man sie retten sollte. Doch damit konnte er sich erst beschäftigen, wenn es so weit war.

Falls es nicht zu einem unerwarteten, glücklichen Durchbruch kam, erwartete Partridge eine lange, mühevolle Suche.

Er durfte natürlich auch die Routinearbeit als Fernsehkorrespondent nicht vergessen. Deshalb ging er als nächstes zu Entel Peru, der nationalen Telekommunikationsgesellschaft, die ihre Zentrale in der Innenstadt von Lima hatte. Entel sollte ihm als Basis für die Verbindung mit CBA News in New York dienen, auch Satellitenübertragungen waren von dort aus möglich. Wenn in ein oder zwei Tagen die Teams der anderen Sender eintrafen, würden sie höchstwahrscheinlich dieselben Einrichtungen benutzen.

Victor Velasco war der vielbeschäftigte, vom Streß gezeichnete Auslandsdirektor von Entel, den Fernández Pabur bereits benachrichtigt hatte. Er war Mitte Vierzig, vor der Zeit ergraut und trug ständig eine besorgte Miene zur Schau. So hatte er auch offensichtlich andere Probleme im Kopf, als er Partridge sagte: »Es war schwierig, Platz zu finden, aber wir haben eine Kabine für Ihren Cutter und seine Ausrüstung, und wir haben zwei Telefonleitungen hineingelegt. Sie und Ihre Leute werden Kennkarten brauchen ...«

Partridge wußte sehr gut, daß in einem Land wie Peru, wo Politiker und ranghohe Militärs großspurig auftraten und sich bereicherten, es die unauffälligen Manager wie dieser Velasco waren, die mit ihrer gewissenhaften, aber unterbezahlten Arbeit das Land am Laufen hielten. Er hatte deshalb in seiner Hotelsuite tausend Dollar in einen Umschlag gesteckt, den er nun aus der Tasche zog und Velasco unauffällig gab.

»Als kleines Dankeschön für Ihre Bemühungen, Señor Velasco. Wir werden in Kontakt bleiben.«

Einen Augenblick wirkte Velasco verlegen, und Partridge fragte sich, ob er ablehnen wollte. Doch als Velasco den Umschlag öffnete und das amerikanische Geld sah, nickte er und steckte ihn ein.

»Vielen Dank. Wenn sonst noch etwas ist ...«

»Ich werde Sie bestimmt noch brauchen«, sagte Partridge. »Das ist das einzige, was ich sicher weiß.«

»Was hat dich denn so lange aufgehalten, Harry?« fragte Manuel León Seminario, als Partridge ihn nach der Rückkehr von Entel Peru um kurz nach fünf vom Hotel aus anrief. »Seit unserer kleinen Unterhaltung habe ich auf dich gewartet.«

»Ich hatte in New York noch einiges zu erledigen.« Partridge dachte an das Telefongespräch, das er vor zehn Tagen mit dem Besitzer und Herausgeber von *Escena* geführt hatte; damals war die Spur nach Peru nur eine Möglichkeit gewesen, noch keine Gewißheit wie jetzt. »Manuel, ich wollte nur wissen, ob du heute abend schon etwas vorhast«, sagte er.

»Aber natürlich. Ich habe um acht Uhr eine Verabredung zum Abendessen im La Pizzeria, und zwar mit einem gewissen Harry Partridge.«

Inzwischen war es 20 Uhr 15, und die beiden tranken Pisco sours, einen in Peru sehr beliebten, pikant erfrischenden Cocktail. La Pizzeria war eine Mischung aus Bistro und traditionellem Restaurant, ein Stammlokal der Leute, die in Lima das Sagen hatten.

Seminario war ein schlanker, eleganter Mann mit einem sehr gepflegten Vandyke-Bart. Er trug eine modische Brille von Cartier, einen Anzug von Brioni und hatte eine burgunderrote Ledermappe mit an den Tisch gebracht.

Partridge hatte ihm bereits erzählt, warum er in Peru war. Nun fügte er hinzu: »Ich habe gehört, die Lage hier ist ziemlich schlecht.«

Seminario seufzte. »Das ist sie wirklich. Aber unser Leben war schon immer eine extreme Mischung. Wir können ... wie sagte Milton gleich wieder ... ›einen Himmel aus der Hölle, eine Hölle aus dem Himmel‹ machen. Wir *limeños* sind Überlebenskünstler, und eben das will ich auf den Titelblättern von *Escena* zum Ausdruck bringen.« Er griff nach seiner Aktenmappe und öffnete sie. »Sieh dir mal diese beiden an – unsere aktuelle Ausgabe und der Entwurf für nächste Woche. Zusammen sagen sie, glaube ich, etwas aus.«

Partridge sah sich zuerst das gedruckte Magazin an. Das Titelblatt zeigte in Farbe das Flachdach eines großen Gebäudes in der Innenstadt. Ein Menge Schutt lag auf dem Dach, vermutlich von einer Explosion. Den Mittelpunkt des Bildes nahm eine auf dem Rücken liegende, tote Frau ein. Sie war offensichtlich noch jung; ihr Gesicht, das kaum verletzt war, mochte im Leben schön gewesen sein. Aber ihr Bauch war zerfetzt, die blutigen Gedärme quollen heraus. Partridge erschauerte, obwohl er mit Kriegsbildern vertraut war.

»Ich will dir die Lektüre des Artikels ersparen, Harry. Gegenüber fand eine Tagung von Geschäftsleuten statt. Der Sendero Luminoso, bei dem die junge Frau Aktivistin war, hatte beschlossen, das Konferenzzentrum mit einem Granatwerfer zu beschießen. Zum Glück für die Konferenzteilnehmer, aber nicht für die junge Frau, explodierte der selbstgebastelte Werfer, bevor sie die Ladung abfeuern konnte.«

Partridge warf noch einen flüchtigen Blick auf das Bild und sah dann weg. »Soviel ich weiß, wird der Sendero in Lima immer aktiver.«

»Und zwar in erschreckendem Umfang. Die Leute bewegen sich frei in der Stadt, und daß dieses Bombardement schiefging, war eine Ausnahme. Die meisten Anschläge sind erfolgreich. Aber jetzt sieh dir mal das Cover für nächste Woche an.« Der Herausgeber schob ihm den Entwurf zu.

Es war Sex pur, nur um Haaresbreite von Pornographie entfernt. Ein junges, vielleicht neunzehnjähriges Mädchen in einem sehr gewagten Badeanzug stützte sich mit zurückgeworfenem Kopf und zerzausten Haaren auf ein seidenes Kissen. Die Augen hatte sie geschlossen, die Beine leicht gespreizt.

»Das Leben geht weiter, und es hat immer zwei Seiten, sogar in Peru«, sagte Seminario. »Weil wir gerade dabei sind, laß uns doch das Essen bestellen, und dann, Harry, werde ich dir ein paar Vorschläge machen, damit auch dein Leben weitergeht.«

Das Essen war italienisch und ausgezeichnet, der Service einwandfrei. Gegen Ende des letzten Ganges lehnte Seminario sich zurück.

»Über eins mußt du dir im klaren sein, Harry, daß nämlich der Sendero Luminoso vermutlich bereits von deiner Anwesenheit weiß; die haben ihre Spione überall. Aber auch wenn sie es noch nicht wissen, werden sie es bald erfahren, spätestens nach den CBA-Nachrichten morgen abend, die man sicher auch bei uns zu sehen bekommt. Du brauchst also zuallererst einen Leibwächter, vor allem wenn du nachts auf die Straße gehst.«

Partridge lächelte. »Dafür scheint ja bereits gesorgt zu sein.« Fernández Pabur hatte darauf bestanden, ihn vom Hotel abzuholen und ins Lokal zu bringen. Als Begleitung war in dem Ford Kombi noch ein schweigsamer, kräftiger Mann mit dabei, der aussah wie ein Schwergewichtsboxer. Der Ausbuchtung an seinem Sakko nach zu urteilen, war er bewaffnet. Am Ziel stieg der Mann dann als erster aus, während Partridge und Pabur im Auto sitzenblieben, bis er ihnen winkte. Ohne von Partridge danach gefragt worden zu sein, hatte Fernández erklärt: »Er wartet hier, solange Sie im Restaurant sind.« Wahrscheinlich stand der Mann immer noch draußen.

»Gut«, bemerkte Seminario. »Dein Mann weiß, was er tut. Trägst du selbst eine Waffe?«

Partridge schüttelte den Kopf.

»Mußt du aber. Viele von uns haben eine. Und um American Express zu zitieren: ›Verlassen Sie nie das Haus ohne sie.‹ Noch etwas: Fahr nicht nach Ayacucho. Das ist eine Hochburg des Sendero. Sie würden davon erfahren, und deine Anwesenheit dort wäre der reine Selbstmord.«

»Irgendwann muß ich vielleicht doch hin.«

»Du meinst, wenn ich oder andere, die versuchen, dir zu helfen, erfahren haben, wo deine Freunde gefangengehalten werden. In diesem Fall mußt du sie überraschen, indem du schnell dort auftauchst und ebenso schnell wieder verschwindest. Du wirst ein Charterflugzeug dafür brauchen. Einige Piloten sind zu solchen Aufträgen bereit, wenn du ihnen genug Risikozulage zahlst.«

Als sie endlich alles besprochen hatten, waren die meisten anderen Gäste bereits gegangen, das Restaurant wollte schließen.

Vor der Tür warteten Fernández und der Leibwächter.

Während sie im Kombi zum Caesar's Hotel zurückfuhren, fragte Partridge Fernández: »Können Sie mir eine Waffe besorgen?«

»Natürlich. Irgendwelche besonderen Wünsche?«

Partridge dachte nach. Die Art seiner Aufträge brachte es mit sich, daß er sich mit Waffen auskannte und sie auch benutzen konnte. »Am liebsten eine Browning neun Millimeter mit Schalldämpfer.«

»Bis morgen haben Sie sie. Apropos morgen – haben Sie besondere Pläne, die ich kennen sollte?«

»Das gleiche wie heute, ich werde mich mit Leuten treffen.« Im Geist fügte Partridge hinzu: *Und in den Tagen danach ebenso – bis der Durchbruch geschafft ist.*

3

Freitag war ein hektischer Tag bei CBA in New York. Einen Teil der Hektik hatte man vorausgesehen, doch vieles kam überraschend.

Wie gewöhnlich begann der Sendetag mit dem »Sunrise Journal«, dem Frühstücksfernsehen um sechs Uhr. Während dieses Magazins wurde im Werbeblock eine Programmankündigung von CBA News ausgestrahlt, die während des ganzen Tages wiederholt werden sollte. Die Ankündigung war von Harry Partridge noch vor seinem Abflug aufgenommen worden.

»Heute abend in den CBA National Evening News – ein Exklusivbericht über verblüffende neue Entwicklungen im Entführungsfall der Familie Crawford Sloanes.

Um 21 Uhr östlicher und um 19 Uhr zentraler Zeit eine einstündige Sondersendung – ›Ein Sender in Bedrängnis: Die Entführung der Sloanes.‹

Schalten Sie rechtzeitig ein, damit Sie die National Evening News und die Sondersendung nicht verpassen.«

Man hatte Partridge als Sprecher gewählt, weil er die Entführungsberichte regelmäßig moderiert hatte. Darüber hinaus war es ein kluger Schachzug, da es die Annahme nahelegte, er befinde sich noch in den Vereinigten Staaten, obwohl er sich um sechs Uhr morgens bereits seit achtzehn Stunden in Peru aufhielt.

Les Chippingham sah die Vorankündigung, während er in seiner Wohnung an der Eighty-second Street ein schnell selbst zubereitetes Frühstück hinunterschlang. Er hatte es eilig, denn er wußte, daß an diesem Tag einiges passieren würde, und durch das Küchenfenster sah er, daß seine CBA-Limousine bereits vor der Tür wartete. Das Auto erinnerte ihn an Margot Lloyd-Masons Ermahnung bei ihrer ersten Begegnung, er solle mit dem Taxi fahren, eine Anordnung, die er bis jetzt ignoriert hatte. Er durfte aber auf keinen Fall vergessen, Margot auf dem laufenden zu halten; er hatte vor, sie anzurufen, sobald er in seinem Büro war, da sie die Ankündigung wahrscheinlich auch sah.

Doch dazu kam es gar nicht. Kaum war er ins Auto eingestiegen, da gab der Fahrer ihm bereits den Hörer. Margot bellte ihn an:

»Was sind das für neue Entwicklungen, und warum weiß ich nichts davon?«

»Es ist alles sehr plötzlich passiert. Ich hatte vor, Sie gleich als erstes vom Büro aus anzurufen.«

»Die Öffentlichkeit weiß bereits Bescheid. Und warum ich nicht?«

»Margot, die Öffentlichkeit weiß überhaupt nichts; sie erfährt es erst heute abend. Sie dagegen werden es erfahren, sobald ich an meinem Schreibtisch sitze, aber über diese Leitung will ich nichts sagen, weil wir nicht wissen, wer alles mithört.«

Es entstand eine kurze Pause, in der er sie schwer atmen hörte. »Aber Sie rufen mich sofort an, wenn Sie im Büro sind.«

»Jawohl.«

Fünfzehn Minuten später war Chippingham wieder mit der Präsidentin von CBA verbunden. Er begann: »Es gibt eine Menge zu erzählen.«

»Also heraus damit!«

»Hervorragende Neuigkeiten, zumindest aus Ihrer Sicht. Einige unserer besten Leute haben eine Menge exklusiver Informationen zusammengetragen, die CBA heute abend das größte Publikum und damit die höchsten Einschaltquoten in der Geschichte des Senders verschaffen werden. Für Crawf sind die Neuigkeiten über seine Familie leider alles andere als gut.«

»Wo sind sie?

»In Peru. Als Gefangene des Sendero Luminoso.«

»Peru! Sind Sie ganz sicher?«

»Wie gesagt, einige unserer erfahrensten Leute haben an dem Fall gearbeitet, darunter auch Harry Partridge, und was sie entdeckt haben, ist absolut überzeugend. Ich habe keine Zweifel daran, und ich bin sicher, Sie auch nicht.« Doch Margots erschrockene Reaktion auf die Erwähnung Perus überraschte Chippingham, und er fragte sich, was dahintersteckte.

»Ich möchte Partridge sprechen«, sagte sie scharf.

»Ich fürchte, das ist nicht möglich. Er ist bereits seit gestern in Lima. Wir erwarten von ihm einen Bericht für die Montagsausgabe.«

»Warum diese Hast?«

»So ist das Nachrichtengeschäft, Margot. Wir arbeiten immer so.« Die Frage erstaunte ihn, ebenso wie eine gewisse Unsicherheit und Nervosität in Margots Stimme. Er sagte deshalb: »Sie scheinen besorgt wegen Peru. Dürfte ich vielleicht erfahren, warum?«

Zunächst kam nur Schweigen, es war offensichtlich, daß sie mit der Antwort zögerte. »Globanic Industries ist im Augenblick geschäftlich sehr stark in Peru engagiert. Es steht viel auf dem Spiel, und wir haben ein eminentes Interesse daran, daß unsere guten Beziehungen zur peruanischen Regierung nicht gestört werden.«

»Darf ich Sie darauf hinweisen, daß CBA keine, also weder gute noch schlechte Beziehungen zur peruanischen Regierung, noch zu irgendeiner anderen unterhält.«

»CBA ist Globanic«, erwiderte Margot ungeduldig. »Globanic hat ein Abkommen mit Peru, und CBA deshalb auch. Wann geht diese einfache Tatsache denn endlich in Ihren Kopf?«

Nie! hätte Chippingham am liebsten geantwortet. Doch er wußte, daß das unmöglich war, und sagte statt dessen: »Wir sind in erster Linie ein Nachrichtensender, und wir müssen die Nachrichten so bringen, wie sie sind. Und ich möchte auch darauf hinweisen, daß es hier nicht um die peruanische Regierung geht. Nicht die, sondern der Sendero Luminoso hat allem Anschein nach die Familie unseres Moderators entführt. Auf jeden Fall, sobald wir heute abend mit der Story an die Öffentlichkeit gehen, werden auch alle anderen – die anderen Sender und die Printmedien und wer sonst noch alles – sich auf die Sache mit Peru stürzen.«

Insgeheim fragte sich Chippingham: *Ist es möglich, daß diese*

Unterhaltung überhaupt stattfindet? Und soll ich lachen oder weinen?

»Halten Sie mich auf dem laufenden«, erwiderte Margot knapp. »Falls es Neuigkeiten gibt, vor allem über Peru, will ich es sofort erfahren, nicht erst am nächsten Tag.«

Chippingham hörte ein Klicken, Margot hatte aufgelegt.

Margot Lloyd-Mason saß in ihrem eleganten Büro in Stonehenge und dachte nach. Obwohl das für sie sehr untypisch war, wußte sie nicht genau, was sie als nächstes tun sollte. Sollte sie den Vorsitzenden von Globanic, Theo Elliott, anrufen oder nicht? Sie erinnerte sich noch an seine warnenden Worte bei der Konferenz im Fordly Cay Club: *»Ich will nicht, daß irgend etwas unserer noch immer anfälligen Beziehung zur peruanischen Regierung schadet und dadurch ein Projekt verhindert, das zum Geschäft des Jahrhunderts werden könnte.«* Schließlich kam sie zu dem Entschluß, daß sie ihn informieren mußte. Er erfuhr es besser von ihr als aus der Nachrichtensendung.

Bei dem Gespräch reagierte Elliott dann überraschend ruhig. »Na, wenn dieser Pöbel vom Leuchtenden Pfad für die Entführung verantwortlich ist, können wir die Berichterstattung wohl kaum verhindern. Aber wir dürfen nicht vergessen, daß die peruanische Regierung mit der Sache nichts zu tun hat, schließlich sind sie und der Leuchtende Pfad ja Todfeinde. Sorgen Sie dafür, daß unsere Nachrichtenleute das deutlich herausstellen.«

»Ich werde mich darum kümmern«, entgegnete Margot.

»Sie können sogar noch weitergehen«, fuhr Elliott fort. »Die Ereignisse bieten doch eine Gelegenheit, die Regierung positiv herauszustellen, und genau das sollte CBA tun.«

Die Bemerkung verwirrte Margot. »Aber wie?«

»Nun, die peruanische Regierung wird doch offensichtlich alles tun, um die entführten Amerikaner zu finden und zu befreien, auch unter Einsatz von Militär und Polizei. Und wenn sie das tut, wollen wir dafür sorgen, daß das auch bekannt wird, mit aktuellen Bildern in unseren Nachrichten. Dann kann ich Präsident Castañeda, den ich persönlich kenne, anrufen und ihm sagen: ›Sehen Sie, wir sorgen dafür, daß Sie und Ihre Regierung hervorragend dastehen.‹

Das hilft uns sicher bei unseren Abschlußverhandlungen über die Umschuldung.«

Nun zögerte sogar Margot. »Ich bin nicht sicher, ob wir so weit gehen sollten, Theo.«

»Sollten Sie aber! Ich weiß, was Sie denken – daß wir die Nachrichten manipulieren. Und wenn schon, schließlich ist die Sache für uns äußerst wichtig!« Der Vorsitzende hob die Stimme. »Verdammt noch mal, schließlich gehört der Sender doch uns, oder? Und ab und zu können wir dieses Besitzerrecht doch zu unserem Vorteil nutzen. Außerdem sollten Sie Ihre Nachrichtenleute daran erinnern, daß es ein profit- und wettbewerbsorientiertes Unternehmen ist, das ihnen ihre Wahnsinnsgehälter zahlt, und sie sind ein Teil davon, ob es ihnen nun gefällt oder nicht. Wenn es ihnen nicht gefällt, haben sie eine klare Alternative: Raus!«

»Schon kapiert, Theo«, antwortete Margot. Beim Zuhören hatte sie sich Notizen gemacht, und dabei war ihr ein *modus vivendi* eingefallen, der drei Schritte umfaßte.

Zunächst wollte sie Chippingham anrufen und darauf beharren, daß CBA News die Unschuld der peruanischen Regierung an der Entführung deutlich herausstellte, also genau so, wie Theo es verlangt hatte. Zweitens wollte sie sich als Präsidentin von CBA selbst an das US-Außenministerium wenden und darauf drängen, daß von dort auf die peruanische Regierung Druck ausgeübt würde, damit diese alles tue, um die entführten Sloanes zu retten, gegebenenfalls auch unter Einsatz von Militär. Drittens sollte die CBA-Zentrale die Kooperation mit der peruanischen Regierung öffentlich bekanntgeben. Und gleichzeitig mußte CBA News positiv über die aktuellen Bemühungen der Regierung berichten.

Daß es dabei zu Schwierigkeiten und Diskussionen kommen würde, war unvermeidlich, aber eins wußte Margot ganz genau: Ihre Beziehung zu Theo Elliott und ihre Loyalität zu Globanic waren wichtiger als alles andere.

Les Chippingham war allmählich an Margots Launen gewöhnt, es überraschte ihn deshalb gar nicht, als er kurz nach ihrem ersten Gespräch einen zweiten Anruf erhielt. Das Thema, das sie anschnitt, bereitete ihm jedoch Unbehagen, denn dies war ein direkter

Eingriff des Konzerns in den Inhalt der Nachrichten. So etwas passierte zwar gelegentlich bei allen Sendern, nie jedoch bei einer so wichtigen Sache. Er war deshalb froh, daß er in diesem Fall etwas Positives melden konnte.

»Wir wissen doch alle, daß die peruanische Regierung mit der Entführung nichts zu tun hat«, sagte er. »Ich bin sicher, daß das in unserer Nachrichtensendung heute abend angedeutet wird.«

»Ich will mehr als eine Andeutung. Ich will eine eindeutige Aussage.«

Chippingham zögerte, er wußte zwar, daß er, was die Unabhängigkeit seiner Abteilung betraf, durchaus hart bleiben konnte, war sich aber auch seiner starken persönlichen Abhängigkeit von Margot bewußt. »Da muß ich mir zuerst die Manuskripte ansehen«, erwiderte er. »Ich werde Sie in fünfzehn Minuten wieder anrufen.«

»Aber keine Minute später.«

Zehn Minuten später rief Chippingham zurück. »Das wird Ihnen gefallen. Harry Partridge hat das geschrieben, bevor er nach Peru abreiste, und wir bringen es heute in der Sendung. ›Die Regierung von Peru und der Sendero Luminoso sind seit Jahren erbitterte Feinde. Jeder will nichts mehr als die Zerstörung des anderen. Perus Präsident Castañeda hat erklärt: Senderos Existenz ist eine tödliche Gefahr für Peru. Diese Kriminellen sind wie ein Messer in meiner Seite.‹ Das letzte bringen wir als Bild- und Tonzitat von Castañeda.«

In Chippinghams Stimme klang Erleichterung und auch ein wenig Humor an. »Ich glaube, Harry hat Ihre Gedanken gelesen, Margot. Ich hoffe, Sie sind damit zufrieden.«

»Schon gut. Lesen Sie es noch einmal vor. Ich will mitschreiben.«

Nach dem Telefongespräch rief Margot ihre Sekretärin an und diktierte ihr eine Nachricht an Theo Elliott.

Theo:

Als Ergebnis unseres Gesprächs werden die National Evening News heute abend folgende Meldung bringen:

»Die Regierung von Peru und Sendero Luminoso sind seit Jahren erbitterte Feinde. Jeder will nichts mehr als die Zerstö-

rung des anderen. Perus Präsident Castañeda hat erklärt: ›Senderos Existenz ist eine tödliche Gefahr für Peru. Diese Kriminellen sind wie ein Messer in meiner Seite.‹«

Die letzte Aussage wird als Bild- und Tonzitat Castañedas gesendet.

Vielen Dank für Rat und Hilfe. Margot Lloyd-Mason

Die Nachricht ging sofort per Kurier an die Zentrale von Globanic Industries.

Margots nächster Anruf ging nach Washington – zum Außenminister.

Während des ganzen Freitags bis zur ersten Sendung der National Evening News um 18 Uhr 30 war bei CBA Abschottung oberstes Gebot, während nicht wenige Außenstehende versuchten, sie zu durchbrechen und Zugang zu den Exklusivinformationen zu erhalten, mit deren Ankündigung der Sender Publikum und Konkurrenz nun schon den ganzen Tag auf die Folter spannte. Journalisten der anderen Sender, von Radiostationen, Presseagenturen und den Printmedien, versuchten teils direkt, teils mit verschleierten Fragen, bei Freunden und Kontakten innerhalb von CBA zu erfahren, worum es sich nun eigentlich handelte. Da aber nur sehr wenige Leute überhaupt etwas wußten und man die Computer der Spezialeinheit zeitweise vom Datennetz abgekoppelt hatte, konnte bei CBA bis zum letzten Augenblick Stillschweigen gewahrt werden.

Doch unmittelbar nach Bekanntgabe der Informationen wurde die Meldung von allen übernommen und, unter Hinweis auf CBA News als Quelle, in der ganzen Welt verbreitet. Bei den anderen Sendern mußten sich einige Leute peinliche Fragen stellen lassen: *Warum haben wir das verpaßt? Was hätten wir tun können, was wir nicht getan haben? Warum hast du das nicht nachgeprüft, und warum bist du dem nicht nachgegangen? Warum hat denn niemand daran gedacht, dort anzurufen? Was können wir tun, damit so etwas nicht noch einmal passiert?*

Unterdessen warfen die Sender hastig ihre Spätsendungen um und verwendeten in aller Eile besorgtes Videomaterial mit dem Zusatz »Mit freundlicher Genehmigung von CBA«, während die

Zeitungen den Umbruch ihrer Titelseiten änderten. Gleichzeitig alarmierten alle großen Nachrichtenorganisationen ihre Kontakte in Peru und versuchten, so schnell wie möglich eigene Korrespondenten und Kamerateams in Flugzeuge nach Lima zu setzen.

Inmitten dieses Trubels kam es zu einer weiteren, bedeutenden Entwicklung.

Don Kettering, der nun die Spezialeinheit leitete, hörte kurz vor zweiundzwanzig Uhr davon, als die Sondersendung eben dem Ende zuging. Er saß noch an dem Tisch, an dem er, zusammen mit Harry Partridge, die Sendung moderiert hatte – so sah es zumindest für die Zuschauer aus, die nicht wissen konnten, daß Partridges Beitrag in Wirklichkeit vom Band kam.

Norman Jaeger teilte ihm die Neuigkeit während eines Werbeblocks über Telefon mit. Jaeger war nun Chefproduzent, da Rita Abrams bereits im Flugzeug nach Peru saß.

»Don, wir müssen unbedingt gleich nach der Sendung eine Konferenz der Spezialeinheit ansetzen.«

»Ist irgendwas passiert, Norm? Irgendwas Heißes?«

»Brandheiß. Ich hab' es eben von Les erfahren. Drüben in Stonehenge ist ein Paket mit den Forderungen der Entführer und einem Videoband von Jessica Sloane eingetroffen.«

4

Das Band mit Jessicas Erklärung ließen sie zuerst laufen.

Es war Freitag, 22 Uhr 30. In einem Vorführraum, der sonst nur vom obersten Management benutzt wurde, saßen zehn Personen: Les Chippingham und Crawford Sloane, von der Spezialeinheit Don Kettering, Norm Jaeger, Karl Owens und Iris Everly, von der Senderzentrale in Stonehenge Margot Lloyd-Mason und Tom Nortandra, einer der Vizepräsidenten, und Irwin Bracebridge, der Präsident der CBA Broadcast Group, sowie vom FBI Sonderagent Otis Havelock.

Daß dieses Treffen überhaupt zustande kam, war zu einem Großteil dem Zufall zu verdanken. Etwas früher am Abend, gegen 19 Uhr 30, gab ein Bote in der Eingangshalle von Stonehenge ein kleines, unscheinbares Paket mit der Adresse *President, CBA Network* ab. Nach einer Routineüberprüfung schickte man es in Margot Lloyd-Masons Büro, wo es normalerweise bis Montag morgen ungeöffnet liegengeblieben wäre. Nortandra, dessen Büro direkt neben Margots lag, arbeitete aber noch, und zwei seiner Sekretärinnen ebenso. Eine der beiden nahm das Paket in Empfang und öffnete es. Sie erkannte natürlich sofort seine Bedeutung und informierte Nortandra, der Margot im Waldorf anrief, wo sie an einem Empfang zu Ehren des französischen Staatspräsidenten teilnahm.

Margot verließ den Empfang und eilte nach Stonehenge, wo sie sich zusammen mit Nortandra und Bracebridge, den man ebenfalls hinzugerufen hatte, das Band ansah und den beiliegenden Brief las. Sie wußten natürlich sofort, daß sie die Nachrichtenabteilung informieren mußten, und beriefen eine Sitzung in der CBA-News-Zentrale ein.

Wenige Minuten vor Beginn der Sitzung nahm Bracebridge, selbst ehemaliger Präsident von CBA News, Crawford Sloane beiseite. »Ich weiß, daß das sehr schwer für dich wird, Crawf, und ich muß dich warnen. Auf diesem Band sind einige Geräusche, die mir gar nicht gefallen haben. Wenn du dir die Aufnahme also zuerst alleine ansehen willst, dann verstehen wir das und warten vor der Tür.«

Crawford Sloane war von Larchmont gekommen, zusammen mit Otis Havelock, der im Haus gewesen war, als der Anruf mit der Nachricht über die Botschaft der Entführer sie erreichte. Jetzt schüttelte Sloane den Kopf. »Vielen Dank, Irwin. Aber ich will es mir mit euch zusammen ansehen.«

Don Kettering war es, der nun die Leitung übernahm und dem Vorführer zurief: »Also los!«

Es wurde dunkel im Saal. Fast gleichzeitig zeigte sich auf dem riesigen, erhöhten Fernsehschirm vor den Zuschauern das schwarzweiße Flimmern, das typisch ist, wenn der Vorspann eines Bands ohne Bilder läuft. Aber Ton war bereits vorhanden – eine Reihe markerschütternder Schreie drang unvermittelt aus den Lautsprechern. Die Gruppe saß wie erstarrt. Dann richtete Crawford Sloane sich auf und rief mit gebrochener Stimme: »O Gott! Das ist Nicky!«

Plötzlich hörten die Schreie so abrupt auf, wie sie begonnen hatten. Einen Augenblick später tauchte ein Bild auf – Jessicas Gesicht und Schultern vor einem nackten braunen Hintergrund, offensichtlich einer Wand. Jessicas Gesicht war ernst und starr, und auf diejenigen, die sie kannten, auf die meisten also, wirkte sie erschöpft und schwach. Doch als sie zu reden begann, klang ihre Stimme fest und entschlossen, wobei man allerdings das Gefühl nicht loswurde, daß sie sich zwang, ihre Stimme normal klingen zu lassen.

Sie begann: »Wir werden hier gut behandelt. Man hat uns erklärt, warum wir entführt wurden, und wir verstehen nun, daß es notwendig war. Wir wissen auch, daß die Bedingungen, die für unsere sichere Rückkehr gestellt werden, von unseren amerikanischen Freunden sehr leicht zu erfüllen sind. Als Gegenleistung für unsere Freilassung sind die Anweisungen, die dieser Aufnahme beiliegen, schnell und Punkt für Punkt zu befolgen. Aber seid euch über eins im klaren ...«

Bei den Worten »über eins im klaren« hörte man, wie Crawford Sloane überrascht die Luft anhielt und dann etwas murmelte.

» ... wenn ihr diese Instruktionen nicht befolgt, werdet ihr keinen von uns je wiedersehen. Wir flehen euch an, laßt das nicht geschehen ...«

Wieder kam ein plötzliches Geräusch von Sloane, ein geflüsterter Ausruf: *»Da!«*

»Wir warten, wir zählen auf euch und hoffen verzweifelt, daß ihr die richtige Entscheidung trefft und uns wohlbehalten nach Hause holt.«

Einen Augenblick lang herrschte Schweigen. Jessicas Gesicht war noch auf dem Monitor zu sehen, sie starrte mit ausdrucksloser Miene ins Leere. Dann war die Aufzeichnung zu Ende. Die Lichter gingen wieder an.

»Wir haben das Band zuvor ganz durchlaufen lassen«, sagte Irwin Bracebridge. »Es ist sonst nichts drauf. Aber wir glauben, daß die Schreie am Anfang von einem anderen Band herüberkopiert wurden. Wenn man sich das Band in Zeitlupe genau ansieht, erkennt man einen optischen Schnitt an der Stelle, wo zwei Aufnahmen zusammenkopiert wurden.«

»Warum sollten sie so etwas tun?« wollte jemand wissen.

Bracebridge zuckte mit den Achseln. »Vielleicht, um uns aufzurütteln und uns Angst einzujagen. Und das hat ja auch funktioniert, oder?«

Die anderen murmelten zustimmend.

Les Chippingham fragte behutsam: »Bist du sicher, daß diese ersten Geräusche von Nicky stammen?«

»Ganz sicher«, erwiderte er traurig und fügte dann hinzu: »Jessica hat zwei Signale übermittelt.«

»Welche Signale?« Chippingham klang verwirrt.

»Zuerst hat sie sich über die Lippen geleckt, und das heißt: ›Ich mache das gegen meinen Willen. Glaubt kein Wort von dem, was ich sage.‹«

»Raffiniert!« sagte Bracebridge.

»Sehr mutig«, bemerkte jemand. Andere nickten zustimmend.

»Wir haben noch am Abend vor der Entführung über solche Signale geredet, weil ich glaubte, daß ich selber sie eines Tages brauchen würde ... Das Leben ist voller Zufälle. Offensichtlich hat Jessica sich daran erinnert.«

»Was konnte sie dir sonst noch mitteilen?« fragte Chippingham.

»Nein, Sir!« Die Stimme des FBI-Manns Havelock mischte sich in die Unterhaltung. »Mr. Sloane, was Sie sonst noch erfahren haben, sollten Sie im Augenblick für sich behalten. Je weniger Leute davon wissen, desto besser. Bitte, lassen Sie uns später darüber reden.«

»Ich möchte das aber wissen«, sagte Norm Jaeger. »Die Spezialeinheit hat es ja bis jetzt sehr gut geschafft, Geheimnisse für sich zu behalten.« Dann fügte er spitz hinzu: »Und sie aufzudecken.«

Der FBI-Agent sah ihn mürrisch an. »Soweit ich weiß, werden Sie wegen dieser Sache noch von unserem Direktor hören – warum Sie uns nicht informiert haben.«

»Das ist doch alles Zeitverschwendung«, sagte Iris Everly ungeduldig. »Mrs. Sloane hat auf dem Band Anweisungen erwähnt. Haben wir die?« Obwohl Iris die Jüngste der Gruppe war, war sie von der hochkarätigen Besetzung wenig beeindruckt. Sie hatte den ganzen Tag hart gearbeitet, um die Sondersendung fertigzubekommen, und war jetzt müde, aber ihr Verstand reagierte so schnell wie immer.

Margot, die noch immer das lavendelfarbene Chiffonkleid von Oscar de la Renta trug, in dem sie den französischen Präsidenten getroffen hatte, antwortete: »Wir haben es hier.« Sie nickte Nortandra zu. »Ich glaube, Sie sollten es laut vorlesen.«

Der Vizepräsident nahm ihr das Bündel zusammengehefteter Blätter ab, setzte sich eine Lesebrille auf die Nase und ging zur nächsten Lampe. Das Licht hob sein schlohweißes Haar und das nachdenkliche Gesicht hervor. Nortandra war Anwalt eines großen Konzerns gewesen, bevor er Manager bei CBA wurde; in seiner Stimme lag eine selbstbewußte Bestimmtheit, die er sich in den vielen Plädoyers im Gerichtssaal angeeignet hatte.

»Der Titel dieses Dokuments – oder vielleicht sollte ich besser sagen, dieser außergewöhnlichen Schmähschrift – lautet: ›Die leuchtende Zeit ist gekommen.‹ Ich werde es Ihnen wörtlich vorlesen, ohne Kommentar oder Zwischenbemerkungen.

In der Geschichte der erleuchteten Revolutionen gab es Zeiten, in denen diejenigen, die sie anführten und inspirierten, es vorzogen zu schweigen und geduldig zu leiden, manchmal auch im Elend zu sterben, immer aber zu hoffen und zu planen. Dann gab es andere Zeiten – Augenblicke des Ruhms und des Sieges, wenn eine unterdrückte und ausgebeutete Mehrheit sich erhob, wenn Imperialismus und Tyrannei gestürzt wurden und wenn eine verkrustete kapitalistisch-bourgeoise Klasse ihre verdiente Vernichtung erfuhr.

Für den Sendero Luminoso ist die Zeit des Schweigens, der Geduld und des Leidens zu Ende. Die leuchtende Zeit, die zu beiden Seiten des Leuchtenden Pfads liegt, ist gekommen. Wir sind bereit zum Aufbruch.

Während die selbsternannten Supermächte dieser Welt sich nach außen hin durch Verhandlungen um Frieden bemühen, bereiten sie sich in Wahrheit auf eine katastrophale Konfrontation zwischen dem imperialistischen und dem sozialistisch-imperialistischen Block vor, die beide die Vorherrschaft über die Welt anstreben. Die bereits versklavte und vergewaltigte Mehrheit wird darunter nur noch mehr leiden. Wenn nichts gegen die immer weiter fortschreitende Ausbeutung der Welt unternommen wird, werden einige wenige machtbesessene Geldbonzen die gesamte Menschheit um ihrer eigenen Zwecke willen unterwerfen.

Aber wie ein Vulkan kurz vor dem Ausbruch, brodelt überall die Revolution. Die Partei – der Sendero Luminoso – wird diese Revolution anführen. Sie hat das Wissen und die Erfahrung. Ihr wachsender Einfluß erstreckt sich über die ganze Welt.

Es ist an der Zeit, daß die Öffentlichkeit uns kennenlernt und versteht.

Die verlogenen kapitalistisch-imperialistischen Medien, die nur drucken und senden, was ihre geldscheffelnden Herren ihnen sagen, ignorieren oder entstellen seit Jahren den heroischen Kampf des Sendero Luminoso.

Das wird sich nun ändern. Und das ist der Grund, warum wir kapitalistische Gefangene als Geiseln halten.

An den amerikanischen Fernsehsender CBA ergehen hiermit folgende Befehle:

Erstens: Beginnend mit dem zweiten Montag nach Erhalt dieser Forderungen wird das Programm CBA National Evening News *(beide Ausgaben) an fünf Wochentagen, also eine ganze Woche lang, abgesetzt.*

Zweitens: Statt des abgesetzten Programms wird ein anderes gesendet, das CBA in Form von fünf Kassetten zugeschickt wird. Der Titel dieses Programms lautet: ›Die Weltrevolution: der Sendero Luminoso zeigt den Weg.‹

Drittens: Während dieser Programme darf keine Werbung ausgestrahlt werden.

Viertens: Weder CBA noch eine andere Institution wird versuchen, die Herkunft dieser Kassetten zu ermitteln, von denen die erste CBA am Donnerstag nächster Woche zugehen wird. Die anderen folgen in täglichem Abstand. Jeder Versuch einer Nachforschung wird die sofortige Exekution einer der in Peru festgehaltenen Geiseln zur Folge haben. Bei allen weiteren Versuchen wird ebenso verfahren.

Fünftens: Diese Befehle stehen nicht zur Diskussion, sie sind Punkt für Punkt auszuführen.

Wenn CBA und andere diese Forderungen zur Gänze erfüllen, werden die drei Gefangenen vier Tage nach der letzten Ausstrahlung des Sendero-Luminoso-Programms freigelassen. Wenn nicht, bleiben die Gefangenen verschwunden, und auch ihre Leichen wird man nirgends finden.«

»Da ist noch etwas«, sagte Nortandra. »Es steht auf einem separaten Blatt.«

»Kopien von ›Die leuchtende Zeit ist gekommen‹ und von der Videokassette mit der Erklärung der weiblichen Gefangenen gehen auch an die anderen Fernsehsender und die Presse.«

»Das ist alles«, stellte Nortandra fest. »Die Papiere sind nicht unterzeichnet, aber die Tatsache, daß sie als Begleitschreiben mit der Kassette kamen, macht sie meiner Meinung nach authentisch.«

Schweigen folgte. Niemand schien als erster etwas sagen zu wollen. Einige sahen Crawford Sloane an, der zusammengesunken und mit verbissenem Gesicht in seinem Sessel saß. Die anderen teilten seine Verzweiflung.

Schließlich war es Les Chippingham, der sprach. »Jetzt wissen wir es wenigstens. Die ganze Zeit haben wir uns schon gefragt, was diese Leute wollen. Zuerst haben wir an Geld gedacht. Jetzt zeigt sich, daß es viel mehr ist.«

»Viel, viel mehr«, ergänzte Bracebridge. »In Geld ist das überhaupt nicht umzurechnen, aber das steht ja auch gar nicht zur Debatte.«

»Wie ich anfangs schon angedeutet habe«, bemerkte Nortandra, »ergibt das Ganze, vor allem dieser Revolutionsjargon, wenig Sinn.«

Norm Jaeger meldete sich. »Das Gerede von Revolutionären ergibt selten Sinn, außer für sie selbst. Aber das ist kein Grund, sie nicht ernst zu nehmen. Das haben wir im Iran gesehen.« Jaeger sah auf die Uhr über ihnen: 22 Uhr 55. Dann wandte er sich an

Chippingham. »Les, sollen wir mit einer Sondermeldung das Programm unterbrechen? Wenn wir schnell sind, schaffen wir es bis zur vollen Stunde. Wir könnten Ausschnitte aus dem Band mit Mrs. Sloane verwenden. Wenn es stimmt, daß die anderen Sender die Kassette auch erhalten haben, dann bringen sie die Geschichte wahrscheinlich sofort.«

»Sollen sie ruhig«, erwiderte Chippingham entschlossen. »Das ist eine ganz neue Situation, in der wir unter Zugzwang stehen und nichts überstürzen dürfen. Wir werden um Mitternacht eine Meldung bringen; das gibt uns Zeit, uns zu überlegen, wie wir vorgehen, und wichtiger noch, wie wir auf die Forderungen reagieren wollen – falls wir reagieren.«

»Die Art unserer Reaktion steht ja wohl außer Frage«, erklärte Margot Lloyd-Mason. »Es ist doch klar, daß wir diese lächerlichen Bedingungen unmöglich akzeptieren können. Wir werden doch nicht unsere Abendnachrichten eine ganze Woche lang stillegen.«

»Aber das müssen wir ja nicht sagen, zumindest nicht gleich am Anfang«, gab Nortandra zu bedenken. »Wir könnten zum Beispiel bekanntgeben, daß wir über die Forderungen nachdenken und später eine Erklärung abgeben werden.«

»Verzeihen Sie, wenn ich das sage«, unterbrach ihn Jaeger, »aber ich bezweifle, daß uns das irgend jemand abnimmt, am allerwenigsten der Sendero Luminoso. Ich habe mich eingehend mit diesen Leuten beschäftigt, und ich weiß, daß sie eins bestimmt nicht sind, nämlich Narren; die sind gerissen und intelligent. Und sie haben sich offensichtlich gut über unser Gewerbe informiert – so wissen sie zum Beispiel, daß die National Evening News am Samstag und Sonntag weniger Zuschauer haben, und deshalb wollen sie diese Termine nicht.«

»Was würden Sie dann vorschlagen?«

»Daß man der Nachrichtenabteilung die Ausarbeitung einer Antwort überläßt. Hier ist Raffinesse gefragt, keine undifferenzierten Pauschalaussagen wie ›lächerliche Bedingungen‹. Wir bei CBA News sind dafür besser ausgerüstet, haben ein feineres Gespür, und außerdem wissen wir in dieser Szene besser Bescheid ...« Auf ein Zeichen von Chippingham hielt Jaeger inne.

»Ich stimme Norman im wesentlichen zu«, sagte er, »aber da dies in meinen Verantwortungsbereich fällt, sollte das wohl von mir kommen. Man sollte in der Tat der Nachrichtenabteilung diese Aufgabe überlassen, weil wir besser informiert sind, weil wir uns auf diesem Gebiet auskennen und weil einer unserer besten Korrespondenten, Harry Partridge, bereits in Peru ist. An ihn müssen wir uns zuerst wenden.«

»Wendet euch doch an wen ihr wollt, ihr mit eurer Raffinesse«, fauchte Margot. Sie war bei Jaegers Erwähnung der ›lächerlichen Bedingungen‹ rot geworden. »Hier geht es doch um eine Angelegenheit des Konzerns, die eine Entscheidung des Managements erfordert.«

»Nein, verdammt noch mal! Nein!« Die Worte wurden geschrien. Alle drehten sich um. Geschrien hatte Crawford Sloane, der nun nicht mehr niedergeschlagen in seinem Sessel saß, sondern stand und mit wütendem Blick und rotem Kopf die anderen ansah. Als er sprach, klang seine Stimme belegt, manchmal erstickt.

»Lassen Sie den Konzern aus dem Spiel. Norman hat recht mit den undifferenzierten Pauschalaussagen; wir alle haben eben eine gehört, und das kommt daher, weil die Leute vom Konzern weder das Wissen noch die Erfahrung für ein präzises journalistisches Urteil haben. Außerdem wurde eine Konzernentscheidung ja bereits getroffen, wir haben sie ebenfalls gehört: *Wir können diese Bedingungen nicht akzeptieren. Wir werden doch nicht unsere Abendnachrichten eine ganze Woche lang stillegen.* War es wirklich nötig, uns das zu sagen? Als ob das nicht alle von den Nachrichten wüßten – ich eingeschlossen. Wenn Sie eine Bestätigung brauchen, Mrs. Lloyd-Mason, hier haben Sie sie: Ich weiß, daß wir CBA News nicht einfach eine Woche lang dichtmachen und dem Sendero Luminoso übergeben können. Mein Gott – das akzeptiere ich doch! Ich sage das hier vor Zeugen.«

Sloane hielt inne, schluckte und fuhr dann fort: »Aber wir in der Nachrichtenabteilung können eins tun: Wir können unsere Fähigkeiten, unser Know-how benutzen und versuchen, Zeit zu schinden. Denn im Augenblick ist Zeit das, was wir am nötigsten brauchen. Und wir können auf Harry Partridge vertrauen, denn in ihn setze ich meine größte Hoffnung, meine Familie wohlbehalten wiederzubekommen.«

Sloane blieb stehen, nachdem er geendet hatte.

Bevor ein anderer etwas sagen konnte, versuchte Bracebridge, der ehemalige Nachrichtenmann und jetzige Konzernmanager, einen versöhnlicheren Ton anzuschlagen. »In einer solchen Lage ist es für alle schwierig. Die Anspannung ist so groß, daß man emotional und gereizt reagiert. Einiges von dem, was gesagt wurde, hätte man höflicher formulieren können und wahrscheinlich auch sollen.« Er wandte sich an die CBA-Präsidentin. »Aber dennoch, Margot, glaube ich, daß man über diesen Vorschlag nachdenken sollte, zumal Ihre Entscheidung, wie Crawf deutlich gemacht hat, verstanden und akzeptiert wird. Das steht ja wohl außer Frage.«

Margot merkte, daß ihr hier eine Möglichkeit geboten wurde, das Gesicht zu wahren. Sie zögerte und sagte dann zu Chippingham: »Also gut, auf dieser Basis können Sie eine vorläufige Strategie ausarbeiten.«

»Vielen Dank«, erwiderte er. »Können wir noch eines klarstellen?«

»Und was?«

»Daß die grundlegende Entscheidung, auf die wir uns geeinigt haben, für den Augenblick geheim bleibt.«

»Einverstanden. Aber diese Zusicherung lassen Sie sich besser auch von den anderen hier geben. Und halten Sie mich auf jeden Fall auf dem laufenden.«

Die anderen hatten aufmerksam zugehört. Nun sah Chippingham sie an und fragte: »Kann ich bitte diese Zusicherung haben?«

Während einer nach dem anderen ihm sein Wort gab, verließ Margot den Saal.

Als Chippingham in sein Büro zurückkehrte, war es 23 Uhr 25. Um 23 Uhr 30 erhielt er den Ausdruck einer Reuter-Meldung aus Lima mit Informationen über die Forderungen des Sendero Luminoso an CBA. Augenblicke später kam von AP aus Washington ein ausführlicher Bericht herein, der »Die leuchtende Zeit ist gekommen« in voller Länge zitierte.

Innerhalb der nächsten fünfzehn Minuten brachten ABC, NBC und CBS Sondermeldungen mit kurzen Ausschnitten aus dem Band mit Jessica. Für die Nachrichtensendungen des folgenden Tages wurden ausführlichere Berichte angekündigt sowie, falls notwendig, weitere Sondermeldungen. CNN, das gerade eine Nachrichtensendung laufen hatte, nahm die Meldung einfach mit auf und hatte so die Nase vorn. Chippingham blieb bei seinem Entschluß, das Programm im Augenblick nicht zu unterbrechen, sondern um Mitternacht eine vorsichtig formulierte Erklärung zu bringen, die nun vorbereitet wurde.

Um 23 Uhr 45 verließ er sein Büro und ging zum Hufeisen. Norman Jaeger saß auf dem Platz des Chefproduzenten. Iris Everly arbeitete in einem Schneideraum an dem Band mit Jessica und an anderen, die als Hintergrundinformation benutzt werden sollten. Don Kettering, der die Mitternachtssendung moderieren sollte, saß in der Maske und arbeitete an seinem Manuskript.

»Wir werden ganz sachlich darüber berichten«, sagte Jaeger zu Chippingham, »ohne jede Reaktion von unserer Seite. Dafür haben wir später wahrscheinlich noch genug Zeit – egal wie die Reaktion dann aussieht. Übrigens, alle Welt, darunter auch die *Times* und die *Post*, ruft bei uns an, um zu erfahren, wie wir reagieren werden. Wir haben ihnen gesagt, daß wir das im Augenblick noch nicht wissen und daß wir darüber erst diskutieren müssen.«

Chippingham nickte. »Gut.«

Jaeger wies auf Karl Owens, der am anderen Ende des Hufeisens saß. »Karl hat eine Idee, wie diese Reaktion aussehen könnte.«

»Laß hören.«

Owens, das ideenreiche Arbeitstier, dessen hartnäckiges Nachbohren bereits zur Identifizierung des Terorristen Ulises Rodríguez geführt hatte, warf einen Blick auf eine seiner Karteikarten, seine gewohnte Datenbank.

»Aus dem Brief von Sendero wissen wir, daß CBA fünf einzelne Kassetten, die jeweils unsere Abendnachrichten ersetzen sollen, erhalten wird – die erste am Donnerstag nächster Woche, die anderen im Abstand von einem Tag. Im Gegensatz zu dem Band mit Mrs. Sloane werden diese Kassetten offenbar nur an CBA geschickt.«

»Das weiß ich doch alles«, entgegnete Chippingham.

Jaeger lächelte, als Owens unbeirrt in der ihm eigenen Ausführlichkeit fortfuhr. »Ich würde nun vorschlagen, daß wir bis Dienstag überhaupt nichts über eine mögliche Reaktion von CBA verlauten lassen. Nur am Montag sollten wir, um das Interesse wachzuhalten, ankündigen, daß wir am nächsten Tag eine öffentliche Erklärung abgeben werden. Und diese wird lauten: Kein Kommentar, bis wir das angekündigte Band am Donnerstag erhalten haben, unsere Entscheidung werden wir erst danach bekanntgeben.«

»Und was bringt uns das?«

»Das bringt uns erst einmal einen Aufschub bis Donnerstag, das sind von heute ab sechs Tage. Dann nehmen wir einmal an, der Sendero schickt uns das Band.«

»Okay, es ist also da. Was dann?«

»Wir legen es in einen Safe, damit niemand dran kann, und gehen dann sofort auf Sendung. Wir unterbrechen das Programm, tun sehr aufgeregt und sagen, wir hätten die Kassette erhalten, sie sei aber kaputt. Sie muß beim Transport beschädigt worden sein, es ist fast alles gelöscht. Wir haben versucht, sie abzuspielen und irgendwie zu reparieren, aber es ging nicht. Und das bringen wir nicht nur im Fernsehen, sondern geben es auch an die Presse und die Presseagenturen weiter, damit es auch wirklich bis nach Peru gelangt und der Sendero Luminoso davon erfährt.«

»Ich glaube, ich verstehe, worauf du hinauswillst«, sagte Chippingham. »Aber erzähl's mir trotzdem.«

»Diese Typen vom Sendero wissen dann nicht, ob wir lügen oder die Wahrheit sagen. Aber sie wissen – wie wir auch –, daß so etwas passieren kann. Vielleicht entscheiden sie im Zweifelsfall zu unseren Gunsten und schicken uns eine Kopie, was wiederum einige Tage dauert ...«

Chippingham beendete den Satz für ihn: » ... und das würde heißen, daß wir auf keinen Fall an dem Tag, den sie angegeben haben, mit den Sendungen beginnen können.«

»Genau.«

»Karl wäre sicher auch gleich dazu gekommen, Les«, bemerkte Jaeger. »Aber ich glaube, er will damit sagen, daß wir so einige Tage Aufschub erreichen – falls es funktioniert, und es besteht durchaus die Chance, daß es funktioniert. Was hältst du davon?«

»Ich halte es für brillant«, erwiderte Chippingham. »Ich bin wirklich froh, daß wir die Sache in die Hand genommen haben.«

Während des ganzen Wochenendes beherrschten die Forderungen des Sendero Luminoso und das Video mit Jessica die Nachrichtensendungen. Die Meldung erregte weltweit Aufsehen. CBA wurde mit Bitten um Stellungnahme, vorzugsweise in Form einer offiziellen Verlautbarung, bestürmt. Man einigte sich darauf, sämtlich Anrufe dieser Art direkt an CBA News weiterzuleiten. Dem Management der anderen Abteilungen wurde nahegelegt, auf Fragen zu diesem Thema nicht zu antworten, auch nicht inoffiziell.

Bei CBA News kümmerten sich drei Sekretärinnen, die extra deswegen Wochenenddienst leisten mußten, um diese Anrufe. Ihre Antwort war immer dieselbe: Kein Kommentar von CBA und nein, es sei auch nicht möglich zu sagen, wann der Sender einen Kommentar abgeben würde.

Daß CBA sich in Schweigen hüllte, hielt andere nicht davon ab, ihre Meinung zu äußern. Der Tenor der meisten dieser Kommentare lautete: *Bleibt stark! Gebt nicht nach!*

Eine überraschende Zahl von Leuten war jedoch auch der Ansicht, es schade nichts, die Forderungen der Entführer zu erfüllen, wenn damit die Freilassung der Geiseln zu erreichen wäre. Norman Jaeger reagierte auf diese Haltung mit Empörung: »Sehen diese Spatzenhirne denn nicht, daß es hier ums Prinzip geht? Wenn wir einen Präzedenzfall schaffen, wäre das doch eine Einladung für jede Gruppe von Verrückten auf der ganzen Welt, Leute vom Fernsehen zu entführen!«

In den sonntäglichen Talkshows *Face the Nation*, *Meet the Press* und *The Week with David Brinkley* wurde über das Thema diskutiert und Auszüge aus Crawford Sloanes Buch *Die Kamera und die Wahrheit* zitiert. Besonders beliebt waren folgende Stellen:

– .... daß Geiseln im Notfall zu opfern sind.

– Das einzige Mittel zur Bekämpfung des Terrorismus ist, ... daß man nie, ich wiederhole, nie, mit Terroristen verhandelt oder Lösegelder zahlt, ob nun auf direktem oder indirektem Weg.

Innerhalb von CBA schienen diejenigen, die Les Chippingham versprochen hatten, die grundsätzliche Entscheidung gegen ein Eingehen auf die Forderungen der Entführer geheimzuhalten, zu ihrem Wort zu stehen. Die einzige, die dieses Versprechen brach, war Margot Lloyd- Mason, denn sie telefonierte am Sonntag mit Theodore Elliott und berichtete ihm von den Ereignissen des vergangenen Abends.

Darauf angesprochen, hätte Margot zweifellos argumentiert, daß sie sich nur korrekt verhalte, wenn sie den Vorsitzenden von Globanic über die laufenden Ereignisse informierte. Leider gab aber ihr Vorgehen, ob es nun richtig war oder nicht, den Anstoß für ein Informationsleck mit verheerenden Folgen.

5

Globanic Industries World Headquarters, die Zentrale von Globanic, war ein villenähnlicher Bürokomplex mit eigenem Park in Pleasantville im Staat New York, etwa dreißig Meilen von Manhattan entfernt. Diese Residenz war bewußt gewählt, um die Denkfabrik des Konzerns, in der über Strategien nachgedacht wurde und weitreichende Entscheidungen getroffen wurden, von der hektischen Atmosphäre der Einzelgesellschaften in den industriellen und Finanzzentren zu isolieren. Globanic Financial zum Beispiel, die das Umschuldungsgeschäft mit Peru abwickelte, residierte in drei Stockwerken des World Trade Center in der Nähe der Wall Street.

In Wirklichkeit aber drangen viele der untergeordneten Probleme, die die einzelnen Tochtergesellschaften betrafen, bis in die Zentrale in Pleasantville. Und das war auch der Grund, warum am Montagvormittag um zehn Uhr Glen Dawson, ein forscher junger Reporter des *Baltimore Star*, darauf wartete, den Chefbuchhalter von Globanic zum Thema Palladium interviewen zu können. Das wertvolle Metall machte im Augenblick Schlagzeilen, und eine Tochter von Globanic besaß in Minas Gerais in Brasilien Bergwerke, in denen Palladium und Platin gefördert wurden. Dort drohten Arbeitskämpfe, die Produktion lahmzulegen.

Dawson wartete vor dem Büro des Chefbuchhalters in einer eleganten, runden Vorhalle, von der zwei weitere Büros ranghoher

Globanic-Manager abgingen, darunter das des Vorsitzenden des Konzerns.

Der Reporter saß noch immer in einer unauffälligen Ecke, als eine der Bürotüren aufging und zwei Männer in die Halle traten. Der eine war Theo Elliott, den Dawson von Fotos her kannte. Auch das Gesicht des anderen Mannes kam ihm bekannt vor, doch er konnte es im Augenblick nicht einordnen. Die beiden setzten die Unterhaltung fort, die sie im Büro begonnen hatten.

»... über CBA gehört. Die Drohungen dieser peruanischen Rebellen bringen Sie in eine schwierige Lage.«

Der Vorsitzende von Globanic nickte. »In gewisser Hinsicht ja ... kommen Sie, ich bringe Sie zum Aufzug ... Wir haben bereits eine Entscheidung getroffen, sie wurde nur noch nicht bekanntgegeben. Wir haben nicht die Absicht, uns von einem Haufen verrückter Kommunisten an die Wand drängen zu lassen.«

»Dann wird CBA die Abendnachrichten also nicht absetzen?«

»Auf gar keinen Fall. Und wir denken überhaupt nicht daran, das Material von diesem Leuchtenden Pfad zu senden ...«

Die Stimmen verschwanden.

Mit der Zeitschrift, die er eben durchgeblättert hatte, verdeckte Glen Dawson den Block, auf dem er sich den Wortlaut der Unterhaltung notierte. Sein Puls raste. Er wußte, daß er nun exklusive Informationen besaß, nach denen zahllose andere Journalisten seit Samstagnacht vergeblich suchten.

»Mr. Dawson«, rief ihm eine Empfangsdame zu. »Mr. Licata hat jetzt Zeit für Sie.«

Als er an ihrem Schreibtisch vorbeikam, blieb er stehen und lächelte sie an. »Dieser Herr bei Mr. Elliott – ich bin sicher, daß ich ihn schon einmal gesehen habe, aber im Augenblick fällt mir der Name nicht ein.«

Die Empfangsdame zögerte; Dawson spürte ihre Skepsis und lächelte sie noch einmal an. Es half. »Das war Staatssekretär Alden Rhodes vom Wirtschaftsministerium.«

»Natürlich! Wie konnte ich das nur vergessen?«

Dawson hatte den Staatssekretär schon einmal im Fernsehen bei einem Auftritt vor einem Parlamentsausschuß gesehen. Aber im Augenblick war nur wichtig, daß er den Namen kannte.

Das Interview mit dem Chefbuchhalter schien ewig zu dauern, obwohl Dawson versuchte, es so schnell wie möglich zu beenden. Das Thema Palladium hatte ihn sowieso nicht sonderlich interessiert; er war ein ehrgeiziger junger Mann, der über Themen von großem allgemeinem Interesse schreiben wollte, und das, worüber er eben gestolpert war, kam ihm als Fahrkarte in eine aufregendere Zukunft gerade recht. Der Chefbuchhalter jedoch ließ sich Zeit bei seiner Beschreibung von Geschichte und Zukunft des Palladiums. Die Arbeitskämpfe in Brasilien tat er als vorübergehende Erscheinung ab, die kaum Einfluß auf die Produktion hatten, und das war eigentlich alles, was Dawson hatte wissen wollen. Schließlich redete er sich auf den angeblich bevorstehenden Redaktionsschluß heraus und verließ das Büro.

Er sah auf die Uhr und stellte fest, daß er noch Zeit hatte, um in die Manhattaner Redaktion des *Baltimore Star* zu fahren und beide Artikel für die Nachmittagsausgabe fertigzustellen. Während er im Geist bereits Worte und Sätze aneinanderreihte, raste er über den Saw Mill River Parkway nach Süden und bog dann auf den Interstate 87 ein.

Glen Dawson saß an einem Computer in den bescheidenen Redaktionsräumen an der Rockefeller Plaza und schrieb zuerst die Palladium-Story. Das war schließlich sein ursprünglicher Auftrag gewesen, den er nun auch gewissenhaft erledigte.

Doch dann machte er sich an die aufregendere Geschichte. Sein erster Bericht war an die Wirtschaftsredaktion gegangen, und da er zu dieser Abteilung gehörte, würde auch der zweite zunächst dort eingehen. Er war aber sicher, daß er nicht allzulange bei diesem Ressort bleiben würde.

Seine Finger huschten über die Tasten, während er den Vorspann schrieb.

Dabei dachte Dawson über eine moralische Frage nach, von der er wußte, daß sie gestellt und auch beantwortet werden mußte: Würde die Veröffentlichung der Information, die er jetzt besaß, die Entführungsopfer in Peru noch mehr in Gefahr bringen, als sie es bereits waren?

Oder genauer: Würde den drei Sloanes die Veröffentlichung der Entscheidung von CBA, nicht auf die Bedingungen einzugehen, schaden, eine Entscheidung, die offensichtlich im Augenblick noch nicht für eine Veröffentlichung bestimmt war?

Hatte aber andererseits die Öffentlichkeit nicht auch das Recht, alles zu erfahren, was ein unternehmungslustiger Reporter wie er herausfinden konnte, gleichgültig, wie er sich die Information beschafft hatte?

Diese Fragen existierten zwar, doch Dawson wußte auch, daß er sie nicht zu beantworten hatte. In solchen Angelegenheiten gab es feste Regeln, die alle Beteiligten kannten. Ein Reporter hatte die Aufgabe, über alles Wichtige zu schreiben, das er erfuhr. Er durfte Nachrichten nicht unterdrücken oder verändern, sondern mußte einen vollständigen und genauen Bericht schreiben und den an die Nachrichtenzentrale weiterleiten, die ihn beschäftigte.

Dort ging der Bericht an einen oder mehrere Redakteure. Und ihre Aufgabe war es, sich über moralische Implikationen Gedanken zu machen.

In Baltimore, wo sein Artikel vermutlich eben aus dem Drucker kam, würde in wenigen Augenblicken genau das passieren, dachte Dawson.

Nach dem letzten Satz drückte er auf einen Knopf, um für sich selbst ein Kopie ausdrucken zu lassen. Doch eine andere Hand kam ihm zuvor und schnappte ihm den Ausdruck weg.

Es war der Redaktionsleiter, Sandy Sefton, der eben zur Tür hereingekommen war. Sefton war ein Reporterveteran kurz vor der Pensionierung, und er und Dawson waren gute Freunde. Während er den Ausdruck las, pfiff er leise und sah dann hoch.

»Das ist wirklich eine heiße Sache. Diese Aussage von Elliott, hast du die mitgeschrieben, während er sie machte?«

»Wenige Sekunden später.« Dawson zeigte dem Älteren seine Notizen.

»Sehr gut! Hast du mit dem anderen, diesem Alden Rhodes, auch gesprochen?«

Dawson schüttelte den Kopf.

»Wahrscheinlich wird sich Baltimore gleich bei dir melden.« Ein Telefon klingelte. »Wollen wir wetten, daß das schon Baltimore ist?«

Sefton hatte recht gehabt. Er nahm den Anruf entgegen, hörte kurz zu und sagte dann: »Mein Junge steht heute abend bei euch auf der Titelseite, was?« Er grinste, als er Dawson den Hörer gab. »Es ist Frazer.«

J. Allardyce Frazer war der Chefredakteur. Er kam sofort zur Sache, und seine Stimme klang sehr bestimmt. »Sie haben nicht direkt mit Theodore Elliott gesprochen. Habe ich recht?«

»Ja, Sie haben recht, Mr. Frazer.«

»Dann tun Sie's. Sagen Sie ihm, was Sie wissen, und fragen Sie ihn, ob er dazu eine Stellungnahme abgeben möchte. Wenn er die Aussage leugnet, nehmen Sie das Dementi in Ihren Bericht auf, und versuchen Sie gleichzeitig, von Alden Rhodes eine Bestätigung zu bekommen. Wissen Sie, wie Sie das anstellen müssen?«

»Ich glaube schon.«

»Ich will noch mal mit Sandy sprechen.«

Der Redaktionsleiter übernahm den Hörer. Er zwinkerte Dawson zu, während er zuhörte, und sagte dann: »Ich habe Glens Notizen gesehen. Er hat sich sofort aufgeschrieben, was Elliott gesagt hat. Das ist eindeutig. Ein Mißverständnis ist ausgeschlossen.«

Sefton legte auf und sagte zu Dawson: »Du hast noch keine Freigabe; die diskutieren gerade über den moralischen Aspekt. Du kümmerst dich um Elliott. Und ich werde versuchen, Rhodes aufzuspüren; der kann noch nicht wieder in Washington sein.« Sefton ging zu einem zweiten Apparat.

Dawson wählte die Nummer von Globanic. Die Telefonzentrale vermittelte ihn weiter, und schließlich meldete sich eine Frauenstimme. Der Reporter stellte sich vor und fragte nach »Mr. Theodore Elliott«.

»Mr. Elliott ist im Augenblick nicht zu sprechen«, sagte die Stimme. »Ich bin Mrs. Kessler. Kann ich etwas für Sie tun?«

»Vielleicht.« Dawson erklärte ihr ausführlich den Grund seines Anrufs.

Die Stimme klang plötzlich kalt. »Warten Sie bitte.«

Einige Minuten vergingen. Dawson wollte schon einhängen und wieder anrufen, als die Frau sich endlich meldete. Diesmal klang sie noch mehr als unterkühlt. »Mr. Elliott läßt Ihnen sagen, daß das, was Sie zu hören geglaubt haben, vertraulich ist und nicht verwendet werden darf.«

»Ich bin Reporter«, sagte Dawson. »Wenn ich etwas höre oder erfahre, das mir nicht ausdrücklich als vertraulich mitgeteilt wurde, habe ich das Recht, es zu benutzen.«

»Mr. Dawson, ich sehe keinen Sinn darin, diese Unterhaltung fortzusetzen.«

»Einen Augenblick noch, bitte. Leugnet Mr. Elliott, die Worte gesagt zu haben, die ich Ihnen vorgelesen habe?«

»Mr. Elliott hat dazu nichts weiter zu sagen.«

Dawson schrieb sich Frage und Antwort auf, wie er es auch schon zuvor getan hatte.

»Mrs. Kessler, hätten Sie etwas dagegen, mir Ihren Vornamen zu nennen?«

»Warum sollte ich ... also gut, Diana.«

Dawson lächelte, denn er vermutete, daß Diana Kessler sich überlegt hatte, wenn ihr Name schon in der Zeitung stehen sollte, dann wenigstens vollständig. Er wollte sich noch bedanken, merkte aber, daß die Verbindung bereits unterbrochen war.

Während er auflegte, gab ihm der Redaktionsleiter einen Zettel. »Rhodes ist in einem Wagen des State Department auf dem Weg nach La Guardia Airport. Das ist die Nummer des Autotelefons.«

Dawson wählte die Nummer.

Eine Männerstimme meldete sich. Als Dawson nach »Mr. Alden Rhodes« fragte, kam die Antwort: »Am Apparat.«

»Mr. Rhodes, meine Zeitung möchte gern wissen, ob Sie etwas sagen können zu Mr. Theodore Elliotts Bemerkung, daß CBA nicht auf die Forderungen des Sendero Luminoso eingehen wird und daß, in Mr. Elliotts Worten, ›Wir ... nicht die Absicht [haben], uns von einem Haufen verrückter Kommunisten an die Wand drängen zu lassen.‹«

»Hat Theo Elliott Ihnen das wirklich gesagt?«

»Ich habe es ihn persönlich sagen hören, Mr. Rhodes.«

»Ich dachte, er wollte das geheimhalten.« Eine Pause. »Warten Sie mal! Haben Sie nicht in der Halle gesessen, als wir zum Aufzug gingen?«

»Ja.«

»Dawson, Sie haben mich ausgetrickst. Ich verbiete Ihnen, dieses Gespräch zu veröffentlichen.«

»Mr. Rhodes, ich habe mich zu Beginn vorgestellt, aber von einem Veröffentlichungsverbot haben Sie nichts gesagt.«

»Zum Teufel mit Ihnen, Dawson.«

»Das letzte werde ich nicht veröffentlichen, Sir. Denn jetzt weiß ich ja von dem Verbot.«

Der Redaktionsleiter grinste und streckte den Daumen in die Höhe.

Die Moraldiskussion in Baltimore dauerte nicht sehr lange.

Wenngleich Nachrichtenorganisationen eher zur Veröffentlichung neigen, müssen bei bestimmten Artikeln – und um einen solchen ging es im Augenblick – gewisse Fragen gestellt und beantwortet werden. Der Chefredakteur und der Inlandsredakteur, in dessen Ressort der Artikel fiel, stellten sie sich gegenseitig.

Frage: Würde die Veröffentlichung der Entscheidung von CBA die Geiseln in Gefahr bringen? Antwort: Die Geiseln schwebten bereits in Gefahr, und es war kaum anzunehmen, daß die Veröffentlichung einen großen Unterschied machte. Frage: Wie hoch war das Risiko, daß wegen der Veröffentlichung jemand getötet wurde? Antwort: Sehr gering, da eine tote Geisel wertlos wäre. Frage: Da CBA die Entscheidung in ein oder zwei Tagen sowieso bekanntgeben mußte, welchen Unterschied machte es, wenn sie etwas früher veröffentlicht wurde? Antwort: Kaum einen. Frage: Da die Entscheidung durch Theo Elliotts Leichtfertigkeit bereits nach außen gedrungen war und andere mit Sicherheit davon wußten, wie hoch war die Wahrscheinlichkeit, daß die Öffentlichkeit nichts davon erfuhr? Antwort: Sehr gering.

Am Ende formulierte der Chefredakteur das Ergebnis, zu dem sie beide gekommen waren: »Es gibt kein moralisches Problem. Der Artikel wird gedruckt!«

Die Geschichte wurde zum Aufmacher der Nachmittagsausgabe des *Baltimore Star*. Eine Balkenüberschrift verkündete reißerisch:

CBA SAGT NEIN ZU SLOANE-ENTFÜHRERN

Der Artikel, der unter Glen Dawsons Namen erschien, begann wie folgt:

CBA wird die Forderung der Sloane-Entführer, die National Evening News eine Woche lange abzusetzen und dafür Propagandamaterial der peruanischen Maoistengruppe Sendero Luminoso zu senden, entschieden zurückweisen.

Sendero Luminoso, der Leuchtende Pfad, hat zugegeben, die Entführungsopfer an einem geheimen Ort in Peru gefangenzuhalten.

Theodore Elliott, der Vorsitzende und Hauptgeschäftsführer von Globanic Industries, des Mutterkonzerns von CBA, erklärte heute: »Wir haben nicht die Absicht, uns von einem Haufen verrückter Kommunisten an die Wand drängen zu lassen.«

Während eines Gesprächs in der Zentrale von Globanic in Pleasantville fügte er hinzu: »Wir denken überhaupt nicht daran, das Material von diesem Leuchtenden Pfad auszustrahlen.«

Ein Reporter des Star *war anwesend, als Elliott dies sagte.*

Staatssekretär Alden Rhodes vom Wirtschaftsministerium, der zu diesem Zeitpunkt Mr. Elliotts Gesprächspartner war, wollte auf Anfrage des Star *keinen Kommentar abgeben, bemerkte jedoch: »Ich dachte, er wollte das geheimhalten.«*

Leider gelang es nicht, von Mr. Elliott selbst zusätzliche Informationen zu erhalten.

»Mr. Elliott ist im Augenblick nicht zu sprechen«, erfuhr unser Reporter von Mrs. Diana Kessler, der Sekretärin des Vorsitzenden von Globanic. Als Antwort auf weitere Fragen sagte Mrs. Kessler nur: »Mr. Elliott hat dazu weiter nichts zu sagen.«

Es kam noch mehr – vorwiegend Hintergrundinformationen über die Geschichte der Entführung.

Noch vor Auslieferung des *Baltimore Star* hatten auch die Pressagenturen die Geschichte, die alle den *Star* als Quelle angaben. Am Abend wurde der *Star* in allen Nachrichtensendungen zitiert, darunter auch von CBA, wo die vorzeitige Enthüllung bei einigen Leuten helle Verzweiflung auslöste.

Am nächsten Morgen berichteten auch die peruanischen Medien, die der Entführungsgeschichte höchste Aufmerksamkeit schenkten, über die Enthüllung, wobei sie besonders Theo Elliotts Beschreibung des Sendero Luminoso als »Haufen verrückter Kommunisten« – *»grupo de Comunistas locos«* – herausstellten.

6

»Ich mag Vincente«, sagte Nicky. »Er ist unser Freund.«

»Das glaube ich auch«, rief Angus aus seiner Zelle. Er lag auf der dünnen, fleckigen Matratze seiner Pritsche und vertrieb sich die Zeit mit der Beobachtung von zwei großen Käfern an der Wand.

»Das schlagt euch schleunigst aus dem Kopf«, zischte Jessica. »Hier irgend jemand zu mögen, ist dumm und naiv.«

Sie hielt inne und hätte sich am liebsten auf die Zunge gebissen. So harte Worte waren wirklich unnötig.

»Tut mir leid. Das ist mir einfach so rausgerutscht.«

Das Problem war, daß sie nach fünfzehn Tagen Gefangenschaft in diesen winzigen Käfigen alle gereizt und mutlos waren. Jessica hatte zwar alles getan, um die Stimmung, wenn schon nicht hoch, dann wenigstens so zu halten, daß sie nicht in Verzweiflung umschlug. Sie hatte auch sehr darauf geachtet, daß keiner die tägliche Gymnastik vernachlässigte. Aber trotz ihres Bemühens zeigten die fehlende Bewegungsfreiheit, die Monotonie und die Einsamkeit Wirkung.

Dazu kam noch, daß das fettige, fast ungenießbare Essen ihre körperliche Konstitution weiterhin erheblich schwächte.

Und obwohl sie versuchten, sich regelmäßig zu waschen, waren sie meistens schmutzig, sie rochen schlecht und schwitzten, und die dreckigen Kleider klebten an ihren Körpern.

Es war ja schön und gut, dachte Jessica nun, sich immer wieder ins Gedächtnis zu rufen, daß ihr Antiterrorismuslehrer, Brigadier Wade, in seinem Erdloch in Korea schlimmer und länger gelitten hatte. Aber Cedric Wade war ein außergewöhnlicher Mann, der damals in Kriegszeiten seinem Land diente. Doch hier war kein Krieg, an dem sie ihren Mut hätten aufrichten können. Sie waren nur Zivilisten, zufällige Opfer eines unbedeutenden Geplänkels, Gefangene ... zu welchem Zweck? Jessica wußte es nicht.

Dennoch erinnerte sie der Gedanke an Brigadier Wade und Nickys und Angus' Bemerkungen über Vincente an etwas, das sie von Wade gelernt hatte. Und jetzt schien ihr der Augenblick günstig, um es zur Sprache zu bringen.

Sie sah sich ängstlich nach dem diensthabenden Wachposten um und fragte leise: »Angus und Nicky, habt ihr schon einmal vom Stockholm-Syndrom gehört?«

»Ich glaube schon«, erwiderte Angus. »Aber ich bin nicht sicher.«

»Nicky?«

»Nein, Mom. Was ist das?«

Der Wachposten war derjenige, der manchmal in Comic-Heften las; er schien auch jetzt in eins vertieft zu sein und nicht auf ihre Unterhaltung zu achten. Jessica wußte außerdem, daß er kein Englisch verstand.

»Ich werde es euch erzählen«, sagte sie.

Sie erinnerte sich daran, was Brigadier Wade der kleinen Gruppe, zu der auch sie gehörte, erklärt hatte: »Eins passiert fast immer in Entführungssituationen, nämlich daß zumindest ein paar der Opfer anfangen, die Terroristen zu mögen. Manchmal geht das sogar so weit, daß die Geiseln die Terroristen als ihre Freunde betrachten und die Polizei oder die Truppen, die sie retten wollen, als Feinde. Das ist das Stockholm-Syndrom.«

Daß das alles zutraf, fand Jessica später durch zusätzliche Lektüre bestätigt. Es hatte sie auch interessiert nachzulesen, wie dieses Phänomen zu seinem Namen gekommen war.

Nun versuchte sie, sich das wieder ins Gedächtnis zu rufen, und erzählte dann die eigenartige Geschichte, während Nicky und Angus interessiert zuhörten.

Es geschah in Stockholm am 23. August 1973.

Am Morgen dieses Tages betrat ein entflohener Sträfling, der zweiunddreißigjährige Jan-Erik Olsson, die Sveriges Kreditbanken am Norrmalmstorg, einem Platz im Stadtzentrum. Olsson zog eine Maschinenpistole unter einer zusammengefalteten Jacke hervor und feuerte damit an die Decke. Beton und Glas regneten herab, unter den Anwesenden entstand eine Panik.

Das Martyrium, das darauf folgte, dauerte sechs Tage.

Natürlich wußte damals keiner der Beteiligten, daß die Ereignisse dieser Tage zur Prägung des Begriffs »Stockholm-Syndrom« führen sollten – ein Begriff, der in medizinischen und wissenschaftlichen Fachkreisen ebenso gebräuchlich wurde wie Kaiserschnitt, Anorexie, Penisneid oder Alzheimersche Krankheit.

Olsson und ein jüngerer Komplize, Clark Olofsson, nahmen drei Frauen und einen Mann, alles Bankangestellte, als Geiseln: Brigitta Lundblad, einunddreißig, eine hübsche Blondine; Kristin Ehnmark, dreiundzwanzig, sehr aufgeweckt und dunkelhaarig; Elisabeth Oldgren, einundzwanzig, klein, hübsch und sanft; sowie Sven Säfström, fünfundzwanzig, ein großer, schlanker Junggeselle. Einen Großteil der sechs Tage verbrachten die sechs im engen Tresorraum der Bank, von wo aus die Geiselgangster telefonisch ihre Bedingungen stellten – drei Millionen Kronen in bar, zwei Pistolen und ein Fluchtauto.

Für die Geiseln waren diese Tage eine Qual. Man zwang sie, mit Stricken um den Hals aufrecht zu stehen, so daß sie sich beim Umfallen selbst stranguliert hätten. Sie hatten permanent den Tod vor Augen, da ihnen die Geiselnehmer immer wieder die Maschinenpistolen in die Rippen stießen. Fünfzig Stunden lang waren sie ohne Nahrung. Abfallkörbe aus Plastik dienten als Toiletten. Klaustrophobie und Angst beherrschten die Stimmung im Tresorraum.

Doch mit der Zeit entstand zwischen Geiseln und Geiselnehmern eine eigenartige, enge Vertrautheit. Es gab eine Situation, in der Brigitta hätte fliehen können, es aber nicht tat. Kristin gelang es, der Polizei Informationen zuzuspielen, gestand aber später ein: »Ich kam mir vor wie ein Verräter.« Sven, der männliche Gefangene, beschrieb seine Wächter als »freundlich«. Elisabeth stimmte ihm zu.

Die Stockholmer Polizei, die einen Zermürbungskrieg führte, um die Geiseln irgendwann befreien zu können, traf bei den Geiseln selbst auf Feindseligkeit. Kristin sagte am Telefon, daß sie den Bankräubern vertraue, und fügte hinzu: »Ich will, daß Sie uns mit ihnen flüchten lassen ... Sie haben uns sehr gut behandelt.« Über Olsson sagte sie: »Er schützt uns vor der Polizei.« Als man ihr sagte: »Die Polizei wird Ihnen nichts tun«, erwiderte sie: »Das glaube ich nicht.«

Später wurde bekannt, daß Kristin mit dem jüngeren Verbrecher, Olofsson, Händchen gehalten hatte. Einem Ermittlungsbeamten erzählte sie: »Clark war zärtlich zu mir.«

Als die Geiseln nach ihrer Befreiung auf Tragen zu einem Krankenwagen gebracht wurden, rief Kristin Olofsson zu: »Clark, wir sehen uns wieder.«

Bei der Untersuchung des Tresorraums wurden Samenspuren gefunden. Nach einer Woche intensiver Befragung gab eine der Frauen zu, eines Nachts, während die anderen schliefen, Olsson beim Masturbieren geholfen zu haben, leugnete aber, mit ihm Verkehr gehabt zu haben. Die Polizei zweifelte zwar an der Aussage, ging der Angelegenheit aber nicht weiter nach.

Auf Fragen von Ärzten bezeichneten die befreiten Geiseln die Polizei als »den Feind«. Sie glaubten, ihr Leben einzig und allein den Geiselnehmern zu verdanken. Elisabeth beschuldigte einen Arzt, er versuche ihr »mit einer Gehirnwäsche« ihre Hochachtung vor Olsson und Olofsson zu nehmen.

1974, knapp ein halbes Jahr nach dem Geiseldrama, besuchte Brigitta Olofsson im Gefängnis und unterhielt sich eine halbe Stunde lang mit ihm.

Die mit dem Fall betrauten Ärzte bezeichneten schließlich die Reaktion der Geiseln als typisch für jemand in einer »Überlebenssituation«. Sie zitierten Anna Freud, die eine solche Reaktion »Identifikation mit dem Angreifer« nennt. Aber erst dieses schwedische Drama gab dem Phänomen einen dauerhaften, einprägsamen Namen: Das Stockholm-Syndrom.

»He, das ist ja eine tolle Geschichte, Mom«, rief Nicky.

»Ich hab' das alles überhaupt nicht gewußt, Jessie«, fügte Angus hinzu.

»Weißt du noch mehr solche Sachen?« fragte Nicky.

Jessica freute sich über die Reaktion. »Ein paar schon.«

Sie dachte wieder an Brigadier Wade. »Ich möchte Ihnen zwei

Ratschläge geben«, hatte er eines Tages vor seiner Klasse gesagt. »Erstens, wenn Sie Gefangene oder Geiseln sind: *Hüten Sie sich vor dem Stockholm-Syndrom!* Zweitens, wenn Sie es mit Terroristen zu tun haben, vergessen Sie nie, daß ›Liebe deine Feinde‹ absoluter Unsinn ist. Aber andererseits dürfen Sie weder Zeit noch Kraft daran verschwenden, die Terroristen zu hassen, denn Haß ist eine unnütze, kraftraubende Empfindung. Sie dürfen ihnen nur keinen Augenblick vertrauen, geschweige denn Sympathie für sie empfinden, sondern Sie müssen sie immer als Feind betrachten.«

Jessica gab diese Ratschläge nun an Angus und Nicky weiter. Dann erzählte sie von Flugzeugentführungen, bei denen die Geiseln Sympathien für ihre Angreifer entwickelt hatten. Das war zum Beispiel bei dem berüchtigten TWA-Flug 847 im Jahr 1985 der Fall, als einige Passagiere von ihren schiitischen Entführern so angetan waren, daß sie deren politische Parolen übernahmen.

In jüngster Zeit, fuhr Jessica fort, habe eine befreite Geisel aus dem Mittleren Osten – eine armselige Gestalt, die ganz offensichtlich dem Stockholm-Syndrom zum Opfer gefallen war – sogar Botschaften der Geiselnehmer an den Papst und den amerikanischen Präsidenten überbracht. Die Sache habe zwar großes Aufsehen erregt, der Inhalt der Botschaften sei jedoch nie veröffentlicht worden. Inoffiziell sei von banalen und bedeutungslosen Aussagen die Rede gewesen.

Was aber die Spezialisten im Zusammenhang mit dem Stockholm-Syndrom noch mehr beschäftigte, war der Fall des Entführungsopfers Partricia Hearst. Bei ihrer Verhaftung im Jahr 1975 legte man ihr Verbrechen zur Last, die sie offenbar nur deshalb hatte begehen können, weil sie zuvor von ihren Entführern manipuliert worden war. Leider wußte man zu dieser Zeit noch zu wenig über das Stockholm-Syndrom, um für Patricia Hearst Sympathie zu wecken oder ihr wenigstens einen fairen Prozeß zu ermöglichen. Bei einem Vortrag vor Wades Antiterrorismusklasse bemerkte ein amerikanischer Anwalt zu diesem Thema: »In juristischer und intellektueller Hinsicht muß man den Hearst-Prozeß mit den Hexenprozessen in Salem aus dem Jahr 1692 gleichsetzen. Ausgehend von dem Wissen, das wir jetzt haben, und auch davon, daß Präsident Carter das getane Unrecht erkannte und das Strafmaß abmilderte, wäre es eine Schande für unser Land, wenn wir zulassen, daß Patricia Hearst ohne Begnadigung stirbt.«

»Du meinst also damit, Jessie«, sagte Angus, »daß wir uns nicht von Vincentes scheinbarer Freundlichkeit einwickeln lassen dürfen. Er ist trotz allem ein Feind.«

»Wenn er es nicht wäre«, entgegnete Jessica, »dann könnten wir einfach von hier verschwinden, wenn er uns bewacht.«

»Und wir wissen genau, daß wir das nicht können.« Angus richtete seine Stimme auf die mittlere Zelle. »Hast du das gehört, Nicky? Deine Mom hat recht, und wir beide hatten unrecht.«

Der Junge nickte nur betrübt und sagte nichts. Es war einer der vielen traurigen Aspekte dieser Gefangenschaft, dachte Jessica, daß Nicky früher, als es unter normalen Umständen passiert wäre, mit den harten Realitäten und Gemeinheiten der menschlichen Natur konfrontiert wurde.

Wie immer in Peru war es das Radio, das die Nachrichten über die neuen Entwicklungen in der Sloane-Entführung auch in die entferntesten Winkel des Landes brachte.

Über die Verwicklung von Peru und des Sendero Luminoso in die Entführungsaffäre wurde zum ersten Mal am Samstag berichtet, also am Tag nach der CBA-Sondersendung zu diesem Thema. Schenkte man dieser Geschichte in Peru anfangs nur wenig Beachtung, so wurde sie jetzt, da man wußte, daß das eigene Land betroffen war, zum Hauptthema der Medien.

So erfuhr man am Dienstag, dem Tag nach der Enthüllung des *Baltimore Star*, in dem Andenstädtchen Ayacucho und dem Dschungeldorf Nueva Esperanza ebenfalls aus dem Radio von Theodore Elliotts Zurückweisung der Entführerforderungen und von seiner schlechten Meinung über den Sendero Luminoso.

In Ayacucho hörten die Anführer des Sendero Luminoso den Bericht, und in Nueva Esperanza der Terrorist Ulises Rodríguez alias Miguel.

Kurz darauf kam es zu einem Telefongespräch zwischen Miguel und einem dieser Anführer. Keiner der beiden nannte seinen Namen, denn sie wußten, daß die Telefonverbindung nicht gerade modernsten Ansprüchen entsprach und die Leitung über andere

Orte führte, wo jeder, darunter auch Armee oder Polizei, mithören konnte. Deshalb benutzten sie nur allgemeine Floskeln und versteckte Andeutungen, was in Peru viele Leute beherrschten. Die beiden verstanden sich jedoch.

Ihr Gespräch beinhaltete im Klartext: Es mußte sofort etwas geschehen, um diesem amerikanischen Sender zu beweisen, daß er es nicht mit Dummköpfen oder Narren zu tun hatte. Man konnte zum Beispiel eine der Geiseln töten und sie in Lima so deponieren, daß sie schnell gefunden wurde.

Miguel stimmte zwar zu, daß das Wirkung zeigen würde, meinte aber, man solle für den Augenblick alle drei Geiseln am Leben halten, da sie wertvolle Druckmittel darstellten. Er plädierte statt dessen für ein anderes Vorgehen, das seiner Meinung nach in New York verheerende psychologische Auswirkungen haben würde. Er dachte dabei an etwas, das er während der Wartezeit in Hackensack erfahren hatte.

Man einigte sich auf diesen Vorschlag, und da dazu eine Transportmöglichkeit nötig war, wurde in Ayacucho sofort ein Fahrzeug nach Nueva Esperanza losgeschickt.

In Nueva Esperanza begann Miguel ebenfalls mit seinen Vorbereitungen. Er rief Socorro zu sich.

Jessica, Nicky und Angus sahen auf, als plötzlich eine kleine Gruppe die Hütte betrat. Sie bestand aus Miguel, Socorro, Gustavo, Ramón und einem der anderen Wachposten. Man sah ihnen deutlich an, daß sie etwas vorhatten, und Jessica und die anderen warteten ängstlich auf das, was nun passieren würde.

Einer Sache war sich Jessica ganz sicher: Sie würde alles tun, was man von ihr verlangte. Sechs Tage waren seit der Videoaufnahme vergangen, bei der Nicky wegen ihrer Sturheit hatte leiden müssen. Socorro hatte seitdem die Brandwunden täglich untersucht, und sie waren inzwischen soweit verheilt, daß Nicky keine Schmerzen mehr hatte. Jessica, die noch immer ein schlechtes Gewissen hatte, war entschlossen, ihn nicht noch mehr leiden zu lassen.

Als nun die Terroristen, ohne auf sie oder Angus zu achten, Nickys Zelle öffneten und hineingingen, schrie Jessica voller

Angst: »Was haben Sie vor? Bitte tun Sie ihm nicht mehr weh. Er hat genug gelitten. Nehmen Sie mich an seiner Stelle!«

Socorro war es, die sich umdrehte und Jessica durch das Maschengitter anschrie: »Ruhe! Sie können nicht verhindern, was jetzt passiert.«

»Was passiert denn?« schluchzte Jessica verzweifelt. Sie sah, daß Miguel einen kleinen Holztisch in Nickys Zelle gestellt hatte. Gustavo und der vierte Mann hatten Nicky gepackt und hielten ihn so fest, daß er sich nicht mehr bewegen konnte. »Das ist nicht fair!« schrie Jessica. »Lassen Sie ihn doch um Himmels willen in Frieden!«

Ohne auf Jessica zu achten, sagte Socorro zu Nicky: »Man wird dir zwei Finger abschneiden.«

Bei dem Wort »Finger« packte Nicky das blanke Entsetzen, er schrie und wehrte sich, aber es half nichts.

Socorro fuhr fort: »Diese Männer werden es tun, und es gibt nichts, was du dagegen machen kannst. Und wenn du dich wehrst, tut es um so mehr weh. Also halt dich ruhig!«

Doch Nicky hörte nicht auf sie; er stammelte nur unzusammenhängende Worte, verdrehte die Augen und warf den Kopf hin und her, während er versuchte, sich zu befreien oder wenigstens die Hände zurückzuziehen. Aber er konnte gegen die Männer nichts ausrichten.

Jessica drang ein markerschütternder Schrei aus der Kehle: »Nein! Nicht seine Finger! Verstehen Sie denn nicht? Er spielt Klavier. Das ist sein Leben ...«

»Ich weiß.« Nun hatte sich auch Miguel zu ihr umgedreht, ein dünnes Lächeln zuckte um seine Lippen. »Ich habe gehört, wie dein Mann das im Fernsehen gesagt hat. Wenn er die Finger bekommt, wird er sich wünschen, daß er es nicht getan hätte.«

Auf der anderen Seite von Nickys Zelle trommelte Angus gegen das Maschengitter und schrie ebenfalls. Er hielt die Hände in die Höhe. »Nehmt meine! Es macht doch keinen Unterschied. Warum dem Jungen sein Leben zerstören?«

Aus Miguels Augen blitzte die Wut. Er schrie Angus an: »Was sind denn schon zwei Finger eines bourgeoisen Bengels, wenn in Peru jedes Jahr sechzigtausend Kinder unter fünf Jahren sterben?«

»Wir sind Amerikaner!« schleuderte Angus ihm entgegen. »Daran sind doch wir nicht schuld!«

»Aber natürlich. Oder ist das verkommene und zerstörerische kapitalistische System, das die Menschen ausbeutet, etwa nicht euer System?«

Miguels Statistiken über die Kindersterblichkeit stammten von Abimael Guzmán, dem Gründer des Sendero Luminoso. Miguel wußte zwar, daß Guzmáns Zahlen wahrscheinlich übertrieben waren, aber dennoch starben in Peru so viele Kinder an Unterernährung wie in kaum einem anderen Land.

Während die beiden sich noch stritten, passierte alles sehr schnell.

Gustavo packte Nicky und zerrte ihm zum Tisch. Ramón zog sein Messer aus der Scheide, prüfte grinsend die Schärfe und beugte sich dann blitzschnell über den Jungen. Jessica hörte nur ein zweimaliges dumpfes Knirschen und dann Nickys entsetzliche Schmerzensschreie. Blut spritzte, und als Ramón sich wieder aufrichtete, lagen der Zeigefinger und der kleine Finger von Nickys rechter Hand auf dem Tisch. Socorro steckte sie in eine Plastiktüte und gab sie Miguel. Sie war blaß und sah mit verkniffenen Lippen zu Jessica hinüber, die ihr Gesicht mit den Händen bedeckt hatte und hemmungslos weinte.

Nicky war kaum noch bei Bewußtsein. Er lag aschfahl auf seiner Pritsche, aus seinen Schmerzensschreien war ein schwaches Wimmern geworden. Während Miguel, Ramón und der vierte Mann den blutigen Tisch aus der Zelle trugen, sagte Socorro zu Gustavo, dem sie mit einer Geste zu verstehen gegeben hatte, er solle warten: *»Agarra el chico. Sientalo.«*

Gustavo gehorchte und setzte Nicky auf, während Socorro nach draußen ging und mit einer Schüssel warmen Seifenwassers zurückkehrte, die sie zuvor bereitgestellt hatte. Sie nahm Nickys rechte Hand, hielt sie aufrecht und wusch sorgfältig die blutigen Fingerstümpfe aus. Dann legte sie Kompressen auf die Wunden und bandagierte die Hand.

Nicky zitterte am ganzen Körper, er ließ willenlos alles mit sich geschehen. Jessica lief zur Tür ihrer Zelle und wandte sich flehend an Miguel, der noch immer in der Hütte stand. »Bitte, lassen Sie mich zu meinem Sohn. Bitte, bitte, bitte!«

Miguel schüttelte den Kopf und erwiderte verächtlich: »Keine Mutter für einen Feigling! Soll der *mocoso* doch versuchen, ein Mann zu werden!«

»Er ist jetzt schon mehr Mann, als du es je sein wirst!« schrie Angus voller Haß und Wut. Auch er stand an seiner Tür und sah Miguel an. Er suchte nach dem spanischen Schimpfwort, das Nicky ihm beigebracht hatte. »Du ... *Maldito hijo de puta!*«

Angus wußte genau, was das hieß: »Du verfluchter Hurensohn!« Nicky hatte Angus erzählt, was er von seinen kubanischen Freunden in der Schule erfahren hatte: In spanischsprachigen Ländern war es für einen Mann die schlimmste Beleidigung, wenn man seine Mutter eine Hure nannte.

Langsam und bedächtig drehte Miguel den Kopf. Sein Gesicht war zur Maske erstarrt. Mit einem eiskalten und unversöhnlichen Blick sah er Angus direkt in die Augen. Dann wandte er sich schweigend ab.

Gustavo hatte die Beleidigung und Miguels Reaktion mitbekommen. Er schüttelte den Kopf und sagte in gebrochenem Englisch zu Angus. »Alter Mann, du machen schlimmen Fehler. Er nicht vergessen.«

In den folgenden Stunden wuchs Jessicas Bersorgnis um Nickys seelische Verfassung. Sie hatte versucht, mit ihm zu reden und ihn wenigstens mit Worten zu trösten, aber ohne Erfolg; er reagierte überhaupt nicht darauf. Manchmal lag Nicky bewegungslos auf dem Bett, nur hin und wieder war ein Stöhnen zu hören. Dann plötzlich liefen Zuckungen durch seinen Körper, er schrie auf und zitterte heftig. Jessica war ziemlich sicher, daß die durchtrennten Nerven für die ruckartigen Bewegungen und die plötzlichen Schmerzen verantwortlich waren. Soweit sie sehen konnte, hatte er die Augen geöffnet, aber sein Gesicht war ausdruckslos und leer.

Jessica bettelte um eine Reaktion. »Nur ein Wort, Nicky-Darling! Nur ein Wort! Bitte sag was – irgendwas!« Aber er antwortete nicht. Jessica glaubte beinahe, den Verstand zu verlieren. Diese Unfähigkeit, die Hände nach ihrem Sohn auszustrecken und ihn zu berühren, ihn durch körperliche Nähe zu trösten, war grausam; man verweigerte ihr, wonach sie sich so sehr sehnte.

Eine Zeitlang versuchte Jessica, um nicht hysterisch zu werden, alle Gedanken aus ihrem Kopf zu vertreiben. Sie lag nur still da und weinte leise in sich hinein.

Doch dann tadelte sie sich wegen ihrer Schwäche .... *Reiß dich zusammen! Du darfst nicht nachgeben!* ... und versuchte erneut, mit Nicky zu reden.

Angus half ihr dabei, aber sie konnten auch zusammen nichts ausrichten.

Irgendwann wurde ihnen Essen in die Zellen gebracht. Daß Nicky nicht darauf reagierte, wunderte Jessica nicht. Sie selbst versuchte zu essen, weil sie wußte, daß sie bei Kräften bleiben mußte, aber sie hatte keinen Appetit und schob den Teller weg. Sie hatte keine Ahnung, wie es Angus ging.

Bei Einbruch der Dunkelheit wechselten die Wachen. Vincente hatte jetzt Dienst. Als dann die Geräusche von draußen schwächer wurden und schließlich nur noch die Insekten zu hören waren, kam Socorro. Sie hatte die Wasserschüssel, die sie zuvor schon benutzt hatte, frische Kompressen und Binden sowie eine Kerosinlampe dabei und ging damit in Nickys Zelle. Behutsam richtete sie Nicky auf und begann, den Verband zu wechseln.

Nicky schien es etwas besser zu gehen, die Schmerzen hatten offensichtlich nachgelassen, und sein Körper zuckte nicht mehr so häufig.

Nach einer Weile flüsterte Jessica: »Socorro, bitte ...«

Socorro drehte sich sofort um und legte den Zeigefinger an den Mund. Verwirrt und verängstigt, wie Jessica war, gehorchte sie und schwieg.

Sobald Socorro den neuen Verband angelegt hatte, verließ sie Nickys Zelle, verschloß sie aber nicht. Statt dessen kam sie zu Jessicas Zelle und öffnete das Vorhängeschloß. Wieder legte sie den Finger an den Mund. Dann winkte sie Jessica heraus und deutete auf Nickys offene Zellentür.

Jessicas Herz machte einen Satz.

»Aber vor Tagesanbruch müssen Sie zurück sein«, flüsterte Socorro. Sie deutete mit dem Kopf auf Vincente. »Er wird Ihnen sagen, wann.«

Jessica wollte schon auf Nicky zugehen, blieb aber dann plötzlich stehen und drehte sich um. Aus einem unerklärlichen Gefühl heraus ging sie zu Socorro und küßte sie auf die Wange.

Sekunden später hielt sie Nicky bereits im Arm, vorsichtig und behutsam, um seine bandagierte Hand nicht zu berühren.

»O Mom!« flüsterte er.

Sie drückten sich aneinander, so gut es eben ging. Augenblicke später war Nicky eingeschlafen.

7

Bei CBA hatte man beschlossen, die Überprüfung der Immobilienanzeigen in den Lokalzeitungen einzustellen.

Als man die Aktion vor knapp zwei Wochen begonnen hatte, schien es noch wichtig, den Unterschlupf der Entführer in den Vereinigten Staaten aufzuspüren. Damals hoffte man, zumindest Spuren zu finden, die darauf hindeuteten, wohin die Entführer mit ihren Geiseln verschwunden waren.

Inzwischen aber wußte man, daß die Sloanes vom Sendero Luminoso an einem noch nicht bekannten Ort in Peru gefangengehalten wurden.

So war die Suche nach der Operationsbasis lediglich aus journalistischer Sicht nach wie vor interessant und nicht, weil man hoffte, noch wesentliche Erkenntnisse zu gewinnen.

Trotzdem konnte man die Aktion nicht als Fehlschlag bezeichnen. Schließlich hatte Jonathan Mony dabei die spanische Wochenzeitung *Semana* entdeckt, die direkt zu dem Leichenbestatter Alberto Godoy geführt hatte. Von Godoy hatte man von dem Verkauf der Särge erfahren, er hatte außerdem den Terroristen Ulises Rodríguez eindeutig identifiziert. Godoys Geldscheine lieferten dann auch den Hinweis auf die American-Amazonas Bank und die Morde an José Antonio Salaverry und Helga Efferen sowie deren Verbindungen nach Peru.

So war man allgemein der Ansicht, daß allein diese Erfolge die Aktion rechtfertigten.

Aber würde eine Fortsetzung der Suche noch neue Ergebnisse liefern?

Don Kettering, der jetzt die Spezialeinheit leitete, glaubte es nicht. Der Chefproduzent der Truppe, Norman Jaeger, ebenfalls nicht. Und sogar Teddy Cooper, der die Aktion initiiert und überwacht hatte, bekam Schwierigkeiten, Gründe für eine Fortsetzung zu finden.

Bei der Sitzung der Spezialeinheit am Dienstagmorgen kam das Thema zur Sprache.

Vier Tage waren seit dem ausführlichen Bericht über die Ermittlungserfolge und der Sondersendung mit den Forderungen der Entführer und Jessicas Erklärung vergangen.

In der Zwischenzeit war es zu der Enthüllung von Theodore Elliotts Indiskretion gekommen, die zur Folge hatte, daß die Welt bereits von jener Entscheidung wußte, die CBA frühestens am folgenden Donnerstag hatte veröffentlichen wollen. Es war bemerkenswert, daß niemand bei CBA den *Baltimore Star* kritisierte. Schließlich wußten alle, daß Reporter und Redakteure des *Star* nur getan hatten, was jedes Nachrichtenunternehmen, und sicherlich auch CBA, unter diesen Umständen getan hätte.

Theodore Elliott hatte das Vorgefallene weder erklärt noch sich dafür entschuldigt.

In Peru waren Rita Abrams und der Cutter Bob Watson am Samstag zu Harry Partridge, Minh Van Canh und Ken O'Hara gestoßen. Am Montag übermittelten sie via Satellit ihren ersten Bericht aus Lima, der zum Aufmacher der National Evening News von diesem Abend wurde.

Partridge hatte sich die in ökonomischer und rechtsstaatlicher Hinsicht immer katastrophaler werdende Lage in Peru zum Thema genommen. Tonzitate des peruanischen Radioreporters Sergio Hurtado und des *Escena*-Besitzers Manuel León Seminario und Bilder von einem wütenden Mob aus den *barriadas* bei der Plünderung eines Lebensmittelgeschäfts bekräftigten seine Aussagen.

Wie Hurtado es formulierte: »Früher lebten wir in einem demokratischen Land mit vielversprechender Zukunft, aber jetzt befinden wir uns auf dem gleichen traurigen Weg der Selbstzerstörung wie Nicaragua, El Salvador, Venezuela, Kolumbien und Argentinien.«

Und Seminario stellte eine nicht zu beantwortende Frage: »Was macht uns Lateinamerikaner so chronisch unfähig, stabile Regierungen zu bilden?« Er fuhr fort: »Wir sind ein solch trauriger Kontrast zu unseren *prudente* Nachbarn im Norden. Während Kanada und die Vereinigten Staaten Freihandelsabkommen schließen und ihre Nationen kräftig und stabil machen für die kommenden Generationen, hören wir im Süden nicht auf, zu polarisieren und uns gegenseitig abzuschlachten.«

Aus Gründen der Ausgewogenheit versuchte Rita, auf Partridges Vorschlag, ein Interview mit Präsident Castañeda zu arrangieren. Es wurde verweigert, und statt dessen hörte man von einem unbedeutenden Minister, Eduardo Loayza, einige beschönigende Sätze. Perus Probleme seien nur vorübergehend, ließ er durch einen Dolmetscher mitteilen. In der bankrotten Wirtschaft des Landes werde es bald einen Umschwung geben. Die Macht des Sendero Luminoso wachse nicht, sondern nehme ab. Und die amerikanischen Gefangenen in der Gewalt des Sendero würden von Perus Militär oder der Polizei in kürzester Zeit gefunden und befreit.

Loayzas Bemerkungen wurden zwar in den Bericht aufgenommen, aber der Mann und seine Botschaft waren, so Rita, »wie Fliegendreck im Wind«.

Die CBA-Truppe in Lima stand in ständigem Kontakt mit der Zentrale in New York, und so erfuhren Partridge und Rita von der Videokassette mit Jessica, den Forderungen vom Sendero und von Elliotts Indiskretion. Die letzte Nachricht konnte Partridge kaum glauben, er war wütend darüber, daß sein Versuch des heimlichen Vorgehens auf so grobe Weise durchkreuzt wurde. Aber trotzdem war er entschlossen, so weiterzumachen, wie er begonnen hatte.

Daß die Initiative nun in Lima und nicht mehr bei den Leuten in New York lag, war vermutlich auch der Grund, warum man bei der Dienstagssitzung der Spezialeinheit dem vergleichsweise geringen Problem der Anzeigenaktion so großen Platz einräumte.

»Ich habe es zur Sprache gebracht«, sagte Norman Jaeger zu Chippingham, der erst später zu dem Treffen gestoßen war, »weil du beunruhigt warst wegen der Kosten, die immer noch sehr hoch sind. Wir können die Aktion jetzt jederzeit abbrechen.«

»Touché!« gab Chippingham zu. »Aber immerhin habt ihr

recht behalten, und deshalb sollten wir uns bei der Entscheidung von den positiven Ergebnissen leiten lassen.« Was er verschwieg, war die Tatsache, daß die Einschaltquoten der National Evening News inzwischen so hoch waren, daß er sich über Budgetüberschreitungen keine Sorgen mehr machte. Falls Margot Lloyd-Mason sich deswegen aufregte, würde er sie einfach darauf hinweisen, daß es bei CBA News unter keinem anderen Präsidenten so hohe Quoten gegeben hatte.

Chippingham fragte nun Teddy Cooper: »Was meinst du, Teddy, sollen wir die Aktion abblasen?«

Der junge englische Rechercheur am anderen Ende des Tisches grinste. »War doch 'ne super Idee, oder?«

»Ja. Darum frage ich ja dich.«

»Möglich wär's schon, daß noch etwas dabei herauskommt. Das ist wie beim Poker, wenn man seine Karten umdreht und auf ein As hofft, und dann ist wirklich eins dabei. Aber sehr wahrscheinlich ist es nicht. Wenn wir die Sache fallenlassen, muß ich euch 'ne neue brillante Idee auftischen.«

»Was mich bei ihm nicht wundern würde«, bemerkte Jaeger – eine Meinung, die seiner ursprünglichen Einschätzung eines aufdringlichen Teddy Cooper diametral entgegenstand.

Schließlich beschloß man, die Recherchen am folgenden Tag zu beenden.

Doch drei Stunden später, so als hätte das launische Schicksal beschlossen einzugreifen, kam es zu einem weiteren Erfolg. Was man von Anfang an erhofft hatte, war nun doch eingetreten.

Um 14 Uhr nahm Teddy Cooper im Konferenzraum einen Anruf von Jonathan Mony entgegen.

Mony war inzwischen zum Koordinator der Aktion geworden und hatte während der letzten Tage die Rechercheure überwacht. Man ging inzwischen davon aus, daß Mony nach Beendigung dieses Auftrags einen festen Platz in der Nachrichtenabteilung bekommen würde. Jetzt am Telefon klang er atemlos und aufgeregt.

»Ich glaube, wir haben es gefunden. Kannst du herkommen, und vielleicht auch Mr. Kettering?«

»Was gefunden, und wo bist du?«

»Den Unterschlupf der Entführer, da bin ich fast sicher. Ich bin in Hackensack in New Jersey. Da war diese Anzeige im *Record* – das ist das Lokalblatt hier – , und der sind wir nachgegangen.«

»Moment mal!« sagte Cooper. Eben hatten Don Kettering und Norman Jaeger das Zimmer betreten. Cooper nahm den Hörer vom Ohr und winkte ihnen damit zu. »Es ist Jonathan. Er glaubt, daß er Kidnapper City gefunden hat.«

Auf einem Tisch in der Nähe stand ein Lautsprecher. Jaeger schaltete ihn ein, damit alle mithören konnten.

»Okay, Jonathan«, sagte Kettering. »Erzähl, was du gefunden hast.«

Monys Stimme kam verstärkt aus dem Lautsprecher: »Da war eine Anzeige im *Record*. Schien genau auf das zu passen, was wir suchten. Soll ich sie vorlesen?«

»Schieß los!«

Das Trio im Konferenzraum hörte das Rascheln von Papier, während Mony seinen Bericht fortsetzte.

Die Anzeige, so erfuhren sie, war am 10. August erschienen – einen Monat und vier Tage vor der Entführung – und paßte deshalb genau in den geschätzten Zeitrahmen.

HACKENSACK – VERKAUF ODER VERMIETUNG

Großes Haus im traditionellen Stil mit drei Morgen Grund, sechs Schlafzimmer, Dienstbotenzimmer, für Großfamilie oder zum Umbau als Pflegeheim etc. Offene Kamine, Ölheizung, Klimaanlage. Geräumige Nebengebäude für Fahrzeuge, Werkstätten, Schuppen. Abgeschiedene Lage, sehr ruhig. Attraktive Kauf- oder Mietkonditionen. Renovierungsbedürftig.

PRANDUS & PAIGE
Immobilien

Eine der weiblichen Rechercheure hatte die Anzeige aus vielen anderen herausgepickt – der *Record* hatte einen der größten Anzeigenteile der Region – und dann unverzüglich Jonathan Mony alarmiert, der sich gerade in der Gegend aufhielt und inzwischen einen CBA-Piepser trug. Mony war sofort zur Redaktion der

Zeitung gefahren und hatte von dort das Maklerbüro Prandus & Paige angerufen.

Zuerst machte er sich keine großen Hoffnungen. Während der vergangenen zwei Wochen hatte es zu viele ähnliche Situationen gegeben. Immer hatte sich die anfängliche Euphorie sehr schnell gelegt, nachdem konkretere Nachforschungen und Ortsbesichtigungen gezeigt hatten, daß man auf der falschen Fährte war. Daß es jetzt anders sein sollte, war eher unwahrscheinlich.

In diesem Fall, wie auch in den meisten anderen, waren die Makler sehr kooperativ gewesen und hatten sofort die Adresse genannt, als sie hörten, daß CBA hinter der Anfrage stand. Doch diesmal gab es noch einige zusätzliche Informationen. Erstens war fast sofort nach Erscheinen der Anzeige ein einjähriger Mietvertrag für das Anwesen abgeschlossen worden, wobei der Interessent den Gesamtbetrag im voraus zahlte. Zweitens hatte eine kürzliche Überprüfung ergeben, daß Haus und Nebengebäude verlassen waren, die Mieter hatten sich offensichtlich aus dem Staub gemacht.

Ein Angestellter der Firma erzählte Mony: »Die Mieter waren nur etwas über einen Monat dort, und da wir von ihnen nichts mehr gehört haben, wissen wir auch nicht, ob sie zurückkommen. Wir sind im Augenblick nicht sicher, was wir tun sollen, und falls Sie Kontakt zu den Leuten bekommen sollten, wären wir froh, wenn Sie uns informieren würden.«

Mony, dessen Interesse nun geweckt war, versprach, die Maklerfirma auf dem laufenden zu halten. Dann besuchte er zusammen mit der jungen Frau das Anwesen.

»Ich weiß, daß wir das eigentlich nicht hätten tun dürfen«, sagte er Cooper und den anderen. »Aber das war so vereinbart, bevor wir wußten, daß die Entführer in Peru sind. Auf jeden Fall haben wir einiges gefunden, das wir für wichtig halten, und deshalb habe ich angerufen.«

Er telefoniere von einem Café aus, berichtete er, etwa eine Meile von dem leeren Haus entfernt.

»Sag uns erst einmal, wo das liegt«, forderte ihn Kettering auf. »Dann geh zum Haus zurück und warte dort. Wir kommen so schnell wir können.«

Eine Stunde später bog ein Wagen von CBA mit Don Kettering, Norman Jaeger, Teddy Cooper und einem zweiköpfigen Kamerateam in den Hof des Anwesens in Hackensack ein. Beim Aussteigen sah Kettering sich die alten, verfallenen Gebäude an und bemerkte: »Jetzt verstehe ich, warum es in der Anzeige ›renovierungsbedürftig‹ hieß.«

Cooper faltete die Karte zusammen, die er eben studiert hatte. »Wir sind hier fünfundzwanzig Meilen von Larchmont entfernt. Ungefähr die Entfernung, die wir angenommen haben.«

»Die du angenommen hast«, verbesserte ihn Jaeger.

Mony stellte die junge Frau vor, Cokie Vale, eine zierliche Rothaarige. Cooper erkannte sie sofort wieder. Es war diejenige, die bei der einführenden Versammlung nach den Kameras gefragt hatte.

»Ich erinnere mich noch an Ihre Frage«, sagte er und deutete auf das Team, das eben seine Ausrüstung zusammenbaute. »Wie Sie sehen, heißt die Antwort ›ja‹.«

Sie lächelte ihn strahlend an.

»Das erste, was ihr euch ansehen müßt«, sagte Mony, »ist im ersten Stock des Haupthauses.«

Die anderen folgten ihm zu dem baufälligen Haus und über eine breite, geschwungene Treppe in das Obergeschoß. Mony öffnete eine Tür und trat zurück, um die anderen eintreten zu lassen.

Das Zimmer stand in totalem Kontrast zum Rest des Hauses. Es war sauber und hygienisch weiß gestrichen, mit einem neuen, hellgrünen Linoleumboden. Mony schaltete die, offensichtlich ebenfalls neuen, Leuchtstofflampen an der Decke an, das Licht fiel auf zwei Krankenhausbetten mit Gittern und Gurten. Daneben stand eine schmale, alte Metallpritsche, an der ebenfalls Gurte befestigt waren.

Kettering wies auf die Pritsche und meinte: »Die ist anscheinend erst nachträglich aufgestellt worden. Das ganze Zimmer sieht aus wie eine Sanitätsstation.«

Jaeger nickte. »Oder wie ein Zimmer, in dem man sich um drei Betäubte kümmern kann, wobei einer davon unerwartet dazukam.«

Mony öffnete einen Schrank. »Die Leute, die hier waren, haben sich offenbar nicht die Mühe gemacht, das ganze Zeug verschwinden zu lassen.«

In dem Schrank lag medizinisches Material – Spritzen, Binden, Watte, Kompressen und zwei noch ungeöffnete Arzneifläschchen.

Jaeger nahm eins der Fläschchen in die Hand und las die Aufschrift vor: »›Diprivan ... Propofol‹ – das ist die Gattungsbezeichnung.« Dann betrachtete er das Kleingedruckte auf dem Etikett. »Hier steht ›für intravenöse Anästhesie‹.« Er sah Kettering an und meinte: »Es paßt alles zusammen. Große Zweifel gibt's hier nicht mehr.«

»Soll ich euch den Rest zeigen?«

»Also los«, erwiderte Kettering. »Du bist derjenige, der sich hier schon umgesehen hat.«

Sie betraten ein kleines Nebengebäude, und Mony zeigte auf einen Eisenofen, der bis zum Rand mit Asche gefüllt war. »Da hat jemand 'ne Menge verbrannt. Leider nicht gründlich genug.« Er nahm eine angekohlte Zeitschrift in die Hand, der Titel *Caretas* war noch zu entziffern.

»Ein peruanisches Magazin«, sagte Jaeger. »Ich kenne es gut.«

Sie gingen zu einem größeren Gebäude, das offensichtlich als Lackierwerkstatt gedient hatte. Man hatte gar nicht erst versucht, es auszuräumen. Überall lagen Lackdosen herum, einige gebraucht, die anderen noch ungeöffnet. Auf den meisten stand *Autolack*.

Teddy Cooper sah sich die Farben an. »Erinnert ihr euch noch an die Gespräche mit den Leuten, die die Sloane-Beschattung beobachtet hatten? Ein paar erzählten von einem grünen Auto, obwohl keins der erwähnten Modelle in dieser Farbe geliefert wird. Na, und da ist grüner Lack – und da gelber.«

»Das ist der Unterschlupf«, sagte Jaeger. »Spricht alles dafür.«

Kettering nickte. »Glaube ich auch. Also, machen wir uns an die Arbeit. Wir bringen das heute abend in der Sendung.«

»Da ist noch was«, sagte Mony. »Cokie hat es draußen entdeckt.«

Nun war die attraktive Rothaarige an der Reihe. Sie führte die anderen zu einer Baumgruppe, die etwas abseits von den Gebäuden stand, und erklärte: »Erst vor kurzem hat hier jemand gegraben. Danach hat er versucht, die Stelle wieder einzuebnen, was ihm aber nicht ganz gelungen ist. Und Gras ist auch noch nicht drübergewachsen.«

»Sieht aus, als hätte jemand Erde ausgehoben und irgend

etwas vergraben. Deshalb hat sich der Boden auch nicht wieder vollständig gesenkt.«

In der Gruppe wurden Blicke gewechselt. Cooper schien unsicher geworden zu sein, Jaeger sah weg. Wenn hier etwas vergraben war – was? Eine Leiche, oder mehrere? Jeder wußte, daß das möglich war.

»Wir müssen das FBI informieren«, meinte Jaeger zweifelnd. »Vielleicht sollten wir warten und es ihnen ...«

Grund für diese Bemerkung war die Tatsache, daß der Direktor des FBI in Washington nach der Freitagssendung der National Evening News bei Margot Lloyd-Mason angerufen und gegen das Zurückhalten von Informationen protestiert hatte. Einige bei CBA hatte es sehr überrascht, daß sie diesen Protest nicht sonderlich ernst nahm. Aber sie ging wahrscheinlich davon aus, daß der Sender sich gegen Druck von Regierungsbehörden zur Wehr setzen konnte und wohl kaum vor Gericht zitiert würde. So unternahm sie nichts und informierte nur Les Chippingham über den Anruf. Und der wies die Spezialeinheit an, die Behörden auf dem laufenden zu halten, es sei denn, zwingende Gründe sprächen dagegen.

Da es sich hier um materielle Indizien handelte, mußte das FBI auf jeden Fall informiert werden – und zwar noch vor der Abendausgabe.

»Klar sagen wir es dem FBI«, entgegnete Kettering. »Aber zuerst möchte ich wissen, was da drin ist.«

»Im Heizkeller sind ein paar Schaufeln«, sagte Mony.

»Hol sie«, forderte Kettering ihn auf. »Wir sind alle gesund und kräftig. Und dann fangen wir an zu graben.«

Schon kurze Zeit später wurde deutlich, daß sie hier kein Grab öffneten. Es war ein Versteck für verschiedene Gegenstände, die von den Mietern zurückgelassen worden waren. Einige waren unwichtig – Nahrungsmittel, Kleider, Toilettenartikel, Zeitungen. Aber andere lieferten Hinweise – zusätzliches medizinisches Material, Karten, spanische Taschenbücher und Elektrowerkzeuge.

»Wir wissen, daß sie eine ganze Flotte von Fahrzeugen hatten«, sagte Jaeger. »Vielleicht findet das FBI heraus, was mit denen passiert ist – falls das jetzt überhaupt noch wichtig ist.«

»Das Zeug, das wir hier ausgraben, ist jetzt bestimmt nicht mehr wichtig«, erwiderte Kettering. »Hören wir auf damit.«

Während des Grabens hatte sich das Kamerateam an die Arbeit gemacht und zuerst Cokie Vales Bericht über ihre Nachforschungen in den Immobilienanzeigen und die Entdeckung dieses Hauses in Hackensack aufgenommen. Vor der Kamera wirkte sie sehr sympathisch, sie drückte sich knapp und präzise aus. Später sagte sie, daß das ihr erster Auftritt im Fernsehen gewesen sei. Diejenigen, die zusahen, hatten jedoch das Gefühl, daß es nicht der letzte sein würde.

Alle waren der Meinung, daß auch Jonathan Mony einen Auftritt vor der Kamera verdient hatte, und er wiederholte deshalb seinen Rundgang durch das Zimmer, in dem die Geiseln mit ziemlicher Sicherheit gefangengehalten worden waren. Auch sein Auftritt war sehr überzeugend.

»Eins hat uns diese Aktion auf jeden Fall gebracht«, meinte Jaeger zu Don Kettering, »nämlich neue Talente.«

Mony stand inzwischen wieder in dem Erdloch und grub weiter, bis Kettering ihn aufforderte, aufzuhören. Beim Heraussteigen spürte Mony etwas Hartes unter seinem Schuh und grub mit der Schaufel nach. Einen Augenblick später zog er einen Gegenstand heraus und rief den anderen zu: »He, seht euch das einmal an!«

Es war ein Funktelefon in einem Leinensack.

Während er Cooper das Telefon gab, sagte er: »Ich glaube, da ist noch eins drunter.«

Am Ende war es dann nicht nur eins, sondern fünf. Man legte alle sechs Apparate nebeneinander auf den Boden.

»Die Leute, die hier gehaust haben, litten aber nicht gerade an Geldmangel«, bemerkte Cokie.

»Kann man wohl sagen, und aller Wahrscheinlichkeit nach war es Drogengeld«, entgegnete Don Kettering. Er blickte nachdenklich auf die Apparate. »Vielleicht – vielleicht bringt uns das doch noch weiter.«

»Werden Anrufe von Funktelefonen eigentlich registriert?« fragte Jaeger.

»Aber natürlich«, antwortete Kettering bestimmt, da er erst vor kurzem über das blühende Geschäft mit Funktelefonen berichtet hatte. »Außerdem werden der Name des Benutzers und die Rechnungsadresse registriert. Und dafür brauchte die Bande einen

Komplizen vor Ort.« Er wandte sich an Cooper. »Teddy, auf jedem Apparat muß eine Vorwahl und die Anschlußnummer stehen, wie bei einem gewöhnlichen Haus- oder Geschäftstelefon.«

»Schon verstanden«, erwiderte Cooper. »Soll ich eine Liste aufstellen?«

»Bitte!«

Während Cooper arbeitete, filmte das Team das Haupthaus und die Nebengebäude. Den Schluß bildete eine Absage Ketterings:

»Sicher werden manche einwenden, daß die Entdeckung der amerikanischen Operationsbasis der Entführer etwas zu spät kommt. Ob sie recht haben, wird sich erweisen. Unterdessen werden das FBI und andere das hier gefundene Material sorgfältig untersuchen, während die Welt in ängstlicher Hoffnung zusieht.

Don Kettering, CBA News, Hackensack, New Jersey.«

Vor der Abfahrt riefen sie im örtlichen Polizeirevier an und baten den diensthabenden Beamten, das FBI zu informieren.

Noch vor der ersten Sendung der National Evening News hatte Kettering mit einem Freund telefoniert, einem ranghohen Manager der NYNEX Corporation, der Telefongesellschaft für den Bereich New York und New Jersey. Er hatte die von Teddy Cooper zusammengestellte Liste in der Hand und erklärte seinem Freund, was er brauchte – Namen und Adresse der Person oder Personen, auf die die sechs Apparate zugelassen waren, sowie eine Aufstellung aller in den vergangenen zwei Monaten geführten Gespräche.

»Du bist dir natürlich im klaren«, sagte Ketterings Freund, ein Vizepräsident, »daß das nicht nur eine Verletzung der Privatsphäre ist, wenn ich dir diese Informationen gebe, sondern daß ich mich auch strafbar mache und meinen Job riskiere. Wenn du allerdings eine staatliche Ermittlungsbehörde bist mit einer richterlichen Erlaubnis...«

»Bin ich nicht und kann ich auch nicht sein«, erwiderte Kettering. »Aber du kannst dich darauf verlassen, daß morgen das FBI von dir dieselbe Information verlangt, und die haben bestimmt eine Erlaubnis. Ich will doch nur die Information als erster haben.«

»Mein Gott. Wie bin ich nur an einen Typen wie dich geraten?«

»Gut, daß du fragst. Ich erinnere dich daran, daß du CBA ein- oder zweimal um einen Gefallen gebeten hast und daß ich immer prompt darauf reagiert habe. Also komm! Wir haben uns seit der Business School immer vertraut und es noch nie bereut.«

Vom anderen Ende der Leitung kam ein Seufzen. »Also gib mir schon diese verdammten Nummern.«

Nachdem Kettering die Liste vorgelesen hatte, fuhr sein Freund fort: »Du hast gesagt, das FBI kommt morgen. Das heißt ja wohl, daß du die Information noch heute nacht brauchst.«

»Ja, noch irgendwann vor Mitternacht. Du kannst mich zu Hause anrufen. Die Nummer hast du noch?«

»Ich fürchte, ja.«

Um 22 Uhr 45 kam der Anruf. Don Kettering hatte die Wohnung eben erst betreten, er war bei CBA aufgehalten worden.

»Ich habe heute abend eure Nachrichten gesehen«, sagte sein Freund von der NYNEX, »und ich nehme an, die Nummern, die du mir gegeben hast, gehören zu den Funktelefonen der Entführer.«

»Sieht ganz so aus«, erwiderte Kettering.

»In dem Fall hätte ich gern mehr für dich. Viel ist es nämlich nicht. Also, die Telefone sind alle auf eine Helga Efferen zugelassen. Die Adresse kann ich dir geben.«

»Die dürfte kaum noch stimmen. Die Dame ist nämlich tot. Ermordet. Hoffentlich schuldet sie euch kein Geld.«

»O Mann! Ihr Reporter seid vielleicht kaltblütig.« Nach einer kurzen Pause fuhr er fort. »Mit dem Geld verhält es sich übrigens genau umgekehrt. Gleich nach Ausgabe der Nummern für diese sechs Apparate überwies jemand insgesamt dreitausend Dollar, fünfhundert pro Anschluß. Wir haben das zwar nicht verlangt, aber nachdem das Geld einmal da war, haben wir es den Benutzerkonten gutgeschrieben.«

»Ich kann mir vorstellen, daß die Leute, die diese Apparate benutzten, nicht wollten, daß man ihnen Rechnungen zuschickt oder unangenehme Fragen stellt«, meinte Kettering.

»Na, aus welchem Grund auch immer, der größte Teil des Geldes ist auf jeden Fall noch da. Verbraucht wurde weniger als ein Drittel, weil, mit einer Ausnahme, nur zwischen den sechs Apparaten telefoniert wurde, nie nach draußen. Solche Ortsgespräche zwischen Funktelefonen sind zwar auch nicht umsonst, aber relativ billig.«

»Das spricht alles für den hohen Organisationsgrad und die Disziplin der Entführer«, erwiderte Kettering. »Aber du hast eine Ausnahme erwähnt.«

»Ja – am 13. September, ein direkt gewähltes Auslandsgespräch nach Peru.«

»Das ist der Tag vor der Entführung. Hast du die Nummer?«

»Natürlich. Es war 011, der Zugriffscode auf das internationale Netz, 51, die Vorwahl von Peru, und dann 14-28-9427. Von meinen Leuten weiß ich, daß ›14‹ Lima ist. Aber welcher Anschluß das nun genau ist, müßt ihr selber herausfinden.«

»Das werden wir sicher. Und vielen Dank!«

»Hoffentlich hilft euch das weiter. Viel Glück!«

Sofort nach dem Auflegen blätterte Kettering in seinem Notizbuch und wählte dann eine Nummer für ein weiteres Gespräch: 011-51-14- 1212.

Als sich eine Stimme mit »*Buenas tardes,* Cesar's Hotel« meldete, erwiderte Kettering: »Mr. Harry Partridge, *por favor.*«

8

Für Harry Partridge war es ein entmutigender Tag gewesen. Er war müde und hatte sich deshalb schon kurz vor zehn ins Bett gelegt. Aber seine Gedanken ließen ihm keine Ruhe. Er grübelte über Peru nach.

Das ganze Land, so dachte er, war ein Paradox – eine konfliktgeladene Mischung aus militärischem Despotismus und freier Demokratie. In den abgelegeneren Gegenden der Republik herrschten das Militär und die sogenannte Antiterror-Polizei mit eisener Faust und meist unter Mißachtung der Gesetze. Sie töteten willkürlich und nannten danach ihre Opfer »Rebellen«, auch wenn sie es nicht waren, wie unabhängige Ermittlungen oft zeigten.

Americas Watch, eine Menschenrechtsorganisation in den Vereinigten Staaten, hatte sich, in Partridges Augen, sehr verdient gemacht, als sie in einem Bericht »eine wahre Sturzflut von außergerichtlichen Exekutionen, willkürlichen Verhaftungen, Verschleppungen und Folterungen« aufzeigte und sie als »zentrales Element« der Antiterrorismuskampagne der Regierung anprangerte.

Doch Americas Watch verschonte auch die Rebellen nicht. In einem erst kürzlich veröffentlichten Untersuchungsbericht, der nun neben Partridges Bett lag, hieß es, der Sendero Luminoso »ermorde systematisch wehrlose Menschen, plaziere Sprengsätze, die das Leben unschuldiger Passanten bedrohen, und greife militärische Ziele an, ohne zu versuchen, das Risiko für die Zivilbevölkerung gering zu halten«. Dies alles seien »fundamentale Verletzungen der internationalen Menschenrechte«.

Über das Land im allgemeinen hieß es: »Peru hat inzwischen das traurige Privileg, zu den brutalsten und gefährlichsten Ländern Südamerikas zu gehören.«

Auch andere Quellen kamen zu dem unvermeidlichen Schluß, daß es, was wahlloses Morden und andere Grausamkeiten betraf, kaum einen Unterschied gab zwischen den Rebellen und den Regierungstruppen.

Doch gleichzeitig existierten in Peru starke demokratische Elemente, die mehr waren als nur Fassade, wie manche Kritiker behaupteten. Dazu gehörte auch die Freiheit der Presse, die in Peru eine lange Tradition hatte. Ebendiese Freiheit gestattete es Partridge und anderen ausländischen Reportern zu reisen, Fragen zu stellen, nachzuforschen und zu berichten, worüber sie wollten, ohne ihre Ausweisung oder Repressalien befürchten zu müssen. Natürlich hatte es auch Ausnahmen gegeben, aber bis jetzt nur sehr selten und in einzelnen Fällen. Partridge hatte dieses Thema vor wenigen Stunden bei einem Interview mit General Raúl Ortiz, dem Chef der Antiterror-Polizei angeschnitten.

»Beunruhigt es Sie denn nicht«, hatte er den in Zivil gekleideten, steifen und ernst dreinblickenden Mann gefragt, »daß verläßliche Berichte vielen Ihrer Männer Grausamkeiten und illegale Exekutionen vorwerfen?«

»Es würde mich mehr beunruhigen«, erwiderte Ortiz mit beinahe verächtlichem Ton, »wenn meine Männer die Opfer von Exekutionen würden, was sicherlich der Fall wäre, wenn sie sich nicht verteidigen würden gegen diese Terroristen, die Ihnen und anderen so sehr am Herzen zu liegen scheinen. Und was diese unwahren Berichte betrifft, wenn unsere Regierung versuchen würde, sie zu unterdrücken, würden Leute wie Sie doch keine Ruhe geben und sie ständig in der Öffentlichkeit wiederholen. Deshalb ziehen wir eine einmalige Veröffentlichung dieser Lappalien, die vierundzwanzig Stunden später wieder vergessen sind, normalerweise vor.«

Partridge hatte um das Interview gebeten, da er glaubte, auch diesen Aspekt berücksichtigen zu müssen, obwohl er kaum Hoffnung hatte, daß dabei viel herauskommen würde. Das Innenministerium hatte dieses Treffen zwar ohne Zögern arrangiert, doch die Bitte, ein Kamerateam mitbringen zu dürfen, wurde abgelehnt. Und als er bei der Leibesvisitation im Vorzimmer des Generals um Erlaubnis bat, den mitgebrachten Minikassettenrecorder benutzen zu dürfen, nahm man ihm das Gerät ab. Niemand sagte ihm jedoch, daß er das Gespräch vertraulich behandeln müsse, und der General hatte keine Einwände, als sein Besucher sich Notizen machte.

General Ortiz' unscheinbares, holzgetäfeltes Büro war eins aus einer ganzen Flucht ähnlicher Büros in einem alten Betonklotz im Zentrum von Lima. Hohe Mauern umgaben das Gebäude, dessen eine Hälfte früher ein Gefängnis gewesen war. Am Eingang hatte er Kontrollen durch eine ganze Reihe argwöhnischer Wachen über sich ergehen lassen müssen, und der Weg über den Hof führte ihn an gepanzerten Mannschaftswagen und Wasserwerfern vorbei. Während des Gesprächs mit dem General war Partridge sich bewußt, daß es im Keller des Gebäudes Zellenblocks gab, in denen Gefangene oft zwei Wochen lang ohne jeden Kontakt zur Außenwelt festgehalten wurden und in denen gefoltert und mit brutalen Methoden verhört wurde.

Zu Beginn des Gesprächs mit Ortiz stellte Partridge die Frage, die ihn am meisten beschäftigte: Ob die Antiterror-Polizei wisse, wo die drei Geiseln gefangengehalten würden.

»Und ich hatte gedacht, Sie würden mir das sagen, nach all den Kontakten, die Sie seit Ihrer Ankunft schon geknüpft haben«, erwiderte der General. Es war das Eingeständnis, daß Partridge beobachtet wurde, und gleichzeitig eine unüberhörbare Warnung. Partridge nahm deshalb auch an, daß seine Satellitenübertragungen nach New York wie die anderer amerikanischer Sender trotz aller Pressefreiheit von der peruanischen Regierung überwacht und aufgezeichnet wurden.

Als Partridge entgegnete, daß er trotz seiner Bemühungen noch nichts über den Aufenhaltsort der amerikanischen Geiseln wisse, bemerkte Ortiz: »Dann wissen Sie jetzt, wie raffiniert und verschlagen der Sendero Luminoso, unser Staatsfeind Nummer eins, sein kann. Und auch, daß dieses Land hier sehr verschieden ist von dem Ihren, daß es hier weite Landstriche gibt, in denen man ganze Armeen verstecken kann. Doch zu Ihrer Frage: Ja, wir haben eine Vorstellung, wo Ihre Freunde sein könnten, und unsere Streitkräfte suchen diese Gegenden ab.«

»Werden Sie mir sagen, welche Gegenden?« fragte Partridge.

»Ich glaube nicht, daß das besonders klug wäre. Und es ist sowieso unmöglich, daß Sie selber dort hinfahren. Oder haben Sie etwas in dieser Richtung vor?«

Partridge verneinte, obgleich das nicht der Wahrheit entsprach.

Der Rest des Interviews verlief ähnlich, keiner traute dem anderen, man spielte Katz und Maus und versuchte, sich gegenseitig Informationen zu entlocken, ohne selbst etwas preiszugeben. Erfolg hatte am Ende keiner, doch Partridge benutzte in einer Zusammenfassung für die National Evening News zwei Zitate von General Ortiz – das eine über die »weiten Landstriche, in denen man ganze Armeen verstecken kann« und die zynische Bemerkung, daß angebliche Menschenrechtsverletzungen »Lappalien, die vierundzwanzig Stunden später wieder vergessen sind«, seien.

Da es keine Aufnahmen gab, brachte New York beide Aussagen in Textzeilen unter einem Foto des Generals.

Doch Partridge betrachtete dieses Interview nicht als ergiebig.

Befriedigender verlief etwas später das Interview mit Cesar Acevedo, auch der ein alter Freund von Partridge und ein einflußreicher Laie in der katholischen Kirche. Sie trafen sich in einem privaten Büro im hinteren Teil des erzbischöflichen Palais' an der Plaza de Armas, dem offiziellen Stadtzentrum.

Acevedo, ein kleiner, eindringlich und sehr schnell sprechender

Mann Mitte Fünfzig, besaß einen tiefen Glauben und ein profundes religiöses Wissen. Er war hauptberuflich in der Kirchenverwaltung tätig und hatte beträchtlichen Einfluß, doch den letzten Schritt, nämlich die Priesterweihe, hatte er nie gewagt. Wenn er es getan hätte, so seine Freunde, wäre er inzwischen zumindest Bischof mit guten Aussichten auf den Kardinalshut.

Cesar Acevedo hatte nie geheiratet, war jedoch in Lima gesellschaftlich sehr angesehen.

Partridge mochte Acevedo, er war bescheiden und vollkommen ehrlich und gab nie vor, etwas zu sein, was er nicht war. Auf Partridges Frage, warum er sich nie zum Priester habe weihen lassen, hatte Acevedo bei einer früheren Gelegenheit geantwortet: »So sehr ich Gott und Jesus Christus liebe, war ich doch nie bereit, mein intellektuelles Recht auf Skeptizismus aufzugeben, falls ich davon, was ich nicht hoffe, einmal Gebrauch machen müßte. Als Priester müßte ich auf dieses Recht verzichten. Schon als junger Mann konnte ich mich nicht dazu überwinden, und heute kann ich es ebensowenig.«

Acevedo war Generalsekretär des Katholischen Sozialen Aktionskomitees, das sich um die medizinische Versorgung entlegener Landesteile, in denen es kaum Ärzte oder Schwestern gab, kümmerte.

»Ich glaube«, sagte Partridge zu Beginn ihres Gesprächs, »daß du dich ab und zu auch mit dem Sendero Luminoso herumschlagen mußt.«

Acevedo lächelte. »›Herumschlagen‹ ist korrekt. Die Kirche billigt den Sendero natürlich nicht – weder die Ziele noch die Methoden. Aber in der praktischen Arbeit existiert eine Beziehung, wenn auch eine sehr eigenartige.«

Aus bestimmten Gründen, erklärte der Kirchenführer später, vermied es der Sendero Luminoso, sich die Kirche zum Feind zu machen, und griff sie als Institution nur höchst selten an. Doch die Rebellenorganisation traute den einzelnen Kirchenvertretern nicht, und wenn Aktionen gegen die Regierung oder Aufstände geplant wurden, vertrieben die Rebellen Priester und andere Kirchenvertreter aus dem entsprechenden Gebiet, um keine Zeugen zu haben.

»Sie sagen dann einfach zu unseren Priestern und Sozialarbeitern: ›Verschwindet von hier! Wir können euch nicht brauchen. Ihr werdet schon erfahren, wann ihr zurückkehren könnt.‹«

»Und die Priester gehorchen?«

Acevedo seufzte. »Klingt nicht gerade bewundernswert, was? Aber normalerweise ja, weil sie keine andere Wahl haben. Wird der Befehl nicht befolgt, würde der Sendero nicht zögern zu töten. Ein lebender Priester kann irgendwann zurückkehren. Ein toter nicht.«

Plötzlich fiel Partridge etwas ein. »Gibt es im Augenblick Orte, von denen eure Leute vertrieben wurden, weil Sendero Luminoso dort keine Zeugen wollte?«

»Es gibt so eine Gegend, und die bereitet uns beträchtliche Probleme. Komm! Ich zeig' sie dir auf der Karte.« Sie gingen zu einer Wand, an der, unter einer Plastikhülle mit Kreidemarkierungen, eine große Karte von Peru hing.

»Es ist dieses ganze Gebiet hier.« Acevedo zeigte auf einen Abschnitt der Provinz San Martín, der rot umrandet war. »Bis vor etwa drei Wochen haben wir dort, wie jedes Jahr, unser großangelegtes Hilfsprogramm durchgeführt. Es geht dabei vorwiegend um Schutzimpfungen für Kinder. Die sind sehr wichtig, weil in diesem Teil der Selva Dschungelkrankheiten sehr häufig sind, die auch tödlich verlaufen können. Auf jeden Fall hat der Sendero Luminoso, der die Gegend kontrolliert, darauf bestanden, daß unsere Leute sie verlassen. Wir haben protestiert, aber es war nichts zu machen. Und jetzt wollen wir unsere Ärzte wieder dorthin zurückschicken. Aber der Sendero sagt nein.«

Partridge betrachtete den eingekreisten Kartenausschnitt. Er hatte gehofft, daß es sich um ein kleines Gebiet handeln würde. Aber er wurde enttäuscht, es war riesig. Er las Ortsnamen, alle weit voneinander entfernt: Tocache, Uchiza, Sion, Nueva Esperanza, Pachiza. Ohne sich viel davon zu versprechen, notierte er sie. Falls die Geiseln wirklich an einem der Orte gefangengehalten wurden, hätte es wenig Sinn, in die Gegend einzudringen, ohne zu wissen, an welchem Ort genau. Eine Rettung wäre überall schwierig, wenn nicht sogar unmöglich. Eine winzige Chance bestand nur, wenn die Entführer überrascht werden konnten.

»Ich glaube, ich weiß, was du denkst«, sagte Acevedo. »Du

überlegst dir, ob deine entführten Freunde irgendwo in diesem Gebiet sind.«

Partridge nickte schweigend.

»Ich glaube nicht, denn davon hätte ich bestimmt gehört. Aber unsere Kirche hat ein ganzes Netz von Kontakten. Ich werde mich umhören und dir berichten, falls ich etwas erfahre.«

Mehr konnte Partridge nicht erwarten. Aber er wußte, daß ihm die Zeit davonlief und daß er über den Aufenthaltsort der Sloanes seit seiner Ankunft noch nichts Neues in Erfahrung gebracht hatte.

Schon im erzbischöflichen Palais hatte ihn der Gedanke niedergeschlagen gestimmt. Als er sich nun in seinem Hotelzimmer an die Ereignisse des Tages erinnerte, war er frustriert wegen seiner mangelnden Fortschritte und fühlte sich wie ein Versager.

Plötzlich klingelte das Telefon.

»Harry, bist du das?« Partridge erkannte Don Ketterings Stimme.

Gleich nach der Begrüßung kam Kettering zur Sache. »Hier ist einiges passiert, von dem ich mir dachte, daß du es wissen solltest.«

Rita, die ebenfalls im Cesar's Hotel wohnte, hob nach dem zweiten Klingeln ab.

»Ich habe eben einen Anruf aus New York bekommen«, sagte Partridge. Er wiederholte, was Don Kettering ihm über die Entdekkung des Hauses in Hackensack und die Funktelefone erzählt hatte, und fügte hinzu: »Don hat mir eine Nummer in Lima gegeben, die von einem der Funktelefone angerufen wurde. Ich will wissen, wem die gehört.«

»Gib sie mir«, sagte Rita.

Partridge las vor: »28-9427.«

»Ich versuche, diesen Victor Velasco von Entel zu erreichen. Er soll sich darum kümmern. Ich rufe zurück, sobald es etwas Neues gibt.«

Fünfzehn Minuten später meldete sie sich wieder. »Ich habe Velasco zu Hause erreicht. Er sagt, daß sich seine Abteilung um so etwas normalerweise nicht kümmert und daß es schwierig sei, an die Information zu kommen. Aber er hofft, daß er sie bis morgen früh hat.«

»Danke«, sagte Partridge. Wenige Augenblicke später war er eingeschlafen.

9

Erst am Mittwoch gegen Nachmittag konnte die Telefonnummer, die Partridge von Kettering bekommen hatte, identifiziert werden. Velasco entschuldigte sich wegen der Verspätung. »Das sind natürlich vertrauliche Daten«, erklärte er Partridge und Rita in der Schneidekabine von CBA bei Entel, wo sie zusammen mit dem Cutter an einem neuen Bericht für New York arbeiteten.

»Es war schwierig, meine Kollegen zu überreden, die Information herauszugeben«, fuhr Velasco fort. »Aber ich habe es geschafft.«

»Mit Geld?« fragte Rita, und als er nickte, meinte sie: »Sie bekommen es zurück.«

Die Information war hastig auf einen Notizzettel gekritzelt: *Calderón G. – 547 Huancavelica Street, 10F.*

»Wir brauchen Fernández«, sagte Partridge.

»Ist schon unterwegs«, erwiderte Rita, und wenige Minuten später stand der dunkelhäutige Kontaktmann vor ihnen. Seit Partridges und Minh Van Canhs Ankunft hatte er für die beiden gearbeitet und half nun auch Rita, wo er konnte.

Als er die Adresse sah und erfuhr, warum sie wichtig sein konnte, nickte Fernández Pabur eifrig. »Ich kenne das Haus. Es ist ein alter Wohnblock in der Nähe der Kreuzung an der Avenida Tacna. Nicht gerade ein« – er suchte nach dem englischen Wort – »Palast.«

»Egal, was es ist«, erwiderte Partridge. »Ich muß sofort dorthin.« Er wandte sich an Rita: »Ich will, daß ihr mitkommt, du, Minh und Ken, aber ich gehe zuerst allein hinein und sehe, was ich herausfinden kann.«

»Nicht allein«, protestierte Fernández. »Man könnte Sie angreifen und ausrauben, oder vielleicht noch Schlimmeres. Tomás und ich werden Sie begleiten.«

Tomás, das wußten sie inzwischen, war der Name des kräftigen, schweigsamen Leibwächters.

Der Kombi, den Fernández gemietet hatte und den sie nun regelmäßig benutzten, stand vor dem Entel-Gebäude. Mit sieben Leuten wurde es ziemlich eng, aber die Fahrt dauerte nur zehn Minuten. »Dort ist es«, sagte Fernández und zeigte aus dem Fenster.

Die Avenida Tacna war eine breite, viel befahrene Durchgangsstraße, Huancavelica Street eine Querstraße dazu. Die Gegend war zwar noch nicht so schlimm wie die *barriadas*, hatte aber offensichtlich schon bessere Tage gesehen. Die Nummer 547 war ein großes, düsteres Gebäude mit abblätternder Farbe und zerbröckelndem Mauerwerk. Einige Männer standen untätig herum, andere saßen auf dem Sims neben dem Eingang und sahen zu, wie Partridge, Fernández und Tomás ausstiegen, während Rita, Minh Van Canh und Ken O'Hara, der Tontechniker, mit dem Fahrer im Auto sitzenblieben.

Partridge sah die feindseligen, prüfenden Blicke der Männer und war froh, daß er das Gebäude nicht allein betreten mußte.

Im Inneren überfiel sie der Gestank von Urin und allgemeinem Verfall. Der Boden war voller Unrat. Natürlich funktionierte auch der Aufzug nicht, und die Männer mußten zu Fuß über die schmuddelige Treppe in den zehnten Stock steigen.

Apartment F lag am Ende eines düsteren Korridors. Partridge klopfte an der einfachen Holztür. Drinnen hörte er Bewegungen, doch es kam niemand, um die Tür zu öffnen. Er klopfte noch einmal. Nun wurde die Tür einen Spalt geöffnet, gerade so weit, wie es die Sicherungskette erlaubte. Gleichzeitig kam von einer schrillen Frauenstimme eine Schimpftirade in Spanisch – so schnell, daß Partridge nicht folgen konnte. Er verstand nur einige Worte: *»Animales! ... Asesinos! ... Diablos!«*

Partridge spürte eine Hand auf seinem Arm, Fernández' kräftige Gestalt schob sich zur Tür. Er hielt den Mund an den Spalt und sprach ähnlich schnell, aber mit sachlicher, beruhigender Stimme. Nach einer Weile verstummte die Stimme in der Wohnung, die Kette wurde gelöst und die Tür geöffnet.

Die Frau, die vor ihnen stand, war um die Sechzig. Früher war sie vielleicht einmal schön gewesen, aber die Zeit und das schwere Leben hatten sie aufgedunsen und grobschlächtig gemacht. Ihre

Haut war fleckig, die Haare grau, strähnig und ungekämmt. Die Augen unter den gezupften, nachgezogenen Brauen waren rot und geschwollen vom Weinen, das dicke Make-up war zerlaufen. Fernández ging an ihr vorbei in die Wohnung, die anderen folgten. Nach einem Augenblick des Zögerns schloß sie die Tür.

Partridge sah sich schnell um. Das Zimmer, das sie betreten hatten, war klein und einfach möbliert mit einigen Holzstühlen, einem Sofa mit fadenscheiniger Polsterung, einem simplen, überhäuften Holztisch und einem aus Ziegelsteinen und Brettern notdürftig zusammengebauten Bücherregal, das erstaunlich voll war und vorwiegend dicke, schwere Bände enthielt.

Fernández wandte sich an Partridge. »Anscheinend wurde vor wenigen Stunden der Mann, mit dem sie zusammenlebte, getötet – ermordet. Sie war ausgegangen, und als sie zurückkam, fand sie ihn tot; die Polizei hat eben die Leiche fortgeschafft. Sie hat geglaubt, wir sind die Leute, die ihn ermordet haben und kommen jetzt zurück, um auch sie zu erledigen. Ich habe ihr versichert, daß sie von uns nichts zu befürchten hat.« Dann sagte er etwas zu der Frau, und sie sah Partridge an.

»Es tut uns wirklich leid, vom Tod Ihres Freundes zu hören«, versicherte ihr Partridge. »Wissen Sie, wer ihn getötet hat?«

Die Frau schüttelte den Kopf und murmelte etwas. »Sie spricht nur sehr wenig Englisch«, sagte Fernández und übersetzte für sie. *»Lo sentimos mucho la muerte de su amigo. Sabe Ud quién lo mató?«*

Die Frau nickte heftig und ließ einen Wortschwall los, der mit *»Der Sendero Luminoso«* endete.

Es bestätigte, was Partridge befürchtet hatte. Die Person, die sie anzutreffen gehofft hatten – wer immer es war – hatte Verbindungen zum Sendero Luminoso. Aber was nützte ihnen ein Toter. So blieb nur die Frage, ob die Frau etwas von den Entführungsopfern wußte? Es schien eher unwahrscheinlich.

Nun sprach sie wieder in Spanisch, aber langsamer, so daß Partridge verstand. »Ja«, sagte er zu Fernández, »wir würden uns gern setzen, und sagen Sie ihr, daß ich dankbar wäre, wenn sie uns ein paar Fragen beantworten würde.«

Fernández wiederholte den Wunsch, die Frau antwortete, und er übersetzte: »Sie sagt ja, soweit sie kann. Ich habe ihr gesagt, wer Sie sind, und sie heißt übrigens Dolores. Sie läßt fragen, ob Sie etwas trinken wollen.«

»No, gracias«, sagte Partridge, worauf Dolores nickte und zum Regal ging, offenbar um sich selbst einen Drink einzugießen. Doch als sie die Ginflasche hob, merkte sie, daß sie leer war. Sie schien gleich wieder in Tränen auszubrechen, murmelte aber nur vor sich hin und setzte sich.

Fernández berichtete: »Sie sagt, sie weiß nicht, wie lange sie noch lebt. Sie hat kein Geld.«

Partridge wandte sich direkt an Dolores: *»Le daré dinero si Ud tiene la información que estoy buscando.«*

Die Erwähnung des Geldes hatte einen weiteren schnellen Wortwechsel zwischen Dolores und Fernández zur Folge. Danach sagte er: »Sie sagt, Sie sollen Ihre Fragen stellen.«

Partridge beschloß, sich lieber nicht auf sein eigenes beschränktes Spanisch zu verlassen, und ließ Fernández weiter übersetzen.

»Ihr Freund, der getötet wurde, was hat er gearbeitet?«

»Er war Arzt. Ein besonderer Arzt.«

»Ein Spezialist?«

»Er hat Leute einschlafen lassen.«

»Ein Anästhesist?«

Dolores schüttelte den Kopf, sie verstand das Wort nicht. Dann ging sie zu einem Schrank, wühlte darin herum und brachte einen kleinen, abgenutzten Koffer zum Vorschein. Sie öffnete ihn, zog eine Mappe mit verschiedenen Papieren heraus und blätterte sie durch. Sie nahm zwei der Dokumente und gab sie Partridge. Er sah, daß es Arztdiplome waren.

Das erste erklärte, daß Hartley Harold Gossage, ein Absolvent der Boston University Medical School, befugt war, als Arzt zu praktizieren. Das zweite ernannte diesen Hartley Harold Gossage zum »Facharzt für Anästhesie«.

Mit einer Handbewegung fragte Partridge, ob er auch die anderen Unterlagen sehen dürfe. Dolores nickte.

Einige Papiere schienen medizinische Routineangelegenheiten zu betreffen und waren ohne Bedeutung. Das dritte, das Partridge in die Hände fiel, war ein Brief auf dem Papier der Ärztekammer von Massachusetts. Er war adressiert an »H. H. Gossage« und begann wie folgt: »Hiermit wird Ihnen auf Lebenszeit die ärztliche Approbation entzogen ...«

Partridge legte den Brief weg. Allmählich wurde das Bild klarer. Bei dem Mann, der hier gewohnt hatte und angeblich ermordet worden war, handelte es sich vermutlich um Gossage, einen auf Lebenszeit aus der Ärzteschaft ausgeschlossenen amerikanischen Anästhesisten, der Verbindung zum Sendero Luminoso hatte, eine Verbindung, die nahelegte, so folgerte Partridge, daß die Entführungsopfer, bevor sie aus Amerika verschleppt wurden, betäubt worden waren. Die Entdeckungen in dem Haus in Hackensack, von denen Kettering berichtet hatte, bestätigten das nur. Es war deshalb wahrscheinlich, daß dieser Exarzt Gossage ihnen die Narkose gegeben hatte. Partridge verzog das Gesicht. Es wäre ihm lieber gewesen, wenn er den Mann lebend vor sich gehabt hätte.

Die anderen beobachteten ihn. Mit Fernández' Hilfe nahm er die Befragung von Dolores wieder auf.

»Sie sagten uns, der Sendero Luminoso habe Ihren Freund ermordet. Warum glauben Sie das?«

»Weil er für diese *bastardos* gearbeitet hat.« Sie hielt inne, und plötzlich fiel ihr etwas ein. »Der Sendero hatte auch einen Namen für ihn – Baudelio.«

»Woher wissen Sie das?«

»Hat er mir erzählt.«

»Hat er Ihnen auch erzählt, was er für den Sendero gemacht hat?«

»Hin und wieder schon.« Das schwache Lächeln verschwand sofort wieder. »Wenn wir uns gemeinsam betrunken haben.«

»Haben Sie von der Entführung gewußt? Es stand alles in der Zeitung.«

Dolores schüttelte den Kopf. »Ich lese keine Zeitung. Die drukken nur Lügen.«

»War Baudelio in letzter Zeit nicht in Lima?«

Heftiges Nicken. »Er war lange weg. Er hat mir gefehlt.« Und nach einer Pause: »Er hat mich aus Amerika angerufen.«

»Ja, das wissen wir.« Alles paßt zusammen, dachte Partridge. Baudelio mußte an der Entführung beteiligt gewesen sein. Er ließ Fernández fragen: »Wann ist er zurückgekehrt?«

Dolores überlegte, bevor sie antwortete. »Vor einer Woche. Er war froh, daß er wieder hier war. Und er hatte Angst, daß man ihn umbringen würde.«

»Hat er gesagt, warum?«

Dolores dachte nach. »Ich glaube, er hat etwas gehört. Jemand hat gesagt, daß er zu viel weiß.« Sie begann zu weinen. »Wir waren so lange zusammen. Was soll ich jetzt tun?«

Eine wichtige Frage war noch offen. Partridge hatte sie bewußt zurückgestellt, und auch jetzt bereitete sie ihm Schwierigkeiten. »Nach seiner Rückkehr aus Amerika und bevor er wieder hierherkam, war Baudelio da noch woanders in Peru?«

Dolores nickte.

»Hat er Ihnen gesagt, wo?«

»Ja. In Nueva Esperanza.«

Partridge konnte kaum glauben, was er da so plötzlich und unerwartet erfahren hatte. Seine Hände zitterten, als er in seinem Notizbuch zurückblätterte – zu den Aufzeichnungen des Interviews mit Cesar Acevedo und der Liste der Orte, aus denen der Sendero Luminoso die katholischen Ärzteteams vertrieben hatte. Ein Name sprang ihm sofort ins Auge: *Nueva Esperanza.*

Er hatte es geschafft! Endlich wußte er, wo Jessica, Nicky und Angus Sloane gefangengehalten wurden.

Partridge mußte sich ins Gedächtnis rufen, daß er vor allem und zuerst Fernsehkorrespondent war, als er mit Rita, Minh und O'Hara die Aufnahmen besprach, die sie brauchten – von Dolores, der Wohnung und dem Gebäude. Nachdem er Tomás zum Auto geschickt hatte, um die anderen zu holen, standen sie jetzt alle in der Wohnung im zehnten Stock.

Partridge wollte auch Nahaufnahmen der Arztdiplome und des Briefes aus Massachusetts, der Gossage alias Baudelio zum Aussätzigen seines Standes machte. Auch wenn der amerikanische Arzt bereits begraben war, wollte Partridge alles tun, um das, was er den Sloanes angetan hatte, für immer festzuhalten.

Doch obwohl die Rolle, die Baudelio bei der Entführung gespielt hatte, für die Story sehr wichtig war, wußte Partridge auch, daß eine sofortige Veröffentlichung ein Fehler wäre, weil man damit

Informationen aus der Hand geben würde, die seine CBA-Truppe im Augenblick exklusiv besaß. Nur wollte er die Sequenz über Baudelio sofort fertigstellen, um sie schnell bei der Hand zu haben, wenn es Zeit für eine Veröffentlichung war.

Dolores wurde in Großaufnahme gefilmt und ihre Stimme im spanischen Original aufgenommen. Sie sollte später ausgeblendet und eine Übersetzung darübergelegt werden. Gegen Ende der Aufnahme sagte Fernández zu Partridge: »Sie erinnert Sie daran, daß Sie ihr Geld versprochen haben.«

Partridge besprach sich kurz mit Rita, die dann tausend Dollar in Fünfzigerscheinen abzählte. Das war eine für die Umstände sehr großzügige Bezahlung, aber Dolores hatte ihnen zu einem wichtigen Erfolg verholfen; außerdem hatten Partridge und Rita Mitleid mit ihr und glaubten ihrer Behauptung, daß sie, trotz ihres Verhältnisses mit Baudelio, nichts von der Entführung gewußt habe.

Abschließend sagte Rita zu Fernández: »Bitte erklären Sie ihr, daß CBA im allgemeinen nicht für Interviews zahlt und daß sie das Geld für die Bereitstellung ihrer Wohnung und die Informationen bekommt, die sie uns geliefert hat.« Es war eine rein theoretische Unterscheidung, die in der Branche häufig benutzt wurde, um zu verschleiern, daß sie genau das taten, was sie vorgaben, nicht zu tun, und New York sah es gern, wenn Produzenten sich an dieses Ritual hielten.

Dolores' Dankbarkeit nach zu urteilen, hatte sie weder zugehört noch verstanden, worum es ging. Partridge war überzeugt, daß sie die leere Ginflasche durch eine volle ersetzen würde, sobald die Reporter verschwunden waren.

Doch jetzt konnte Partridge sich wieder mit dem Wesentlichen beschäftigen – so schnell wie möglich eine Befreiungsexpedition nach Nueva Esperanza auf die Beine zu stellen. Bei dem Gedanken wuchs die Erregung in ihm, rührte sich wieder die alte Sucht nach Gefahr, Waffen und Kampf.

10

Am liebsten hätte Crawford Sloane jeden Tag Harry Partridge in Peru angerufen und ihn gefragt: »Gibt's was Neues?« Aber er beherrschte sich, denn er wußte, daß er von jeder neuen Entwicklung ohnehin sofort erfahren würde und daß es wichtig war, Partridge ungestört und auf seine Art arbeiten zu lassen. Sloane traute ihm noch immer mehr zu als jedem anderen, den man mit diesem Auftrag nach Peru hätte schicken können. Ein weiterer Grund für seine Zurückhaltung war die Tatsache, daß Harry Partridge ihn von sich aus mehrfach entweder spätabends oder früh am Morgen angerufen hatte, um ihn über Fortschritte und Hintergründe zu informieren.

Doch seit dem letzten Anruf aus Peru waren bereits einige Tage vergangen, so daß Crawford, obgleich er enttäuscht war, annahm, daß es einfach nichts Neues zu berichten gab.

Er irrte sich.

Wovon Sloane nichts wußte und auch nichts wissen konnte, war Partridges Entscheidung, die gesamte Kommunikation zwischen Lima und New York, ob nun über Telefon, Satellit oder Geschriebenem, wegen des damit verbundenen Sicherheitsrisikos vorübergehend auszusetzen. Nach dem Interview mit General Ortiz, in dem dieser Partridge zu verstehen gegeben hatte, daß er überwacht wurde, schien es möglich, daß Telefone angezapft und sogar die Post geöffnet wurde. Satellitenübertragungen waren mit der entsprechenden Ausrüstung leicht mitzuschneiden, und auch die Benutzung anderer als der üblichen Telefonanschlüsse garantierte keine Vertraulichkeit.

Grund zur Vorsicht gab aber auch, daß es in Lima inzwischen von Journalisten und Fernsehteams wimmelte, die alle in ihrer Berichterstattung über die Sloane-Entführung konkurrierten und nach neuen Spuren suchten. Bis jetzt hatte sich Partridge die Reportermeute vom Hals halten können, doch wußte er auch, daß man wegen der bisher so erfolgreichen CBA-Berichterstattung sehr genau darauf achtete, wohin er ging und welche Leute er traf.

Partridge hatte deshalb beschlossen, nichts über seinen Besuch in der Wohnung an der Huancavelica Street und dessen Ergebnis preiszugeben, vor allem nicht über Telefon. Seine Kollegen von CBA bat er, sich ebenfalls daran zu halten, und schärfte ihnen für die Vorbereitungen der Expedition nach Nueva Esperanza absolute Verschwiegenheit ein. Nicht einmal CBA in New York durfte vorerst davon erfahren.

So betrat Crawford Sloane am Donnerstagvormittag um 10 Uhr 55, also etwas später als sonst, die CBA-News-Zentrale, ohne etwas von den Entwicklungen in Lima vom Vortag zu wissen.

Begleitet wurde er von einem jungen FBI-Agenten namens Ivan Ungar, der in Crawfords Haus übernachtet hatte. Das FBI schützte Sloane auch weiterhin vor einer möglichen Entführung, und es gab Gerüchte, daß auch andere Mitarbeiter von CBA Personenschutz erhielten. Doch war seit der Kontaktaufnahme der Entführer die vierundzwanzigstündige Telefonüberwachung aufgegeben worden.

FBI-Sonderagent Otis Havelock beschäftigte sich auch weiterhin mit dem Fall, er hatte nach der Entdeckung des Unterschlupfs die Leitung der Ermittlungen in Hackensack übernommen. Wie Sloane erfahren hatte, wurde auch der Flughafen von Teterboro wegen seiner Nähe zu Hackensack vom FBI kontrolliert. So überprüfte man sämtliche Flüge, die vom Zeitpunkt der Entführung bis zu dem Tag, da bekannt wurde, daß sich Entführer und Opfer in Peru aufhielten, von dort gestartet waren. Doch wegen der Menge der Starts in diesen dreizehn Tagen kamen die Ermittlungen nur langsam voran.

Als Sloane das CBA-News-Gebäude betrat, legte ein uniformierter Sicherheitsposten grüßend die Hand an die Mütze, doch von Beamten der New Yorker Stadtpolizei, die nach der Entführung über eine Woche lang den Komplex bewacht hatten, war nichts zu sehen. Der Publikumsverkehr war so stark wie früher, und obwohl die Hereinkommenden sich am Empfang ausweisen mußten, fragte sich Sloane, ob die Sicherheitsbestimmungen inzwischen wieder so nachlässig gehandhabt wurden wie vor der Entführung.

Zusammen mit Ungar betrat er einen Aufzug, fuhr in den dritten Stock und ging zu seinem Büro neben dem Hufeisen, wo einige

Leute von ihrer Arbeit aufsahen und ihn begrüßten. Sloane ließ die Tür seines Büros offen. Ungar setzte sich draußen auf einen Stuhl.

Als Sloane seinen Regenmantel auf einen Haken hängte, bemerkte er auf seinem Tisch ein weißes Styroporpaket, wie es von Straßenverkaufsrestaurants benutzt wird. In der Gegend gab es einige dieser Läden, die häufig auf telefonische Bestellung Snacks oder komplette Menüs in die Büros von CBA News lieferten. Da aber Sloane nichts bestellt hatte und normalerweise in der Cafeteria zu Mittag aß, nahm er an, daß es sich um ein Versehen handelte.

Doch dann stellte er überrascht fest, daß auf dem ordentlich mit weißer Schnur verschnürten Päckchen »C. Sloane« als Empfänger angegeben war. Ohne großes Interesse nahm er eine Schere aus der Schublade, zerschnitt die Schnur und öffnete das Päckchen. Obenauf lagen einige Blatt zusammengefaltetes weißes Papier und erst darunter der eigentliche Inhalt.

Einige Sekunden lang starrte Crawford Sloane mit stummem, ungläubigem Entsetzen in die Schachtel. Dann schrie er – ein gequälter, markerschütternder Schrei. Am Hufeisen fuhren die Köpfe in die Höhe. FBI-Agent Ungar sprang auf und zog seine Pistole. Aber Sloane war allein, er schrie und schrie und starrte mit weit aufgerissenen, schreckensstarren Augen und aschfahlem Gesicht das Päckchen an.

Andere sprangen auf und liefen zu Sloanes Büro. Eine Frau kam vom Hufeisen gelaufen und beugte sich über Sloanes Schreibtisch. »O mein Gott!« schrie sie, hielt sich die Hand vor den Mund und stürzte hinaus.

FBI-Agent Ungar warf einen kurzen Blick in die Schachtel, sah zwei menschliche, blutverklebte Finger, schluckte seinen Ekel hinunter und war sofort wieder Herr der Lage. Der Menge, die sich im Büro und vor der Tür angesammelt hatte, rief er zu: »Bitte gehen Sie!« Gleichzeitig griff er zum Telefon, drückte den Knopf für die Vermittlung und befahl: »Sicherheitsabteilung – aber schnell!« Als sich dort jemand meldete, rief er in den Hörer: »Hier FBI-Sonderagent Ungar. Geben Sie Befehl an alle Wachen, daß ab sofort niemand mehr das Gebäude verlassen darf, und zwar ausnahmslos. Wenn jemand Widerstand leistet, wenden Sie Gewalt an. Sofort nach Ausgabe dieses Befehls alarmieren Sie die Stadtpolizei. Ich gehe jetzt in die Eingangshalle. Jemand von Ihrer Abteilung soll dort auf mich warten.«

Während Ungar telefonierte, sank Sloane in seinen Sessel. Wie einer der Anwesenden später bemerkte: »Er sah aus wie der Tod.«

Chuck Insen bahnte sich einen Weg durch die Menge vor dem Büro und fragte: »Was ist denn hier los?«

Als Ungar sah, wer es war, wies er nur kurz auf die weiße Schachtel und sagte: »Bitte nichts anrühren. Ich würde vorschlagen, daß Sie Mr. Sloane wegbringen und die Tür verschließen, bis ich zurückkomme.«

Insen nickte nur, er hatte inzwischen den Inhalt der Schachtel gesehen und bemerkt, wie andere auch, daß die Finger klein und zart waren und nur die eines Kindes sein konnten. Er sah Sloane an und stellte mit den Augen die unvermeidliche Frage. Sloane nickte schwach und flüsterte: »Ja.«

»O Gott!« murmelte Insen.

Sloane schien kurz vor dem Zusammenbruch zu sein. Insen legte den Arm um ihn und führte ihn aus dem Zimmer. Die Menge vor der Tür machte den Weg frei.

Insen brachte Sloane in sein Büro und gab auf dem Weg dorthin hastige Anweisungen. Zu einer Sekretärin sagte er: »Schließen Sie Mr. Sloanes Büro ab, und lassen Sie niemand hinein außer dem FBI-Mann. Dann besorgen Sie uns einen Arzt. Sagen Sie, Mr. Sloane hat einen Schock erlitten und braucht ein Beruhigungsmittel.« Zu einem Produzenten: »Sagen Sie Don Kettering, was passiert ist, und holen Sie ihn her. Wir brauchen etwas für die Nachrichten heute abend.« Und zu den anderen: »Der Rest geht wieder an seine Arbeit.«

Das große Glasfenster zum Hufeisen in Insens Büro hatte eine Jalousie, die er herunterlassen konnte, wenn er ungestört sein wollte. Nachdem er Sloane zu einem Sessel geführt hatte, ließ er sie herab. Langsam bekam Sloane sich wieder in die Gewalt, doch er saß vorgebeugt und vergrub den Kopf in den Händen. Halb zu sich selbst, halb zu Insen gewandt, murmelte er verzweifelt: »Diese Leute wußten von Nicky und seinem Klavierspiel. Und woher? *Ich habe das ausgeplaudert! Ich selber!* Bei dieser Pressekonferenz nach der Entführung.«

Leise entgegnete Insen: »Ich weiß, Crawf. Aber du hast doch nur eine Frage beantwortet, du hast es nicht selbst zur Sprache gebracht. Wer hätte denn so etwas voraussehen ...« Er brach ab, weil er wußte, daß vernünftige Argumente in diesem Augenblick wenig Sinn hatten.

Später sollte Insen vor anderen erklären: »Eins muß ich Crawf wirklich zugestehen. Er hat Mut. Nach dieser Erfahrung hätten die meisten Leute uns angefleht, die Bedingungen der Entführer zu erfüllen. Aber Crawf wußte von Anfang an, daß wir das nicht dürfen und können, und er hat keinen Augenblick geschwankt.«

Jetzt hörte man ein leises Klopfen, und die Sekretärin betrat das Büro. »Der Arzt ist unterwegs«, sagte sie.

Das Ausgangsverbot wurde wieder aufgehoben, nachdem alle Leute, die sich im Gebäude aufhielten oder es eben verlassen wollten, überprüft und die Gründe für ihre Anwesenheit geklärt waren. Wahrscheinlich war das Paket mit den Fingern viel früher abgegeben worden, und da Restaurantboten häufig im Gebäude ein und aus gingen, hatte niemand etwas Ungewöhnliches bemerkt.

Das FBI kontrollierte alle Straßenverkaufsrestaurants in der Nähe, doch ohne Ergebnis. Und obwohl der CBA-Sicherheitsdienst den Auftrag hatte, alle Boten und Lieferanten zu überprüfen, zeigte sich nun, daß dies nur stichprobenartig und oberflächlich geschah.

Zweifel, ob es sich wirklich um Nickys Finger handelte, waren nach einer Untersuchung von Nickys Schlafzimmr durch das FBI schnell ausgeräumt. Die Fingerabdrücke, die dort gefunden wurden, paßten zu denen der beiden abgetrennten Finger auf Crawford Sloanes Schreibtisch.

Mitten in die düstere Stimmung bei CBA News platzte die Nachricht von einer weiteren Lieferung, die diesmal an Stonehenge gegangen war. Am frühen Donnerstagvormittag fand ein kleines Päckchen den Weg in Margot Lloyd-Masons Bürosuite. Es enthielt eine Videokassette vom Sendero Luminoso.

Da das Band erwartet wurde, leitete Margot es sofort per Boten an Les Chippingham weiter. Sobald Les von dessen Eintreffen erfuhr, rief er Don Kettering und Norman Jaeger in sein Büro, wo sie sich das Band gemeinsam ansahen.

Alle drei bemerkten die hohe Qualität der Aufnahmen, sowohl technisch wie in der Präsentation. Der Vorspann, der mit der Zeile: »Weltrevolution: der Sendero Luminoso zeigt den Weg.« begann, war über peruanische Landschaftsbilder von atemberaubender Schönheit kopiert – die düstere Majestät von Bergen und Gletschern der Anden, der Machu Picchu in seiner beängstigenden Pracht, die Endlosigkeit des grünen Dschungels, die trockene Küstenregion und der wogende Pazifik. Jaeger war es, der die feierliche Begleitmusik der Einleitung erkannte: Beethovens Dritte Symphonie, die *Eroica*.

»Die hatten absolute Profis für die Produktion«, murmelte Kettering. »Ich hatte etwas Primitiveres erwartet.«

»Ist aber eigentlich nicht überraschend«, bemerkte Chippingham. »Peru ist auch nicht hinter dem Mond, die haben junge Talente und die beste Ausrüstung.«

»Und der Sendero hat das Geld, um sich beides zu kaufen«, fügte Jaeger hinzu. »Außerdem haben sie das ganze Land unterwandert.«

Selbst die extremistischen Phrasen, die nun folgten, waren unterlegt mit bewegenden, eindrucksvollen Bildern – von Straßenschlachten in Lima, Zusammenstößen zwischen Polizei und Demonstranten, die entsetzlichen Folgen eines Angriffs von Regierungstruppen auf ein Andendorf. »Wir sind die Welt«, erklärte ein unsichtbarer Sprecher. »Und die Welt ist bereit für eine revolutionäre Explosion.«

Großen Raum nahm ein Interview ein, das angeblich mit dem Gründer und Führer von Sendero Luminoso, Abimael Guzmán, geführt wurde. Ob das wirklich stimmte, war nicht zu erkennen, da die Kamera auf den Rücken einer sitzenden Person gerichtet war. Der Sprecher erläuterte: »Unser Führer hat viele Feinde, die ihn töten wollen. Sein Gesicht zu zeigen, würde heißen, ihnen in die Hände zu spielen.«

Guzmáns Stimme begann in Spanisch: »*Compañeros revolucionarios, nuestro trabajo y objetivo es unir los creyentes en la filosofía de Marx, Lenin, y Mao …«* Dann verstummten die Worte, und eine neue Stimme fuhr fort: »Genossen, wir müssen weltweilt eine soziale Ordnung zerstören, die es nicht wert ist, erhalten zu werden …«

»Spricht Guzmán eigentlich kein Englisch?« fragte Kettering.

»Es ist eigenartig«, antwortete Jaeger, »aber er ist einer der wenigen gebildeten Peruaner, die es nicht sprechen.«

Was nun folgte, war voraussehbar, denn Guzmán hatte es schon oft gesagt. »Die Revolution hat ihre Berechtigung in der Ausbeutung der Armen auf der ganzen Welt … Falsche Berichte werfen dem Sendero Luminoso Unmenschlichkeit vor. Doch der Sendero ist menschlicher als die Supermächte, die bereit sind, die Menschheit mit ihren Atomwaffen zu vernichten. Unsere proletarische Revolution wird diese Waffen von unserer Erde verbannen … Die Arbeiterbewegung der Vereinigten Staaten, eine bourgeoise Elite, hat die amerikanischen Arbeiter verraten und verkauft … Die Kommunisten in der Sowjetunion sind auch nichts anderes als Imperialisten. Die Sowjets haben die Revolution Lenins verraten … Cubas Castro ist ein Clown, ein imperialistischer Lakai.«

Guzmáns Erklärungen waren immer sehr allgemein. Nach konkreten Aussagen suchte man in seinen Reden und Schriften vergeblich.

»Wenn wir das an Stelle unserer Abendnachrichten bringen würden«, bemerkte Chippingham, »hätten wir schon jetzt das Publikum verloren, und unsere Quoten wären im Keller.«

Die halbstündige Aufnahme endete wieder mit Beethoven, hinreißenden Landschaften und einem enthusiastischen Ausruf des Sprechers: »Lang lebe unsere Lehre, der Marxismus-Leninismus-Maoismus!«

»Also gut«, sagte Chippingham am Ende, »ich werde die Kassette, wie vereinbart, in den Safe legen. Nur wir drei kennen den Inhalt. Ich würde vorschlagen, daß wir mit keinem darüber sprechen.«

»Willst du dich noch immer an Carl Owens Vorschlag halten?« fragte Jaeger, »und behaupten, die Kassette sei beschädigt worden?«

»Aber natürlich! Haben wir denn eine Alternative? Auf jeden Fall werden wir das Band am Montagabend nicht senden.«

»Wahrscheinlich haben wir wirklich keine Alternative«, gab Jaeger zu.

»Wir müssen uns nur über eins im klaren sein«, sagte Kettering, »die Chancen, daß man uns jetzt noch glaubt, stehen nach Theo Elliotts Bock mit dem *Baltimore Star* nicht mehr sonderlich gut.«

»Verdammt, das weiß ich auch.« Chippinghams Stimme waren der Streß und die Belastung der vergangenen Tage anzumerken. Er sah auf die Uhr: 15 Uhr 53. »Don, um vier unterbrichst du das Programm mit einer Sondermeldung. Sag, daß wir das Band erhalten haben, daß es aber beschädigt ist und wir es nicht reparieren konnten. Dann ist es Sache vom Sendero Luminoso, uns eine Kopie zu schicken.«

»Okay!«

»In der Zwischenzeit«, fuhr Chippingham fort, »lasse ich von der PR-Abteilung eine Mitteilung an die Presseagenturen herausgeben, mit der Bitte, sie nach Peru weiterzuleiten. Und jetzt an die Arbeit.«

Die von CBA News ausgegebene Falschinformation fand schnelle und weite Verbreitung. Da es in Peru eine Stunde früher war als in New York – das Land kannte im Gegensatz zu den Vereinigten Staaten keine Sommerzeit –, erreichte die CBA-Verlautbarung Lima rechtzeitig für die Abendnachrichten in Radio und Fernsehen und für die Zeitungsausgaben des folgenden Tages.

Schon zuvor hatten Nachrichtensendungen über die Entdeckung von Nicholas Sloanes abgetrennten Fingern durch seinen entsetzten Vater berichtet.

Die Führer vom Sendero Luminoso in Ayacucho hörten beide Berichte. Dem zweiten über das angeblich beschädigte Band schenkten sie keinen Glauben. Was jetzt sofort notwendig war, so überlegten sie, war eine drastische Aktion, die wirkungsvoller war als zwei abgetrennte Finger eines kleinen Jungen.

11

Später sollte sich Jessica daran erinnern, daß sie an diesem Tag schon beim Aufwachen in der Dämmerung eine düstere Vorahnung gehabt hatte. Sie hatte fast die ganze Nacht nicht geschlafen, so sehr wurde sie von Ängsten gequält, und sie verlor allmählich jede Hoffnung auf Rettung. Während der letzten drei Tage hatte sie ihre frühere Zuversicht, irgendwann befreit zu werden, verloren, obwohl sie das vor Angus und Nicky zu verbergen suchte. Konnte man überhaupt darauf hoffen, so überlegte sie, in dieser versteckten Region eines fremden, weit enfernten Landes von Freunden gefunden und nach Hause gebracht zu werden? Je mehr Tage vergingen, um so zweifelhafter schien es.

Was Jessicas Zuversicht den größten Stoß versetzt hatte, war die brutale Verstümmelung von Nickys rechter Hand. Auch wenn sie je von hier wieder wegkamen, würde das Leben für Nicky nicht mehr dasselbe sein. Der kostbarste Traum seiner Jugend, der Traum von einer Pianistenkarriere, hatte ein so plötzliches, so unumstößliches ... und ein so unnötiges ... Ende gefunden. Welche anderen Gefahren lagen nun noch vor ihnen? – Vielleicht der Tod?

Am Dienstag hatte Nicky die Finger verloren. Nun war Freitag. Am Tag zuvor hatten Nickys Schmerzen etwas nachgelassen, dank Socorro, die täglich die Verbände gewechselt hatte. Aber er war noch immer still und brütete dumpf vor sich hin; auf Jessicas Versuche, ihn aus seiner Verzweiflung zu reißen, reagierte er nicht. Und immer noch gab es diese Trennung zwischen ihnen – diese eng beieinanderstehenden Bambusstangen und das Maschengitter. Seit der Nacht, als Socorro ihr erlaubt hatte, Nicky in seiner Zelle zu besuchen, war Jessica das, trotz ihres ständigen Flehens, nicht mehr gestattet worden.

Die unmittelbare Zukunft sah deshalb düster aus, sie hatten kaum etwas zu erhoffen und alles zu fürchten. Beim Aufwachen fiel Jessica ein Gedicht von Thomas Hood ein, das sie noch aus ihrer Kindheit kannte, aber erst jetzt richtig verstand. Das Gedicht endete:

Ach hätte doch die Nacht
das Leben mir genommen!

Aber Jessica wußte, daß dieser Wunsch, wenn sie ihn auf sich selbst übertrug, nur egoistisch und defätistisch war. Sie durfte trotz allem nicht verzweifeln, sie mußte der kräftige Stab bleiben, auf den Nicky und Angus sich stützen konnten.

Kurz nach Sonnenaufgang kamen von draußen Geräusche; Jessica hörte, wie sich Schritte der Hütte näherten. Gustavo, der Anführer der Wachen, öffnete die Tür, ging sofort zu Angus' Zelle und schloß sie auf.

Miguel folgte dicht hinter ihm. Mit verkniffenem Gesicht ging er auf Angus zu, in der Hand etwas, womit ihn Jessica noch nie gesehen hatte – ein automatisches Gewehr.

Was das zu bedeuten hatte, war nur zu unmißverständlich. Beim Anblick der wirkungsvollen, häßlichen Waffe schlug Jessicas Herz schneller, ihr Atem kam stoßweise. *O nein! Nicht Angus!*

Gustavo packte den alten Mann, zerrte ihn grob auf die Füße und fesselte ihm die Arme hinter dem Rücken.

»So hören Sie doch!« rief Jessica. »Was machen Sie denn da? Warum denn?«

Angus wandte ihr den Kopf zu. »Jessie, meine Liebe, sei nicht verzweifelt. Du kannst nichts tun. Diese Leute sind Barbaren, die haben keinen Anstand und keine Ehre ...«

Jessica sah, daß Miguel seine Waffe so fest packte, daß seine Knöchel weiß wurden. Ungeduldig befahl er: *»Dese prisa! No pierdas tiempo!«*

Nicky war aufgesprungen. Auch er verstand, was das automatische Gewehr zu bedeuten hatte, und fragte: »Mom, was machen sie mit Gramps?«

»Ich weiß es nicht«, antwortete Jessica, doch sie glaubte ihren eigenen Worten nicht.

Angus richtete sich trotz der gefesselten Hände auf, streckte die Schultern und sah zu den beiden hinüber. »Wir haben nicht mehr viel Zeit. Ihr beide – bleibt stark und verliert die Hoffnung nicht! Und denkt daran, irgendwo da draußen tut Crawford alles, was in seiner Macht steht. Hilfe ist unterwegs!«

Jessica liefen die Tränen über das Gesicht. Mit erstickter Stimme rief sie ihm zu: »Angus, mein liebster Angus! Wir lieben dich sehr!«

»Ich liebe euch auch, Jessie ... Nicky!« Gustavo stieß Angus aus der Zelle. Sie alle wußten, daß er in den Tod ging.

Stolpernd drehte sich Angus ein letztes Mal um und rief: »Nicky, wie wär's mit einem Lied? Laß uns eines versuchen.« Er hob die Stimme:

»I'll be seeing you In all the old familiar places ...«

Jessica sah, daß Nicky den Mund öffnete, doch seine Stimme war so tränenerstickt wie die ihre, und sie konnten beide nicht mit einstimmen.

Angus war nun bereits vor der Hütte, so daß sie ihn nicht mehr sahen. Nur seine Stimme hörten sie noch, doch dann wurde auch sie schwächer.

»That this heart of mine embraces all day thru In that small café ...«

Dann war die Stimme verklungen. Ängstlich lauschten Jessica und Nicky in die Stille.

Sekunden vergingen, die sich auszudehnen schienen. Plötzlich zerriß Gewehrfeuer die Stille – vier Schüsse knapp hintereinander. Wieder Stille und dann ein zweiter Feuerstoß, die Schüsse zu schnell, um sie zählen zu können.

Draußen am Dschungelrand stand Miguel über der Leiche von Angus Sloane.

Die ersten vier Schüsse hatten den alten Mann sofort getötet. Doch dann war Miguel die Beleidigung vom vergangenen Donnerstag eingefallen – *Maldito hijo de puta!* – und die verächtliche Bemerkung über die »Barbaren« von eben, und er hatte eine weitere Garbe aus seiner sowjetischen AK-47 in den toten Körper gejagt.

Sein Auftrag, den er in der Nacht zuvor aus Ayacucho erhalten hatte, war damit ausgeführt. Nur Gustavo hatte nun noch, mit der Hilfe von anderen, eine unangenehme Arbeit zu erledigen.

Unterdessen war bereits ein leichtes Flugzeug im Dienst des Sendero Luminoso auf dem Weg zu einer Landepiste im Dschungel, die von Nueva Esperanza auf dem Wasserweg erreicht werden konnte. Ein Boot wartete schon auf das Ergebnis von Gustavos Arbeit, und von der Piste aus würde es weiter mit dem Flugzeug nach Lima gehen.

Später am selben Vormittag kam vor der amerikanischen Botschaft an der Avenida Garcilaso de la Vega in Lima ein Auto mit quietschenden Reifen zum Stehen. Ein Mann mit einer großen Pappschachtel unter dem Arm sprang heraus. Er stellte die Schachtel vor das Tor der Botschaft und lief zum Auto zurück, das sofort davonraste.

Ein Wachposten in Zivil, der die Szene beobachtet hatte, schlug sofort Alarm, und alle Eingänge der Botschaft, die wie eine Festung gebaut war, wurden vorübergehend geschlossen. Gleichzeitig wurde eine Sprengstoffsondereinheit der peruanischen Armee um Hilfe gebeten.

Sobald sicher war, daß die Schachtel keinen Sprengstoff enthielt, wurde sie vorsichtig geöffnet. Der blutverklebte, abgetrennte Kopf eines älteren, gut siebzigjährigen Mannes kam zum Vorschein. Neben dem Kopf lag eine Brieftasche mit einer amerikanischen Versicherungskarte, einem in Florida ausgestellten Führerschein mit Foto und anderen Dokumenten, die belegten, daß es sich um den Kopf von Angus McMullen Sloane handelte.

Zur Zeit des Vorfalls hielt sich ein Reporter der *Chicago Tribune* in der Botschaft auf. Er hängte sich sofort an die Geschichte und war so der erste, der einen vollständigen Bericht mit dem Namen des Opfers präsentieren konnte. Der Artikel der *Tribune* wurde von Presseagenturen, Fernseh- und Radiosendern und anderen Zeitungen aufgegriffen und fand so sehr schnell, zuerst in Amerika und dann in der ganzen Welt, Verbreitung.

12

Die Vorbereitungen für die Rettungsexpedition nach Nueva Esperanza waren abgeschlossen.

Am Freitagnachmittag wurden die letzten Einzelheiten besprochen und die Ausrüstung vervollständigt. Am Samstag bei Sonnenaufgang wollten Partridge und seine Mannschaft von Lima aus in den Dschungel der Provinz San Martín fliegen, zu einer Piste in der Nähe des Huallaga.

Seitdem Partridge am Mittwoch den Namen des Ortes, an dem die Geiseln gefangengehalten wurden, erfahren hatte, hielt er es vor Ungeduld fast nicht mehr aus. Am liebsten wäre er sofort aufgebrochen, doch Fernández Paburs Argumente wie auch seine eigene Erfahrung hatten ihn schließlich davon überzeugt, daß es besser war, sich Zeit zu lassen.

»Der Dschungel kann ein Freund sein; er kann aber auch ein Feind sein«, gab Fernández zu bedenken. »Man kann nicht einfach in ihn hineinspazieren, so wie man einen anderen Stadtteil besucht. Wir werden mindestens einmal im Dschungel übernachten müssen, vielleicht sogar zweimal, und um das zu überleben, brauchen wir eine gewisse Ausrüstung. Außerdem muß ich mir den Piloten sehr sorgfältig aussuchen – wir brauchen jemand, auf den wir uns absolut verlassen können. Der Hinflug und der Abholtermin für unseren Rücktransport müssen sorgfältig geplant und zeitlich genau abgestimmt werden. Wir brauchen mindestens zwei Tage zur Vorbereitung, und auch das ist äußerst knapp.«

Das »Wir« und das »Uns« machten von Anfang an deutlich, daß der einfallsreiche Kontaktmann die Absicht hatte, an der Expedition teilzunehmen. »Sie werden mich brauchen«, sagte er einfach. »Ich war schon öfter in der Selva und kenne mich da aus.«

Als Partridge sich verpflichtet fühlte, ihn darauf hinzuweisen, daß es gefährlich werden könnte, zuckte Pabur nur die Achseln. »Das ganze Leben ist ein Risiko. In meinem Land muß man heutzutage schon auf der Hut sein, wenn man morgens aufsteht.«

Der Lufttransport war das Hauptproblem. Am Donnerstagvormittag verschwand Pabur für einige Stunden, holte dann Rita und Partridge ab und brachte sie zu einem einstöckigen Ziegelbau in der Nähe des Flughafens von Lima. In dem Gebäude waren verschiedene kleine Büros untergebracht. Sie gingen auf eine Tür zu mit der Aufschrift *ALSA – Aerolibertad S. A.* Fernández trat als erster ein und stellte seine Begleiter dem Besitzer und Chefpiloten des Charterflugdienstes, Oswaldo Zileri, vor.

Zileri, etwa Mitte bis Ende Dreißig, war ein gutaussehender Mann mit markanten Zügen und einem kräftigen, athletischen Körper. Er war vorsichtig, aber geschäftsmäßig und kam sofort zum Wesentlichen. »Ich wurde informiert, daß Sie Nueva Esperanza einen Überraschungsbesuch abstatten wollen, mehr brauche ich nicht zu wissen, und mehr will ich nicht wissen.«

»Ausgezeichnet«, erwiderte Partridge. »Allerdings hoffen wir, beim Rückflug drei Passagiere mehr an Bord zu haben als beim Hinflug.«

»Die Maschine, die Sie chartern, ist eine Cheyenne II. Außer für die zwei Piloten ist an Bord Platz für sieben Passagiere. Wie Sie diese sieben Sitze nutzen, ist Ihre Sache. Können wir jetzt übers Geld reden?«

»Reden Sie mit mir darüber«, sagte Rita. »Was ist Ihr Preis?«

»Sie zahlen in US-Dollar?« fragte Zileri.

Rita nickte.

»Das macht pro Hin- und Rückflug eintausendvierhundert Dollar. Falls wir am Ziel Zeit verlieren, weil wir kreisen müssen, kostet das extra. Und für die Landung in der Nähe von Nueva Esperanza verlangen wir eine Gefahrenzulage von fünftausend Dollar, denn das ist Drogengebiet, das vom Sendero Luminoso kontrolliert wird. Vor dem Abflug am Samstag hätte ich gern eine Kaution von sechstausend Dollar in bar.«

»Bekommen Sie«, erwiderte Rita. »Aber ich hätte gern eine schriftliche Aufstellung darüber.«

»Wird vor dem Abflug erledigt. Wollen Sie einige Details über meinen Flugservice wissen?«

»Ich glaube schon«, erwiderte Partridge höflich.

Mit einem Anflug von Stolz begann Zileri mit einer Erläuterung, die er sich offensichtlich für solche Situationen zurechtgelegt hatte.

»Die Cheyenne II – wir haben drei davon – ist eine zweimotorige Propellermaschine. Sie ist ein außergewöhnlich zuverlässiges Flugzeug, das auch auf sehr kurzen Bahnen landen kann – und das ist im Dschungel sehr wichtig. Alle unsere Piloten, ich eingeschlossen, wurden in Amerika ausgebildet. Wir sind mit fast allen Gegenden Perus vertraut, und die Leute von der zivilen und militärischen Luftraumkontrolle kennen uns bestens. Ich werde Sie übrigens persönlich fliegen.«

»Sehr gut«, bemerkte Partridge. »Aber wir brauchen auch Ihren Rat.«

»Fernández hat es bereits erwähnt.« Zileri ging zu einem Kartentisch, auf dem eine Karte vom Südteil der Provinz San Martín ausgebreitet lag. Die anderen folgten ihm.

»Ich nehme an, Sie wollen etwas weiter von Nueva Esperanza entfernt landen, damit Ihre Ankunft nicht bemerkt wird.«

Partridge nickte. »Korrekt.«

»Dann würde ich vorschlagen, hier zu landen.« Mit einem Bleistift markierte Zileri einen Punkt auf der Karte.

»Aber ist denn das nicht eine Straße?«

»Ja, das ist die wichtigste Straße durch den Dschungel, aber trotzdem sehr wenig befahren. An einigen Stellen, wie zum Beispiel dieser hier, haben die Drogenhändler die Fahrbahn verbreitert und neu geteert, damit ihre Maschinen landen können. Ich habe das auch schon öfter getan.«

Partridge fragte sich, zu welchem Zweck. Um Drogen zu transportieren, oder Leute, die damit handelten? Soweit er wußte, gab es in Peru kaum einen Piloten, der nicht wenigstens am Rande mit dem Drogenhandel zu tun hatte.

»Vor dem Landeanflug«, fuhr Zileri fort, »werden wir uns vergewissern, ob die Straße leer ist und sich niemand am Boden aufhält. Von unserem Landepunkt aus führt ein schmaler Pfad bis in die Nähe von Nueva Esperanza.«

»Ich habe eine gute Karte, auf der dieser Pfad eingezeichnet ist«, warf Fernández dazwischen.

»Und jetzt zum Rückflug mit den zusätzlichen Passagieren«, sagte Zileri. »Fernández und ich haben bereits darüber gesprochen und einen Plan ausgearbeitet.«

»Schießen Sie los«, forderte Partridge ihn auf.

Man diskutierte, wägte ab und traf Entscheidungen.

Für den Rückflug gab es drei mögliche Treffpunkte. Zunächst die Straße, auf der man beim Hinflug landen wollte. Zum zweiten die Piste in Sion, die von Nueva Esperanza aus mit dem Boot und einem anschließenden Dreimeilenmarsch durch den Dschungel erreicht werden konnte. Und schließlich eine sehr kleine Piste auf halbem Weg zwischen den beiden, die von Drogenhändlern benutzt wurde und nur sehr wenigen Leuten bekannt war; auch die war nur über den Fluß zu erreichen.

Fernández erklärte, warum diese Alternativen nötig waren: »Wir wissen nicht, was in Nueva Esperanza passieren wird und welcher Fluchtweg für uns offen ist.«

Das Flugzeug, das die Gruppe aufnehmen sollte, konnte problemlos alle drei Treffpunkte überfliegen und auf Signale vom Boden reagieren. Zu Partridges Ausrüstung gehörte eine Signalpistole mit grünen und roten Patronen. Eine grüne würde bedeuten: *Alles in Ordnung, normal landen;* eine rote: *Schnellstmöglich landen, wir sind in Gefahr!*

Falls der Pilot von der Luft aus Gewehr- oder Maschinenpistolenfeuer bemerkte, sollte er nicht landen, sondern nach Lima zurückkehren.

Da man den Termin für den Rückflug nicht im voraus festlegen konnte, sollte das Flugzeug an zwei Tagen das Gebiet überfliegen, zuerst am Sonntagmorgen um 8 Uhr, und falls es da zu keiner Kontaktaufnahme kam, am Montag um dieselbe Zeit noch einmal. Danach sollte Rita entscheiden, was zu tun sei, denn sie sollte während der Expedition von Lima aus die Verbindung nach New York aufrechterhalten, was Partridge für sehr wichtig hielt.

Nach der Operationsplanung unterzeichneten Rita als Vertreterin von CBA News und Oswaldo Zileri einen Vertrag, und schließlich gaben sich das CBA-Team und Zileri formell die Hände. Der Pilot sah Partridge in die Augen und sagte: »Wir werden unseren Teil der Vereinbarung einhalten und unser Bestes für Sie tun.«

Partridge hatte das Gefühl, daß es Zileri ernst war.

Nach der Rückkehr ins Cesar's Hotel traf sich Partridge in seiner Suite mit allen Mitgliedern des CBA-Teams, um zu entscheiden, wer ihn auf dieser Expedition nach Nueva Esperanza begleiten sollte. Drei Teilnehmer standen bereits fest: er selbst, Minh Van Canh, da Bildmaterial sehr wichtig war, und Fernández Pabur. Wenn man die drei zusätzlichen Passagiere beim Rückflug einrechnete, blieb also noch ein Platz offen.

Zur Wahl standen Bob Watson, der Cutter, Ken O'Hara, der Tontechniker und Tomás, der schweigsame Leibwächter.

Fernández Pabur favorisierte Tomás und meinte: »Er ist stark und kann kämpfen.« Bob Watson, auf seiner stinkenden Zigarre kauend, sagte: »Nimm mich, Harry! Wenn's zum Kampf kommt, kann ich gut auf mich selber aufpassen. Hab' das bei den Straßenschlachten in Miami gemerkt.« O'Hara erklärte nur lapidar: »Ich möchte auch gerne mitkommen.«

Am Ende entschloß sich Partridge für O'Hara, weil er ihn am besten kannte. Er hatte schon oft bewiesen, daß er in brenzligen Situationen einen kühlen Kopf behalten konnte, und außerdem war er sehr erfinderisch. Da Minh eine Betacam mit eingebautem Mikrofon benutzen wollte, gab es zwar keine separate Tonausrüstung, doch Ken O'Hara hatte eine geschickte Hand für alles Technische, was unter Umständen nützlich sein konnte.

Partridge überließ es Fernández, die Ausrüstung zu besorgen, und unter dessen Anleitung wurden im Hotel die einzelnen Posten zusammengestellt: leichte Hängematten, Moskitonetze und Insektenschutzmittel, getrockneter Proviant für zwei Tage, volle Wasserflaschen, Tabletten zur Wassersterilisierung, Macheten, kleine Kompasse, Ferngläser und Plastikplanen. Da jeder seinen eigenen Bedarf im Rucksack tragen mußte, versuchte man einen Ausgleich zu finden zwischen Notwendigkeit und Gewicht. Fernández drängte weiterhin darauf, daß jeder eine Waffe trug. Es kam häufig vor, daß Korrespondenten und Fernsehteams bei Einsätzen im Ausland bewaffnet waren, auch wenn sie ihre Waffen nicht unbedingt öffentlich zur Schau trugen. Die Sender mischten sich dabei nicht ein, sie überließen es dem Urteil der Leute vor Ort. In diesem Fall lag die Notwendigkeit einer Bewaffnung auf der Hand, und außerdem hatten alle vier Erfahrung im Umgang mit Waffen.

Partridge blieb bei seiner Browning neun Millimeter mit Schalldämpfer. Daneben besaß er noch ein Fairburn Armeemesser, das ihm ein Major der britischen SAS geschenkt hatte.

Da Minh außer der Waffe auch noch seine Kameraausrüstung tragen mußte, wollte er etwas Wirkungsvolles, aber Leichtes; Fernández versprach, ihm eine israelische UZI-Maschinenpistole zu besorgen. O'Hara meinte, er nehme alles, was er bekommen könne; am Ende war es dann ein amerikanisches Sturmgewehr vom Typ M-16. Anscheinend war in Lima jede Waffe erhältlich; und dem, der Geld hatte, stellte man keine Fragen.

Eine Frage ging Partridge seit Mittwoch nicht mehr aus dem Kopf: Sollte er die peruanischen Behörden informieren, vor allem die Antiterror-Polizei? Am Donnerstag hatte er Sergio Hurtado um Rat gefragt, den Radioreporter, der ihn davor gewarnt hatte, die Hilfe von Polizei oder Militär in Anspruch zu nehmen. Bei ihrem Treffen an Partridges erstem Tag in Peru hatte Sergio gesagt: *»Vermeide am besten jeden Kontakt mit ihnen, weil man sich nicht mehr auf sie verlassen kann, falls man das je konnte. Was Mord und Verwüstungen angeht, sind die nicht besser als der Sendero und mit Sicherheit genauso skrupellos.«*

Da sich beide gegenseitige Vertraulichkeit zugesichert hatten, informierte Partridge Sergio über die neuesten Entwicklungen und fragte ihn dann, ob er ihm immer noch den gleichen Rat geben würde.

»Ja, und eher noch eindringlicher«, antwortete Sergio. »Die Regierungseinheiten sind berüchtigt dafür, daß sie genau in solchen Situationen mit maximaler Feuerkraft operieren. Die gehen kein Risiko ein. Die legen zuerst jeden um, egal ob schuldig oder unschuldig, und stellen erst danach Fragen. Und wenn man ihnen dann vorwirft, sie hätten die falschen Leute getötet, sagen sie nur: ›Woher sollten wir das denn wissen? Es hieß töten oder getötet werden.‹«

Partridge fiel ein, daß General Raúl Ortiz etwas sehr Ähnliches gesagt hatte.

Sergio fügte hinzu: »Aber du mußt auch wissen, daß du bei der Aktion, die du geplant hast, ganz auf dich selbst gestellt bist.«

»Ich weiß«, erwiderte Partridge. »Aber ich sehe keinen anderen Weg.«

Es war früher Nachmittag. Schon seit ein paar Minuten spielte Sergio mit einem Blatt Papier auf seinem Schreibtisch. Jetzt fragte er: »Bevor du zu mir gekommen bist, Harry, hast du da eine schlechte Nachricht erhalten? Ich meine heute.«

Partridge schüttelte den Kopf.

»Dann tut es mir leid, daß ich derjenige bin, der sie dir überbringen muß.« Sergio gab ihm das Blatt Papier. »Das kam kurz vor deiner Ankunft herein.«

»Das« war eine Reuter-Meldung über das Eintreffen von Nicky Sloanes abgetrennten Fingern bei CBA in New York und Crawfords entsetzter Reaktion.

»O Gott!« Kummer und Selbstvorwürfe überwältigten Partridge. Warum hatte er nur nicht schon früher etwas Konkretes unternommen?

»Ich weiß, was du jetzt denkst«, sagte Sergio. »Aber du hättest das auf keinen Fall verhindern können. Nicht in der kurzen Zeit und mit den wenigen Informationen, die du hattest.«

Was natürlich stimmte, wie Partridge zugeben mußte. Aber er wußte auch, daß ihn noch lange zweifelnde Fragen plagen würden, was das Tempo seines eigenen Vorgehens anging.

»Weil du gerade da bist, Harry«, sagte Sergio jetzt, »hier ist noch etwas. Ist dein Sender, CBA, nicht eine Tochter von Globanic Industries?«

»Ja, das ist er.«

Der Radioreporter öffnete eine Schublade und holte einen Stapel zusammengehefteter Blätter heraus. »Ich bekomme meine Informationen aus vielen Quellen, unter anderem auch, und das mag dich überraschen, vom Sendero Luminoso. Sie hassen mich zwar, aber sie benutzen mich. Der Sendero hat überall Sympathisanten und Informanten, und einer von denen hat mir vor kurzem diese Papiere hier zugespielt, in der Hoffnung, daß ich darüber berichte.«

Partridge nahm die Blätter und begann zu lesen.

»Wie du siehst«, sagte Sergio, »handelt es sich hier anscheinend um einen Vertrag zwischen der peruanischen Regierung und Globanic Financial Services, einer weiteren Tochter von Globanic Industries. In Finanzkreisen nennt man so etwas einen Debt-to-Equity-Swap.«

Partridge schüttelte den Kopf. »Ich fürchte, davon verstehe ich wenig.«

»Die Sache ist eigentlich gar nicht so kompliziert. Aufgrund dieses Vertrags erhält Globanic riesige Ländereien zu einem Schleuderpreis, darunter zwei Gebiete, die zu Touristenzentren ausgebaut werden sollen. Als Gegenleistung wird ein Teil von Perus Auslandsschulden, die Globanic in verkehrsfähige Papiere umgewandelt hat, getilgt.«

»Ist denn das alles legal?«

»Sagen wir mal, es ist hart an der Grenze der Legalität. Aber wichtiger ist, daß es für Globanic ein sehr gutes Geschäft ist, für das peruanische Volk dagegen ein sehr schlechtes.«

»Wenn das deine Meinung ist«, entgegnete Partridge, »warum gehst du dann damit nicht an die Öffentlichkeit?«

»Bis jetzt aus zwei Gründen. Ich nehme nichts, was vom Sendero kommt, für bare Münze, und wollte deshalb erst überprüfen, ob die Information zutrifft. Nun, das habe ich getan, die Information ist richtig. Und dann ist da noch etwas: Für Globanic ist das Ganze ein so riesiges Geschäft, daß der Konzern jemanden aus der Regierung mit einer beträchtlichen Summe geschmiert haben muß oder es noch tun wird. Ich arbeite im Augenblick noch daran und habe vor, es nächste Woche zu senden.«

Partridge tippte auf die Unterlagen in seiner Hand. »Kann ich vielleicht eine Kopie davon bekommen?«

»Behalt die da. Ich hab' noch eine andere.«

Tags darauf, am Freitag, ging Partridge einer Frage nach, die unbedingt noch vor dem Abflug am Samstag geklärt werden mußte. Er wollte wissen, ob sonst noch jemand die Telefonnummern kannte, die das CBA-Team zu der Wohnung in der Huancavelica Street geführt und so auf die Spur von Baudelio gebracht hatte. Wenn ja, konnte das bedeuten, daß noch andere von Nueva Esperanza wußten.

Von Kettering hatte er erfahren, daß CBA News unmittelbar nach der Entdeckung des Unterschlupfs in Hackensack das FBI informiert hatte. Es war deshalb wahrscheinlich, daß das FBI die Anrufe, die über diese Funktelefone gelaufen waren, überprüft und so von der Nummer in Lima erfahren hatte. Möglich war auch, daß das FBI diese Information an die CIA weitergegeben hatte, trotz der hinlänglich bekannten Rivalität zwischen beiden Behörden. Andererseits hätte das FBI auch die peruanische Regierung bitten können, die Nummer zu überprüfen.

Auf Partridges Bitte besuchte Fernández am Freitagnachmittag Dolores ein zweites Mal. Er fand sie betrunken, aber noch so weit bei Verstand, daß sie ihm versichern konnte, niemand sei bei ihr in der Wohnung gewesen und habe sie ausgefragt. Also war nur CBA dieser Spur nachgegangen.

Schließlich erfuhren sie an diesem Nachmittag aus dem peruanischen Radio noch die traurige Nachricht von Angus Sloanes Tod und der Entdeckung seines abgetrennten Kopfes vor der amerikanischen Botschaft in Lima.

Sofort nach Bekanntwerden der Nachricht waren Partridge und Minh Van Canh an der Botschaft und filmten einen Bericht, der anschließend via Satellit für die Abendsendung nach New York ging. Zu diesem Zeitpunkt waren natürlich auch schon andere Fernsehteams und Pressereporter vor Ort, doch Partridge schaffte es, jedes Gespräch mit ihnen zu vermeiden.

Der schreckliche Tod von Crawfs Vater lastete schwer auf Partridges Gewissen, wie zuvor schon Nickys abgetrennte Finger. War er nach Peru gekommen, um alle drei Geiseln zu retten, so hatte er eigentlich schon versagt – dieser Gedanke quälte ihn.

Spät am Abend kehrte Partridge in sein Hotelzimmer zurück und warf sich aufs Bett. Doch Einsamkeit und Verzweiflung hielten ihn lange wach.

Am nächsten Morgen stand er über eine Stunde vor Sonnenaufgang auf, denn er hatte sich noch zwei Dinge vorgenommen. So setzte er zuerst ein einfaches, handgeschriebenes Testament auf und schrieb dann den Text für ein Telegramm. Auf dem Weg zum Flughafen ließ er Rita das Testament mit ihrer Unterschrift bezeugen und gab es ihr. Er bat sie auch, das Telegramm an eine Adresse in Oakland in Kalifornien zu schicken.

Dann unterhielten sie sich über das Umschuldungsabkommen

zwischen Globanic und der peruanischen Regierung, von dem Sergio Hurtado ihm erzählt hatte. Partridge gab Rita die Unterlagen und sagte: »Wenn du das gelesen hast, sollten wir meiner Meinung nach Les Chippingham unterrichten. Aber es hat eigentlich nichts zu tun mit unserer Aufgabe hier in Peru, und ich habe auch nicht die Absicht, die Information zu verwenden. Allerdings wird Sergio nächste Woche damit an die Öffentlichkeit gehen.« Er lächelte. »Ich glaube, das ist das mindeste, was wir für Globanic tun sollten, schließlich sorgen die ja für die Butter auf unserem Brot.«

Sanft stieg kurz vor Sonnenaufgang die Cheyenne II in die stille, klare Luft. Siebzig Minuten später erreichte die Maschine die Stelle der Dschungelstraße, an der sie Partridge, Minh, O'Hara und Fernández absetzen sollte.

Inzwischen war es hell genug, um das Gelände deutlich erkennen zu können. Die Straße war verlassen: keine Autos, keine Lastwagen, kein Anzeichen irgendeiner menschlichen Aktivität. Zu beiden Seiten der Straße erstreckte sich der Dschungel wie eine riesige, grüne Decke. Oswaldo Zileri, der Pilot, wandte sich kurz von seinen Instrumenten ab und rief seinen Passagieren zu: »Wir landen jetzt. Haltet euch bereit, um schnell auszusteigen. Ich will keine Sekunde länger als nötig am Boden bleiben.«

In einer engen Kurve zog er die Maschine nach unten, flog eine kurze Strecke über der Straße und setzte dann an der breitesten Stelle auf. Kurze Zeit später standen sie bereits. So schnell es ging, sprangen die vier Passagiere mit ihren Rucksäcken und der restlichen Ausrüstung heraus. Die Cheyenne II rollte sofort wieder in Position und startete.

»Schnell in Deckung!« befahl Partridge den anderen, und die vier liefen auf den Dschungelpfad zu.

13

Ohne daß Harry Partridge an diesem hektischen Freitag etwas davon erfuhr, kam es in New York seinetwegen zu einer Krise.

Während des Frühstücks am Freitagmorgen erhielt Margot Lloyd-Mason die Nachricht, daß Theo Elliott sie »sofort« in der Globanic-Zentrale in Pleasantville zu sehen wünsche. »Sofort« hieß um zehn Uhr, wie Margot auf eine Nachfrage erfuhr. Es sei der erste Termin des Globanic-Vorsitzenden an diesem Morgen, bemerkte die Sekretärin in Pleasantville.

Margot rief sofort eine ihrer beiden Sekretärinnen zu Hause an und gab ihr den Auftrag, alle Termine für diesen Vormittag abzusagen oder zu verlegen.

Sie hatte keine Ahnung, was Theo Elliott wollte.

In der Zentrale mußte Margot schließlich mehrere Minuten in der eleganten Vorhalle warten. Zufällig saß sie dabei auf demselben Stuhl, den vier Tage zuvor der Reporter Glen Dawson vom *Baltimore Star* benutzt hatte.

Als Margot das Büro des Vorsitzenden betrat, vergeudete Elliott keine Zeit mit Begrüßungen, sondern fuhr sie barsch an: »Warum zum Teufel können Sie auf Ihre verdammten Reporter in Peru nicht besser aufpassen?«

Margot war überrascht und fragte zurück: »Wieso aufpassen? Wir bekommen doch dauernd Komplimente für unsere Berichterstattung von dort. Und die Einschaltquoten sind ...«

»Ich rede von düsteren, deprimierenden und pessimistischen Berichten.« Elliott schlug mit der Faust auf den Tisch. »Gestern abend hat mich Präsident Castañeda persönlich aus Lima angerufen. Er behauptet, alles, was CBA bis jetzt über Peru gebracht hat, sei negativ und schädlich für sein Land gewesen. Er hat eine Mordswut auf Ihren Sender, und ich auch!«

Margot versuchte, vernünftig zu argumentieren. »Die anderen Sender und die *New York Times* schlagen aber die gleichen Töne an wie wir, Theo.«

»Erzählen Sie mir nichts von den anderen! Ich rede von uns!

Außerdem hat Präsident Castañeda anscheinend den Eindruck, daß CBA den Meinungsführer spielt und die anderen nur folgen. Das hat er mir zumindest gesagt.«

Sie standen beide. Elliott, der ein finsteres Gesicht machte, hatte Margot keinen Stuhl angeboten. »Geht es um irgend etwas Besonderes?« fragte nun Margot.

»Allerdings!« Der Globanic-Vorsitzende wies auf einen Stapel Videokassetten auf seinem Schreibtisch. »Nach dem Anruf des Präsidenten gestern abend habe ich mir Aufzeichnungen Ihrer Abendnachrichten der letzten Woche bringen lassen. Jetzt, wo ich sie gesehen habe, weiß ich, was Castañeda meint; alles nur Trübsinn und Pessimismus und wie schlecht es um Peru steht. Nichts Positives! Nirgends wird gesagt, daß Peru eine großartige Zukunft bevorsteht, daß es ein herrliches Reiseland ist und daß diese verdammten Rebellen vom Leuchtenden Pfad bald vernichtet sein werden!«

»Man geht aber allgemein eher vom Gegenteil aus, Theo.«

Elliott stürmte weiter, als hätte er sie nicht gehört. »Ich kann verstehen, warum Castañeda wütend ist – und Globanic kann es sich nicht leisten, ihm die Laune zu verderben, das wissen Sie ganz genau. Ich habe Sie deswegen gewarnt, aber Sie wollten ja offensichtlich nicht hören. Noch etwas – auch Fossie Xenos ist wütend. Er glaubt sogar, daß Sie seinen großen Debt-to-Equity-Swap absichtlich sabotieren.«

»Das ist Unsinn, das wissen Sie doch ganz genau. Aber vielleicht können wir etwas tun, um die Lage zu verbessern.« Margot überlegte schnell, denn sie merkte, daß die Situation ernster war, als sie ursprünglich angenommen hatte.

»Ich sage Ihnen genau, was Sie tun werden.« Seine Stimme hatte einen eisigen Klang bekommen. »Ich will, daß Sie diesen vorlauten Reporter – Partridge heißt er – mit dem nächsten Flugzeug aus Peru herausschaffen und ihn entlassen.«

»Zurückholen können wir ihn natürlich. Aber mit der Entlassung bin ich mir nicht so sicher.«

»Entlassen, sagte ich! Hören Sie heute morgen schlecht, Margot? Ich will, daß dieser Kerl aus dem Sender verschwindet, damit ich gleich am Montagmorgen den peruanischen Präsidenten anrufen und ihm sagen kann: ›Sehen Sie, wir haben den Unruhestifter rausgeworfen. Tut uns wirklich leid, daß wir ihn ausgerechnet in Ihr Land geschickt haben. Es war ein schlimmer Fehler, aber es wird nicht mehr vorkommen.‹«

Da Margot Schwierigkeiten im Sender befürchtete, erwiderte sie: »Theo, ich muß Sie darauf hinweisen, daß Partridge schon sehr lange bei CBA ist. Es müssen schon beinahe fünfundzwanzig Jahre sein, und er hat immer hervorragende Arbeit geleistet.«

Elliott gestattete sich ein schlaues Grinsen. »Dann schenken Sie dem Kerl von mir aus eine goldene Uhr. Aber Sie müssen ihn loswerden, damit ich am Montag bei Castañeda anrufen kann. Und Margot, ich möchte Sie noch vor etwas anderem warnen.«

»Wovor, Theo?«

Elliott ging hinter seinen Schreibtisch, setzte sich und winkte auch Margot zu einem Sessel. »Daß es gefährlich ist, Schreiberlinge oder Reporter für etwas Besonderes zu halten. Das sind sie nämlich nicht, obwohl sie es manchmal selber glauben und sich übertriebene Vorstellungen über ihre eigene Wichtigkeit machen. Schreiberlinge gibt es wie Sand am Meer. Wenn Sie einen feuern, sind sofort zwei andere da.«

Elliott fand langsam Gefallen an dem Thema und erzählte weiter: »Es sind Leute wie Sie und ich, Margot, die wirklich zählen in dieser Welt. Wir sind die Macher, wir sind diejenigen, die jeden Tag etwas bewegen. Deshalb können wir uns Schreiberlinge kaufen, wann immer wir wollen, und vergessen Sie dabei eins nicht – von denen kriegt man zwei für einen Penny, wie die Engländer sagen. Und wenn wir genug haben von einem ausgedienten, alten Schmierer wie Partridge, dann holen wir uns einen neuen, am besten einen grünen Jungen frisch vom College. Nichts leichter als das.«

Margot lächelte; die schlimmste Wut ihres Vorgesetzten war offensichtlich verraucht. »Ein interessanter Standpunkt.«

»Dann machen Sie ihn sich zu eigen. Ach, und noch etwas.«

»Ich höre.«

»Glauben Sie nur nicht, daß die Leute bei Globanic, mich eingeschlossen, nicht merken, wie Sie, León Ironwood und Fossie Xenos um Positionen kämpfen, weil jeder von euch hofft, eines Tages auf meinem Stuhl zu sitzen. Nun, ich sage Ihnen eins, Margot, was Sie und Fossie angeht, da ist Fossie Ihnen heute vormittag einige Nasenlängen voraus.«

Der Vorsitzende winkte abschließend mit der Hand. »Das ist alles. Rufen Sie mich später an, wenn die Angelegenheit mit Peru erledigt ist.«

Es war schon später Vormittag, als Margot in ihr Büro in Stonehenge zurückkehrte und sofort Leslie Chippingham zu sich rufen ließ. Der Nachrichtenchef habe sich »unverzüglich« bei ihr zu melden.

Es hatte ihr gar nicht gefallen, daß man an diesem Morgen nach ihr geschickt hatte, sie zog es vor, andere zu sich zu zitieren. Sie freute sich deshalb über diese Umkehrung der Lage.

Ebensowenig gefallen hatte ihr Elliotts Hinweis, daß Fossie Xenos ihr »einige Nasenlängen voraus« sei. Falls das wirklich stimmte, hatte sie vor, es so schnell wie möglich zu ändern. Margot hatte nicht die Absicht, sich ihre Karrierepläne von etwas durchkreuzen zu lassen, das sie eigentlich nur als schnell und einfach zu lösende Kleinigkeit betrachtete.

Deshalb kam sie, als Chippingham kurz nach Mittag ihr Büro betrat, ebenso unverblümt zur Sache, wie Elliott es bei ihr getan hatte.

»Was ich Ihnen jetzt sage, ist ein Befehl«, begann Margot. »Und ich will keine Diskussion darüber.«

Nach kurzem Schweigen fuhr sie fort: »Das Beschäftigungsverhältnis mit Harry Partridge ist sofort zu lösen. Ich will, daß er bis morgen CBA verlassen hat. Ich weiß, daß er einen Vertrag hat, und Sie werden tun, was der für den Fall einer Auflösung vorschreibt. Außerdem muß Partridge Peru verlassen, am besten schon morgen, aber spätestens am Sonntag. Und wenn Sie dazu eine Maschine chartern müssen, dann tun Sie es.«

Mit offenem Mund starrte Chippingham sie an, er traute seinen Ohren nicht. Schließlich brachte er unter Schwierigkeiten heraus: »Das kann doch nicht Ihr Ernst sein!«

»Das ist mein Ernst, und ich sagte, keine Diskussion«, erwiderte Margot bestimmt.

»Zum Teufel noch mal!« Chippingham hatte erregt die Stimme

erhoben. »Ich werde doch nicht untätig zusehen, wie einer unserer besten Korrespondenten, der schon über zwanzig Jahre bei uns ist, ohne jeden Grund gefeuert wird.«

»Der Grund geht Sie nichts an.«

»Ich bin schließlich Chef der Nachrichtenabteilung, oder? Margot, ich flehe Sie an! Was hat Harry denn um Himmels willen getan? Ist es etwas Schlimmes? Wenn ja, dann will ich es wissen.«

»Wenn Sie es unbedingt wissen wollen, es geht um die Art seiner Berichterstattung.«

»Eine bessere gibt es nicht! Sie ist ehrlich, fundiert und vorurteilslos. Da können Sie jeden fragen!«

»Das habe ich nicht nötig. Auf jeden Fall sind nicht alle Ihrer Meinung.«

Chippingham sah sie argwöhnisch an. »Da steckt doch Globanic dahinter, oder?« Dann fiel ihm etwas ein. »Das kommt von Ihrem Freund, diesem kaltblütigen Tyrannen Theodore Elliott!«

»Vorsicht!« warnte sie ihn und beschloß dann, diese Art von Gespräch nicht länger fortzusetzen.

»Ich habe nicht vor, mich auf weitere Erklärungen einzulassen«, sagte sie kalt. »Ich will Ihnen nur noch eins sagen: Wenn mein Befehl nicht bis Geschäftsschluß heute abend ausgeführt wird, dann sind Sie selbst entlassen, und ich werde jemand an Ihre Stelle setzen, der tut, was ich sage.«

»Das würden Sie wirklich tun, nicht?« Er sah sie mit einer Mischung aus Verwunderung und Haß an.

»Damit keine Zweifel aufkommen – ja. Und wenn Sie vorhaben, Ihren Job zu behalten, dann melden Sie mir heute abend Vollzug. Und jetzt verschwinden Sie!«

Nachdem Chippingham gegangen war, stellte Margot mit Befriedigung fest, daß sie ebenso hart sein konnte wie Theo Elliott.

Les Chippingham saß in seinem Büro in der Zentrale von CBA News, und obwohl er wußte, daß er damit das Unausweichliche nur verzögerte, erledigte er verschiedene Routineangelegenheiten, bis er schließlich um 15 Uhr seiner Sekretärin sagte, er wolle bis auf weiteres nicht gestört werden. Er brauchte Zeit zum Nachdenken.

Er verschloß die Tür von innen und setzte sich nicht an seinen

Schreibtisch, sondern an den Konferenztisch, von wo er eins seiner Lieblingsbilder im Blick hatte – eine einsame Landschaft von Andrew Wyeth. Doch Chippingham registrierte das Gemälde kaum, er war zu sehr mit der anstehenden Entscheidung beschäftigt.

Er wußte, daß sein Leben in einer Krise steckte.

Wenn er Margots Befehl befolgte und Harry Partridge ohne ersichtlichen Grund feuerte, gab er seine Selbstachtung auf. Denn das würde heißen, daß er einem anständigen, äußerst fähigen und geachteten Menschen, einem Freund und Kollegen, auf eine schändliche Weise Unrecht tat, nur um die Laune eines anderen zu befriedigen. Wer dieser andere war und aus welcher Laune heraus er handelte, wußte Chippingham nicht, aber er war überzeugt, daß er und andere es irgendwann herausfinden würden. Im Augenblick wußte er nur, daß Theodore Elliott irgendwie damit zu tun hatte – Margots Reaktion auf seine wütende Bemerkung ließ daran keinen Zweifel.

Konnte Chippingham dieses Unrecht begehen und danach weiterleben? Wenn er die Maßstäbe anlegte, an denen er sein Leben auszurichten versuchte, sollte es ihm eigentlich unmöglich sein.

Andererseits – und das lag ebenso auf der Hand – wenn er, Les Chippingham, es nicht tat, dann würde es ein anderer tun. Margot hatte keinen Zweifel daran gelassen. Sie würde problemlos einen anderen finden. Es gab einfach zu viele ehrgeizige Leute, auch innerhalb von CBA News, die dazu bereit wären.

Harry Partridge hatte also so oder so keine Chance mehr – zumindest bei CBA.

Und das war der entscheidende Punkt: bei CBA.

Sobald bekannt wurde – und das würde sehr schnell passieren –, daß Harry Partridge CBA verließ und verfügbar war, blieb er vermutlich keine fünfzehn Minuten arbeitslos. Die anderen Sender würden sich nur so um ihn reißen. Harry war eine bekannte Persönlichkeit, ein Star, und galt außerdem überall als sympathischer Kerl, was auch nicht eben schadete.

Nichts, absolut nichts, würde Harry Partridge in die Knie zwingen können. Im Gegenteil, ein neuer Vertrag bei einem anderen Sender würde ihm wahrscheinlich nur Vorteile bringen.

Was aber war mit einem entlassenen Nachrichtenchef? Das war

eine ganze andere Geschichte, und Chippingham wußte sehr genau, was ihm bevorstand, wenn Margot ihre Drohung wahr machte, woran er nicht zweifelte.

Als Präsident von CBA News hatte auch Chippingham einen Vertrag, der ihm bei einseitiger Auflösung eine Abfindung von ungefähr einer Million Dollar sicherte, was nach viel klang, es aber in Wirklichkeit gar nicht war. Eine beträchtliche Summe ging sofort an das Finanzamt. Da er außerdem tief in Schulden steckte, würden seine Gläubiger einen Großteil des Rests für sich beanspruchen. Und was dann noch übrigblieb, würden Stasias Anwälte einer eingehenden Prüfung unterziehen. Wenn er am Ende noch genug für ein Abendessen für zwei im Four Seasons hatte, würde ihn das überraschen.

Dann war da noch die Frage eines neuen Jobs. Um ihn würden sich die anderen Sender nicht reißen wie um Partridge. Zum einen gab es bei jedem Sender nur einen Nachrichtenchef, und er hatte in letzter Zeit nichts von einer Vakanz gehört. Zum anderen waren nur erfolgreiche Leute gefragt, und keine, die unter zweifelhaften Umständen entlassen worden waren; es gab genug Ehemalige, die das bestätigen konnten.

All das bedeutete, daß er sich mit einer untergeordneten Stellung würde begnügen müssen, und mit sehr viel weniger Geld, von dem dann Stasia auch noch ihren Teil beanspruchen würde.

Die Aussicht war erschreckend. Außer er tat, was Margot verlangte.

Etwas dramatisch ausgedrückt, dachte Chippingham, saß er nun da und schälte Schicht für Schicht von seiner Seele ab, und wenn er hineinblickte, gefiel ihm gar nicht, was er da sah.

Doch die Entscheidung war unausweichlich, denn es gab Situationen im Leben, in denen die Selbsterhaltung Vorrang hatte.

Ich hasse es, dir das antun zu müssen, Harry, dachte er, *aber ich habe keine andere Wahl.*

Fünfzehn Minuten später las Chippingham sich den Brief durch, den er eigenhändig getippt hatte – auf einer alten, mechanischen Underwood, die er als Erinnerung an vergangene Zeiten in seinem Büro aufbewahrte.

Der Brief begann so:

Lieber Harry,

mit dem größten Bedauern muß ich dir mitteilen, daß dein Beschäftigungsverhältnis bei CBA News mit sofortiger Wirkung aufgehoben ist. Entsprechend der Bedingungen deines Vertrags mit CBA ...

Chippingham wußte, daß Partridge einen Vertrag mit einer Fortzahlungsklausel hatte, was bedeutete, daß der Sender das Beschäftigungsverhältnis zwar vorzeitig beenden konnte, das Gehalt aber bis Ablauf des Vertrags weiterzahlen mußte. In Partridges Fall lief der Vertrag noch ein Jahr.

Doch eine weitere Klausel besagte, daß Partridge, wenn er diese Fortzahlung in Anspruch nahm, ein halbes Jahr lang für keinen anderen Sender arbeiten durfte.

In seinem Brief erklärte Chippingham diese zweite Klausel für ungültig. Partridge würde also die Fortzahlung erhalten und trotzdem sofort wieder arbeiten können. Das war in Chippinghams Augen das mindeste, was er unter den gegebenen Umständen für Harry tun mußte.

Er hatte vor, den Brief als Telefax nach Lima zu schicken. Im Vorzimmer stand ein Gerät, das er selbst bedienen konnte. Schon vorher war ihm klar geworden, daß er sich zu einem Telefonat nicht überwinden konnte.

Chippingham wollte den Brief eben unterzeichnen, als er ein Klopfen hörte und sah, wie die Tür aufging. Instinktiv drehte er den Brief um.

Es war Crawford Sloane. Er hatte den Ausdruck einer Agenturmeldung in der Hand. Als er sprach, klang seine Stimme erstickt, Tränen liefen ihm über die Wangen.

»Les«, sagte er, »ich mußte dich einfach sehen. Das ist eben hereingekommen.«

Er gab den Ausdruck Chippingham, der sofort zu lesen begann. Es war die Meldung der *Chicago Tribune* über die Entdeckung von Angus Sloanes abgetrenntem Kopf.

»O Gott! Crawf, ich ...« Doch Chippingham konnte den Satz nicht beenden, er schüttelte nur den Kopf, ging zu Crawford und nahm ihn in den Arm.

Als die beiden sich wieder trennten, flüsterte Sloane: »Sag nichts. Ich weiß nicht, ob ich das durchstehen werde. Ich kann die Nachrichten heute abend nicht machen. Ich habe ihnen gesagt, sie sollen Theresa Toy ...«

»Vergiß das alles, Crawf!« entgegnete Chippingham. »Wir werden uns schon darum kümmern.«

»Nein!« Sloane schüttelte den Kopf. »Da ist noch etwas, etwas, das ich unbedingt tun muß. Ich will einen Learjet nach Lima. Solange es noch Hoffnung gibt ... für Jessica und Nicky ... Ich muß dort sein.« Sloane unterbrach sich, er kämpfte mühsam um Selbstbeherrschung und fügte dann hinzu: »Ich fahre zuerst nach Larchmont und dann nach Teterboro.«

»Bist du sicher, Crawf? Hältst du das für vernünftig?« fragte Chippingham zweifelnd.

»Ich werde fliegen, Les«, antwortete Sloane. »Versuch nicht, mich aufzuhalten. Wenn CBA das Flugzeug nicht bezahlt, dann zahle ich es selber.«

»Das ist nicht notwendig«, sagte Chippingham.

Kurz darauf bestellte er den Learjet. Die Maschine würde Teterboro noch in der Nacht verlassen und am Morgen in Peru landen.

Wegen der unerwarteten, tragischen Nachricht über Angus Sloane konnte Chippingham den Brief erst am späten Nachmittag unterzeichnen und nach Lima faxen. Nachdem seine Sekretärin gegangen war, schickte er den Brief an eine Telefaxnummer von Entel Peru, von wo er zur CBA-Kabine im selben Gebäude weitergeleitet würde. Er fügte eine Notiz hinzu mit der Bitte, die Nachricht in einen Umschlag mit dem Vermerk »An Mr. Harry Partridge. Persönlich.« zu stecken.

Chippingham hatte sich überlegt, ob er Crawford Sloane über den Brief informieren sollte, beschloß dann aber, es nicht zu tun, da Crawf in dieser Woche schon genug Schreckliches erlebt hatte. Er wußte, daß Crawf über den Brief empört sein würde, ebenso wie Partridge, und er erwartete entrüstete Telefonanrufe mit der Forderung nach einer Erklärung. Doch die würden frühestens am nächsten Morgen kommen, und dann mußte er sich damit auseinandersetzen, so gut es eben ging.

Schließlich rief er Margot Lloyd-Mason an, die um 18 Uhr 15 noch immer in ihrem Büro war. Zuerst sagte er ihr: »Ich habe getan, was Sie verlangt haben«, und berichtete dann von der Schreckensnachricht über Crawford Sloanes Vater.

»Ich weiß es bereits«, erwiderte sie, »und es tut mir leid. Was das andere betrifft, das haben Sie gut hingebogen. Ich hatte schon gedacht, Sie würden gar nicht mehr anrufen. Trotzdem danke.«

14

Nachdem Partridge und die drei anderen die Straße, auf der die Cheyenne II gelandet war, verlassen hatten und in den Dschungel eingedrungen waren, kamen sie nur sehr langsam vorwärts.

Der Pfad, falls man ihn überhaupt so nennen konnte, war häufig überwuchert und verschwand manchmal ganz. Oft mußten sie sich mit ihren Macheten einen Weg durch die dichte Vegetation schlagen. Hohe Bäume bildeten ein Blätterdach über ihren Köpfen, nur ab und zu war ein Fetzchen des bewölkten Himmels zu erkennen, der auf Regen hindeutete. Viele Bäume hatten grotesk verdrehte Stämme, dicke Rinden und lederige Blätter. Irgendwo hatte Partridge gelesen, daß es in Peru achttausend bekannte Baumarten gab. In Bodennähe wuchsen Bambus, Farne, Lianen und Schmarotzerpflanzen wild durcheinander und schufen jene »grüne Hölle«, von der im selben Buch die Rede war.

»Hölle« war besonders heute zutreffend wegen der drückenden, feuchten Hitze, unter der alle vier Männer zu leiden hatten. Ihre Körper waren schweißgebadet, und die Insektenschwärme waren eine zusätzliche Belastung. Zu Beginn des Fußmarsches hatten sie sich gründlich mit dem Schutzmittel eingerieben und unterwegs immer wieder neues aufgetragen, doch, wie Ken O'Hara sagte: »Die kleinen Teufel scheinen das Zeug zu mögen.«

Es gab aber auch Stellen, an denen der Pfad etwas breiter wurde und die Bodenvegetation wegen des Schattens der dicht beieinanderstehenden Bäume weniger stark wucherte. Die Männer waren sich bewußt, daß sie ohne diesen Pfad überhaupt nicht vorwärtskommen würden.

»Der Weg wird selten benutzt«, bemerkte Fernández, »und das ist unser Vorteil.«

Ihr Ziel war es, in die Nähe von Nueva Esperanza zu kommen, um dort von einer höhergelegenen Stelle im Dschungel und aus sicherer Entfernung den Ort während des Tages zu beobachten. Erst wenn sie genug gesehen und erfahren hatten, wollten sie einen Angriffsplan ausarbeiten.

Das ganze, über hundert Quadratmeilen große Gebiet um Nueva Esperanza war eine sanft gewellte, von dichtem Dschungel überzogene Ebene, die nur vom Huallaga unterbrochen wurde. Doch Fernández' topographische Karte zeigte in der Nähe des Dorfes mehrere Hügel, von denen einer als Beobachtungsposten dienen konnte. Bis Nueva Esperanza waren es noch etwa neun Meilen von ihrem augenblicklichen Standort – unter diesen Bedingungen eine gewaltige Entfernung.

Partridge dachte an den versiegelten Brief, den Rita ihm von Crawford Sloane mitgebracht hatte. Crawf berichtete darin von den Signalen, die Jessica bei der Videoaufnahme hatte übermitteln können. Vor allem das zweite war ihm im Gedächtnis geblieben. Jessica hatte sich am linken Ohr gekratzt, und das bedeutete: *Die Bewachung hier ist eher nachlässig. Ein Angriff von außen könnte Erfolg haben.* Ob das stimmte, würde sich sehr bald erweisen.

Doch vorerst kämpften sie sich weiter durch den Dschungel.

Es war schon später Nachmittag, und alle vier waren der Erschöpfung nahe, als Fernández sie darauf aufmerksam machte, daß sie sich Nueva Esperanza näherten. »Ich glaube, wir haben jetzt ungefähr sieben Meilen zurückgelegt«, sagte er und warnte sie dann: »Man darf uns nicht sehen. Sobald wir hören, daß sich jemand nähert, müssen wir uns im Dschungel verstecken.«

Minh Van Canh warf einen skeptischen Blick auf das dichte Dornengestrüpp zu beiden Seiten und meinte: »Klingt zwar einleuchtend, aber ich hoffe, daß es nicht nötig wird.«

Bald nach Fernández' Warnung wurde der Weg breiter, andere Pfade kreuzten ihn. Fernández erklärte, daß es hier überall Kokafelder gebe, auf denen zu anderen Jahreszeiten hektische Aktivität herrsche. Doch während der vier- bis sechsmonatigen Wachstumsperiode brauchten die Pflanzen sehr wenig Pflege, weshalb die meisten Bauern in der Zeit anderswo lebten und nur während der Erntezeit in ihre Hütten auf den Hügeln zurückkehrten.

Mit Hilfe von Karte und Kompaß führte Fernández die anderen weiter. An der zusätzlichen Kraft, die jeder Schritt kostete, merkten sie, daß es allmählich aufwärtsging. Nach etwa einer Stunde erreichten sie eine Lichtung, an deren Ende eine Hütte zu sehen war.

Partridge hatte inzwischen gemerkt, daß Fernández sich in der Gegend besser auskannte, als er ursprünglich zugegeben hatte. Als Partridge ihn danach fragte, räumte der Kontaktmann ein: » Ja, ich war schon mehrmals hier.«

Innerlich seufzte Partridge. War auch Pabur nur einer der unzähligen pseudoaufrechten Leute, die heimlich vom allgegenwärtigen Kokainhandel profitierten? Lateinamerika und vor allem die Karibik waren voll von solchen Heuchlern, und viele von ihnen bekleideten hohe Ämter.

Als könne er Gedanken lesen, erklärte nun Fernández: »Ich war einmal wegen einer ›Hunde-und-Pony-Show‹ hier, die unsere Regierung für eine Delegation Ihres Außenministeriums veranstaltet hat. Es war hoher Besuch – ich glaube, der Generalstaatsanwalt –, und deshalb war auch ein ganzer Troß von Presseleuten dabei. Ich war einer von ihnen.«

Trotz seiner früheren Reaktion mußte Partridge über den Begriff »Hunde-und-Pony-Show« lächeln. Journalisten bezeichneten damit verächtlich Veranstaltungen fremder Regierungen – vor allem kommunistischer und anderer Diktaturen –, mit denen sie amerikanische Delegationen beeindrucken wollten. Partridge konnte sich gut vorstellen, wie das hier abgelaufen war: Eine »Invasion« von Helikoptereinheiten, die ein paar Morgen Kokafelder verbrannten und einige Laborhütten in die Luft sprengten. Die Besucher lobten dann die effektive Drogenbekämpfung des Gastgeberlandes, weil sie entweder nicht wußten oder einfach ignorierten, daß riesige Pflanzungen und unzählige Labors gleich in der Nähe unberührt blieben.

Tags darauf erschienen die Fotos der Besucher in den amerikanischen Zeitungen, begleitet von ihren lobenden Worten, und natürlich nahm auch das Fernsehen die Geschichte auf. Journalisten, die wußten, daß sie Teil einer Farce waren, sie aber nicht ignorieren konnten, weil auch andere darüber berichteten, schluckten hart und schämten sich insgeheim.

Und so etwas in Peru, dachte Partridge, das weder eine kommunistische noch sonst eine Diktatur war, aber bald das eine oder das andere werden konnte.

Fernández inspizierte die Lichtung und die Hütte, konnte aber niemand entdecken. Dann führte er die Truppe in östlicher Richtung wieder in den Dschungel hinein. Doch schon nach einer kurzen Strecke hob er die Hand und forderte die anderen auf, stehenzubleiben. Er drückte ein Farnbüschel beiseite und ließ sie hindurchsehen. In etwa einer halben Meile Entfernung und gut fünfzig Meter tiefer war eine Ansammlung baufälliger Gebäude zu sehen. Am Flußufer standen ein gutes Dutzend Hütten. Ein schlammiger Pfad führte zu einem Landungssteg, an dem einige Boote festgemacht waren.

»Gut gemacht, Leute«, sagte Partridge leise und fügte erleichtert hinzu: »Ich glaube, wir haben Nueva Esperanza gefunden.«

Hatte Partridge während des Marsches Fernández die Führung überlassen, so übernahm er jetzt wieder das Kommando.

»Es wird bald dunkel«, sagte er. Der Marsch hatte viel länger gedauert, als sie erwartet hatten, und die Sonne näherte sich bereits dem Horizont. »Ich will vor Einbruch der Nacht noch so viel wie möglich beobachten. Minh, nimm dein Fernglas und komm mit mir nach vorne. Fernández und Ken, ihr paßt auf, ob von hinten jemand kommt. Wenn ihr etwas bemerkt, sagt mir sofort Bescheid.«

Partridge und Minh gingen auf den Dschungelstreifen zu, der sie vor den Blicken von unten schützte, ließen sich auf den Bauch fallen und robbten vorwärts, bis sie gut sehen konnten, aber noch immer vom Buschwerk verdeckt waren.

Langsam suchte Partridge mit seinem Fernglas die Szene ab.

Im Ort war kaum Aktivität zu bemerken. Am Landungssteg arbeiteten zwei Männer am Außenbordmotor eines Bootes. Aus einer Hütte kam eine Frau, leerte einen Kübel mit Spülwasser und ging wieder hinein. Ein Mann trat aus dem Dschungel, ging auf ein anderes Gebäude zu und verschwand darin. In einem der vielen Abfallhaufen, die überall zwischen den Hütten verstreut lagen, wühlten zwei dürre Hunde. Nueva Esperanza sah aus wie ein Slum im Dschungel.

Partridge wandte sich nun den einzelnen Gebäuden zu und beobachtete jedes mehrere Minuten lang durch sein Fernglas. Vermutlich wurden die Geiseln in einer der Hütten gefangengehalten, aber es war nicht zu erkennen, in welcher. Schon jetzt wußte Partridge, daß sie den Ort mindestens einen ganzen Tag beobachten mußten und daß an eine Rettung noch in dieser Nacht und einen Rückflug am nächsten Morgen nicht zu denken war. So richtete er sich auf eine längere Wartezeit ein und beobachtete weiter, während das Licht langsam verschwand.

Wie immer in den Tropen, wurde es nach Sonnenuntergang sehr schnell dunkel. Mattes Licht kam aus den Fenstern der Häuser, der letzte Rest des Tages war verschwunden. Partridge ließ das Fernglas sinken und rieb sich die Augen, die nach mehr als einer Stunde angestrengten Beobachtens schmerzten. Er glaubte nicht, daß sie an diesem Tag noch viel Neues erfahren würden.

In diesem Augenblick faßte Minh ihn am Arm und deutete auf die Hütten. Partridge nahm sein Fernglas und spähte in die angegebene Richtung. In dem schwachen Restlicht war eine Bewegung zu erkennen – ein Mann, der den Weg zwischen zwei Häuserzeilen entlangging. Im Gegensatz zu den anderen Bewegungen, die sie beobachtet hatten, schien dieser Mann auf ein bestimmtes Ziel zuzugehen. Und noch etwas war anders; Partridge strengte seine Augen an, um es zu erkennen ... und dann sah er es. Der Mann trug ein Gewehr über der Schulter. Partridge und Minh folgten dem Mann mit ihren Ferngläsern.

Etwas abseits von den restlichen Gebäuden stand eine einzelne Hütte. Partridge hatte sie zuvor schon gesehen, doch war ihm nichts Besonderes daran aufgefallen. Der Mann hatte die Hütte erreicht und verschwand darin. Aus einer Öffnung an der Vorderseite drang schwaches Licht.

Die beiden beobachteten weiter, doch einige Minuten lang passierte nichts. Dann trat eine Gestalt aus der Hütte und ging weg. Trotz der Dunkelheit waren noch zwei Dinge zu erkennen: Es war ein anderer Mann, und auch er trug eine Waffe.

War es möglich, fragte sich Partridge aufgeregt, daß sie eben einen Wachwechsel beobachtet hatten? Die Vermutung mußte natürlich erst bestätigt werden, und das hieß weiterbeobachten. Aber es konnte durchaus sein, daß Jessica und Nicky Sloane in dieser alleinstehenden Hütte gefangengehalten wurden.

Partridge versuchte, nicht daran zu denken, daß bis vor ein oder zwei Tagen wahrscheinlich auch Angus Sloane in dieser Hütte eingesperrt gewesen war.

Die Stunden vergingen.

»Wir müssen unbedingt wissen, wieviel nachts in Nueva Esperanza los ist und wie lange, wann es still wird und die Lichter ausgehen«, erklärte Partridge den anderen. »Wir sollten uns das alles genau notieren.«

Auf Partridges Bitte blieb Minh Van Canh noch eine halbe Stunde auf Beobachtungsposten und wurde dann von Ken O'Hara abgelöst.

»Jeder von uns sollte so viel schlafen wie möglich«, sagte Partridge. »Aber wir sollten den Beobachtungsposten und den Wachposten an der Lichtung immer besetzt halten, das heißt, daß immer nur zwei auf einmal schlafen können.« Man einigte sich schließlich darauf, sich im Zweistundenrhythmus abzuwechseln.

Bereits zuvor hatte Fernández in der Hütte, die sie bei ihrer Ankunft entdeckt hatten, die Hängematten aufgespannt und Moskitonetze darübergehängt. Die Hängematten waren nicht gerade bequem, aber die Männer, die sie benutzten, waren von den Anstrengungen des Tages so erschöpft, daß sie sofort einschliefen. Da es in der Nacht regnete und das Dach der Hütte undicht war, fanden auch die mitgebrachten Plastikplanen ihre Verwendung. Fernández spannte sie geschickt über die Hängematten, so daß die Schlafenden geschützt waren. Die beiden Wachen hüllten sich ebenfalls in ihre Planen, bis der Regen eine halbe Stunde später aufhörte.

Gemeinsame Mahlzeiten gab es nicht. Jeder aß und trank, wenn er Hunger und Durst hatte, doch wußten sie alle, daß sie mit den getrockneten Nahrungsmitteln sparsam umgehen mußten. Der Wasservorrat, den sie aus Lima mitgebracht hatten, war bereits verbraucht, und Fernández hatte schon vor einigen Stunden die Flaschen an einem Bach gefüllt und Sterilisierungstabletten darin aufgelöst. Er hatte die anderen gewarnt, daß fast das gesamte Wasser im Dschungel mit Chemikalien, die zur Drogenherstellung benutzt wurden, verseucht sei. Das Wasser, das jetzt in den Flaschen war, schmeckte entsetzlich, und jeder versuchte, so wenig wie möglich zu trinken.

Bei Tagesanbruch hatte Partridge die Antworten auf seine Fragen über die Nachtaktivitäten in Nueva Esperanza: Es war sehr wenig los – nur gelegentlich war eine Gitarre zu hören oder eine schrille Stimme und betrunkenes Gelächter aus einer der Hütten. Dreieinhalb Stunden nach Einbruch der Nacht war alles vorbei. Um 1 Uhr 30 wurde es im Dorf still und dunkel.

Wenn Partridge mit seiner Vermutung über die Wachen und die Gefangenenhütte recht hatte, mußten sie nur noch herausfinden, wann und wie oft die Wachen gewechselt wurden. Bis zum Morgen hatte sich noch kein klares Bild ergeben. Falls es während der Nacht einen zweiten Wachwechsel gegeben hatte, hatten sie ihn übersehen.

Während des Tages behielten sie ihre Zeiteinteilung bei.

Zwei hielten immer Wache, während die anderen sich ausruhten, denn sie wußten, daß sie Kräfte sammeln mußten für später.

Als Partridge am Nachmittag in der Hängematte lag, dachte er darüber nach, was er und die anderen eigentlich taten, und konnte sich des Gefühls nicht erwehren, daß die Situation, in der sie sich befanden, etwas Unwirkliches hatte. Er fragte sich: Passiert das hier alles tatsächlich? Sollte er mit seiner kleinen, inoffiziellen Truppe wirklich einen Rettungsversuch wagen? In wenigen Stunden würden sie töten müssen oder selber getötet werden. War das alles nicht Wahnsinn? Wie es in *Macbeth* heißt: » ... des Lebens Fieberschauer ...«

Eigentlich war er doch Journalist und Fernsehkorrespondent, sagte sich Harry, ein Beobachter von Kriegen und Konflikten, doch kein Teilnehmer daran. Doch hier war er plötzlich aus eigener Entscheidung zum Abenteurer, zum Söldner und Möchtegernsoldaten geworden. Machte dieser Frontenwechsel einen Sinn?

Doch wie die Antwort auch ausfiel, eine Frage blieb offen: Wenn er, Harry Partridge, nicht schaffte, was hier und jetzt zu tun war, wer dann?

Und noch etwas: Für einen Kriegsberichterstatter, vor allem für einen Fernsehkorrespondenten, waren Gewalt und Aufruhr, häßliche Verwundungen oder ein plötzlicher Tod ständige Bedrohung. Man lebte mit solchen Gefahren, ertrug sie und teilte sie mit anderen, und brachte sie Abend für Abend in die sauberen und ordentlichen Wohnzimmer des urbanen Amerikas, in eine Umgebung, in der sie nur Bilder auf einem Fernsehschirm waren und daher ungefährlich für diejenigen, die zusahen.

Und doch wurden diese Bilder immer gefährlicher, sie rückten näher, sowohl zeitlich wie räumlich, und bald würden sie nicht mehr nur Bilder auf dem Schirm, sondern grausame Wirklichkeit auf den Straßen Amerikas sein, wo jetzt bereits das Verbrechen lauerte. Die Gewalt und der Terrorismus der unterprivilegierten, zerrissenen und von Kriegen verwüsteten anderen Hälfte der Welt rückten immer näher an amerikanischen Boden heran. Es war eine unausweichliche Entwicklung, die internationale Wissenschaftler schon vor Jahren vorausgesehen hatten.

Die Monroedoktrin, die früher als Schutz für Amerika gedacht war, funktionierte nicht mehr; inzwischen sprach man kaum mehr von ihr. Die Entführung der Sloanes durch ausländische Terroristen auf amerikanischem Boden zeigte deutlich, daß der internationale Untergrund bereits im Land Fuß gefaßt hatte. Und Schlimmeres stand noch bevor: Bombenattentate, Geiselnahmen, Straßenkämpfe. Es war tragisch, aber es gab keine Möglichkeit, es zu verhindern. Und ebenso tragisch war, daß viele bislang Unbeteiligte bald Beteiligte sein würden – ob sie es wollten oder nicht.

Partridges Beteiligung und die der anderen war also in diesem Augenblick ganz und gar nicht unwirklich. Er nahm an, daß vor allem Minh Van Canh ähnlich dachte. Für Minh, der einen entsetzlichen Krieg in seinem zerrissenen Heimatland er- und überlebt hatte, war es vermutlich leichter als für andere, die Situation zu akzeptieren, in der sie sich im Augenblick befanden.

Für Partridge stand noch etwas anderes, ganz Persönliches hinter diesen Überlegungen: Jessica. Jessica, die wahrscheinlich sehr nahe war, irgendwo in dieser Hütte. Jessica-Gemma, deren Persönlichkeiten sich in seinen Gedanken und Erinnerungen vermischten.

Dann überkam ihn die Müdigkeit, und er schlief ein.

Als er fünfzehn Minuten vor Beginn seiner Wache aufwachte, sprang er sofort aus der Hängematte und ging nach draußen, um sich ein Bild von der Lage zu machen.

Beim Wachposten an der Lichtung war nichts Ungewöhnliches passiert, doch hatte die Beobachtung des Ortes konkrete neue Informationen und Schlußfolgerungen ergeben.

– So gab es in der etwas abseits gelegenen Hütte tatsächlich einen regelmäßigen Wechsel von bewaffneten Wachen, was darauf hindeutete, daß die Geiseln wirklich dort gefangengehalten wurden. Obgleich sich der Wachwechsel nicht immer pünktlich vollzog, mußte man von einem Vierstundenrhythmus ausgehen. Manchmal kam die Ablösung bis zu zwanzig Minuten später, und diese Unpünktlichkeit war für Partridge eine Bestätigung von Jessicas Botschaft: *Die Bewachung hier ist eher nachlässig.*

– Seit dem Morgen hatten zweimal Frauen mit Behältern, die vermutlich Nahrungsmittel enthielten, die Hütte betreten. Dieselbe Frau, die das Essen brachte, trug danach die Kübel aus der Hütte und schüttete den Inhalt in die Büsche.

– Offensichtlich war diese etwas abseits stehende Hütte die einzige im ganzen Dorf, die bewacht wurde.

– Die Männer der Wachtruppe waren zwar mit automatischen Gewehren bewaffnet, schienen aber weder Soldaten noch Angehörige einer trainierten Einheit zu sein.

– Der gesamte Verkehr von und nach Nueva Esperanza lief über den Fluß. Straßenfahrzeuge waren nirgends zu entdecken. Für die Bootsmotoren waren offenbar keine Zündschlüssel nötig; das machte es einfacher, eins zu stehlen, falls man auf diesem Weg fliehen mußte. Andererseits gab es genügend Boote, mit denen man sie verfolgen konnte. Ken O'Hara, der sich mit Booten auskannte, zeigte Partridge die besten.

– Alle Beobachter waren übereinstimmend der Meinung, daß die Leute im Dorf alle sehr entspannt wirkten, so als würden sie keinen Angriff von außen erwarten. »Denn sonst«, bemerkte Fernández, »würden sie Patrouillen ausschicken, um die ganze Gegend nach Leuten wie uns abzusuchen.«

Bei Sonnenuntergang rief Partridge die anderen zusammen. »Wir haben lange genug zugesehen«, sagte er. »Heute nacht gehen wir runter.«

Er deutete mit dem Kopf auf Pabur. »Fernández wird uns führen. Ich will um zwei Uhr bei der Hütte sein. Jeder muß sich absolut still verhalten. Wenn es etwas zu besprechen gibt, wird nur geflüstert!«

»Gibt es eine Schlachtordnung, Harry?« fragte Minh.

»Ja«, antwortete Partridge. »Ich werde mich anschleichen und versuchen, in die Hütte hineinzuspähen, und dann als erster eindringen. Minh, du kommst direkt hinter mir, als Rückendeckung. Fernández wird zurückbleiben und die anderen Häuser beobachten, aber sofort zu uns stoßen, wenn wir Hilfe brauchen.«

Dann wandte sich Partridge an O'Hara: »Ken, du gehst direkt zum Landungssteg. Ich habe beschlossen, mit einem Boot zu fliehen. Wir wissen nicht, in welchem Zustand Jessica und Nicky sind, vielleicht schaffen sie den Rückweg zu Fuß nicht.«

»Verstanden«, erwiderte O'Hara. »Ich schnappe mir ein Boot.«

»Ja, und wenn's geht, machst du ein paar andere unbrauchbar, aber vergiß nicht – kein Lärm!«

»Es gibt aber Lärm, wenn wir den Motor anlassen.«

»Nein«, sagte Partridge. »Wir rudern in die Mitte des Flusses und lassen uns dann stromabwärts treiben. Gott sei Dank ist das unsere Richtung. Den Motor lassen wir erst an, wenn wir außer Hörweite sind.«

Noch während er sprach, merkte Partridge, daß er wie selbstverständlich davon ausging, alles würde gutgehen. Wenn nicht, mußten sie improvisieren, so gut es eben ging, und dazu gehörte auch der Waffeneinsatz.

Fernández fiel das für den nächsten Morgen um acht Uhr geplante Zusammentreffen mit der Cheyenne II von Aerolibertad ein, und er fragte: »Welche Landepiste ist unser Ziel – Sion oder die andere?«

»Das werde ich erst entscheiden, wenn wir im Boot sind. Es hängt davon ab, wie alles läuft und wieviel Zeit uns bleibt.«

In der Zwischenzeit sei noch einiges zu tun, schloß Partridge. Die Waffen mußten überprüft und nicht mehr benötigte Ausrüstung aussortiert werden, damit sie sich so frei und so unbehindert wie möglich bewegen konnten.

Und plötzlich packte eine Mischung aus Erregung und Angst die vier Männer.

15

Nach der Rückkehr vom Flughafen am Samstagmorgen warteten auf Rita Abrams zwei Überraschungen.

Die eine war – und damit hatte sie überhaupt nicht gerechnet –, daß Crawford Sloane nach Lima kommen würde. In der CBA-Kabine bei Entel Peru fand sie die Mitteilung, daß Sloane am frühen Morgen eintreffen sollte. Vielleicht war er sogar schon da. Sie rief deshalb im Cesar's Hotel an, wo, so die Mitteilung, für ihn ein Zimmer reserviert war. Da Crawf offenbar noch nicht angekommen war, hinterließ Rita ihm eine Nachricht mit der Bitte, sie anzurufen.

Die zweite und noch größere Überraschung war das Telefax, das Les Chippingham am Abend zuvor an Harry Partridge abgeschickt hatte. Die Anweisung, daß der Brief in einen mit der Aufschrift »Persönlich« versehenen Umschlag zu stecken sei, war offensichtlich übersehen worden, denn er landete offen und zusammen mit der anderen Post in der CBA-Kabine, wo ihn jeder lesen konnte. Rita tat es und konnte nicht glauben, was sie da las.

Harry war gefeuert, CBA hatte ihn entlassen! »Mit sofortiger Wirkung«, stand in dem Brief, und er müsse Peru »am besten« schon am Samstag – *also heute!* – , »spätestens« aber am Sonntag verlassen. Falls kein Linienflug in die Vereinigten Staaten verfügbar sei, habe er die Erlaubnis, ein Privatflugzeug zu chartern. Wie großzügig!

Je mehr Rita darüber nachdachte, desto unglaublicher und ungeheuerlicher erschien es ihr, vor allem in der augenblicklichen Situation. Konnte Crawfs Ankunft in Lima etwas damit zu tun haben? Rita war sich dessen ziemlich sicher, und sie wartete ungeduldig darauf, endlich von Crawf zu hören, während ihre Wut über die unverschämte Art, wie man mit Harry umsprang, immer größer wurde.

Im Augenblick war es Rita unmöglich, Harry über den Inhalt des Briefs zu informieren, denn der war bereits im Dschungel, auf dem Weg nach Nueva Esperanza.

Sloane rief nicht an, sondern fuhr gleich nach seiner Ankunft im Hotel mit dem Taxi zur Entel Peru. Er hatte früher schon einmal in Lima gearbeitet und kannte sich aus.

»Wo ist Harry?« war seine erste Frage an Rita.

»Im Dschungel«, antwortete sie spitz. »Er riskiert sein Leben für deine Frau und deinen Jungen.« Dann hielt sie ihm den Brief entgegen. »Was zum Teufel soll das?«

»Was denn?« Crawford Sloane nahm den Brief und las ihn, während Rita ihn beobachtete. Er las ihn ein zweites Mal und schüttelte dann den Kopf. »Das ist ein Mißverständnis. Das kann gar nicht sein.«

Ritas Stimme klang noch immer scharf, als sie ihn fragte: »Willst du damit sagen, daß du nichts davon weißt?«

»Natürlich nicht.« Sloane schüttelte ungeduldig den Kopf. »Harry ist doch mein Freund. Und im Augenblick brauche ich ihn mehr als irgendeinen anderen auf der Welt. Bitte erzähl mir, was er im Dschungel macht – hast du nicht gesagt, er ist im Dschungel?« Sloane hatte den Brief offensichtlich bereits als absurd abgetan, als etwas, worauf er keine Zeit verschwenden wollte.

Rita schluckte schwer. Tränen liefen ihr über die Wangen, sie war wütend, weil sie Crawf falsch eingeschätzt und ungerecht behandelt hatte. »O Gott, Crawf! Es tut mir leid.« Nun sah sie erst die tiefen Falten des Kummers in seinem Gesicht und die Sorge in seinem Blick. Er sah noch schlimmer aus als vor acht Tagen, als sie ihn das letzte Mal gesehen hatte. »Ich habe geglaubt, daß du ... Ach, vergiß es!«

Rita nahm sich zusammen. »Laß dir erzählen, was los ist, was Harry und die anderen machen.« Sie berichtete von der Expedition nach Nueva Esperanza und von Harrys Vorhaben. Dann klärte sie ihn über einige Hintergründe auf, wie etwa über Harrys Zweifel an der Sicherheit der Telefonverbindung – der Grund, warum er seinen Plan nicht nach New York gemeldet hatte.

Schließlich sagte Sloane: »Ich möchte mit diesem Piloten sprechen. Ich will wissen, wie es Harry und den anderen ging, als er sie absetzte. Wie heißt er?«

»Zileri.« Rita sah auf die Uhr. »Er ist wahrscheinlich noch nicht zurück, aber ich werde später anrufen, und dann können wir gleich fahren. Hast du schon gefrühstückt?«

Sloane schüttelte den Kopf.

»Hier im Haus ist eine Cafeteria. Laß uns runtergehen.«

Über Café und Croissants sagte Rita sanft: »Crawf, wir sind alle entsetzt über das, was mit deinem Vater passiert ist – vor allem Harry. Ich weiß, daß er sich Vorwürfe macht, weil er nicht schneller gehandelt hat, aber er hatte nicht genügend Informationen ...«

Sloane unterbrach sie mit einer Handbewegung. »Ich werde Harry nie etwas vorwerfen – gleichgültig, was passiert. Kein Mensch hätte mehr tun können als er.«

»Stimmt«, entgegnete Rita. »Und deswegen ist das hier ja so unglaublich.« Sie legte den Brief mit Les Chippinghams Unterschrift auf den Tisch. »Das ist kein Mißverständnis, Crawf. Das war beabsichtigt. Solche Mißverständnisse gibt es nicht.«

Er las ihn noch einmal. »Nach unserem Frühstück rufe ich Les in New York an.«

»Aber bevor du das tust, überleg dir eins: Da muß etwas dahinterstecken, etwas, das wir beide nicht kennen. Gestern in New York – ist da irgend etwas Ungewöhnliches passiert?«

»Du meinst bei CBA?«

»Ja.«

Sloane überlegte. »Ich glaube nicht ... doch, ich habe gehört, daß Margot Lloyd-Mason Les zu sich zitierte – so wie's aussah, sehr überstürzt. Er war drüben in Stonehenge. Aber ich habe keine Ahnung, worum es ging.«

Rita kam plötzlich ein Gedanke. »Könnte es vielleicht etwas mit Globanic zu tun haben? Damit vielleicht?« Sie öffnete ihre Tasche und holte die zusammengehefteten Papiere heraus, die Harry Partridge ihr an diesem Morgen gegeben hatte.

Sloane nahm die Papiere und las. »Interessant. Eine riesige Schuldenumwandlung. Das ganz große Geld. Wo hast du das her?«

»Von Harry.« Sie berichtete, was Partridge ihr auf dem Weg zum Flughafen erzählt hatte – daß er die Dokumente von Sergio Hurtado, dem Radioreporter, habe, der damit in der folgenden Woche an die Öffentlichkeit gehen wolle. Dann fügte sie hinzu: »Harry hat mir gesagt, daß er nicht vorhabe, die Story zu benutzen. Er meinte, das sei das mindeste, was wir für Globanic tun sollten, weil die doch für die Butter auf unserem Brot sorgen.«

»Vielleicht besteht wirklich eine Beziehung zwischen der Geschichte und Harrys Entlassung«, sagte Sloane nachdenklich. »Aber ich sehe da eine Möglichkeit. Laß uns nach oben gehen und sofort anrufen.«

»Aber vorher muß ich noch etwas erledigen«, sagte Rita.

Dieses Etwas war ein Anruf bei Victor Velasco.

Als der Chef der Auslandsabteilung von Entel wenige Minuten später die CBA-Kabine betrat, bat Rita ihn: »Ich hätte gern eine wirklich sichere Telefonverbindung nach New York, eine, die niemand abhört.«

Velasco machte ein verlegenes Gesicht. »Haben Sie Grund zu der Annahme ...«

»Ja.«

»Bitte kommen Sie in mein Büro. Sie können meinen Anschluß benutzen.«

Rita und Crawford folgten Velasco in ein freundliches, mit Teppichboden ausgelegtes Büro im selben Stock. »Bitte benutzen Sie meinen Schreibtisch.« Er wies auf ein rotes Telefon. »Diese Leitung ist sicher. Das garantiere ich Ihnen. Sie können direkt wählen.«

»Vielen Dank.« Rita hatte nicht die Absicht, die peruanischen Behörden über Harry Partridges augenblicklichen Aufenthaltsort, der in dem Gespräch vielleicht erwähnt wurde, in Kenntnis zu setzen.

Mit einer höflichen Verbeugung verließ Velasco das Büro und schloß die Tür hinter sich.

Sloane setzte sich an den Tisch und wählte zunächst Les Chippinghams Nummer bei CBA. Doch niemand meldete sich – was an einem Samstagmorgen nicht ungewöhnlich war. Ungewöhnlich dagegen war, daß der Nachrichtenchef auch bei der Vermittlung nicht hinterlassen hatte, unter welcher Nummer er zu erreichen sei. Nach einem Blick in sein Notizbuch versuchte Sloane eine dritte Nummer – Chippinghams Privatanschluß in seiner Manhattaner Wohnung. Wieder keine Antwort. Es gab noch eine Nummer in Scarsdale, wo Chippingham manchmal die Wochenenden verbrachte. Aber auch dort meldete sich niemand.

»Sieht so aus«, sagte Sloane, »als wolle er ganz bewußt heute vormittag nicht erreichbar sein.« Er lehnte sich nachdenklich im Stuhl zurück.

»Woran denkst du?« fragte Rita.

»Ob ich Margot Lloyd-Mason anrufen soll.« Er griff zu dem roten Telefon. »Ich mach's.«

Sloane wählte die Vorwahl von Amerika und dann die Nummer von Stonehenge. Von der Vermittlung erfuhr er: »Mrs. Lloyd-Mason ist heute nicht in ihrem Büro.«

»Hier spricht Crawford Sloane. Können Sie mir bitte ihre Privatnummer geben.«

»Das ist eine Geheimnummer. Die darf ich niemandem geben.«

»Aber Sie haben sie?«

Die Dame an der Vermittlung zögerte. »Ja, Sir.«

»Wie heißen Sie?«

»Noreen.«

»Ein wunderbarer Name. Der hat mir schon immer gefallen. Also, nun hören Sie mir bitte zu, Noreen. Übrigens, erkennen Sie meine Stimme?«

»Aber natürlich, Sir. Ich sehe mir jeden Abend die Nachrichten an. Und in letzter Zeit habe ich mir solche Sorgen ...«

»Vielen Dank, Noreen. Ich auch. Also, ich rufe aus Lima in Peru an, und ich muß dringend mit Mrs. Lloyd-Mason sprechen. Wenn Sie mir die Nummer geben, verspreche ich Ihnen, daß ich kein Wort sage, von wem ich sie habe, und wenn ich das nächste Mal in Stonehenge bin, werde ich mich persönlich bei Ihnen bedanken.«

»Oh! Das würden Sie wirklich tun, Mr. Sloane?«

»Ich halte immer meine Versprechen. Und wie lautet jetzt die Nummer, Noreen?«

Er notierte sie sich auf einen Zettel.

Seinen Anruf nahm eine Männerstimme entgegen, die wie die eines Butlers klang. Sloane stellte sich vor und bat, Mrs. Lloyd-Mason sprechen zu dürfen. Nach einigen Minuten meldete sich Margots unverwechselbare Stimme: »Ja?«

»Hier ist Crawford Sloane. Ich rufe aus Lima an.«

»Man sagte mir, daß Sie dort seien, Mr. Sloane. Ich möchte nur wissen, warum Sie anrufen, Mr. Sloane, vor allem bei mir zu Hause. Doch zunächst mein Beileid zum Tod Ihres Vaters.«

»Vielen Dank.«

Die CBA-Präsidentin redete Sloane noch immer mit dem Nachnamen an, was bei jemanden in seiner Position ungewöhnlich war, aber sie hatte offensichtlich nicht die Absicht, das zu ändern. An ihrem Ton und ihrer Distanziertheit merkte Sloane auch, daß er mit direkten Fragen nichts erreichen würde. Er beschloß deshalb, einen altbewährten Journalistentrick anzuwenden, der schon oft und auch bei den gerissensten Gesprächspartnern funktioniert hatte.

»Mrs. Lloyd-Mason, als Sie gestern beschlossen, Harry Partridge zu entlassen, war Ihnen da eigentlich bewußt, wieviel er bei dem Versuch, meine Familie zu finden und zu befreien, bereits erreicht hat?«

Die Antwort kam wie aus der Pistole geschossen. »Wer hat Ihnen gesagt, daß das meine Entscheidung war?«

Am liebsten hätte er geantwortet: *Sie selbst, gerade eben!* Aber er hielt sich zurück und sagte: »Bei einem Sender wie dem unseren ist es fast unmöglich, etwas geheimzuhalten. Und deshalb habe ich Sie angerufen.«

»Ich will im Augenblick nicht darüber sprechen«, erwiderte Margot kurz angebunden.

»Das ist aber bedauerlich«, sagte er schnell, bevor sie auflegen konnte, »weil ich geglaubt habe, wir könnten uns vielleicht über die Beziehung zwischen Harrys Entlassung und dem großen Debt-to-Equity-Swap unterhalten, den Globanic im Augenblick mit Peru aushandelt. Hat Harrys ehrliche Berichterstattung möglicherweise jemanden beleidigt, der Interesse an diesem Geschäft hat?«

Vom anderen Ende der Leitung kam ein langes Schweigen, nur Margots Atem war zu hören. Schließlich sagte sie mit gedämpfter Stimme: »Woher wissen Sie das alles?«

Also gab es doch eine Verbindung!

»Nun«, sagte Sloane, »Tatsache ist, daß Harry Partridge von diesem Geschäft erfahren hat. Er ist ein erstklassiger Reporter, wie Sie wissen, einer der besten, die es gibt, und er riskiert jetzt gerade sein Leben für CBA. Aber Harry hat beschlossen, diese Information nicht zu benutzen. Soweit ich weiß, waren seine Worte: ›Das ist das mindeste, was wir für Globanic tun sollten, schließlich sorgen die ja für die Butter auf unserem Brot.‹«

Wieder Schweigen. Schließlich sagte Margot: »Dann wird es also nicht veröffentlicht?«

»Nun ja, das ist eine andere Geschichte.« Unter anderen Umständen hätte Sloane die Situation vielleicht genossen, aber so fühlte er sich elend und deprimiert. »Da gibt es hier in Lima einen Radioreporter, der die Sache aufgespürt hat. Er besitzt eine Kopie des Vertrags und will nächste Woche damit an die Öffentlichkeit gehen. Ich denke, daß man die Geschichte auch außerhalb Perus aufgreifen wird. Oder was glauben Sie?«

Margot antwortete nicht. Um festzustellen, ob sie nicht schon aufgelegt hatte, fragte Sloane: »Sind Sie noch dran?«

»Ja.«

»Kann es vielleicht sein, daß Sie bedauern, Harry das angetan zu haben?«

»Nein.« Die Antwort klang irgendwie geisterhaft, als sei Margot in Gedanken weit weg. »Nein«, wiederholte sie, »ich habe an etwas anderes gedacht.«

»Mrs. Lloyd-Mason« – Crawford Sloane sagte es mit der schneidenden Stimme, mit der er gelegentlich unangenehme Meldungen in den Nachrichten verlas – »hat man Ihnen schon einmal gesagt, daß Sie ein eiskaltes Miststück sind?« Dann legte er auf.

Auch Margot legte auf, als die Verbindung unterbrochen war. Eines Tages, und zwar sehr bald, wie sie hoffte, würde sie Mittel und Wege finden, es diesem überheblichen Mr. Crawford Sloane zu zeigen. Jetzt war nicht die Zeit dafür. Im Augenblick waren andere Dinge wichtiger.

Die Nachricht, daß das Abkommen zwischen Globanic und Peru nicht länger geheim war, hatte ihr einen Schock versetzt. Doch sie war schon oft erschrocken gewesen und es nie lange geblieben. In ihrer Karriere hatte es zahlreiche Rückschläge gegeben, doch war es ihr immer gelungen, sie am Ende zu ihrem Vorteil zu nutzen. Und das wollte sie auch jetzt tun. Sie setzte sich und dachte nach, welchen Weg sie einschlagen sollte.

Ohne Frage mußte sie zuerst Theo Elliott anrufen. Ihn konnte man wegen wichtiger Geschäftsangelegenheiten jederzeit stören, auch am Wochenende.

Sie wollte ihm sagen, sie habe erfahren, daß in Peru Informationen über das Globanic-Geschäft durchgesickert seien und daß ein peruanischer Reporter im Besitz von Kopien des Vertragstextes sei und sie auch veröffentlichen wolle. Es habe nichts zu tun mit CBA oder einem anderen amerikanischen Sender; es sei ein rein peruanisches Leck, allerdings ein schlimmes.

Die ganze Sache sei sehr bedauerlich, wollte sie Theo sagen, und sie habe nicht die Absicht, jemandem Vorwürfe zu machen, aber sie müsse sich doch fragen: War Fossie Xenos, was seine Gesprächspartner betraf, vielleicht zu unvorsichtig gewesen, vor allem in Peru? Nach ihren Informationen zu urteilen, scheine es möglich, daß der Enthusiasmus, für den Fossie berühmt war, ihn zu Indiskretionen verleitet habe.

Sie wollte Theo weiterhin sagen, daß auch CBA News über die peruanische Presse von der Sache Wind bekommen habe. Doch sie, Margot, habe ausdrücklichen Befehl gegeben, damit nicht an die Öffentlichkeit zu gehen.

Mit etwas Glück, dachte sie, würde sich schon Anfang nächster Woche der Wind drehen, und sie wäre Fossie wieder einen Schritt voraus. Ausgezeichnet!

Während dieser Überlegungen dachte Margot auch kurz an Harry Partridge. Sollte man ihn wieder einstellen? Nein, entschied sie. Es würde die ganze Sache noch komplizierter machen, und da Partridge ohnehin nicht wichtig war, sollte man es besser dabei belassen. Außerdem würde Theo trotz allem noch am Montag Präsident Castañeda anrufen und ihm sagen wollen, daß der Unruhestifter – um seinen Ausdruck zu benutzen – entlassen und aus Peru verbannt sei.

Lächelnd und zuversichtlich, daß ihre Strategie funktionieren würde, griff sie zum Hörer und wählte Theo Elliotts Geheimnummer.

Oswaldo Zileri, der Pilot und Besitzer von Aerolibertad, hatte schon von Crawford Sloane gehört und verhielt sich deshalb entsprechend höflich.

»Als Ihre Freunde sich wegen eines Charterflugzeugs an mich wandten, Mr. Sloane, sagte ich ihnen, ich wolle von ihren Absichten nichts wissen. Aber da ich Sie jetzt hier sehe, kann ich mir vorstellen, worum es geht, und Ihnen und den Männern nur Glück wünschen.«

»Vielen Dank«, erwiderte Sloane. Er saß mit Rita in Zileris bescheidenem Büro in der Nähe des Flughafens von Lima. »Wie war die Lage, als Sie Mr. Partridge und die anderen heute morgen absetzten?«

Zileri zuckte die Achseln. »Der Dschungel ist immer gleich – grün, undurchdringlich, endlos. Aber außer Ihren Freunden war keine Menschenseele zu sehen.«

»Als wir über die zusätzlichen Passagiere für den Rückflug sprachen«, sagte Rita zu Zileri, »hofften wir, daß es drei sein würden. Aber jetzt sind es nur noch zwei.«

»Ich habe die traurige Nachricht über Ihren Vater gehört.« Der Pilot schüttelte den Kopf. »Wir leben in grausamen Zeiten.«

Sloane begann: »Ich habe mich gefragt, ob jetzt ...«

Und Zileri beendete den Satz für ihn. »... ob beim Rücktransport vielleicht noch Platz ist für Sie und Miss Abrams?«

»Ja.«

»Das geht schon in Ordnung. Da einer der erwarteten Passagiere ihr kleiner Sohn ist und es kein Gepäck gibt, ist das Gewicht kein Problem. Sie müssen morgen vor Sonnenaufgang hier sein – und am Tag darauf ebenfalls, falls das noch nötig sein wird.«

»Wir werden hier sein«, sagte Rita und wandte sich dann an Sloane. »Harry war nicht sehr optimistisch, daß er es gleich am ersten Tag schaffen würde. Der Flug morgen ist eher eine Vorsichtsmaßnahme, falls sie ihn brauchen. Er hielt den zweiten Tag von vornherein für wahrscheinlicher.«

Es gab noch eine Sache, die Rita am Herzen lag. Ohne Crawf etwas davon zu sagen, faxte sie eine Nachricht an Les Chippingham, die am Montagmorgen auf ihn warten würde. Mit voller Absicht schickte sie die Nachricht an eins der Geräte am Hufeisen und nicht ins Büro des Chefs von CBA News. Auf diese Weise würde Chippingham das Schreiben nicht geheimhalten können, und jeder würde die Mitteilung lesen – wie es bei Chippinghams Entlassungsschreiben an Harry Partridge der Fall gewesen war, als es bei Entel Peru eintraf.

Als Adreßkopf schrieb Rita:

L. W. Chippingham, President, CBA News
Kopien an alle Infotafeln.

Sie wußte natürlich, daß ihr Brief auf keiner einzigen Infotafel auftauchen würde. Aber es war ein Signal für die Kollegen am Hufeisen, daß sie seine Weiterverbreitung wünschte. Irgend jemand würde ihn kopieren und weiterreichen, er würde die Runde machen.

Ihre Nachricht lautete:

Du gemeiner, egoistischer, feiger Hundesohn!

Harry Partridge auf eine Art zu feuern, wie du es getan hast – ohne Grund, Vorwarnung oder Erklärung –, nur um deiner Busenfreundin, diesem Eisberg Lloyd-Mason, einen Gefallen zu tun, ist ein Verrat an allem, was bei CBA Fairneß und Anstand bedeuted.

Harry wird aus dieser Sache hervorgehen mit einem Duft von Chanel No. 5. Du stinkst jetzt bereits wie die Kanalratte, die du bist.

Wie ich mich je dazu herablassen konnte, mit dir regelmäßig ins Bett zu gehen, ist mir heute unbegreiflich. Aber das war einmal! Und auch wenn du den letzten steifen Schwanz auf der ganzen Welt hättest, würde ich dich nicht an mich ranlassen.

Und falls du glaubst, daß ich weiterhin für dich arbeite – pfui Teufel!

In tiefer Trauer über das, was du einmal warst, im Vergleich zu dem, was aus dir geworden ist,

Deine Ex-Freundin, Ex-Bewunderin, Ex-Geliebte, Ex-Produzentin, Rita Abrams

Rita war sich natürlich bewußt, daß nach diesem Brief Harry nicht der einzige sein würde, der sich nach einer neuen Beschäftigung umsehen mußte. Aber es war ihr gleichgültig. Sie fühlte sich viel besser, als sie den Brief in die Maschine einlegte und dabei wußte, daß er einen Augenblick später in New York sein würde.

16

Es war 2 Uhr 10 in Nueva Esperanza.

Schon seit einigen Stunden warf sich Jessica unruhig hin und her, immer wieder schlief sie kurz ein und schreckte wieder hoch, manchmal träumte sie auch, und dann wurden die Träume zu Alpträumen, die sich mit der Wirklichkeit vermischten.

Vor wenigen Augenblicken war Jessica aufgewacht und hatte geglaubt, in der vom Inneren der Hütte her schwach erhellten Fensteröffnung an der gegenüberliegenden Wand Harry Partridges Gesicht zu sehen. Dann war es so plötzlich wieder verschwunden, wie es aufgetaucht war. War sie wach oder träumte sie? Oder halluzinierte sie sogar?

Jessica schüttelte den Kopf, um ihn klar zu bekommen, doch das Gesicht erschien wieder, ganz langsam tauchte es von unten her im Fensterquadrat auf, und diesmal verschwand es nicht wieder. Eine Hand machte ein Zeichen, das sie nicht verstand, und sie konzentrierte sich wieder auf das Gesicht. *War es möglich?* Ihr Herz machte einen Satz bei dem Gedanken: *Ja, es war möglich.* Da draußen war Harry Partridge.

Der Mund formte schweigend Worte, die Lippenbewegungen waren übertrieben, so als wollte er ihr stumm etwas mitteilen. Sie konzentrierte sich und glaubte schließlich die Worte ›*die Wache*‹ zu verstehen. Das war es: *Wo ist die Wache?*

Vincente hatte zu diesem Zeitpunkt Dienst. Vor einer Stunde hatte er Ramón abgelöst – offensichtlich viel zu spät, denn zwischen den beiden war es zu einem heftigen Streit gekommen. Ramón hatte ihn wütend angeschrien. Vincente hatte betrunken geklungen, als er zurückbrüllte, er hatte gelallt. Jessica kümmerte sich nicht um den Streit, sie war nur froh, als Ramón endlich ging, denn er war gemein und unberechenbar und beharrte noch immer auf absolutem Schweigen zwischen den Gefangenen, das inzwischen keine der anderen Wachen mehr verlangte.

Als Jessica zur Seite blickte, sah sie Vincente. Der Stuhl, auf dem er saß und den alle Wachen benutzten, stand so, daß er vom Fenster aus nicht gesehen werden konnte. Jessica war sich zwar nicht ganz sicher, aber es sah so aus, als hätte er die Augen geschlossen. Seine Waffe lehnte neben ihm an der Wand. Von einem Balken in der Nähe hing eine Kerosinlampe, in deren Schein sie das Gesicht im Fenster gesehen hatte.

Vorsichtig, damit Vincente nichts merkte, falls er plötzlich aufwachte, deutete sie mit dem Kopf in seine Richtung.

Das Gesicht am Fenster – Jessica konnte noch immer nicht so recht glauben, daß es wirklich Harry Partridge war – reagierte sofort mit einer zweiten stummen Frage. Wieder konzentrierte sie sich. Nach dem dritten Mal verstand sie: *Ruf ihn!*

Jessica nickte leicht, um anzudeuten, daß sie verstanden hatte. Ihr Herz raste beim Anblick Harrys. Denn das konnte nur heißen, daß die Rettung, auf die sie so lange gehofft hatten, nun unmittelbar bevorstand. Aber gleichzeitig wußte sie auch, daß das erst der Anfang war, daß ihnen noch große Schwierigkeiten bevorstanden.

»Vincente!« Sie rief gerade so laut, wie sie es für notwendig hielt, aber es reichte nicht, um ihn zu wecken. Sie versuchte es ein wenig kräftiger. »Vincente!«

Diesmal bewegte er sich. Er öffnete die Augen und sah Jessica an. Sie winkte ihn zu sich.

Vincente stand langsam auf. Es sah aus, als müsse er sich erst orientieren, als versuche er, nüchtern zu werden. Schließlich stand er und machte einen Schritt auf sie zu, drehte sich dann aber schnell um und griff nach seiner Waffe. Er hielt sie so, daß er, falls nötig, sofort schießen konnte.

Jessica mußte sich nun schleunigst eine Ausrede einfallen lassen, und sie beschloß, Vincente mit Gesten zu bitten, sie zu Nicky zu lassen. Er würde die Bitte natürlich ablehnen, doch das war im Augenblick gleichgültig.

Sie hatte keine Ahnung, was Harry vorhatte. Während sie innerlich vor Angst und Nervosität bebte, wußte sie nur, daß der Augenblick gekommen war, vom dem sie geträumt und gleichzeitig befürchtet hatte, er würde nie eintreten.

Partridge kauerte vor dem Fenster und hielt seine Browning mit dem aufgeschraubten Schalldämpfer fest in der Hand. Bis jetzt war alles gelaufen wie geplant, doch er wußte, daß der schwierigste und wichtigste Teil der Aktion noch vor ihm lag.

Die nächsten Sekunden boten ihm nur wenige Handlungsmöglichkeiten, und er wußte, daß er sich blitzschnell entscheiden mußte. Wie es im Augenblick aussah, konnte er die Wache wahrscheinlich mit der Waffe in Schach halten und sie dann entweder fesseln und knebeln oder sie als Geisel mitnehmen. Er zog die erste Möglichkeit vor. Es gab natürlich noch einen dritten Weg – er konnte die Wache töten, doch das wollte er vermeiden.

Eins arbeitete zu seinen Gunsten: Jessica war erfinderisch und sehr reaktionsschnell – so, wie er sie kannte.

Er hörte sie zweimal rufen, dann leise Geräusche aus einer Ecke, die er nicht einsehen konnte, und schließlich Schritte, als die Wache auf Jessica zuging. Partridge hielt den Atem an, bereit, sich sofort zu ducken, falls der Mann in seine Richtung sah.

Aber er tat es nicht. Er drehte Partridge den Rücken zu und sah Jessica an, was Partridge die Möglichkeit zu einer präziseren Einschätzung der Lage gab.

Das erste, was er sah, war die Waffe, die der Mann trug. Es war eine Kalaschnikow, eine Maschinenpistole, die Partridge nur zu gut kannte, und an der Art, wie der Mann sie hielt, wurde deutlich, daß er auch damit umgehen konnte. Im Vergleich zu der Kalaschnikow war Partridges Browning nur ein Spielzeug.

Partridge blieb also nur eine Möglichkeit: Er mußte den Mann töten. Und das hieß, er mußte ihn überraschen, um als erster zum Schuß zu kommen.

Doch es gab ein Hindernis: Jessica. Sie stand jetzt genau in einer Linie mit Partridge und der Wache. Ein Schuß auf den Mann konnte ebensogut Jessica treffen.

Partridge mußte es versuchen. Es gab keine andere Möglichkeit. Er mußte alles riskieren und auf Jessicas blitzschnelle Reaktion vertrauen.

Er holte tief Atem und rief dann laut und deutlich: »Jessica, laß dich fallen!«

Mit gehobener, entsicherter Waffe wirbelte der Mann herum.

Doch Partridge hatte ihn bereits im Visier. Sekunden zuvor war ihm wieder eingefallen, was sein Schießlehrer ihm gesagt hatte: »*Wenn du einen Menschen töten willst, ziel nie auf den Kopf. Egal, wie vorsichtig du den Abzug drückst, es besteht immer die Gefahr, daß die Waffe hochzieht und die Kugel über den Kopf hinweggeht. Also ziel immer auf das Herz oder etwas tiefer. Auch wenn die Kugel über dem Herz eintritt, hat sie meistens noch tödliche Wirkung, und wenn nicht, hast du Zeit für einen zweiten Schuß.*«

Partridge drückte ab, die Browning gab nur ein kaum hörbares »Pfft!« von sich. Obwohl er Erfahrung mit Schalldämpfern hatte, war er immer wieder überrascht, wie leise sie waren. Er zielte erneut, aber ein zweiter Schuß war nicht notwendig. Der erste hatte Vincente etwa auf Höhe des Herzens in die Brust getroffen. An der Einschußstelle sickerte Blut durch das Hemd. Einen Augenblick lang blieb der Mann überrascht stehen, dann stürzte er zu Boden und ließ die Waffe fallen. Das Klappern der Kalaschnikow beim Aufschlagen war das einzige Geräusch.

Sekundenbruchteile vor seinem Schuß hatte Partridge gesehen, daß Jessica, blitzschnell auf seinen Befehl reagierend, sich flach auf den Boden warf. Tief im Innersten war er erleichtert und dankbar. Jetzt richtete Jessica sich wieder auf.

Partridge ging zur Hüttentür, doch plötzlich tauchte ein Schatten vor ihm auf. Es war Minh Van Canh, der, wie befohlen, Partridge den Rücken gedeckt hatte, doch nun nach vorne wechselte und vor ihm die Hütte betrat. Mit seiner UZI im Anschlag ging er zu dem Wachposten und gab dann Partridge mit einem Nicken zu verstehen, daß der Mann wirklich tot war. Dann lief er zu Jessicas Zelle, sah das Vorhängeschloß und fragte: »Wo ist der Schlüssel?«

»Irgendwo da drüben bei dem Stuhl«, antwortete Jessica. »Und der für Nickys Zelle auch.«

In der Nachbarzelle wurde Nicky langsam wach. Dann richtete er sich plötzlich auf. »Mom, was ist denn los?«

»Es ist gut Nicky«, beruhigte sie in. »Alles in Ordnung.«

Nicky musterte die Neuankömmlinge – Partridge, der mit Vincentes Kalaschnikow in der Hand auf ihn zukam, und Minh, der die Schlüssel von einem Nagel an der Wand nahm. »Wer sind die Leute, Mom?«

»Freunde, mein Liebling. Sehr gute Freunde.«

Nickys schlaftrunkenes Gesicht hellte sich auf. Doch dann fiel sein Blick auf die leblos in einer dunklen Pfütze liegende Gestalt am Boden. »Aber das ist ja Vincente! Sie haben Vincente erschossen! Warum?«

»Pscht, Nicky«, flüsterte Jessica.

Mit leiser Stimme antwortete Partridge: »Ich habe es nicht gern getan, Nicholas. Aber er wollte mich erschießen. Und wenn er es getan hätte, könnte ich dich und deine Mutter jetzt nicht von hier wegbringen. Deswegen sind wir nämlich hier.«

Plötzlich leuchteten Nickys Augen auf, er fragte: »Sie sind Mr. Partridge, nicht?«

»Ja, der bin ich.«

»Mein Gott, Harry!« sagte Jessica gerührt, »lieber Harry!«

Doch Partridge warnte sie leise: »Noch sind wir nicht in Sicherheit. Wir haben einen langen Weg vor uns und müssen uns beeilen.«

Minh war mit den Schlüsseln zurückgekehrt und probierte einen nach dem anderen am Schloß von Jessicas Zelle aus. Plötzlich schnappte das Schloß auf. Augenblicke später war die Tür offen. Minh ging zu Nickys Zelle und probierte dort ebenfalls die Schlüssel aus. Dann war auch Nicky frei und fiel Jessica in die Arme.

»Hilf mir!« sagte Partridge zu Minh. Er hatte Vincentes Leiche in Nickys Zelle gezerrt, und gemeinsam hoben sie ihn nun auf die niedere Holzpritsche. Es würde zwar eine Entdeckung der Flucht nicht verhindern, dachte Partridge, aber vielleicht verzögern. Aus dem gleichen Grund drehte er die Flamme der Kerosinlampe kleiner, bis das Innere der Hütte fast dunkel war.

Nicky löste sich von Jessica und ging zu Partridge. Mit gepreßter, monotoner Stimme sagte er: »Es ist schon in Ordnung, daß Sie Vincente erschossen haben, Mr. Partridge. Er hat uns zwar manchmal geholfen, er war trotzdem einer von denen. Sie haben meinen Opa getötet und mir zwei Finger abgeschnitten, und jetzt kann ich nie mehr Klavier spielen.« Er hielt seine bandagierte Hand in die Höhe.

»Sag einfach Harry zu mir«, erwiderte Partridge. »Ja, ich weiß, was mit deinem Großvater und deinen Fingern passiert ist. Es tut mir furchtbar leid.«

Wieder diese hölzerne, leiernde Stimme. »Weißt du, was das Stockholm-Syndrom ist? Meine Mom weiß es. Wenn du willst, erzählt sie es dir.«

Partridge musterte Nicky schweigend. Er hatte schon früher Menschen gesehen, die mehr erlitten hatten, als ihr Verstand ertragen konnte, und kannte so die Symptome eines Schocks. Die Art, wie der Junge sprach, zeigte ebendiese Symptome. Er brauchte so schnell wie möglich ärztliche Betreuung. Doch im Augenblick konnte Partridge nichts anderes tun, als den Jungen an sich zu ziehen. Er spürte, wie er reagierte und sich an ihn drückte.

Partridge sah, daß Jessica den Jungen ebenso besorgt musterte wie er selbst. Auch ihr wäre es lieber gewesen, wenn nicht gerade Vincente in dieser Nacht Dienst gehabt hätte. Wenn es Ramón gewesen wäre, hätte es ihr nichts ausgemacht. Aber trotzdem war sie bestürzt über Nickys Worte und sein Verhalten.

Mit einer beruhigenden Geste versuchte Partridge, Jessica aufzumuntern. »Gehen wir«, befahl er dann.

In seiner freien Hand hielt er die Kalaschnikow; es war eine gute Angriffswaffe, die er vielleicht noch brauchen konnte. In seiner Tasche steckten zwei Reservemagazine, die Vincente am Körper getragen hatte.

An der Tür tauchte Minh auf. Er hatte seine Kamera von draußen geholt und filmte den Aufbruch mit den Zellen als Hintergrund. Er benutzte einen speziellen Restlichtverstärker – Infrarotvorsätze waren für Videobänder untauglich –, der auch bei Dunkelheit passable Bilder lieferte.

Seit gestern hatte Minh immer wieder Aufnahmen gemacht, allerdings nur sehr sparsam, da er nur wenige Kassetten hatte mitnehmen können.

In diesem Augenblick stürzte Fernández, der die anderen Gebäude beobachtet hatte, in die Hütte. »Da kommt jemand«, warnte er Partridge atemlos, »eine Frau. Alleine. Ich glaube, sie ist bewaffnet.« Und schon waren Schritte zu hören, die rasch näher kamen.

Für Befehle oder irgendwelche Vorkehrungen war keine Zeit. Jeder blieb stehen, wo er war. Jessica stand seitlich neben der Tür. Minh stand der Öffnung direkt gegenüber, die anderen waren in der Dunkelheit nicht zu erkennen. Partridge hielt die Kalaschnikow im

Anschlag. Er wußte zwar, daß ein Feuerstoß das ganze Dorf aufwecken würde, um aber seine Browning mit Schalldämpfer benutzen zu können, hätte er die MP ablegen und die Pistole in die andere Hand nehmen müssen. Und dazu war keine Zeit mehr.

Mit schnellen Schritten betrat Socorro die Hütte. Sie trug einen Morgenrock und hielt einen entsicherten Revolver vom Typ Smith & Wesson in der Hand. Jessica hatte Socorro schon öfter mit einer Waffe gesehen, allerdings immer nur im Halfter, nie in der Hand.

Trotz der schußbereiten Pistole schien Socorro nichts Außergewöhnliches zu erwarten, und in dem trüben Licht hielt sie Minh einen Augenblick lang für die Wache. »*Pensé que escuché ...*«, sagte sie, merkte dann aber, daß es gar nicht Vincente war, und sah nach links, wo Jessica stand. »*Qué haces ...?*« rief sie und hielt dann plötzlich inne.

Was nun folgte, passierte so schnell, daß sich später keiner der Beteiligten an den genauen Ablauf erinnern konnte.

Socorro hob den Revolver und machte, mit dem Finger am Abzug, einen schnellen Satz auf Jessica zu. Vermutlich wollte sie Jessica als Geisel nehmen.

Jessica sah sie kommen und reagierte ähnlich schnell. Sie erinnerte sich an CQB, die Nahkampftechnik, die sie gelernt hatte, und vor allem an eine Grundregel, die Brigadier Wade ihr eingeschärft hatte: *Wenn der Gegner auf einen zukommt, weicht man meist instinktiv zurück. Der Gegner erwartet das auch. Aber das dürfen Sie auf keinen Fall tun! Sie müssen ihn überraschen, indem sie auf ihn zugehen!*

Blitzschnell sprang Jessica auf Socorro zu und schlug ihr mit der geballten linken Faust gegen die Innenseite des rechten Arms. Der Arm flog hoch, die Finger öffneten sich, und die Pistole fiel zu Boden. Sie stieß ihr zwei Finger gegen die Kehle und zog ihr mit dem Fuß die Beine weg. Bevor Socorro fallen konnte, hatte Jessica sie im Würgegriff und drückte zu. Im Krieg – und für den war CQB ja gedacht – würde sie dem Gegner nun mit einem Ruck das Genick brechen.

Doch Jessica, die noch nie jemand getötet oder auch nur mit dem Gedanken gespielt hatte, zögerte. Sie spürte, daß Socorro etwas sagen wollte, und lockerte leicht ihren Griff.

Keuchend und stammelnd flehte Socorro: »Laß mich gehen ... Ich werde euch helfen ... mit euch fliehen ... kenne den Weg.«

Partridge war näher gekommen und hatte alles verstanden. »Kannst du ihr trauen?« fragte er Jessica.

Wieder zögerte Jessica. Sie hatte plötzlich Mitleid mit Socorro, die ja nicht durch und durch böse gewesen war. Während der ganzen Zeit hatte Jessica das Gefühl gehabt, daß Socorros Arbeit als Krankenschwester in Amerika eine Spur des Guten in ihr zurückgelassen hatte. Sie hatte sich um Nickys Verbrennungen gekümmert und seine Fingerstümpfe versorgt. Dann war da diese Tafel Schokolade gewesen, die sie ihnen ins Boot warf, als sie Hunger hatten. Socorro hatte ihre Lebensbedingungen verbessert, indem sie Fensterlöcher in die Wände schneiden ließ ... hatte Miguels Befehl mißachtet und Jessica zu Nicky gelassen ...

Aber dieselbe Socorro war auch von Anfang an Teil dieser Entführung gewesen und hatte Jessica, als Nicky die Finger abgeschnitten wurden, mit barschen Worten zum Schweigen gebracht.

Plötzlich schossen Jessica Nickys Worte durch den Kopf: *»Es ist schon in Ordnung, daß du Vincente erschossen hast ... Er hat uns zwar manchmal geholfen, aber er war trotzdem einer von denen ... Weißt du, was das Stockholm-Syndrom ist? ... Meine Mom weiß es ...«*

Hüte dich vor dem Stockholm-Syndrom!

Jessica kannte die Antwort auf Partridges Frage. Sie schüttelte den Kopf und sagte: »Nein!«

Ihre Blicke trafen sich. Harry war erstaunt über Jessicas Fähigkeiten im Nahkampf. Er fragte sich, wo sie es gelernt hatte und warum. Doch im Augenblick war das gleichgültig. Wichtig war nur, daß sie eine Entscheidung getroffen hatte und ihn jetzt mit den Augen um Zustimmung bat. Er nickte knapp. Dann wandte er sich ab, weil er nicht sehen wollte, was nun kam.

Jessica mußte ihren ganzen Mut zusammennehmen. Sie drückte fest zu und riß dann Socorros Kopf scharf nach links. Es gab ein leises, knackendes Geräusch, der Körper in ihrem Arm wurde schlaff. Sie ließ ihn zu Boden sinken.

Unter Partridges Führung schlichen sich Jessica, Nicky, Minh und Fernández leise durch das Dorf. Kein Mensch war zu sehen.

Am Landungssteg sagte Ken O'Hara: »Ich hab' schon geglaubt, ihr würdet gar nicht mehr kommen.«

»Wir hatten Probleme«, erwiderte Partridge. »Jetzt aber schnell. Welches Boot?«

»Das da.« Es war ein offener, hölzerner Kahn, etwa zehn Meter lang, mit zwei Außenbordmotoren. Zwei Leinen hielten ihn am Steg. »Ich hab' mir aus den anderen Booten zusätzlichen Treibstoff besorgt.« O'Hara wies auf einige Plastikkanister im Heck.

»Alles an Bord!« befahl Partridge.

Bis vor kurzem noch hatten Wolken den Dreiviertelmond verhüllt, doch jetzt rissen sie auf, und alles wurde heller, vor allem über dem Wasser.

Fernández half Jessica und Nicky in das Boot. Jessica zitterte am ganzen Körper, so elend war ihr; die Exekution Socorros zeigte Wirkung. Minh filmte die Szene vom Steg aus und sprang als letzter ins Boot, während O'Hara die Leinen löste und es mit einem Riemen abstieß. Fernández packte den zweiten Riemen, und zusammen ruderten sie das Boot in die Flußmitte.

Partridge sah sich um und bemerkte, daß O'Hara die Wartezeit genutzt hatte. Einige der anderen Boote lagen am Ufer auf Grund, andere trieben auf dem Fluß davon.

»Ich hab' ein paar Stöpsel gezogen.« O'Hara deutete auf die Boote am Ufer. »Man kann sie zwar wieder aufblasen, aber das wird eine Weile dauern. Von den guten Motoren hab' ich ein paar ins Wasser geworfen.«

»Gute Arbeit, Ken!« sagte Partridge. Seine Entscheidung, O'Hara mitzunehmen, hatte er noch kein einziges Mal bereut.

Es gab keine Sitzgelegenheiten in dem Boot. Wie in dem, das Jessica, Nicky und Angus hierhergebracht hatte, saßen die Passagiere auf Planken, die längs über den Kiel verliefen. Die beiden Ruderer standen an den Flanken und hatten einiges zu tun, um den Kahn in die Flußmitte zu bringen. Doch allmählich entschwand Nueva Esperanza ihren Blicken, und die starke Strömung trieb sie voran.

Partridge hatte auf die Uhr gesehen, als sie vom Landungssteg ablegten: 2 Uhr 35. Da sie mit der Strömung schnell vorankamen, sagte er um 2 Uhr 50 zu O'Hara, er solle die Motoren anlassen.

O'Hara öffnete die Luftzufuhr am Treibstofftank des Backbordmotors, zog den Choke, drückte ein paar Mal auf den Gummiball für die Benzinzufuhr und riß dann kräftig am Starterseil. Die Maschine sprang sofort an und summte im Leerlauf. Der zweite Motor folgte. Dann legte O'Hara bei beiden den Gang ein, und Augenblicke später schoß das Boot vorwärts.

Der Himmel war noch immer klar. Das helle Mondlicht, das sich auf der Wasseroberfläche spiegelte, erleichterte die Navigation auf dem gewundenen Flußlauf.

»Zu welcher Landepiste fahren wir jetzt?« fragte Fernández.

Partridge stellte sich die Landkarte vor, die er inzwischen beinahe auswendig kannte, und überlegte.

Da sie über den Fluß flohen, schied die Durchgangsstraße, auf der sie gelandet waren, auf jeden Fall aus. So blieb noch die kleine Piste der Drogenhändler, die sie in etwa eineinhalb Stunden erreichen würden, und die Piste bei Sion, die noch eine dreistündige Bootsfahrt und einen anstrengenden Dreimeilenmarsch durch den Dschungel entfernt lag.

Wenn sie versuchten, Sion bis zum vereinbarten Zeitpunkt um acht Uhr zu erreichen, würde die Zeit möglicherweise knapp. Andererseits würden sie bei der ersten Piste um einige Stunden zu früh eintreffen; und falls ihre Verfolger sie einholten, würde es zu einem Feuergefecht kommen, das sie nur verlieren konnten, da sie zahlenmäßig wie in der Bewaffnung unterlegen waren.

Es schien also am vernünftigsten, die größtmögliche Distanz zwischen sich und Nueva Esperanza zu bringen.

»Wir fahren nach Sion«, verkündete Partridge. »Wenn wir an Land sind, wartet auf uns ein Gewaltmarsch durch den Dschungel. Also ruht euch jetzt aus und versucht, zu Kräften zu kommen.«

Mit der Zeit beruhigte sich Jessica wieder, das unkontrollierte Zittern ließ nach, die Übelkeit verschwand. Sie fragte sich allerdings, ob sie je über das, was sie getan hatte, ganz hinwegkommen würde. Socorros verzweifeltes, flehendes Flüstern würde ihr mit Sicherheit noch lange in den Ohren klingen.

Doch Nicky war in Sicherheit – für den Augenblick zumindest –, und das war das Wichtigste.

Ihr war aufgefallen, daß Nicky seit dem Verlassen der Gefängnishütte Partridge nicht mehr von der Seite wich, so als sei Harry ein Magnet, von dem er sich angezogen fühlte. Auch jetzt saß er neben Harry im Boot; es war offensichtlich, daß er Körperkontakt suchte, denn er kuschelte sich eng an ihn. Harry schien es nichts auszumachen. Er hatte ihm sogar, wie auch schon zuvor, den Arm um die Schulter gelegt.

Jessica gefiel das. Es sah so aus, als wäre Harry für Nicky der strahlende Gegenpol zu der gemeinen Bande, die ihnen so viel Entsetzliches zugefügt hatte – Miguel, Baudelio, Gustavo, Ramón ... andere, deren Namen sie nicht kannte ... ja, auch Vincente und Socorro.

Aber es war noch mehr. Nicky hatte schon immer ein Gespür für Menschen gehabt. Jessica hatte Harry einmal geliebt, und in gewisser Weise tat sie es immer noch, vor allem jetzt, da Dankbarkeit und Liebe sich vermischten. Es war deshalb gar nicht verwunderlich, daß ihr Sohn instinktiv dieses Gefühl teilte.

Nicky schien zu schlafen. Partridge löste sich behutsam von ihm und setzte sich neben Jessica. Fernández sah es und wechselte ebenfalls den Platz, um das Boot in der Balance zu halten.

Auch Partridge hatte an die Vergangenheit gedacht, daran, was Jessica und er einander früher einmal bedeutet hatten. Und schon nach dieser kurzen Zeit merkte er, daß sich eigentlich nichts geändert hatte. Alles, was er an ihr bewundert hatte – ihren schnellen Verstand, ihren Mut, ihre Wärme, ihre Intelligenz und ihren Einfallsreichtum –, besaß sie noch immer. Er wußte, wenn er länger mit Jessica zusammen wäre, würde seine alte Liebe zurückkehren. Ein provokativer Gedanke – doch das würde nicht passieren.

Sie hatte sich ihm zugewandt, vielleicht las sie seine Gedanken. Er wußte noch von früher, daß sie das manchmal konnte.

»Hast du in dieser Hütte eigentlich je die Hoffnung aufgegeben?«

»Manchmal war ich kurz davor, doch ganz aufgegeben hab' ich sie nie«, antwortete Jessica. Sie lächelte. »Wenn ich gewußt hätte, daß du die Rettungsaktion leitest, wäre das etwas ganz anderes gewesen.«

»Wir sind ein Team«, sagte er. »Crawf gehört auch dazu. Er hat Entsetzliches durchgemacht, aber du ja auch. Wenn wir zurück sind, werdet ihr euch gegenseitig brauchen.«

Er spürte, daß sie wußte, was unausgesprochen hinter seinen Worten stand: Er war zwar vorübergehend in ihr Leben zurückgekehrt, würde aber bald wieder daraus verschwinden.

»Schön, daß du das gesagt hast, Harry. Und was wirst du tun?«

Er zuckte mit den Achseln. »Weiter als Reporter arbeiten. Irgendwo gibt es einen anderen Krieg. Das ist immer so.«

»Und zwischen den Kriegen?«

Auf manche Fragen gab es keine Antworten. Er wechselte das Thema. »Dein Nicky ist in Ordnung – ein Junge, wie ich ihn selber gerne hätte.«

Es hätte sein können, dachte Jessica. *Für uns beide, vor vielen Jahren.*

Ohne daß Partridge es wollte, mußte er plötzlich an Gemma und ihren ungeborenen Sohn denken.

Jessica neben ihm seufzte. »Oh, Harry!«

Dann schwiegen sie und lauschten dem Brummen der Motoren und dem Rauschen des Wassers. Sie streckte die Hand aus und legte sie auf die seine. »Danke, Harry«, sagte sie. »Danke für alles ... Ich werde dich immer lieben.«

17

Miguel feuerte drei Schüsse in die Luft.

Es war die effektivste Art, Alarm zu schlagen.

Vor knapp einer Minute hatte er das Verschwinden der Gefangenen und Socorros und Vincentes Leichen entdeckt.

Es war 3 Uhr 15, und seit Partridge, Jessica, Nicky, Minh, O'Hara und Fernández Nueva Esperanza verlassen hatten, waren genau vierzig Minuten vergangen. Doch das wußte Miguel nicht.

Er raste vor Wut. In der Gefangenenhütte hatte er den Stuhl gepackt und gegen eine Wand geworfen; der Stuhl war zerbrochen. Und jetzt hätte er am liebsten alle, die für die Flucht der Gefangenen verantwortlich waren, zu Tode geprügelt.

Doch zwei von ihnen waren bereits tot. Und Miguel wußte nur zu gut, daß auch er nicht unschuldig war.

Ohne Frage hatte er viel zu wenig auf Disziplin geachtet. Aber das merkte er erst jetzt, als es schon zu spät war. Seit der Ankunft in Nueva Esperanza hatte er seine Aufsichtspflicht immer wieder vernachlässigt, vor allem in Situationen, in denen er besonders wachsam hätte sein sollen. So hatte er die Bewachung der Gefangenen bei Nacht ganz den anderen überlassen.

Der Grund für diese Schwäche war seine heimliche Zuneigung für Socorro.

Schon in dem Haus in Hackensack hatte er sie begehrt, vor der Entführung und danach. Noch jetzt erinnerte er sich an ihre provozierende Sexualität, als sie am Tag ihrer Abreise mit einem spöttischen Lächeln zu ihm gesagt hatte: *»Das sind Röhrchen in den Schwänzen der Männer und in der Möse der Frau. Entiendes?«*

Ja, er hatte verstanden. Er hatte auch verstanden, daß sie ihn verspottete, so wie sie alle anderen in Hackensack verspottete – zum Beispiel in der Nacht, als sie es so geräuschvoll mit Carlos trieb, was Rafael, den sie verschmäht hatte, fast wahnsinnig machte vor Eifersucht.

Aber damals hatte Miguel andere Dinge im Kopf, seine Verantwortung hatte ihn voll ausgefüllt, und er konnte sein Verlangen nach Socorro noch im Zaum halten.

In Nueva Esperanza war das anders gewesen.

Er haßte den Dschungel; er erinnerte sich noch gut an seine Gefühle am Tag ihrer Ankunft. Außerdem hatte er hier sehr wenig zu tun. An die Möglichkeit einer Flucht seiner Gefangenen hatte er nie ernsthaft gedacht; Nueva Esperanza lag so tief im Sendero-Territorium, daß er sich vollkommen sicher fühlte. Die Tage vergingen deshalb nur langsam, und auch die Nächte – bis Socorro ihn eines Tages erhörte und ihm die Tür zu einem Paradies öffnete.

Seitdem hatten sie jede Nacht miteinander geschlafen, und manchmal sogar am Tag. Er hatte noch nie eine so erfahrene und geschickte Geliebte gehabt. Doch schließlich war er ihr hörig geworden, und wie ein Drogensüchtiger, der nur an seinen nächsten Schuß dachte, hatte er fast alles andere vernachlässigt.

Jetzt mußte er für diese Sucht bezahlen.

In dieser Nacht hatte er, nach einem besonders ausführlichen Liebesspiel tief geschlafen. Vor etwa zwanzig Minuten war er dann wieder aufgewacht und hatte neben sich gegriffen, weil er noch einmal Lust auf Socorro hatte. Sie war verschwunden. Er wartete eine Weile auf sie, doch als sie nicht kam, stand er auf, um sie zu suchen. Seine Makarow, die er immer bei sich trug, nahm er mit.

Was er entdeckte, brachte ihn mit einem Schlag in die Wirklichkeit zurück.

Ich werde dafür bezahlen müssen, dachte er, wahrscheinlich sogar mit meinem Leben, wenn der Sendero Luminoso davon Wind bekommt und wenn es mir nicht gelingt, die Entflohenen erneut gefangenzunehmen. Deshalb mußte er sie aufspüren und zurückbringen – koste es, was es wolle.

Von Miguels Schüssen alarmiert, kamen jetzt die anderen Wachen aus ihren Hütten und liefen, mit Gustavo an der Spitze, zu ihm.

In ohnmächtiger Wut schrie er sie an: »*Maldita escoria, imbeciles inservibles! Por su estupidez ... Nunca vigilar! Solo dormir y tomar! Sin cuidar! ... los presos de mierda se escaparon.*«

Dann nahm er sich Gustavo vor: »Du verdammter, unfähiger Trottel! Ein räudiger Hund wäre ein besserer Anführer als du! Während du geschlafen hast, sind Fremde hier eingedrungen. Die haben dich offenbar überhaupt nicht gestört, du hast ihnen sogar noch geholfen. Also los! Ich will wissen, woher sie gekommen und wohin sie verschwunden sind. Die haben hundertprozentig irgendwelche Spuren hinterlassen.«

Gustavo schoß davon und war wenige Augenblicke später zurück. »Sie sind über den Fluß geflohen«, berichtete er. »Einige Boote sind verschwunden, andere versenkt!«

Wutentbrannt lief Miguel zum Landungssteg. Die Verwüstung, die er vorfand – Halteleinen zerschnitten, Boote und Motoren verschwunden, andere Boote im seichten Wasser auf Grund –, trieb ihn fast zur Raserei. Doch er wußte, daß er nichts erreichte, wenn er sich nicht wieder beruhigte und seinen Zorn beherrschte. Er zwang sich deshalb, rational zu denken.

»Ich will die zwei besten Boote, die noch da sind, jedes mit zwei Motoren«, befahl er Gustavo in Spanisch. »Aber nicht erst in zehn Minuten, sondern sofort! Nimm dir jeden Mann! Ich will niemand rumstehen sehen! Und dann läßt du die Männer mit Waffen und Munition am Landungssteg antreten!«

Er versuchte, die Flucht zu rekonstruieren. Die Befreier waren höchstwahrscheinlich mit dem Flugzeug in die Gegend gekommen; es war die schnellste und praktischste Transportmöglichkeit. Sie würden deshalb den Dschungel auf dem gleichen Weg wieder verlassen, wobei es allerdings unwahrscheinlich war, daß sie das bereits geschafft hatten.

Ramón hatte eben berichtet, daß Vincente ihn kurz nach ein Uhr abgelöst hatte. Zu der Zeit waren die Gefangenen noch sicher in ihren Zellen. Auch wenn es kurz danach zu der Befreiung gekommen war, hatten die Flüchtenden maximal zwei Stunden Vorsprung. Doch Miguels Instinkt sagte ihm, daß es bedeutend weniger war. Gestützt wurde seine Vermutung durch die Tatsache, daß Socorros und Vincentes Leichen noch warm waren, als er sie fand.

Er überlegte weiter: Vom Fluß aus konnten sie zwei Landepisten erreichen. Die eine, die etwas näher lag, hatte keinen Namen, sie wurde ausschließlich zum Drogentransport benutzt. Die zweite war Sion, wo er und die anderen vor mehr als vierzehn Tagen mit den Gefangenen gelandet waren. Sion war fast doppelt so weit entfernt wie die erste Piste.

Da Miguel sich Gründe für die Benutzung jeder der beiden Pisten vorstellen konnte, beschloß er, ein Boot mit bewaffneten Männern zu der näheren zu schicken und eins nach Sion. Er selbst wollte in dem Boot nach Sion mitfahren.

Während er noch nachdachte, wurde am Landungssteg bereits hektisch gearbeitet. Zwei der versenkten Boote wurden ans Ufer gezogen und ausgeleert. Die Dorfbewohner halfen Miguels Männern, denn sie alle wußten, daß der Sendero Luminoso auch die Einheimischen bedenkenlos abschlachten würde, wenn sie nicht kooperierten. Ähnliches war schon mehrfach passiert.

Trotz der Eile dauerte es länger, als es Miguel recht sein konnte, bis sie aufbrachen. Doch wenige Minuten vor vier stießen die zwei Boote vom Steg ab und jagten mit Vollgas flußabwärts. Miguels Boot war um einiges schneller und ließ das andere bald hinter sich. Gustavo stand am Steuer.

Miguel spielte mit seiner Beretta, die er zusätzlich zur Makarow mitgenommen hatte, und spürte, wie die Wut wieder in ihm hochstieg. Er hatte noch immer keine Ahnung, wer die Gefangenen befreit hatte. Aber wenn er sie fand und zurückbrachte – lebend, wie er vorhatte –, würde er sie mit langsamen und schrecklichen Folterungen dafür büßen lassen.

18

Während die Cheyenne II der Aerolibertad in Lima vom Boden abhob, fiel Crawford Sloane eine Zeile aus einer längst vergangenen Zeit ein: *...auf den Schwingen des Morgens hinaus in die Weite des Meeres ...*

Tags zuvor, am Sonntag, hatten sie sich schon einmal auf den Schwingen des Morgens in die Luft erhoben, nicht hinaus aufs Meer, sondern ins Landesinnere, doch ohne Ergebnis. Auch jetzt ging es wieder ins Landesinnere – wieder in den Dschungel.

Rita saß neben Sloane in der zweiten Sitzreihe der Maschine. Vor ihnen saßen der Pilot, Oswaldo Zileri, und ein junger Kopilot, Felipe Guerra.

Bei ihrem dreistündigen Flug am Vortag hatten sie alle drei Treffpunkte überflogen. Obwohl Sloane immer rechtzeitig informiert wurde, hatte er Schwierigkeiten, die Pisten zu erkennen, so endlos und undurchdringlich wirkte die Selva aus der Luft. »Es ist wie in bestimmten Gegenden von Vietnam«, sagte er zu Rita, »nur sehr viel dichter.«

Während sie über den einzelnen Treffpunkten kreisten, suchten alle vier den Boden nach Signalen oder Anzeichen für Bewegung ab. Aber es war nirgends etwas zu entdecken.

Sloane hoffte verzweifelt, daß es heute anders sein würde.

Bei Tagesanbruch stieg die Cheyenne II über das Zentralmassiv der Kordilleren. Dahinter sank sie langsam auf die Selva und das obere Flußtal des Huallaga zu.

19

Partridge wußte, daß er sich verschätzt hatte. Sie waren viel zu spät dran.

Bei seiner Entscheidung für Sion hatte er nicht eingerechnet, daß sie Schwierigkeiten mit dem Boot bekommen könnten. Es passierte etwa zwei Stunden nach der Abfahrt von Nueva Esperanza, eine Stunde vor der Ankunft an ihrem geplanten Landeplatz.

Bis dahin waren beide Motoren laut, aber gleichmäßig gelaufen. Dann plötzlich drang aus dem Backbordmotor ein schriller Pfeifton. Ken O'Hara nahm sofort das Gas weg, ging in den Leerlauf und schaltete ab. Das Pfeifen hörte auf, und der Motor wurde still.

Der Steuerbordmotor lief weiter, doch das Boot kam nun deutlich langsamer vorwärts.

Partridge ging zum Heck und fragte O'Hara: »Kannst du das reparieren?«

»Ich fürchte nicht.« O'Hara hatte die Schutzhaube abgenommen und untersuchte die Maschine. »Der Motor ist überhitzt, deshalb der Pfeifton. Die Wasserzufuhr ist in Ordnung, also ist wahrscheinlich die Kühlwasserpumpe kaputt. Auch wenn ich Werkzeug hätte, um den Motor zu zerlegen, bräuchten wir Ersatzteile, und da wir beides nicht haben ...« Er beendete den Satz nicht.

»Also nichts zu machen?«

O'Hara schüttelte den Kopf. »Tut mir leid, Harry.«

»Was passiert, wenn wir ihn einfach weiterlaufen lassen?«

»Dann läuft er noch kurze Zeit und erhitzt sich immer mehr. Irgendwann ist dann alles so heiß, daß Kolben und Zylinderblock verschmelzen. Danach ist er bloß noch Schrott.«

»Laß ihn laufen«, sagte Partridge. »Wenn wir sonst nichts tun können, dann holen wir eben das Letzte aus ihm raus.«

»Du bist der Käpt'n«, erwiderte O'Hara, obwohl er nur ungern einen Motor ruinierte, den man unter normalen Umständen hätte reparieren können.

Wie O'Hara vorausgesagt hatte, lief der Motor mit kreischendem Signalton und immer stärker werdendem Brandgeruch noch ein paar Minuten, setzte dann aus und ließ sich nicht mehr starten. Das Boot wurde sofort wieder langsamer, und Partridge sah ängstlich auf die Uhr.

Die Geschwindigkeit hatte sich schätzungsweise um die Hälfte reduziert, und das bedeutete, daß sie für den Rest der Strecke nicht eine, sondern zwei Stunden brauchen würden.

Schließlich dauerte es zweieinviertel Stunden, bis um 6 Uhr 50 ihre Landestelle in Sicht kam. Partridge und Fernández hatten sie anhand der Karte erkannt und auch an den Anzeichen einer früheren Benutzung – Limonadedosen und anderem Abfall am Ufer. Nun mußten sie die drei Meilen des schwierigen Dschungelpfades nach Sion in einer Stunde zurücklegen. Das war viel weniger Zeit, als er geplant hatte. War das überhaupt noch zu schaffen?

»Wir müssen es schaffen«, sagte Partridge und erklärte Jessica und Nicky ihr Problem. »Es wird sehr anstrengend werden, aber wir haben keine Zeit für Ruhepausen, und wenn nötig, werden wir uns gegenseitig helfen. Fernández wird uns führen. Ich übernehme die Rückendeckung.«

Minuten später setzte der Kiel auf dem Ufersand auf, und die Gruppe watete durch das seichte Wasser an Land. Direkt vor ihnen lag eine Öffnung in der ansonsten undurchdringlichen Dschungelwand.

Hätten sie mehr Zeit gehabt, hätte Partridge versucht, das Boot zu verstecken oder es in die Flußmitte zu stoßen und treiben zu lassen. So aber mußten sie es am Ufer liegenlassen.

Kurz vor Betreten des Dschungels blieb Fernández plötzlich stehen und brachte die anderen mit einer Handbewegung zum Schweigen. Er legte den Kopf schief und lauschte angestrengt in die stille Morgenluft. Er war vertrauter mit dem Dschungel als die anderen und konnte dessen Geräusche besser unterscheiden. »Hört ihr?« fragte er leise.

Partridge lauschte nun ebenfalls und glaubte, aus der Richtung, aus der sie gekommen waren, ein leises Brummen zu hören. Er war sich nicht ganz sicher und fragte deshalb: »Was ist das?«

»Ein anderes Boot«, antwortete Fernández. »Es ist noch ziemlich weit entfernt, kommt aber schnell näher.«

Ohne noch mehr Zeit zu verlieren, drangen sie in den Dschungel ein.

Der Pfad war bei weitem nicht so schwierig wie der, den Partridge und die anderen drei Tage zuvor bewältigt hatten. Offensichtlich wurde er häufiger benutzt, denn er war nur leicht überwuchert und an keiner Stelle unpassierbar.

Trotzdem hatte er seine Tücken. Unebener Boden, vorstehende Wurzeln und weiche Stellen, wo man bis zu den Knöcheln in Schlamm oder Wasser versank, waren ständige Gefahrenquellen.

»Paßt auf, wo ihr hintretet«, sagte Fernández, der an der Spitze des Zuges marschierte und ein sehr forsches Tempo vorgab.

Partridge nahm die Warnung auf und versuchte einen Witz daraus zu machen, um die anderen bei Laune zu halten. »Wir wollen keinen tragen müssen. Ich schwitze auch so schon genug.«

Auch die anderen litten unter der drückenden, feuchten Hitze, die im Lauf des Tages noch schlimmer werden sollte. Die Insekten waren nicht weniger lästig.

Eine Frage beschäftigte Partridge vor allem: Wie lange konnten Jessica und Nicky es unter diesen mörderischen Bedingungen aushalten? Nach einer Weile merkte er, daß Jessica es schaffen würde; sie hatte die nötige Entschlossenheit und offensichtlich auch die Kraft. Doch Nicky zeigte bereits die ersten Anzeichen von Schwäche.

Anfangs hatte Nicky sich am Ende des Zuges gehalten, er wollte, wie schon zuvor, bei Partridge sein. Aber Partridge bestand darauf, daß er und Jessica an der Spitze, direkt hinter Fernández, gingen. »Wir können später noch zusammensein, Nicky«, sagte er. »Aber jetzt will ich, daß du bei deiner Mutter bleibst.« Nicky hatte nur widerstrebend gehorcht.

Da Partridge annahm, daß das Boot, das sie gehört hatten, ihre Verfolger brachte, machte er sich auf einen Angriff von hinten gefaßt. Falls es dazu kommen würde, wollte er versuchen, ihn abzuwehren, während die anderen weitermarschierten. Die Kalaschnikow über seiner Schulter war schußbereit, und die Reservemagazine steckten in einer Außentasche, so daß er mit einem Handgriff nachladen konnte.

Wieder sah Partridge auf die Uhr: 7 Uhr 35. Sie waren schon fast vierzig Minuten unterwegs. Partridge dachte an den Termin um acht Uhr und hoffte, daß sie bereits drei Viertel der Strecke zurückgelegt hatten.

Minuten später waren sie zum Anhalten gezwungen.

Nachträglich gesehen erschien es wie eine Ironie des Schicksals, daß ausgerechnet Fernández, der die anderen zur Vorsicht ermahnt hatte, sich in einem im Schlamm verborgenen Wurzelgeflecht verfing und schwer stürzte. Als Partridge zu ihm kam, wurde er bereits von Minh gestützt, während O'Hara versuchte, seinen Fuß zu befreien. Fernández verzog vor Schmerzen das Gesicht.

»Sieht so aus, als hätte ich einen Fehler gemacht«, sagte er zu Partridge. »Tut mir leid. Ich habe euch im Stich gelassen.«

Als der Fuß wieder frei war, konnte Fernández nur unter starken Schmerzen auftreten. Sein Knöchel war entweder gebrochen oder schwer verstaucht.

»Das ist nicht wahr; du hast uns nie im Stich gelassen«, sagte Partridge. »Du warst unser Führer und ein guter Kamerad. Wir werden eine Trage für dich bauen. Dann schaffen wir das schon.«

Fernández schüttelte den Kopf. »Auch wenn's möglich wäre, dazu ist keine Zeit. Ich hab' zwar bisher nichts gesagt, Harry, aber ich habe hinter uns Geräusche gehört. Sie verfolgen uns und sind schon ziemlich nahe. Ihr müßt weitergehen, ich bleibe hier.«

Jessica kam dazu. »Wir können ihn doch nicht hierlassen«, sagte sie zu Partridge.

»Einer von uns kann ihn auf den Rücken nehmen«, sagte O'Hara. »Ich werde es versuchen.«

»In dieser Hitze?« Fernández klang ungeduldig. »Keine hundert Meter weit würdest du kommen, und ihr müßtet alle viel langsamer gehen.«

Partridge wollte selber protestieren, merkte aber, daß es sinnlos war. Fernández hatte recht, es gab keine andere Möglichkeit, als ihn zurückzulassen. So sagte er nur: »Wenn es irgendwie geht, kommen wir zurück und holen dich.«

»Vergeudet keine Zeit mehr. Ich will nur noch schnell ein paar Dinge sagen.« Fernández saß an einen Baum gelehnt neben dem Pfad. Das Unterholz war zu dicht, um ihn weiter hineinzusetzen. Partridge und Jessica knieten sich neben ihn.

»Ich habe eine Frau und vier Kinder«, sagte Fernández. »Ich möchte gern in dem Bewußtsein sterben, daß sich jemand um sie kümmert.«

»Du arbeitest für CBA«, erwiderte Partridge, »und CBA wird für sie sorgen. Ich gebe dir mein Wort, das ist ein offizielles Versprechen. Die Ausbildung der Kinder – alles.«

Fernández nickte und wies dann auf das M-16, das er getragen hatte. »Das Gewehr nehmt besser ihr. Ihr werdet es brauchen. Aber ich habe nicht die Absicht, am Leben zu bleiben. Ich hätte gern eine Pistole.«

Partridge zog seine Browning aus der Tasche, schraubte den Schalldämpfer ab und gab sie ihm.

»Oh, Fernández!« Jessicas Stimme klang erstickt, ihre Augen füllten sich mit Tränen. »Nicky und ich verdanken dir so viel.« Sie beugte sich vor und küßte ihn auf die Stirn.

»Jetzt geht endlich!« drängte Fernández. »Verliert keine Zeit mehr, sonst war alles umsonst, was wir bis jetzt erreicht haben!«

Während Jessica aufstand, nahm Partridge Fernández in den Arm und küßte ihn auf beide Wangen. Hinter ihm warteten Minh und O'Hara, die Fernández ebenfalls zum Abschied umarmen wollten.

Partridge stand auf und ging weg. Er drehte sich nicht mehr um.

Als Miguel das Boot am Ufer vor dem Dschungelpfad liegen sah und erkannte, daß es eins aus ihrer Flotte war, war er froh, daß er im Boot nach Sion mitgefahren war.

Es freute ihn noch mehr, als Ramón, der sofort nach dem Anlegen zu dem anderen Boot gelaufen war, herüberrief: *»Un motor está caliente, el otro frio – fundido.«*

Der noch heiße Motor bedeutete, daß die Flüchtenden noch nicht sehr lange im Dschungel sein konnten. Der kalte ausgebrannte Motor wies darauf hin, daß das Boot nur mit halber Kraft gefahren und deshalb verspätet hier angekommen war.

Neben Miguel gehörten sieben Mann zu der Sendero-Truppe. In Spanisch rief Miguel nun den Männern zu: »Der bourgeoise Abschaum kann noch nicht weit sein. Wir werden sie fangen und bestrafen. Wir müssen nur ebenso schnell sein wie Guzmáns Zorn!«

Unter heiserem Lachen machten sie sich auf den Weg.

»Wir sind ein paar Minuten zu früh dran«, sagte Rita Abrams zu Oswaldo Zileri, dem Piloten der Cheyenne II, als sie die Landepiste bei Sion anflogen – ihr erstes Ziel. Kurz zuvor hatte sie auf die Uhr gesehen: 7 Uhr 55.

»Wir werden kreisen und beobachten«, erwiderte der Pilot. »Aber es ist unwahrscheinlich, daß Ihre Freunde hierherkommen.«

Wie schon am Tag zuvor spähten alle vier – Rita, Crawford Sloane, Zileri und Felipe, der Kopilot – hinunter auf das dichte grüne Blätterdach. Sie suchten nach Anzeichen von Bewegung, vor allem in der Umgebung der kurzen, von Bäumen gesäumten Landepiste, die nur zu erkennen war, wenn die Maschine sich direkt darüber befand. Doch auch an diesem Tag war nichts zu erkennen.

Für Nicky wurde es allmählich immer schwieriger, bei dem mörderischen Tempo mitzuhalten. Jessica und Minh halfen ihm, nahmen ihn bei den Armen und zogen oder hoben ihn über besonders schwierige Stellen. Irgendwann mußte Nicky getragen werden, doch für den Augenblick sparten sich die anderen noch ihre Kräfte auf.

Fernández hatten sie vor etwa zehn Minuten zurückgelassen. Nun führte Ken O'Hara die Gruppe an. Partridge lief am Ende wie schon zuvor und sah sich immer wieder um. Bis jetzt hatte er noch nichts entdecken können.

Das Blätterdach über ihren Köpfen schien etwas durchlässiger zu werden, Sonnenlicht brach durch die Äste und auch der Weg war breiter geworden. Partridge schloß daraus, daß sie sich der Landepiste näherten. Er glaubte auch, in der Entfernung das Geräusch eines Flugzeugs gehört zu haben, aber er war sich nicht sicher. Wieder sah er auf die Uhr: fast 7 Uhr 55.

In diesem Augenblick kam von irgendwo hinter ihnen ein kurzes krachendes Geräusch – eindeutig ein einzelner Schuß. Es konnte nur Fernández gewesen sein, dachte Partridge. Mit diesem Schuß aus der Browning, von der Partridge bewußt den Schalldämpfer abgeschraubt hatte, erwies der verläßliche Kontaktmann den anderen einen letzten Dienst – er warnte sie vor den heranrückenden Verfolgern. Wie zur Bestätigung folgten kurz darauf weitere Schüsse.

Vielleicht glaubten die Verfolger, als sie den vermutlich bereits toten Fernández am Wegrand liegen sahen, auch die anderen seien in der Nähe, und feuerten wild drauflos. Augenblicke später hörte die Schießerei wieder auf.

Partridge war am Rande der Erschöpfung. In den letzten Stunden hatte er kaum geschlafen und sich das Äußerste abverlangt. Jetzt hatte er Schwierigkeiten, sich zu konzentrieren.

In einem dieser Augenblicke des gedanklichen Abschweifens merkte er plötzlich, daß er sich nichts sehnlicher wünschte als Entspannung von der permanenten Hektik seines aktionsgeladenen Lebens ... Wenn dieses Abenteuer überstanden war, wollte er den abgebrochenen Urlaub fortsetzen, er würde einfach verschwinden und nicht verfügbar sein ... Vielleicht sollte er Vivien mitnehmen, die einzige Frau, deren Liebe für ihn erreichbar war. Jessica und Gemma gehörten der Vergangenheit an, Vivien konnte die Zukunft sein. Vielleicht hatte er sie bis jetzt unfair behandelt, vielleicht sollte er doch an eine Heirat denken ... Es war noch nicht zu spät ... Er wußte, daß Vivien es sehr gern hätte ...

Dann zwang er seine Gedanken in die Gegenwart zurück.

Plötzlich endete der Dschungel. Die Landepiste war in Sicht! Über ihren Köpfen kreiste ein Flugzeug – eine Cheyenne. Ken O'Hara – zuverlässig bis zum letzten, dachte Partridge – lud bereits eine grünmarkierte Patrone in die Signalpistole, die er die ganze Zeit bei sich getragen hatte. Grün für *Normal landen, alles in Ordnung.*

Im selben Augenblick krachten hinter ihnen zwei weitere Schüsse, doch diesmal schon viel näher.

»Schick eine rote Patrone hoch, keine grüne!« schrie Partridge O'Hara zu. »Aber schnell!«

Rot für *Schnell landen, wir sind in Gefahr!*

Es war bereits einige Minuten nach acht. In der Cheyenne II über der Landepiste drehte sich Zileri zu Rita und Sloane um. »Hier rührt sich nichts«, sagte er. »Wir fliegen jetzt die beiden anderen Treffpunkte an.«

Das Flugzeug drehte ab. Doch plötzlich rief Crawford Sloane: »Moment noch! Ich glaube, ich habe etwas gesehen!«

Zileri nahm wieder Kurs auf die Piste. »Wo?« fragte er.

»Irgendwo da unten«, erwiderte Sloane. »Ich weiß nicht genau, wo. Einen Augenblick lang ... habe ich gedacht ...« In seiner Stimme war die Unsicherheit deutlich zu hören.

Zileri umkreiste die Piste, und alle vier suchten sorgfältig das Terrain ab. Schließlich sagte der Pilot. »Ich sehe nichts. Ich glaube, wir sollten weiterfliegen.«

In diesem Augenblick schoß eine rote Signalpatrone vom Boden hoch.

O'Hara feuerte eine zweite Patrone ab.

»Das reicht. Sie haben uns gesehen«, sagte Partridge. Die Maschine flog bereits auf die Piste zu. Jetzt mußte er nur noch wissen, aus welcher Richtung das Flugzeug einfliegen würde. Dann könnte er sich die günstigste Position aussuchen, um die Verfolger aufzuhalten, während die anderen an Bord gingen.

Die Absicht des Piloten wurde sofort klar. Die Cheyenne beschrieb eine enge Kurve, verlor dabei rasch an Höhe und würde dicht über ihren Köpfen zur Landung ansetzen. Sie würde schließlich am anderen Ende der Piste zum Stehen kommen, also in entgegengesetzter Richtung zum Dschungelpfad, von dem die Schüsse kamen.

Partridge sah hinter sich, konnte aber trotz der Schüsse die Verfolger noch nicht erkennen. Den Grund für die Schießerei konnte er nur erraten. Vielleicht feuerte einer im Laufen ziellos um sich, in der Hoffnung auf einen Zufallstreffer.

»Lauf mit Jessica und Nicky die Piste entlang und bleib bei ihnen!« rief er O'Hara zu. »Die Maschine wird am anderen Ende umdrehen und zurückrollen. Rennt ihr entgegen und steigt sofort ein. Du auch Minh. Hast du verstanden?«

»Verstanden.« Minh hatte die Kamera am Auge und filmte seelenruhig, wie er es schon mehrmals während der Flucht getan hatte. Partridge beschloß, sich nicht weiter um Minh zu kümmern. Der würde schon selber auf sich aufpassen.

»Und was ist mit dir, Harry?« fragte Jessica besorgt.

»Ich werde euch mit der Kalaschnikow den Rücken freihalten. Sobald ihr an Bord seid, komme ich nach. Aber jetzt los!«

O'Hara legte den Arm um Jessica, die Nicky an seiner gesunden Hand hielt. Zu dritt eilten sie davon.

Im selben Augenblick sah Partridge am Dschungelrand einige Gestalten auftauchen, die mit ihren Waffen im Anschlag auf die Piste zuliefen.

Partridge ließ sich hinter einen kleinen Erdhügel fallen. Er lag auf dem Bauch, stützte die Kalaschnikow ab und nahm die Verfolger ins Visier. Er drückte ab und sah durch das Mündungsfeuer einen der Männer fallen und die anderen hastig in Deckung springen. Gleichzeitig hörte er dicht über seinem Kopf das Dröhnen der Cheyenne II. Er brauchte sich nicht umzudrehen, um zu wissen, daß sie landete.

»Dort sind sie!« rief Crawford Sloane, beinahe hysterisch vor Aufregung. »Ich kann sie sehen. Es sind Jessica und Nicky!« Mit hoher Geschwindigkeit holperte die Maschine über die unebene Piste.

Das Ende der Rollbahn kam immer näher, und Zileri bremste scharf ab. Er blieb auf der Bremse, gab bei einem Motor Gas und wendete so die Maschine. Dann beschleunigte er wieder beide Motoren, und die Cheyenne rollte in Gegenrichtung die Piste entlang.

An der Stelle, wo Jessica, Nicky und O'Hara warteten, blieb die Maschine stehen. Felipe war bereits aufgesprungen und nach hinten gegangen. Er löste die Verriegelung der Kabinentür und klappte sie auf.

Hilfsbereite Hände halfen zuerst Nicky, dann Jessica und O'Hara ins Flugzeug. Minh kam gelaufen und kletterte hinter den anderen in die Maschine.

Während Sloane, Jessica und Nicky sich leidenschaftlich umarmten, rief O'Hara atemlos: »Harry ist noch da vorn. Wir müssen ihn holen. Er hält die Terroristen in Schach.«

»Hab' ihn schon gesehen«, sagte Zileri. »Kein Problem.« Er gab Gas, und die Maschine schoß vorwärts.

Am anderen Ende der Rollbahn wendete er das Flugzeug erneut. Es stand nun wieder so, wie es gelandet war, startbereit, aber noch mit geöffneter Kabinentür. Wieder hörte man Gewehrfeuer.

»Euer Freund muß sich beeilen.« Zileris Stimme klang eindringlich. »Ich will schleunigst von hier weg.«

»Keine Sorge«, entgegnete Minh. »Er hat uns gesehen und muß gleich da sein.«

Partridge hatte die Maschine gesehen und gehört. Er warf einen kurzen Blick über die Schulter und wußte, daß sie nicht mehr näher kommen würde. Ungefähr hundert Meter lagen zwischen ihm und dem Flugzeug. Wenn er schnell lief und sich geduckt hielt, konnte er es schaffen. Doch zuerst mußte er den Dschungelpfad noch einmal unter Beschuß nehmen, um die Sendero-Leute am Vordringen zu hindern. In den letzten Minuten waren noch mehr Männer aufgetaucht, Partridge hatte geschossen und einen weiteren zu Boden gehen sehen. Die anderen duckten sich in den Schutz der Bäume. Mit einem letzten Feuerstoß hoffte er, sie lange genug dort zu halten, um das Flugzeug erreichen zu können.

Eben hatte er ein neues Magazin in die Kalaschnikow eingelegt. Er drückte ab, hielt den Finger am Abzug und bestrich beide Seiten des Dschungelpfads mit einem tödlichen Kugelhagel. Schon seit Beginn des Schußwechsels spürte er wieder seinen alten Schlachtinstinkt in sich ... diesen sinnlichen Kitzel, der ihm das Adrenalin ins Blut jagte und seinen Kreislauf auf Hochtouren brachte ... diese unlogische, verrückte Sucht nach den Bildern und den Geräuschen des Krieges ...

Er leerte das Magazin, ließ dann die Waffe fallen, sprang auf und stürzte geduckt los. Das Flugzeug war vor ihm. Er wußte, daß er es schaffen würde!

Partridge hatte etwa ein Drittel der Strecke zurückgelegt, als eine Kugel ihn ins Bein traf. Er fiel sofort zu Boden. Alles ging so schnell, daß er einige Sekunden brauchte, bis er begriff, was passiert war.

Die Kugel war in die rechte Kniekehle eingedrungen und hatte das Gelenk zertrümmert. Er konnte nicht mehr weiter. Ein entsetzlicher Schmerz, schlimmer, als er es je für möglich gehalten hätte, raste in seinem Bein. In diesem Augenblick wußte er, daß er das Flugzeug nicht mehr erreichen würde. Er wußte auch, daß für die anderen keine Zeit mehr blieb. Die Maschine mußte starten. Und er mußte das tun, was Fernández vor kaum einer halben Stunde getan hatte.

Er nahm noch einmal alle Kraft zusammen, erhob sich und winkte der Cheyenne zu. Er hoffte nur, daß der Pilot sein Signal verstand und sofort startete.

Minh stand in der Tür der Maschine und filmte. Er hatte Partridge mit dem Zoom in Großaufnahme herangeholt und natürlich auch den Treffer und Partridges Sturz eingefangen. Der Kopilot stand neben ihm.

»Es hat ihn erwischt!« rief Felipe ins Innere der Kabine. »Sieht schlimm aus. Er winkt uns zu. Ich glaube, er will, daß wir starten.«

Sloane schob sich zur Tür. »Wir müssen ihn holen!«

»Ja! O ja!« rief Jessica.

»Bitte fliegt nicht ohne Harry!« flehte nun auch Nicky.

Es war Minh, der kriegserfahrene Realist, der sagte: »Wir können ihn nicht holen. Dazu ist keine Zeit mehr.«

Durch seine Kamera hatte Minh das Vorrücken der Sendero-Leute beobachtet. Einige der Männer hatten den Rand der Piste bereits erreicht und liefen ununterbrochen feuernd vorwärts. Schon trafen einige Kugeln das Flugzeug.

»Ich starte«, sagte Zileri. Die Klappen waren bereits in Startposition, nun drückte er die Gashebel nach vorn. Minh sprang hastig in die Kabine, Felipe zog die Tür hoch und verriegelte sie.

Sobald die Startgeschwindigkeit erreicht war, zog Zileri die Steuersäule zurück. Die Cheyenne verließ die Piste und stieg in die Luft. Jessica und Nicky hielten sich in den Armen und weinten. Sloane hatte die Augen fest geschlossen und schüttelte langsam den Kopf, als könne er nicht glauben, was er eben gesehen hatte.

Minh hatte die Kamera schon wieder am Auge und filmte durch ein Fenster die Szene unter ihnen.

Partridge sah die Cheyenne abfliegen.

Und er sah noch etwas anderes. Im Nebel seiner Schmerzen tauchte an der Tür der startenden Maschine eine lächelnde Gestalt in einer Uniform der Alitalia auf. Sie winkte.

Partridges Tränen, die er so lange zurückgehalten hatte, begannen nun wieder zu fließen. Dann starb er im Kugelhagel der heranstürmenden Verfolger.

20

Miguel sah hinunter auf Harry Partridges Leiche und schwor sich, daß er ein solches Fiasko nie wieder zulassen würde.

Im ersten, dem komplizierten und schwierigen Abschnitt der Entführung, war er außergewöhnlich erfolgreich gewesen. Aber im zweiten, der eigentlich einfach und unkompliziert hätte sein sollen, hatte er vollkommen versagt.

Die Lektion war eindeutig: Einfach und unkompliziert war nie etwas. Das hätte er eigentlich wissen müssen.

Von nun an würde er es nie mehr vergessen.

Aber was kam jetzt?

Als erstes mußte er Peru verlassen. Sein Leben war verspielt, wenn er blieb; der Sendero Luminoso würde dafür sorgen.

Er konnte nicht einmal mehr nach Nueva Esperanza zurückkehren.

Glücklicherweise hatte er auch keinen Grund dafür. Da er ein Scheitern des Unternehmens einkalkuliert hatte, hatte er vor der Abfahrt sein gesamtes Bargeld – darunter auch den Großteil der fünfzigtausend Dollar, die José Antonio Salaverry ihm bei dem letzten Treffen in den Vereinten Nationen übergeben hatte – in seinen Geldgürtel gesteckt. Jetzt spürte er ihn – unbequem, aber beruhigend.

Das Geld war mehr als genug, um ihn von Peru nach Kolumbien zu bringen. Zunächst wollte er im Dschungel untertauchen. In etwa fünfundzwanzig Kilometern Entfernung gab es eine Landepiste, die häufig von kolumbianischen Drogenkurieren benutzt wurde. Er wußte, daß er sich dort einen Flug nach Kolumbien kaufen konnte. Und Kolumbien bedeutete für ihn Sicherheit.

Falls ihn einer der Männer aus Nueva Esperanza aufhalten wollte, würde er ihn töten. Aber er glaubte nicht, daß es überhaupt einer versuchen würde. Von den sieben, mit denen er aufgebrochen war, lebten nur noch vier. Ramón und zwei andere waren von dem *gringo* getötet worden, der jetzt zu Miguels Füßen lag – ein Unbekannter, aber ein guter Schütze.

Zwar würde sogar sein Ruf in Kolumbien unter dem Debakel in Nueva Esperanza leiden, doch nicht für lange. Im Gegensatz zum Sendero Luminoso waren die kolumbianischen Drogenkartelle keine Fanatiker. Skrupellos waren sie, aber auch pragmatisch und geschäftsbewußt. Und Miguels anarchistisch terroristische Talente waren sehr gefragt. Die Kartelle brauchten ihn.

Erst vor kurzem hatte Miguel von dem Plan erfahren, langfristig eine ganze Reihe kleinerer und mittlerer Staaten ähnlich wie Kolumbien unter die Herrschaft der Drogenkartelle zu bringen. Miguels spezielle Fähigkeiten würden bei diesem Projekt sicher Verwendung finden.

Als Demokratie war Kolumbien inzwischen am Ende. Nur wenige demokratische Aushängeschilder waren noch vorhanden, doch auch davon gab es immer weniger, da die milliardenschweren Kartellbosse ihre Killerkommandos systematisch auf die verschwindend kleine Minderheit ansetzte, die noch an die althergebrachten Tugenden glaubte.

Was nötig war, um auch andere Länder zu Kopien Kolumbiens zu machen, war die Korrumpierung ihrer Regierungskreise, eine Korrumpierung, die den Kartellen Türen aufstieß und Handlungsmöglichkeiten verschaffte. Heimlich und in aller Stille konnten sie dann ihren Einfluß ausdehnen, bis sie schließlich mächtiger waren als die Regierungen selbst. War das erst einmal geschehen, gab es kein Zurück mehr, was ja an Kolumbien deutlich zu sehen war.

Im Augenblick waren vier Länder als mögliche Ziele dieser »Kolumbianisierung« im Gespräch: Bolivien, El Salvador, Guatemala und Jamaica. Später konnte die Liste erweitert werden.

Für ihn mit seiner einzigartigen Erfahrung und der fast schon unheimlichen Fähigkeit zum Überleben bedeutete das sicher für lange Zeit Arbeit, dachte Miguel.

21

Einige Minuten lang brachte keiner in der Cheyenne II auch nur ein Wort heraus. Crawford Sloane drückte Jessica und Nicky eng an sich, und die drei schienen alles um sich herum vergessen zu haben.

Schließlich hob Crawford Sloane den Kopf und fragte Minh Van Canh: »Sag mal ... als Harry da lag, hast du da noch Genaueres beobachten können?«

Minh nickte traurig. »Ich hatte ihn voll im Visier. Er wurde noch mehrmals getroffen. Es gibt keinen Zweifel mehr.«

Sloane seufzte: »Er war der Beste ...«

Minh unterbrach ihn, und seine Stimme klang ungewöhnlich fest. »Der Allerbeste. Als Korrespondent und als Mensch. Ich kenne eine ganze Menge, aber keinen, der Harry gleichkam.« Es klang fast wie eine Herausforderung. Minh kannte Sloane und Partridge gleich lang.

War es als Herausforderung gemeint, so ging Sloane nicht darauf ein. »Ja, du hast recht.«

Jessica und Nicky hörten nur zu, sie waren beide mit eigenen Gedanken beschäftigt.

Rita war die erste, die wieder an ihre berufliche Verantwortung dachte. »Kann ich die Aufnahmen sehen?« fragte sie Minh. Sie wußte, daß sie, trotz Harrys Tod, in einer knappen Stunde in Lima einen Bericht zusammenstellen mußte.

Sie wußte auch, daß sie eine weltweit exklusive Story besaß.

Minh spulte zurück und gab Rita die Betacam. Durch den Sucher betrachtete sie die Aufnahmen. Wie immer, hatte Minh das Wesentliche jedes Ereignisses gefilmt. Die Bilder waren hervorragend. Einige der letzten – Harrys Verwundung, sein Tod im Kugelhagel – waren eindrucksvoll und bewegend. Als Rita die Kamera zurückgab, waren ihre Augen feucht, doch sie wischte sich die Tränen mit dem Handrücken ab. Im Augenblick hatte sie keine Zeit, Harry zu beweinen oder um ihn zu trauern. Beides würde später kommen, wahrscheinlich in der Nacht, wenn sie allein war.

»Hatte Harry eigentlich jemand – eine Freundin?« fragte jetzt

Sloane. »Ich weiß nur, daß er nach Gemma nicht wieder geheiratet hat.«

»Ja, da gibt es jemand«, antwortete Rita. »Vivien heißt sie. Sie ist Krankenschwester und lebt in einem Ort namens Port Credit, außerhalb von Toronto.«

»Wir sollten sie anrufen. Ich rede mit ihr, wenn du willst.«

»Ja, das wäre gut«, sagte Rita. »Und wenn du anrufst, sag ihr, daß Harry ein Testament aufgesetzt hat und daß ich es habe. Er hat alles ihr hinterlassen. Vivien weiß es zwar noch nicht, aber sie ist jetzt reich. Wie's aussieht, hat Harry sein Geld in sämtlichen Steueroasen auf der ganzen Welt angelegt. Dem Testament ist eine Liste beigefügt.«

Während des Gesprächs hatte Minh Jessica und Nicky gefilmt, ohne daß sie es bemerkten. Rita sah, daß er die Kamera auf Nickys bandagierte rechte Hand gerichtet hatte. Das erinnerte sie an etwas, das sie aus Lima mitgebracht hatte. Sie griff in ihre Aktenmappe und zog ein Telegramm heraus, das bei Entel Peru für sie eingetroffen war.

»Bevor Harry losflog«, sagte sie den anderen, »hat er mich gebeten, ein Telegramm an einen Freund zu schicken – an einen Chirurgen aus Oakland in Kalifornien. Harry meinte, er sei einer der führenden Experten für Handverletzungen. In dem Telegramm ging es um Nicholas. Und das ist die Antwort.«

Sie gab das Telegramm Sloane, der es laut vorlas.

HABE DEIN INFO UND ZEITUNGSBERICHT ÜBER HAND DEINES JUNGEN FREUNDES GELESEN. PROTHESEN NICHT EMPFEHLENSWERT, DA KEINE HILFE BEI KLAVIERSPIELEN, SIND HOECHSTENS IM WEG. MOEGLICHE ALTERNATIVE: SOLLTE LERNEN, HAND ZU DREHEN, BIS FINGERTSTUEMPFE IN KONTAKT MIT KLAVIERTASTEN KOMMEN. HAT UEBRIGENS GLUECK, DA DIESES VORGEHEN BEI VERLUST ANDERER FINGER NICHT MOEGLICH. FUNKTIONIERT NUR BEI ZEIGEFINGER UND KLEINEM FINGER.

ERLERNUNG DER DREHTECHNIK ERFORDERT GEDULD UND BEHARRLICHKEIT, IST ABER BEI ENTSPRE-

CHENDER MOTIVATION MACHBAR. HABE PATIENTIN, DIE GLEICHE FINGER VERLOR UND JETZT KLAVIER SPIELT. WUERDE MICH FREUEN, DIE BEIDEN ZUSAMMENZUBRINGEN, WENN DU WILLST.

PASS GUT AUF DICH AUF, HARRY. VIELE GRUESSE
JACK TUPPER, M. D.

Nach kurzem Schweigen sagte Nicky: »Darf ich das mal sehen, Dad?« Sloane gab ihm das Blatt.

»Verlier es nicht!« ermahnte Jessica Nicky. »Es ist ein Erinnerungsstück an Harry.« Die spontane, enge Kameradschaft zwischen Harry und Nicky war nur sehr kurz gewesen, dachte sie, aber in dieser Zeit sehr schön.

Jetzt fielen ihr wieder Nickys verzweifelte Worte ein, die er in Nueva Esperanza zu Harry gesagt hatte: *»Sie haben meinen Opa getötet und mir zwei Finger abgeschnitten, und jetzt kann ich nie mehr Klavier spielen.«* Natürlich konnte Nicky jetzt kein Konzertpianist mehr werden, wie er es sich erträumt hatte. Aber er würde weiterhin Klavier spielen und seine Freude an der Musik auf andere Arten ausleben.

Nicky las das Telegramm, er hielt es in der linken Hand, und allmählich erhellte ein Lächeln sein Gesicht. Er versuchte die Drehbewegung bereits mit der bandagierten Hand.

»Harry hat so viel für uns getan, daß wir ihm ewig dankbar sein werden«, sagte Crawford Sloane.

»Und auch Fernández«, ergänzte Jessica. Sie hatten bereits über die Opferbereitschaft des Kontaktmannes gesprochen. Jetzt berichtete sie Crawford und Rita von dem Versprechen, das Harry ihm gegeben hatte.

Fernández hatte von seiner Frau und seinen vier Kindern erzählt und gebeten, daß man sich um sie kümmere, worauf Harry ihm versprach: *»Du arbeitest für CBA, und CBA wird dafür sorgen. Ich gebe dir mein Wort, das ist ein offizielles Versprechen. Die Ausbildung der Kinder – alles.«*

»Wenn Harry das versprochen hat«, sagte Crawf, »dann hat er es als Vertreter von CBA getan. Gleich nach unserer Rückkehr werde ich dafür sorgen, daß alles in diesem Sinne geregelt wird.«

»Die Sache hat nur einen Haken«, gab Rita zu bedenken. »Harry hat das gesagt, als er schon entlassen war, obwohl er es nicht wußte.«

Minh, der zugehört hatte, sah überrascht auf, und Rita wurde plötzlich wieder klar, daß kaum jemand etwas von Chippinghams Entlassungsschreiben wußte.

»Das ist gleichgültig«, erwiderte Sloane. »Harrys Versprechen wird respektiert.«

»Da ist aber noch etwas«, sagte Rita. »Sollen wir Harrys Entlassung in unserem heutigen Bericht erwähnen?«

»Nein«, antwortete Sloane entschieden. »Das ist interne Schmutzwäsche. Die werden wir nicht in der Öffentlichkeit waschen.«

Es wird aber trotzdem herauskommen, dachte Rita. *Früher oder später.*

Crawf wußte noch nichts von dem *Hundesohn*-Schreiben, das sie über das Hufeisen an Chippingham gefaxt hatte. Innerhalb einer Woche würde es wahrscheinlich in der *Times* oder der *Washington Post* auftauchen. Und wenn nicht dort, dann später in der *Columbia Journalism Review* oder der *Washington Journalism Review*. Und wenn schon!

Dabei fiel Rita ein, daß sie, aufgrund ihres Briefes, wahrscheinlich ebenfalls bereits entlassen war. Schließlich hatte sie ja unter anderem auch mit »Ex-Produzentin« unterzeichnet. Aber wie sich die ganze Sache auch entwickelte, den augenblicklichen Auftrag wollte sie noch zu Ende bringen.

Jetzt meldete sich Jessica. »Da ist eine Sache, die mir nicht mehr aus dem Kopf geht. Diese Piste, von der wir eben gestartet sind.«

»Sion«, ergänzte Rita.

Jessica nickte. »Auf dem Dschungelpfad und dann auf der Piste hatte ich das Gefühl, daß ich da schon einmal war. Ich glaube, die Entführer haben uns zuerst dorthin gebracht, und dort sind wir auch aus der Bewußtlosigkeit aufgewacht. Nur wußte ich damals nicht, daß das eine Landepiste ist. Und dann noch etwas.«

»Erzähl«, sagte Rita. Sie hatte einen Block in der Hand und schrieb mit.

»Da war ein Mann in der Hütte, in der wir gefangengehalten

wurden. Ich weiß nicht, wer oder was er war, aber ich bin sicher, daß er Amerikaner war. Ich habe ihn gebeten, uns zu helfen, er hat aber nicht darauf reagiert. Doch ich habe das hier.«

Am Tag zuvor hatte sie ihre Zeichnung unter der Matte in der Zelle hervorgeholt und in ihrem BH versteckt. Nun gab sie Rita die Skizze.

Es war das Porträt des Learjetpiloten Denis Underhill.

»Heute abend«, sagte Rita, »werden wir das in den National Evening News bringen. Bei zwanzig Millionen Zuschauern sollte doch jemand dabeisein, der ihn identifizieren kann.«

Die Cheyenne gewann noch immer an Höhe und näherte sich dem Gebirgsmassiv der Kordilleren. Rita sah auf die Uhr. Es war wenige Minuten nach neun, noch vierzig Minuten bis zur Landung in Lima.

Es gab noch viel zu tun. Zuerst mußte sie in Zusammenarbeit mit Crawf einen Plan für den Rest des Tages aufstellen. Sie hatte bereits einige Vorkehrungen getroffen, da sie einen Großteil des Geschehens, wenn auch nicht alles, vorausgesehen hatte.

Im Augenblick besaß CBA die dramatische Geschichte der Rettung exklusiv. Bis zur ersten Nachrichtensendung, in Peru also bis 17 Uhr 30, mußten Jessica und Nicky deshalb vor dem Rest der Medien versteckt werden. Sie war sicher, daß Crawf das einsehen würde.

Das bedeutete, daß man Jessica und Nicky weder ins Cesar's Hotel noch zur Entel Peru bringen konnte, denn an beiden Orten wimmelte es von Reportern und Kamerateams. Ähnliches traf auch auf alle anderen Hotels in der Innenstadt von Lima zu.

Rita hatte deshalb mit Oswaldo Zileri vereinbart, daß die beiden die Wartezeit in seinem Haus in den Außenbezirken von Miraflores verbringen konnten. Nach 17 Uhr 30 war es dann gleichgültig, wann Presse und Fernsehen die befreiten Geiseln zu Gesicht bekamen, denn irgendwann mußten sich die beiden dieser Tortur sowieso stellen.

In der Zwischenzeit mußte Rita zusammen mit dem Cutter Bob Watson einen Bericht für die National Evening News zusammenstellen. Es würde ein langer Bericht werden mit einer Auswahl von Minhs besten Aufnahmen – von der Rettung, Harrys Partridges

Tod und dem traurigen Augenblick, als Fernández im Dschungel zurückgelassen werden mußte.

Es war nicht nötig, daß Rita New York um zusätzliche Sendezeit bat, denn sie wußte, daß sie bei einem Anlaß wie diesem so viel Zeit bekam, wie sie brauchte.

Rita war auch sicher, daß CBA für die Hauptsendezeit einen Sonderbericht ansetzen würde. Auch dafür hatte sie genug Material, etwa die Aufnahmen von Dolores, der Lebensgefährtin des amerikanischen Arztes Hartley Gossage alias Baudelio, der seine medizinischen Kenntnisse beim Transport der Geiseln nach Peru auf eine so schändliche Weise mißbraucht hatte. Harry hatte diesen Bericht zusammengestellt und selbst kommentiert, er war sendebereit.

Die Moderation sowohl der Nachrichtenmeldung wie auch des Sonderberichts würde natürlich Crawf übernehmen. Vielleicht würde es schwierig für ihn, denn schließlich mußte er über den Tod seines Vaters, über den von Harry Partridge und Fernández Pabur und über die Verstümmelung von Nickys Hand reden. Crawf ließ sich manchmal von seinen Gefühlen übermannen, vielleicht würde ihm die Stimme versagen. Aber das machte nichts, dachte Rita. Die Geschichte gewann dadurch nur an Wirkung, und Crawf würde sich wieder fassen und fortfahren. Schließlich war er ein Profi wie Rita und die anderen auch.

Eine Meldung, das war Rita klar, konnte und durfte man allerdings nicht den ganzen Tag lang zurückhalten: Die Welt mußte erfahren, daß die Rettung geglückt und Nicky und Jessica in Sicherheit waren. Sie mußte eine Sondermeldung zusammenstellen. Sobald diese bei CBA News in New York eintraf, würde man das laufende Programm unterbrechen. Und wieder einmal wäre CBA der Konkurrenz voraus.

Rita sah noch einmal auf die Uhr: 9 Uhr 23, noch etwa zwanzig Minuten Flugzeit. Wenn sie die Fahrzeit vom Fughafen ins Stadtzentrum mit dazurechnete, müßte sie es schaffen, den Bericht um 10 Uhr 30 durchzugeben. Es würden nur wenige Bilder sein, ein »Schnellschuß« wie damals vom Flugzeugunglück in Dallas-Fort Worth, über das sie zusammen mit Harry, Minh und Ken O'Hara vor nicht einmal einem Monat berichtet hatte.

War das wirklich erst knappe vier Wochen her? Es schien viel länger und wie aus einer anderen Welt.

Sie brauchte also für 10 Uhr 30 Satellitenzeit. Rita beugte sich vor und klopfte Zileri auf die Schulter. Als er sich umdrehte, deutete sie auf das Funkgerät. »Können Sie mir damit eine Telefonverbindung herstellen? Ich möchte New York anrufen.«

»Aber natürlich.«

Sie kritzelte die Nummer auf einen Zettel und gab sie ihm. Nach überraschend kurzer Zeit kam eine Stimme aus dem Lautsprecher: »CBA Auslandsredaktion.«

Felipe gab Rita das Mikrofon. »Sie können sprechen«, sagte er.

Sie drückte die Sprechtaste. »Rita Abrams hier. Ich brauche für 10 Uhr 30 Ortszeit Peru eine Satellitenverbindung von Lima nach New York. Sorgt dafür, daß das Hufeisen davon erfährt.«

»Alles klar«, erwiderte die Stimme lakonisch. »Ich kümmere mich darum.«

»Vielen Dank.« Sie gab das Mikrofon zurück.

Für die Sondermeldung und für die späteren Berichte mußten Manuskripte ausgearbeitet werden. Rita schrieb ein paar Sätze, beschloß aber dann, den Rest Crawf zu überlassen. Er sollte die richtigen Worte finden, denn das war seine Spezialität. Wahrscheinlich würde er einen Teil aus dem Stegreif sprechen. Auch das konnte er sehr gut.

Für den Rest der Flugzeit mußte sie sich mit Crawf an die Arbeit machen, auch wenn das bedeutete, ihn aus Jessicas und Nickys Armen zu reißen. Aber er würde es verstehen und die beiden ebenfalls. Wie jeder andere, der in diesem Geschäft zu tun hatte, wußten auch sie, daß die Nachrichten immer an erster Stelle kamen.

»Crawf«, sagte Rita einfühlsam. »Wir beide haben noch viel zu erledigen. Es wird Zeit, daß wir damit anfangen.«